KB044600

위폐범들

Les Faux-Monnayeurs

André Gide

대산세계문학총서 113

위폐범들

Les Faux-Monnayeurs

앙드레 지드 지음 ― 권은미 옮김

문학과지성사

2012

대산세계문학총서 113_소설
위폐범들

지은이 앙드레 지드
옮긴이 권은미
펴낸이 홍정선
펴낸곳 ㈜문학과지성사
등록 1993년 12월 16일 등록 제10-918호
주소 121-840 서울 마포구 서교동 395-2
전화 02)338-7224
팩스 02)323-4180(편집) 02)338-7221(영업)
전자우편 moonji@moonji.com
홈페이지 www.moonji.com

제1판 제1쇄 2012년 11월 14일

ISBN 978-89-320-2359-5
ISBN 978-89-320-1246-9 (세트)

이 책은 대산문화재단의 외국문학 번역지원사업을 통해 발간되었습니다.
대산문화재단은 大山 愼鏞虎 선생의 뜻에 따라 교보생명의 출연으로 창립되어
우리 문학의 창달과 세계화를 위해 다양한 공익문화사업을 펼치고 있습니다.

로제 마르탱뒤가르에게

깊은 우정의 표시로
나의 첫 소설을 바친다.

──A. G.

차례

일러두기

1. 이 책은 André Gide의 *Les Faux-Monnayeurs*(Paris: Gallimard, 1926)를 우리말로 옮긴 것이다.
2. 본문의 주는 모두 옮긴이의 것이다.
3. 강조하기 위해 원서에서 이탤릭체로 표기한 것을 본문에서는 고딕체로 표기했다.
4. 단행본·신문·정기간행물은 『 』로, 영화·음반·그림·연극 등은 「 」로 표기했다.
5. 맞춤법과 외래어 표기는 1989년 3월 1일부터 시행된 「한글 맞춤법 규정」과 『문교부 편수 자료』 『표준국어대사전』(국립국어연구원)을 따랐다.

제1부 파리

I

    '지금이 바로 복도에서 발소리가 들려올 만한 순간이지', 베르나르는 속으로 생각했다. 그는 고개를 들고 귀를 기울였다. 하지만 아니었다. 그의 아버지와 형은 아직 법원에서 퇴근하지 못했고, 어머니는 외출 중이며 누나는 음악회에 갔다. 그리고 동생 칼루브는 매일 중학교 수업이 끝나면 학원에 붙들려 있어야 했다. 베르나르 프로피탕디외는 대입자격시험인 바칼로레아 준비를 위해 집에 남아 있었다. 앞으로 3주밖에 남지 않았던 것이다. 가족들은 그를 조용히 내버려두건만 악마라는 놈은 그렇지 않았다. 베르나르는 윗옷을 벗고 있었으나, 더위로 숨이 막힐 지경이었다. 길가 쪽으로 나 있는 창문으로는 더운 열기밖에 들어오지 않았다. 이마에서는 땀이 흘러내리고 있었다. 땀방울 하나가 콧잔등을 타고 내려와 들고 있던 편지 위로 떨어졌다.

    '제법 눈물 같은데'라고 그는 생각했다. '하지만 눈물보단 땀을 흘리

는 게 낫지.'

　그래. 날짜가 결정적이었다. 의심할 여지가 없었다. 바로 그, 베르나르 얘기였다. 편지는 그의 어머니에게 보내진 것이었다. 17년 묵은 낡은 연애편지. 서명은 없었다.

　'이 첫 글자는 뭘까? V인가, 아니면 N같기도 한데…… 어머니한테 물어보는 게 좋을까……? 아니, 고상한 어머니 취향을 믿도록 하자. 그 자가 무슨 공작님이라고 내 멋대로 상상해볼 수도 있어. 하지만 내가 어느 별 볼 일 없는 시골뜨기의 자식인 걸 알게 되면 공연한 낭패지! 아버지가 누구인지 모른다는 건 그와 닮을 걱정도 없어진다는 거야. 알게 되면 짐만 돼. 내가 자유롭게 된 것만 받아들이기로 하자. 더 이상 캐지는 말고. 게다가 오늘은 이걸로도 충분해.'

　베르나르는 편지를 다시 접었다. 편지는 같이 묶여 있던 열두 편 남짓한 다른 편지들과 같은 크기였다. 편지 꾸러미는 분홍색 리본으로 묶여 있었으나 그걸 풀 필요는 없었기에, 원래대로 리본이 편지 꾸러미 가운데에 오도록 다시 밀어 넣기만 하면 되었다. 그는 편지 꾸러미를 상자 속에 넣은 다음, 그 상자를 콘솔 서랍에 넣었다. 서랍은 열렸던 게 아니라, 상판 뚜껑이 열리며 위쪽으로 그 비밀을 내보였던 것이다. 베르나르는 떼놓았던 목재 테이블 상판을 홈에 맞춰 다시 끼워놓았는데, 그 위로 묵직한 줄무늬 대리석 판이 덮도록 되어 있었다. 그는 대리석 판을 소리 나지 않게 조심스럽게 내려놓았으며, 그 위로 두 개의 크리스털 촛대, 그리고 좀 전에 재미 삼아 고쳐보았던, 거추장스럽게 자리만 차지하는 괘종시계를 다시 제자리에 올려놓았다.

　시계가 네 번 종을 쳤다. 그가 시계를 다시 맞춰놓았던 것이다.

　'예심판사*님과 그의 아들 변호사 양반은 6시 전에는 돌아오지 않을 테니, 시간은 충분해. 판사님이 돌아올 때면 내가 집을 나간다는 사실을 통고하는 멋진 편지가 그의 책상 위에 놓여 있도록 해야 돼. 그런데 편지를 쓰기 전 머리에 바람을 좀 쐬고 싶은 생각이 간절하군. 그리고 친애하는 내 친구 올리비에를 찾아가 잠시나마 묵을 둥지를 확보할 필요도 있고. 친구 올리비에여, 나로서는 네 호의를 시험해볼 수 있는 순간이, 그리고 너로서는 네가 갖고 있는 가치를 보여줄 순간이 왔다. 우리의 우정이 아름다웠던 건 지금까지 우리가 한 번도 서로를 이용한 적이 없었다는 사실 때문이야. 뭐, 대단한 것도 아니지! 재미있게 들어줄 수 있는 거라면 부탁하기 난처한 것도 아닐 테니까. 곤란한 건 올리비에가 혼자 있지 않으리란 사실이야. 할 수 없지! 그를 따로 볼 수 있을 거야. 침착한 태도로 그를 놀라게 해줘야지. 심상찮은 사태에 부딪쳤을 때 난 가장 자연스러운 느낌이 들거든.'

베르나르 프로피탕디외가 그날까지 살았던 T 거리는 뤽상부르 공원에서 매우 가깝다. 공원 안 메디시스 분수 근처, 분수가 내려다보이는 산책로에서, 매주 수요일 오후 4시에서 6시 사이에 그의 친구 몇몇은 늘 모이곤 했다. 그들은 예술과 철학, 스포츠, 정치, 그리고 문학에 대해 이야기를 나누었다. 베르나르는 무척 빨리 걸었다. 그러나 공원 철책 문을 지나며 올리비에 몰리니에를 본 순간, 곧 걸음을 늦추었다.

그날 모인 사람들은 평소보다 더 많았는데 아마 날씨가 좋았기 때문일 것이다. 베르나르가 아직 모르는 몇몇도 끼어 있었다. 이 젊은이들은 하나같이 다른 사람들 앞에 서기만 하면 마치 대단한 인물인 양 티를 내

---

* 프랑스에서 예심판사란 형사 재판에 들어가기 앞서 심문을 담당해 조사하는 판사로, 수사 검사에 해당한다.

느라 자연스러움을 다 잃고 말았다.

올리비에는 베르나르가 다가오는 것을 보고 얼굴을 붉혔다. 그러고는 같이 이야기를 나누던 한 젊은 여자 곁을 갑작스럽게 떠나더니 저쪽으로 가버렸다. 베르나르는 그의 가장 친한 친구였다. 따라서 올리비에는 그를 쫓아다니는 것처럼 보이지 않으려고 무척 신경을 쓰고 있었으며, 그를 못 본 척할 때도 있었다.

올리비에가 있는 데까지 가려면 베르나르는 몇몇 그룹을 지나가야 했고, 또 그 역시 올리비에를 쫓아다니는 것처럼 보이지 않으려 했기에, 여기저기 기웃거리며 늑장을 부렸다.

그의 친구들 가운데 네 명이 키가 작은 한 남자 주위를 에워싸고 있었다. 코안경을 끼고 턱수염을 기른 그는 그들보다 훨씬 더 나이가 많아 보였는데 책을 한 권 들고 있었다. 뒤르메르였다.

"도대체 말이 돼?" 뒤르메르는 넷 중 특히 한 사람에게 말하고 있었지만, 그들 모두가 자기 말에 귀를 기울이고 있다는 사실에 만족하는 기색이 역력했다. "30쪽까지 읽어봤지만 색채가 하나도 없고 묘사하는 말이 단 하나도 없었어. 한 여자에 대해 이야기하고 있는데, 그녀의 옷이 빨간색인지 파란색인지도 알 수 없는 거야. 난 말이지, 색채가 없으면, 한마디로 말해 아무것도 보이지 않아." 그러고는 자기 말이 진지하게 받아들여지지 않는 것 같자 더욱더 과장해야 할 필요를 느끼고 다음과 같이 덧붙였다. "정말 아무것도 안 보여."

베르나르는 더 이상 그 떠버리의 말을 듣고 있지 않았다. 너무 빨리 그 자리를 떠나는 게 무례하다고 여겨졌지만, 그는 벌써 그의 뒤쪽에서 언쟁을 벌이고 있는 다른 이들의 이야기에 귀를 기울이고 있었다. 올리비에는 젊은 여자를 버려두고 거기에 와 있었다. 그들 중 하나는 벤치에 앉아 『악시옹 프랑세즈』*를 읽고 있었다.

이 모든 사람들 가운데서 올리비에 몰리니에는 얼마나 진중해 보이는가! 하지만 그는 가장 젊은 축에 속한다. 아직 어린 기색이 남아 있긴 하나 그의 얼굴과 시선에는 벌써 그의 조숙한 생각이 드러나고 있다. 그는 쉽게 얼굴을 붉힌다. 그리고 다정하다. 누구에게나 상냥하게 대하지만 속을 다 내비치지 않는 내밀한 성격과 수줍음이 있어, 그게 친구들로 하여금 그와 거리를 갖게 만드는 것이다. 그는 그걸 괴로워하고 있다. 베르나르가 없다면 더 괴로워할 것이다.

몰리니에는 베르나르가 지금 하듯, 잠시 그 모든 그룹에 끼는 척했다. 예의상 듣고 있긴 했으나 그에게 흥미로운 이야기는 하나도 없다.

그는 신문을 읽고 있는 사람의 어깨 너머로 몸을 숙이고 있었다. 베르나르는 몸을 돌리지 않은 채 올리비에가 다음과 같이 말하는 걸 듣고 있었다.

"넌 신문 같은 건 읽지 마. 흥분해서 얼굴이 빨개지잖아." 그러자 상대방이 날카로운 목소리로 대꾸한다.

"넌 모라스** 얘기만 나오면 얼굴이 파랗게 질리지."

그러자 세번째 인물이 빈정거리는 투로 묻는다.

"그렇다면 넌 모라스의 글들이 재미있다는 거니?"

---

* 드레퓌스 사건을 계기로 1899년 조직된 프랑스의 국수주의적 정치 단체 이름이자 거기서 발간하는 기관지로, 1908년 이후 일간지로 발간되다가 1944년 폐간되었으며, 프랑스의 정치, 문학 등에 많은 영향을 주었다. 1차대전 중 지드는 당시 상당수의 젊은이들처럼 붕괴해 가던 프랑스에 미래를 약속하는 강력한 세력처럼 나타난 이 단체와 가까웠던 적이 있었다.
** 모라스(Charles Maurras, 1868~1952): 반 드레퓌스파의 지적 수장으로 『악시옹 프랑세즈』를 공동으로 창간했으며, 전투적 내셔널리즘을 주장하는 전통적 왕당파 사상 지도자이자 작가.

첫번째 인물이 대답한다. "지겹긴 하지만 난 그가 옳다고 생각해."

그리고 네번째 인물이 말하는데 베르나르가 모르는 목소리였다.

"넌 말이지, 따분한 게 아니면 전부 깊이가 없다고 생각하지."

첫번째가 대꾸했다.

"그럼 넌 멍청한 이야기라면 다 익살스럽다는 거야?"

"이리 와봐." 베르나르가 불쑥 올리비에의 팔을 잡으며 나직하게 말했다. 그러고는 몇 걸음 떨어진 곳으로 그를 끌고 갔다.

"내가 급해서 그러는데 빨리 대답해. 네가 자는 방이 부모님과 다른 층에 있다고 했지?"

"내 방문을 보여준 적이 있잖아. 집 안으로 들어가기 전 층계참에 있어서 계단과 마주 보고 있어."

"동생도 거기서 같이 잔다고 했지?"

"그래, 조르주."

"너희 둘뿐이야?"

"응."

"동생은 비밀을 지킬 줄 아나?"

"필요하다면. 그런데 왜?"

"다른 게 아니라 나 집을 나왔어. 아니, 적어도 오늘 저녁 나오려고 해. 아직 어디로 갈지는 모르겠어. 하룻밤만 재워줄 수 있겠어?"

올리비에의 얼굴이 몹시 창백해졌다. 너무 놀라 베르나르를 쳐다볼 수가 없었다.

"그러지." 그가 말했다. "그런데 11시 전에는 오지 마. 엄마가 매일 밤 내려와 잘 자라고 하시거든. 그리고 열쇠로 문을 잠그지."

"아니, 그렇다면……"

올리비에가 미소를 지었다.

"열쇠가 하나 더 있어. 그런데 조르주가 잘 경우 깨지 않도록 문을 가만히 두드려."

"수위가 날 들여보내줄까?"

"내가 말해놓을게. 그와 꽤 친하거든. 열쇠를 준 것도 그 사람이야. 그럼 나중에 보자."

그들은 악수도 하지 않고 헤어졌다. 베르나르가 발길을 돌려, 자신이 쓰고자 하는, 그리고 판사가 집에 돌아오면 곧바로 보게 될 그 편지를 생각하며 멀어져가는 동안, 베르나르와 단둘만 따로 떨어져 있는 걸 남들에게 보이고 싶지 않던 올리비에는 평소 다른 사람들이 다소 거리를 두고 따돌리는 뤼시앵 베르카이 곁으로 다가갔다. 베르나르를 더 좋아하지만 않았어도 올리비에는 뤼시앵을 무척 좋아할 것이다. 베르나르가 대담한 만큼 뤼시앵은 내성적이다. 그는 나약해 보이고 오직 가슴과 머리로만 존재하는 듯 보인다. 그가 감히 먼저 말을 걸어오는 일은 드물지만, 올리비에가 자기에게 다가오는 걸 볼 때면 기뻐 어쩔 줄 모른다. 뤼시앵이 시를 쓴다는 걸 모두가 짐작하고 있다. 그러나 내 생각에 뤼시앵이 자기 계획을 드러내는 유일한 사람은 올리비에일 것이다. 둘 다 테라스 끝까지 갔다.

"내가 써보고 싶은 건," 하고 뤼시앵이 말했다. "어떤 인물이 아니라 장소에 대한 이야기야. 예를 들자면 이 길과 같은 공원 산책로의 이야기로, 아침부터 저녁까지 거기서 벌어지는 일을 이야기하는 거야. 맨 처음에는 어린애를 보는 하녀들과 모자에 리본을 단 유모들이 올 거야. 아니, 그게 아니야…… 맨 처음에는 온통 회색빛의 사람들, 나이도 남녀 구분도 없는 사람들이 올 거야. 그들은 산책로를 쓸고, 화단에 물을 뿌리고 화분의 꽃을 바꿔놓으며, 말하자면 공원 철책 문을 열기 전에 무대와 장치를 준비하는 거야. 이해하겠어? 그때 유모들이 들어와. 조무래기들이 모래 장난을 하고 서로 싸워대지. 그러면 하녀들이 그들의 뺨을 때리고. 그다음엔 초등학생들이 학교를 마치고 오고, 그다음엔 공장에서 일하는 여공들이 오지. 벤치에 앉아 점심을 먹으러 오는 가난한 사람들도 있어. 그리고 서로 짝을 찾으러 오는 젊은이들. 또 서로 피하려는 이들도 있지. 고독을 찾는 이들, 몽상가들도 있어. 그러고 나서 음악회가 열리고 상점들이 문을 닫는 시간이면 한 무리의 사람들이 모여들지. 지금처럼 대학생들도 있고. 저녁이면 포옹하는 연인들, 또 울면서 헤어지는 이들도 있지. 그리고 마지막으로 해 질 녘이면 늙은 부부 한 쌍이…… 그런데 갑자기 북소리가 나는 거야. 문을 닫는 거지. 모두 나가는 거야. 막이 내리는 거지. 알겠지? 모든 것의 종말, 죽음과 같은 느낌을 주게 될 뭔가 말이야…… 하지만 물론 죽음에 대한 이야기는 아니야."

"그래, 아주 멋질 것 같아." 베르나르를 생각하며 뤼시앵의 말은 한마디도 듣고 있지 않던 올리비에가 말했다.

"그런데 그게 다가 아니야, 다가 아니라구!" 뤼시앵이 열에 들떠 계속했다. "일종의 에필로그를 붙여 바로 이 산책로의 밤 풍경을 보여주고 싶어. 모두가 떠나가버린 다음, 황량한, 낮보다 더 아름다운 모습 말이야. 깊은 정적 속에서 자연의 온갖 소리들이 들끓어오르는 거야. 분수의 물소리, 나뭇잎 사이로 불어대는 바람 소리, 그리고 밤새들의 노랫소리들. 처음에는 거기에 유령들, 말하자면 석상들이 돌아다니게 해볼까 했었는데…… 하지만 그러면 더 평범해질 거라 생각해. 네 생각은 어때?"

"안 돼. 석상은 안 돼. 석상은." 올리비에는 건성으로 반대했다. 그러고 나선 섭섭해하는 상대방의 눈빛을 보고선 열렬하게 외쳤다.

"그런데 이봐, 잘만 하면 정말 근사한 게 될 거야."

II

푸생*의 편지에는 그가 부모에 대해 가졌을 수도 있는 감사하
는 마음의 흔적은 조금도 없다. 그 뒤로도 부모에게서 멀리
떠나버린 걸 후회하는 기색을 드러낸 적이 한 번도 없었다.
자진하여 로마로 거처를 옮긴 그는 고향으로 돌아가고자 하
는 모든 욕망을 잃어버렸다. 추억까지 모두 잃어버리지 않았
나 싶다.   — 폴 데자르댕**의 『푸생』에서.

프로피탕디외 씨는 빨리 집으로 돌아가고 싶었다. 따라서 생제르맹
대로를 따라 함께 가고 있던 동료 몰리니에가 무척이나 천천히 걷고 있다
고 여겨졌다. 알베리크 프로피탕디외는 오늘 재판소에서 유난히도 힘든
하루를 보낸 터였다. 그래서 오른쪽 옆구리가 약간 묵직하게 느껴지는 게
걱정되었다. 그는 피로하면 언제나 다소 허약한 간에 무리가 오곤 했다.
그는 집에 가서 목욕할 생각을 하고 있었다. 따끈한 목욕처럼 하루의 근
심 걱정과 피로를 말끔히 씻어주는 건 없었다. 목욕을 할 양으로 그는 오
늘 오후 간식도 먹지 않았다. 아무리 미지근하다 해도 물속에 들어갈 때
는 빈속이어야 한다고 믿기 때문이다. 그것도 결국 편견에 불과할지도 모
른다. 하지만 편견이란 문화를 떠받치는 기둥이다.

---

 * 푸생(Nicolas Poussin, 1594~1665): 프랑스의 화가로 이탈리아 고전과 로마에 심취해
   있던 그는 로마로 가서 라파엘로 등의 영향을 받으며, 균형과 비례가 정확한 고전주의적
   미를 창조한다. 루이 13세 시절 잠시 프랑스로 귀국하나 다시 로마로 가서 생애를 마쳤다.
 ** 데자르댕(Paul Desjardins, 1859~1940): 프랑스의 교육자이자, 철학자, 비평가로 19세
   기 말의 결정론과 비관론에 대항하는 데 큰 역할을 하였으며, 『푸생』 전기는 1903년 발간
   되었다.

오스카 몰리니에는 최대한 걸음을 빨리하여 프로피탕디외를 따라가기 위해 애쓰고 있었다. 하지만 그는 프로피탕디외보다 키가 훨씬 작았고 하체도 덜 발달되었다. 게다가 심장에 지방질이 다소 껴 쉽게 숨이 차오르는 것이었다. 쉰다섯 살인데도 아직 정정한 프로피탕디외는 군살 없는 체격에다 걸음걸이도 경쾌해, 마음만 먹는다면 얼마든지 몰리니에를 떼어놓고 갈 수도 있었을 것이다. 하지만 그는 예의에 무척 신경을 쓰는 사람이었다. 몰리니에는 그보다 나이가 더 많고 직장에서도 선배여서, 그를 존중해줘야 했다. 게다가, 프로피탕디외는 장인 장모가 돌아가신 후 상당한 재산을 갖게 된 것에 대해 미안한 마음이 들지 않을 수 없었다. 반면 몰리니에 씨의 경우, 수입이라고는 부장판사 월급밖에 없었는데, 그 월급이란 그가 맡고 있는 높은 지위에 비하면 턱없이 보잘것없는 것으로, 마치 그 하찮은 월급을 상쇄라도 하듯 그 직위의 위엄만은 그만큼 더 대단했다.* 프로피탕디외는 자신의 초조한 마음을 감추고 있었다. 몰리니에를 향해 몸을 돌려, 땀을 닦고 있는 그를 바라보았다. 요컨대 몰리니에가 그에게 얘기한 건 무척 흥미로운 것이었으나, 그들의 시각은 동일한 게 아니어서 이견이 분분하게 오갔던 것이다.

"그 집을 감시하도록 하세요." 몰리니에가 말했다. "하녀로 가장해 투입시킨 여자와 수위의 보고를 받도록 하세요. 모든 게 잘될 겁니다. 하지만 주의해야 할 건, 자칫 조사를 더 밀고 나가다가는 사건이 당신으로선 걷잡을 수 없게 될 거라는 거요…… 내 말은, 처음 생각했던 것보다 훨씬 더 깊이 끌려 들어갈 위험이 있다는 거지요."

---

* 법무부 장관의 추천에 의해 대통령이 임명하는 부장판사는 전국에 92명뿐으로, 19세기 말엽 고등법원 부장판사의 연봉은 7천5백 프랑 정도였다. 반면 안락한 부르주아 가정의 연간 예산은 약 1만3천 프랑 정도였다.

"그런 걱정은 재판과는 아무 상관도 없지 않습니까?"

"아니, 이보세요. 당신이나 나나 재판이 어떠해야 하는지, 하지만 실제는 어떤지 잘 알고 있지 않습니까. 우리가 최선을 다하는 건 당연합니다. 하지만 우리가 아무리 잘한다 하더라도 우리가 도달할 수 있는 건 웬만한 수준일 뿐이오. 지금 당신이 맡고 있는 사건은 특히나 민감한 문제예요. 열다섯 명의 용의자, 아니 당신 말 한마디로 당장 내일 용의자가 될 열다섯 명 가운데 미성년자가 아홉이에요. 그리고 그 아이들 가운데 몇몇은 당신도 알다시피 명문가의 자제들이오. 바로 그 때문에 이 경우 영장을 선뜻 발부한다는 건 지극히 서투른 일이라고 봅니다. 정당 기관지들은 이 사건을 물고 늘어지게 될 거고, 당신은 이 일로 온갖 협박과 모함에 빌미를 주게 되는 거죠. 그때 가서는 당신도 어쩔 도리가 없을 겁니다. 당신이 아무리 조심한다 해도 몇몇 이름이 거론되는 걸 막을 도리가 없을 거고…… 물론 내가 당신에게 충고할 자격은 없어요. 도리어 내가 더 기꺼이 당신 충고를 받고 싶어 한다는 건 당신도 잘 알 거요. 언제나 당신의 높은 식견과 명철함, 그리고 정의감을 인정하고 높이 평가해왔으니까 말이오…… 하지만 당신 입장이라면 난 이렇게 하겠소. 우선 네댓 명의 주모자들을 잡아들이는 것으로 그 추악한 스캔들에 종지부를 찍을 방도를 찾는 거요…… 그래요. 잡기 어려운 놈들이란 건 나도 압니다. 하지만 어쩌겠소, 그게 우리 직업이니까요. 그리고 그 난잡한 놀이의 무대가 된 그 집을 폐쇄하도록 할 거요. 그다음 조용히, 은밀히, 다만 다시는 그런 일이 재발하지 않도록 그 뻔뻔스러운 아이들 부모에게 경고를 취하는 식으로 조처를 할 거요. 그리고 참! 여자들은 잡아넣도록 해요. 그거라면 나도 기꺼이 동의하겠소. 말할 수 없이 타락한 여자들인 모양인데, 우리 사회에서 싹 쓸어버려야 할 거요. 하지만 거듭 말하지만 아이들은 잡지 마시오. 겁주는 것으로 만족하세요. 그러고 나선 이 모든 걸 '철없이 행동한 일'이라는 꼬리표를 달아 덮어버리시오. 그리고 그들도 겁만 먹고 끝났다는 사실에 오랫동안 어안이 벙벙하도록 말이오. 그들 중 셋은 열네 살도 되지 않았다는 것, 그리고 부모들은 분명 그들을 순진무구한 천사로 알고 있다는 사실을 생각하시오. 그런데, 사실 우리끼리 말이지만, 우리도 그 나이에 벌써 여자 생각을 했던가요?"

그는 걷는 것보다 자신의 일장 연설로 더 숨이 차 걸음을 멈췄다. 그리하여 그가 소맷자락을 잡고 있던 프로피탕디외도 멈춰 서야 했다.

"우리가 여자 생각을 했다면," 그는 말을 이었다. "그건 이상적으로, 신비적으로, 말하자면 종교적으로 했다고 말할 수 있겠죠. 그런데 요즘 아이들이란 정말이지 도무지 이상(理想)이 없단 말입니다…… 말이 나왔으니 말인데, 당신 아이들은 어떻습니까? 물론 내가 한 말은 그들을 두고 한 건 아니었소. 당신이 잘 보살피고 또 교육도 훌륭히 시키고 있으니 그들에겐 그런 탈선을 걱정할 필요는 없겠죠."

사실상 프로피탕디외는 지금까지 자기 자식들에 대해 만족해할 따름이었다. 그러나 그는 환상은 품지 않았다. 세상에서 가장 훌륭한 교육도 나쁜 본성을 이길 수는 없는 것이다. 다행히도 그의 아이들은 나쁜 본성을 갖고 있지 않았고, 이는 몰리니에의 자식들도 마찬가지일 것이다. 따라서 그들은 나쁜 친구를 사귀거나 나쁜 책을 읽는 걸 스스로 삼가고 있었다. 왜냐하면 막을 수 없는 걸 금지한다고 무슨 소용이 있단 말인가? 읽지 못하게 금지하는 책이면 아이는 그걸 몰래 읽는다. 그의 원칙은 아주 간단하다. 나쁜 책들을 읽지 못하게 금지하는 게 아니라, 아이들이 그런 책은 전혀 읽고 싶은 생각이 들지 않도록 한다는 것이었다. 그는 이번 사건에 대해서는 좀더 생각해볼 것이며, 어떤 경우든 몰리니에에게 알리지 않고서는 아무 조처도 취하지 않겠노라 약속했다. 단지 눈에 띄지 않게 감시는 계속해나갈 것이, 그 나쁜 짓이 벌써 석 달 전부터 계속되었던 만큼 아직 며칠이나 몇 주는 더 갈 것이기 때문이었다. 게다가 조만간 여름 방학이 되면 범인들은 흩어질 것이다. 그럼 안녕히 가십시오.

프로피탕디외는 마침내 걸음을 빨리 할 수 있었다.

집에 들어오자마자 그는 욕실로 달려가 욕조 수도꼭지를 틀었다. 앙투안은 주인이 돌아오길 엿보다 때맞춰 복도에서 그와 마주치도록 했다.

이 충실한 하인은 15년 전부터 이 집에 있었고 아이들이 자라는 것을 보았다. 많은 일들을 목격할 수 있었고 또 다른 많은 것들에 대해선 짐작하고 있었으나, 집안사람들이 자기에게 감추고 싶어 하는 것에 대해선 전혀 모르는 체했다. 베르나르는 앙투안에 대해 애정을 가지지 않을 수 없었기에, 그에게 작별 인사도 하지 않고 집을 떠나고 싶진 않았다. 그리고 아마도 자기 가족들에 대한 분풀이로, 가까운 가족들은 모르는 가출 사실을 일개 하인에게 털어놓는다는 것에 만족감을 느꼈을 것이다. 하지만 베르나르에 대한 변호로서, 그때 집에 가족은 아무도 없었다는 사실을 분명히 해둬야 할 것이다. 게다가 베르나르가 작별 인사를 하려 했다면 가족들은 그를 붙들려고 했을 것이다. 그는 이런저런 설명을 해야 하는 게 두려웠다. 앙투안에게는 단지 "나, 나갈 거야"라고만 하면 되었다. 하지만 그렇게 말하며 베르나르가 너무나도 엄숙한 태도로 손을 내밀었기 때문에 늙은 하인은 놀랐다.

"베르나르 도련님은 저녁 식사 때도 돌아오지 않습니까?"

"자러 오지도 않아, 앙투안." 그런데 앙투안이 그 말을 어떻게 이해해야 할지, 무얼 더 물어봐야 할지 도무지 몰라 망설이고 있기에, 베르나르는 한층 더 의도적으로 되풀이했다. "나, 나갈 거야." 그리고 덧붙였다.

"편지를 남겼는데……" 그는 아무리 해도 '아버지'의 책상이라고 말할 수가 없었다. 그래서 "서재 책상 위에 두었어요. 그럼, 잘 있어요"라고 말을 이었다.

앙투안의 손을 잡았을 때, 그는 마치 자신의 과거와도 동시에 작별을 고하는 것처럼 감정이 격해졌다. 그래서 다시 한 번 잘 있으라는 말을 서둘러 한 다음, 목구멍 속으로 올라오는 오열이 터져 나오기 전에 집을 나섰다.

앙투안은 베르나르가 이렇게 집을 나가도록 내버려둔 게 크게 책임질 일이 아닌가 걱정되었다. 하지만 그가 어떻게 베르나르를 붙들 수 있었겠는가?

베르나르가 집을 나간 게 온 가족들에게는 예상치도 못한 끔찍한 사건이라는 걸 앙투안은 사실 느끼고 있었다. 그러나 완벽한 하인으로서의 자기 역할은 그 일로 놀란 모습을 내보이지 않는 것이었다. 프로피탕디외 씨가 모르는 걸 자기가 알아서는 안 되었다. 그로선 그저 단순하게 "주인님께서는 베르나르 도련님이 집을 나간 걸 알고 계십니까?"라고 말할 수도 있었을 것이다. 하지만 그럴 경우 그의 입장은 불리하게 될 것이고, 또 그건 전혀 기분 좋은 일이 아니었다. 그가 그토록 초조하게 주인이 돌아오길 기다렸다면, 그건 바로 자기 생각은 전혀 드러내지 않는 담담하고도 공손한 어조로, 마치 베르나르가 그에게 전하라고 했던 그저 단순한 전갈인 것처럼, 그가 오랫동안 준비한 다음과 같은 구절을 아무렇지도 않은 듯 슬쩍 말하기 위해서였다.

"베르나르 도련님은 집을 나가기 전에, 주인님께 보내는 편지를 서재에 남겨놓았습니다." 너무나 간단해 자칫 지나쳐버릴 수도 있는 말이었다. 그래서 뭔가 좀더 거창한, 하지만 동시에 자연스러울 말을 찾아보려

했으나 찾지 못했던 것이다. 그런데 베르나르가 집을 비우는 일은 전혀 없었기 때문에 프로피탕디외 씨는 깜짝 놀라지 않을 수 없었는데, 앙투안은 이를 곁눈질로 살펴보고 있었다.

"뭐라고! 집을 나가기 전에……"

그는 곧 자신을 다잡았다. 아랫사람 앞에서 놀라는 모습을 드러내서는 안 되었다. 우월의식은 한 번도 그에게서 떠난 적이 없었다. 무척이나 침착하고, 그야말로 주인다운 당당한 어조로 말을 맺었다.

"알았소."

그리고 자기 서재로 가면서 물었다.

"그 편지가 어디 있다고 했나?"

"주인님 책상 위에요."

방에 들어서자마자 실제로 편지 봉투 하나가 무척이나 눈에 띄게, 그가 평상시 글을 쓸 때면 앉는 안락의자 맞은편에 놓여 있는 게 보였다. 하지만 앙투안은 그리 빨리 그를 놓아주지 않았다. 프로피탕디외 씨가 편지를 채 두 줄도 읽기 전에 노크하는 소리가 들려왔던 것이다.

"말씀드리는 걸 잊었습니다만, 손님 두 분이 작은 응접실에서 기다리고 계십니다."

"어떤 사람들인가?"

"모르겠습니다."

"둘이 같이 왔나?"

"그런 것 같진 않습니다."

"용건이 뭔가?"

"모르겠습니다. 주인님을 만나러 왔답니다."

프로피탕디외는 더 이상 참을 수 없을 것 같았다.

"내가 이미 여러 번 말했지 않나. 사람들이 집에까지, 특히나 이 시간에 날 성가시게 찾아오는 건 원치 않는다고. 재판소에 정해진 면담 요일과 시간이 있잖아. 뭣 때문에 집에 들어오게 한 거야?"

"두 사람 다 주인님께 급히 드릴 말씀이 있다고 했습니다요."

"오래전부터 기다리고 있었나?"

"거의 한 시간 됐습니다."

프로피탕디외는 방 안을 몇 걸음 왔다 갔다 하면서 이마에 손을 갖다 댔다. 다른 손엔 베르나르의 편지를 들고 있었다. 앙투안은 의젓하고도 태연하게 문 앞에 서 있었다. 마침내 앙투안은 그가 이 집에 들어온 이래 처음으로, 판사가 평소의 침착성을 잃고 발을 구르며 고함치는 광경을 보는 기쁨을 누렸다.

"제발 날 내버려둬! 내버려두라구! 바쁘다고, 다른 날 다시 오라고 해."

앙투안이 나가자마자 프로피탕디외는 방문으로 달려갔다.

"앙투안! 앙투안! …… 가서 욕조의 물 좀 잠가줘요."

지금 목욕이 문제인가! 그는 창문가로 다가가 편지를 읽기 시작했다.

삼가 올립니다.

저는 오늘 오후 우연히 발견하게 된 사실로 더 이상 당신을 제 아버지로 간주해서는 안 된다는 걸 알게 되었으며, 그 사실로 제 마음은 한없이 가벼워졌습니다. 당신에 대해 별반 애정을 느끼지 못했기에, 저는 오랫동안 제 자신이 아주 못된 아들이라고 생각했습니다만, 제가 당신의 아들이 전혀 아니라는 사실을 알게 되어 차라리 마음이 놓입니다. 아마도 당신은 저를 여태껏 당신 자식 가운데 하나로 보살펴주셨다는 걸로 제가 고마워해야 한다고 여기실지도 모르겠습니다. 하지만 전 무엇보다 당신이 언제나 그들과 저를 다르게 취급하신다는 걸 느꼈으며, 또 당신을 익히 알고 있는 저로선 당신이 그렇게 하신 건 전부, 스캔들을 두려워해서요, 당신의 명예에 흠이 가게 하는 사정을 감추기 위함이며, 또 결국은 달리 어쩔 도리가 없었기 때문이라는 것을 충분히 알고 있습니다. 어머니를 뵙지 않고 집을 떠나려고 합니다. 어머니께 작별 인사를 함으로써 제 마음이 약해질까 두렵고, 또 제 앞에서 어머니 입장이 난처해질 수 있을 것 같아서인데, 그건 저로서도 기분이 언짢을 겁니다. 저에 대한 어머니의 애정이 그리 애틋하다고는 생각지 않습니다. 제가 대부분의 시간을 기숙사에서 보냈던 만큼 어머니는 절 제대로 알 시간이 없었던 거고, 또 저를 보실 때마다 어머니가 지워버리고 싶으셨을 인생의 한 부분이 끊임없이 되살아났을 테니까, 어머니도 제가 떠나는 걸 안도감과 함께 기쁘게 받아들이시리라 생각합니다. 당신께서 그럴 용기가 있으시면, 절 사생아로 낳아주신 것에 대해 저는 어머니를 전혀 원망하지 않는다는 사실을, 그리고 당신의 아들이라는 사실보다 저에겐 오히려 그편이 더 낫다고도 전해주십시오. (이런 말씀을 드리는 걸 용서하세요. 당신에게 모욕을 퍼부으려는 의도는 아닙니다. 다만 제가 이런 말씀을 드림으로써 당신은 절 멸시하실 수 있을 거고, 또 마음도 가벼워지실 겁니다.)

제가 당신의 가정을 떠나게 된 비밀스러운 이유에 대해 침묵을 지키시길 원하신다면, 저를 집으로 다시 불러들일 생각은 절대로 하지 않길 부탁드립니다. 제가 당신 곁을 떠나기로 한 결심은 돌이킬 수 없는 것입니다. 오늘날까지 절 부양하는 데 얼마의 비용이 들

없는지는 모릅니다. 여태까진 제가 아무것도 몰랐던 만큼, 당신께서 절 먹여 살리신 걸 받아들일 수 있었으나, 앞으론 당신한테서 아무것도 받고 싶지 않다는 건 말할 필요도 없는 일입니다. 그게 뭣이든 간에 당신에게 신세를 진다는 생각은 저로서는 견딜 수 없는 것으로, 다시 그런 일이 있다면, 당신의 식탁에 앉는 것보다는 차라리 굶어 죽는 편이 나으리라 생각합니다. 다행히 어머니가 당신과 결혼했을 때, 당신보다 돈이 더 많았다는 이야기를 들었던 기억이 납니다. 따라서 제 생활비는 어머니가 대신 낸 것으로 생각해도 좋을 줄 압니다. 그 점 어머니께 고맙게 생각하고 있으며, 그 외 모든 일에 대해서는 어머니를 용서해드리며, 또 절 잊어주시기를 바라는 바입니다. 제가 집을 나간 것에 놀랄 주위 사람들에게 당신은 적당히 둘러댈 구실을 찾으시리라 생각합니다. 제 탓으로 돌리셔도 좋습니다(물론 그러기 위해 당신이 제 허락을 기다리지 않으시리라는 것도 알고 있습니다만).

당신의 이름인 이 우스꽝스러운 이름, 이제 당신께 돌려드리고 싶고, 한시라도 빨리 먹칠을 하고 싶은 이 이름으로 서명합니다.

베르나르 프로피탕디외

추신: 제 물건들은 전부 집에 두고 갑니다. 칼루브가 사용하는 것이 더 정당할 겁니다. 또 그건 당신을 위해서도 바라는 바입니다.

프로피탕디외 씨는 휘청거리면서 안락의자로 다가갔다. 생각을 좀 모아보려고 했으나 온갖 상념들이 머릿속에서 혼란스럽게 소용돌이치고 있었다. 게다가 오른쪽 옆구리, 거기, 늑골 아래가 죄어오는 것이었다. 피할 순 없을 것 같다. 간이 발작을 일으킨 것이다. 집에 비시 광천수*라도 있을까? 아니면 아내라도 돌아와 있다면 좋으련만! 베르나르의 가출을 도대체 어떻게 아내에게 알린단 말인가? 편지를 보여줘야 할 것인가? 이 편지, 이건 말도 안 돼. 도저히 말이 안 돼. 노발대발해야 할 일이었다. 그는 자기 슬픔을 분노라고 여기고 싶었다. 숨을 한껏 들이마시는데, 매번 숨을 내쉴 때마다 마치 한숨처럼 짧고도 나직하게 "아이고 맙소사"라는 소리가 저절로 새 나온다. 옆구리의 통증은 그의 슬픔과 뒤섞여 그 슬픔을 증명하고, 또 그 위치를 정해주고 있다. 마치 간에 슬픔이 뭉친 것 같다. 그는 안락의자에 몸을 던지고 베르나르의 편지를 다시 읽는다. 그는 처량하게 어깨를 으쓱한다. 물론 그에게는 너무나 잔인한 편지다. 하지만 그는 그 속에서 원한과 도전, 그리고 허풍을 느낀다. 다른 자식들, 그의 친자식들 가운데서는 그 누구도 결코 이런 식으로 편지를 쓸 수는 없었을 것이며, 그 역시 그러지 못했을 것이다. 그도 그 사실을 잘 알고 있다. 왜냐하면 자신 속에 없는 성향은 그의 친자식들에게서도 나타나지 않기 때문이다. 물론 그는 베르나르에게서 느꼈던 새로운 것, 거친 것, 길들여지지 않는 것에 대해 항상 야단을 쳐야 한다고 생각했다. 지금도 그렇게 생각하긴 하지만, 사실은 바로 그 때문에 다른 자식들보다 베르나르를 훨씬 더 사랑했다는 사실을 그는 잘 알고 있다.

조금 전부터 옆방에서는 음악회에 다녀온 세실이 피아노 앞에 앉아 무슨 뱃노래의 같은 소절을 끈질기게 되풀이해 치는 소리가 들려왔다. 결

---

* 프랑스 중남부에 있는 세계적 광천 도시 비시Vichy에서 나는 광천수로 간, 쓸개, 소화기 계통에 효력이 있다고 알려져 있다.

국 알베리크 프로피탕디외는 더 이상 참을 수가 없었다. 그는 거실 문을 살짝 열고선, 때마침 극심한 간의 통증으로 견딜 수 없을 정도로 아파왔기 때문에, (게다가 그는 언제나 딸과 약간 서먹서먹했다) 거의 호소하는 듯한 애처로운 목소리로 말했다.

"애야, 세실, 집에 비시 광천수가 있는지 좀 찾아보겠니? 없으면 사러 보내다오. 그리고 피아노 치는 것 잠시 그만두면 좋겠구나."

"어디 아프세요?"

"아니, 아니야. 단지 저녁 식사 전에 좀 생각해야 될 일이 있는데, 피아노 소리가 방해가 되는구나."

그러곤 고통이 그를 도리어 다정하게 만들었기에 상냥하게 덧붙인다.

"네가 치던 곡 참 멋있구나. 무슨 곡이지?"

하지만 그는 대답도 듣지 않고 나간다. 뿐만 아니라, 그가 음악에 대해 전혀 문외한이고, (적어도 그녀의 말로는) 「이봐요, 아가씨」*와 「탄호이저」의 행진곡도 구분하지 못한다는 사실을 잘 알고 있는 그의 딸은 대답할 생각도 없다. 그런데 그가 다시 문을 연다.

"어머니 안 돌아오셨니?"

"아직요."

말도 안 된다. 그녀가 너무 늦게 돌아오면, 저녁 식사 전에 그녀와 얘기할 시간이 없을 게다. 베르나르가 없어진 사실을 임시로나마 뭐라고 꾸며낼 수 있을까? 하지만 진실을 말할 수는 없었다. 자식들에게 어머니가 한때 실수를 저질렀다는 비밀을 드러낼 수는 없는 것이다. 아! 모든 게 용서되고, 잊히고, 제자리를 찾았건만! 막내아들이 태어남으로써 그들은

---

* 1902년의 대중가요로, 당시 카페 등에서 유행하던 노래.

완전히 화해했었다. 그런데 갑자기 과거로부터 튀어나온 이 복수의 망령이, 이 시체가 파도에 밀려 떠내려오다니……

아니, 그런데 또 무슨 일인가? 그의 서재 문이 소리도 없이 열렸다. 그는 재빨리 편지를 윗옷 안주머니 속으로 밀어 넣는다. 문에 쳐둔 커튼이 슬그머니 들린다. 칼루브다.

"아빠, 저…… 이게 무슨 뜻이에요? 이 라틴어 문장. 도무지 모르겠는데……"

"전에도 말했잖니. 들어올 땐 노크를 하라고. 그리고 이렇게 매번 나한테 물으러 오는 게 아니야. 그러면 혼자 해결해볼 노력은 않고 남의 도움을 받고 남에게 의지하려는 버릇이 들어. 어제는 기하 문제더니 또 오늘은…… 그런데 그 라틴 문장은 누가 쓴 거야?"

칼루브는 그의 노트를 내민다.

"선생님이 말씀하시지 않았어요. 여기, 봐요. 아빠는 알 거예요. 선생님이 불러주신 건데 제가 잘못 썼는지도 몰라요. 제대로 받아썼는지 그거라도 알고 싶어요……"

프로피탕디외 씨는 노트를 받아들긴 하나 너무나 고통스럽다. 그는 아이를 가만히 밀어낸다.

"나중에 보자. 곧 저녁 식사 시간이야. 샤를은 들어왔니?"

"자기 사무실로 다시 내려갔어요."(변호사인 그는 1층에서 손님을 받는다.)

"가서 나 좀 보자고 해. 빨리 가."

초인종 소리! 마침내 프로피탕디외 부인이 돌아오고, 늦어서 미안하다고 한다. 방문할 데가 많았다는 것이다. 그녀는 남편이 고통스러워하는 걸 보고 마음이 슬퍼진다. 하지만 그를 위해 뭘 할 수 있겠나? 사실이지 안색이 무척 나쁘다. 그는 식사를 할 수 없을 것이다. 그는 빼놓고 식사를 하도록. 하지만 식사가 끝난 뒤 그녀는 아이들과 함께 그의 방으로 오도록. 베르나르는? 아, 참! 그 애 친구…… 당신도 잘 알잖아, 같이 수학 과외를 받던 애가 와서 저녁 먹는다고 데리고 나갔어.

프로피탕디외는 좀 나아지는 것 같았다. 그는 무엇보다 너무 아파서 말을 할 수 없을까 봐 걱정했다. 하지만 베르나르가 사라진 것에 대해 어떤 설명이든 해야 했다. 그는 이제, 그것이 아무리 고통스러운 것이라 할지라도 무슨 말을 해야 할지 알았다. 그는 단호히 각오가 선 느낌이었다. 단지 한 가지 걱정이 있다면, 아내가 눈물을 흘리고 비명을 지르며 자기 말을 가로막지는 않을까, 그리고 실신하지는 않을까 하는 것이었다.

한 시간 뒤, 그녀는 세 아이들과 함께 서재로 들어와 그에게 다가온다. 그는 그녀에게 자기 안락의자 가까이에 앉으라고 한다.

"침착하도록 해요." 그가 낮은 목소리로, 그러나 명령하는 듯한 어조로 말한다. "그리고 아무 말도 하지 말고 우선 내 말을 들어요. 나중에 둘이서 이야기합시다."

말을 하는 동안, 그는 그녀의 한쪽 손을 자기 두 손으로 잡고 있다.

"자, 애들아, 너희들도 앉아. 마치 시험이라도 보는 것처럼 그렇게 내 앞에 서 있으니 어색하구나. 무척 슬픈 이야기를 해야겠구나. 베르나르가 우리 곁을 떠났어. 그래서 다시는 보지 못하게 될 거야…… 당분간은. 우선 너희들에게 숨겨온 사실을 오늘 얘기해야겠다. 숨긴 건 너희들이 베르나르를 친형제처럼 사랑하길 바라는 마음에서였어. 너희 어머니나 내가 마치 친자식처럼 사랑했거든. 그런데 사실 그는 우리 자식이 아니었단다…… 그의 외삼촌, 즉 죽으면서 우리에게 베르나르를 맡긴 그의 친

어머니의 오빠가…… 오늘 저녁에 와서 그를 데려갔단다."

그의 말에 이어 고통스러운 침묵이 흐르고, 칼루브가 훌쩍거리는 소리가 들린다. 모두들 그가 이야기를 더 하리라 생각하며 기다린다. 하지만 그는 손짓을 하며 말한다.

"자, 이제, 너희들은 나가봐라. 난 어머니랑 얘기를 좀 해야겠다."

그들이 나간 다음, 프로피탕디외 씨는 오랫동안 아무 말도 없다. 남편의 손에 내맡긴 채 있던 부인의 손은 마치 죽은 것 같다. 그녀는 다른 한 손으로 손수건을 집어 두 눈에 갖다 댔다. 그러고선 큰 테이블에 팔꿈치를 대고 몸을 돌려 운다. 온몸을 뒤흔드는 흐느낌 사이로 그녀가 중얼거리는 소리가 들린다.

"아! 당신, 정말 잔인하군요…… 당신이 내쫓았군요……"

좀 전까지만 해도 그는 베르나르의 편지를 보여주지 않으리라 결심했었다. 그러나 이토록 부당한 비난 앞에서 그는 편지를 내민다.

"자, 읽어봐요."

"못 읽겠어요."

"그래도 읽어야 하오."

그는 더 이상 자기가 아픈 건 잊은 채, 그녀가 편지를 한 줄 한 줄 읽어 내려가는 걸 지켜본다. 좀 전에 이야기할 때는 눈물을 참는 데 힘이 들었다. 그런데 지금은 아무 동요도 느껴지지 않고 그저 아내를 바라보는 것이다. 그녀는 무슨 생각을 하는 걸까? 여전히 똑같은 흐느낌 사이로, 똑같은 애처로운 목소리로 그녀는 또다시 중얼거린다.

"아니! 뭣 때문에 애한테 이야기한 거예요…… 말하지 말았어야죠."

"하지만 내가 말한 게 아니란 걸 잘 알잖소. 편지를 잘 읽어봐요."

"나도 읽었어요…… 그렇다면 그 애가 어떻게 알았을까요? 도대체 누가 이야기한 거죠……?"

아니! 생각하는 게 고작 그거란 말인가! 바로 그게 그녀가 느끼는 슬픔의 핵심이란 말인가! 가족을 잃은 이 슬픔이 그들을 결합시켜줘야 할 게 아닌가. 하지만 안타깝게도! 프로피탕디외는 두 사람의 생각이 제각기 다른 방향으로 벌어지고 있음을 어렴풋이 느끼고 있다. 그리하여 그녀가 한탄하고, 비난하고, 대드는 동안, 그는 이 고집스러운 그녀의 마음을 좀 더 경건한 감정으로 돌려보고자 애쓴다.

"결국 속죄인 셈이오." 그가 말한다.

그는 상대를 제압하려는 본능적 욕구에 따라 자리에서 일어섰다. 그는 이제 자기 육체적 고통은 완전히 잊고 걱정도 하지 않은 채, 몸을 꼿꼿이 세우고선 심각하고도 다정하게, 또 위엄을 부리며, 마르그리트의 어깨 위에 손을 얹는다. 그로서는 언제나 일시적인 과오라고 여기고 싶었던 그 일에 대해, 그녀는 결코 깊이 뉘우친 적이 없었다는 걸 그는 잘 알고 있다. 그리하여 이제 그는 이 슬픔, 이 시련이 그녀의 속죄를 도와줄 거라고 말하고 싶은 것이다. 하지만 그녀로 하여금 말귀를 알아듣게 할 만한 만족스러운 표현을 찾아봐도 머리에 떠오르지 않는다. 마르그리트의 어깨는 지그시 누르는 그의 손 아래서 저항하고 있다. 마르그리트는 너무나 잘 알고 있다. 아무리 사소한 사건이라 해도 일이 터질 때마다 그는 언제나, 지긋지긋하게도, 무슨 도덕적 교훈을 만들어내야 직성이 풀린다는 사실을. 그는 모든 것을 자신의 독단적인 논리에 따라 해석하고 설명한다. 그는 그녀를 향해 몸을 기울인다. 이런 말을 하고 싶었던 것이다.

"그것 봐요, 여보. 죄악에선 어떤 좋은 결과도 나올 수가 없소. 당신의 과오를 덮으려고 아무리 애써도 소용이 없었소. 안타깝구려! 난 그 애를 위해 최선을 다했소. 내 친자식처럼 대해왔소. 하지만 하느님은 그게 잘못이었다는 걸 지금 우리에게 보여주시는 거요. 그렇게 나서서……"

하지만 첫마디에 그는 말을 멈춘다.

아마도 그녀가 그토록 의미심장한 말들을 이해한 것이리라. 아마도 그 말들이 가슴속까지 파고든 모양인 게, 더 이상 울지 않던 그녀가 처음보다 더 격렬하게 다시 흐느끼기 시작한 것이다. 그러곤 남편 앞에 마치 무릎이라도 꿇을 것처럼 허리를 굽히는데, 그도 그녀 쪽으로 몸을 굽혀 그녀를 부축한다. 울먹거리며 무슨 말을 하고 있나? 그가 그녀의 입술 가까이 몸을 굽히니 다음과 같은 말이 들린다.

"그래요…… 그래요…… 아! 왜 날 용서해줬어요? 아! 집으로 돌아오는 게 아니었어!"

거의 어림짐작으로 알아들은 말이다. 그러고 나서 그녀는 입을 다문다. 그녀도 더 이상 다른 말은 할 수가 없는 것이다. 그가 강요하는 이 덕성 속에 자신은 완전히 갇혀버린 것 같다는 말을 어떻게 할 수 있겠는가? 질식할 것 같다고, 그리고 자신이 지금 후회하고 있는 건 자신의 과오라기보다 그 과오를 뉘우쳤다는 사실임을. 프로피탕디외는 다시 몸을 일으켰다.

"여보," 그가 점잖고 엄한 어조로 말한다. "오늘 저녁, 당신 좀 심하지 않나 싶소. 시간이 늦었소. 그만 자러 가는 게 낫겠소."

그는 그녀가 자리에서 일어나는 걸 도와 침실까지 데리고 가, 그녀 이마에 입맞춤을 한 다음, 자기 서재로 돌아와 안락의자에 몸을 던진다. 이상한 일이지만 간의 발작은 잠잠해졌다. 하지만 기운이 완전히 빠진 느낌이다. 두 손으로 이마를 받치고 있는데 너무 슬퍼 눈물도 나지 않는다. 노크하는 소리는 듣지 못했으나, 문이 열리는 소리에 고개를 든다. 아들 샤를이다.

"안녕히 주무시라고 인사하러 왔어요."

샤를이 다가온다. 그는 모든 걸 다 알아챘다. 그걸 아버지에게 알리고 싶다. 아버지에 대한 자신의 연민과 애정, 존경을 표시하고 싶은 것이다. 하지만 누가 그를 변호사라고 믿겠는가. 자신의 감정을 표현하는 데 그보다 더 서툴 수가 없다. 진심에서 우러나오는 걸 말할 때 도리어 그렇게 서툴게 되는 모양이다. 그는 아버지를 포옹한다. 자기 아버지 어깨에 머리를 갖다 대고 지그시 얹은 다음 잠시 그러고 있는 그 과장된 모습은, 그가 모든 걸 알아챘다는 사실을 아버지에게 충분히 알려주고 있다. 모든 걸 너무나 잘 알아챘기에 드디어 그는 머리를 약간 들고서 묻는데, 그가 하는 행동이 언제나 그렇듯 서투르게, 하지만 마음이 너무나 괴로워 다음과 같이 묻지 않을 수 없는 것이다.

"그럼 칼루브는요?"

터무니없는 질문이다. 베르나르가 다른 애들과 다른 만큼이나 칼루브에겐 가족들과 닮은 모습이 역력하기 때문이다. 프로피탕디외는 샤를의 어깨를 토닥토닥 두드린다.

"아니, 아니야. 걱정 마라. 베르나르만 그래."

그때 샤를이 엄숙하게 말한다.

"하느님이 침입자를 내쫓으시는 것이……"

하지만 프로피탕디외는 그의 말을 가로막는다. 그가 이런 말을 들을 필요가 있단 말인가?

"그만해라."

아버지와 아들은 더 이상 서로 할 말이 없다. 그들 곁을 떠나자. 곧 11시다. 자기 방에서 그리 안락하지도 않은 작은 의자에 앉아 있는 프로피탕디외 부인도 내버려두자. 그녀는 지금 울지 않고 아무 생각도 하고 있지 않다. 그녀 역시 도망가고 싶을 것이다. 하지만 그러진 않을 것이다. 그녀가 예전에 베르나르의 생부, 즉 우리가 알 필요는 없는 그녀의 애인과 함께 있었을 때 그녀는 생각했었다. '봐, 넌 아무리 해도 어쩔 수 없을 거야. 넌 얌전한 여자밖에 될 수 없는 거야.' 그녀는 자유와 범죄, 안이함이 두려웠다. 바로 그게 그녀로 하여금 열흘 후 자신의 행동을 뉘우치며 가정으로 돌아가게 만든 것이었다. 예전에 부모님들이 그녀에게 '넌 네 자신이 뭘 원하는지 전혀 모르는구나'라고 말씀하신 건 옳았다. 그녀 곁을 떠나자. 세실은 벌써 잠이 들었다. 칼루브는 절망적으로 촛불을 바라보고 있다. 베르나르가 집을 나간 사실을 잠시 잊게 해줄 모험 소설을 다 읽을 때까지 촛불은 남아 있지 않을 것이다. 나는 앙투안이 그의 애인인 가정부에게 무슨 이야기를 했는지 알고 싶기도 했다. 하지만 모든 걸 다 들을 수는 없다. 자, 이제 베르나르가 올리비에를 만나러 가야 할 시간이다. 나는 그가 오늘 저녁 어디에서 식사를 했는지, 아니 식사를 하긴 했는지조차 모른다. 그는 무사히 수위실 앞을 통과했다. 지금은 살며시 계단을 올라가고 있는데……

III

풍족과 평화는 비겁자를 낳지만,
고난은 언제나 용기의 어머니다.*
— 셰익스피어

* 셰익스피어의 극 『심벨린』의 3막 6장에 나오는 말로, 추방된 공주인 이머젠이 온갖 위험에 맞설 각오를 다지며 하는 독백이다.

올리비에는 어머니의 입맞춤을 받기 위해 침대에 들어가 있었다. 그의 어머니는 매일 밤 잠자리에 든 두 작은아들에게 입맞춤을 해주기 위해 오는 것이었다. 그는 베르나르를 맞이하기 위해 옷을 다시 입을 수도 있었을 것이나, 그가 올지 아직 확실치 않았고, 또 동생에게 뭔가 눈치를 채게 할까 봐 걱정되었다. 조르주는 보통 금방 잠이 들고 아침에는 늦게 깼다. 아마 이상한 건 전혀 눈치채지도 못할 것이다.

조심스럽게 문을 긁는 듯한 소리를 듣고서, 올리비에는 침대에서 뛰어내려 급히 실내화를 끼워 신고 문을 열러 달려갔다. 불을 켤 필요는 전혀 없었다. 달빛이 방 안을 충분히 밝혀주고 있었던 것이다. 올리비에는 베르나르를 두 팔로 얼싸안았다.

"얼마나 기다렸다고! 난 네가 진짜 올지 믿을 수가 없었어. 부모님께서는 네가 오늘 저녁 집에 안 들어간다는 걸 아시니?"

베르나르는 자기 앞쪽 어둠 속을 정면으로 쳐다보고 있었다. 그러곤 어깨를 으쓱했다.

"아니, 넌 내가 부모님 허락을 받았어야 된다고 생각해?"

그의 어조가 너무나도 차갑게 비꼬는 투여서 올리비에는 곧바로 자기 질문이 어리석었다는 걸 느꼈다. 그는 아직 베르나르가 '정말로' 집을 나왔다는 사실을 알지 못했다. 그는 베르나르가 단지 오늘 밤만 외박을 하려니 생각하며, 뭣 때문에 이런 무모한 일을 하는지 그 이유를 모르고 있다. 그리하여 그는 베르나르에게 묻는다. "언제 집에 돌아갈 작정이야?" "안 돌아가." 이제 올리비에도 사태를 알아차린다. 그는 어떤 상황에 처해도 끄떡도 하지 않고, 무슨 일에도 놀라지 않으려고 언제나 신경을 쓰고 있다. 그러나 "너 참 엄청난 일을 저지르네!"라는 말이 자신도 모르게 튀어나온다.

베르나르로서는 자기 친구를 약간 놀라게 하는 게 기분 나쁘지 않다. 특히나 이런 탄성 속에 드러나는 경탄의 감정에 민감한 것이다. 하지만 그는 다시 한 번 어깨를 으쓱할 뿐이다. 올리비에는 그의 손을 잡았다. 그는 이제 매우 심각해져 불안한 기색으로 묻는다.

"그런데…… 왜 집을 나가는 거야?" "아, 그거! 집안 문제야. 너한테 말할 수는 없어." 그러고 나서 너무 심각하게 보이지 않으려고 장난 삼아, 자기 구두 코끝으로 올리비에가 발에 걸치고 흔들고 있는 실내화를 툭 건드려 떨어뜨린다. 둘 다 침대 가장자리에 앉아 있었던 것이다.

"그러면 어디서 살 거야?"

"모르겠어."

"그리고 어떻게 살 거야?"

"두고 봐야지."

"돈은 있어?"

"내일 아침 사 먹을 정도."

"그러고 나선?"

"그다음엔 찾아봐야지. 아니! 뭔가 생길 거야. 두고 봐, 나중에 이야기해줄게."

올리비에는 그의 친구가 너무나도 감탄스럽다. 그도 베르나르의 성격이 단호한 건 익히 알고 있다. 하지만 아직 의심스럽다. 조만간 돈도 떨어지고 궁지에 몰리면 집으로 돌아가려고 하지 않을까? 베르나르는 그를 안심시킨다. 가족 곁으로 돌아가기보다는 차라리 무슨 짓이든 할 거라고. 그가 여러 번, 그리고 매번 더 거칠게 '무슨 짓이든'이라고 되풀이하니, 올리비에의 마음은 불안으로 죄어오는 듯했다. 그는 무슨 말을 하고 싶으나 감히 꺼내지 못한다. 마침내 그는 고개를 숙이고 머뭇거리는 목소리로 말을 시작한다.

"베르나르…… 어쨌든, 너 설마 그럴 생각은 아니지……" 하지만 그는 말을 멈춘다. 베르나르는 두 눈을 든다. 올리비에의 얼굴이 제대로 보이지는 않으나, 그가 당황해하는 건 알아채고 묻는다.

"뭐 말이야? 무슨 얘기야? 말해봐, 도둑질 말이야?"

올리비에는 고개를 젓는다. 아니, 그게 아니야. 갑자기 그는 울음을 터뜨린다. 그러고는 격렬하게 베르나르를 껴안는다.

"약속해줘, 안 할 거라고……"

베르나르 역시 그를 포옹한 다음, 웃으며 그를 밀어낸다. 알아챈 것이다.

"그래, 내 약속하지. 뚜쟁이 짓은 안 할 거야." 그리고 덧붙인다. "하지만 그게 제일 간단한 일인 건 사실이지." 하지만 올리비에는 안심이 된다. 그가 마지막 한 말은 단지 냉소적으로 보이려고 한 말임을 잘 알고 있다.

"네 시험은?"

"그래, 그게 걱정이야. 어쨌든 낙방하고 싶지는 않거든. 준비는 된 것 같아. 단지 시험 보는 날, 피곤하지 않도록 하는 게 문제야. 뭔가 빨리 대책을 세워야지. 좀 걱정도 돼. 하지만…… 잘해나갈 거야. 두고 봐."

그들은 한순간 말없이 가만히 있다. 두번째 슬리퍼가 떨어졌다. 베르나르가 말한다.

"너 감기 걸리겠다. 침대에 누워."

"아니, 네가 누워."

"말도 안 돼! 자, 빨리" 하며 억지로 올리비에를 흐트러진 침대 속으로 들어가게 한다.

"그런데 너는? 어디서 자려고?"

"아무 데서나. 바닥이나 한쪽 구석에. 이제 익숙해져야지."

"안 돼. 이리 와봐. 얘기할 게 있는데, 바로 가까이 있지 않으면 이야기 못해. 내 침대로 들어와." 그러곤 베르나르가 금방 옷을 벗고 침대로 들어오자, 그는 말을 잇는다.

"내가 지난번에 말한 거 있지…… 해봤어. 거기 갔었어."

베르나르는 벌써 무슨 말인지 알아듣는다. 그는 올리비에를 자기 몸에 바싹 당기고, 올리비에는 계속한다.

"그런데, 역겨워. 정말 끔찍하더라고…… 그걸 하고 난 다음, 난 침을 뱉고 싶었어. 토하고, 내 살갗을 벗겨버리고, 죽고 싶더라고."

"과장이 심하군."

"아니면 그 계집애를 죽이던가. 그 애는……"

"누구였어? 그런데 너, 적어도 조심은 했겠지?"

"그래. 뒤르메르가 잘 아는 여자애로, 그가 소개시켜준 거야. 무엇보다 날 혐오스럽게 한 건 그 애 이야기였어. 쉴 새 없이 지껄이는 거야. 게다가 얼마나 멍청한지! 난 그런 순간에 입을 다물지 않을 수 있다는 게 이해가 안 돼. 그 애 입을 틀어막고 목을 졸라버리고 싶었다니까……"

"이 딱한 친구야! 뒤르메르가 소개하는 여자라면 멍청한 여자들밖에 없다는 건 알고 있었어야지…… 그런데 예쁘기는 했어?"

"내가 쳐다보기라도 했을 것 같아?"

"넌 바보야. 사랑스러운 어린애 같군. 잠이나 자자…… 그런데 제대로 하기는 한 거야……"

"물론이지! 그런데 바로 그게 가장 불쾌해. 어쨌든 그럴 수 있었다는 게…… 마치 내가 그 여자를 원하기라도 한 것처럼……"

"아니, 근사한데!"

"그만해둬. 그게 사랑이라면, 정말 진저리가 나."

"무슨 어린애 같은 소리야!"

"너 같으면 어떻게 했을지 궁금해."

"아, 나 말이야? 난 특별히 그런 걸 쫓진 않아. 지난번에도 말했잖아. 난 멋진 연애 사건을 기다린다고. 그러니 냉정하게, 그런 일에는 별 관심이 없어. 그렇다고 뭐 내가……"

"네가 뭐……?"

"만약 그 여자가…… 아니다. 잠이나 자자." 그러고는 올리비에의 체온이 느껴져 거북스럽던 베르나르는 몸을 좀 떼면서 갑작스럽게 등을 돌린다. 하지만 올리비에는 잠시 후 다시 말을 시작한다.

"이봐…… 네 생각엔 바레스*가 당선될 거 같아?"

"물론이지……! 그런데 뭐 그런 일로 열을 내?"

"아니! 나랑 상관없어! 그런데 내 말 좀 들어봐……" 그가 베르나르의 어깨를 누르니, 그가 돌아눕는다. "우리 형제 중에 정부(情婦) 있는 애가 있어."

"조르주 말이니?"

자는 척하며 어둠 속에서 귀를 쫑긋한 채 모든 이야기를 다 듣고 있던 그의 동생은 자기 이름을 듣고는 숨을 죽인다.

"미쳤어? 뱅상 이야기야." (올리비에보다 나이가 많은 뱅상은 막 의과

---

* 바레스(Maurice Barrès, 1862~1923): 프랑스의 작가이자 정치가. 자아 탐구에서 시작하여, 자아는 자기를 낳아준 땅과 조국을 떠나서는 존재하지 않는다 하며 전통적 국가주의를 주장했다. 1886년부터 국회의원이 되어 1906년에는 파리 제1구의 국회의원과 아카데미 프랑세즈의 회원으로 선출되었다.

대학 예과를 마친 터였다.)

"자기가 그래?"

"아니. 형은 내가 알고 있다는 것도 전혀 몰라. 부모님도 아무것도 모르셔."

"부모님께서 아신다면 뭐라고 하실까?"

"모르겠어. 엄마는 절망하실 거야. 그리고 아빠는 그 여자와 헤어지든지 결혼하라고 하실 거야."

"그렇겠지! 소위 점잖다는 사람들은 자기네들과 다른 방식으로도 당당하게 살 수 있다는 걸 도무지 이해하지 못하지. 그런데 넌 어떻게 알았어?"

"들어봐. 얼마 전부터, 밤에 부모님께서 잠자리에 든 다음이면 뱅상이 나가는 거야. 계단을 내려갈 땐 소리를 거의 내지 않지만, 길거리로 나서는 걸음걸이로 난 그게 형이라는 걸 알지. 지난주 화요일인가, 밤에 너무나 더워 누워 있을 수가 없었어. 바람을 좀 쐬려고 창문가로 갔지. 그때 아래층에서 문이 열렸다 닫히는 소리가 났어. 고개를 내밀어봤더니, 가로등 근처를 지나가는 게 형이더라구. 자정이 넘었을 때야. 그때가 처음이었어. 내 말은 그때 처음으로 형이 나가는 것을 알았다는 거야. 하지만 그 사실을 알고 난 다음부터는, 일부러 그런 건 아니지만 유심히 지켜보게 됐지. 그런데 거의 매일 저녁 형이 나가는 소리를 듣게 된 거야. 형은 자기 열쇠를 갖고 있어. 부모님께서 옛날 조르주하고 내가 쓰던 방을 진찰실로 꾸며줬거든. 언젠가 환자들을 받게 될 때를 위해서 말이야. 형 방은 바로 그 옆, 현관 왼쪽에 있어. 우리 아파트는 오른쪽에 있고. 그러니 형은 아무도 모르게 언제든지 나갔다 들어올 수가 있지. 보통 형이 들어오는 소리는 못 듣는데, 그저께, 월요일 저녁, 무슨 이유에서인지 난 뒤르메르가 계획하는 잡지 생각을 하고 있었어…… 잠이 오질 않더군. 계단에서 말소리가 들려왔어. 그래서 형이구나 생각했지."

"그때가 몇 시였어?" 베르나르가 묻는데, 딱히 그걸 알고 싶다는 생각보다 관심을 표하기 위해서였다.

"새벽 3시쯤 됐을 거야. 난 자리에서 일어나 문에다 귀를 갖다 댔어. 형이 어떤 여자하고 이야기를 하고 있었어. 아니, 오히려 그녀 혼자 말하는 거였어."

"그렇다면 그게 네 형이라는 걸 어떻게 알았어? 이 건물에 사는 사람들이 전부 네 방문 앞을 지나잖아."

"그건 정말 괴로운 일이야. 밤이 늦을수록 사람들은 계단을 올라가며 더 소란을 떤단 말이야. 잠을 자고 있는 사람들은 안중에도 없어! ……그런데 그게 형일 수밖에 없었던 건, 그 여자가 형 이름을 몇 번이고 말하는 걸 들었거든. 그녀는 말하기를…… 참, 다시 말하기도 역겨워……"

"뭔데?"

"그녀 말이, '오! 뱅상, 사랑해요, 내 사랑, 날 버리지 마세요!'라는 거야."

"그에게 말을 높여?"

"그래. 좀 이상하지 않니?"

"계속해봐."

"'당신은 이젠 더 이상 날 버릴 권리가 없어요. 나더러 어떻게 하란 말이에요? 도대체 어디로 가라는 거예요? 뭐든지 말 좀 해봐요. 제발, 얘기 좀 해요!' 이러는 거야. 그리고 다시 형의 이름을 부르며, 점점 더 슬프고 작아지는 목소리로 계속 '내 사랑, 내 사랑' 하는 거야. 그러고 나서 무슨 소리가 났어. (아마도 그들은 계단 위에 서 있었을 거야) 뭔가가 넘어지는 소리였어. 난 그녀가 무릎을 꿇었다고 생각해."

"그런데 네 형은, 형은 아무 대답도 안 했어?"

"형은 마지막 계단을 오르고 있었을 거야. 곧 방문이 다시 닫히는 소리가 났거든. 그러고는 그 여자는 오랫동안 거의 내 방문에 기댄 채 있었어. 흐느끼는 소리가 들리더라고."

"네가 문을 열어주지 그랬어."

"감히 그러지 못했지. 형은 내가 자기 일을 알고 있다는 걸 알면 무척 화를 낼 거거든. 게다가 그녀도 울고 있는 걸 들키면 무척 난처해하지 않을까 걱정도 됐고. 또 내가 무슨 말을 할 수 있었겠어?"

베르나르는 올리비에를 향해 몸을 돌렸다.

"나라면 문을 열었을 거야."

"그럴 테지! 넌 언제나 뭐든 다 하니까. 머리에 떠오르는 건 전부 다 그대로 하잖아."

"지금 날 비난하는 거니?"

"아니, 네가 부러워."

"넌 그 여자가 누군지 짐작이 가?"

"내가 어떻게 알겠어? 잘 자."

"그런데…… 조르주가 우리 얘기 못 들은 거 확실해?" 베르나르가 올리비에의 귀에 대고 속삭인다. 그리고 둘 다 잠시 가만히 귀를 기울인다.

"그래, 자고 있어." 올리비에는 자연스러운 목소리로 계속 말을 잇는다. "그리고 들었어도 알아듣지도 못했을 거야. 지난번에 걔가 아빠한테 뭐라고 물었는지 알아……? 그건 왜……"

이번에는 조르주도 더 이상 참지 못한다. 그는 침대에서 반쯤 몸을 일으키고 자기 형의 말을 끊으며 외친다.

"멍청하긴. 내가 일부러 자는 척하는 것 몰랐어? ……물론 다 들었지. 형들이 좀 전에 한 이야기 다 들었어. 놀랄 필요는 없어. 뱅상 형 이야기는 오래전부터 알고 있었어. 이봐, 이제 좀 조용히 이야기해. 졸리단 말이야. 아니면 입을 다물든지."

올리비에는 벽 쪽으로 돌아눕는다. 베르나르는 잠이 오지 않아 방 안을 둘러본다. 달빛이 방을 더 커 보이게 하고 있다. 사실 그는 이 방을 잘 모른다. 올리비에는 낮에는 이 방에서 지내지 않는다. 몇 번 베르나르가 그의 집에 오긴 했어도, 올리비에는 그를 위층으로 데리고 갔었다. 달빛은 지금 조르주의 침대 발치를 비추고 있는데 그는 결국 잠이 들었다. 그는 자기 형이 말한 것을 거의 다 들었다. 뭔가 꿈꿀 거리가 생긴 모양이다. 조르주의 침대 위쪽으로 두 칸으로 된 작은 책꽂이가 보이는데 교과서들이 꽂혀 있다. 베르나르는 올리비에 침대 가까이, 테이블 위에 좀더 큰 사이즈의 책이 한 권 있는 것을 본다. 팔을 뻗어 그 책을 집어 제목을 보는데, 『토크빌』*이다. 그런데 그걸 다시 테이블 위에 얹으려는 찰나 책이 바닥으로 떨어지고, 그 소리에 올리비에가 깬다.

"너 요즘 토크빌 읽니?"

"뒤바크가 빌려준 거야."

"재미있어?"

"좀 따분하긴 한데, 무척 흥미로운 것도 있어."

"근데, 너 내일 뭐 해?"

이튿날인 목요일은 학교 수업이 없는 날이다.** 베르나르는 올리비에

---

* 토크빌(Alexis de Tocqueville, 1805~1859): 유명한 프랑스 정치가. 대표적 저서로 『미국 민주의』(1835)가 있다.
** 현재 프랑스에서 수업 없는 날은 수요일이지만 1972년 이전에는 목요일이었다.

를 다시 만날까 생각하는 모양이다. 그는 더 이상 학교에 가지 않을 작정이다. 그는 마지막 강의는 듣지 않고 혼자서도 시험 준비를 할 수 있다고 내심 생각한 것이다.

"내일," 올리비에가 말한다. "오전 11시 반에 생라자르 역에 가. 디에프에서 오는 기차 시간에 맞춰, 영국에서 돌아오는 에두아르 삼촌을 만나러. 오후 3시에는 뒤르메르를 만나러 루브르에 갈 거야. 그 외의 시간에는 공부를 해야 되고."

"에두아르 삼촌?"

"응, 엄마와 이복 남매야. 파리를 떠난 지 한 6개월 돼. 잘 아는 사이는 아니지만 난 그 삼촌이 좋아. 삼촌은 내가 역에 마중 나가는 걸 몰라. 그래서 삼촌을 못 알아볼까 봐 걱정이야. 그는 우리 집 식구들 하고는 전혀 달라. 무척 훌륭한 분이야."

"뭐 하시는데?"

"글을 써. 삼촌 책은 거의 다 읽었어. 하지만 최근에는 오랫동안 책을 내지 않으셨지."

"소설?"

"응, 일종의 소설들이지."

"그런데 왜 나한테는 한 번도 얘기하지 않았어?"

"그럼 너도 읽어보고 싶어 했을 거잖아. 그런데 만약 네가 그 책들을 좋아하지 않으면……"

"그렇다면…… 뭐야, 말해봐!"

"그렇다면 내 마음이 아팠을 거란 그 말이지."

"뭣 때문에 그가 무척 훌륭하다는 거야?"

"나도 잘 모르겠어. 삼촌과 잘 아는 사이는 아니라고 했잖아. 오히려 예감 같은 거야. 우리 부모님은 도무지 관심 없어 하는 것들에 삼촌은 흥미를 갖고 있는 것 같아. 또 그에게는 무슨 이야기든 다 할 수 있을 것 같고. 언젠가, 그가 파리를 떠나기 얼마 전 우리 집에 와서 점심을 먹은 적이 있었어. 아버지하고 이야기를 하면서도 삼촌은 줄곧 나를 쳐다보고 있는 게 느껴졌는데, 그게 거북해지기 시작하더라고. 그래서 난 나오려고 했지. 식당이었는데 커피를 마신 다음 계속 앉아 있었거든. 그때 삼촌이 아버지에게 나에 대해 이것저것 물어대기 시작하는데, 그게 더 거북했지. 그런데 갑자기 아빠가 자리에서 일어나 내가 최근에 쓴 시를 가지러 가셨어. 내가 멍청하게도 그걸 보여드렸거든."

"네가 쓴 시?"

"그래, 너도 알잖아. 네가 「발코니」*하고 비슷하다고 했던 그 시 말이야. 난 그 시가 별 볼일 없거나 대단치 않다는 걸 알고 있었어. 그래서 아빠가 그 얘길 꺼내 너무 화가 났어. 잠시, 아빠가 그 시를 찾으러 간 동안 우리 둘, 나와 에두아르 삼촌 단둘만 남게 된 거야. 난 얼굴이 화끈거리며 빨갛게 달아오르는 걸 느꼈어. 난 할 말이 하나도 없어서 딴 데를 쳐다보고 있었고 삼촌도 마찬가지였어. 삼촌은 담배를 한 대 말기 시작했어. 그러곤 분명 삼촌도 내가 얼굴을 붉히는 걸 봤기 때문에, 아마 날 좀 편하게 해주려고 자리에서 일어나 창문 너머를 바라보기 시작했어. 삼촌은 가볍게 휘파람을 불더니 갑자기 말하는 거야. '내가 너보다 훨씬 더 거북하구나'라고. 하지만 그 말은 다정한 마음에서 그랬다고 생각해. 마침내 아빠가 돌아오셨어. 에두아르 삼촌에게 내 시를 내미셨고 삼촌은 읽기 시작했지. 나는 어찌나 화가 났는지, 삼촌이 칭찬을 했더라면 아마 욕설을 퍼

* 보들레르의 시집 『악의 꽃』(1857)의 '우울과 이상' 편에 수록된 시.

부었으리라 생각해. 물론 아빠는 그걸 기다리고 계셨지. 칭찬 말이야. 그런데 삼촌이 아무 말도 안 하고 계시니까 아빠가 물으셨어. '그래, 자네 생각은 어때?' 하지만 삼촌은 웃으시면서 말했어. '매형 앞에서 애한테 이야기하기가 거북하군요.' 그러자 아빠도 웃으면서 나가셨어. 또다시 우리 둘만 남게 되었을 때, 삼촌은 내 시가 아주 나쁘다는 거야. 하지만 난 삼촌이 그렇게 말하는 걸 듣게 되어 기뻤어. 그런데 내가 더 기뻤던 건 갑자기 삼촌이 손가락으로 두 행을 지적했는데, 내가 그 시에서 유일하게 마음에 들어 했던 두 행이었어. 삼촌은 웃으면서 나를 바라보더니, '이건 좋아' 하는 거야. 멋지지 않니? 삼촌이 어떤 어조로 그 말을 했는지 네가 안다면! 나는 삼촌을 껴안고 싶었어. 그리고 나선 내 잘못이란 하나의 관념에서 출발한다는 것, 또 말이 이끄는 대로 끌려가게 나 자신을 내버려두지 않는다고 지적했어.* 난 처음에는 무슨 말인지 못 알아들었지만, 지금은 삼촌이 무슨 말을 하려고 했는지 알 것 같아. 그리고 그가 옳다고 생각해. 그건 다음번에 설명해줄게."

"이제야 왜 네가 마중 나가는지 알겠다."

"아! 지금 내가 얘기하는 건 아무것도 아니야. 그런데 내가 왜 너한테 이런 이야기를 하는지 모르겠다. 우리는 그 외에도 많은 이야기를 했어."

"11시 반이라고 했지? 그 기차를 타고 오는지 어떻게 알아?"

"엄마한테 보낸 엽서에 그렇게 썼더라고. 그리고 나도 열차 시간표에서 확인해봤고."

"같이 점심 먹을 거니?"

---

* 이는 발레리가 전하는 말라르메의 말 "시를 짓는 건 관념이 아니라 말들을 가지고서이다"를 참조한 것으로 보인다.

"아니! 정오에는 집에 와 있어야 해. 악수할 시간밖에 없을 거야. 하지만 난 그걸로 족해…… 내가 잠들기 전에 말해줘, 언제 다시 너를 볼 수 있지?"

"며칠 지나야 할 거야. 내 문제를 좀 해결하고 나서."

"하지만 어쨌든…… 내가 널 도울 수 있다면."

"날 돕는다고? 아니야. 그건 공정한 게임이 아니야. 그러면 내가 속임수를 쓰는 것처럼 느껴질 거야. 잘 자."

IV

> 나의 아버지는 어수룩하셨으나 어머니는 재치가 있으셨다. 어머니는 정적(靜寂)주의자였다.* 다정하고 자그마한 여인으로 종종 내게 "아들아, 넌 지옥에 떨어질 거야"라고 말씀하시곤 했다. 그러나 어머니는 그런 일을 전혀 걱정하지 않으셨다.
> — 퐁트넬**

아니었다. 뱅상 몰리니에가 매일 저녁 그렇게 가는 곳은 그의 정부의 집이 아니었다. 그의 걸음이 빠르긴 하나 그 뒤를 따라가보자. 뱅상은 자기가 살고 있는 노트르담데샹 거리 위쪽부터 내려와 계속 이어지는 생 플라시드 거리까지 간다. 그리고 바크 거리를 지나는데, 거기엔 아직 귀가

---

* 17세기 스페인 신학자 몰리노스Molinos에게서 비롯한 신비주의적 기독교의 교리를 따르는 자들로, 외적 활동을 배제하고 마음의 평온을 통해 신과의 합일을 추구하는 신도들.
** 퐁트넬(Bernard de Fontenelle, 1657~1757): 프랑스의 사상가이자 문학자. 선구적 계몽주의자로 진보의 개념을 옹호하고 과학적 지식을 보급했다.

하지 못한 몇몇 사람들이 오가고 있다. 그가 바빌론 거리에 있는 한 대문 앞에 서자 문이 열린다. 파사방 백작*의 집에 온 것이다. 그가 여기에 자주 온 게 아니라면 이 으리으리한 저택에 그렇게 당당하게 들어가지는 못할 것이다. 하지만 그에게 문을 열어준 하인은 자신만만한 이 겉모습 뒤에 어떤 소심함이 감춰져 있는지 잘 알고 있다. 뱅상은 일부러 자기 모자를 하인에게 내주지 않고 멀리서 안락의자 위로 휙 던진다. 하지만 뱅상이 이 집에 드나든 건 그리 오래된 일이 아니다. 로베르 드 파사방, 현재 뱅상의 친구라고 자처하는 그는 많은 사람들의 친구이기도 하다. 뱅상과 그가 어떻게 서로 알게 되었는지는 나도 잘 모른다. 로베르 드 파사방이 뱅상보다 나이가 훨씬 더 많긴 하나, 아마 고등학생 때 알게 되었을 것이다. 그들은 몇 년 동안 서로 본 적이 없다가 최근에서야 다시 만나게 되었는데, 공교롭게도 그날은 올리비에가 형을 따라 극장에 같이 갔던 날 저녁이었다. 막간 휴식 시간 동안 파사방은 그들 둘에게 아이스크림을 샀다. 그는 그날 저녁 뱅상이 최근 임상 실습 과정을 마쳤다는 것과 인턴 지망을 해야 할지 몰라 망설이고 있다는 사실을 알았다. 사실상 뱅상은 의학보다는 자연과학에 더 끌리고 있었다. 하지만 생활비를 벌어야 한다는 문제가…… 한마디로, 뱅상은 그 후 얼마 지나지 않아 로베르 드 파사방이 제안한 보수가 좋은 일자리를 기꺼이 수락했던 것이다. 꽤나 심각한 수술을 받아 무척이나 쇠약해진 그의 늙은 아버지를 매일 밤 간호하러 오

---

* 파사방Passavant은 '앞서 나가다passe avant', 또는 '학식이 없다pas savant'로도 발음되며, 성급하거나 야심에 찬 남자의 별명이기도 하다. 지드의 여러 친구들은 이 인물에게서 장 콕토(Jean Cocteau, 1889~1963)의 면면을 보았다. 콕토는 1차대전을 전후하여 아방가르드 시인으로 출발하여, 연극, 소설, 영화 등 장르를 넘나드는 화려한 예술적 역량으로 다양한 실험 작품을 보여주었다.

는 것으로, 붕대를 갈아주고, 다루기 까다로운 주입기를 삽입하고 주사를
놓는 등, 뭔지 모르나 전문가의 손을 필요로 하는 일이었다. 하지만 그
외에도 파사방에겐 뱅상과 가까워지고 싶은 비밀스러운 이유가 있었다.
그리고 뱅상 역시 그 제안을 받아들일 다른 이유들이 있었다. 로베르의
비밀스러운 이유는 우리가 나중에 살펴보도록 할 것이다. 그런데 뱅상의
이유란 바로 그에게 돈이 몹시 필요했다는 사실이다. 올바른 심성을 갖
고, 또 건전한 교육을 받아 일찌감치 책임감이 몸에 뱄을 경우, 한 여인
에 대해 어느 정도 책임감을 느끼지 않고서는 그녀에게 아이를 갖게 하지
는 않는다. 더군다나 그녀가 당신과 함께 살기 위해 자기 남편을 떠났을
경우에 말이다. 뱅상은 그때까지 꽤나 모범적인 삶을 살아왔다. 로라와의
연애사건은 그에게 하루에도 열두 번은 더 바뀌며, 때로는 끔찍하게, 또
때로는 무척 자연스러운 것으로 보였다. 각각 따로 떼놓고 보면 너무나
단순하고 자연스러운 사소한 일들일지라도 그걸 전부 더하기만 하면, 종
종 끔찍한 전체가 되어버리는 것이다. 그는 걸으면서 내내 그 생각을 되
씹곤 했지만 그렇다고 문제 해결이 되는 건 아니었다. 물론 그는 한 번도
그녀를 자기가 결정적으로 책임지겠다거나, 그녀가 이혼하고 난 다음 그
녀와 결혼을 한다거나 아니면 결혼은 하지 않은 채 같이 살겠다고 생각한
적은 없었다. 그녀에 대해 대단한 사랑을 느끼지는 않는다는 사실을 스스
로도 인정해야 했다. 하지만 그녀가 지금 돈도 한 푼 없이 파리에 있다는
걸 그 역시 알고 있었고, 그녀를 이런 절망에 빠뜨린 건 바로 자신이었다.
그러니 적어도, 지금 당장 임시로나마 그녀를 도와줘야 하는데, 그 일이
하루가 다르게, 그러니까 어제보다 오늘 더 난감하게 느껴졌던 것이다.
왜냐하면 지난주만 하더라도 그의 수중에는 5천 프랑이, 그의 어머니가
그가 개업할 때를 위해 힘들게 차곡차곡 저금해두었던 그 5천 프랑이 있

었던 것이다. 그 5천 프랑만 있었더라면 그의 정부가 병원에서 해산을 하고 조리하는 비용, 또 당장 아이를 돌보는 데 드는 비용으로 충분했을 것이다. 도대체 그는 어떤 악마의 속삭임에 귀를 기울였던 것인가? 이미 마음속으로는 그 여자에게 준 거나 다름없다고 생각했던 그 돈, 그녀에게 바치고 헌납한 그 돈, 한 푼이라도 축낸다면 죄를 짓는다고 여겼을 그 돈이, 도대체 어떤 악마가, 어느 날 저녁, 어쩌면 부족하지는 않을까 하는 생각을 그에게 불어넣었을까? 아니, 로베르 드 파사방은 아니었다. 로베르는 그와 비슷한 이야기는 한마디도 하지 않았다. 하지만 그가 뱅상에게 도박장으로 안내해주겠다고 제안한 날이 바로 그날 저녁이었다. 그리고 뱅상은 그 제안을 받아들였던 것이다.

그 도박판이 가진 해로운 점, 그건 사교계 인사들 사이, 또 친구들 사이에서 벌어진다는 것이었다. 로베르는 그의 친구 뱅상을 이런저런 사람들에게 다 소개했다. 뱅상은 갑작스레 따라간 것이기에 첫날 저녁에는 제대로 한판 노름을 할 수 없었다. 그의 수중에는 돈이 거의 없었으며, 파사방 백작이 그에게 빌려주겠다고 제안한 돈은 거절했다. 하지만 돈을 약간 땄으므로, 돈을 더 걸지 않았던 걸 후회하며 다음 날 다시 오겠다고 약속했다.

"이제 여기 있는 사람들이 다 자네를 아니까, 더 이상 내가 같이 올 필요가 없겠네." 로베르가 말했다.

그 도박판은 피에르 드 브루빌, 흔히들 '페드로'라고 부르는 자의 집에서 벌어졌다. 그 첫날 저녁 이후 로베르 드 파사방은 그의 새 친구가 자신의 자동차를 사용할 수 있게 했다. 뱅상은 밤 11시경 와서 로베르와 함께 담배를 피우며 15분간 이야기를 나누고 난 다음, 2층으로 올라가서는 늙은 백작의 심기와 인내심 그리고 그의 상태가 요구하는 바에 따라 다소

간의 시간을 그 옆에서 보냈다. 그러고 나서 자동차가 그를 생플로랑탱 거리, 페드로의 집까지 데려다 주고 나서, 한 시간 뒤에 그를 다시 집까지 데려다 주는데, 사람들 이목을 끌까 봐 걱정했기 때문에, 바로 그의 집 앞이 아니라 그의 집에서 가장 가까운 사거리에 내려주는 것이었다.

그저께 밤, 로라 두비에는 몰리니에 씨네 아파트로 통하는 계단에 앉아 새벽 3시까지 뱅상을 기다렸는데, 그제야 뱅상이 돌아온 것이다. 게다가 그날 밤 뱅상은 페드로의 집에 갔던 게 아니었다. 더 이상 잃을 것이 없었다. 이틀 전부터 그에게는 그 5천 프랑에서 한 푼도 남아 있지 않았다. 그는 그 사실을 이미 로라에게 알렸다. 즉 더 이상 자신은 그녀를 위해 아무것도 할 수 없다고, 그러니 남편이나 친정아버지 곁으로 돌아가 모든 것을 고백하라고 충고하는 내용을 그녀에게 편지로 썼던 것이다. 그런데 로라로서는 이제 와서 고백한다는 게 불가능하게 보였으며, 그런 일은 냉정하게 생각해볼 수도 없었던 것이다. 애인의 이런 충고는 그녀 마음속에 분노만 불러일으켰으며, 그 분노가 사라지면서 그저 절망에 빠질 뿐이었다. 뱅상이 그녀를 다시 만나게 된 건 그녀가 바로 이런 상태에 빠져 있을 때였다. 그녀는 그를 다시 붙들고 싶었으나 그는 그녀의 두 팔을 뿌리쳤다. 마음이 약한 그였던지라 분명히 모진 태도를 취해야 했다. 하지만 누군가를 사랑하기보다 정욕에 이끌리던 그인 만큼, 그는 이 모진 태도 자체를 자신의 의무라고 쉽사리 생각했던 것이다. 그는 그녀의 호소와 탄원에 한마디도 대답하지 않았으며, 그 장면을 다 엿들은 올리비에가 나중에 베르나르에게 이야기했던 것처럼, 뱅상이 그녀 앞에서 방문을 다시 닫아버린 뒤에도 그녀는 한참 동안 어둠 속에서 흐느끼며 계단 위에 쓰러져 있었던 것이다.

그날 밤 이후 40여 시간 이상이 흘렀다. 뱅상은 전날 밤, 로베르 드 파사방의 집에 가지 않았는데, 그의 아버지가 기력을 되찾는 듯했기 때문이었다. 그런데 오늘 저녁 전보가 와서 그를 다시 불렀다. 로베르가 그를 만나고 싶다는 거였다. 로베르가 서재와 끽연실로 사용하며 대부분의 시간을 보내는 곳으로 자기 취향에 맞게 꾸며놓은 그 방에 뱅상이 들어섰을 때, 로베르는 일어서지도 않은 채 건성으로, 어깨 너머로 손을 내밀었다.

로베르는 뭔가 글을 쓰고 있다. 그는 책들이 가득 쌓인 책상 앞에 앉아 있다. 그 앞쪽으로는 정원으로 난 유리문이 달빛 아래 환히 열려 있다. 그는 몸을 돌리지도 않은 채 말한다.

"자네, 내가 지금 무슨 글을 쓰고 있는지 아나? 그런데 다른 사람들에게는 말하지 말게…… 알았지! 약속하게나…… 뒤르메르의 잡지 창간호에 쓸 선언문일세. 물론 내 이름으로 발표하진 않지…… 더군다나 그 속에서 내 칭찬을 하니까 말일세…… 그런데 결국 이 잡지에 자금을 대는 게 나라는 사실이 밝혀질 테니까, 내가 여기에 글을 쓴다는 걸 사람들이 너무 빨리 알아채지 않는 게 좋겠어. 그러니 쉿! 그런데 생각나는 게, 언젠가 자네 동생이 글을 쓴다고 말하지 않았나? 이름이 뭔가?"

"올리비에." 뱅상이 말한다.

"올리비에, 그렇지, 내가 깜박했네…… 그렇게 서 있지 말게나. 의자에 좀 앉지. 춥지 않나? 창문을 닫을까……? 그가 쓴다는 게 시 아닌가? 나한테 좀 보여줬으면 싶은데. 물론 실어준다는 약속은 못하네…… 그런데 어쨌든 그 시가 나쁘지는 않을 거야. 무척 똑똑해 보이던데. 그리고 일 돌아가는 것도 잘 알고 있는 것 같고. 그와 이야기를 해보고 싶어. 언제 날 보러 오라고 좀 전해주게. 알았나? 자네만 믿네. 담배 한 대 피우겠나?" 그러고 나서 그는 은제 담배 케이스를 내민다.

"좋지."

"그런데 말일세, 뱅상. 진지하게 할 말이 있네. 자네, 지난번 저녁에
는 마치 어린애처럼 행동했어…… 게다가 나도 마찬가지였지. 그렇다고
내가 자네를 페드로 집에 데려간 게 잘못이었다고 말하려는 건 아니야.
하지만 자네가 잃은 그 돈에 대해서 난 다소 책임감을 느끼네. 자네에게
그 돈을 잃게 만든 게 내가 아닌가 생각돼. 그게 소위 말하는 회한이라고
하는 건지 모르지만, 그것 때문에 잠을 설치고 소화도 안 된단 말일세,
정말이야! 게다가 자네가 말한 그 가련한 여자도 생각나고…… 물론 그
건 전혀 다른 문제지만. 그 이야기는 건드리지 마세. 그건 신성불가침이
니까. 내가 자네에게 말하고 싶은 건 말일세, 내가 바라는 건, 그래, 내가
절대적으로 원하는 건 자네가 잃은 액수만큼의 돈을 자네에게 주고 싶다
는 거야. 5천 프랑이었지, 안 그래? 그걸로 다시 한 번 해보게나. 다시
말하지만, 자네에게 그 돈을 잃게 만든 게 나라고 생각된단 말일세. 그래
서 그만큼 자네한테 갚아야 한다고 생각되니 자네가 내게 고마워할 필요
는 없네. 따게 되면 갚게나. 잃으면 할 수 없고. 하지만 우리 사이는 서로
청산된 셈이지. 오늘 저녁 아무 일도 없는 것처럼 페드로의 집에 다시 가
게나. 자동차가 자네를 데려다 줄 걸세. 그리고 차는 다시 와서 날 그리
피스 부인 집으로 데려다 줄 건데, 자네도 나중에 그리로 와줬으면 하네.
그렇게 해주겠지. 자네를 데리러 페드로 집으로 다시 차를 보낼게."

그는 책상 서랍을 열고 지폐 다섯 장을 꺼내 뱅상에게 준다.

"자, 서두르게."

"하지만 자네 아버님은……"

"참! 말하는 걸 깜빡 잊었는데, 돌아가셨어. 얼마나 됐나……"

그는 시계를 꺼내 보더니 외친다. "저런, 이렇게 늦었나! 곧 자정일
세…… 서둘러 가게. 그래, 돌아가신 지 네 시간쯤 됐어."

조금도 서두르는 기색 없이, 도리어 무사태평한 것 같은 어조였다.

"그런데 자네는 남아서……"

"아버지를 지키는 것 말인가?" 로베르가 말을 받아 계속했다.

"아니, 내 동생이 그 일을 맡고 있네. 늙은 하녀와 함께 위에 있어. 나보단 동생이 돌아가신 아버지하고 뜻이 더 잘 통했지……"

그러고 나서 뱅상이 움직이지 않자 그는 말을 잇는다.

"이보게, 친구, 자네한테 냉소적으로 보이고 싶진 않네만, 난 판에 박힌 감정은 질색이야. 나도 예전엔 아버지에 대해 나름대로 자식으로서의 사랑을 품어보려고 했었네. 처음에는 그런 감정이 다소 감도는 것 같았지만, 나중엔 그것마저 없애버리게 됐지. 그 늙은이가 인생에서 내게 준 것이라곤 그저 골칫거리와 장애물과 답답함뿐이었네. 그의 마음속에 다소나마 애정이 남아 있었다 해도, 결코 내게 그걸 보여준 건 아니라네. 내게 아직 신중함이란 게 없었던 시절, 그를 향해 기울였던 내 어린 시절의 열렬했던 애정에 대해 그가 보여준 건 매정한 거절뿐이었는데, 그게 나를 키운 셈이지. 자네 스스로도 보지 않았나, 그를 간호할 때 말일세…… 한 번이라도 자네한테 고맙다고 말하던가? 자네를 조금이라도 거들떠보거나 순간적이나마 미소를 지어 보인 적이 있던가? 언제나 자기가 받는 건 모든 게 당연하다고 생각해왔던 거야. 그렇지! 소위 말하는 성질깨나 부리는 인물이었지. 그가 어머니를 많이 괴롭혔을 거라고 생각하네. 하지만 어머니를 사랑하긴 하셨어. 그것도 누군가를 진정으로 사랑했다면 말일세. 그는 주위에 있는 모든 사람들을 괴롭혔어. 그 밑에 있는 사람들, 그의 개도 그렇고 그가 타는 말들도, 그리고 그의 정부들도. 하지만 그의 친구들은 아니지. 왜냐하면 친구란 단 한 명도 없었으니까. 그가 죽어서 모두들 안도의 한숨을 쉬지. 그는 흔히 말하듯 '자기 분야에서는' 대단한 사람이었다고 생각하네. 그런데 그게 어떤 분야인지 난 도무지 알 수가 없었어. 그는 무척 똑똑한 사람이었어. 그건 확실해. 사실 난 그에 대해 뭔가 감탄하는 마음을 갖고 있었고, 그건 여전히 그래. 하지만 손수건을 갖고 연기를 하고…… 눈물을 짜내는 것…… 그건 못하겠어. 그렇게 하기에는 더 이상 어린애가 아니거든. 자! 빨리 나서게. 그리고 한 시간 후에 릴리앙 집으로 날 보러 오게나. 뭐라고? 예복 차림이 아니라서 어색하다고? 자네 참 어리석기도 하군! 왜냐고? 우리끼리만 있을 거야. 자, 나도 그냥 평상복으로 간다는 걸 약속하지. 알았어. 나가기 전 시가나 한 대 피우게. 그리고 자동차는 빨리 보내줘. 나중에 자네를 데리러 다시 갈 걸세."

그는 뱅상이 나가는 걸 바라보고 어깨를 으쓱했다. 그러곤 자기 방으로 가서 소파 위에 가지런히 놓여 그를 기다리고 있던 예복을 입었다.

노 백작의 시신은 2층에 있는 방 침대 위에 뉘어 있다. 그의 가슴 위에는 십자가가 놓여 있었으나, 누구인지 두 손을 합장해놓는 것은 잊었다. 며칠 동안 깎지 못한 그의 턱수염이 각진 단호한 턱 선을 부드럽게 만들어주었다. 짧게 깎아 올린 회색빛 머리카락 아래 이마를 가로지르며 나 있는 주름은 다소 펴진 듯 덜 깊어 보였다. 두 눈은 무성하게 난 털로 덥수룩한 그의 눈썹 두덩이 아래 푹 들어가 있었다. 우리가 더 이상 그를 보지 않게 될 것이라는 바로 그 이유로 나는 그를 오랫동안 쳐다본다. 침대 머리맡에 있는 안락의자에는 늙은 하녀 세라핀이 앉아 있었다. 하지만 그녀는 곧 자리에서 일어났다. 그녀는 고풍스러운 램프가 방 안을 희미하게 비추고 있는 테이블에 다가갔는데, 램프 불의 심지를 돋워줘야 했던 것이다. 램프 갓이 젊은 공트랑이 읽고 있는 책 위로 빛을 모아주고 있다……

"피곤하시죠, 공트랑 도련님. 주무시러 가는 게 좋겠어요."

공트랑은 세라핀을 향해 고개를 들어 무척 다정한 시선을 보낸다. 이마 위로 젖혀 올린 금발이 관자놀이 위에서 찰랑거린다. 그는 열다섯 살이다. 거의 여성적이라고 할 수 있는 그의 얼굴에 나타나는 것이라곤 아직 다정함과 애정뿐이다.

"아니! 할멈." 그가 말한다. "자러 가야 할 사람은 할멈이야. 어젯밤에만 해도 거의 내내 밤을 새웠잖아."

"아니, 저는 밤새우는 데 이골이 난걸요. 게다가 낮잠을 잤어요. 하지만 도련님은⋯⋯"

"괜찮아. 난 피곤하지 않아. 그리고 여기 이렇게 남아서 생각도 하고 책을 읽는 게 좋아. 나는 아빠를 제대로 알지 못했어. 지금 아빠를 제대로 봐놓지 않으면 완전히 잊어버릴 것 같아. 그러니 날이 샐 때까지 내가 아빠 곁에서 밤샘을 할게. 그런데, 할멈은 우리 집에 있은 지 얼마나 되었어?"

"도련님 태어나기 전해부터 있었지요. 그런데 도련님이 곧 열여섯이 되잖아요."

"그럼 우리 엄마를 잘 기억하고 있어?"

"도련님 어머님을 잘 기억하냐고요? 무슨 질문이 그래요! 그건 제 이름을 기억하느냐고 묻는 것과 같아요. 기억하다마다요."

"나도 좀 기억이 나긴 하지만 자세히는 아니고⋯⋯ 엄마가 돌아가셨을 때 난 겨우 다섯 살이었으니까⋯⋯ 그런데⋯⋯ 아빠는 엄마한테 말을 많이 했어?"

"그건 때에 따라 달랐죠. 하지만 도련님 아버님은 말이 많은 분은 결코 아니셨지요. 그리고 다른 사람이 먼저 말을 거는 걸 그리 좋아하지 않으셨어요. 하지만 어쨌든, 예전에는 말을 좀더 많이 하셨죠. 그런데 그만 하세요. 지나간 일들은 너무 되새기지 않는 게 좋아요. 이 모든 걸 판단 하시는 건 하느님께 맡기는 게 나아요."

"할멈, 할멈은 정말로 하느님이 이 모든 걸 다 맡아 하실 거라 믿어?"

"하느님이 아니라면, 도련님은 도대체 누가 그러길 바라는 건가요?"

공트랑은 발갛게 부르튼 세라핀의 손 위에 자기 입술을 갖다 댄다.

"이제 할멈이 뭘 해야 하는지 알아? 자러 가는 거야. 날이 밝는 대로 깨워줄게. 그리고 그때 내가 자러 가겠어. 그러니 제발."

세라핀이 그를 두고 나가자마자, 공트랑은 침대 발치에 무릎을 꿇고 앉는다. 침대보 위에 이마를 파묻어보지만 울음이 나오지 않는다. 가슴에 어떤 감흥도 일어나지 않는 것이다. 두 눈은 절망스럽게도 말라 있다. 그래서 다시 자리에서 일어나, 무표정한 고인의 얼굴을 바라본다. 그는 이 엄숙한 순간에 뭔지 모르는 숭고하고 희귀한 뭔가를 느끼고 싶고, 내세와 교감을 나누고, 또 지극히 순수하고도 초감각적인 영역 안으로 자기 생각 을 던져보고 싶은 것이다. 그러나 그의 생각은 땅바닥에 착 달라붙어 있 다. 그는 고인의 핏기 없는 두 손을 바라보고, 얼마 동안 계속 손톱이 자 랄 것인가 자문해본다. 그는 그 두 손이 가지런히 모여 있지 않은 것을 보 고 충격을 받는다. 그는 두 손을 모아 맞잡게 하고, 십자가를 쥐게 하고 싶었다. 그거, 참 좋은 생각이다. 그는 세라핀이 고인의 두 손이 모아져 있는 걸 보면 무척 놀라게 될 거라고 생각하면서, 그녀가 놀랄 것에 벌써 재미를 느낀다. 그런데 곧이어, 그런 걸 재미있어하는 자기 자신이 한심 스럽게 여겨진다. 어쨌든 그는 침대 위로 몸을 숙여, 자기 쪽에서 멀리 있는 고인의 팔을 잡는다. 팔은 벌써 굳어 마음대로 움직여지지 않는다. 공트랑이 그 팔을 억지로 굽혀보려고 하니, 시신 전체가 들썩인다. 그래서 다른 팔을 잡는데 그 팔은 좀더 유연해 보인다. 공트랑은 그 손을 적당한 자리까지 거의 끌어오게 되었다. 그는 십자가를 집어, 집게손가락과 다른 손가락들 사이에 밀어 넣어 쥐여주려고 한다. 그러나 차가운 시신의 살에 닿는 그 느낌에 그는 겁을 집어먹는다. 실신할 것 같다. 세라핀을 부르고 싶은 마음이다. 그래서 그는 다 놓아버리고 만다. 십자가는 구겨진 침대보 위로 비스듬히 나뒹굴고, 팔은 원래 있던 자리로 뻣뻣하게 다시 축 처진다. 죽음이 감도는 깊은 침묵 속에서, 갑자기 "빌어먹을!"이라는 소리가 터져 나온 듯하여 그는 공포에 사로잡힌다. 마치 다른 누군가가…… 그는 뒤돌아본다. 하지만 아니다. 그 혼자다. 이 낭랑한 욕설이 터져 나온 건 바로 그에게서였다. 한 번도 욕을 해본 적이 없었던 그의 내부 깊숙이에서. 그러곤 다시 자리에 앉아 책 속으로 빠져든다.

V

그건 유혹이 결코 뚫고 들어갈 수 없는 영혼과 육체였다.
— 생트뵈브*

릴리앙은 몸을 반쯤 일으켜 손가락 끝으로 로베르의 갈색 머리카락을 매만졌다.

"이봐요, 당신 머리가 벗겨지기 시작하고 있어요. 조심하세요. 이제

---

* 생트뵈브(Charles Augustin Sainte-Beuve, 1804~1869): 프랑스의 소설가이자 비평가로, 전기적·사회적 맥락에서 작가론을 편 주간비평 연재물 『월요한담』(1851~1862)이 유명하다.

겨우 서른 살밖에 안 됐는데. 당신한테 대머리는 너무 안 어울릴 거예요. 당신은 인생을 너무 심각하게 여겨요."

로베르는 그녀를 향해 얼굴을 들고 웃음을 지으며 그녀를 바라본다.

"당신 곁에 있을 땐 아니지."

"몰리니에 씨에게 이리로 오라고 말했어요?"

"말했지. 당신이 그러라고 했으니까."

"그리고…… 돈도 빌려줬나요?"

"5천 프랑, 내가 말했잖소. 페드로 집에서 또다시 잃게 되겠지."

"당신은 왜 그가 잃기를 바라는 거죠?"

"뻔한 일이오. 첫날 그가 하는 걸 봤거든. 전혀 할 줄 모르더군."

"그사이 배울 시간이 있었잖아요…… 내기할래요? 오늘 저녁 그가 따는지?"

"좋으실 대로."

"아니! 마지못해 응하진 말아요. 난 뭐든지 자발적으로 하는 걸 좋아 하거든요."

"화내지 마시오. 좋소. 그가 돈을 따면 당신이 그 돈을 갖고, 그가 잃 으면 당신이 그 돈을 내게 갚아주는 거요. 됐소?"

그녀는 벨을 눌렀다.

"토카이*하고 잔 세 개 갖다 줘요." 그리고 말을 이었다. "만약 5천 프랑만 갖고 온다면 그 돈은 그대로 그에게 줘요, 네? 잃지도 따지도 않 고 오면 말이에요……"

"그런 일은 절대로 없을 거요. 그런데 당신이 그에게 관심을 갖다니

---

* 헝가리산 명품 포도주.

이상하군요."

"당신이 그에게 관심을 갖지 않는 게 도리어 이상한걸요."

"당신이 그러는 건 그에게 반했기 때문이오."

"반한 건 사실이에요. 당신에겐 솔직히 말할 수 있어요. 하지만 그 때문에 그에게 관심이 있는 건 아니에요. 오히려 그 반대예요. 누군가가 내 지적 호기심을 자극할 경우, 보통 내 마음은 냉담해지거든요."

하인이 포도주와 유리잔을 쟁반에 받쳐 들고 다시 나타났다.

"우선 내기를 위해 한잔하도록 해요. 그리고 나중에 그가 돈을 따 오면 다시 마시도록 하죠."

하인이 포도주를 따랐으며, 그들은 잔을 부딪쳤다.

"난 말이지, 당신의 그 뱅상이 따분하던데." 로베르가 말을 이었다.

"아니! '나의' 뱅상이라뇨……! 그를 데려온 게 당신이었다는 사실을 잊었나 봐요! 그리고 그가 재미없다고 온 동네 다니며 얘기하진 마세요. 당신이 왜 그와 같이 다니는지 금방 알아챌 테니까요."

로베르가 몸을 약간 돌려 릴리앙의 맨발에다 입술을 갖다 대니, 릴리앙은 곧바로 발을 자기 몸 쪽으로 당겨 부채로 가렸다.

"내가 얼굴을 붉혀야 하나?" 그가 말했다.

"저랑 있을 땐 그럴 필요도 없어요. 또 그럴 수도 없을 거고요."

그녀는 자기 잔을 비운 뒤 말했다.

"이봐요, 제가 말해볼까요? 당신은 문인이 갖는 모든 자질을 다 가졌어요. 허영심이 많고 위선적이며, 야심가에다 변덕스럽고, 또 이기적이며……"

"과찬이십니다."

"그래요, 다 멋진 것들이죠. 하지만 당신은 결코 훌륭한 소설가는 될 수 없을 거예요."

"그건 왜지?"

"남의 말을 들을 줄 모르니까요."

"당신 말은 무척 잘 듣고 있는 것 같은데."

"말도 안 돼요! 그런데 그는 문학가는 아니지만 제 이야기를 훨씬 더 잘 들어줘요. 하지만 우리 둘이 같이 있을 때, 이야기를 듣는 건 오히려 저예요."

"그는 이야기를 거의 할 줄 모르는데."

"그건 당신만 내내 얘기를 늘어놓기 때문이죠. 제가 당신을 알잖아요. 당신은 그가 한마디도 하게 내버려두지 않잖아요."

"무슨 말을 할지 다 알고 있거든."

"그렇게 생각해요? 그 여자와의 이야기 알아요?"

"아! 연애 사건이라, 그건 내가 세상에서 제일 지루해하는 얘긴데!"

"전 그가 자연사 얘기를 할 때도 무척 좋아요."

"자연사라, 그건 연애 사건보다 더 지루하지. 그렇다면 당신 앞에서 강의라도 한 건가……?"

"그가 한 이야기를 제대로 전해줄 수 있으면 좋을 텐데…… 정말 재미있어요. 바다 생물에 대해서 엄청나게 많은 이야기를 해줬어요. 전 말이죠, 바닷속에 사는 모든 것들에 대해 항상 궁금해했거든요. 요즘 미국에서는 바닷속 광경을 보기 위해 동체 옆으로 유리를 댄 배를 만들고 있다는군요. 정말 멋진가 봐요. 살아 있는 산호도 보고, 그리고…… 또…… 그걸 뭐라고 부르죠? 그래요, 석산호라든가 해면과 해초들, 물고기 무리도 볼 수 있다는 거예요. 뱅상 이야기로는 물의 염도가 더 높아지거나 낮아지면 죽는 물고기들이 있다고 해요. 그런데 반대로 염도가 다양하게 변해도 살 수 있는 물고기들도 있다는 거예요. 그래서 그 물고기들은 강물과 만나는 곳, 즉 물의 염도가 낮아지는 곳에 버티고 있다가 먼젓번 물고기들이 힘을 못 쓸 때 잡아먹는다는 거죠. 당신도 그에게 이야기 좀 해달라고 해야 할 거예요…… 장담하건대 무척 흥미로워요. 그가 그런 이야기를 할 때면 얼마나 멋있는지 몰라요. 당신은 아마 그를 알아보지 못할걸요…… 하지만 당신은 그에게 이야기를 시킬 줄 모르니…… 그가 로라 두비에와의 이야기를 할 때도 그래요…… 참, 그게 그 여자의 이름인데…… 그가 어떻게 그녀를 만나게 됐는지 알아요?"

"당신한테 그런 이야기를 하던가?"

"저한텐 사람들이 뭐든 다 이야기하죠. 당신도 잘 알면서 딴청이군요!" 그러고 나서 그녀는 접힌 자기 부채에 달린 깃털로 그의 얼굴을 쓰다듬었다. "당신이 처음으로 그를 데리고 왔던 그날 저녁 이후, 그가 매일 절 보러 온 건 알고 있나요?"

"매일 왔다고! 아니, 사실 난 전혀 눈치채지 못했는걸."

"나흘째 되는 날, 그는 더 이상 참지 못하고 모든 이야기를 다 털어놓았어요. 하지만 그 후로 매일 좀더 자세한 이야기를 덧붙여나갔고요."

"그런데 당신은 그게 지겹지 않았다는 거요! 당신 참 대단하오."

"제가 그를 사랑한다고 말했잖아요." 그녀는 과장된 몸짓으로 그의 팔을 잡으며 말했다.

"그런데 그는…… 그는 그 여자를 사랑하고?"

릴리앙은 웃음을 터뜨렸다.

"예전엔 사랑했죠. 그런데 정말이지! 처음에는 저도 그 여자에 대해 무척이나 관심을 갖는 척해야 했어요. 그와 함께 눈물을 흘리기까지 해야 했고요. 하지만 끔찍하게 질투도 했었죠. 지금은 더 이상 아니지만요. 그 일이 어떻게 시작됐는지 들어봐요. 그들 둘 다 포에 있는 한 요양원에 있었는데, 둘 다 폐결핵에 걸렸다고 여겨 각각 거기에 들어왔다는 거예요. 그런데 사실은 둘 다 진짜 폐결핵은 아니었던 거예요. 하지만 둘 다 본인들은 몹시 아프다고 믿고 있었고, 아직은 서로 모르는 사이였죠. 그들이 처음으로 만난 건, 요양을 하기 위해 하루 종일 야외에서 햇볕을 쬐며 누워 있는 다른 환자들 옆에서, 그 둘도 정원 테라스에 나란히, 각자 긴 의자 위에 누워 있던 날이었답니다. 그들은 자기들이 얼마 살지 못할 거라 믿고 있었던지라 무슨 일을 하건 더 이상 아무 상관도 없을 거라고 확신하고 있었어요. 그는 그녀에게, 둘 다 앞으로 한 달밖에 남지 않았다고 매 순간 되뇌었다고 해요. 때는 봄이었어요. 그녀는 그곳에 혼자 와 있었어요. 남편은 평범한 프랑스어 교사로 영국에 있다는 거예요. 그녀는 남편 곁을 떠나 포에 왔던 거죠. 결혼한 지는 3개월 되었고요. 남편은 그녀를 요양원에 보내기 위해 엄청난 희생을 치러야 했죠. 또 그녀에게 매일 편지를 보냈다고 해요. 그녀는 무척 점잖은 집안의 딸로 교육도 잘 받고, 매우 조신하고 또 수줍음을 많이 타는 여성이라더군요. 그런데 거기서 그만…… 뱅상이 그녀에게 뭐라고 말했는지는 잘 모르지만, 만난 지 사흘째 되는 날 그녀가 고백하기를, 남편과 같이 잠자리를 갖기는 했으나 쾌락이 뭔지 모른다고 했다는 거예요."

"그래서, 그는 뭐라고 말했다던가?"

"긴 의자 옆으로 늘어뜨리고 있던 그녀의 손을 잡아, 오랫동안 자기 입술에 갖다 댔다는 거예요."

"그럼 당신은, 그가 이 얘기를 했을 때, 도대체 뭐라고 했소?"

"저요! 끔찍하게도…… 그때 웃음을 터뜨렸지 뭐예요. 참을 수가 없었어요. 게다가 웃음을 멈출 수도 없었고요…… 절 그렇게 웃게 한 건 그의 이야기 때문이 아니었어요. 그가 이야기를 계속하도록 부추기기 위해 관심이 있는 척, 놀란 척하고 있는 나 자신이 우스웠던 거죠. 너무 재미있어하는 것처럼 보일까 봐 걱정도 했어요. 그런데 사실, 무척 아름답고 슬픈 이야기였어요. 그는 제게 이야기를 하면서 얼마나 감정이 격해졌는지! 아무에게도 그 이야기는 한마디도 하지 않았다는 거예요. 당연히 그의 부모님도 전혀 모르고 계시죠."

"소설을 써야 할 사람은 당신이군."

"그럼요! 다만 어느 나라 말로 써야 할지 그것만 안다면요……! 그런데 러시아어, 영어, 프랑스어 가운데서 뭘로 써야 할지 도무지 모르겠네요. 아무튼 마침내 그다음 날 밤, 그는 새로 사귄 여자 친구를 보러 그녀 방으로 갔고, 거기서 그녀의 남편이 알게 해줄 수 없었던 모든 걸 그녀에게 가르쳐주었다는 거예요. 무척 잘 가르쳐주었던 모양이에요. 단지, 둘 다 앞으로 살날이 얼마 없다고 확신하고 있었던지라 당연히 아무 주의도 하지 않았다는 거죠. 그리고 당연한 일이지만, 얼마 지나지 않아 사랑에 힘입어 둘 다 건강을 회복하기 시작했던 거예요. 그녀가 임신했다는 사실을 깨달았을 때, 둘은 깜짝 놀랐던 거죠. 그게 바로 지난달이었어요. 날씨가 더워지기 시작했죠. 포에서는 여름을 견디기 힘들죠. 그들은 함께 파리로 돌아왔어요. 그녀 남편은 아내가 뤽상부르 근처에서 기숙학원*을 운영하는 처가에 가 있다고 믿고 있지만, 그녀는 친정 부모님을 감히 찾아갈 수 없었어요. 그리고 친정 부모님은 그녀가 포에 있다고 믿고 있죠. 그런데 조만간 모든 게 밝혀지고 말 거예요. 뱅상은 처음에는 그녀를 버

---

* 기숙사와 학원을 결합한 것으로, 정규 학교 수업을 보충하며, 그곳에서 숙식을 하는 학생들과 밤에 자신의 집으로 귀가하는 학생들이 있다. 이 책에서는 문맥에 따라 기숙사 또는 학원으로 번역한다.

리지 않겠노라고 맹세했대요. 그래서 그녀에게 미국이든 오세아니아든 어디든 함께 떠나자고 했대요. 그러나 돈이 필요했던 거죠. 바로 그때 당신을 만났고 도박을 시작했던 거예요."

"그런 얘기는 나한테 한마디도 하지 않았는데."

"특히나, 제가 당신한테 이야기했다는 건 그에게 말하지 마요……!" 그녀는 말을 멈추고 귀를 기울인다.

"그가 왔나 했어요…… 그가 말하길, 포에서 파리까지 오는 동안 그녀가 미치는 줄 알았다는 거예요. 자신이 임신했다는 사실을 막 알고 난 다음이니까요. 그 둘은 기차간에 마주 보고 앉아 있었는데 그들 둘뿐이었대요. 그녀는 아침부터 한마디도 하지 않고 있었고, 떠날 때도 그가 모든 일을 맡아 해야 했다는군요. 그녀는 아무것도 더 이상 의식하지 못하는 것처럼 그저 멍하니 있었고요. 그녀의 손을 잡아도 그가 눈앞에 보이지 않는다는 듯 공포에 질린 것처럼 앞만 뚫어지게 바라보고 있는데, 그녀의 입술이 움직이더라는 거예요. 그녀 쪽으로 몸을 굽혀 들어보니, '애인이라니! 애인! 내게 애인이 생기다니'라고 말하고 있더래요. 똑같은 어조로 되풀이했는데, 마치 다른 말은 모르는 것처럼 그 말만 그렇게…… 정말이지 그가 이 이야기를 했을 때, 전 더 이상 웃고 싶은 생각이 들지 않았지요. 그보다 더 비장한 이야기는 평생 들어본 적이 없었어요. 그런데 어쨌든, 전 그가 이 이야기를 함에 따라 그 모든 것에서 점점 더 멀어지고 있다는 사실을 깨달았죠. 말과 함께 그의 감정도 사라지는 것 같았어요. 그리고 자신의 격한 심정을 제가 대신 이어받아줘서 고마워하는 것 같기도 했고요."

"당신이 이 이야기를 러시아어나 영어로는 어떻게 말할지 모르지만, 프랑스어로는 아주 좋았다는 걸 내 보증하지."

"고마워요. 저도 알고 있어요. 바로 이 이야기 끝에 자연사 이야기를 해준 거예요. 그리고 전 그에게 사랑을 위해 자기 앞날을 희생하는 건 끔찍할 거라고 설득하려고 했죠."

"달리 말하자면, 당신이 그의 사랑을 희생하라고 충고했다는 거군. 그리고 그 사랑 대신에 당신이 들어서겠다는 거고."

릴리앙은 아무 대답도 하지 않았다.

"이번엔 진짜 그가 오는가 보군." 로베르는 자리에서 일어서며 말을 이었다.

"그가 들어오기 전에 급히 한마디 하지. 부친이 조금 전에 돌아가셨어."

"어머나!" 그녀는 간단히 말했다.

"파사방 백작 부인이 되고 싶은 생각은 없소?"

릴리앙은 그 말을 듣자 웃음을 터뜨리며 몸을 뒤로 젖혔다.

"그런데, 이봐요…… 제가 영국에 남편을 하나 두고 온 게 기억나는 것 같은데요. 아니, 뭐라고요! 당신한테 그 얘기 벌써 하지 않았나요?"

"아닌 것 같은데."

"그리피스 경이라고 어딘가에 살고 있죠."

이 여자 친구의 작위가 진짜라고는 전혀 믿지 않았던 파사방 백작은 빙그레 웃었으며, 그녀가 말을 다시 이었다.

"말해봐요. 그런 제안을 할 생각이 든 건 당신 인생을 감추기 위한 것인가요? 아니, 이봐요, 그건 안 되죠. 지금처럼 지내요. 친구로서, 안 그래요?" 그러곤 그녀가 손을 내미니, 그는 거기에 입을 맞췄다.

"그럼 그렇지, 그럴 줄 알았다니까" 뱅상은 들어서며 외쳤다. "배신자 같으니라구, 자기는 예복을 입었군."

"그랬지, 뱅상이 자기 옷차림새 때문에 창피해하지 않도록 나도 평상복 그대로 온다고 약속했더랬지." 로베르가 릴리앙을 보며 말했다.

"이보게, 날 용서해주게나. 하지만 내가 상중에 있다는 생각이 갑자기 든 걸세."

뱅상은 머리를 높이 치켜들고 있었다. 그에게서는 승리와 기쁨이 넘쳐나고 있었다. 그가 들어왔을 때 릴리앙은 벌떡 일어섰다. 그녀는 한순간 그의 얼굴을 뚫어지게 쳐다보더니, 기쁨에 들떠 로베르에게 달려가 그의 등을 주먹으로 마구 두드리면서 깡충깡충 뛰고, 또 춤을 추며 소리를 질러댔다. (릴리앙이 이렇게 어린아이처럼 굴 때면 나는 짜증이 난다.)

"그가 졌어요! 그가 내기에서 졌다고요!"

"무슨 내기요?" 뱅상이 물었다.

"당신이 또 잃을 거라고 그가 내기를 했다고요. 자, 빨리 말해요. 얼마 땄어요?"

"엄청난 용기와 미덕을 발휘해 5만 프랑에서 딱 그만두고 자리를 떴죠."

릴리앙은 기쁨의 탄성을 내질렀다.

"브라보! 브라보! 브라보!" 그러고 나서 그녀는 뱅상의 목에 매달렸는데, 뱅상은 야릇한 백단향 향기를 내며 타오르는 듯한 그녀의 육체가 자기 몸을 따라 부드럽게 감겨드는 것을 느꼈다. 릴리앙은 그의 이마며, 뺨이며 입술 위로 키스를 퍼부었다. 뱅상은 비틀거리며 한 발 뒤로 물러났다. 그러곤 주머니에서 지폐 뭉치를 끄집어냈다.

"자, 자네가 빌려준 것 받게." 그는 그 가운데 다섯 장을 로베르에게 내밀며 말했다.

"이제 그 돈은 릴리앙 부인 것이네."

로베르가 그녀에게 지폐를 건네니 그녀는 그걸 소파 위에 던졌다. 그녀는 숨이 차올랐다. 그녀는 신선한 공기를 들이마시기 위해 테라스까지 나갔다. 벌써 밤이 끝나가는 시간으로 악마가 자기 셈을 마치는 수상한 시간이었다. 밖에서는 아무 소리도 들려오지 않았다. 뱅상은 소파 위에 앉았다. 릴리앙은 그를 향해 몸을 돌려, 처음으로 그에게 격의 없이 말을 놓으며 이야기했다.

"이제 당신 뭐 할 거야?"

그는 두 손으로 머리를 감싸며 마치 오열하듯 말했다.

"나도 모르겠어요."

릴리앙은 뱅상에게 다가갔고, 그가 머리를 들자 그의 이마 위로 손을 얹었다. 그의 두 눈은 말라 있었으며 불타오르고 있었다.

"그럼 우선 셋이서 건배를 하죠"라고 말하며, 잔 셋에다 토카이를 따랐다.

다 같이 마시고 난 뒤 그녀는 말했다.

"이제 그만 돌아가세요. 밤이 늦었어요. 저도 피곤하군요." 그녀는 대기실 쪽으로 그들을 배웅하러 따라 나오다가, 로베르가 앞서 갈 때 재빨리 뱅상의 손에 조그만 금속 물건을 쥐여주면서 속삭였다.

"같이 나갔다가 15분 뒤에 다시 와."

대기실에서는 하인이 졸고 있었는데, 그녀가 팔을 흔들어 깨웠다.

"이 신사분들 내려가시게 아래층까지 불을 비춰줘요."

층계는 어두웠다. 물론 전등을 켜면 간단했을 것이다. 그러나 릴리앙은 고집스럽게 언제나 자기 손님들이 나가는 것을 하인이 지켜보도록 했다.

하인은 커다란 촛대에 촛불을 켜서 앞쪽으로 높이 쳐들고는 로베르와 뱅상 앞에서 계단을 내려갔다. 로베르의 자동차가 현관 앞에서 기다리고 있었으며, 하인은 그들이 나간 뒤 현관문을 다시 닫았다.

로베르가 자동차 문을 열고 뱅상에게 타라는 시늉을 했을 때 뱅상이 말했다. "난 걸어서 돌아갈 생각이네. 마음을 진정시키게 좀 걷는 게 좋겠어."

"자네 정말 내가 바래다주는 걸 바라지 않나?" 갑자기 로베르가 뱅상의 왼손을 잡았다. 뱅상은 주먹을 쥐고 있었다. "손을 펴보게. 자! 그 속에 뭐가 있는지 보여주게."

뱅상은 순진하게도 로베르가 질투를 하지 않나 두려워하고 있었다. 그는 손가락을 펴며 얼굴을 붉혔다. 조그마한 열쇠가 인도 위로 떨어졌다. 로베르는 재빨리 그걸 집어 들여다보더니, 웃으며 뱅상에게 돌려주었다.

"그럴 줄 알았지!"라고 말하며 어깨를 으쓱했다. 그러고는 자동차에 올라탄 다음, 여전히 당황해하는 뱅상을 향해 뒤로 몸을 젖혔다.

"목요일이야. 자네 동생한테 그날 오후 4시부터 기다린다고 전해주게." 그리고 뱅상에게는 대답할 시간도 주지 않고 재빨리 자동차 문을 닫았다.

자동차가 떠났다. 뱅상은 강변을 따라 몇 걸음 가다가 센 강을 가로질러 가, 튈르리 공원의 철책 바깥쪽으로 접어들었다. 거기 있는 작은 분수대로 다가가 손수건에 물을 적신 다음 그것으로 이마와 관자놀이에 갖다 댔다. 그리고 나서 천천히 그는 릴리앙의 집 쪽으로 되돌아왔다. 그를 내버려두자. 신이 난 악마는 그가 작은 열쇠를 소리도 없이 열쇠 구멍에 밀어 넣는 것을 지켜보고 있다……

바로 이 시간, 보잘것없는 한 호텔 방 안에서는, 어제까지 그의 정부였던 로라가 오랫동안 울고 오랫동안 고통스럽게 흐느낀 다음, 이제 막 잠이 들려고 한다. 한편 프랑스로 향하는 배 갑판 위에서, 에두아르는 새벽녘의 여명 가운데 그녀로부터 받은 편지를 다시 읽고 있다. 그녀가 한탄하며 도움을 요청하는 편지다. 벌써 조국의 다정한 해안이 시야에 들어오고 있다. 그러나 안개 너머로 그 해안을 보기 위해서는 익숙한 눈이 필요할 것이다. 구름 한 점 없는 하늘에서는 신의 시선이 조만간 미소 짓게 될 것이다. 붉게 물든 수평선의 눈꺼풀이 벌써 들어 올려지고 있다. 파리는 얼마나 더울 것인가! 이제 베르나르를 다시 찾아볼 시간이다. 그는 지금 올리비에의 침대에서 잠에서 깨어나고 있다.

VI

> 우리는 전부 다 사생아다. 내가 아버지라 부르던 그 존경스러운 사람도 내가 만들어지던 순간 어디 있었는지 나는 모른다.*
> — 셰익스피어

베르나르는 터무니없는 꿈을 꿨다. 그런데 무슨 꿈을 꿨는지 기억이 나지 않는다. 그는 그 꿈을 기억해내려 하지 않고 그 꿈에서 벗어나려고 한다. 현실 세계로 돌아오자 자기 몸 위를 무겁게 내리누르는 올리비에의 육체가 느껴진다. 그의 친구는 그들이 자는 동안, 아니면 적어도 베르나

---

* 셰익스피어의 희곡 『심벨린』의 2막 4장에 나오는 말로, 아내 이머젠이 불륜을 저질렀다고 생각한 포스튜머스가 여자들의 부정에 대해 격노하여 모든 여자들을 저주하면서 자신이 사생아라고 주장하는 장면이다. 바로 이어 그는 사생아로부터 위폐의 개념으로 넘어가, "그러니까 난 누군가의 손에 의해 만들어진 위조화폐이다"라고 말한다.

르가 자는 동안 바싹 다가왔었다. 게다가 침대가 좁아서 제대로 떨어져 있을 수도 없었다. 올리비에가 몸을 돌렸다. 지금 그는 모로 누워 자고 있는데, 베르나르는 그의 더운 입김이 자기 목덜미를 간질이는 것을 느낀다. 베르나르는 평소에 입는 짧은 셔츠 하나만 걸쳤을 뿐이다. 올리비에의 팔 하나가 그의 몸 위로 가로놓여 그의 살을 지그시 누르고 있다. 베르나르는 한순간 그의 친구가 진짜 자고 있는지 의심한다. 그는 가만히 몸을 뺀다. 그는 올리비에를 깨우지 않고 자리에서 일어나 옷을 입은 다음, 다시 침대 위로 와서 몸을 누인다. 밖으로 나가기에는 아직 너무 이르다. 새벽 4시다. 어둠이 겨우 가시기 시작한다. 하루를 용감하게 시작하기 위해 아직 한 시간 더 휴식을 취하고 기운을 모아야 한다. 하지만 더 이상 잠은 끝났다. 베르나르는 푸르스름해지는 창문과 조그마한 그 방의 벽들, 그리고 조르주가 꿈을 꾸며 몸을 뒤척이고 있는 철제 침대를 바라본다.

그는 속으로 생각한다. '잠시 후 나는 내 운명을 향해 나갈 거야. 모험, 얼마나 멋진 말인가! 다가올 일들. 날 기다리고 있는 모든 놀라운 것들. 다른 사람들도 나와 같은지 모르겠지만, 난 잠에서 깨어나면 곧 잠자고 있는 자들을 멸시하고 싶어져. 올리비에, 내 친구여, 너의 작별 인사를 받지 않고 떠날 거야. 자, 자리에서 일어나, 용감한 베르나르! 시간이 됐어.'

그는 물에 적신 수건 자락으로 얼굴을 닦고, 머리를 매만지고 신발을 다시 신는다. 그리고 소리 없이 문을 연다. 밖으로!

아! 아무도 들이쉰 적이 없는 공기란 그 얼마나 온몸에 상쾌한가! 베르나르는 뤽상부르 공원의 철책을 따라가다 보나파르트 거리를 내려가, 강변으로 접어든 다음 센 강을 건넌다. 그는 새로운 자기 삶의 신조를 생각했다. 최근에 그 표현을 찾아냈던 것이다. 즉 '네가 그걸 하지 않으면 누가 할 것인가? 네가 그걸 지금 당장 하지 않으면 언제 할 것인가?' 그는 생각한다. '해야 할 거창한 일들',* 그는 지금 그것들을 향해 가고 있는 것 같다. '거창한 일들'이라고 걸으면서 되풀이한다. 다만 그것들이 뭔지 알기만 하면 좋으련만……! 우선 그가 아는 건 배가 고프다는 사실이다. 벌써 파리 중앙시장 근처다. 호주머니에는 동전 14수**뿐, 그 이상 한 푼도 없다. 그는 작은 카페에 들어가 카운터에 서서 크루아상 하나와 밀크커피 한잔을 마신다. 값은 10수. 이제 남은 건 4수뿐이다. 위풍당당하게 그는 2수를 팁으로 던져주고, 나머지 2수는 쓰레기통을 뒤지고 있는 한 거지에게 준다. 자선인가? 도전인가? 그건 중요하지 않다. 지금 그는 왕처럼 행복하다고 느낀다. 그에겐 더 이상 아무것도 없다. 그런데 모든 게 그의 것이다! 그는 생각한다. '모든 걸 신의 뜻에 맡기는 거지. 다만 정오쯤 핏빛 도는 먹음직스러운 스테이크를 내 앞에 제공해준다면, 난 신의 뜻과 잘 타협할 거야.' (왜냐하면 어제저녁 그는 식사를 하지 않았던 것이다.) 오래전부터 해는 이미 떠 있었다. 베르나르는 다시 강변으로 간다. 그는 몸이 가뿐해진 느낌이다. 달린다면 마치 날아갈 것만 같다. 머릿속에서는 생각이 기분 좋게 용솟음친다. 그는 생각한다.

'인생에서 어려운 일이란, 같은 걸 오랫동안 계속해서 진지하게 받아들이는 거야. 예를 들면 내가 아버지라 부르던 자에 대한 어머니의 사랑도 그렇다. 난 그 사랑을 15년 동안이나 믿었던 거야. 어제까지만 해도 그걸 믿고 있었지. 그런데 어머니는, 당연하게도! 자기 사랑을 오랫동안 진지하게 받아들일 수 없었던 거야. 내가 알고 싶은 건, 자기 자식을 사생아로 만들었다는 사실로 내가 어머니를 멸시하는지, 아니면 더 존경하

---

 * 프랑스의 계몽사상가이자 경제학자인 생시몽(Saint-Simon, 1760~1825)이 즐겨 쓴 어휘로, 새로운 사회 건설에 대한 주장을 표현하고 있다.
** 과거 프랑스의 화폐 단위로, 1수sou는 5상팀sentime이며, 100상팀이 1프랑franc이었다.

는지 하는 거야…… 그런데 사실, 나는 그걸 그렇게 알고 싶지는 않아. 자기를 낳아준 자들에 대한 감정이란 선명하게 밝혀내려고 너무 애쓰지 않는 편이 나은 그런 것들이지. 바람난 어머니의 남편에 대해선 아주 간단해. 아무리 먼 옛날 기억을 되돌아봐도 나는 그 인물을 언제나 증오했어. 오늘에야 고백하는 바이지만 그 점에 대해 난 그리 칭찬받을 만하진 못했다. 그게 내가 지금 후회하는 전부다. 그 서랍을 억지로 열어보지 않았더라면 내가 평생 나 자신을 아버지에게 배은망덕한 감정이나 품고 있는 아들이라고 여겼을 걸 생각하니 참! 진실을 알게 되어 얼마나 다행인지……! 어쨌든, 내가 그 서랍을 딱히 억지로 연 것도 아니었다. 그걸 열 생각은 하지도 않았지…… 그럴 만한 상황이 있었던 거야. 우선 그날, 나는 끔찍할 정도로 심심했지. 그리고, 그 호기심, 페늘롱이 말했듯 그 '숙명적 호기심'*이 있었는데, 그건 가장 확실하게 나의 친부로부터 물려받은 게 틀림없어. 프로피탕디외 집안에는 그런 기미가 보이지 않으니까 말이다. 난 어머니의 남편 되는 사람보다 더 호기심 없는 사람은 만나본 적이 없다. 그와 어머니 사이에서 태어난 자식들을 제외하면 말이다. 점심을 먹고 나면 그들에 대해서도 다시 한 번 생각해봐야지…… 탁자의 대리석판을 들어 올리고 그 밑에서 서랍이 비죽이 열린 걸 발견하는 것, 그건 어쨌든 자물쇠를 부수는 것과 같은 건 아니지. 나는 자물쇠털이범은 아니야. 탁자의 대리석판을 들어 올리는 것, 그건 누구에게나 일어날 수

---

* 페늘롱(François Fénelon, 1651~1715): 프랑스의 종교 사상가이자 작가. 루이 14세의 후계자인 부르고뉴 공작의 스승으로 교육을 위하여 『텔레마크의 모험』을 썼다. 그중에 "신들이 밝히는 것은 새겨듣고, 또 신들이 감추고자 하는 것은 밝히려 들지 말라. 무모한 호기심은 혼동을 자초할 수 있다"는 구절이 있다. 『텔레마크의 모험』은 아버지를 찾아 방랑하는 한 젊은이의 이야기로, 진정한 아버지를 되찾는 모티프는 이 소설의 핵심 요소 중 하나이기도 하다.

있는 일이다. 테세우스*가 바위를 들어 올렸던 때도 아마 내 나이쯤이었을 게다. 평소 탁자를 건드리지 못하게 하는 건 탁상시계다. 그 탁상시계를 고치려고 하지 않았더라면 탁자의 대리석판을 들어 올릴 생각도 하지 못했겠지…… 누구에게나 일어나지 않는 건 바로 그 밑에서 무기나 불륜의 연애편지들을 발견하는 거야! 아무려면 어때! 중요한 건 내가 거기서 진실을 알아냈다는 거야. 모든 사람들이 햄릿처럼 진실을 드러내주는 유령의 등장이라는 호사를 누릴 수는 없는 거지. 햄릿이라! 자신이 죄악의 열매인가 아니면 적자인가에 따라 시각이 이렇게도 달라진다는 건 참으로 흥미롭군. 그 문제에 대해선 점심을 먹고 나서 다시 생각해볼 것이고…… 그 편지들을 읽은 게 내 잘못이었나? 만약 잘못한 것이었다면…… 아니야, 그랬다면 지금쯤 후회를 하고 있었겠지. 만약 그 편지들을 읽지 않았더라면, 난 계속해서 무지와 거짓과 복종 속에서 살아가야 했을 거야. 바람을 좀 쐬자. 먼바다로 나가자! 보쉬에가 말했듯 '베르나르, 베르나르! 이 푸른 젊음……' 인 거야.** 그 젊음을 이 벤치 위에 앉혀라, 베르나르. 오늘 아침 이 얼마나 좋은 날씨인가! 태양이 진정 대지를 쓰다듬는 것처럼 보이는 날들이 있다. 나 자신에게서 조금만 벗어날 수 있다면, 분명 시를 쓸 수 있으련만……

벤치 위에 몸을 누인 그는 그 자신에게서 너무나 멀리 벗어나, 그만

---

* 그리스 신화에 나오는 영웅이다. 부친이 남긴 전언에 따라 열여섯 살에 거대한 바위를 들어 올려, 그 아래 숨겨진 부친의 검과 샌들을 찾고, 갖은 모험을 헤쳐나가 결국 부친을 찾고 왕위에 오른다.
** 자크베니뉴 보쉬에(Jacques-Bénigne Bossuet, 1627~1704) 프랑스의 가톨릭 신학자로 개신교를 배격하면서 프랑스 가톨릭교회의 독립을 주장했다. 이 인용은 그가 쓴 『성 베르나르 송가』에 나오는 구절로, 성 베르나르는 그의 부친이 세운 시토 수도회를 번창시켰는데, 그의 부친 이름은 이 소설의 인물인 베르나르의 부친 이름과 같은 알베리크였다.

잠이 들어버렸다.

VII

이미 높이 솟은 햇빛이 열린 창문을 통해 들어와, 널찍한 침대 위 릴리앙 곁에 누워 있는 뱅상의 맨발을 어루만지듯 비추고 있다. 그가 깨어 있는 줄 모르고 있던 릴리앙은 몸을 일으켜 그를 쳐다보다가, 그가 걱정스러운 표정을 하고 있는 걸 보고 놀란다.

그리피스 부인은 아마도 뱅상을 사랑하는 모양이다. 그러나 그녀가 사랑한 것은 성공한 모습으로서의 그였다. 뱅상은 키가 크고 잘생기고 몸도 늘씬했으나, 제대로 서 있는 법도, 앉는 법도, 일어서는 법도 모르고 있었다. 얼굴 표정은 풍부하건만 머리 모양은 엉망이었다. 그녀는 특히 대담하고 강인한 그의 사고방식을 높이 평가했다. 학식이 무척 많은 건 분명했으나, 그녀가 보기에 세련된 맛이 없었다. 그녀는 연인이자 어머니 같은 본능을 가지고 다 큰 이 어린아이 위로 몸을 굽혀 그를 다듬어보려고 애쓰는 것이었다. 그를 가지고 자신의 작품을, 자신의 조각상을 만들고 있었다. 그녀는 손톱 다듬는 법을 가르쳤으며, 또 예전에는 뒤로 빗어 넘겼던 머리카락을 옆으로 가르마를 타게 했다. 그랬더니 머리칼로 반쯤 덮인 그의 이마는 더 창백하고 높아 보였다. 마지막으로 그가 매고 있던 싸구려 기성복 나비넥타이를 잘 어울리는 넥타이로 바꿔 매게 했다. 확실히 그리피스 부인은 뱅상을 사랑하고 있었다. 하지만 그가 입을 다물고 있다거나, 그녀가 말하듯 '침울하게' 있는 건 견딜 수 없어 했다.

뱅상의 이마 위로, 그녀는 마치 주름살을 지워버리려는 듯 자신의 손가락을 갖다 대어 천천히 왔다 갔다 하고 있다. 두 눈썹 위에서부터 수직으로 깊이 파인 두 개의 주름은 보기에도 거의 고통스러울 지경이다.

"미련이나 걱정거리, 회한 등을 가져올 거라면 다시 오지 않는 게 더 나을 거야"라고 그녀는 그를 향해 몸을 숙이며 속삭인다.

뱅상은 마치 너무 강렬한 빛을 받은 것처럼 두 눈을 감는다. 환희에 찬 릴리앙의 눈빛에 눈이 부셨던 것이다.

"여기는 회교 사원과 같은 곳이야. 바깥의 진창을 묻힌 채 들어가지 않기 위해 들어올 때 신발을 벗어야 해. 당신이 지금 누구 생각을 하고 있는 줄 내가 모를 거라고 생각해!" 그러곤 뱅상이 손으로 자기 입을 막으려고 하자 그녀는 뿌리치듯 몸을 돌렸다.

"아니, 진지하게 얘기할 테니 잘 들어봐. 지난번 당신이 얘기한 걸 곰곰이 생각해봤어. 일반적으로 여자들은 사고할 줄 모른다고 믿고들 있지만, 그건 당신도 알게 되겠지만 여자 나름이야…… 당신이 이종교배(異種交配)의 산물*에 대해 말한 것 말이야…… 그리고 잡종에서는 어떤 훌륭한 것도 얻지 못하고, 차라리 선별에 의해서 얻는다는…… 어때! 당신 강의를 잘 기억하고 있지……? 그런데 말이야! 오늘 아침 내가 보기에 당신은 괴물을 하나 키우고 있는 것 같아. 뭔가 너무나 우스꽝스러운 건데 당신은 결코 떼어버릴 수 없을 것 같아. 바커스 신의 무녀와 성령의 잡종 말이야. 안 그래……? 당신은 로라를 차버린 자신이 혐오스러운 거야. 당신 이마의 주름이 그걸 말해주고 있어. 당신이 그녀 곁으로 돌아가고 싶다면, 당장 그렇게 말하고 날 떠나. 그렇다면 내가 당신을 잘못 본

---

* 지드는 자신을 지리적·기질적으로 정반대되는 친가와 외가 사이의 이종교배의 산물로 여기며, 자신의 내적 이중성을 태생적인 것으로 돌리고 있다. 그는 대립되는 이 두 성향의 갈등을 조화시키려는 과정에서 자신이 예술가로 탄생되었다고 본다.

것일 테니, 아무 미련 없이 당신을 보내줄 거야. 하지만 나랑 같이 있을 작정이라면 그런 울상은 그만 지어. 당신을 보면 어떤 영국 사람들이 생각나. 그들은 사고가 자유로워질수록 점점 더 도덕에 매달리지. 그래서 자유사상가라고 하는 그들 몇몇보다 더 청교도적인 자는 없을 정도야…… 당신은 날 무정한 여자라고 생각해? 하지만 그건 당신이 잘못 생각하는 거야. 난 당신이 로라에게 연민을 느끼는 그 마음을 너무나 잘 이해해. 하지만 그렇다면 당신은 여기서 도대체 뭘 하고 있는 거야?"

그리고 나서 뱅상이 얼굴을 돌리려 하자 그녀가 계속했다.

"이봐. 욕실로 가서 당신의 그 회한은 샤워로 다 씻어버리고 와. 차를 준비시킬게. 응? 그리고 나오면 내가 설명해줄 게 하나 있어. 당신이 아직 잘 이해하지 못하고 있는 것 말이야."

그가 자리에서 일어나니 그녀 역시 뒤따라 뛰듯이 일어섰다.

"곧장 옷을 입진 마. 온수기 오른편에 있는 장롱 속에 부르누스도 있고, 하이크나 파자마도 있으니…… 당신이 선택해."

20분 뒤 뱅상이 다시 나타나는데, 연두색의 실크 젤라바*를 걸치고 있다.

"잠깐! 기다려! 내가 제대로 해줄 테니 기다려"라고 기쁨에 들뜬 릴리앙이 외쳤다. 그러곤 동양풍의 궤짝에서 폭이 넓은 보라색 스카프를 두개 꺼내, 더 짙은 색의 스카프는 뱅상의 허리에 두르고, 다른 것은 머리에 터번처럼 둘러주었다.

"내 생각은 언제나 내가 입는 옷 색깔과 같아." 그녀는 은박 장식이

---

* '부르누스'는 주로 북아프리카 아랍인들이 입는 두건 달린 양모로 된 망토, '하이크'는 아랍인들이 몸에 두르는 커다란 숄 종류, '젤라바'는 주로 모로코 남성들이 착용하는, 목둘레를 뚫은 소매 달린 긴 원피스를 말한다.

있는 자주색 파자마를 입고 있었다. "내가 아주 어렸을 때 샌프란시스코에서의 어느 날이 기억나네. 그때 이모님 한 분이 돌아가셨다는 이유로 나한테 검은색 옷을 입히려고 한 거야. 내가 한 번도 본 적이 없었던 나이 많은 이모님이었어. 그날 난 하루 종일 울었어. 그렇게 슬플 수가 없었지. 나는 엄청나게 슬픈 것처럼, 그리고 그 이모님이 한없이 그리운 것처럼 생각됐어…… 단지 검은색 때문이었어. 오늘날 남자들이 여자들보다 더 심각한 건 남자들이 더 어두운 색깔의 옷을 입기 때문이야. 당신도 조금 전과는 벌써 생각이 달라졌지, 안 그래? 거기, 침대 가에 앉아봐. 당신이 보드카 한 잔과 차 한 잔, 그리고 샌드위치 두세 개를 먹고 나면 내가 이야기를 하나 해줄게. 자, 다 먹으면 얘기해. 내가 시작할 테니……"

그녀는 침대 밑 매트 위에 앉았다. 두 무릎으로 턱을 받친 채, 뱅상의 두 다리 사이에 마치 이집트의 석상처럼 웅크리고 있었다. 그녀 역시 뭘 좀 먹고 마시고 난 다음, 이야기를 시작한다.

"부르고뉴호*가 난파했던 날, 난 그 배에 타고 있었어. 그때 난 열일곱 살이었지. 그럼 지금 내가 몇 살인지 알 수 있을 테지. 난 수영을 무척 잘했어. 그런데 내가 그리 무정한 사람이 아니라는 걸 증명하기 위해 하는 말이지만, 가장 먼저 떠오른 생각이 나 자신이 살아야겠다는 것이었다면, 그다음은 누군가를 구하자는 것이었어. 그 생각이 가장 먼저 떠오른 게 아니었나 싶기도 해. 아니 차라리 아무 생각도 하지 않았던 것 같아. 하지만 그런 순간에 자기 자신만 생각하는 사람들만큼 혐오스러운 건 없

---

* 대서양 횡단 여객선인 부르고뉴호는 1898년 7월 4일, 안개 속에서 다른 배와 충돌해 침몰했다. 5백 명 이상 죽은 이 사건에서 살아남은 한 생존자의 증언을 지드는 자신의 『중죄 재판소 회고록』에 쓰고 있다.

어. 정말이야. 소리를 질러대는 여자들 말이야. 첫번째 구명보트엔 주로 여자들과 어린아이들만 실었어. 그런데 그중 몇몇 여자들이 어찌나 고함을 질러대는지 사람들 얼을 빼놓을 지경이었어. 보트를 내리는데 어찌나 서툴게 조종을 했던지, 바다 위로 제대로 내려앉는 대신 곤두박질치고 말았어. 그 바람에 보트가 물속에 완전히 빠지기도 전에 그 속에 탄 사람들을 다 쏟아내고 말았던 거야. 그 광경을 횃불과 갑판 위 신호등과 탐조등 불빛이 비추고 있었어. 얼마나 처참했는지 당신은 상상도 못할 거야. 파도는 상당히 높았어. 불빛이 미처 가 닿지 못한 것은 전부 산더미 같은 파도 너머, 어둠 속으로 사라져버리는 것이었어. 그보다 더 강렬한 순간을 살았던 적은 한 번도 없었어. 하지만 물로 뛰어드는 뉴펀들랜드 개*처럼 난 이것저것 재볼 수도 없었던 것 같아. 무슨 일이 벌어졌는지 지금 생각해도 알 수 없지만, 지금도 선명히 기억하는 건 그 보트 속에 대여섯 살 된 아주 귀여운 여자 아이가 있는 걸 봤다는 거야. 그리고 배가 뒤집히는 걸 본 순간, 그 아이를 구해야겠다고 결심한 거야. 그 아이는 처음에는 자기 엄마와 함께 있었는데, 그 엄마는 헤엄을 잘 칠 줄 모르는 것이었어. 게다가 이런 경우 늘 그렇듯, 입고 있던 치마 때문에 제대로 움직일 수도 없었어. 나는 기계적으로 옷을 벗어던졌던 것 같아. 사람들이 다음 구명보트에 타라고 날 불렀어. 나는 그 보트에 올라탔던 것 같은데, 바로 그 보트에서 곧바로 바다로 뛰어들었던 모양이야. 지금 기억나는 건 내 목에 매달린 아이와 함께 꽤 오랫동안 헤엄을 쳤다는 사실뿐이야. 겁에 질린 아이가 내 목을 어찌나 꼭 붙들고 있었는지, 난 더 이상 숨을 쉴 수가 없었어. 다행히 보트에 타고 있던 사람들이 우리를 보게 되었고, 우리를 기

---

* 물갈퀴 역할을 하는 특이한 구조의 발을 가져, 수상 인명구조견으로 유명하다.

다렸거나 아니면 우리 쪽으로 노를 저어 오게 됐던 거야. 그런데 내가 이 이야기를 하는 건, 그런 구조 얘기를 하려는 게 아니야. 그 어떤 것도 내 머리나 마음속에서 지워버릴 수 없을 가장 생생하게 남아 있는 기억을 말하려는 거야. 그 보트에는 나처럼 필사적으로 헤엄치다 구조된 몇몇 사람들까지 합해 마흔 명가량이 빽빽이 타고 있었어. 물은 거의 뱃전까지 차오르고 있었지. 나는 보트 뒤쪽에 있었는데 내가 막 구한 그 여자 아이를 품에 꼭 껴안고 있었어. 그건 그 애 몸을 녹여주기 위해서기도 했으나, 나로선 보지 않을 수 없었던 걸 못 보게 하려고 그랬던 거야. 선원이 둘 있었는데, 한 사람은 도끼를, 다른 사람은 부엌칼을 들고 있었어. 그들이 뭘 하고 있었는지 알아……? 밧줄을 잡고 헤엄쳐 와 우리 배에 올라타려는 사람들 손가락과 손목을 내리치고 있었던 거야. 선원 가운데 하나가 (다른 이는 흑인이었어) 추위와 공포, 그리고 끔찍한 두려움에 이를 딱딱 마주치며 떨고 있던 나를 향해 돌아보더니 '한 사람만 더 올라타면 우리 모두 끝장나는 거요. 배가 꽉 찼으니까'라고 말하더군. 덧붙여 말하길, 난파를 당하면 모두들 이럴 수밖에 없다고, 하지만 물론 아무도 그런 얘기는 하지 않는다는 거였어.

그러곤 난 기절했던 것 같아. 어쨌든 그다음은 아무것도 기억나지 않아. 마치 엄청난 소음을 듣고 난 뒤 오랫동안 귀가 멍멍한 것처럼 말이야. 그리고 우리를 구해준 X…호에서 정신이 다시 들었을 때, 나는 내가 더 이상 같은 사람이, 옛날의 그 감상적인 소녀가 아니란 걸, 결코 그렇게 될 수도 없으리라는 걸 깨달았어. 부르고뉴호와 함께 나 자신의 일부도 바닷속으로 침몰해버렸다는 사실을, 그리고 그 후부터는 수많은 우아한 감정들이 기어올라와 내 마음을 침몰시키지 못하도록 그 손가락과 손목을 내려치게 될 거라는 사실을 깨달은 거야."

그녀는 곁눈으로 뱅상을 바라봤으며 상체를 뒤로 젖혔다.

"그런 습관을 가져야 할 거야."

그리고 나선 아무렇게나 묶여 있던 머리카락이 풀려 어깨 위로 흘러내리고 있었으므로, 그녀는 자리에서 일어나 거울 쪽으로 다가가 머리를 매만지며 계속 말했다.

"그리고 나서 얼마 뒤 내가 미국을 떠났을 때, 난 마치 내가 황금 양털이 되어 나를 정복할 자를 찾아 나선 것 같은 기분이었어.* 때로는 내가 틀렸을 수도 있어. 그리고 잘못을 저지를 수도 있었고⋯⋯ 그리고 내가 오늘 당신에게 이렇게 말하는 것도 잘못일 수도 있겠지. 하지만 내가 당신에게 몸을 허락했다고 날 정복했다고는 생각하지 마. 잘 알아둬. 난 평범한 사람은 질색이고 오직 정복자만 사랑할 수 있다는 것 말이야. 당신이 날 원한다면 그건 당신이 뭔가를 정복하는 데에 내 도움이 필요하기 때문이라야 할 거야. 하지만 동정이나 받고, 위로받고, 어리광이나 부리려면 말이야⋯⋯ 지금 당장 당신에게 말해놓는 게 더 낫겠어. 아니야, 뱅상. 그럴 경우 당신에게 필요한 사람은 내가 아니라, 바로 로라야."

그녀는 이 모든 이야기를 뒤도 돌아보지 않고, 자꾸만 빠져나오는 머리카락을 계속 매만지며 말했다. 그러나 뱅상은 거울 속에서 그녀의 시선과 부딪혔다.

"오늘 밤에 대답해도 되겠지." 그는 자리에서 일어나 자신의 평상복으로 갈아입기 위해 동양풍의 의상을 벗으면서 말했다. "지금으로선, 내 동생 올리비에가 나가기 전에 빨리 집에 돌아가야 해. 급히 전할 게 있어서."

---

* 그리스 신화에 나오는 이야기로, 영웅 이아손은 자기 왕국의 보물인 황금 양털을 되찾기 위해 아르고호에 50명의 정예부대를 태우고 출정에 나선 뒤 온갖 시련을 모두 이겨내고 목적을 이룬다.

그는 갑자기 떠나는 걸 얼버무리려는 듯, 변명이라도 하듯 그렇게 말했다. 그러나 릴리앙에게 다가갔을 때 그녀가 미소를 지으며 뒤로 돌아서자 어찌나 아름다웠는지 그는 잠시 망설였다.

"그렇지 않으면 점심때 볼 수 있도록 메모라도 남겨놓아야겠는데." 그가 다시 말을 이었다.

"둘이서 이야기를 많이 나눠?"

"아니. 거의 하지 않지. 오늘 저녁 개가 초대받았다는 걸 전해줘야 해서."

"로베르로부터…… Oh! I see……" 그녀는 야릇하게 웃으면서 말했다. "그 사람에 대해서도 한번 이야기해봐야 될 거야…… 자, 그럼 빨리 가. 그런데 6시에 다시 와. 7시에 그의 차로 교외로 같이 저녁 먹으러 가게 돼 있으니까."

뱅상은 걸으면서 생각에 잠긴다. 정욕으로 인한 포만감으로부터 환락과 함께, 하지만 그 환락 뒤에 몸을 숨긴 채 일종의 절망감이 생겨날 수 있음을 느끼는 것이다.

VIII

여인들은 사랑하든가 알든가 둘 중에 선택해야 한다. 그 중간
은 없다.
— 샹포르*

---

* 샹포르(Nicolas de Chamfort, 1741~1794): 프랑스의 시인이자 도덕론자. 학술원 회원.
대혁명시대에 온건파라는 혐의로 체포되어 옥중에서 자신의 몸을 난도질하고, 그 상처가 원

파리행 급행열차 속에서 에두아르는 파사방의 책을 읽고 있다. 『철봉』,* 신간으로 조금 전 디에프 역에서 산 것이다. 이 책은 파리에서 그를 기다리고 있을 테지만, 에두아르는 한시라도 빨리 그 책을 읽어보고 싶은 것이다. 어디서나 그 책 이야기를 하고 있다. 그런데 자신의 책은 여태껏 한 번도 역 구내서점에 진열되는 명예를 누려보지 못했다. 책을 갖다 놓게 하려면 이런저런 방법을 쓰기만 하면 된다는 이야기는 여러 번 들었으나, 그는 그러고 싶지 않다. 자기 책이 역 구내서점에 진열되건 말건 전혀 개의치 않는다고 내심 말하고는 있으나, 거기서 파사방의 책을 보고서는 다시 한 번 되뇔 필요가 있었다. 파사방의 일거수일투족, 그리고 그 주변에서 일어나는 모든 게 그의 기분을 언짢게 한다. 예를 들면 그의 책에 대해 극찬을 해대는 신문기사 같은 것들. 그렇다, 마치 일부러 꾸며놓은 일 같다. 배에서 내리자마자 그가 산 신문 세 개가 모두 『철봉』에 대한 찬사를 싣고 있는 것이다. 그리고 네번째 신문에는 파사방의 편지가 실려 있는데, 얼마 전 바로 그 신문에 실렸던 기사, 다른 기사들보다 찬사가 부족했던 한 기사에 대한 반박문이었다. 파사방은 그 속에서 자기 책을 옹호하고 또 설명하고 있다. 에두아르는 다른 기사보다 그 편지에 한층 더 화가 난다. 파사방은 여론에 진상을 밝힌다고 자처하지만 실은 교묘하게 여론을 유도하고 있는 것이다. 에두아르의 책 가운데 그 어떤 책도 이

인이 되어 죽었다. 이 구절은 사후에 친구들이 그의 유작을 『성격과 일화』라는 제목을 붙여 간행한 책에 나온다.

* 장 콕토의 희곡 중 '무용에서 180도로 다리를 벌리기'를 의미하는 제목인 『그랑 에카르』(1923)와 연결시켜볼 수 있다. 지드는 일기에서 이 작품을 평하며 '예술이 기교로 전락했다'고 했다.

렇게 많은 기사로 여론을 불러일으킨 적은 없었다. 한 번도 평론가들로부터 호평을 끌어내려고 뭔가 한 적도 없었던 것이다. 평론가들이 그에 대해 차갑게 평가해도 그는 아무렇지 않다고 여긴다. 그런데 경쟁자의 책에 대한 기사를 읽으면서 그는 아무렇지 않다고 내심 되풀이할 필요를 느끼는 것이다.

그건 그가 파사방이라는 인간을 싫어하기 때문은 아니다. 그도 이미 파사방을 여러 번 만나봤고, 또 매력적이라고 생각했다. 게다가 파사방은 언제나 그에게 무척 친절하게 대했다. 그러나 파사방의 작품들은 그의 마음에 들지 않았다. 파사방은 예술가라기보다 일개 재주꾼처럼 보이기 때문이다. 그에 대한 생각은 그만두고……

에두아르는 웃옷 주머니에서 로라의 편지를, 그가 배 갑판에서 되풀이해서 읽었던 그 편지를 꺼내 다시 읽는다.

당신께,

제가 마지막으로 당신을 만났을 때 — 기억하실는지 모르지만, 지난 4월 2일, 제가 프랑스 남부로 떠나기 전날, 세인트 제임스 파크에서였죠 — 당신은 제게 어려운 일이 생기면 꼭 편지를 쓰라고 약속하게 했지요. 지금 그 약속을 지킵니다. 그리고 당신 아니면 그 누구에게 제가 도움을 청할 수 있겠습니까? 제가 의지하고 싶었던 사람들에게는 도리어 제 괴로움을 숨겨야 하는 처지가 된 것입니다. 저는 지금 엄청난 고통 속에 있습니다. 펠릭스 곁을 떠난 이후 제 삶이 어떠했는지, 아마도 언젠가는 선생님께 말씀드리겠어요. 그는 포까지 저를 바래다주고 난 다음, 강의 때문에 혼자 케임브리지로 돌아갔습니다. 포에서 혼자, 나 자신에 내맡겨진 채, 회복기와 봄을 맞으며 제가 어떻게 되었는지…… 펠릭스에게 말할 수 없는 걸 당신에게 감히 고백해도 될까요? 그에게 다시 돌아갈 때가 왔어요. 하지만 안타깝게도, 저는 더 이상 그를 볼 자격이 없습니다. 얼마 전부터 제가 그에게 보내는 편지들은 거짓말투성이이고, 그가 보내오는 편지들에는 제 건강이 회복되어 기쁘다는 얘기뿐입니다. 저는 왜 계속 아프지 않은 건가요! 거기서 그만 죽었더라면 좋았을 텐데 말입니다……! 저는 명백한 사실을 인정해야 했어요. 제가 임신을 했고, 또 태어날 아이가 그의 아이가 아니라는 사실을요. 제가 펠릭스 곁을 떠난 건 석 달도 더 됩니다. 어쨌든 그만은 속일 수 없을 거예요. 그에겐 감히 돌아갈 수가 없습니다. 그럴 수가 없어요. 또 그러고 싶지도 않아요. 그는 너무나 착한 사람이에요. 분명 저를 용서할 테지만 전 그런 대접을 받을 가치가 없고, 그가 절 용서하는 걸 원치 않아요. 그리고 감히 부모님에게도 돌아갈 수 없어요. 부모님은 제가 아직 포에 있는 줄 알고 계세요. 저의 아버지는 만약 이 사실을 알게 되면 제게 저주를 퍼부으실 거예요. 그리고 저를 내쫓을 거예요. 제가 어떻게 덕성으로 가득 찬 아버지 앞에, 악과 거짓, 그리고 불순한 모든 것을 끔찍이 혐오하는 아버지 앞에 나설 수 있겠어요? 또 어머니와 언니를 고통스럽게 하는 것도 두려워요. 그리고 그 사람으로 말하자면…… 하지만 전 그를 비난하고 싶지는 않아요. 그가 절 도와주겠다고 약속했을 때만 해도 그는 그럴 수 있는 형편이었어요. 하지만 절 더 잘 도와주겠다는 마음에서 그는 불행하게도 도박에 손을 댔어요. 그런데 저의 출산비용과 생활비에 쓰기로 한 돈을 잃고 만 거예요. 전부 다 잃었어요. 전 처음에는 어디든지 그와 같이 떠나 함께 살 생각이었어요. 당분간만이라도요. 왜냐하면 그를 방해하거나 그의 짐이 되고 싶지는 않았거든요. 그리고 제 생활비를 벌 수 있는 일자리는 어쨌든 찾을 수 있었을 테니까요. 하지만 지금 당장은 그럴 수도 없어요. 절 저버리는 것에 대해 그가 괴로워하고 있다는 걸 잘 알고 있어요. 또 그가 달리 어떻게 할 수도 없다는 것도요. 그래서 그를 비난하진 않아요. 하지만 어쨌든 그는 저를 저버렸어요. 전 지금 돈이 한 푼도 없어요. 작은 호텔에서 외상으로 지내고 있어요. 하지만 그것도 오래 가진 못할 거예요. 앞으로 어떻게 될지 알 수도 없어요. 아아, 그토록 감미롭던 길이 인도한 곳이 단지 이런 구렁텅이라니! 제게 주신 런던 주소로 이 편지를 보내는데 도대체 언제 이 편지를 받아보실 수 있을는지요? 아이를 갖기를 그토록 바랐던 전데! 전 하루 종일 울고만 있어요. 어떻게 해야 될지 좀 알려주세요. 당신만이 유일한 희망이에요. 절 도와주세요, 가능하다면. 그런데 만약 그렇지 않으면…… 아아! 다른 때라면 용기가 더 났을 텐데, 하지만 지금은 죽는다 해도 더 이상 혼자 몸이 아니라서. 당신이 와줄 수 없고 또 '아무것도 도와줄 수 없다'라고 편지를 쓰신다 해도 당신을 조금도 원망하지 않을 거예요. 당신에게 작별 인사를 하면서 인생을 너무 후회하지 않도록 할 거예요. 하지만 당신은 한 번도 제대로 이해한 적이 없는 것 같아요. 당신이 제게 보여줬던 우정은 아직까지 제게 가장 소중한 것으로 남아 있다는 사실 말이에요. 그리고 당신에 대해 제가 우정이라 부르던 게 제 마음속에서는 다른 이름을 갖고 있다는 사실도 말입니다.

로라 펠릭스 두비에

추신: 이 편지를 부치기 전에 마지막으로 그를 다시 만나볼 거예요. 오늘 저녁 그의 집에서 그를 기다릴 거예요. 그러니까 당신이 이 편지를 받게 된다면, 그건 정말…… 안녕히 계세요, 안녕히…… 무슨 말을 쓰고 있는지 저도 모르겠어요.

에두아르가 이 편지를 받은 건 그가 영국을 떠난 바로 그날 아침이었다. 다시 말하면, 그는 이 편지를 받자마자 곧바로 떠나기로 결정했던 것이다. 어쨌든 영국에서 더 오래 체류할 생각은 없었다. 그렇다고 해서 그가 단지 로라를 돕기 위해 파리로 돌아온 거라고 암시하고자 하는 건 아니다. 내 말은, 그가 파리로 돌아오게 된 걸 무척 기뻐하고 있다는 말이다. 그는 최근 영국에서 육체적 쾌락을 전혀 누리지 못하고 있었다. 파리에 도착하면 그가 가장 먼저 할 일은 사창가로 가는 것이다. 그런데 그런 곳에 개인적 서류를 지니고 가고 싶지 않아, 그는 열차 그물 선반에서 트렁크를 내린 다음 로라의 편지를 집어넣기 위해 트렁크를 연다.

이 편지를 넣어둘 자리는 양복 상의와 와이셔츠 사이가 아니다. 그는 옷가지들 아래에서 마분지 겉장의 수첩 하나를 꺼내는데, 절반가량이 그의 글씨체로 빼곡히 적혀 있다. 그는 수첩 앞부분, 작년에 쓴 몇 페이지를 찾아 다시 읽는데, 로라의 편지는 그 사이에 끼워 넣을 것이다.

❧ 에두아르의 일기

10월 18일

로라는 자신의 힘을 전혀 눈치채지 못하고 있는 것 같다. 내 마음속

비밀을 꿰뚫고 있는 나로서는, 이날까지 내가 쓴 것 중 그녀로부터 간접적이나마 영감을 받지 않은 것은 단 한 줄도 없다는 사실을 잘 알고 있다. 내 곁에 있을 때, 그녀는 아직 어린애같이 느껴진다. 그래서 내가 이야기를 풀어가는 솜씨는 오직 그녀를 가르치고, 그녀를 설득하고, 또 그녀를 유혹하기 위한 내 욕망에서 나온 것이다. 뭘 보든 듣든 곧바로 '그녀는 어떻게 말할까'라는 생각 없이는, 나는 아무것도 보지도 듣지도 못한다. 나 자신의 감동은 내팽개치고 오직 그녀가 느낀 감동만 느낄 뿐이다. 그녀가 내 곁에서 나를 규정해주지 않는다면, 나라는 인물은 그 윤곽이 너무나 희미해서 그만 사라져버릴 것 같은 느낌마저 든다. 오직 그녀를 중심으로 나 자신은 집중되고 결정되는 것이다. 도대체 무슨 착각에서 오늘날까지 나 자신이 그녀를 나와 닮게 만들어왔다고 생각할 수 있었단 말인가? 사실은 정반대로 그녀와 닮기 위해 순응해왔던 건 바로 나 자신이었다. 나는 그 사실을 깨닫지 못했던 것이다. 그보다 오히려, 사랑에 의해 서로 야릇하게 영향을 주고받음으로써, 우리 두 존재는 서로서로를 변형시켰던 것이다. 서로 사랑하는 두 사람은 제각기, 본의 아니게, 또 무의식적으로, 자신이 상대방의 마음속에 그려보는 우상에 따라 자신을 만들어가는 것이다…… 진정 사랑에 빠진 사람은 누구나 스스로에 대한 성실성을 포기하게 된다.

바로 이렇게 그녀는 나를 속인 셈이다. 그녀의 생각은 어디든지 내 생각을 따라다녔다. 나는 그녀의 취향과 그녀의 호기심, 그녀의 교양에 감탄했다. 하지만 내가 열중하는 모든 것에 그녀가 그토록 열렬히 관심을 갖는 게 단지 나에 대한 사랑 때문이라는 사실을 나는 모르고 있었다. 왜냐하면 그녀는 아무것도 새로운 걸 찾아낼 줄 몰랐기 때문이다. 그녀가 감탄했던 것 하나하나란, 그녀에게는 바로 내 생각에 기대어 자기 생각을 누일 수 있는 안식처일 뿐이었다는 사실, 나는 그걸 오늘에야 깨닫는다. 그 가운데 어떤 것도 그녀 본성의 깊은 곳에서 우러나는 요구에 따른 건 아니었다. "제가 저 자신을 꾸미고 치장한 건 오직 당신을 위한 것이었어요"라고 그녀는 말할 것이다. 사실상, 나는 그게 그녀 자신을 위한 것이기를, 또 그렇게 하는 게 그녀 자신의 내밀한 개인적 욕구에 따른 것이기를 바랐다. 하지만 그녀가 오직 나를 위해 자신에게 덧붙였던 이 모든 것에서는 아무것도 남지 않을 것이다. 어떤 미련도, 또 뭔가 부족했다는 느낌조차 남지 않을 것이다. 언젠가 진정한 존재가 다시 나타나는 날이 올 것이다. 자기가 빌려 입은 모든 의상이 세월과 함께 서서히 벗겨지는 그런 날이. 그리고 상대방이 단지 이런 치장 때문에 현혹된 것이라면, 그때 가서 그가 가슴에 품게 되는 것이란 단지 빈껍데기 장식과 추억뿐…… 상실과 절망뿐이리라.

아! 그 얼마나 많은 덕목과 그 얼마나 많은 완벽함으로 내가 그녀를 치장했던가!

성실성이라는 이 문제는 얼마나 성가신가! **성실성**! 내가 성실성이라 말할 때, 내가 생각하는 건 단지 그녀의 성실성이다. 나 자신을 되돌아볼 때면, 그 말이 무슨 의미인지도 모르게 된다. 나는 나 자신이 그러려니 믿고 있는 것 외에 아무것도 아니다. 그런데 그것도 끊임없이 변하고 있어 그것들을 서로 맞춰 알아볼 나라는 존재가 없다면, 아침의 나는 저녁의 나를 알아보지 못할 정도이다. 나 자신보다 더 나와 다른 건 아무것도 없을 것이다. 단지 고독 속에 빠져 있을 때만 이따금 내 본질이 나타나고, 나는 그 어떤 근원적인 지속성에 도달하게 된다. 하지만 그때 내 인생은 서서히 느려지다가 멈추는 것 같으며, 말 그대로 존재하기를 그치는 것 같다. 내 가슴은 오직 공감에 의해서만 뛴다. 즉 나는 타인에 의해서만 살고 있다. 대리에 의해, 합체에 의해서, 라고나 할까. 내가 누군가 다른 사람이 되기 위해 나 자신에게서 벗어날 때보다 더 강렬하게 살아 있다는 느낌이 든 적은 없다.

반개인주의적인 이러한 분산의 힘은 어찌나 강한지, 그건 내 내부에서 소유라는 개념을, 따라서 책임이라는 개념을 완전히 날려버리고 있다. 이런 존재는 결혼 상대로는 적합지 않다. 이런 사실을 로라에게 어떻게 이해시킬 것인가?

10월 26일

시적(詩的)(나는 이 말을 가장 넓은 의미*에서 사용한다)인 게 아니면, 그 어떤 것도 내게는 존재하지 않는다. 나 자신을 선두로 해서 말이다. 때때로 나는 나 자신이 진짜 존재하는 게 아니라, 단지 존재한다고 나 스스로 상상하는 것 같다. 내가 가장 믿기 어려운 것은 바로 나 자신의 실재성이다. 나는 끊임없이 나 자신으로부터 벗어난다. 그래서 나 스스로 행동하는 내 모습을 바라볼 때, 내 눈앞에 보이는 행동하는 자가 이를 바라보고 놀라는 자와 동일한 인물이라는 사실을 받아들이기 힘들며, 또 어떻게 그가 행위자인 동시에 관조자가 될 수 있는지 의아하다는 생각이 든다.

---

* 여기서 '가장 넓은 의미'란 '어원적 의미'를 뜻한다. '시적poétique'이란 어휘는 그리스어 'poiein'에서 나온 것으로, '정신에 의해 만들어진'이란 뜻이다. 따라서 여기서 '시적'이란, 삶에 대해 정신적으로, 관념적으로 접근하는 태도를 말한다.

인간은 상상 속에서 자신이 느끼고 있는 것을 실제로도 느낀다는 사실을 깨닫게 된 날 이래, 나는 심리 분석에 대한 흥미를 완전히 잃었다. 따라서 인간은 자신이 실제로 느끼는 것이 단지 상상 속에서 느끼는 것이라고도 생각해볼 수 있을 것이다…… 그건 내 사랑을 두고 봐도 충분히 알 수 있다. 즉 내가 로라를 실제로 사랑하는 것과 사랑한다고 상상하는 것 사이에, 또 내가 그녀를 덜 사랑한다고 상상하는 것과 실제로 덜 사랑하는 것 사이에, 도대체 무슨 차이가 있단 말인가? 감정의 영역에서 현실과 상상은 구별되지 않는다. 그런데 누군가를 사랑하기 위해선 그 사람을 사랑한다고 상상하기만 하면 된다면, 마찬가지로 누군가를 사랑하다가 그 상대방을 금방 덜 사랑하기 위해, 또 사랑하는 대상으로부터 좀 멀어지거나 또는 그 사랑의 결정체*를 좀 떼어버리기 위해선, 자기 사랑은 단지 상상일 뿐이라고 생각하기만 하면 될 것이다. 하지만 그렇게 말하기 위해선 우선 좀 덜 사랑해야 하는 건 아닌가?

바로 그런 논리에 의해 내 소설 속에서 X라는 남자는 Z라는 여자로부터 멀어지려고 노력하게 될 것이고, 특히나 그로부터 그녀를 떼어버리려고 노력할 것이다.

10월 28일

사람들은 갑작스러운 사랑의 결정 작용에 대해선 끊임없이 말하고 있다. 그런데 완만한 **결정 해체 작용**에 대해 이야기하는 건 한 번도 들어보

---

* 프랑스 소설가 스탕달이 심리학적으로 연애의 발생과 특징을 다룬 저서 『연애론』(1822)에 나오는 개념이다. 스탕달은 온갖 감정을 거쳐 연애 심리가 완성되는 과정을 소금광에 던져진 나뭇가지가 반짝이는 수많은 '결정체'로 뒤덮이게 되는 '결정 작용'에 비유하고 있다. 뒤의 '결정 해체 작용'은 지드가 여기서 처음 사용한 용어이다.

지 못했는데, 그런 심리 현상이 내겐 훨씬 더 흥미롭다. 나는 모든 연애 결혼의 경우, 다소 차이는 있어도 어느 정도 시간이 지나면 그런 현상이 다 나타난다고 생각한다. 로라가 이성의 충고에 따라, 그리고 그녀의 가족과 나 자신 또한 권고하듯이 펠릭스 두비에와 결혼할 경우, 물론(그리고 다행히도) 그런 걱정은 할 필요가 없을 것이다. 두비에는 무척 성실한 교사로 장점도 많고, 또 자기 영역에서는 무척 유능한 사람이다. (학생들로부터 무척 존경을 받고 있다고 한다.) 그리고 처음에 별 기대를 하지 않은 만큼, 로라는 살아가면서 그에게서 더 많은 미덕을 발견할 수도 있을 것이다. 그녀가 그에 대해 칭찬하는 말을 할 때에도 그녀는 그를 공정하게 제대로 평가해주지 않는 것 같았다. 두비에는 그녀가 생각하는 것보다 더 나은 인물이다.

얼마나 멋진 소설 주제인가! 15년 또는 20년의 결혼 생활 끝에, 부부 사이에서 서서히 벌어지는 상호 간의 결정 해체 작용 말이다! 사랑에 빠진 인간은 그가 사랑을 하고 또 사랑받기를 원하는 한, 자신의 진짜 모습을 보여줄 수 없을 뿐 아니라, 게다가 상대방의 진짜 모습도 보지 못한다. 그 대신, 그가 치장하고 신성시하고, 또 그가 만들어낸 우상을 볼 뿐이다.

그래서 나는 로라에게, 그녀 자신에 대해, 또 나 자신에 대해 경계하도록 했다. 우리들의 사랑이 우리 둘 모두에게 지속적인 행복을 보장해줄 수 없으리라는 걸 설득하려고 노력했다. 그녀를 제대로 설득했기를 바란다.

에두아르는 어깨를 으쓱한 다음, 편지를 끼운 일기장을 덮어 트렁크 속에 다시 넣는다. 또 지갑에서 백 프랑짜리 지폐를 하나 꺼낸 다음 그 지갑도 트렁크 속에 넣는데, 그 돈이면 트렁크를 다시 찾으러 갈 때까지 아마 충분할 것이다. 역에 도착하는 즉시 트렁크는 수하물 보관소에 맡길 생각이다. 그런데 문제는 트렁크가 열쇠로 잠기지 않는다는 점이다. 아니, 잠그는 열쇠가 없다는 것이다. 그는 언제나 트렁크 열쇠를 잃어버린다. 별일 없겠지! 보관소 직원들은 낮에는 너무 바쁘고, 또 혼자 있는 일도 절대 없으니까. 트렁크는 오후 4시경 다시 찾아 집에 갖다 놓으리라. 그런 다음 로라를 찾아가 위로하고 도와주리라. 그녀를 데리고 저녁 식사를 하러 가리라.

에두아르는 비몽사몽이다. 그의 생각은 은연중에 다른 방향으로 흘러가고 있다. 그는 로라의 편지를 읽는 것만으로도 그녀의 머리카락이 검다는 사실을 짐작할 수 있었을까 자문하고 있다. 소설가들은 자기네 인물들을 너무 정확히 묘사함으로써 독자의 상상력을 돕기보다는 오히려 방해하고 있다고, 따라서 소설가들은 독자들이 그 인물들 하나하나를 자기 나름대로 그려보도록 내버려둬야 할 것이라고 생각하고 있다. 그는 지금 자신이 구상하고 있는 소설을 생각하고 있다. 그건 이때까지 그가 써왔던 그 어떤 것과도 닮지 않을 것이다. '위폐범들'이라는 제목이 좋은지 확신이 서지 않는다. 예고한 게 잘못이었다. 독자들의 관심을 끌기 위해 '근간'이라고 알리는 이 관례, 참으로 터무니없다. 그런 것에 현혹되는 사람은 아무도 없고, 단지 당신을 옥죌 뿐인데…… 주제가 썩 좋은지 그것도 확신이 서지 않는다. 오래전부터 줄곧 그 주제를 생각하고는 있으나 아직 한 줄도 쓰지 않았다. 그 대신 수첩에다 메모를 하거나 떠오르는 생각들을 적어두고 있다.

그는 트렁크에서 그 수첩을 꺼낸다. 주머니에서 만년필을 꺼내 쓰기 시작한다.

《소설에서 엄밀히 소설에 속하지 않는 모든 요소들을 제거할 것. 최근에 사진술이 정확성에 대한 일련의 고심으로부터 회화를 해방시켰듯이, 축음기는 조만간 사실주의 작가들이 종종 자기네들의 자랑으로 삼는 생생한 대화들을 소설에서 일소시킬 것이다. 외부 사건들과 돌발 사건들, 심한 충격들은 영화에 속한다. 따라서 소설은 그런 건 영화에 넘겨주는 게 마땅하다. 인물들의 묘사조차 엄밀하게 소설 장르에 속하는 것 같지 않다. 정말이지 **순수** 소설이 (그런데 어디서나 마찬가지지만 예술에 있어서 내게 중요한 건 오직 순수함 뿐이다) 그런 묘사를 떠맡을 필요는 없다고 생각한다. 연극 장르가 하는 그 이상으로 묘사를 할 필요는 없다는 것이다. 그런데 극작가는 인물 묘사를 하지 않는다고 말해선 안 될 것이다. 관객들로서는 생생히 살아 있는 인물들이 무대 위에 나와 있는 것을 보기 때문이다. 우리는 극장에서 얼마나 여러 번 배우 때문에 어색함을 느끼고 또 괴로워했던가. 그 배우를 보지 않았을 때는 그토록 멋지게 마음속에 그려보곤 했던 그 인물과 너무나 닮지 않아서 말이다. 일반적으로 소설가는 독자의 상상력을 충분히 신뢰하지 않는다.》

바람처럼 방금 지나간 역이 무슨 역이지? 아스니에르다. 그는 수첩을 트렁크에 다시 넣는다. 그런데 정말이지 파사방을 생각하면 마음이 괴롭다. 그는 수첩을 다시 꺼내 또다시 쓰기 시작한다.

《파사방에게 예술작품은 하나의 목적이라기보다 수단이다. 그가 자신이 과시하는 예술적 신념들을 그토록 단호하고 격렬한 것처럼 주장하는 이유는 단지 그 신념들이 심오하지 않기 때문이다. 그 신념들이란 기질상의 어떤 내밀한 욕구에 의해 나오는 게 아니다. 그저 시대의 부름에 영합

하는 것뿐으로, 그 슬로건이란 바로 기회주의이다.

『철봉』. 처음에는 가장 현대적인 것처럼 보였던 것이 사실상 조만간 가장 케케묵은 것으로 보이게 될 것이다. 하나하나의 환심과 가식은 제각기 주름살을 약속하는 것이다. 그런데 바로 그걸로 파사방은 젊은이들의 인기를 얻고 있다. 미래는 염두에도 없다. 그가 상대하는 건 바로 오늘의 세대이다(물론 어제의 세대를 상대하는 것보다는 낫지만). 하지만 오늘의 세대만 상대하기 때문에 그가 쓰는 글은 그 세대와 함께 사라질 위험이 있다. 그는 그 사실을 알고 있으며 후세에 살아남는 건 기대하지도 않는다. 바로 그 때문에 공격을 받을 때뿐만 아니라 평론가들의 유보적 태도에도 반론을 제기하며, 그토록 격렬하게 자기변호를 해대는 것이다. 자기 작품이 오래 지속될 것이라 느낀다면 작품으로 하여금 스스로 변호하게 내버려두지 그렇게 끊임없이 변호하려 들진 않을 것이다. 아니, 오히려 세상 사람들의 몰이해와 부당함을 기뻐할 것이다. 미래의 비평가들에게 그만큼 해결할 실마리를 남겨두는 셈일 테니까 말이다.》

그는 시계를 본다. 11시 35분이다. 벌써 도착했어야 할 시간이다. 혹시나 올리비에가 기차 출구에서 그를 기다리지는 않을지 궁금해하고 있지는 않을까? 하지만 그건 전혀 기대하고 있지 않다. 자기가 귀국한다는 걸 그 애 부모에게 알렸던 엽서 내용을 올리비에가 알고 있으리라고 어떻게 가정이라도 할 수 있었겠는가? 엽서에다 그는 별다른 생각 없이, 건성으로, 무심코 하듯 도착 날짜와 시간을 명시했던 것이다. 마치 운명에 함정을 드리우듯, 그리고 슬그머니 다가가고자 하듯이.

기차가 선다. 자 빨리, 짐꾼을! 아니지. 트렁크는 그리 무겁지 않고 또 수하물 보관소도 그리 멀지 않다…… 그 애가 와 있다 하더라도 이 사람들 틈에서 서로 알아볼 수나 있을까? 둘은 서로 만났던 적이 별로 없었던 것이다. 너무 많이 변하지만 않았으면……! 아! 이럴 수가! 그 애가 아닌가?

IX

에두아르와 올리비에가 다시 만난 기쁨을 서로에게 더 분명히 드러냈더라면 우리는 그다음에 일어난 일에 대해 통탄할 일이 전혀 없을 것이다. 하지만 타인의 마음과 정신 속에서 자기가 어느 정도 신뢰를 받고 있는지 평가하는 데는 둘 다 이상하리만큼 무능력했고, 그 무능력은 둘 다를 마비시키고 있었다. 그리하여 각자 자기 혼자 감격한 것으로, 자기 자신의 기쁨에 완전히 빠진 것으로 여기곤, 그토록 생생한 기쁨을 느낀다는 사실에 당혹스러운 듯, 너무 지나친 기쁨을 내보이지 않기 위해서만 급급하고 있었던 것이다.

바로 그런 이유로 올리비에는 자신이 얼마나 설레는 마음으로 에두아르를 만나러 왔는지 이야기함으로써 에두아르의 기쁨을 돋워주기는커녕, 마중 나온 것에 대한 변명이라도 하듯, 마침 그날 아침 그 근처에 뭔가 볼일이 있었다고 말하는 게 더 낫겠다고 생각했다. 극도로 소심한 그는 자기가 옆에 있는 걸 에두아르가 아마 불편하게 여기리라 쉽사리 믿었던 것이다. 거짓말을 하자마자 그의 얼굴이 붉어졌다. 에두아르는 그가 얼굴을 붉히는 걸 언뜻 보았다. 그런데 그가 먼저 올리비에의 팔을 열정적으로 힘을 줘 꽉 잡았기에 그 역시 소심한 마음에서, 올리비에가 낯을 붉힌 건 바로 그 때문이라고 생각했다.

처음에 그는 다음과 같이 말했다.

"네가 나오리라는 기대는 하지 않으려고 했단다. 하지만 사실 네가 나올 거라고 확신했어."

그는 올리비에가 그 말속에서 자만심을 보지 않을까 생각했으리라. 올리비에가 별일 아니라는 듯 "마침 근처에서 볼일이 있었어요"라고 대답하는 소리를 듣고서, 그는 올리비에의 팔을 놓았으며, 그의 흥분은 이내 사라지고 말았다. 그는 올리비에에게 그의 부모님께 보낸 그 엽서도 실은 올리비에 그를 위해 쓴 거라는 사실을 알아챘는지 물어보고 싶었으리라. 그런데 막 물어보려는 순간 그럴 기분이 사라졌다. 한편 올리비에는 자기 이야기를 늘어놓아 에두아르를 지루하게 하거나 또는 자기에 대해 잘못 판단하게 만들지는 않을까 두려워 입을 다물고 있었다. 에두아르를 쳐다보다가 그의 입술이 약간 떨리는 것을 보고 놀라 곧바로 두 눈을 내렸다. 에두아르는 그 시선을 바라는 동시에 올리비에가 자신을 너무 늙었다고 여기지는 않을까 두려워하고 있었다. 그는 안절부절못하며 손가락 끝으로 종잇조각을 돌돌 말고 있었다. 그건 좀 전에 수하물 보관소에서 받은 짐표였으나 그는 그것에 대해선 주의를 하지 않았다.

'저게 만약 수하물 짐표라면', 올리비에는 그가 종잇조각을 그렇게 구겨 무심코 던져버리는 걸 보며 속으로 생각했다. '저렇게 버리지는 않을 거야.' 그러곤 한순간 뒤돌아서 그 종잇조각이 바람에 실려 인도 위 그들 뒤쪽으로 멀리 사라지는 걸 보았다. 그가 좀더 오랫동안 쳐다봤더라면 한 젊은이가 그걸 집는 것을 볼 수 있었을 것이다. 그는 바로 베르나르로, 그들이 역에서 나올 때부터 그들 뒤를 따라오고 있었던 것이다…… 한편 올리비에는 에두아르에게 무슨 말을 해야 할지 몰라 안타까워했으며, 그들 사이의 침묵을 견딜 수 없었다.

'콩도르세 고등학교 앞에 이르면 '이제 전 돌아가야 해요. 안녕히 가세요'라고 말해야지'라고 올리비에는 속으로 되뇌었다. 그러곤 고등학교 앞에 이르자 다시 프로방스 거리 모퉁이까지 가기로 마음먹었다. 그런데 마찬가지로 그 침묵이 무겁게 느껴졌던 에두아르는 그런 식으로 헤어진다는 사실을 받아들일 수가 없었다. 그는 올리비에를 한 카페로 데리고 갔다. 아마도 포르토를 한잔하면 그들의 어색함을 이겨낼 수 있을 거야.

그들은 건배를 했다.

"네 합격을 위하여." 에두아르는 자기 잔을 들며 말했다. "시험은 언제지?"

"열흘 뒤에요."

"그래, 준비는 된 것 같고?"

올리비에는 어깨를 으쓱했다.

"글쎄, 알 수가 있나요. 그날 컨디션이 안 좋으면 그만이죠."

그는 너무 자신만만한 모습을 드러내 보일까 두려워, 감히 "예"라고 대답하지 못했다. 그 외에도 그를 어색하게 만드는 건 에두아르에게 말을 낮춰 친근하게 말하고 싶은 마음과 그러는 것에 대한 두려운 마음이 동시에 드는 것이었다. 그래서 올리비에는 매번 말을 할 때마다, 상대에 대해 존칭을 나타내는 'vous'라는 말은 빼고 우회적인 표현을 하는 걸로 만족하고 있었는데, 바로 그렇게 함으로써 도리어 에두아르로 하여금 자기 자신이 바라던 바대로 'tu'*를 써서 말을 낮추라고 권할 기회를 앗아버렸던 것이다. 하지만 올리비에는 지난번 에두아르가 여행 떠나기 며칠 전에 자

* 프랑스어에서 'vous'는 상대를 높여 부르는 인칭대명사로 친근감이 없으나, 'tu'는 친근감 있게 낮추어 부르는 말이다.

기가 그렇게 말을 낮춰 얘기할 수 있게 되었던 걸 분명히 기억했다.

"공부는 많이 했어?"

"그런대로요. 하지만 생각했던 것만큼은 못했어요."

"공부를 잘하는 사람은 언제나 더 잘할 수 있을 거라는 기분이 들지." 에두아르가 격언이라도 되듯 말했다.

그는 무심코 그 말을 했다. 그런데 곧 자기 말이 우스꽝스럽게 여겨졌다.

"여전히 시를 쓰나?"

"이따금씩요…… 조언을 들을 수 있으면 좋겠어요." 그는 에두아르를 향해 두 눈을 들었다. 그가 말하고 싶었던 건 다른 누구의 조언이 아니라 'vos conseils', 더 나아가 'tes conseils'*였다. 그렇게 딱히 말하진 않았으나 시선이 그걸 충분히 대변하고 있었기에 에두아르는 그가 겸손이나 예의상 그러는 것이려니 생각했다. 그런데 거기에 대해 무슨, 그것도 그렇게 퉁명스럽게 대답할 필요가 있었나.

"아, 조언이라! 조언은 스스로 찾거나 아니면 동료들에게서 찾아야 하는 거야. 선배들의 조언이란 아무 쓸모없지."

올리비에는 생각했다. '내가 자기에게 조언을 요구한 것도 아닌데 뭣 때문에 야단이지?'

두 사람 모두 자신에게서 오직 메마르고 어색한 이야기만 나오는 것에 화가 났다. 그리고 각자 상대가 어색해하고 신경이 곤두선 걸 느끼고는 그 대상과 원인이 바로 자기 자신이라고 생각하고 있었다. 그런 대화

* 'vos conseils'는 '당신의 조언'이란 뜻으로 친근감이 없으나, 'tes conseils'는 친근감이 느껴지는 표현이다.

에서는 뭔가가 도와주러 오지 않으면 어떤 좋은 결과도 나올 수 없다. 그런데 어떤 도움도 와주지 않았다.

올리비에는 오늘 아침 일어났을 때 기분이 좋지 않았다. 잠에서 깼을 때 그 옆에 베르나르가 없는 걸 보고 작별 인사도 하지 못한 채 그를 떠나보냈다는 슬픔, 하지만 에두아르를 다시 만난다는 기쁨에 잠시 누그러졌던 그 슬픔이 마치 어두운 파도처럼 다시 가슴속으로 몰려와 그의 모든 생각들을 휩쓸어버리고 있었다. 올리비에는 에두아르에게 베르나르에 대해 이야기하고, 뭔지 모르나 모든 걸 다 말해 그가 자기 친구에 대해 흥미를 느끼게 하고 싶었다.

그러나 올리비에로선 에두아르가 조금만 미소를 지어도 마음에 상처를 입었을 것이고, 또 자기가 말을 할 경우 과장되어 보일 위험은 없다 하더라도 자기 마음을 뒤흔들고 있던 열에 들뜬 혼란스러운 감정들을 드러냈을 것이다. 그래서 올리비에는 입을 다물고 있었다. 또한 얼굴 표정마저 굳어지는 게 느껴졌다. 그는 에두아르의 품에 뛰어들어 울고 싶었다. 그런데 에두아르는 그 침묵을, 굳어진 그 얼굴 표정을 오해하고 있었다. 그 나름대로 마음의 여유를 갖기에는 너무나 올리비에를 사랑하고 있었던 것이다. 그는 올리비에를 제대로 쳐다보지도 못했으며, 그를 자기 가슴에 꼭 껴안고 어린아이처럼 달래주고 싶었다. 그런데 올리비에의 침울한 눈빛과 마주쳤을 때, 그는 생각했다.

'그래, 내가 지겨운 거야…… 내가 그를 피곤하게 하고 지치게 만드는 거야. 가엾게도! 헤어지려고 내 입에서 한마디만 나오길 기다리는 거야.' 에두아르는 바로 그 한마디 말을, 상대방에 대한 측은한 마음에 도저히 견딜 수 없어, 그 말을 해버리고 말았다.

"넌 이제 가봐야겠구나. 부모님께서 점심시간에 널 기다리시잖아."

마찬가지로 생각에 잠겨 있던 올리비에 역시 오해를 했다. 그는 서둘러 자리에서 일어나 손을 내밀었다. 하지만 적어도 에두아르에게 다음과 같이 말하고 싶었다. '언제 또다시 만날 수 있죠? 언제 또다시 뵐 수 있나요? 우리 언제 다시 보나요……?' 에두아르는 바로 그 말을 기다리고 있었다. 하지만 아무 말도 없었다. 단지 평범한 "안녕히 가세요" 한마디 외에는.

X

햇빛이 베르나르를 깨웠다. 그는 심한 두통을 느끼며 벤치에서 일어났다. 아침나절의 그 화려한 용기는 이미 사라졌다. 끔찍할 정도로 고독하다는 기분이 들었으며 가슴엔 뭔지 모르는 씁쓸한, 딱히 슬픔이라고 부르고 싶진 않으나 두 눈에 눈물을 가득 채우는 그런 걸로 꽉 차 있었다. 무엇을 할 것인가? 또 어디로 갈 것인가……? 올리비에가 몇 시에 생라자르 역으로 가는지 이미 알고 있기에 바로 그 시각에 베르나르가 그쪽으로 발길을 옮긴 건 특별한 의도가 있었던 게 아니라, 다만 친구를 다시 보고 싶다는 생각 때문이었다. 그는 아침에 서둘러 올리비에의 방에서 나온 걸 자책하고 있었다. 올리비에가 그 일로 마음 아파했을 수도 있었기 때문이다. 올리비에는 자기가 이 세상에서 가장 좋아하는 사람이 아니던가 말이다…… 그런데 에두아르가 올리비에의 팔을 잡고 있는 모습을 보았을 때, 야릇한 감정이 그로 하여금 두 사람 뒤를 따라가게 한 동시에 자기 모습은 감추게 만들었다. 자신은 제삼자라는 느낌이 들어 고통스러웠다. 하지만 그들 사이에 끼어들고 싶었다. 에두아르는 멋있어 보였다. 올리비에보다 키가 약간 더 크고 나이는 좀더 들어 보이는 모습이었다. 베르나르는 그에게 접근하기로 결심했다. 그러기 위해 그 둘이 헤어지기를 기다렸다. 하지만 무슨 구실로 그에게 접근한다?

바로 그 순간 그는 구겨진 작은 종잇조각이 에두아르의 방심한 손에서 떨어져 나오는 걸 보았다. 그걸 주워 그게 수하물 보관증이라는 걸 보았을 때…… 그럼 그렇지, 바로 그가 찾고 있던 구실이 아닌가!

그는 두 사람이 카페로 들어가는 것을 보고 한순간 어찌할까 망설였다. 그러곤 다시 혼잣말로 중얼거렸다.

'우둔하고 평범한 녀석 같으면 그저 이 종잇조각을 갖다 주려고 서둘러대겠지.'

How weary, stale, flat and unprofitable
Seem to me all the uses of this world!

세상만사 돌아가는 꼴이 나에게는 하나같이 권태롭고
진부하고, 무미건조하고, 쓸모없는 것으로 보일 뿐이로구나!*

햄릿도 그렇게 말하는 걸 내가 들었지. 베르나르, 베르나르, 도대체 무슨 생각을 하는 거야? 어제 이미 넌 서랍을 뒤졌어. 도대체 어떤 길로 들어서려는 거니? 조심해, 이 친구야…… 정오가 되면 에두아르가 짐을 맡겼던 보관소 직원은 점심 먹으러 갈 거고, 다른 사람이 교대할 거라는

---

* 셰익스피어의 『햄릿』 1막 2장에서 부친의 죽음 이후, 새 국왕이 햄릿에게 애도를 거두고 자신을 아버지로 삼으라며 이를 축하하는 주연을 베풀기로 했을 때 햄릿의 독백이다. 무의식적으로 아버지를 찾고 있음을 드러내는 베르나르는 자신을 햄릿과 동일시하고 있다.

사실을 명심하라고. 네 친구 올리비에에게 대담하게 뭐든지 할 거라고 약속하지 않았던가?

하지만 너무 서두르다가는 모든 걸 망쳐버릴 위험이 있으리라고 그는 생각했다. 교대를 하자마자 들이닥치면 직원은 그렇게 서두르는 걸 수상하게 여길 수 있을 것이다. 장부를 보고서는 정오가 되기 몇 분 전에 맡겼던 짐을 잠시 뒤에 다시 찾아간다는 걸 이상하게 볼 수도 있을 거고. 또 어떤 지나가던 사람이, 어떤 재수 없는 녀석이 그가 종잇조각을 줍는 걸 보기라도 했다면…… 베르나르는 서두르지 않고 콩코르드 광장까지 내려갔다 오기로 작정했다. 즉, 짐 임자가 점심을 먹고 올 만한 시간이었다. 그런 일은 종종 있지 않는가? 점심 먹는 동안 트렁크를 보관소에 맡겨두었다가 나중에 다시 찾으러 가는 일 말이다. 이제 두통은 사라졌다. 한 레스토랑의 테라스 앞을 지나며 그는 태연하게 이쑤시개 하나를 집어 들었다. (이쑤시개는 테이블 위에 한 묶음씩 놓여 있었다.) 배불리 먹었다는 티를 내기 위해 그걸 입에 물고 질근질근 씹으며 보관소 앞으로 갈 작정이었다. 그로서 다행스러운 건, 좋은 안색과 우아한 양복, 멋진 옷맵시, 거침없는 미소와 눈길 그리고 안락한 환경에서 자라 모든 것을 다 가졌기에 더 이상 아무것도 필요 없는 자들에게서 느껴지는 뭔지 모르는 태도를 가졌다는 것이다. 하지만 그 모든 것도 벤치 위에서 자고 나면 구겨지고 만다.

직원이 보관료로 10상팀을 내라고 했을 때 그는 겁이 덜컥 났다. 동전 한 푼 없었던 것이다. 어떻게 할 것인가? 트렁크는 거기, 작은 수레 위에 놓여 있었다. 조금이라도 당황한 기색을 보이면 의심을 사게 될 것이다. 그리고 돈이 없다는 것도. 하지만 악마는 그가 파멸하도록 내버려두지 않을 것이다. 여기저기 주머니를 다 뒤지며 황망하게 돈을 찾는 척하고 있는 베르나르의 초조한 손가락 사이로, 악마는 거기, 그의 조끼 안 주머니 속에다, 언제부터인지도 모르게 까맣게 잊힌 채 들어 있던 10수짜리 동전 하나를 슬그머니 쥐여주는 것이다. 베르나르는 그것을 직원에게 내민다. 그는 당황한 기색을 전혀 내보이지 않았다. 그는 트렁크를 받아 들고 담담하고도 태연한 몸짓으로 거슬러주는 동전들을 주머니에 집어넣는다. 아이구! 덥군. 어디로 갈 것인가? 다리는 힘이 빠져 휘청거리고 트렁크는 무거워 보인다. 이걸 갖고 어떻게 할 것인가……? 갑자기 그는 자기에겐 트렁크 열쇠가 없다는 생각을 한다. 아니야. 아니야. 아니야. 자물쇠를 강제로 부수지는 않을 것이다. 그는 도둑은 아니지. 도대체 이 무슨 일이람……! 그 안에 무엇이 들어 있는지만 알 수 있다면 좋으련만. 가방은 들고 가기가 무겁다. 그는 온통 땀에 젖어 있다. 그는 잠시 걸음을 멈추고 그의 무거운 짐을 길 위에 놓는다. 물론 그는 이 트렁크를 주인에게 돌려주려고 한다. 하지만 먼저 그 속에 뭐가 있는지 알아보고 싶은 것이다. 혹시나 하고 잠금장치 위를 눌러본다. 아! 이 무슨 기적인가! 조개껍질이 살짝 열리면서 진주가, 속에 지폐가 든 지갑이 보이는 게 아닌가! 베르나르는 그 진주를 집어 든 다음 곧바로 조개껍질을 다시 닫는다.

돈이 생긴 지금, 빨리 호텔로! 그는 바로 근처인 암스테르담 거리의 호텔을 하나 알고 있다. 배가 고파 죽을 지경이다. 하지만 식탁에 앉기 전에 트렁크를 안전한 곳에 놓고 싶다. 트렁크를 든 보이가 앞장 서 계단을 올라간다. 4층으로 올라가서 복도를 지나, 한 방문 앞에 이르러, 자신의 보물을 넣고 문을 열쇠로 잠그고…… 다시 내려온다.

비프스테이크를 앞에 두고 식탁에 앉은 베르나르는 감히 주머니에서 지갑을 꺼내보지는 못하나(누군가 당신을 관찰하고 있는지 어찌 알 것인가?), 그의 왼손은 안주머니 깊숙이 들어 있는 그 지갑을 사랑스럽게 만지고 있었다. 그는 속으로 생각했다.

'내가 도둑이 아니라는 사실을 에두아르에게 이해시키는 것, 그게 난 점이야. 에두아르는 어떤 유형의 인물일까? 아마도 트렁크가 가르쳐주겠지. 매력적인 사람이라는 것, 그건 이미 아는 사실이고. 하지만 매력적인 인물 중에서도 농담을 제대로 이해하지 못하는 사람도 꽤 많거든. 트렁크를 도둑맞았다고 생각한다면, 되찾게 되어 분명 기뻐할 거야. 가방을 갖다준 것에 대해 고마워할 거야. 그렇지 않으면 못난 놈일 뿐이고. 내게 흥미를 갖도록 할 수 있을 거야. 빨리 디저트를 먹고 상황을 살피러 방으로 올라가자. 계산을 하고. 보이에게는 감동할 만한 팁을 주기로 하자.'

잠시 후 그는 다시 호텔 방에 올라와 있었다.

'자 이제, 트렁크여, 우리 둘의 대결이다……!* 갈아입을 양복 한 벌, 내게는 좀 너무 클 거야. 천도 좋고 취향도 좋군. 속옷가지와 세면도구들. 그런데 이것들을 전부 그에게 돌려줄지는 잘 모르겠군. 하지만 내가 도둑이 아니라는 증거는 여기 보이는 이 노트들이 내겐 훨씬 더 흥미롭다는 점이야. 우선 이걸 읽어보자.'

그것은 에두아르가 로라의 슬픈 편지를 끼워 넣었던 노트였다. 그 첫 부분은 우리가 이미 알고 있다. 자, 다음이 그 뒷부분이다.

---

* 발자크의 소설 『고리오 영감』의 마지막 구절 '자 이제 파리와 나, 우리 둘의 대결이다'의 변형으로, 성공을 꿈꾸며 파리로 상경한 시골 청년 라스티냐크가 언덕 위에서 파리를 굽어보며 도전하듯 내뱉는 말이다. 이 소설 3부 13장에서 베르나르가 천사와 대결을 벌일 때도 비슷한 표현을 쓴다.

XI

❧ 에두아르의 일기

11월 1일

보름 전 일이다…… 그걸 곧바로 적어놓지 않은 게 잘못이었다. 시간이 없었던 게 아니라, 내 마음속이 아직 로라에 대한 생각으로 가득했기 때문이다. 아니 더 정확하게는 내 생각을 그녀에게 집중하고 싶었기 때문이다. 그리고 나는 이 노트에 어떤 것이라도 부차적이거나 우연적인 건 전혀 쓰고 싶지 않았던 까닭이다. 지금 여기서 이야기하고자 하는 게 어떤 후일담이 있거나, 또는 흔히들 말하듯 뭔가 중대한 결과를 초래할 수 있다고는 아직 생각되지 않았던 것이다. 적어도 나는 그렇게 인정하고 싶지 않았으며, 또 내가 내 일기 속에 그 이야기를 하지 않았던 건, 말하자면 그런 점을 스스로에게 증명해 보이고자 함이었다. 하지만 아무리 부인해보려고 해도 소용이 없는 게, 올리비에의 얼굴이 요즘 내 생각들을 움직이게 하고 또 그 흐름을 좌우한다는 것, 그리고 그를 염두에 두지 않고서는 나 자신을 완전히 해명할 수도, 또 완전히 이해할 수도 없다는 걸 분명히 느낀다는 사실이다.

나는 그날 아침 페랭 출판사*로부터 돌아오는 길이었다. 오래된 내 책을 재출간하게 되어 신문사에 증정본을 보내는 일 때문에 갔던 것이다.

---

* 앙드레 지드가 자신의 첫 작품 『앙드레 왈테르의 수기』를 자비로 출판했던 19세기 말엽 출판사.

날씨가 화창했던지라, 나는 점심시간을 기다리며 센 강변을 따라 천천히 걷고 있었다.

바니에 출판사 앞에 이르기 조금 못 미쳐 나는 헌책 진열대 근처에서 걸음을 멈추었다. 내 호기심을 끈 건 책이라기보다 열세 살가량 된 한 어린 중학생이었다. 서점 입구에 있는 밀짚 의자에 앉아 진열대를 지키고 있는 점원의 태평스러운 눈길 아래, 그는 야외에 진열된 책들을 뒤적이고 있었다. 나는 진열대를 들여다보는 척했으나 곁눈길로 그 아이를 지켜보고 있었다. 그는 낡아서 올이 다 드러난 외투를 입고 있었는데, 너무 짧은 외투 소매 밖으로 속에 입은 윗도리의 소맷자락이 빠져나와 있었다. 커다란 외투 옆 주머니는 비어 있는 것 같긴 했으나 비죽이 벌어져 있었고 가장자리에 실밥이 풀어져 있었다. 그 외투는 이미 여러 명의 형들이 입었던 게 분명하며, 그의 형들과 그는 주머니 속에 너무 많은 걸 넣는 습관을 갖고 있을 거라고 나는 심삭했다. 또한 그걸 수선해주지 않은 것으로 보아 그의 어머니는 무척 무심하거나 아니면 무척 바쁘리라고 생각했다. 하지만 바로 그 순간 그 아이가 몸을 약간 돌렸기 때문에, 다른 쪽 주머니는 굵고 튼튼한 검은 실로 조잡하게나마 제대로 꿰매진 걸 보았다. 곧바로 내 귀에는 어머니들이 늘상 하는 훈계 소리가 들리는 듯했다. '그러니 주머니 속에다 책을 두 권씩 넣지 마라. 외투가 완전히 망가질 거야. 주머니가 또 뜯어졌구나. 미리 일러두지만 다음번에는 꿰매주지 않을 거다. 도대체 네 꼴이 어떤지 한번 보렴……!' 가련한 나의 어머니 역시 내게 되풀이했으나 나 역시 들은 척도 하지 않던 말들이다. 앞이 열려 있던 외투 안으로 윗도리가 보였는데, 일종의 훈장 같은 게 내 시선을 끌었다. 단춧구멍에 꽂혀 있는 노란색의 조그마한 리본, 아니 차라리 약장(略章) 같은 것이었다. 나는 이 모든 것을 훈련 삼아 적고 있다. 바로 이렇게 적는 게 지루하기 때문이다.

그런데 한순간, 지키고 있던 점원이 가게 안으로 불려 들어갔다. 잠깐 들어갔다 왔을 뿐 그는 다시 자기 의자에 앉았다. 하지만 짧은 시간이긴 했으나 그 아이가 자기 손에 들고 있던 책을 외투 주머니 속으로 집어넣기에는 충분했다. 그리고 곧바로 마치 아무 일도 없었다는 듯 진열된 책들을 다시 뒤적이기 시작했다. 하지만 불안한 눈치였다. 그는 고개를 들었으며, 내 시선과 마주치고는 내가 모든 걸 다 봤다는 사실을 알아차렸다. 적어도 그 아이는 내가 모든 걸 볼 수 있었으리라 생각했으며, 물론 확신하는 건 아니었다. 하지만 의구심이 든 그는 침착함을 완전히 잃고 얼굴을 붉히더니 잔꾀를 부리기 시작했다. 즉 더할 나위 없이 태연한 모습을 보여주려고 애쓰고 있었으나 도리어 몹시 어색한 모습을 드러내고 있었다. 나는 그에게서 두 눈을 떼지 않았다. 그는 주머니에서 훔친 책을 꺼낸 뒤 다시 주머니 속에 집어넣었다. 그러곤 몇 걸음 물러선 다음 윗도리 안주머니에서 다 닳아빠진 보잘것없는 작은 지갑을 꺼내 돈을 찾는 척했다. 그 속에 있지도 않다는 걸 자신도 뻔히 알고 있는 그 돈을. 그리고 나서 연극적으로 입을 삐죽거리며 의미심장하게 찌푸리는 표정을 지었다. 분명 내게 보내는 것으로, '제기랄! 돈이 없군'이라는 의미였다. 게다가 '이상하다, 돈이 있는 줄 알았는데'라는 뉘앙스까지 담고 있었다. 마치 자신의 뜻을 제대로 이해시키지 못할까 봐 걱정하는 배우처럼 그 모든 건 다소 과장되고 투박스러웠다. 결국, 내 시선의 압박을 견디지 못했던 것이라고 말할 수밖에 없는 게, 그가 진열대로 다시 다가가 주머니에서 책을 꺼내 원래 놓여 있던 자리에 불쑥 다시 놓았던 것이다. 그 일은 너무나 자연스럽게 이루어져 점원은 아무것도 눈치채지 못했다. 그 아이는 이젠 끝났으려니 기대하며 다시 고개를 들었다. 그러나 아니었다. 나의 시선은 여전히 그를 쳐다보고 있었다. 마치 카인을 바라보던 눈처럼.* 다만 내 눈은 미소를 띠고 있었다. 나는 그에게 말을 걸고 싶었다. 나는 그에게 다가가기 위해 그가 진열대 앞을 떠나기를 기다렸다. 하지만 그는 꼼짝도 하지 않고 책 앞에 서 있었다. 내가 그렇게 지켜보고 있는 한 그는 움직이지 않으리라는 사실을 나는 깨달았다. 그래서 어린애들 놀이에서 술래가 상대방으로 하여금 숨은 곳에서 나오도록 유인해내듯, 나는 충분히 봤다는 듯이 몇 걸음 멀어져 갔다. 그 역시 자리를 떴다. 그러나 그가 멀리 도망가기 전 나는 그에게 다가갔다.

"무슨 책이었니?" 나는 그에게 느닷없이, 그러나 어조와 얼굴에는 내가 지을 수 있는 최대한의 다정함을 담아 물었다.

나를 정면으로 쳐다보는 그에게서 경계심이 사라지는 걸 느낄 수 있었다. 잘생긴 얼굴은 아니었으나 얼마나 귀여운 눈길을 갖고 있었던가! 나는 그 눈길 속에서 마치 시냇물 바닥에 있는 수초들처럼 온갖 종류의 감정들이 동요하는 걸 보았다.

"알제리 여행 안내서예요. 그런데 너무 비싸더군요. 난 돈이 많지 않거든요."

"얼만데?"

"2프랑 50상팀요."

"내가 보고 있다는 사실을 몰랐더라면 넌 그 책을 주머니 속에 집어넣고 도망쳤겠지."

꼬마는 대들 듯한 몸짓을 했다. 그러곤 무척 상스러운 어조로 딱 잘

---

* 빅토르 위고의 시집 『세기의 전설』(1859~1883)에 수록된 「양심」이라는 시의 마지막 구절인 '무덤 속에 있던 눈이 카인을 바라보고 있었다'와 연결시켜볼 수 있다.

라 말했다.

"아뇨, 그런데 도대체…… 절 도둑놈 취급하는 거예요……?" 내가 좀 전에 본 장면을 의심케 할 정도로 확신에 찬 태도였다. 내가 더 이상 우긴다면 그를 놓치고 말 것 같았다. 나는 호주머니에서 동전 세 개를 꺼냈다.

"자, 가서 사 와. 기다릴게."

잠시 뒤, 그는 자신이 갖고 싶던 책을 뒤적이며 가게에서 다시 나왔다. 나는 그의 손에서 그걸 집어 들었다. 1871년도에 나온 오래된 조안 안내서*였다.

"이걸로 뭘 하려고?" 책을 돌려주며 내가 말했다. "너무 오래된 거야. 더는 소용이 없어."

그는 아니라고 반박했다. 게다가 더 최근의 안내서들은 너무 바싸다며, '그가 사용할 용도로는' 그 책에 있는 지도도 충분히 쓸모 있을 거라고 말했다. 나는 그 애 말을 그대로 옮겨 쓸 생각은 없다. 왜냐하면 그 애가 사용하는 독특한 변두리 동네의 억양을 빼고 나면 그 말의 매력은 다 사라지고 말 것이기 때문이다. 그런데 그의 말들이 나름 멋이 없지는 않았기에 내겐 그 억양이 더욱 재미있게 느껴졌던 것이다.

이 에피소드는 상당히 줄여야 할 필요가 있다. 정확성은 이야기를 자세히 늘어놓는 것으로 얻어져서는 안 될 것이며, 정확하게 제자리에 놓인 두세 개의 표현으로 독자의 상상력 속에서 얻어져야 할 것이다. 게다가 나는 이 이야기를 전부 그 아이의 입을 통해 하도록 하는 게 흥미로울 거

---

* 19세기에 널리 사용된 관광 안내서.

라고 생각한다. 그의 관점이 내 관점보다 더 의미 있을 것이기 때문이다. 그 꼬마는 내가 관심을 보이자 거북스러워하는 동시에 우쭐해하고 있다. 그런데 내 시선의 무게가 그의 방향을 다소 엇나가게 만든다. 너무 어리고 아직 분별력이 없는 인격은 곧잘 어떤 태도 뒤에 자신을 숨기고 자신을 방어하게 마련이다. 막 형성되고 있는 인간보다 더 관찰하기 어려운 건 없다. 그들을 단지 비스듬히, 옆에서 바라볼 줄 알아야 한다.

꼬마는 불쑥 '자기가 제일 좋아하는 것'은 '지리'라고 말했다. 나는 그러한 애착 뒤에는 방랑의 본능이 숨어 있으리라 짐작했다.

"너 거기 가고 싶니?" 나는 그에게 물었다.

"물론이죠." 그는 어깨를 약간 으쓱이며 말했다. 그가 집에서 행복하지 않다는 생각이 언뜻 들었다. 나는 그에게 부모님과 함께 사는지 물었다. 그렇다는 것이다. 그런데 부모님들과 함께 지내는 게 재미없나? 그는 심드렁하게 아니라고 반박했다. 그는 조금 전에 자신을 너무 드러낸 것에 대해 약간 초조해하는 것 같았다. 그는 덧붙였다.

"뭐 때문에 그런 걸 묻는 거죠?"

"그냥." 나는 곧바로 대답했다. 그러곤 손끝으로 그의 단춧구멍에 달린 노란 리본을 건드리며 물었다.

"이건 뭐니?"

"리본이에요. 보시다시피."

내 질문이 귀찮은 게 명백했다. 그는 적의를 품은 듯 불쑥 나를 향해 몸을 돌리더니, 그가 그럴 수 있으리라고는 상상도 하지 못한 건방지고도 빈정거리는 어조로 말했는데, 사실 나는 그 어조에 기가 질렸다.

"아니…… 중학생 남자 아이들을 꼬시는 일이 종종 있나 봐요?"

그러고 나서 내가 당황해 대답 비슷하게 뭔가 떠듬거리고 있는 사이,

그는 팔 밑에 끼고 있던 가방을 열어 자기가 얻어 챙긴 책을 밀어 넣었다. 그 속에는 교과서들, 그리고 똑같이 파란 종이 겉장이 붙은 노트들이 들어 있었다. 나는 그 가운데 하나를 집어 들었는데, 역사 노트였다. 꼬마는 그 위에다 커다란 글씨로 자기 이름을 적어놓았다.

조르주 몰리니에

내 조카의 이름을 알아보고 내 가슴은 갑자기 두근거렸다. (베르나르의 가슴도 이 구절을 읽으면서 두근거렸다. 이 모든 이야기는 엄청나게 그의 흥미를 끌기 시작했다.)

『위폐범들』에서 내 역할을 맡게 될 자가, 자기 누님과 좋은 관계를 계속 유지하면서도 누님의 아이들에 대해선 전혀 모를 수 있다는 사실을 받아들이게 하는 건 어려울 것이다. 나에겐 사실을 바꾸어 이야기를 꾸미는 게 언제나 가장 어려운 일이었다. 머리 색깔을 바꾸는 것조차 나에겐 사실을 덜 사실인 것처럼 만드는 하나의 속임수같이 여겨지는 것이다. 모든 것은 서로서로 연계되어 있으며 인생이 내게 제공해주는 모든 사실들 사이에는 너무나 미묘한 상관관계가 느껴져서, 언제나 전체를 변경하지 않고서는 그 가운데 단 한 가지도 바꿀 수 없을 것처럼 보이는 것이다. 하지만 그 애의 어머니가 내 아버지가 첫번째 결혼에서 낳은 내 이복 누님이라는 사실을 말할 수는 없다. 그리고 나의 양친이 살아 계신 동안에는 내가 누님을 만나본 적이 없었다는 것, 그리고 우리가 서로 만나게 된 건 유산 상속 문제 때문이었다는 것…… 그렇지만 이 모든 이야기는 불가피한 것으로, 나는 드러내기 곤란한 이 이야기를 피하기 위해 무슨 다른 걸 꾸며낼 수 있을지 모르겠다. 나는 내 이복 누님에겐 아들이 셋 있다는 사실은 알고 있었지만, 내가 만난 적이 있는 아들은 의대에 다니는 맏이 뿐이었다. 하지만 그도 한 번 잠깐 본 것뿐이었던 게, 폐결핵에 걸린 그는 학업을 중단해야 했으며, 남부 지방 어딘가에서 요양을 하고 있었기 때문이다. 나머지 둘은 내가 누님을 보러 갔던 시각에는 한 번도 집에 있지 않았다. 좀 전에 봤던 그 녀석은 분명 막내일 것이다. 나는 놀란 기색을 전혀 드러내지 않았다. 그러나 꼬마 조르주가 점심을 먹으러 집으로 돌아간다는 사실을 알고 난 후, 난 그와 헤어지고 나서 그보다 먼저 노트르담데샹 거리에 있는 그의 집에 도착하기 위해 곧장 택시에 올라탔다. 그 시간에 도착함으로써 누님이 점심을 먹고 가라고 나를 붙잡을 것이라 생각했는데, 아니나 다를까 정말로 그랬다. 페랭 출판사에서 한 권 받아 온 내 책을 누님에게 줄 수 있으니 불시의 방문에 구실이 될 수 있을 것이다.

폴린 누님의 집에서 식사를 한 건 그때가 처음이었다. 매형을 경계한 건 내 잘못이었다. 그가 정말 훌륭한 법률가인지는 모르겠지만, 우리가 함께 있을 때 내가 내 직업에 대해 이야기하지 않는 것처럼 그도 자기 직업에 대해 말을 삼갈 줄 알고 있으니, 우리는 뜻이 무척 잘 맞는 셈이다.

물론 그날 오전 누님 집에 도착했을 때, 나는 방금 조르주를 만났다는 이야기는 한마디도 하지 않았다.

"그러면 내 조카들을 만나볼 수도 있겠군요." 누님이 나더러 점심 식사를 같이하자고 청했을 때 내가 말했다. "누님도 아시다시피 난 아직 두 아이는 만난 적이 없으니까요."

누님은 말했다. "올리비에는 좀 늦게야 돌아올 거예요. 보충학습이 있어서요. 기다리지 말고 우리끼리 먼저 식사를 하죠. 그런데 좀 전에 조르주가 들어오는 소리를 들었는데, 불러올게요." 그러곤 옆방 문 앞으로 달려가 말했다.

"조르주! 이리 와서 삼촌에게 인사드려."

꼬마는 다가오더니 내게 손을 내밀었다. 나는 그의 뺨에 입을 맞추었
고…… 나는 아이들이 얼마나 시치미를 잘 떼는지 그 능력이 감탄스럽다.
그는 조금도 놀란 빛을 내보이지 않았다. 날 알아보지 못한다고 믿을 정
도였다. 단지 얼굴을 몹시 붉혔을 뿐이었다. 그러나 그의 어머니는 수줍
어서 그러려니 생각했을 것이다. 나는 그가 좀 전의 탐정을 다시 만나게
되어 거북했으리라 생각했다. 왜냐하면 그는 거의 곧바로 우리 곁을 떠나
옆방으로 돌아갔기 때문이었다. 옆방은 식당으로, 알고 보니 식사 시간이
아닐 때는 아이들 공부방으로 사용되고 있었다. 그러나 자기 아버지가 거
실로 들어왔을 때 곧바로 다시 나타나, 모두들 식당으로 자리를 옮기는
틈을 타 내게 다가와선 자기 부모 몰래 내 손을 잡았다. 처음에 난 그걸
우정의 표시라 생각하고 재미있어 했다. 하지만 아니었다. 그는 자기 손
을 잡으려던 내 손을 벌리더니 방금 써 온 게 분명한 종이쪽지를 내 손안
에 쥐여주고선 내 손가락들을 다시 접게 한 다음 꽉 움켜잡았다. 물론 나
는 그가 하는 대로 따라주었다. 나는 그 종이쪽지를 주머니 속에 집어넣
었는데, 식사가 끝난 다음에야 꺼내 볼 수 있었다. 거기에는 다음과 같이
쓰여 있었다.

— 아저씨가 책 이야기를 부모님께 하신다면, 나는 (아저씨를 증오할
거예요,라고 썼다가 지워버렸다) 아저씨가 내게 치근댔다고 말할 거예요.

그리고 그 밑에 다음과 같이 적혀 있었다.

— 저는 quotidie* 10시에 학교에서 나옵니다.

어제는 X의 방문으로 글 쓰던 걸 중단했다. 그와 나눈 대화는 내 심기를 다소 불편하게 했다.

X가 내게 한 이야기를 곰곰이 생각해봤다. 그는 내 인생에 대해 전혀 알지 못하나, 나는 그에게 『위폐범들』에 대한 구상을 상세하게 설명했다. 그는 나와는 다른 관점에 서 있기 때문에 그의 충고는 언제나 유익하다. 그가 걱정하는 건 내가 작위적인 것으로 빠져들지 않나, 그리고 진정한 주제를 놓치고 내 머릿속에 있는 그 주제의 환영만 좇고 있지 않나 하는 것이었다. 나를 초조하게 하는 것은 이럴 경우 삶(내 삶)이 내 작품과 분리되고, 내 작품과 내 삶 사이가 벌어지는 것 같다는 점이다. 하지만 나는 그걸 그에게 이야기하지는 못했다. 지금까지는 당연한 일인듯이, 내 취향과 감정들, 내 개인적인 경험들이 모든 내 글의 자양분이 되어왔다. 그래서 아무리 교묘하게 꾸민 문장들이라 할지라도 나는 그 속에서 내 심장이 뛰는 걸 느꼈던 것이다. 그런데 이제는 내가 생각하는 것과 내가 느끼는 것 사이의 끈이 끊어졌다. 그래서 내 작품을 추상적이고 인위적인 것 속으로 몰아넣는 건 바로, 나 자신이 내 마음으로 하여금 자연스럽게 말하지 못하게 가로막고 있기 때문이 아닌가 하는 생각이 든다. 그런 생각을 하다 보니 아폴로와 다프네 신화의 의미가 갑자기 떠올랐다. 단 한 번의 포옹으로 사랑의 대상과 월계관을 동시에 얻을 수 있는 자는 행복하도다, 라고 나는 생각했다.**

---

* 라틴어로 '매일'이란 뜻이다.

** 그리스 신화에 나오는, 사랑을 좇는 아폴로와 그 사랑을 피해 도망가는 다프네의 이야기로, 쫓기다 지친 다프네는 신에게 간청해 아폴로에게 붙잡히는 순간 월계수로 변신한다.

조르주와 만난 장면을 너무 길게 쓰다 보니 올리비에가 등장하는 대목을 써야 할 순간에 글 쓰던 것을 멈춰야 했다. 내가 이 이야기를 시작한건 올리비에에 대해 이야기하기 위해서였는데 조르주 이야기밖에 하지 못했다. 하지만 막상 올리비에에 대해 이야기하고자 하는 순간, 내 글이 그렇게 지체된 이유는 바로 이 순간을 뒤로 미루고 싶은 마음 때문이었다는 걸 깨닫는다. 그날, 내가 그를 보자마자, 그가 가족이 다 모인 그 식탁에 앉자마자, 내 시선이 처음으로, 아니 더 정확하게는 **그의** 시선이 처음으로 나와 마주치자마자, 나는 그 시선에 사로잡히고 말았다는 것을, 그리고 내 인생은 더 이상 내 것이 아니라는 사실을 느꼈다.

폴린 누님은 좀더 자주 놀러 오라고 간청한다. 그리고 나에게 자기 아이들을 좀 보살펴달라고 간곡하게 부탁한다. 애들 아버지는 애들을 잘 모르고 있다는 뜻을 은근히 내비치는 것이다. 누님은 이야기를 나누면 나눌수록 정답게 느껴진다. 어떻게 해서 그토록 오랫동안 누님과 내왕하지 않고 지낼 수 있었는지 모르겠다. 아이들은 가톨릭 교육을 받고 자랐다. 그러나 누님은 자신이 어렸을 때 받았던 프로테스탄트 교육을 기억하고 있다. 나의 어머니가 아버지와 결혼해 아버지 집으로 들어오게 됐을 때 누님이 그 집을 떠났음에도 불구하고 나는 누님과 나 사이에 많은 공통점을 보게 된다. 누님은 아이들을 로라의 부모님이 경영하는 기숙학원에 넣었는데, 나 역시 거기서 오랫동안 지냈다. 게다가 아자이스 기숙학원은 특정 종교의 색채를 띠지 않는다는 점을 자랑으로 삼고 있다. (내가 있던 시절

그 가지로 월계관을 만들어 쓴 아폴로는 재능 있는 자들에게 같은 월계관을 나눠주기도 한다. 이 이야기는 사랑의 대상(삶)과 월계관(예술작품)을 동시에 얻기 어려움에 빗대어 종종 인용된다.

에는 터키 아이들도 있었다.) 내 아버지의 옛 친구분으로 그 학원을 설립해 아직 운영하고 있는 아자이스 노인이 예전엔 목사이긴 했지만 말이다.

폴린 누님은 요양소로부터 상당히 좋은 소식을 받았는데, 뱅상이 거의 다 나았다고 했다. 그에게 보내는 편지 속에 내 이야기를 한다고 말했다. 내가 그와 더 잘 알게 되기를 바란다는 것이다. 내가 그를 본 건 잠깐뿐이었기 때문이다. 누님은 맏아들에게 많은 기대를 걸고 있다. 그래서 조만간 그가 자리를 잡을 수 있도록, 내 말은, 환자들을 받을 수 있도록 독립된 거처를 마련해주기 위해 집안에서 상당한 출혈을 하고 있다. 당분간은 그들이 살고 있는 작은 아파트의 한쪽 부분을 내어 그가 쓰도록 했다. 이를 위해 올리비에와 조르주는 그들 아파트 아래층에 따로 떨어진 비어 있던 방에서 지내게 하고 있었다. 그런데 지금으로선 건강상의 이유로 뱅상이 인턴 과정을 포기해야 하는지 결정하는 게 큰 문제였다.

사실이지 나는 뱅상에 대해 거의 관심이 없다. 내가 그의 어머니와 그에 관해 이야기를 많이 하는 것은 그녀에 대한 배려에서이며, 또 이어서 올리비에에 관한 이야기를 더 오랫동안 할 수 있기 위해서다. 한편 조르주는 내게 냉담하게 대하며 내가 그에게 말을 걸면 겨우 대답만 할 뿐, 또 서로 마주칠 경우 뭐라 말할 수 없는 의심의 눈초리를 내게 보낸다. 자기를 만나러 학교 문 앞으로 나오지 않았다는 걸로 날 원망하거나, 아니면 자신이 먼저 그런 제안을 했다는 걸 후회하고 있는 것 같다.

나는 올리비에를 더 이상 보지 못하고 있다. 내가 그의 어머니를 보러 갈 때면 그가 방에서 공부를 하고 있는 줄 뻔히 알고는 있으나 그를 만나러 가볼 엄두를 못 내는 것이다. 우연히 그와 마주치기라도 할 때면 나는 너무나 어색하고 당황스러워 말문이 막혀버리고 만다. 그런 사실에 내 마음은 어찌나 불행한지, 나는 아예 그가 집에 없는 게 확실한 시간에만 그의 어머니를 보러 가는 게 더 나았다.

XII

❧ 에두아르의 일기(계속)

11월 2일

두비에와 오랫동안 이야기를 나누었다. 그는 나와 함께 로라의 부모님 집을 나와 뤽상부르 공원을 가로질러 오데옹까지 갔다. 그는 워즈워스에 대한 박사학위 논문을 준비하고 있다. 하지만 그가 그 시인에 대해 몇마디 말한 것만으로도 나는 그가 워즈워스 시의 가장 독특한 특징들을 이해하지 못하고 있다는 걸 분명히 느낀다. 차라리 테니슨을 택했더라면 더나았을 것이다.* 두비에에게는 뭔지 모르게 부족한 것, 추상적인 것, 고지식한 점이 있어 보인다. 그는 언제나 사물과 사람들을 겉으로 드러나는 그대로 받아들인다. 그건 아마도 그 자신이 언제나 자기 본모습을 그대로 드러내기 때문일 것이다.

"저는 당신이 로라의 가장 좋은 친구라는 사실을 알고 있습니다." 그가 말했다. "당신에 대해 질투심을 좀 느껴야 될 것 같은데, 그렇게 되지가 않습니다. 반대로 그녀가 제게 해준 당신 이야기로 그녀를 더 잘 이해할 수 있게 됐을 뿐 아니라 저도 당신 친구가 되고 싶어졌습니다. 저번 날

---

* 워즈워스Wordsworth는 영국 낭만주의 시를 열었다. 한편 테니슨Tennyson은 교육적이며
  도덕적 예술을 주장하는 교훈적 시인이었다.

로라에게 물어봤죠. 그녀가 저와 결혼하게 되어 당신이 절 너무 원망하지 않는가 하고요. 그녀가 답하길, 정반대로 당신이 저랑 결혼하라고 권했다더군요. (나는 그가 이 말을 무척이나 덤덤하게 했다고 생각한다.) 그 점에 대해 고맙다는 말씀을 드리고 싶습니다. 제 얘기를 우습다고 여기진 말아주십시오. 무척 진심으로 드리는 말씀이니까요." 그가 이렇게 덧붙이며 미소를 띠려 했으나, 목소리가 떨려오고 두 눈에는 눈물이 어렸다.

나는 그에게 무슨 말을 해야 할지 몰랐다. 왜냐하면 내가 느낀 감동은 응당 그래야 했던 것보다 훨씬 약했고, 따라서 그 감격을 함께 나누기가 전혀 불가능하게 느껴졌기 때문이다. 그에게는 내가 좀 쌀쌀맞게 보였을 테지만 나로선 그가 짜증스러웠다. 그러나 나는 그가 내민 손을 최대한 따뜻하게 잡아줬다. 누군가가 상대방이 원하는 것 이상으로 자신의 내밀한 심정을 토로하는 장면은 언제나 괴롭다. 그는 내 공감을 얻을 수 있으리라 생각했을 것이다. 그가 조금만 더 총명했더라면 자신이 속았다는 걸 느꼈을 것이다. 하지만 그는 이미 자기 자신의 태도에 만족해하는 눈치였고, 자기 태도에 대한 답변을 내 마음속에서 엿본다고 여기고 있었다. 내가 아무 말도 하지 않자 아마도 내 침묵이 어색한 듯 곧바로 덧붙였다.

"케임브리지로 옮겨가 낯선 생활을 시작하게 되면 그녀도 당신과 절 비교할 수 없으리라 기대합니다. 비교를 하면 제가 불리하겠지만요."

그는 도대체 무슨 뜻으로 그런 말을 한 건가? 나는 못 알아듣는 척했다. 아마도 그는 그렇지 않다고 말해주길 기대했을 것이다. 하지만 그럴 경우 우리 둘 다 더 난처하게 되고 말았을 게다. 그라는 인물은 소심하기 때문에 침묵을 견딜 수 없는 나머지 과장된 이야기를 꺼내 그 침묵을 메워야 한다고 믿는 사람들, 그러고 나선 "전 언제나 당신에게 솔직했어요"라고 말하는 사람들 축에 낀다. 아! 그렇지만 중요한 건 자신이 솔직한 것보다 상대방으로 하여금 솔직할 수 있게 해주는 것이다. 그는 자신의 솔직함이 바로 나를 솔직하지 못하게 만든다는 사실을 깨달았어야 했다.

하지만 그가 내 친구는 될 수 없다 할지라도 적어도 로라에게는 훌륭한 남편이 될 것이라고 생각한다. 왜냐하면 결국 내가 그에 대해 비난하는 점들은 무엇보다 그의 장점들이기 때문이다. 그러곤 우리는 케임브리지 이야기를 했으며, 나는 그곳으로 그들을 보러 가기로 약속했다.

도대체 무슨 터무니없는 이유로 로라는 그에게 내 이야기를 할 필요가 있었을까?

여자에게서 볼 수 있는 놀랄 만한 헌신적 성향. 한 여자가 사랑하는 남자란 대개의 경우, 그 여자에게는 자기 사랑을 걸어놓는 일종의 옷걸이에 불과하다. 정말 얼마나 용이하게 로라는 사랑의 대체 작업을 해치우는가! 나는 그녀가 두비에와 결혼하게 된 걸 이해하고 있으며, 가장 먼저 그 결혼을 권했던 사람들 중 하나였다. 하지만 그녀가 다소 슬퍼하리라 기대할 수도 있는 입장이었다. 결혼식은 사흘 뒤에 있을 예정이다.

내 책에 대한 몇몇 기사. 사람들이 즐겨 인정하는 내 장점들이란 바로 내가 가장 싫어하는 것들이다…… 케케묵은 그 책을 재출간하도록 한게 과연 옳은 일이었나? 그 책은 지금 내가 추구하는 것과는 더 이상 맞지 않다. 하지만 나는 그 사실을 지금에야 깨닫는다. 정확히 말해 내가 변한 것 같지는 않다. 단지 지금에서야 나 자신을 선명히 의식하게 된 것이다. 지금까지 나는 나 자신을 모르고 있었다. 항상 다른 사람이 나를 위해 계시자 역할을 해주어야 한단 말인가! 그 책은 로라에 의해 결정(結

晶)된 것이었다. 바로 그런 이유로 나는 더 이상 그 속에 있는 내 모습을 인정하고 싶지 않다.

공감으로 이루어진 이 통찰력, 우리에게 시대를 앞서가게 해줄 이 통찰력은 우리에게 금지된 것인가? 장차 앞으로 오게 될 사람들을 초조하게 할 문제들은 과연 어떤 것들일까? 내가 글을 쓰고 싶은 건 바로 그들을 위해서다. 아직 선명히 드러나지 않은 호기심에 양식을 제공하는 것, 아직 명료하지 않은 요구들을 만족시키는 것, 그리하여 오늘날 어린아이에 불과한 누군가가 훗날 커서 그가 나아가는 길에서 나를 만나 놀라게 되도록 말이다.

올리비에에게 그토록 많은 호기심이 있다는 걸, 또 지난날에 대한 그토록 많은 초조한 불만이 있다는 걸 느끼는 게 나로선 얼마나 좋은지……

이따금 그의 관심을 끄는 건 시밖에 없는 것 같다. 그를 통해 우리나라 시인들의 시를 읽다 보면, 가슴이나 머리에 의해서가 아니라 예술적 감정에 의해 이끌리게 된 시인은 극소수에 불과하다는 걸 깨닫게 된다. 야릇한 일은 오스카 몰리니에가 올리비에의 시를 내게 보여주었을 때, 나는 올리비에에게 어휘들을 복종시키려 하기보다 어휘들이 이끄는 대로 따라가라고 충고했다는 점이다. 그런데 지금, 결과적으로 도리어 그가 나에게 그렇게 하도록 가르쳐주고 있는 것 같다.

내가 이제까지 써왔던 모든 것은 지금 보니 너무나도 처량하고 지루하고 우스꽝스럽게도 이성적으로 보인다!

11월 5일

결혼식이 거행됐다. 내가 오랫동안 가보지 않았던 마담 거리에 있는 작은 예배당에서였다. 브델-아자이스 집안이 다 참석했다. 로라의 할아버지와 양친, 그녀의 두 누이들과 남동생, 그리고 더 많은 수의 삼촌과 숙모, 사촌들. 두비에 집안 대표로는 정식 상복을 입은 이모 세 분이 참석했는데, 가톨릭이었다면 수녀가 되었을 법한 그녀들은 들리는 이야기에 의하면 함께 살고 있으며, 두비에 역시 양친이 돌아가신 후부터 그녀들과 함께 살았다고 한다. 연단 뒤쪽의 성가대석에는 기숙학원의 학생들이 앉아 있었다. 다른 친지들은 홀을 가득 메우고 있었으며, 나 역시 홀 안쪽에 있었다. 내가 있던 자리에서 멀지 않은 곳에 올리비에와 함께 누님도 보였다. 조르주는 제 또래의 다른 급우들과 함께 성가대석에 있을 것이다. 라페루즈 노인은 오르간 앞에 있었다. 늙어버린 그의 얼굴은 그 어느 때보다 더 아름답고 고상해 보였으나, 내가 피아노 강습을 받던 당시 자신의 열정을 전해주곤 하던 그 감탄스러운 불길은 더 이상 그의 눈에 보이지 않았다. 우리의 시선이 서로 마주쳤다. 그가 내게 지은 그 미소 속에 너무나 많은 슬픔이 묻어 있는 걸 느꼈기에 나는 나가면서 그를 다시 만나보리라 작정했다. 사람들이 자리를 옮겨 폴린 누님 옆자리가 비게 되었다. 올리비에는 곧바로 내게 손짓을 했으며, 자기 어머니를 옆으로 밀어 나를 자기 옆에 앉도록 했다. 그러곤 내 손을 잡아 오랫동안 자기 손안에 잡고 있었다. 그가 내게 이렇듯 다정하게 행동한 건 처음이었다. 그는 목사가 끝없이 연설을 늘어놓는 내내 거의 두 눈을 감고 있었는데, 그 덕분에 나는 오랫동안 그를 바라볼 수 있었다. 그는 내 책상 위 사진에 있던 나폴리 박물관의 한 저부조(底浮彫)에 나오는 잠든 목동과 닮아 있었다. 그의 손가락들이 떨리지만 않았더라면 그 역시 자고 있다고 여겼을 것이다. 그의 손은 내 손 속에서 마치 한 마리 새처럼 파르르 떨고 있었다.

늙은 목사는 가족의 모든 역사를 되새겨보아야 한다고 여겼던지라,

전쟁 전 자신과 스트라스부르에서 같은 반 급우였으며 또 신학대학 동기생이었던 아자이스 할아버지의 이야기서부터 시작했다. 그의 친구는 기숙학원을 운영하며 젊은 아이들의 교육에 헌신함으로써, 말하자면 목사직을 떠났던 건 아니었음을 설명하고자 하는 복잡한 문장이 도무지 끝날 것 같지 않았다. 그러고 나서 다음 세대의 이야기가 나왔다. 그는 두비에 가족에 대해서도 마찬가지로 이것저것을 이야기했는데, 그들에 대해서는 그리잘 아는 것 같지 않았다. 탁월한 감정들이 미비한 표현들을 보완해주어서 참석한 많은 사람들이 훌쩍거리는 소리가 들려왔다. 나는 올리비에가 무슨 생각을 하고 있는지 알고 싶었다. 가톨릭 교육을 받고 자란 그에게 프로테스탄트 예배는 새로웠을 것이며, 아마도 이 예배당에는 처음 와봤을 것이라고 생각했다. 타인의 감동을 마치 나의 것인 양 느끼게 해주는 그 이상야릇한 탈개성화의 능력은 나로 하여금 올리비에의 감각들, 즉 그가 느끼리라 생각되는 그 감각들을 받아들이도록 거의 강요하고 있었다. 그래서 그가 두 눈을 감고 있었지만, 아니면 아마도 바로 그 때문에, 마치 내가 그 대신, 그리고 평생 처음으로, 아무 장식도 없는 이 벽들하며 방청석을 감싸고 있는 추상적이고도 창백한 불빛, 안쪽의 하얀 벽 위로 툭 튀어나온 설교단, 딱딱해 보이는 선들, 연단 뒤쪽 성가대석을 받치고 있는 엄격한 주랑들, 각지고 아무런 색채도 없는 이 건축 양식의 정신 그 자체를 바라보고 있는 것 같았다. 무미건조할 뿐인 이 건축 양식의 그 볼품없음, 그 완고함, 그리고 그 인색함이 생전 처음으로 내게 나타나는 것이었다. 그런 걸 이전에는 전혀 느낄 수 없었던 건 내가 어린 시절부터 거기에 익숙했기 때문이리라…… 나는 갑자기 내 종교적 감수성이 깨어나던 시절과 초기의 열성적인 신앙, 로라, 또 그녀와 내가 서로 만나곤 하던 주일학교를 다시 생각했다. 우리는 둘 다 열성에 가득 차 있던 주일학교

교사로서, 우리 내부에 있던 불순한 모든 것들을 태워버렸던 그 열정에 사로잡혀 상대방에게 속하던 것과 하느님에게 귀속되던 것을 제대로 구분하지 못하고 있었다. 그러자 곧 나는 어린 시절 맛볼 수 있는 관능에서 초탈한 그 상태, 모든 현실적 외양에서 벗어나는 저 너머로, 그토록 위태로운 먼 곳으로 인간의 영혼을 멀리 던져버리고 마는 그 초탈 상태를 올리비에가 한 번도 맛보지 못했을 거라는 사실이, 그리고 나와 같은 추억을 갖지 못했을 거라는 사실이 가슴 아프게 느껴졌다. 하지만 그가 이 모든 것에 대해 생소해하리라 생각하니 도리어 나 자신도 그런 분위기에서 벗어나게끔 되었다. 나는 여전히 내 손 속에 든 그의 손을 열정적으로 꽉 잡았다. 하지만 그는 바로 그 순간 갑작스레 자기 손을 뺐다. 그는 두 눈을 다시 뜬 다음 나를 쳐다보았다. 그러곤 지극히 근엄한 그의 이마 때문에 무척 어린애 같은 장난기가 다소 희석된 미소를 지으며 나를 향해 몸을 숙여 속삭였는데, 바로 그때 목사는 신랑 신부에게 모든 신자들의 의무를 되새기면서 충고와 가르침과 경건한 훈계들을 한창 설파하고 있었다.

"저완 상관없는 얘기예요. 전 가톨릭이니까요."

그의 모든 게 내 마음을 사로잡고 있으며 내게는 신비한 것처럼 보인다.

제의실 입구에서 나는 라페루즈 영감을 다시 만났다. 그는 다소 슬픈 듯, 하지만 조금도 나무라는 기색은 없이 내게 말했다.

"자네가 날 좀 잊고 있는 것 같네."

그토록 오랫동안 그를 보러 가지 않은 것에 대한 변명으로 뭔가 바쁜 일이 있었노라 구실을 대며 모레 그를 방문하겠노라 약속했다. 결혼식 후 아자이스 집안에서 베푸는 다과회에 나 역시 초대되었기에 아자이스 댁으로 같이 가자고 청했다. 하지만 그는 기분이 너무나 울적해서 너무 많은 사람을 만나는 게 겁난다고 말했다. 그들과 함께 수다를 떨어야 할 테지만 자신은 그럴 기분이 아니라고.

폴린 누님은 조르주를 데리고 가며 올리비에는 나와 함께 남아 있게 했다.

"얘를 좀 맡길게요"라고 웃으면서 말했다. 그런데 그 말은 올리비에의 신경을 약간 거스르는 것 같았으며 그는 얼굴을 돌렸다. 올리비에는 나를 길 밖으로 끌고 나갔다.

"삼촌이 아자이스 가족들을 이렇게 잘 아시는지 몰랐어요."

내가 그 집에서 2년 동안 기숙사 생활을 했었노라고 말했을 때 그는 크게 놀랐다.

"독립해서 살도록 뭐든 다른 방도를 찾지 않고 어떻게 삼촌이 그러셨는지 도무지 모르겠어요."

"뭔가 편한 점이 있었지"라고 나는 대충 얼버무렸다. 그 당시 로라가 내 마음을 온통 다 차지하고 있었노라, 그리고 아무리 끔찍한 규율이라도 그녀 옆에서 감내한다는 만족감을 위해서는 받아들였을 거라고 말할 수는 없었던 것이다.

"그런데 이런 감옥 같은 분위기 속에서 숨이 막히진 않았나요?"

그러곤 내가 아무 대답도 하지 않자 그가 말을 이었다.

"하긴, 저 역시 제가 어떻게 이런 곳을 견디고 있는지, 그리고 도대체 어떻게 제가 여기에 들어오게 된 건지도 모르겠어요. 하지만 학교 끝난 뒤 저녁때까지만 있죠. 그것만 해도 너무한데요."

나는 그의 할아버지와 이 '감옥 같은' 기숙학원 원장 사이의 우정에 대해 설명해주어야 했다. 즉 그 추억으로 그의 어머니가 그런 선택을 하게 되었다는 얘기를 했다.

"게다가", 그는 덧붙이길, "전 비교의 대상이 될 만한 것도 알지 못해요. 아마 모든 시설들이 비슷비슷할 거예요. 제가 들은 바에 따르면 대부분 다른 곳은 이보다 더 끔찍한 것 같아요. 하지만 여기서 나가게 되면 기쁠 거예요. 제가 몸이 아파 학교 수업을 받지 못했던 기간을 만회할 필요가 없었더라면 절대로 여기 들어오진 않았을 거예요. 그리고 제가 여기 다시 오는 건 이미 오래전부터 단지 아르망에 대한 우정 때문이에요."

나는 그때 로라의 남동생이 바로 그와 동급생이라는 사실을 알았다. 나는 올리비에게 그에 대해서는 거의 모른다고 말했다.

"하지만 그 집에서 가장 똑똑하고 가장 흥미로운 아이예요."

"다시 말하면 네가 가장 흥미를 느꼈던 애라는 거지."

"아니, 그게 아니에요. 정말이지 무척 괴상한 녀석이에요. 괜찮으시면 그 애 방으로 잠시 이야기하러 가죠. 삼촌 앞이지만 서슴지 않고 이야기를 늘어놓을 거예요."

우리는 기숙학원 앞에 도착했다.

브델-아자이스 집안은 전통적인 결혼식 만찬 대신 비용이 덜 드는 간단한 다과회를 열었다. 브델 목사의 면회실과 사무실은 일반 손님들에게 개방되어 있었다. 몇몇 안 되는 절친한 사람들만 목사 부인의 비좁은 개인 살롱으로 들어갈 수 있었다. 하지만 사람들이 몰려드는 것을 피하기 위해 면회실과 그 살롱 사이 문은 닫혀 있었다. 그래서 아르망은 어디로 가면 그의 어머니를 만날 수 있는지 물어대는 사람들에게 대답하고 있었다.

"굴뚝으로요."

사람들이 무척 많았다. 모두들 더워 죽을 지경이었다. 두비에의 동료들인 몇몇 '교사진'을 제외하고는 거의 전부 개신교도들이었다. 무척 독특한 청교도적 냄새. 그러한 발산물은 가톨릭교도들이나 유대인들의 모임에서도 자기네들끼리 거리낌 없는 모습을 보일 때면 마찬가지로 강하게, 아마 더 숨 막히는 냄새를 풍겨댈 것이다. 하지만 가톨릭교도들에게서는 자기 자신을 높이 평가하려는 경향을, 그리고 유대인들에게서는 자기 자신을 낮게 평가하려는 경향을 종종 찾아볼 수 있는데, 개신교도들의 경우 그런 경향들은 무척 드문 경우를 제외하고는 불가능해 보인다. 유대인들이 너무 긴 코를 가졌다면, 개신교도들, 그들의 코는 막혀 있다. 그건 분명한 사실이다. 그런데 나 자신이 그 속에 빠져 있던 동안에는 이러한 분위기가 갖는 독특한 성격을 전혀 알아차리지 못했다. 뭔지 모르나 말로 할 수 없는 알프스 산정의 고산지대 같은, 천국 같기도 하고 멍청한 그런 분위기.

방 안쪽에는 테이블 위에 뷔페가 차려져 있었다. 로라의 언니인 라셀과 여동생인 사라가 결혼할 나이가 된 몇몇 젊은 여자 친구들의 도움을 받아 차를 대접하고 있었다……

로라는 나를 보자마자 나를 자기 아버지 사무실로 데리고 갔는데, 거기에는 이미 한 무리의 교구민들이 모여 있었다. 창틀 사이 움푹 들어간 곳에 몸을 피한 우리는 다른 사람들에겐 들리지 않게 이야기를 나눌 수 있었다. 예전에 우리는 창틀 위에 둘의 이름을 써놓았었다.

"이리 와봐요. 아직 그대로 있어요." 그녀가 말했다. "아무도 알아채지 못했을 거예요. 그때 몇 살이었죠?"

이름 아래쪽에 우리는 날짜를 써두었었다. 나는 계산을 해보았다.

"스물여덟 살."

"저는 열여섯이었어요. 벌써 10년 전 일이네요."

그런 추억을 되새기기에 적합한 순간은 아니었다. 나는 화제를 돌리려고 애를 썼으나 그녀는 걱정스러울 정도로 집요하게 나를 그 이야기로 다시 끌고 가는 것이었다. 그러다가 갑자기, 감상에 젖는 게 겁이라도 나는 것처럼, 나더러 아직 스트루빌루를 기억하고 있는지 물었다.

스트루빌루는 기숙학원에서 잠은 자지 않고 수업만 듣던 학생이었는데, 그 당시 로라 부모님 속을 몹시 썩였다. 그는 수업을 받고 있는 것으로 되어 있긴 했으나, 무슨 수업을 받고 있는지, 혹은 무슨 시험을 준비하고 있는지 물으면 건성으로 대답하는 것이었다.

"기분 내키는 대로죠."

처음에는 모두들 이런 오만불손한 그의 말들을 그 속에 내포된 날카로움을 무디게 할 양으로 농담으로 받아들이는 척했으며, 그 역시 그렇게 말하며 껄껄 웃어댔던 것이다. 그러나 그 웃음은 그의 무례한 대꾸가 점점 더 공격적이 되어감에 따라 조만간 더 빈정거리는 투가 되었다. 나는 어떻게, 그리고 왜 목사가 그런 기숙생을 가만히 두고 있는지 도무지 이해할 수가 없었다. 그게 경제적인 이유 때문이거나 아니면 그가 스트루빌루에 대해 연민 어린 일종의 애정을, 그리고 아마도 그를 설득하게 되리라는, 내 말은, 그를 개종시키게 되리라는 막연한 희망을 품고 있지 않았다면 말이다. 또 스트루빌루로선 충분히 다른 곳으로 갈 수도 있었을 텐데 무엇 때문에 굳이 그 기숙사에 계속 남아 있는지는 더더욱 이해할 수 없었다. 나처럼 감상적인 이유로 그곳을 떠나지 못하고 있는 것 같지는 않았기 때문이다. 아마도 가련한 목사와 그런 승강이를 벌이면서 확실히 얻게 되는 기쁨 때문이었으리라. 목사는 제대로 방어도 하지 못하고 언제나 그에게 유리한 입지를 넘겨주고 마는 것이었다.

"기억나세요? 그가 어느 날 아빠에게 설교할 때 가운 밑에 윗저고리를 입고 있는지 물었던 것 말이에요."

"물론이지! 어찌나 다정하게 물었던지 가련한 당신 아버지는 악의가 있으리라고는 전혀 생각도 못하셨지. 식사 중이었는데, 지금도 눈에 선하지……"

"그리고 아빠는 순진하게도 가운은 그리 두껍지 않아서 윗저고리를 입지 않으면 감기에 걸릴까 봐 걱정된다고 말씀하셨죠."

"그때 스트루빌루가 지은 그 딱하다는 표정이란! 뭣 때문에 그러냐고 다그쳐 묻자 마침내 하는 말이, '분명 그리 대수로운 건 아니지만' 당신 아버지께서 큰 몸짓을 할 때면 윗저고리의 소맷자락이 가운 아래로 보이는데, 그게 몇몇 신자들에게 좋지 않은 인상을 준다는 것이었지."

"그런 이야기를 듣고 난 다음 불쌍하게도 아빠는 설교 내내 두 팔을 몸에 딱 붙인 채 설교를 해서 아빠의 웅변이 주는 효과를 완전히 망치셨죠."

"그리고 그다음 일요일에는 윗저고리를 벗으셨던 탓에 심한 감기에 걸려 들어오셨지. 참! 그리고 복음서에 나오는 열매를 맺지 못하는 무화과며 열매를 달고 있지 않은 나무들에 관한 그 논쟁이란…… '전 말이죠, 전 과일나무가 아닙니다. 제가 달고 있는 건 바로 어둠이랍니다. 목사님, 제가 목사님을 어둠으로 뒤덮지요'라고 했지."

"그 얘기도 식사 중에 나왔어요."

"물론이지. 그 녀석은 식사 때 외에는 전혀 보이지 않았으니까."

"그리고 너무나 공격적인 어투였어요. 할아버지가 그를 내쫓은 건 바로 그때였죠. 기억나세요? 평소에는 접시 위에 코를 박고 계시던 할아버지가 갑자기 자리에서 벌떡 일어나시곤, 팔을 뻗으시며 '나가게!' 하신 거요."

"우람하고 무서워 보였지. 정말 화가 나셨던 거야. 정말이지 스트루빌루도 겁이 났던 것 같아."

"스트루빌루는 식탁 위에 냅킨을 던지고는 사라져버렸지요. 기숙사비도 내지 않고 나갔어요. 그 이후로는 다시는 보지 못했어요."

"지금은 어떻게 됐는지 궁금하군."

"가련한 할아버지." 로라는 다소 슬픈 듯 말을 이었다. "그날 정말 훌륭하게 보였어요. 할아버지가 당신을 무척 좋아하신다는 거, 아시잖아요. 할아버지의 사무실로 잠시 뵈러 가는 게 좋을 거예요. 분명 무척 기뻐하실 거예요."

나는 이 모든 이야기를 즉시 적어둔다. 시간이 지난 다음에는 대화의 어조를 정확히 되찾기가 얼마나 어려운지 이미 경험했기 때문이다. 그런데 그때부터 나는 로라의 이야기를 다소 방심한 채 듣기 시작했다. 로라에 이끌려 그녀 아버지 사무실로 들어간 뒤 보이지 않던 올리비에가, 사실 내게서 상당히 멀리 떨어져 있긴 하나 방금 다시 눈에 띄었던 것이다. 그의 두 눈은 빛나고 있었으며 얼굴엔 무척 생기가 돌고 있었다. 나중에 알게 된 일이지만, 사라가 장난 삼아 그에게 샴페인을 연거푸 여섯 잔이나 마시게 했던 것이다. 아르망도 함께 있었는데, 둘 다 사람들 틈을 비집으며 사라와 한 여학생, 1년 넘게 아자이스 집에 기숙생으로 살고 있는 그녀 나이 또래의 한 영국 여학생 뒤를 따라가고 있었다. 사라와 그녀의 친구는 마침내 방 밖으로 나갔으며, 열린 문틈으로 두 소년이 그들을 뒤쫓아 계단 밖으로 뛰어나가는 게 보였다. 나 역시 로라가 권하는 대로 막 그 방에서 나가려고 했을 때, 로라가 나를 향해 다가왔다.

"이봐요, 에두아르, 좀더 얘기하고 싶은 게 있는데⋯⋯" 갑자기 그녀의 목소리가 무척 심각해졌다. "아마 우리는 앞으로 오랫동안 만나지 못할 거예요. 제가 바라는 건 당신이 다시 한 번 말해주기를⋯⋯ 전 제가 여전히 당신을⋯⋯ 친구처럼 믿고 의지해도 되는지 알고 싶어요."

나는 그 순간보다 더 그녀를 꼭 껴안고 싶었던 적이 결코 없었다. 하지만 나는 그녀의 손에 다정하고 격렬하게 입을 맞추는 것으로 만족하며 속삭였다.

"무슨 일이 있더라도." 그리고 눈물이 북받쳐 오르는 것을 그녀에게 감추기 위해 올리비에를 찾아 급히 밖으로 나갔다.

그는 아르망과 나란히 층계 위에 앉아 내가 나오기를 엿보고 있었다. 분명 약간 취해 있었다. 그는 자리에서 일어나 내 팔을 잡아끌었다.

"이리 오세요. 사라 방으로 담배 한대 피우러 가죠. 사라가 우리를 기다리고 있어요"라고 그가 말했다.

"잠시 후에. 우선 아자이스 영감님을 뵈러 가야 해. 그런데 사라 방은 도저히 찾지 못할 것 같은데."

"천만에요. 잘 아십니다. 예전에 로라가 쓰던 방이에요"라고 아르망이 외쳤다. "그 방은 이 집에서 가장 좋은 방 중의 하나라서 영국 여학생이 쓰게 했죠. 그런데 그녀가 내는 기숙사비가 변변찮아 지금은 사라와 함께 쓰고 있죠. 체면치레로 침대를 두 개 갖다 놓긴 했으나 공연한 짓이었죠……"

"애 말은 듣지 마세요. 취했어요"라고 올리비에가 아르망을 떠다 밀며 웃으면서 말했다.

"그럼 넌 어떻고?"라고 아르망이 대꾸했다. "그러면 오시는 거죠? 기다리겠어요."

나는 그들을 보러 가겠노라 약속했다.

아자이스 노인은 머리를 짧게 자른 뒤부턴 휘트먼*과 전혀 닮아 보이지 않게 되었다. 그는 사위 가족에게 건물 2층과 3층을 내주었다. 그는

(마호가니 가구와 렙스 천, 인조 가죽으로 덮인 가구에 둘러싸인) 자기 서재 창문 너머로 아래쪽의 안뜰을 굽어보며 학생들이 오가는 길을 감시하고 있다.

"이것 좀 봐요. 이렇게 큰 선물을 갖다주다니 말이요." 그는 테이블 위에 놓인 큼직한 국화꽃 다발을 가리키며 내게 말했는데, 그 집안과 오래된 친구인 한 학생 어머니가 방금 갖다 놓은 것이었다. 그 방 분위기가 너무 엄숙해 꽃들이 금방 시들어버릴 것 같았다.

"잠시 사람들을 피해 이리로 왔소. 나도 이제 늙어서 이야기하는 소리를 한참 듣고 있으면 피곤하다오. 하지만 이 꽃들이 내 동무를 해줄 것 같소. 꽃들은 그들 방식으로 말하며, 주님의 영광을 사람들보다 더 잘 이야기해줄 줄 알지요." (아니면 뭔가 그 비슷한 이야기였다.)

이 존경할 만한 노인은 자신이 이런 유형의 이야기로 학생들을 얼마나 지겹게 할 수 있는지 꿈에도 생각지 못한다. 그로선 너무나 진심으로 하는 이야기라, 거기에 대고 아이러니컬하게 대응할 수도 없게 만든다. 아자이스 영감처럼 마음이 단순한 사람들은 정말이지 나로선 가장 이해하기 힘든 사람들이다. 그런 사람들 앞에서는 그들보다 조금만 덜 단순한 사람일 경우 누구나 뭔가 연극을 할 수밖에 없다. 정직한 태도라고는 할 수 없으나 그 앞에서 어쩌겠나? 논쟁을 할 수도, 따져볼 수도 없다. 맞장구를 칠 수밖에 없다. 아자이스 영감은 그 자신이 믿고 있는 것과 조금이라도 의견을 달리하는 주위 사람들에겐 위선을 강요하게 된다. 내가 그 집에 드나들기 시작했던 초기에는 그의 손자들이 그에게 거짓말을 하는

---

* 월트 휘트먼(Walt Withman, 1819~1892) : 미국의 시인으로, 지드는 자신의 동성애 변론서인 『코리동』 첫 부분에서 휘트먼의 동성애 문제를 언급했다.

걸 보고 분노했었다. 하지만 조만간 나도 보조를 맞추어야 했던 것이다.

프로스페르 브델 목사는 너무나 일이 많았다. 브델 부인은 약간 어리석은 데다가 시적·종교적 몽상 속에 빠진 채 그 속에서 현실에 대한 감각을 완전히 잃고 있다. 그래서 젊은 애들을 지도하고 교육하는 일은 할아버지 몫이었다. 내가 그 집에 살고 있던 시절, 나는 한 달에 한 번씩 격정적인 설교를 듣곤 했는데, 매번 비장한 감정의 토로로 끝나곤 했다.

"이제부터 우리는 모든 이야기를 서로 숨김없이 하는 거야. 이제 우리는 정직과 진정성의 새로운 시대로 들어가는 거야. (그는 똑같은 걸 말하기 위해 여러 어휘들을 즐겨 사용하는데, 이는 과거 그의 목사 시절부터 내려오던 낡은 습관이었다.) 저의나 비열한 속셈들을 가져선 안 돼. 서로 정면으로, 두 눈을 마주 바라볼 수 있을 거야. 안 그래? 그럼 됐어."

그러고 난 다음, 각자는 좀더 깊이 빠져 들어가는 것이었다. 노인은 고지식함 속으로, 그리고 아이들은 거짓말 속으로.

이 말들은 특히 로라의 한 남동생을 겨냥하고 있었는데, 그녀보다 한살 아래인 그는 왕성한 혈기로 괴로워하며 연애에 재미를 들이고 있었다. (그는 식민지로 장사를 하러 떠났는데, 나는 그 뒤로는 소식을 듣지 못했다.) 노인이 똑같은 말을 되풀이한 어느 날 저녁, 나는 그의 서재로 그를 보러 갔었다. 나는 그가 손자들에게 강요하는 그 진정성이라는 게 그의 완고함 때문에 도리어 불가능해진다는 점을 그에게 이해시키고자 했다. 그러자 아자이스 영감은 거의 화를 냈다.

"고백하기 수치스러운 짓이라면 그 녀석이 하지 않으면 되는 거요"라고 소리쳤는데, 어떤 대꾸도 용납하지 않는 어조였다.

하지만 훌륭한 사람인 건 틀림이 없다. 그 이상이기도 하다. 덕성의 귀감이요, 흔히 말하듯 비단결 같은 마음을 지닌 사람이다. 하지만 그의 판단은 어린애 같다. 그가 나를 높이 평가하는 것도 내겐 애인이 없다는 이유에서였다. 그는 내가 로라와 결혼하기를 바랐노라는 사실을 숨기지 않았다. 그는 두비에가 그녀에게 적합한 남편인지 미심쩍어하며 내게 여러 번 되풀이했다. "그 애의 선택이 놀랍군." 그러곤 "하지만 그가 착실한 사람이라고 생각하긴 하는데…… 자네는 어떻게 보나……?"라고 덧붙였다. 나는 거기에 대해

"물론이죠"라고 대답했다.

사람이란 신앙심 속으로 빠져 들어감에 따라, 현실에 대한 감각과 취향, 욕구와 애착을 모두 잃고 만다. 나는 그런 사실을 브델 씨에게서도 똑같이 보았다. 그와 몇 번 이야기를 나눠보지도 않았지만 말이다. 그런 사람들의 눈부신 신앙심은 그들을 둘러싼 세계와 그들 자신에 대해서도 눈을 멀게 한다. 이 세계와 나 자신에 대해 명료히 보는 것 이외에 다른 열망이 전혀 없는 나로서는, 신앙심 깊은 사람들이 빠져들며 자족하고 있는 그 두꺼운 거짓 앞에서 아연실색하게 된다.

나는 아자이스 노인에게서 올리비에 이야기를 듣고 싶었으나, 그는 특히 어린 조르주에게 관심을 갖고 있었다.

"내가 하는 이야기를 그 애에게는 아는 척하지 말게"라고 그가 이야기를 시작했다. "게다가 전적으로 그 애의 명예에 관한 일이니까…… 자네의 어린 조카하고 몇몇 친구들이 일종의 조그만 결사랄까, 상호 격려 동맹을 구성했더란 말일세. 회원으로는 자기네들이 그럴 만한 자격이 있다고 판단하고 또 실제로 덕성을 보여준 아이들만 받아들이고 있지. 일종의 어린이 '레지옹 도뇌르'*인 셈이지. 멋있어 보이지 않나? 각자 단춧구

---

* 1802년 나폴레옹이 제정한 국가 훈장으로 '명예와 조국'을 모토로 삼는 최상급 훈장이다.

멍에 작은 리본을 달고 있는데, 사실이지 눈에 그리 띄진 않으나 난 어쨌든 알아봤단 말일세. 내 서재로 그 아이를 불러 그 표시가 뭔지 설명해보라고 했더니 처음에는 당황스러워 하더군. 사랑스러운 그 아이는 꾸지람을 들으리라 생각했던 거지. 그리고 얼굴이 빨개져선 몹시 당황해하며 그 작은 클럽이 생기게 된 이야기를 하더군. 그건 섣불리 비웃거나 해서는 안 되는 그런 일이지, 안 그런가? 무척 섬세한 감정들을 망쳐버릴 위험이 있을 테니 말일세…… 내가 그에게 물었네. 그와 그 친구들이 왜 그런 일을 공공연하게 드러내놓고 하지 않나? 그렇다면 얼마나 놀라운 선전과 권유의 힘을 발휘할 수 있을 것이며, 얼마나 멋진 역할을 할 수 있을 것인가, 라고 말했지…… 하지만 그 나이 때는 비밀을 좋아하는 법이지…… 그 애를 안심시키기 위해 내 이야기도 해주었다네. 내 시대에도, 말하자면 내가 그 애 나이였을 때, 나 역시 그런 유형의 단체에 가담했노라고 말일세. 그때 우리 멤버들은 '의무의 기사단'이라는 멋진 이름을 가졌지. 우리는 각자 단장으로부터 수첩을 하나씩 받아 거기에 자신의 과오와 과실들을 하나도 빠뜨리지 않고 성실하게 적어나갔다는 이야기 말일세. 그랬더니 그 애가 빙그레 웃기 시작했는데, 수첩 이야기가 그 애에게 뭔가 아이디어를 준 게 분명했어. 강요하진 않았네. 하지만 그 애가 자기네 동지들 사이에 그 수첩 제도를 도입한다 해도 놀랄 일은 아니지. 이 아이들 마음을 붙들 줄 알아야 하는 거야. 그러려면 먼저 그들을 이해한다는 걸 보여줘야 한단 말이지. 그 애 부모님들에겐 한마디도 하지 않겠다고 약속했지. 하지만 어머니가 들으면 무척 기뻐하실 거라며 그 애더러 직접 자기 어머니에게 말하라고 권고를 했다네. 하지만 자기네들끼리 아무 말도 하지 않기로 명예를 걸고 약속했던 모양이오. 공연히 강요하면 도리어 일을 그르칠 수 있었을 거요. 하지만 그 애가 나가기 전에 우리는 그들 동맹에

축복을 내려주십사고 하느님께 함께 기도를 드렸지."

가여운 아자이스 영감님! 그 꼬마 녀석이 그를 완전히 속여 넘겼으며, 그 이야기 속에 진짜라곤 한마디도 없는 게 분명했다. 하지만 조르주가 달리 뭐라 대답할 수 있었겠는가……? 그 일을 좀더 밝혀보도록 할 것이다.

처음에는 로라의 방을 알아보지 못했다. 벽지를 새로 발라 분위기가 완전히 바뀌었던 것이다. 사라도 낯설어 보였다. 하지만 나는 그녀를 잘 알고 있다고 생각하던 터였다. 그녀는 언제나 나를 무척 신뢰한다는 모습을 보여주었다. 그녀에게 난 항상 뭐든지 털어놓고 말할 수 있는 사람이었다. 그러나 내가 브델 씨 집에 오지 않고 지낸 게 여러 달째 되었던 것이다. 그녀의 원피스는 두 팔과 목을 훤히 드러내고 있었다. 그녀는 키가 더 크고 대담해진 것 같았다. 그녀는 두 침대 가운데 하나 위, 올리비에 옆에 몸을 기대어 앉아 있었으며, 올리비에는 아무렇게나 드러누운 채 자고 있는 것 같았다. 분명 취해 있었는데 나는 그런 모습을 한 그를 보게 되어 마음이 무척 괴로웠다. 하지만 그는 그 어느 때보다 더 아름다워 보였다. 그들 넷 모두 어느 정도 취해 있었다. 그 영국 아가씨는 아르망이 해대는 지극히 터무니없는 이야기에 내 귀가 아플 정도로 날카로운 웃음을 터뜨리고 있었다. 아르망은 그 웃음소리에 흥분도 되고 우쭐해져서, 또 어리석음과 저속함에 있어 그 웃음과 경쟁이라도 하듯 아무 말이나 해대고 있었다. 빨갛게 달아오른 자기 여동생의 뺨과, 마찬가지로 열이 나 화끈거리는 올리비에의 뺨에 대고 담뱃불을 붙이는 시늉을 하기도 하고, 또 뻔뻔스러운 몸짓으로 그 두 이마를 서로 갖다 대어 억지로 맞부딪치게 하고는 마치 손가락을 데인 듯한 시늉을 하기도 했다. 올리비에와 사라는 그런 장난을 그대로 받아들이고 있어서 나는 엄청나게 괴로웠다. 하지만 이렇게 되면 이야기를 앞지르는 셈이고……

아르망이 두비에에 대해 어떻게 생각하느냐고 내게 불쑥 물었을 때, 올리비에는 여전히 자는 척하고 있었다. 나는 나지막한 소파에 앉아 있었는데, 그들의 취기와 스스럼없는 태도가 재미있기도 하고 흥분도 되었으나 다소 어색하기도 했다. 그래도 내가 같이 낄 자리가 전혀 아닌 듯한 그 상황에 그들이 나더러 오라고 청해서 다소 우쭐하기도 했다.

"여기 계신 이 아가씨들은……" 내가 대답할 말을 찾지 못한 채 그들 분위기에 맞추기 위해 그저 빙그레 웃고 마니까 아르망이 계속했다. 그때 영국 아가씨는 아르망이 말을 하지 못하게 자기 손으로 그의 입을 막으려고 그를 쫓아갔다. 그는 몸을 버둥대며 외쳤다. "이 아가씨들은 로라가 그와 함께 자야 한다는 생각에 분노하고 있어요."

그 영국 아가씨는 그를 놓고 화가 난 시늉을 하며 말했다.

"아니! 그가 말한 걸 그대로 믿어서는 안 돼요. 거짓말쟁이에요."

아르망은 좀더 차분하게 말을 이었다. "난 이 아가씨들을 이해시키려고 했죠. 2만 프랑의 지참금을 가지고서는 더 나은 신랑감을 찾길 기대할 수 없노라, 또 목사님인 우리 아버지 말씀대로, 로라는 진정한 기독교인으로서 무엇보다 영혼의 자질들을 고려해야 한다는 점을 말입니다. 그럼요, 여러분. 그리고 아도니스*들이나, 좀더 최근 예를 들어 말하자면 올리비에같이 생기지 않은 남자들은 모두 독신으로 지내야 한다면 종족 유지는 어떻게 될 것인가 말입니다."

"무슨 바보 같은 소리야!"라고 사라가 중얼거렸다. "그의 말을 듣지 마세요. 자기가 무슨 말을 하는지도 몰라요."

---

* 그리스 신화에 나오는 청년 사냥꾼으로 미모로 유명하다.

"나는 진실을 말하는 거야."

나는 아르망이 그런 식으로 말하는 건 한 번도 들어본 적이 없었다. 과거에도 그랬지만 지금도 여전히 나는 그가 섬세하고 감수성이 강하다고 생각한다. 저속한 그의 태도는 어느 정도 취기 탓도 있지만, 그보다는 영국 아가씨를 재미있게 하려는 의도에서 완전히 가장된 것으로 보였다. 그 아가씨는 분명 예쁘기는 했으나 그런 무례한 얘기를 듣고 재미있어 하는 걸 보면 어리석은 여자임이 틀림없었다. 올리비에는 그런 이야기에서 도대체 무슨 재미를 느낄 수 있었을까……? 나는 그와 단둘이 있게 되면 내가 느낀 불쾌감을 숨기지 않으리라 결심했다.

"그런데 선생님," 아르망이 갑작스레 나를 향해 몸을 돌리며 말을 이었다. "돈에 별 관심이 없고, 또 고상한 감정들을 누리실 만한 돈도 충분히 있는 선생님은 어째서 로라와 결혼하지 않았는지 말씀해주시겠습니까? 더군다나 선생님도 로라를 사랑하고 있었던 것 같고, 또 모두가 알다시피 로라는 선생님을 애타게 사모하고 있었는데 말입니다."

그때까지 자는 척하고 있던 올리비에가 눈을 떴고, 우리의 시선이 서로 부딪쳤다. 내가 얼굴을 전혀 붉히지 않을 수 있었던 건 분명 다른 사람들은 아무도 나를 쳐다보고 있지 않았기 때문이다.

"아르망, 너 정말 못 봐주겠다." 뭐라고 대답할지 몰라 하고 있던 나를 편하게 해주려는 듯 사라가 말했다. 그러곤 처음에는 앉아 있던 침대 위에 올리비에와 나란히 몸을 쭉 펴고 누워버렸다. 그리하여 그 둘의 머리는 서로 맞닿게 되었다. 아르망이 곧바로 벌떡 일어서더니 어릿광대 몸짓을 하며 침대 발치 벽에 기대놓은 커다란 병풍을 잡아 그 두 사람이 보이지 않게 펼쳤다. 그러고 나서 여전히 익살꾼 흉내를 내며 나를 향해 몸을 숙여, 하지만 큰 소리로 말했다.

"선생님은 제 여동생이 창녀라는 걸 아마 모르셨겠지요?"

그건 너무 심했다. 나는 자리에서 일어나 병풍을 밀어젖혔다. 그 뒤에 있던 올리비에와 사라는 곧바로 몸을 다시 일으켰다. 그녀의 머리칼은 헝클어져 있었다. 올리비에는 자리에서 일어나 세면대 쪽으로 가더니 얼굴에 물을 끼얹었다.

"이쪽으로 오세요. 뭐 하나 보여드릴게요." 사라가 내 팔을 잡으며 말했다.

그녀는 방문을 열고 나를 층계참으로 끌고 갔다.

"이것이 소설가에겐 흥미 있으리라 생각했죠. 제가 우연히 발견한 건데, 아빠의 일기장이에요. 아빠가 어떻게 이걸 돌아다니게 내버려뒀는지 이해가 안 돼요. 아무나 읽을 수도 있거든요. 아르망이 못 보게 제가 챙겨놨죠. 아르망에게는 이야기하지 마세요. 그리 길지도 않아요. 10분이면 다 읽으실 수 있으니 떠나기 전에 제게 돌려주세요."

"하지만 사라, 이건 너무 무례한 짓이에요." 나는 그녀를 뚫어져라 쳐다보며 말했다.

그녀는 어깨를 으쓱했다.

"아니! 그렇게 생각하신다면 실망하실 거예요. 흥미로운 대목은 한 군데뿐이에요…… 그리고 그것도, 자, 제가 보여드릴게요."

그녀는 블라우스 속에서 4년이나 묵은 아주 작은 수첩 하나를 꺼냈다. 그녀는 수첩을 잠시 뒤적이더니, 활짝 펼쳐 내게 건네면서 한 구절을 가리켰다.

"빨리 읽어보세요."

우선 눈에 띈 건 날짜 아래 괄호 속에 든 다음과 같은 복음서 인용이었다.

"작은 일에 충실한 자는 큰일에서도 그러할 것이니라." 그리고 뒤이어 "더 이상 담배를 피우지 않겠다는 이 결정을 뭣 때문에 언제나 다음 날로 미루는가. 멜라니(목사 부인이다)를 슬프게 하지 않기 위해서만이라도. 오, 주여. 이 수치스러운 예속의 굴레를 떨쳐버릴 수 있는 힘을 주소서." (내가 정확히 옮겨 적고 있다고 본다.) 이어서 온갖 투쟁과 간청, 기도와 노력의 언급이 이어지고 있었는데, 그 모든 게 분명 헛되고 만 것이, 그런 언급이 매일 반복되고 있었기 때문이다. 다시 한 페이지를 넘겼더니 갑자기 다른 이야기가 나왔다.

"꽤나 감동적이죠, 그렇지 않아요?" 내가 다 읽고 나자 사라가 희미한 냉소를 담아 입을 삐죽이며 말했다.

"사라가 생각하고 있는 것보다 훨씬 더 흥미롭군요." 나는 그렇게 말하는 자신을 자책하면서도 그렇게 이야기하지 않을 수 없었다. "사실은 열흘도 채 되지 않았어요. 내가 사라 아버님께 담배를 끊으려고 한 적은 한 번도 없었느냐고 물어보았거든요. 나 자신이 담배를 너무 많이 피운다고 생각해서 말이야. 그런데…… 어쨌든 아버님이 뭐라고 대답하셨는지 알아요? 먼저 아버님은 사람들이 담배의 해독을 너무 과장한다고 생각한다고, 또 자신은 그런 해독을 한 번도 느껴보지 못했노라 하셨어요. 하지만 내가 계속 물었더니, 결국 '그래요, 나도 두세 번 잠시 끊으려고 한 적이 있지요'라고 하시더군요. 그래서 내가 물었죠. '그래 성공하셨나요?' '물론이죠, 그렇게 하기로 결심을 했으니까요'라고 당연하다는 듯 말하셨거든요." 나는 그 이야기 속에 뭔가 위선적인 게 들어 있지 않나 의심이 간다는 걸 사라에게 내보이지 않으려고 "정말 놀랍군요! 아마도 잊으셨나 보군요"라고 덧붙였다.

"아니면 아마도, '담배 피우다'라는 게 다른 뜻으로 쓰였다는 증거일 수도 있죠"라고 사라가 말했다.

이렇게 말하고 있는 게 진정 사라가 맞는가? 나는 어안이 벙벙했다. 나는 그녀가 무슨 뜻으로 그러는지 이해할 엄두도 못 내고 그녀를 쳐다보기만 했다…… 바로 그 순간 올리비에가 방에서 나왔다. 머리를 빗고 옷매무새도 다시 고친 다음이라 더 차분해 보였다.

"가실까요?" 그는 사라 앞에서 거리끼는 기색도 없이 말했다. "늦었어요."

우리는 계단을 내려갔다. 길거리에 나서자마자 그는 말했다.

"삼촌이 오해하실까 봐 걱정돼요. 제가 사라를 사랑한다고 생각하실 수도 있을 거예요. 천만에요…… 물론 사라를 미워하는 건 아니에요…… 하지만 사랑하진 않아요."

나는 그의 팔을 잡고선 아무 말없이 꽉 그러쥐었다.

"아르망이 오늘 삼촌께 했던 말로 그를 판단해서도 안 돼요." 그는 다시 말을 이었다. "그건 아르망이 일종의 연기를 한 거예요…… 본의가 아니에요. 사실은 전혀 달라요. 제대로 설명할 순 없지만, 그에겐 자신이 가장 아끼는 건 뭐든지 다 망가뜨리고자 하는 그런 욕구가 있어요. 오래 전부터 그랬던 건 아니에요. 나는 그가 무척 불행하다고 생각해요. 그리고 그가 빈정대는 건 자기 불행을 감추기 위해서라고요. 자존심이 무척 강하죠. 그의 부모님들은 그를 전혀 이해하지 못해요. 그를 목사로 만들고 싶어 했죠."

『위폐범들』의 한 장(章)에 붙일 인용구:

"가족……, 이 사회적 세포 조직." — 폴 부르제.* (그의 작품 여러 군데에서 나타남.)

그 장의 제목: **독방 수감 제도**

물론, 강인한 정신이 벗어나지 못하는 (지적) 감옥은 없다. 반항으로 내모는 그 어떤 것도 결정적으로 위험한 건 아니다. ― 물론 반항이 성격을 삐뚤어지게 할 수 있긴 하다. (반항은 성격을 움츠러들게 하고, 심하게 흔들어놓거나 또는 거칠게 대들게 하고 또 부도덕한 술수를 쓰도록 부추기기도 한다.) 그런데 가정의 영향에 굴하지 않는 아이는 그 영향으로부터 벗어나기 위해 자신의 신선한 초기 에너지를 소모하게 된다. 하지만 또한 아이를 구속하는 교육은 아이를 속박시킴으로써 그를 강하게 만들기도 한다. 가장 애처로운 희생자는 찬사를 받고 자란 희생자들이다. 당신들을 우쭐하게 만드는 걸 물리치기 위해서는 얼마나 강인한 성격이 필요하겠는가? 나는 얼마나 많은 부모들(특히 어머니들)이 자기 자식들에게서, 자기네들이 가졌던 가장 어리석은 혐오감들, 가장 부당한 편견들, 몰이해와 두려움들을 재확인하고 또 그것들을 부추기며 기뻐하는 걸 보아왔던가…… 식탁에서는 "그건 먹지 마. 온통 비계잖아. 껍질을 벗겨. 제대로 익지 않았어……" 또 밖에서 저녁이면, "아! 박쥐구나…… 빨리 모자를 써. 머리카락 속으로 기어들라" 등등이다. 그들 말에 따르면, 모든 풍뎅이는 물어대고, 모든 메뚜기는 찔러대며, 모든 지렁이는 부스럼을 일으킨다. 지적이건 도덕적이건 뭐건 간에, 모든 영역에서 똑같이 나타나는 터무니없는 것들이다.

---

* 폴 부르제(Paul Bourget, 1852~1935): 프랑스의 소설가로 제1차 세계대전 이전 보수파 지식인의 여론을 이끌었다. 전통적 심리분석 소설의 전형을 보이며, 사회의 기초 단위인 가족의 중요성을 주장했다.

그저께 오퇴이에서 돌아오는 교외선 기차 안에서, 나는 한 젊은 엄마가 열 살쯤 된 딸아이의 응석을 받아주며 귀에 대고 속삭이는 이야기를 들었다.

"너하고 엄마, 그리고 엄마하고 너뿐이야. 다른 사람들은 아무래도 상관없어."(아아! 나는 그들이 서민이라는 사실을 잘 알고 있다. 하지만 서민들이라고 해서 우리가 분노하지 못할 이유가 어디 있겠는가! 남편은 객실 한구석에서 신문을 읽고 있었다. 담담하고 체념한 듯 보였으나, 아내로부터 버림받은 남편 같지도 않았다.)

이보다 더 해로운 독소를 상상할 수 있는가?

미래는 사생아들의 것이다. **자연의 아이!**[*]란 이 말은 얼마나 의미심장한가. 사생아들만이 자연스러움을 가질 수 있는 것이다.

가족 이기주의…… 개인 이기주의에 거의 버금갈 정도로 추악하다.

11월 6일

나는 한 번도 뭔가를 지어낼 줄 몰랐다. 하지만 나는 모델을 앞에 놓고 이런저런 포즈를 취해달라, 자신이 원하는 이런저런 표정을 지어달라, 라고 말하는 화가처럼, 현실을 앞에 두고 있다. 사회가 내게 제공하는 모델들의 경우, 내가 그들이 하는 행위의 동기를 잘 알고 있을 때는, 그들을 내 마음대로 움직이게 할 수 있다. 아니면 적어도 미결정 상태에 있는 그들에게 문제를 제안할 수는 있을 것이며, 그걸 그들 나름대로 해결하는 그 반응을 통해 난 배울 수 있을 것이다. 내가 그들의 운명에 개입하고 작

---

[*] '자연의 아이Un enfant naturel'는 사생아를 의미한다.

용하고자 하는 욕구에 사로잡혀 고심한다면 그건 소설가로서이다. 내가 더 풍부한 상상력을 갖고 있다면 사건들을 꾸며낼 수 있을 것이다. 하지만 나는 다만 사건들을 제기하고, 배우들을 관찰하여, 그들이 불러주는 대로 작업할 뿐이다.

11월 7일

어제 쓴 글에서 진실인 건 하나도 없다. 다음과 같은 사실이 있을 뿐이다. 즉 현실은 하나의 조형물로서 내 관심을 끈다는 것. 그리고 나는 과거의 것보다 앞으로 형성될 수 있는 것에 대해 더 많이, 훨씬 더 많이 주목한다는 사실이다. 또 나는 각 존재의 가능성에 대해 엄청난 관심을 갖고 있으며 관습의 뚜껑 속에 갇혀 위축된 모든 것을 애석해한다는 것이다.

베르나르는 잠시 읽던 것을 멈춰야 했다. 눈앞이 흐릿해졌다. 읽고 있는 동안 내내 숨 쉬는 걸 잊고 있었던 것처럼 숨이 막혀오고 있었다. 그만큼 엄청나게 집중했던 것이다. 그는 창문을 열고 숨을 한껏 들이마신 다음, 다시 읽기 시작했다.

올리비에에 대한 그의 우정은 분명 가장 열렬한 것에 속하는 것이었다. 베르나르에겐 올리비에보다 더 좋은 친구가 없었으며, 자기 부모를 사랑할 수 없게 된 지금, 이 세상에서 올리비에만큼 사랑하는 사람은 아무도 없었다. 게다가 그의 마음은 지금으로선 이 우정에 거의 과도할 정도로 매달리고 있었다. 하지만 올리비에와 그는 우정이란 걸 완전히 같은 의미로 받아들이고 있지는 않았다. 베르나르는 에두아르의 일기를 읽어나감에 따라, 자신이 그토록 잘 알고 있다고 생각했던 이 친구가 얼마나 다양한 모습을 보여줄 수 있는지 매번 더 놀라고, 매번 더 감탄했지만 고통스럽기도 했다. 올리비에는 이 일기가 이야기하는 것에 대해서는 한마디도 하지 않았던 것이다. 아르망과 사라에 대해선 그런 친구가 있다는 사실만 겨우 짐작했을 뿐이었다. 올리비에가 그들과 같이 있을 때는 자기와 같이 있을 때와 얼마나 다른 모습을 보여주고 있는가……! 사라의 방, 그 침대 위에서 그러고 있는 자기 친구를 베르나르는 과연 알아볼 수 있었을까? 그 일기를 서둘러 읽어보고 싶은 엄청난 호기심과 함께 거북스러운 어떤 혼돈, 즉 혐오감인지 분함 같은 게 뒤섞이고 있었다. 조금 전 올리비에와 에두아르가 서로 팔을 잡고 있는 걸 보며 느꼈던, 자신은 같이 끼지 못하고 있다는 그런 분함 같은 것이었다. 그런 분한 마음은 뭔가 일을 크게 그르칠 수 있으며 또 수많은 어리석은 짓을 하게 만들 수도 있다. 모든 분한 마음이 그렇듯이 말이다.

지나가자. 위에서 내가 말한 건 전부 이 **일기**의 막간에 약간 숨을 고르기 위해서다. 베르나르가 한숨 돌린 지금, 다시 돌아가자. 자, 여기 베르나르가 다시 읽기 시작한다.

XIII

노인들로부터는 얻는 게 별로 없다.
— 보브나르그*

---

* 보브나르그(Luc Vauvenargues, 1715~1747): 프랑스의 도덕주의자. 라로슈푸코의 페시미즘에 대해 낙천적인 인간관을 제창하였으며 이성보다 감정을 중시하였다. 저서에 『잠언집』이 있다.

❧ 에두아르의 일기(계속)

11월 8일

라페루즈 노부부는 또 이사를 했다. 내가 아직 가보지 못한 새 아파트는 포부르 생토노레 거리와 오스만 대로가 만나는 교차로 좀 못 미쳐, 쑥 들어가 있는 건물의 중이층(中二層)에 있었다. 초인종을 눌렀더니 라페루즈 영감이 문을 열어주러 나왔다. 그는 셔츠 바람에다 머리에는 누렇게 바랜 허연 캡 같은 것을 쓰고 있었는데, 알고 보니 (분명 라페루즈 노부인의) 낡은 스타킹으로, 서로 묶어놓은 끝 부분이 마치 챙 없는 모자의 술 장식처럼 그의 뺨 위에서 이리저리 흔들리고 있었다. 손에는 구부러진 부지깽이를 들고 있었다. 분명 난로 청소를 하던 중에 내가 들이닥친 것이었다. 그가 다소 거북해하는 것 같았기에 내가 물었다.

"나중에 다시 올까요?"

"아니, 아니야…… 이리 들어오게." 그러곤 좁고 길쭉하게 생긴 방으로 나를 밀어 넣었는데, 창문 두 개가 길가 쪽으로, 가로등이 서 있는 바로 그 높이에 나 있었다.

"바로 이 시간에 (6시였다) 여학생 한 명이 오기로 해 기다리고 있던 중이었네. 그런데 못 온다고 연락이 왔어. 자네가 와줘서 무척이나 기쁘다네."

그는 부지깽이를 조그마한 원탁 위에 올려놓은 다음 자기 옷차림에 대해 사과라도 하려는 듯이 말했다.

"집사람이 부리는 하녀가 난롯불을 꺼뜨려놨더군. 그런데 아침에만 일하러 오니 내가 재를 치워야 해서……"

"불을 다시 피우게 도와드릴까요?"

"아니, 아니야…… 손이 더러워지네…… 윗도리를 입게 잠깐 실례하겠네."

그는 종종걸음으로 방에서 나가더니, 거의 곧바로 얇은 알파카 윗도리를 걸치고 돌아왔다. 단추는 떨어지고 소매는 다 해져 어찌나 닳아빠졌는지 거지에게 주기도 민망한 것이었다. 우리는 자리에 앉았다.

"내가 변했다고 생각하지, 안 그런가?"

나는 아니라고 말하고 싶었으나 예전에는 그토록 잘생겼던 얼굴이 지금은 완전히 맥이 빠져 있는 그 모습을 보니 너무나 가슴이 아파 아무 말도 나오지 않았다. 그가 계속했다.

"그래, 내가 최근에 많이 늙었다네. 기억력도 차츰 떨어지기 시작했어. 바흐의 푸가 곡을 치자면 이젠 악보를 봐야 하단 말일세……"

"그래도 선생님이 아직 기억하고 계신 것만 외울 수 있어도 기뻐할 젊은이가 얼마나 많겠습니까."

그는 머리를 저으며 말을 이었다.

"아! 약해지는 건 단지 기억력만이 아닐세. 가령, 걷는 것만 하더라도 나로선 아직 상당히 빨리 걷고 있다고 여기거든. 그런데 길에 나서면 이젠 모든 사람들이 나를 앞질러 가."

"그건 요즘 사람들이 훨씬 더 빨리 걷기 때문이에요." 내가 말했다.

"아! 그런가……? 내가 하는 레슨도 마찬가지라네. 제자들은 나한테서 배우면 뒤처진다고 생각하고 있어. 나보다 더 빨리 나가고 싶어 하지. 그래서 나를 떠나고 있다네…… 요즘은 모두가 서둘러대니."

그리고 내가 겨우 알아들을 정도로 낮은 목소리로 덧붙였다.

"그래서 이젠 제자도 거의 없어."

그에게서 너무나 큰 절망감이 느껴져 감히 뭘 물어볼 수가 없었다. 그가 말을 이었다.

"집사람은 그걸 이해하려 들지 않아요. 집사람은 내가 제대로 처신을 못한다는 거요. 제자들을 붙들기 위해 내가 아무것도 안 한다고, 더군다나 새 제자들을 끌어오기 위해서는 더더욱 그렇다는 거요."

"아까 기다리고 계셨다는 그 제자는……" 내가 서툴게 물었다.

"아! 그 애 말이오, 국립 고등음악학교 시험 준비를 시키고 있는 제자라오. 매일같이 여기 와서 연습을 하지."

"그 말씀은 레슨비를 안 낸다는 거군요."

"집사람은 그걸 갖고 날 꽤나 나무라고 있소. 내게 흥미로운 건 그런 레슨밖에 없다는 걸 집사람은 몰라요. 그게 바로…… 내가 진짜 기쁜 마음으로 할 수 있는 레슨이라는 것 말이오. 얼마 전부터 내가 이것저것 생각을 좀 해봤어요. 그런데…… 자네에게 하나 물어보고 싶은 게 있어. 책에서는 늙은이들 문제가 거의 다뤄지지 않는 이유가 뭔가……? 내 생각에 그건 노인들은 더 이상 글을 쓸 힘이 없고, 또 젊었을 때는 노인들에게 관심이 없기 때문인 것 같소. 늙은이란 더 이상 흥밋거리가 못 된다는 거지…… 하지만 노인들에 대해서도 무척 흥미로운 이야깃거리가 많을 거요. 가령, 내가 과거에 한 행동들 가운데서 지금에서야 제대로 그 의미를 깨닫기 시작한 것들이 있단 말이오. 그래요, 내가 예전에 그런 행동들을 하며 부여했던 의미들이 거기엔 조금도 없다는 걸 이제야 깨닫기 시작했다는 거지…… 평생 속기만 했다는 걸 지금에서야 깨닫게 되었소. 집사람도 나를 속였고, 아들 녀석도 나를 속였지. 모두가 나를 속였소. 그리고 하느님마저 나를 속였소……"

어둠이 내리고 있었다. 늙은 스승의 이목구비는 이미 거의 구별해볼 수가 없었다. 그러다가 갑자기 근처에 있던 가로등 불빛이 켜지며, 눈물로 번질거리는 그의 뺨이 드러났다. 그의 관자놀이에 뭔가 움푹 들어간 듯, 구멍이라도 난 듯, 이상한 반점이 나 있는 걸 보고 나는 처음엔 불안했다. 하지만 그가 몸을 움직임에 따라 그 반점의 위치가 바뀌는 걸 보고 그게 난간에 있는 꽃무늬 장식이 만들어낸 그림자라는 것을 알았다. 나는 여윈 그의 팔에 손을 얹었다. 그는 떨고 있었다.

"감기 걸리시겠어요"라고 내가 말했다. "정말 난로에 불을 피우지 않겠어요……? 자, 불을 피웁시다."

"아닐세…… 단련을 해야 하네."

"아니! 금욕주의란 말씀입니까?"

"좀 그렇기도 하지. 내가 평생 목도리를 하지 않으려고 한 건 내 목이 약했기 때문일세. 난 항상 나 자신에 대항해 싸워왔지."

"그건 이겨낼 수 있을 땐 좋은 거죠. 하지만 몸이 견디지 못하면……"

그는 내 손을 잡고선 마치 비밀이라도 털어놓듯 무척 심각한 어조로 말했다.

"그게 진정한 승리일 거요."

잡았던 내 손을 놓고 그가 계속했다.

"난 자네가 나를 보러 오지 않고 떠날까 봐 걱정했다오."

"떠나긴 어디로요?" 내가 물었다.

"나도 모르지. 자네는 종종 여행을 하니까. 자네에게 하고 싶은 이야기가 있네…… 나도 조만간 떠나려고 해."

"아니! 여행을 하실 생각이에요?" 나는 그의 목소리에서 풍기는 은밀하고 엄숙하기도 한 심각함을 느꼈음에도 그의 말을 이해하지 못하는 척 어색하게 말했다. 그는 고개를 저었다.

"자넨 내 말이 무슨 이야기인지 잘 알지 않나. 그래, 사실이야. 조만간 그때가 올 거란 걸 난 알고 있네. 난 벌써 내 값어치만큼도 못 벌고 있어. 그게 견딜 수가 없다네. 그 이상은 넘지 않으려고 나 스스로 결심한 어떤 지점이 있네."

그가 다소 흥분된 어조로 말을 해 나는 불안해졌다.

"자네도 그게 나쁘다고 생각하나? 뭣 때문에 종교가 우리에게 그걸 금하는지 도저히 이해할 수가 없었네. 최근에 많은 생각을 했지. 젊었을 때 나는 무척이나 근엄한 생활을 했지. 내가 유혹을 하나씩 물리칠 때 마다 내 성격의 강인함을 자랑스럽게 여기곤 했지. 나 자신이 자유롭게 된다고 여기면서 내가 점점 더 내 자만심의 노예가 되어간다는 사실을 깨닫지 못했던 거지. 나 자신에 대한 승리 하나하나가 실은 내 감옥 문을 걸어 잠그는 열쇠였지. 그게 바로 아까 하느님이 날 속였다고 했을 때 내가 말하고자 한 걸세. 하느님은 내게, 내 자만심을 덕성이라고 믿게 하셨어. 하느님은 날 갖고 노신 거야. 그걸 재미로 즐긴 거지. 고양이가 생쥐를 갖고 놀듯, 하느님은 우리를 갖고 그렇게 장난한다고 생각하네. 하느님은 우리가 저항할 수 없으리라는 걸 뻔히 아시면서 우리에게 온갖 유혹들을 내리시지. 게다가 우리가 그걸 물리치기라도 하면 더 심하게 복수를 하신단 말이야. 하느님은 왜 우리를 괴롭히실까? 그리고 또 왜…… 그런데 내가 늙은이의 이런 문제들을 갖고 자네를 귀찮게 하는구먼."

그는 마치 토라진 어린아이처럼 두 손으로 머리를 감싼 뒤 가만히 있었다. 어찌나 오래 그러고 있었는지 내가 옆에 있다는 사실을 잊지는 않았나 의심이 들 지경이었다. 그와 마주 보고 가만히 앉아 있던 나는 그의 명상을 방해하지 않나 걱정되었다. 길에서 가까이 들려오는 소음에도 불구하고 이 작은 방은 놀라울 정도로 고요하게 느껴졌다. 가로등 불빛이 연극 무대 발치에 있는 조명 장치처럼 아래서 위로 환상적인 분위기를 내며 방 안을 비추고 있음에도 창문 양 벽면에 드리워진 어둠은 서서히 방안으로 퍼져 가는 것 같았으며, 혹심한 추위로 잔잔한 물이 얼어붙듯 암흑이 우리 주변으로 얼어붙고 내 마음속까지 얼어붙는 것 같았다. 나는 마침내 그런 내 괴로움을 떨쳐버리고 싶었다. 난 거칠게 숨을 몰아쉰 다음 떠날 생각으로 작별 인사를 할 채비를 하며, 예의상 그리고 그 분위기를 사로잡은 주술을 깨뜨리기 위해 그에게 물었다.

"라페루즈 부인께서는 안녕하신가요?"

노인은 잠에서 깨어나는 것 같았다. 그러곤 반문하듯 "라페루즈 부인이라……"라고 되풀이했는데, 마치 그 말이 그에게는 의미를 다 잃어버린 것 같았다. 그리고 나서 갑자기, 나를 향해 몸을 돌리더니 말했다.

"라페루즈 부인은 지금 끔찍한 위기를 겪고 있다오…… 그리고 그것 때문에 내가 무척 괴롭다네."

"무슨 위기인가요……?" 내가 물었다.

"아니! 아무것도 아니라오." 그는 당연한 일이라는 듯 어깨를 으쓱하며 말했다. "집사람은 완전히 미쳐가고 있어요. 더 이상 수습할 수 없을 지경이오."

나는 오래전부터 노부부 사이의 뿌리 깊은 불화를 짐작은 했으나 더 구체적인 이야기는 듣지 못하고 있었다.

"참 안되셨군요." 나는 안타까워하며 말했다. "그런데…… 언제부터 그랬나요?"

그는 내 질문이 무슨 뜻인지 이해하지 못한 듯 잠시 생각에 잠겼다.

"아! 무척 오래전부터…… 내가 집사람을 처음 알게 된 때부터지." 그러나 거의 곧바로 말을 바꾸더니, "아니지. 사실 사태가 악화되기 시작한 건 아들 녀석 교육 문제 때문이었소."

나는 라페루즈 노부부에게는 자식이 없다고 알고 있었기에 놀라는 몸짓을 했다. 그는 두 손으로 감싸고 있던 이마를 들더니 더 차분해진 어조로 말했다.

"자네한테 아들 이야기를 한 적이 없었나······? 그럼, 모든 걸 이야기하고 싶네. 자넨 오늘 모든 사실을 다 알아야 하네. 내가 지금 하려는 이야기는 다른 사람에게는 아무에게도 할 수 없는 이야기일세······ 그래, 아들 교육 문제로 시작했소. 그러니 오래전 일이라는 걸 알 수 있을 거요. 우리 신혼 시절은 화기애애했었소. 내가 집사람하고 결혼했을 당시 나는 무척이나 순수했소. 나는 집사람을 순진하게······ 그래요, 정확한 표현이오, 그렇게 사랑했소. 그래서 집사람에게 어떤 결함이 있다곤 여길 수 없었던 거요. 그런데 자식 교육에 관해서는 서로 다른 생각을 갖고 있었던 거요. 내가 아들 녀석을 야단치려 할 때마다 집사람은 내 말을 막으며 아이 편을 드는 거요. 집사람 말대로 하자면 아들 녀석이 무슨 짓을 하든 눈 감아줘야 할 판이었소. 집사람과 아들 녀석은 한패가 되어 내게 대항했지. 집사람은 아들 녀석에게 거짓말하는 걸 가르쳤던 거요······ 겨우 스무 살 나이에 연애를 하게 됐어요. 내 제자인 젊은 러시아 아가씨였는데 음악에 무척 재능이 있어 내가 상당히 아끼던 제자였소. 그런데 집사람은 그 일을 다 알고 있었소. 하지만 언제나 그렇듯이 나한테는 모든 걸 숨겼던 거요. 그러니 당연히 나는 그 제자가 임신한 사실도 눈치채지 못했소. 정말 아무것도 말이오. 난 아무것도 눈치채질 못했어요. 어느 화창한 날, 그 제자가 몸이 아프다고, 얼마 동안 레슨을 받으러 올 수 없다는 연락이 왔어요. 내가 그녀를 보러 가겠노라 말하니까 이사를 갔다는 둥 또 여행 중이라는 둥······ 그러는 거요. 훨씬 뒤에 가서야 나는 그녀가 아이를 낳으러 폴란드에 갔었다는 사실을 알게 되었소.* 내 아들도 그녀를 만나러 떠났고…… 그 둘은 몇 년을 같이 살았어요. 하지만 둘이 결혼식을 올리기도 전에 아들 녀석이 죽었소."

"그런데, 그 제자는, 다시 보셨나요?"

노인은 뭔가 장애물에 이마를 부딪치기라도 한 것 같았다.

"나는 그녀가 날 속인 걸 도저히 용서해줄 수가 없었소. 집사람은 아직 그녀와 연락을 하고 있소. 그녀가 경제적으로 무척 비참한 처지에 있다는 사실을 알았을 때, 내가 돈을 좀 보내줬소…… 어린애를 생각해서. 하지만 집사람은 그 일에 대해선 아무것도 모르고 있소. 그리고 그녀 역시 그 돈이 내가 보낸 것인지는 몰랐소."

"그럼 손자는요?"

묘한 미소가 그의 얼굴 위로 지나갔다. 그는 자리에서 일어났다.

"잠시 기다리게나. 그 애 사진을 보여주겠네." 또다시 그는 머리를 앞으로 내밀고 종종걸음을 치며 방에서 나갔다. 그가 돌아왔을 때, 커다란 지갑에서 사진을 찾는 그의 손가락이 떨리고 있었다. 내게 사진을 내밀며 내 쪽으로 몸을 숙이고는 아주 나지막한 목소리로 말했다.

"이건 내가 집사람한테서 훔친 건데, 집사람은 전혀 눈치를 못 채고 있소. 잃어버린 줄 알고 있지."

"몇 살인가요?" 내가 물었다.

"열세 살. 나이가 더 들어 보이지 않소? 몸이 몹시 약해요."

그의 두 눈엔 또다시 눈물이 가득 찼다. 그는 사진을 빨리 되돌려 받

---

* 이 제자, 즉 보리스의 어머니는 폴란드인이나, 폴란드가 1815년~1918년까지 러시아의 지배를 받았기에 라페루즈 영감은 그녀를 '러시아 아가씨'라 한 것이다.

고 싶다는 듯, 사진 쪽으로 손을 내밀었다. 나는 희미한 가로등 불빛 쪽으로 몸을 돌렸다. 아이는 할아버지와 좀 닮은 것 같았는데, 라페루즈 영감의 툭 튀어나온 커다란 이마며 몽상에 잠긴 듯한 두 눈을 그대로 닮은 것 같았다. 나는 그를 기쁘게 해주리라 생각하며 그 이야기를 했다. 그는 아니라고 했다.

"아니, 아니라오, 내 아우와 닮았소. 죽은 아우 말이오……"

아이는 수가 놓인 러시아 스타일의 블라우스를 입고 괴상한 옷차림을 하고 있었다.

"어디 살고 있나요?"

"아니, 내가 그걸 어찌 알겠소?" 라페루즈 영감은 절망감에 사로잡혀 외쳤다. "나한테는 뭐든지 숨긴다고 했잖소."

그는 사진을 다시 집어 잠시 바라본 다음 지갑 속에 넣은 뒤, 지갑을 호주머니 속으로 집어넣었다.

"애 엄마는 파리에 올 경우, 집사람만 만난다오. 그래서 내가 집사람에게 그들이 어디 살고 있는지 물어볼라치면 '당신이 직접 물어보면 될 거 아니에요'라고 대답하지. 집사람은 말은 그렇게 하지만 내가 그 애 엄마를 만나면 사실 무척 당황할 거요. 집사람은 언제나 샘이 많았어요. 내게 소중한 건 뭐든지 늘 빼앗어 가고 싶어 했다오…… 어린 보리스는 폴란드에서 학교에 다니고 있는데, 바르샤바의 한 중학교인 것 같소. 하지만 그 애 엄마하고 종종 여행을 다닌다오." 그러고 나선 몹시 열에 들떠 말했다. "이보게! 자네라면 한 번도 본 적 없는 아이를 사랑하는 게 가능하다고 믿을 수 있겠나……? 그렇다네! 그 아이가 지금 내겐 세상에서 가장 소중하다네…… 그런데 그 아이는 아무것도 모르다니!" 그의 말은 심한 흐느낌으로 중간중간 끊어졌다. 그는 의자에서 일어나 몸을 던져 거의 쓰러지듯 내 품속에 안겼다. 그의 슬픔에 조금이라도 위로가 될 수 있다면 뭣이든 했을 것이나 내가 뭘 할 수 있었겠는가? 비쩍 마른 그의 온몸이 내 품에서 미끄러지는 걸 느꼈으며, 그가 바닥으로 무릎을 꿇고 쓰러질 것이라 생각하여 나는 자리에서 일어났다. 나는 그의 몸을 부축해 꼭 끌어안고 마치 어린아이처럼 그를 흔들어줬다. 그가 다시 정신을 차렸다. 그때 라페루즈 부인이 옆방에서 부르는 소리가 들려왔다.

"집사람이 오려나 보오…… 자네가 꼭 만나려는 건 아니지……? 게다가 요즘 귀가 완전히 먹었소. 빨리 가보게." 그러곤 층계참까지 나를 바래다주며 말했다. "너무 머지않게 다시 와주게나. (그의 목소리에는 애원이 담겨 있었다) 잘 가게, 잘 가."

11월 9일

일종의 비극성은 지금까지 문학에서는 거의 다루어지지 않았던 것 같다. 소설은 운명의 우여곡절들, 행운과 불운, 사회적 관계들, 정념의 갈등, 다양한 성격 묘사들은 다루어왔으나, 존재의 본질 자체에 대해서는 전혀 다루지 않았다.

그렇지만 인간의 드라마를 정신적 차원으로 옮겨놓은 것, 그건 사실 기독교의 노력이었다. 그러나 엄밀히 말해 기독교적 소설이란 없다. 교훈적인 목적을 겨냥하는 소설들은 있으나 그건 내가 말하고자 하는 것과 아무 상관이 없다. 정신적 비극성, 예를 들면 '소금이 짠맛을 잃으면 무엇으로 그 맛을 내리오?'라는 복음서에 나오는 그 구절을 그토록 멋지게 만드는 그것. 내게 중요한 건 바로 그런 비극성이다.

11월 10일

올리비에는 조만간 바칼로레아 시험을 보게 된다. 폴린은 그가 이어서 고등사범학교에 응시하기를 바랄 것이다. 그의 앞길은 완전히 그려져 있다. 올리비에에게 부모도, 의지할 데도 없다면 좋으련만. 그렇다면 내 비서로 쓸 수 있을 텐데. 하지만 그는 내게는 신경도 쓰지 않고 내가 자기에게 얼마나 관심이 많은지 알아차리지도 못한다. 그런 사실을 깨닫게 하면 그를 도리어 어색하게 만들 것이다. 바로 그를 어색하게 만들지 않기 위해 나는 그 앞에선 일종의 무관심과 냉소적인 초연함을 가장한다. 그가 나를 보지 않을 때만 난 용기를 내 그의 모습을 찬찬히 쳐다볼 수 있다. 나는 이따금 길에서 그의 뒤를 몰래 따라가기도 한다. 어제도 그렇게 그 뒤를 걸어가고 있었는데, 그가 갑자기 가던 길을 뒤돌아서는 바람에 나는 몸을 숨길 겨를도 없었다.

"도대체 어딜 그리 바빠 가니?"라고 내가 물었다.

"아! 아무 데도요. 전 아무것도 할 일이 없을 때만 이렇게 분주하게 보인답니다."

우리는 몇 걸음 같이 걸었으나 서로 할 말이 하나도 없었다. 분명 그는 이 우연한 만남이 지겨웠을 것이다.

11월 12일

그에겐 부모와 형, 친구들이 있다…… 나는 그 사실을 하루 종일 되뇌었다. 그리고 여기서 내가 할 일은 없다고 말이다. 그에게 부족한 게 있다면 난 뭐든지 그걸 대신해줄 수 있을 것이나, 그에게 부족한 건 아무것도 없다. 그에겐 필요한 게 아무것도 없다. 그리고 그가 친절히 대해주는 게 기쁘긴 하나, 그걸 갖고 오해할 만한 거리는 전혀 없다…… 아! 말도 안 되는 걸 나도 모르게 이렇게 쓰다니…… 하지만 이 속에는 내 마음의 이중성이 그대로 드러나 있다. 나는 내일 런던으로 떠난다. 갑자기 떠날 결심을 했다. 때가 된 것이다.

남아 있고 싶은 욕망이 너무나 커서 떠난다는 것……! 뭔가 힘든 것에 대한 일종의 애정, 그리고 만족감(자기만족을 말한다)에 대한 혐오, 그건 아마도 내가 어린 시절 받은 청교도적 교육의 잔재로, 내가 가장 떨쳐버리기 힘든 것이다.

어제 스미스 상점에 가서 영국에 가기도 전에 이미 완전히 영국 스타일인 노트를 한 권 샀다. 이 노트의 후속이 될 것이다. 이 노트에는 더 이상 아무것도 쓰고 싶지 않다. 새로운 노트……

아! 이런 나 자신을 떨쳐버리고 갈 수 있다면!

XIV

> 인생에는 때때로, 거기서 제대로 벗어나려면 약간 미쳐야 하는 사건들이 일어난다.   — 라로슈푸코*

에두아르의 일기 속에 끼워진 로라의 편지를 읽는 것으로 베르나르는 읽기를 그쳤다. 그는 너무나 놀라 현기증이 날 지경이었다. 그 편지 속에서 자신의 절망을 외쳤던 그녀가 바로 올리비에가 전날 저녁 그에게 이야

---

* 라로슈푸코(F. La Rochefoucauld, 1613~1680): 프랑스의 모럴리스트 작가로, 예리한 관찰로 인간 심리의 심층을 분석한 『잠언집』(1665)을 썼으며, 이 인용구는 『잠언집』의 310항 구절이다.

기해주었던 비탄에 빠진 그 애인, 즉 뱅상 몰리니에의 버림받은 정부라는 사실엔 의심의 여지가 없었다. 그리고 그의 친구와 에두아르의 일기라는 이중의 비밀 이야기 덕분에 아직까지는 자기가 이 사건의 양면을 모두 알고 있는 유일한 사람이라는 사실이 갑자기 베르나르 머리에 떠올랐다. 그가 오래 누리지 못할 유리한 점이었다. 그러니 재빨리, 그리고 신중하게 행동하는 게 중요했다. 그는 곧바로 결정을 내렸다. 그가 앞서 읽었던 내용을 하나도 잊은 건 아니나 베르나르에겐 로라에 대한 관심뿐이었다.

'오늘 아침만 해도 내가 뭘 해야 할지 아직 불확실해 보였어. 그런데 지금은 더 이상 의심할 여지가 없어'라고 그는 방에서 뛰쳐나가며 속으로 중얼거렸다. '명령이란 그 사람이 말했듯이 정언적이야.* 즉 로라를 구하는 것이다. 나의 의무는 아마도 그 트렁크를 가로챈 건 아니었을 게다. 하지만 그걸 손에 넣은 이상, 내가 그 트렁크 속에서 강렬한 의무의 감정을 끌어낸 건 확실하다. 중요한 것, 그것은 에두아르가 그녀를 만나기 전에 내가 로라를 찾아가 나 자신을 소개하고, 또 그녀가 날 일개 깡패라고 생각지 않도록 그녀를 돕는 일에 나 자신을 바치는 거다. 나머지 일은 저절로 될 것이다. 지금 내 지갑 속엔 지극히 너그럽고 동정심 많은 에두아르 같은 사람들만큼이나 멋지게 그 불행한 여인의 고통을 덜어줄 수 있는 게 들어 있어. 단 하나 곤란한 건 그 방식이야. 왜냐하면 불륜으로 임신을 하긴 했으나, 브델 집안 출신인 로라는 까다로울 것이기 때문이다. 나는 그녀가 비록 친절한 마음에서 나온 것이라도 제대로 예의를 갖추지 않고 건네는 거라면 딱 잘라 거절하고 당신네들 면전에 멸시를 퍼부으며 지

---

* 칸트가 말하는 '정언적 명령'의 인용으로, 도덕은 의무에 대한 무조건적, 즉 정언적 명령에 따라야 한다고 했다.

폐를 갈기갈기 찢어버리는 그런 여인일 거라고 기꺼이 상상해본다. 그녀에게 이 돈을 어떻게 내밀 것인가? 나 자신은 어떻게 소개하고? 그게 난점이다. 합법적인 것과 잘 다져진 안전한 길에서 벗어나자마자 난마처럼 얽힌 잡목 숲이라니! 이렇게 까다로운 사건에 개입하기엔 난 확실히 좀 어리다. 하지만 바로 그거야! 그게 바로 나에게 도움이 되는 점일 거야. 순진한 고백을 하나 지어내자. 날 측은하게 만들고 또 내게 관심을 끌 만한 이야기 말이다. 문제는 그게 에두아르에게도 똑같이 써먹을 수 있는 이야기라야 한다는 사실이다. 같은 이야기로, 내 입장에서도 아귀가 딱 맞는 이야기. 그래! 찾아낼 수 있을 거야. 그 순간에 떠오르는 영감을 믿어보자……'

그는 로라가 적어놓은 주소인 본 거리에 도착했다. 호텔은 지극히 소박했으나 깨끗하고 점잖은 모습이었다. 수위가 가르쳐준 대로 그는 4층으로 올라갔다. 16호실 방문 앞에 멈춰선 그는 들어갈 채비를 하며 무슨 말을 할까 궁리했으나 아무 말도 떠오르지 않았다. 그래서 갑자기 용기를 내어 노크를 했다. 누나같이 부드러운, 또 다소 겁먹은 듯한 목소리가 대답했다.

"들어오세요."

로라는 아래위 검정색으로 된 무척 간소한 옷차림을 하고 있었다. 마치 상복을 입은 것 같았다. 파리에 올라온 며칠 전부터, 그녀는 자신을 이 궁지에서 끌어내주러 올 무엇인가, 아니면 누군가를 막연히 기다리고 있었다. 그녀가 잘못된 길로 접어들었다는 건 의심의 여지도 없었다. 그녀는 길을 잃은 심정이었다. 그녀는 자기 자신보다 외적 사건들을 더 믿는 유감스러운 버릇이 있었다. 그녀에게 용기가 없는 건 아니었으나 이젠 아무 힘도 없고 버림받았다는 느낌이었다. 베르나르가 들어가자 그녀는 한 손을 들어 얼굴 쪽으로 가져갔다. 마치 터져 나오려는 비명을 억누르거나 아니면 너무 환한 불빛 앞에서 자기 눈을 보호하려는 사람의 몸짓 같았다. 그녀는 서 있다가 한 걸음 뒤로 물러났다. 창문 바로 옆에 있게 된 그녀는 나머지 한 손으로 커튼을 잡았다.

베르나르는 그녀가 먼저 질문을 하기를 기다렸다. 그러나 그녀는 그가 말하기를 기다리며 입을 다물고 있었다. 그는 그녀를 쳐다보다가, 두근거리는 가슴으로 미소를 지으려 했으나 허사였다.

"이렇게 찾아와 방해하게 돼 죄송합니다, 부인." 마침내 그가 말했다. "에두아르 X 씨 말입니다. 그런데 부인도 잘 아시는 분이라는 걸 압니다만, 바로 오늘 아침 파리에 도착하셨어요. 그분에게 급하게 전할 게 있어서요. 부인께서 그분 주소를 가르쳐주실 수 있으리라 생각했습니다. 그리고…… 이렇게 무례하게 물으러 와서 죄송합니다."

베르나르가 좀더 나이가 들었더라면 로라는 무척 겁을 먹었을 것이다. 하지만 아직 어린아이였던 것이다. 그토록 해맑은 눈과 환한 이마, 그토록 겁에 질린 몸짓과 자신 없는 목소리를 하고 있어, 그 앞에서는 벌써 두려움이 호기심으로, 관심으로 그리고 무척 아름답고 순진한 인물을 볼 때면 생겨나는 도저히 막을 수 없는 그런 호감으로 바뀌었다. 베르나르의 목소리는 말하는 사이 약간의 자신감을 되찾고 있었다.

"그런데 나는 그의 주소를 몰라요." 로라가 말했다. "그가 파리에 있다면 조만간 날 보러 올 거예요, 아마도. 누군지 말씀하시면 제가 전해드릴게요."

'모든 걸 걸어야 하는 순간이다'라고 베르나르가 생각했다. 뭔가 무모한 생각이 그의 눈앞을 스쳐갔다. 그는 로라를 정면으로 바라보았다.

"제가 누구냐고요……? 올리비에 몰리니에의 친구……" 그는 여전히 망설이며 주저하고 있었다. 그런데 그 이름을 듣고 얼굴이 창백해지는 로라를 보고 과감하게 계속했다. "올리비에, 비겁하게 당신을 저버린 당신의 애인, 뱅상의 동생인 올리비에의 친구입니다……"

그는 말을 멈춰야 했다. 로라가 비틀거리고 있었던 것이다. 뒤로 뻗은 그녀의 두 손은 불안하게 잡을 곳을 찾고 있었다. 그러나 무엇보다 베르나르를 당황케 한 것은 그녀가 내지른 신음 소리였다. 인간의 것이라 하기 힘든, 차라리 상처 입은 짐승(사냥꾼은 갑자기 사형집행인이 된 자신을 느끼고는 부끄러워한다)의 것과 비슷한 일종의 탄식으로, 자신이 예상했던 것과는 너무나 판이한 이 야릇한 비명 소리에 베르나르는 소스라쳤다. 그는 갑자기 이 상황은 현실의 삶이며 진짜 고통이라는 걸 깨달았다. 그리고 자기가 지금까지 과거에 느꼈던 건 전부 다 겉치레요, 유희에 불과했던 것처럼 보였다. 어떤 감동이 그의 마음속에 일어났다. 너무나 새로운 감동이어서 억누를 수가 없었다. 그 감동이 계속 목구멍으로 올라오고 있었다…… 아니, 이럴 수가! 그가 흐느껴 우는 게 아닌가? 이게 도대체 있을 수 있는 일인가? 그, 베르나르가……! 그는 로라를 부축하기 위해 앞으로 뛰어나가, 그녀 앞에 무릎을 꿇으며 흐느끼는 사이사이 중얼거린다.

"아! 용서하세요…… 제발 용서하세요. 당신 마음에 제가 상처를 드렸네요…… 부인께서 곤궁에 빠져 있다는 사실을 알고…… 도와드리려 했던 건데."

하지만 로라는 숨을 헐떡이며 기절할 것 같다. 그녀는 두 눈으로 앉을 만한 곳을 찾고 있다. 그녀를 올려다보고 있는 베르나르는 그녀 시선의 뜻을 알아차린다. 그는 침대 발치에 있는 작은 안락의자 쪽으로 펄쩍 뛰어간다. 재빠른 동작으로 그 의자를 로라 옆까지 가져오니, 그녀는 그 위로 무겁게 털썩 주저앉는다.

바로 이때 우스꽝스러운 사건이 하나 일어나는데, 나는 그 이야기를 해야 하나 망설여진다. 하지만 바로 그 사건이 베르나르와 로라를 궁지에서 느닷없이 구해주면서 그 둘 사이의 관계를 결정지어주었던 것이다. 따라서 나는 그 장면을 인위적으로 미화하려고 하진 않겠다.

로라가 내는 방 값으로는(내 말은 여관 주인이 그녀에게 요구하는 값으로는) 가구들이 아주 우아하리라고 기대할 수 없었다. 그렇다 해도 가구가 튼튼하기를 바랄 수는 있었던 것이다. 그런데 베르나르가 로라에게 밀어준 나지막한 작은 안락의자는 좀 기우뚱하고 있었다. 다시 말해 마치 새가 날개를 접으며 그러듯이 걸핏하면 한 발을 접곤 했는데, 이는 새에게는 자연스러운 것이나 의자로는 엉뚱하고도 유감스러운 일이다. 따라서 그 의자는 이러한 결함을 두꺼운 가장자리 술 장식 아래 최대한 숨기고 있었다. 로라는 자기 의자를 잘 알아서 그걸 다룰 때는 지극히 조심해야 한다는 사실을 알고 있었다. 하지만 혼돈스러운 가운데 더 이상 그 생각을 하지 못했으며, 자기 몸 아래서 그 의자가 넘어지는 걸 느끼는 순간에서야 그 사실이 기억났다. 그녀는 갑자기 짤막한 비명 소리를, 좀 전의 그 긴 신음 소리와는 전혀 다른 비명 소리를 질렀으며, 옆으로 미끄러지면서 곧바로 방바닥 위, 황급히 달려간 베르나르의 두 팔 사이에 주저앉게 되었다. 당황스럽긴 했으나 재미있기도 한 베르나르는 바닥에 무릎을 꿇게 되었다. 그래서 그의 얼굴이 로라의 얼굴 바로 옆에 있게 됐다. 그는 그녀가 얼굴을 붉히는 걸 보았다. 그녀는 다시 일어서려 애를 썼으며 그가 도와주었다.

"아프지 않았어요?"

"아니, 괜찮아요. 당신 덕분에요. 이 의자는 형편없어요. 벌써 두 번이나 고쳤는데…… 의자 다리를 똑바로 다시 세우면 괜찮을 거예요."

"제가 고쳐보겠습니다." 베르나르가 말했다. "자……! 됐어요. 앉아보시겠습니까?" 그러곤 다시 말했다. "아니면…… 제가 먼저 앉아보는 게 더 낫겠습니다. 자, 보시죠. 이제 아주 잘 버팁니다. 제 다리를 이렇게 흔들 수도 있어요(웃으면서 그렇게 해 보였다)." 그러고 나서 자리에서 일어나며 말했다. "다시 앉아보세요. 그리고 제가 좀더 있어도 괜찮으시다면, 제가 의자 하나를 갖고 오겠습니다. 부인 옆에 앉아서 부인이 넘어지지 않도록 하겠습니다. 겁내지 마세요…… 전 부인을 위해 뭔가 다른 일도 해드리고 싶습니다."

그의 말은 너무나 열정적이었고, 그의 태도는 너무나 조심스러웠으며, 또 그의 몸짓은 너무나 우아했기에, 로라는 미소를 짓지 않을 수 없었다.

"아직 이름이 뭔지 말하지 않았어요."

"베르나르."

"그래요. 그런데 성(姓)은요?"

"전 가족이 없어요."

"하지만, 부모님 성함은?"

"제겐 부모가 없어요. 다시 말하자면 전 부인이 지금 기다리고 있는 그 아이와 같습니다. 사생아죠."

순간 로라의 얼굴에서 미소가 사라졌다. 자신의 내밀한 사생활에 끼어들고자 하는, 또 자신의 비밀을 폭로하고자 하는 이 집요함에 화가 났던 것이다.

"아니 도대체, 그걸 어떻게 알죠……? 누가 말하던가요……? 당신은 그걸 알 권리가 없는데……"

베르나르는 드디어 말문이 트였다. 이제 그는 대담하고 큰 목소리로 말하기 시작했다.

"저는 제 친구 올리비에가 아는 것과 부인의 친구 에두아르가 아는 것을 다 알고 있습니다. 하지만 그들 각각은 부인이 가진 비밀의 절반밖에는 아직 모르고 있어요. 부인을 제외하면 그 비밀을 전부 알고 있는 유일한 사람은 아마 저일 겁니다……" 그러곤 "제가 부인의 친구가 되어야 하는 이유를 잘 아시겠죠"라며 더 부드럽게 덧붙였다.

"참 남자들은 입이 가볍기도 해!" 로라가 서글프게 중얼거렸다. "하지만…… 당신이 에두아르를 만나지 못했다면 그에게서 그 얘기를 들을 수도 없었을 텐데. 그렇다면 그가 당신한테 편지를 썼단 말인가요……? 당신을 보낸 게 에두아르인가요……?"

베르나르 얘기는 들통이 나고 말았다. 다소 허풍을 떠는 기쁨에 빠져 말이 너무 앞섰던 것이다. 그는 아니라는 뜻으로 머리를 저었다. 로라의 얼굴은 점점 더 어두워졌다. 바로 그 순간 노크 소리가 들렸다.

본인이 원하건 원치 않건 간에 어떤 공감은 두 사람 사이에 하나의 끈을 형성한다. 베르나르는 함정에 빠진 느낌이 들었고, 로라는 다른 사람과 같이 있는 걸 들키게 되어 화가 났다. 그들은 두 공모자가 서로 마주 보듯이 서로 쳐다보았다. 다시 노크 소리가 들렸다. 둘 다 동시에 말했다.

"들어오세요."

이미 조금 전부터 에두아르는 로라의 방에서 두 사람의 목소리가 들리는 것에 놀라 문밖에서 엿듣고 있었다. 베르나르의 마지막 말로 그는 이미 사태를 파악하고 있었다. 그는 그 말의 의미를 의심할 수 없었다.

즉 그렇게 말하는 자가 바로 자기 트렁크를 훔친 녀석이라는 것을 의심할 여지가 없었던 것이다. 그가 어떻게 할지는 곧 정해졌다. 왜냐하면 에두아르는 틀에 박힌 일상 속에서는 둔감해지지만, 예기치 못한 사건 앞에서는 즉시 튀어 올라 긴장하는 그런 특성을 지닌 인간들 가운데 하나이기 때문이다. 따라서 그는 문을 열긴 했으나 문지방에 선 채 베르나르와 로라를 번갈아 바라보며 미소를 짓고 있었는데, 그 둘은 자리에서 일어나 있었다.

"잠깐만요, 로라." 그는 재회의 감격은 잠시 뒤로 미루자는 의미의 몸짓을 하며 로라에게 말했다. "먼저 이 사람에게 할 말이 있어요. 잠시 복도로 나와주면 좋겠는데."

베르나르가 복도로 나서자마자 그의 미소는 좀더 비웃음으로 변했다.

"여기서 자네를 만나리라 생각했지."

베르나르는 자기 정체가 드러났다는 사실을 깨달았다. 그로서는 과감히 밀고 나가는 수밖에 없었다. 그리하여 막판 승부수를 던진다는 느낌으로 말했다.

"여기서 선생님을 만날 수 있으리라 기대했죠."

"우선, 그리고 자네가 아직 그렇게 하지 않았다면(왜냐하면 자네가 여기 온 건 그 일 때문이라고 믿고 싶으니까) 카운터로 내려가 두비에 부인의 방세를 계산하게나. 자네가 내 트렁크에서 찾아내 지금 갖고 있을 그 돈으로 말이네. 그리고 10분 뒤에나 다시 올라오게."

이 모든 말의 어조는 상당히 심각했으나 위협적인 건 전혀 없는 어조였다. 그동안 베르나르는 침착함을 되찾았다.

"사실 제가 온 건 그것 때문입니다. 선생님은 틀리지 않으셨습니다. 그리고 저 역시 틀리지 않았다는 생각이 들기 시작했습니다."

"그게 무슨 말인가?"

"선생님이 제가 바라던 그런 사람이라는 것이지요."

에두아르는 엄한 기색을 보이려고 했으나 소용이 없었다. 그는 엄청나게 재미를 느끼고 있었다. 그는 비웃듯 가볍게 목례를 했다.

"고맙네. 그 반대도 같을지는 두고 볼 일이지. 자네가 여기 온 걸로 보아 내 수첩을 읽어봤으리라 생각되는데?"

눈썹 하나 깜빡이지 않고 에두아르의 시선을 그대로 받아 넘기던 베르나르는 그 역시, 재미있다는 듯 대담하고도 무례하게 미소를 지어 보이며 몸을 숙였다.

"틀림없습니다. 제가 여기 온 건 선생님을 도와드리기 위해서죠."

그리고 나선 마치 요정처럼 계단을 뛰어 내려갔다.

에두아르가 방으로 다시 들어갔을 때 로라는 흐느끼고 있었다. 그는 다가갔다. 그녀는 그의 어깨에 자기 이마를 갖다 댔다. 그로선 이런 감격의 표현이 어색했으며 도무지 견딜 수가 없었다. 그는 자신도 모르게, 기침하는 어린아이에게 하듯 그녀의 등을 부드럽게 토닥거리고 있었다.

"로라…… 자, 자…… 진정해요"라고 그가 말했다.

"아! 좀 울게 내버려두세요. 그러면 좀 나아질 거예요."

"어쨌든 이제는 앞으로 어떻게 할지 알아야 하지 않겠소?"

"도대체 제가 어떻게 하면 좋겠어요? 제가 어디로 가면 좋겠어요? 제가 누구에게 말할 수 있겠어요?"

"로라 부모님은……"

"하지만 당신도 그분들을 잘 알잖아요…… 그건 그분들을 절망에 빠뜨리는 걸 거예요. 제 행복을 위해 모든 걸 다하셨는데."

"두비에는……?"

"다시는 그를 볼 수 없을 거예요. 그는 너무나 착해요. 제가 그 사람을 사랑하지 않는다고 생각진 마세요…… 당신이 아신다면…… 제 심정을 아신다면…… 아! 절 너무 경멸하지 않는다고 말해주세요."

"아니, 그 반대요. 로라. 그 반대요. 어떻게 그런 생각을 할 수가 있소?" 그리고 그는 그녀의 등을 또다시 토닥거리기 시작했다.

"사실이지 당신 곁에서는 더 이상 부끄럽지 않아요."

"여기 온 지 며칠이나 됐소?"

"저도 모르겠어요. 당신만 기다리며 산 거예요. 때로는 더 이상 견딜 수가 없었어요. 이젠 단 하루도 더 여기 있을 수 없을 것 같아요."

그러곤 그녀는 거의 울부짖듯, 그러나 완전히 목멘 목소리로 한층 더 심하게 흐느꼈다.

"저를 데려가주세요. 데려가줘요."

에두아르는 점점 더 난처해졌다.

"자, 로라…… 진정해요. 그런데 저 친구…… 이름이 뭔지 모르지만……"

"베르나르요." 로라가 중얼거렸다.

"베르나르가 곧 올라올 거요. 자. 다시 정신을 차려요. 그에게 이런 모습을 보여서는 안 돼요. 힘을 내요. 뭔가 방도를 찾아봅시다. 내 약속하겠소. 자! 눈물을 닦아요. 운다고 해결되는 건 하나도 없소. 거울을 좀 보아요. 얼굴이 아주 빨개요. 찬물로 얼굴을 좀 씻어요. 당신이 우는 걸 보면 난 더 이상 아무 생각도 할 수가 없어요…… 자! 그가 오네요. 소리가 들려요."

그는 문으로 가서 베르나르가 다시 들어오게 문을 열었다. 로라가 그들에게는 등을 돌린 채 화장대 앞에서 얼굴을 가다듬고 있는 동안, 그가 말했다.

"자, 이제, 언제 내 물건들을 돌려받을 수 있는지 말해줄 수 있을까?"

그는 이 말을 베르나르를 똑바로 쳐다보며 했는데, 입술 위로는 좀 전과 똑같은 미소를 띤 빈정거리는 기색이 맴돌고 있었다.

"원하시면 바로요, 선생님. 하지만 고백해야 할 것이, 없어진 선생님 물건들은 선생님보다 제게 훨씬 더 요긴하다는 점입니다. 제 이야기를 들어보시기만 하면 분명 선생님도 충분히 이해하실 수 있을 겁니다. 전 오늘 아침부터 묵을 곳도, 가정도 가족도 없어, 선생님을 우연히 만나지 않았더라면 물에 뛰어들 판이었다는 사실만이라도 알아주십시오. 오늘 아침 선생님께서 제 친구 올리비에와 이야기를 나누고 있는 동안 전 오랫동안 선생님 뒤를 밟고 있었어요. 올리비에가 선생님 이야기를 얼마나 많이 했는지 몰라요! 전 선생님께 접근하고 싶었던 겁니다. 그래서 뭔가 구실을, 방법을 찾고 있었는데…… 선생님이 수하물 영수증을 던져버렸을 때, 전 쾌재를 불렀죠. 아! 절 도둑놈으로 보지 마십시오. 제가 선생님의 트렁크를 가져간 건 무엇보다도 선생님과 인연을 맺기 위해서였습니다."

베르나르는 이 모든 이야기를 단숨에 내뱉었다. 놀라운 열정이 그의 말과 얼굴에 생기를 불어넣었다. 선량한 마음씨가 느껴진다고도 할 수 있으리라. 에두아르의 미소로 보건대, 그가 베르나르를 귀엽게 여기고 있는 듯했다.

"그래서……?" 하고 에두아르가 물었다.

베르나르는 상황이 자기에게 유리하게 돌아가고 있음을 깨달았다.

"그래서, 비서가 한 사람 필요하지 않으셨나요? 지극히 기쁜 마음으로 한다면 제가 그 임무를 제대로 해내지 못할 것 같지는 않은데요."

그 말에 에두아르는 웃음을 터뜨리기 시작했다. 로라는 재미있다는 듯 그 둘을 쳐다보고 있었다.

"좋아요……! 두고 보며 한번 생각해봅시다. 두비에 부인이 괜찮으시다면, 내일, 이 시각에 바로 이리로 날 보러 다시 오게. 왜냐하면 부인과도 여러 가지 결정해야 할 일이 있을 테니까. 자네는 지금 호텔에 묵고 있다는 거지, 아마? 아! 어느 호텔인지 알고자 하는 것은 아니네. 그건 중요하지 않고. 자 내일 보세."

그는 베르나르에게 손을 내밀었다.

"선생님." 베르나르가 말했다. "물러가기 전에 한 가지, 포부르 생토노레 거리에 아마도 라페루즈라는 성함의 한 가련한 피아노 스승이, 선생님께서 다시 보러 가신다면 무척이나 기뻐하실 노 스승이 살고 계시다는 사실을 환기시켜드리고 싶습니다."

"그렇군, 시작치고는 나쁘지 않군. 장래 임무에 대해 자네는 제대로 이해하고 있네."

"그렇다면…… 정말이지, 승낙하시는 겁니까?"

"내일 다시 이야기하세. 그럼 잘 가게."

에두아르는 로라 곁에 잠시 더 머문 뒤 몰리니에 집으로 갔다. 올리비에를 다시 볼 수 있기를 기대했으며, 그와 베르나르에 대해 이야기를 나누고 싶었던 것이다. 절망적인 심정으로 눌러 앉아 기다렸지만 폴린밖에 보지 못했다.

올리비에는 바로 그날 저녁, 그의 형이 방금 전해준 간곡한 초대에 못 이겨 『철봉』의 작가, 즉 파사방 백작의 집으로 갔던 것이다.

XV

"난 자네 형이 내 부탁을 전하지 않았나 걱정하고 있었네." 로베르드 파사방은 올리비에가 들어오는 걸 보며 말했다.

"제가 늦은 건가요?" 머뭇거리며 거의 발끝으로 걸어오던 올리비에가 말했다. 그는 손에 모자를 들고 있었는데, 그것을 로베르가 받아 들었다.

"이건 내려놓게. 그리고 편하게 앉지. 자, 이 안락의자에 앉게. 그리 불편하지 않을걸세. 시계로 따진다면 전혀 늦은 건 아니지. 하지만 자네를 보고 싶은 내 마음은 시계보다 앞섰거든. 담배 피우나?"

"아니, 괜찮습니다." 올리비에는 파사방 백작이 건네는 담배 케이스를 물리며 말했다. 수줍어 거절하긴 했으나, 케이스 속에 가지런히 놓여 있는 게 보이는, 아마도 러시아산일 그 향기로운 고급 담배를 맛보고 싶은 마음이 간절했다.

"그래, 자네가 올 수 있어서 기쁘네. 난 자네가 시험 준비 때문에 매여 있는 게 아닌가 걱정했다네. 시험은 언젠가?" "열흘 뒤에 필기시험이 있어요. 하지만 이제 더 이상 큰 공부는 하지 않아요. 어느 정도 준비는 된 것 같고, 무엇보다 그날 피곤할까 걱정이죠."

"그렇지만 지금 당장 다른 일을 맡는 건 거절할 건가?"

"아닙니다…… 일이 너무 많지만 않으면요."

"자네더러 왜 와달라고 했는지 이야기하지. 우선, 자네를 다시 보고 싶어서야. 우리는 지난번 저녁, 극장 휴게실에서 막간에 처음으로 이야기를 나눈 적이 있었지…… 자네가 한 이야기가 무척 흥미 있었다네. 아마도 자네는 기억하지 못하겠지?"

"아니, 기억이 나요." 올리비에는 말하면서 그날 멍청한 이야기만 했다고 생각하고 있었다.

"하지만 오늘은 자네에게 뭔가 구체적으로 할 이야기가 있어…… 내 생각에 자네도 뒤르메르라는 이름의 한 유대인 녀석을 알고 있으리라 생각되는데? 자네 친구 가운데 하나가 아닌가?"

"지금 막 만나고 오는 길입니다."

"그래! 자주 만나는 사이인가?"

"예, 그가 주필을 맡게 될 잡지에 대해 이야기하려고 루브르에서 만나기로 했었죠."

로베르는 짐짓 꾸민 듯한 너털웃음을 터뜨렸다.

"하! 하! 하! 주필이라…… 과장이 심하군! 어지간히 서두르는데…… 그렇게 말한 게 사실인가?"

"그 이야기를 한 건 벌써 오래됐어요."

"그렇지, 꽤 오래전부터 내가 그 생각을 하고 있었으니까. 지난번에 우연히 그에게 나랑 같이 원고들을 읽지 않겠느냐고 물었거든. 그런데 그걸 금방 주필이 되는 거라 생각했던 거지. 그가 그렇게 말하는 걸 내버려뒀더니, 금방…… 정말 그 녀석답군, 안 그래? 우스운 놈이야! 야단 좀 맞아야겠는걸…… 정말 담배 피우지 않나?"

"피우긴 하죠. 고맙습니다." 이번에는 담배를 받아들며 올리비에가 말했다.

"자네한테 할 말은, 올리비에…… 내가 자네를 올리비에라고 불러도 괜찮겠나? 어쨌든 자네를 '어른'으로 대할 수는 없지 않나. 자네는 너무 젊고, 게다가 내가 자네 형 뱅상하고 막역한 사이니까 자네를 몰리니에 씨라고 부를 수도 없지. 그런데 말이야, 올리비에, 난 시디* 뒤르메르의 취향보다 자네 취향을 훨씬 더 신뢰하고 있다는 이야기를 하고 싶네. 그 문학잡지의 주필을 자네가 맡아줄 수 있겠나? 물론 조금은 내 감독을 받으면서 말일세. 적어도 초기에는. 하지만 내 이름이 표지에 나오는 건 원치 않네. 그 이유는 나중에 설명해주지…… 포르토 한잔 하지 않겠나, 응? 아주 좋은 게 있다네."

그는 손이 닿는 곳에 있는 일종의 작은 찬장 위에 놓인 술병과 잔 두 개를 집어 술을 따랐다.

"자, 어떻게 생각하나?"

"정말 훌륭합니다."

"포르토 이야기가 아니고." 로베르는 웃으며 반박하듯 말했다. "내가 좀 전에 자네한테 한 이야기 말일세."

올리비에는 무슨 말인지 못 알아듣는 척했다. 그는 너무 빨리 수락함으로써 자기가 기뻐한다는 사실을 드러내 보일까 봐 걱정되었다. 그는 얼굴을 약간 붉히며 당황해서 말을 더듬었다.

"그런데 시험이……"

"시험 준비는 별로 하지 않는다고 방금 말하지 않았나"라고 로베르가 말을 끊었다. "그리고 잡지도 금방 나올 건 아니야. 창간을 신학기로 미루는 게 더 낫지 않을까도 생각 중이네. 하지만 어쨌든, 자네 의향을 타진해보는 게 중요했던 거야. 10월 전에 여러 호를 완전히 준비해둬야 할 거고, 또 그런 이야기를 하자면 이번 여름 동안 서로 자주 보는 게 필요할 거야. 이번 여름 방학 동안 뭘 할 생각인가?"

"아! 잘 모르겠어요. 부모님은 매년 여름처럼 아마도 노르망디 지방

---

* '시디sidi'는 프랑스에 이주한 북아프리카인을 지칭하는 경멸조의 어휘다.

으로 가실 거예요."

"그럼 자네도 같이 가야 하나……? 좀 빠져보는 건 어떻겠나……?"

"어머니가 허락하지 않으실 거예요."

"오늘 저녁 자네 형과 저녁 식사를 같이하기로 했는데 형한테 그 얘기 해봐도 되겠나?"

"아니! 뱅상 형은 우리와 같이 가지 않을 거예요."

그러곤 올리비에는 그 말이 질문에 적합지 않다는 걸 깨닫고 덧붙였다. "그래도 아무 소용 없을 거예요."

"하지만 엄마를 설득할 만한 좋은 이유를 찾아낼 수 있다면?"

올리비에는 아무 대답도 하지 않았다. 그는 자기 어머니를 지극히 사랑하고 있었다. 그런데 로베르가 자기 어머니에 대해 말하며 띤 그 빈정거리는 어조가 귀에 거슬렸던 것이다. 로베르는 자신이 좀 너무 서둘렀다는 걸 깨달았다.

"그래, 내 포르토 맛이 좋다는 거지"라고 로베르는 분위기를 바꾸려는 듯 말했다. "한 잔 더 하겠나?"

"아니, 괜찮습니다…… 하지만 맛은 정말 좋습니다."

"그래, 지난번 저녁, 성숙하고 정확한 자네 판단력에 난 무척 깊은 인상을 받았다네. 비평을 해볼 생각은 없나?"

"없습니다."

"그럼 시……? 자네가 시를 쓴다는 건 나도 알고 있지." 올리비에는 또다시 얼굴을 붉혔다.

"그래, 자네 형이 얘기하더군. 그리고 자네는 같이 일할 만한 다른 젊은 친구들도 알고 있을 테고…… 이 잡지는 젊은이들을 집결시킬 수 있는 하나의 발판이 되어야 해. 그게 바로 그 존재 이유지. 일종의 취지

서나 선언문 같은 걸 작성하는 일에 자네가 날 도와주면 좋겠는데, 너무 구체적인 것 말고 뭔가 새로운 경향들을 알려주는 그런 것 말일세. 그 문제는 다시 이야기하기로 하지. 두세 개의 형용사를 선택해야 할 거야. 신조어는 말고. 무척 낡고 오래된 단어들이지만 완전히 새로운 의미를 부여해 모두가 받아들이도록 할 그런 단어들 말이야. 플로베르 이후에는 '조화롭고 운율에 맞는'이란 말이 있었고, 르콩트 드릴* 다음에는 '엄숙하고 결정적인'이란 말이 있었지…… 그럼 '생명적인'이라는 말에 대해서는 어떻게 생각하나. 응……? '무의식적이며 생명적인' …… 아니야……? '기본적이고, 강건하고 생명적인?'"

"뭔가 좀더 나은 걸 찾을 수 있으리라 생각해요." 크게 동조하지는 않는 듯 그저 미소만 짓고 있던 올리비에가 대담하게 말을 했다.

"자, 포르토 한 잔 더……"

"가득 따르진 말고요."

"그런데 말이야, 상징주의 학파의 커다란 약점은 단지 미학 하나만 가져왔다는 점이야. 모든 위대한 학파는 새로운 스타일과 함께 새로운 윤리와 새로운 강령, 새로운 계명들, 사물을 보는 새로운 방식, 새로운 연애관, 새로운 삶의 방식을 가져왔어. 그런데 상징주의자, 그들은 아주 간단해. 그들은 인생에서 전혀 행동하려 들지 않았어. 인생을 이해하려고도 하지 않고 부정했지. 인생에 등을 돌렸던 거야. 언어도단이었지, 안 그런가? 식욕도 없고 식도락조차 모르는 사람들이야. 우리 같은 사람들하고는 다르지…… 안 그래?"

---

* 르콩트 드릴(Leconte de Lisle, 1818~1894): 프랑스의 시인으로, 낭만주의의 지나친 심정 토로를 억누르고 조형적인 아름다움을 추구한 고답파(高踏派)의 대표적 시인이다.

올리비에는 두번째 포르토 잔을 비웠으며 두번째 담배를 태웠다. 그는 눈을 반쯤 감고 안락한 소파에 몸을 반쯤 뉜 채, 아무 말 없이 가볍게 고개를 끄덕이며 동의한다는 표시를 내보였다. 그때 초인종 소리가 나더니 곧바로 하인이 들어와 로베르에게 명함을 한 장 내밀었다. 로베르는 그 명함을 받아 힐끗 쳐다본 다음 옆에 있던 자기 책상 위에 놓았다.

"좋아. 잠시 기다리시라 하게." 하인이 나갔다. "자, 올리비에 군, 난 자네가 무척 마음에 들고 또 우린 뜻이 잘 통할 것 같아. 그런데 지금 꼭 만나봐야 할 사람이 와 있는데 단둘이서 만나길 원하는군."

올리비에는 자리에서 일어났다.

"괜찮다면 자넨 정원으로 나갔으면 하는데…… 참! 생각이 난 김에 하는 말이네만, 새로 나온 책이 있는데 한 권 줄까? 마침 네덜란드산 고급지로 인쇄한 게 한 부 있는데……"

"선생님이 주실 때까지 기다리지 않고 이미 읽었습니다." 파사방의 책을 별로 좋아하지 않던 올리비에는 예의는 지키되 아첨은 하지 않고 적당히 얼버무리기 위해 그렇게 말했다. 파사방은 그 말의 어조에서 가벼운 경멸의 뉘앙스를 포착한 것일까? 그는 재빨리 덧붙였다.

"아! 그 책 이야기는 더 이상 하지 말도록 하게. 자네가 그 책을 좋아한다고 하면 난 자네 취향이나 아니면 자네 솔직함을 의심해야 할 테니까. 그래, 난 누구보다 이 책에 부족한 게 뭔지 알아. 그 책을 좀 너무 서둘러 썼거든. 사실 그 책을 쓰는 동안 내내, 난 다음에 쓸 책을 생각하고 있었거든. 참! 그런데 새로 나올 그 책은 마음에 들어. 정말 마음에 들어, 두고 보게나. 두고 봐…… 미안하네만 이젠 그만 자네가 가 봐야겠네…… 아니면…… 아니, 아니야, 우린 아직 서로 잘 아는 사이도 아니고, 또 자네 부모님께선 분명 저녁 식사 시간에 자넬 기다릴 테니. 그럼, 잘 가게.

조만간 다시 보지…… 책에 자네 이름을 써야지. 잠깐만."

　그는 자리에서 일어나 자기 책상으로 다가갔다. 그가 글을 쓰려고 고개를 숙인 동안 올리비에는 한 걸음 앞으로 다가가 조금 전 하인이 놓고 나간 명함을 힐끗 쳐다보았다.

　빅토르 스트루빌루

　그에겐 전혀 생소한 이름이다.
　파사방은 올리비에에게 『철봉』을 한 권 내밀었다. 올리비에가 헌사를 읽으려 하자, 파사방은 그의 팔 밑에 책을 끼우며 "나중에 읽게나"라고 말했다.
　올리비에는 길에 나서서야 친필로 쓴 헌사를 읽게 되었다. 그 구절은 바로 그 책의 제사로 쓰였던 것으로, 파사방 백작이 헌사를 대신해 방금 쓴 것이었다.

　"제발, 오를란도여, 몇 걸음 더 앞으로.
　난 아직 감히 그대를 완전히 이해한다고 확신할 수 없다네."*

　그리고 그 아래 덧붙여 쓰여 있었다.

　"올리비에 몰리니에에게

———————————

* 이 제사는 르네상스 시기의 이탈리아 시인인 아리오스토(Ariosto, 1474~1533)의 서사시 「오를란도 퓨리오소Orlando Purioso」의 제목과 연결시켜볼 수 있을 것이다. 이 작품에서 주인공은 사랑 때문에 미치게 된다.

그의 친구가 되리라 추정되는

로베르 드 파사방 백작"

모호한 제사여서 올리비에를 생각에 잠기게 했다. 요컨대 그의 마음
대로 해석해도 상관없는 것이었다.

올리비에가 집에 돌아왔을 때는 에두아르가 그를 기다리다 지쳐 막
떠난 다음이었다.

XVI

뱅상의 실증적 교양은 그로 하여금 초자연적인 것을 믿지 못하게 했는
데, 이는 악마에겐 큰 이점을 주는 것이었다. 악마는 뱅상을 정면으로 공
격하지 않았다. 악마는 교활하고 은밀한 방식으로 그를 공략했다. 악마의
술수 가운데 하나는 우리의 실패를 승리라고 믿게 하는 데 있다. 그리고
뱅상으로 하여금 로라에 대한 자기 행동 방식을 감정적인 자기 본능을 누
른 의지의 승리로 간주하게 만든 것은, 천성적으로 착한 그가 로라에게 무
정한 모습을 보여주기 위해 억지로 모진 태도를 고수해야 했기 때문이다.

이 연애 사건에 나타난 뱅상의 성격 변화를 잘 살펴볼 때 나는 그 속
에서 다양한 단계들을 보게 되는데, 독자들의 이해를 돕기 위해 이를 제
시하고자 한다.

1) 선량한 동기의 시기. 정직함. 저지른 잘못을 만회하려는 양심적인
욕구. 그 결과 부모가 그의 개업 비용에 보태려고 힘들게 절약해 모아둔
금액을 로라를 위해 바치기로 한 도덕적 의무감. 그건 바로 자신을 희생

하는 게 아닌가? 이러한 동기란 점잖고, 관대하고 인정 어린 게 아닌가?

2) 불안의 시기. 망설임. 그녀를 위해 바친 이 금액이 충분할 것인가 의심한다는 사실은, 악마가 뱅상의 눈앞에 그 금액을 불릴 수 있는 가능성을 넌지시 내비칠 때 이미 넘어갈 준비가 되어 있다는 게 아닌가?

3) 의연함과 정신력. 그 금액을 잃고 난 다음 '역경을 너머 초연할 수 있다'고 스스로 느끼고자 하는 욕구. 바로 이 '정신력'이 그로 하여금 로라에게 도박에서 돈을 잃었다고 고백할 수 있게 해준 것이며, 또 그 참에 그녀와 관계를 끊게 해준 것이다.

4) 선량한 동기의 포기로, 뱅상이 자기 처신을 정당화하기 위해 스스로 만들어내지 않을 수 없었던 새로운 윤리에 비추어 볼 때, 그런 동기란 한낱 속임수에 불과한 것으로 여겨지기 때문이다. 왜냐하면 그는 여전히 도덕적 인간으로 남아 있으므로, 악마가 그를 이길 수 있으려면 자신이 옳았노라 그 스스로 인정할 이유들을 그에게 제공해야만 가능하기 때문이다. 내재성의 원리*와 순간 속에 구현된 전체성의 원리, 아무 근거 없는 즉각적이고도 동기 없는 환희의 원리.

5) 승자의 도취. 겸허함에 대한 멸시. 패권.

이 단계에 이르면 악마가 이긴 셈이다.

이 단계에 이르면 자신이 가장 자유롭다고 믿는 인간은 사실상 악마를 돕는 한낱 도구에 불과하다. 따라서 악마는 뱅상으로 하여금 파사방이라는 이 악마의 앞잡이에게 자기 동생을 넘겨주지 않고는 못 배기게 몰아붙일 것이다.

---

* 우주의 원인이 우주 자체 내에 있다는 주장으로, 초월적 진리를 추구하지 않고 사물 자체에 관심을 갖는 이론이다. 지드는 그의 『지상의 양식』(1897)에서 이런 유물론적 관점을 옹호했다.

하지만 뱅상은 나쁜 인간은 아니다. 어쨌건 간에 그에겐 이 모든 일이 불만스럽고 불편할 뿐이다. 몇 마디 덧붙여보자.

소위 '이국 정서'라 불리는 것은 마야*의 온갖 아롱지고 굽이굽이 주름진 굴곡 같은 것으로, 그 앞에서 우리 영혼은 스스로 낯선 느낌이 들게 되며 우리 영혼을 지지하던 받침대를 다 잃게 된다. 때때로 이런저런 덕성스러운 인간이 저항을 한다 하더라도, 악마는 공략하기 전에 그를 낯선 곳으로 데려가는 것이다. 그 두 사람도 낯선 하늘 아래, 즉 그들의 부모와 그들 과거에 대한 기억들, 또 그들을 자기네 원래 모습대로 지켜주던 것으로부터 멀리 떨어져 있지 않았더라면, 아마 로라는 뱅상에게 넘어가지 않았을 것이며, 뱅상도 그녀를 유혹하려 하지 않았을 것이다. 하지만 멀리 떨어져 있던 그곳에서는 그들에게 연애 행위가 더 이상 아무 문제도 되지 않는다고 보였던 것이다…… 말할 게 더 많이 남아 있을 것이다. 하지만 위에서 살펴본 것만으로도 우리에게 뱅상에 대해 설명해주기에는 이미 충분하다.

릴리앙 곁에 있을 때도 마찬가지로 뱅상은 낯설게 느껴졌다.

"날 비웃지 마, 릴리앙." 바로 그날 저녁 그는 말했다. "당신이 날 이해하지 못하리라는 걸 나도 알아. 하지만 난 당신이 날 반드시 이해해줄 것처럼 말할 수밖에 없어. 왜냐하면 이젠 당신을 내 머릿속에서 떼어내버릴 수가 없게 됐으니까."

나지막한 소파 위에 누워 있는 릴리앙의 발치에 비스듬히 기댄 채 그는 정부의 무릎 위에 자기 머리를 다정하게 올려놓았으며, 그녀는 그 머

---

* '마야la Maya'란 산스크리트어로 환영이나 속임수, 외관을 의미한다. 힌두 사상에서는 마야가 인간의 통찰력을 가려 우주의 근원에 있는 유일한 실재를 보지 못하게 하고 현상 세계만 바라보게 한다고 본다.

리를 다정하게 쓰다듬었다.

"오늘 아침 날 걱정스럽게 했던 건…… 그래, 아마도 두려움이었을 거야. 잠시만이라도 좀 진지해질 수 없어? 잠시만이라도, 날 이해하기 위해 잊을 수는 없나? 당신은 아무것도 믿지 않으니까 당신이 믿고 있는 게 아니라, 당신은 아무것도 믿고 있지 않다는 바로 그 사실 말이야. 나 역시, 당신이 잘 알다시피 아무것도 믿지 않았어. 난 내가 더 이상 아무것도 믿지 않는다고 생각했어. 더 이상 우리 자신, 당신과 나 외에는, 그리고 당신과 더불어 내가 될 수 있는 것, 또 당신 덕분에 내가 앞으로 될 수 있는 것 이외에는 아무것도……"

"로베르가 7시에 오기로 했어." 릴리앙이 말을 끊었다. "당신 이야기를 재촉하는 건 아니지만 서둘러 이야기하지 않으면 당신 이야기가 막 재미있어지려는 바로 그 순간 그가 와서 이야기를 그만두어야 할 거야. 그 이 앞에선 이야기를 계속하고 싶지 않을 테니까. 당신이 오늘 이렇게 뜸을 들이려는 게 이상해. 마치 장님이 한 발 한 발 뗄 때마다 지팡이로 두드려보는 것 같은 모습이군. 하지만 난 지금 진지하잖아. 왜 날 신뢰하지 못하는 거지?"

"당신을 알게 된 이후 난 엄청난 신뢰감을 갖게 됐어." 뱅상이 계속했다. "난 많은 걸 할 수 있고 또 그럴 수 있다는 게 느껴져. 그리고 당신도 알다시피 하는 일마다 다 잘되잖아. 그런데 날 두렵게 하는 게 바로 그 점이야. 아니, 가만히 좀 있어봐…… 난 하루 종일 당신이 오늘 아침 해준 침몰한 그 부르고뉴호 이야기를 생각했어. 배 위로 올라오려던 사람들의 손을 잘랐다는 그 얘기 말이야. 그런데 뭔가가 내 배 위로 올라오려는 것 같아. ―내가 당신 이야기의 비유를 사용하는 건 날 더 잘 이해시키기위해서야. ―내 배에 올라오지 못하게 하고 싶은 무언가가……"

"나더러 그걸 바닷속에 빠뜨리게 도와달라는 거군, 비겁한 사람……!"

그는 릴리앙을 쳐다보지 않은 채 말을 이었다.

"내가 뿌리치려는 그 무엇, 그 목소리가 들려와…… 당신은 한 번도 들어본 적이 없던 목소리지, 내가 어릴 때 듣던……"

"도대체 뭐라고 해, 그 목소리가? 감히 말할 수 없겠지. 놀랄 일도 아니야. 그 속에 교리문답이 들어 있을 게 뻔하거든, 안 그래?"

"아니, 릴리앙, 날 좀 이해해줘. 그런 생각에서 벗어날 수 있는 유일한 방법이 바로 당신에게 다 털어놓는 거잖아. 당신이 그걸 비웃으면 나혼자 간직할 수밖에 없을 거야. 그러면 나는 그 생각들 때문에 완전히 질식할 거고."

"자, 그럼 얘기해봐." 릴리앙은 할 수 없다는 듯 말했다. 그런데 그가 아무 말도 하지 않고 또 자기 이마를 릴리앙의 스커트 자락 속에 파묻자 그녀가 말했다. "자, 말해봐! 뭘 기다려?"

그녀는 뱅상의 머리칼을 잡아 억지로 머리를 들게 했다.

"아니! 이이가 정말 이 이야기를 심각하게 받아들인다는 거야? 얼굴이 아주 창백하네. 이봐요, 어린애처럼 응석을 부릴 생각이라면 나하곤 전혀 맞지 않아. 자기가 원하는 게 있으면 당당하게 원해야지. 그리고 말이야, 난 속임수를 쓰는 사람은 싫어. 당신 배에 올라탈 필요도 없는 걸 슬그머니 태우려 한다면 그건 속임수를 쓰는 셈이야. 난 당신과 도박을 할 생각은 있어. 하지만 정정당당하게 하고 싶어. 그리고 미리 일러두는 거지만, 그건 당신을 성공시키기 위한 거야. 난 당신이 무척 중요하고 또 대단한 사람이 될 수 있다고 믿어. 당신에게 뛰어난 지성과 큰 힘이 있는 게 느껴져. 그래서 당신을 돕고 싶은 거야. 세상에는 자기가 반한 남자들의 일생을 망쳐버리는 여자들이 많이 있지만, 난 그 반대 일을 하고 싶은 거야. 당신은 의학 공부를 그만두고 자연과학 연구를 하고 싶다고 말한 적이 있잖아. 하지만 그러기에는 돈이 충분히 없어 아쉽다고…… 그런데 무엇보다 도박에서 돈을 땄잖아. 5만 프랑 말이야. 그만 해도 벌써 대단한 거야. 하지만 더 이상 도박은 하지 않겠다고 약속해. 당신에게 필요한 돈은 내가 다 대겠어. 단 조건은 사람들이 당신더러 여자에게 얹혀 산다고들 말해도 대수롭지 않다는 듯 어깨를 으쓱해 보일 힘이 있어야 한다는 거야."

뱅상은 다시 일어나 창문가로 다가갔다. 릴리앙은 계속했다.

"우선, 로라와 완전히 끝내기 위해선 당신이 그녀에게 약속했던 5천 프랑을 보내주는 게 좋을 것 같아. 돈이 생긴 이 마당에 뭣 때문에 약속을 지키지 않는 거야? 그녀에 대해 좀더 죄책감을 느끼고 싶다는 이유 때문에? 난 그런 건 싫어. 그런 쓸데없는 짓은 딱 질색이야. 당신은 깔끔하게 손을 잘라버릴 줄 몰라. 일단 그렇게 한 다음, 당신 연구에 가장 도움이 될 만한 곳으로 우리 같이 여름을 보내러 가지. 당신은 로스코프*가 어떨까 했지만 난 모나코가 더 좋아. 내가 그곳 왕자를 알고 있으니까. 유람선도 태워줄 수 있을 거고, 또 그의 연구소에 당신 자리도 마련해줄 수 있을 거야."

뱅상은 입을 다물고 있었다. 그때는 릴리앙에게 말하기 싫어 나중에 가서야 한 이야기지만, 사실 그는 릴리앙을 만나러 오기 전에 로라가 그토록 절망스럽게 자기를 기다리고 있던 호텔에 들렀던 것이다. 마침내 마음의 짐을 벗어버리고 홀가분한 기분을 느끼고 싶었던 그는 봉투에, 로라가 이제는 더 이상 기대하고 있지 않던 그 돈을 집어넣었던 것이다. 그는

---

* 로스코프는 프랑스 서북부 브르타뉴 지방의 해안 지역이다.

그 봉투를 보이에게 주고 난 다음 보이가 그걸 제대로 전했는지 확인하기 위해 호텔 현관에서 기다렸다. 잠시 후, 보이는 봉투를 들고 다시 내려왔는데, 봉투에는 로라의 글씨로 비스듬히 다음과 같이 쓰여 있었다. "너무 늦었습니다."

릴리앙은 벨을 눌러 자기의 외투를 가져오라 시켰다. 하녀가 나가자 그녀는 말했다.

"참! 그가 도착하기 전에 말하려고 했는데. 로베르가 당신이 딴 그 5만 프랑을 투자하라고 권할 경우 조심하도록 해. 그는 꽤 부자이긴 하지만 언제나 돈이 필요하거든. 아니, 그의 자동차 경적 소리가 들리는 것 같은데. 30분이나 일찍 왔지만, 뭐 잘됐어…… 우리가 얘기했던 건……"

"내가 좀 일찍 왔지." 로베르가 들어서며 말했다. "베르사유로 저녁 먹으러 가면 좋을 것 같아서 그랬는데. 괜찮아?"

"싫어요." 그리피스 부인이 말했다. "난 저수지 같은 건 지겨워요. 그보다 랑부예로 가요. 시간도 있고. 음식 맛은 좀 못하겠지만 이야기하기에는 더 좋을 거예요. 뱅상이 당신에게 물고기 이야기를 해줬으면 해요. 정말 놀라운 이야기들을 알고 있어요. 그가 하는 이야기가 사실인지는 모르지만 세상에서 가장 멋진 소설들보다 더 재미있어요."

"소설가의 의견은 아마 그렇지 않을걸." 뱅상이 말했다.

로베르 드 파사방은 석간신문 하나를 들고 있었다.

"브뤼나르가 사법부 사무총장으로 발탁되었다는 소식을 알고 있나? 자네 부친이 훈장을 타시게 해볼 기회인데." 그는 뱅상 쪽으로 몸을 돌리며 말했다. 뱅상은 어깨를 으쓱했다.

"이보게, 뱅상." 파사방은 말을 이었다. "내가 한마디 해도 된다면,

자네가 그런 소소한 청탁을 하지 않으면 브뤼나르가 몹시 언짢아할 거라는 점이야. 그걸 거절하며 무척이나 즐거워할 텐데 말일세."

"자네 자신이 먼저 부탁해보지 그러나?" 뱅상이 대꾸했다.

로베르는 짐짓 입을 삐죽거려 보였다.

"아니. 난 말일세, 얼굴이건 뭐건 붉히지 않는 걸 내 나름의 멋으로 삼지, 비록 단춧구멍이라 할지라도 말이야."* 그러곤 릴리앙을 향해 몸을 돌리며 말했다. "요즘은 매독이나 훈장 없이 마흔에 이르는 자가 드물다는 사실, 알고 있어?"

릴리앙은 어깨를 으쓱하며 미소를 지었다.

"뭔가 재담을 하려고 이이가 늙은 티를 내는군……! 그래, 다음에 나올 당신 책의 한 구절인가요? 나름 신선한 맛은 있겠네요…… 먼저 내려가세요. 외투를 걸치고 따라갈게요."

"난 자네가 그를 다시 보려고 하지 않을 줄 알았는데?" 계단에서 뱅상이 로베르에게 물었다.

"누구? 브뤼나르?"

"그가 너무 멍청하다고 했잖아……"

"이보게," 하고 파사방은 계단에 멈춰 서서 내려가려던 몰리니에를 세워놓고 시간을 끌며 대답했는데, 그리피스 부인이 다가오는 걸 보고선 그녀 귀에도 들리길 바랐기 때문이다. "내 친구들 가운데 말일세, 좀 길게 사귀어볼 때 멍청한 모습을 보여주지 않은 녀석은 한 명도 없었다는

---

* 언어 유희를 하는 것으로, 레지옹 도뇌르 훈장을 다는 단춧구멍을 말하며, 훈장은 붉은색이다.

걸 알아두게. 브뤼나르는 다른 많은 녀석들보다 더 오래 버텼다는 거지."

"아마 나보다 말이지?" 뱅상이 말을 받았다.

"그래도 내가 여전히 자네의 가장 절친한 친구인 건 잘 알지 않나."

"바로 그게 파리에서 재치라고 부르는 거죠." 그들 곁에 온 릴리앙이 말했다. "조심해요, 로베르. 그보다 더 빨리 시들어버리는 것도 없어요!"

"안심하십시오, 부인. 말은 인쇄되었을 때 비로소 시든다오!"

그들이 자동차에 올라타자 차가 떠났다. 무척이나 재치 있는 입담으로 이어지는 그들 대화를 굳이 내가 여기에 옮겨 적을 필요는 없을 것이다. 그들은 한 호텔 테라스에 자리를 잡고 앉았는데, 그 앞으로 펼쳐진 정원에는 해가 저물어 어둠이 내리고 있었다. 저녁 기운에 힘입어 그들의 말도 서서히 가라앉고 있었다. 릴리앙과 로베르가 부추겨대는 바람에 마지막에는 뱅상만 이야기하고 있었다.

XVII

"인간에 대한 흥미가 덜했다면 나도 동물에 더 흥미를 느낄 걸세"라는 로베르의 말에 뱅상이 대답했다.

"자네는 인간이 동물과는 전혀 다를 거라 생각하는 모양이군. 축산학의 위대한 발견치고 인간에 대한 지식에 영향을 미치지 않은 건 하나도 없네. 모든 게 서로 연결되고 서로 관련돼 있는 거야. 그래서 난 소설가가 소위 심리학자연하며 자연이 보여주는 광경에서 눈을 돌리고 자연의 법칙을 등한시할 때면, 큰 낭패를 본다고 생각하네. 자네가 빌려준 공쿠르 형제*의 『일기』에서 난 마침 그들이 파리 식물원에 있는 자연사 박물관에 갔던 이야기를 읽게 됐지. 거기서 자네가 좋아하던 그 작가들은 대자연 또는 하느님의 상상력이 빈약하다고 한탄하고 있더군. 그런데 그런 서툰 신성모독적인 언사는 도리어 그들의 협소한 정신의 어리석음과 몰이해만 드러내더군. 사실 자연이란 그와 정반대로 얼마나 다양한지 몰라! 자연은 생명을 유지하고 움직이는 모든 방식들을 차례차례 다 실험해보고, 또 물질과 그 원리가 허용하는 것들을 전부 다 사용해본 것 같거든. 고대 생물들이 불합리하고 조잡한 몇몇 시도들을 서서히 포기했다는 사실 속에는 얼마나 큰 교훈이 들어 있는지! 몇몇 형태들이 존속하게 된 건 또 어떤 체계에 따른 건가! 그런 형태들을 자세히 살펴보면 다른 형태들이 퇴화될 수밖에 없는 이유가 설명되지. 식물학도 우리에게 가르쳐주는 바가 많아. 가령 나뭇가지 하나를 찬찬히 살펴볼 경우, 이파리 하나하나마다 그 겨드랑이에 싹을 하나씩 간직하고 있는 걸 보게 돼. 이듬해 제 차례가 되면 싹을 틔우게 될 것들이지. 그런데 그 많은 싹들 가운데 기껏해야 두 개 정도만 자랄 뿐, 그리고 그것들이 성장함에 따라 주위의 다른 모든 싹들은 자라지 못하게 만드는 걸 보면, 인간의 경우도 마찬가지일 거라는 생각을 지울 수 없어. 자연스럽게 성장하는 싹은 언제나 가지 끝에 있는 싹이야. 다시 말해 가운데 기둥에서 제일 멀리 있는 것들 말이야. 가지를 치거나 구부려 수액을 차단해야만 기둥 가까이 있는 싹을 틔울 수 있는 거야. 그냥 내버려두면 잠들고 말 그 싹들 말이야. 또 제멋대로 뻗어가게 내버려뒀더라면 아마 이파리밖에 만들지 못했을 지극히 까다로운 수종(樹種)

---

* 19세기 말엽 프랑스의 자연주의 소설가들인 에드몽 공쿠르(Edmond de Goncourt, 1822~1896)와 쥘 공쿠르(Jules de Goncourt, 1830~1870)를 말한다. 1851년부터 쓴 그들의 『일기』는 19세기 후반부 문학 및 사교계의 핵심적 증언으로 간주된다. 지드는 1902년 이 『일기』를 읽고 그들의 우매함과 협소한 정신에 대해 한탄하며 뱅상과 유사한 평가를 했다.

에 열매를 맺게 만드는 것도 바로 이런 방식이지. 아! 과수원과 정원이란 얼마나 훌륭한 학교인지! 원예가란 종종 얼마나 훌륭한 교육자가 될 수 있는지! 조금만 관찰할 줄 안다면 때때로 닭장과 개집에서, 어항이나 토끼 사육장, 외양간에서, 우리는 책에서 배우는 것보다 훨씬 더 많은 걸 배울 수 있어. 사실이지, 모든 게 다소 작위적인 세련된 인간 세계에서보다 더 많은 걸 배우지."

그러곤 뱅상은 선별 작업에 대해 말했다. 그는 가장 좋은 묘목을 얻기 위해 사람들이 사용하는 일반적인 방식, 즉 가장 튼튼한 표본을 선택하는 방식을 설명한 다음, 대담한 원예가가 실험 삼아 해보는 기발한 방식도 설명했다. 즉 늘 하던 방식이 싫어 거의 도전이라고도 할 수 있는 발상의 전환으로, 정반대로 가장 허약한 개체들을 선택해서 비할 데 없이 멋진 꽃을 피웠다는 것이다.

로베르는 처음에는 그저 지루한 이야기일 뿐이라 여겨 한쪽 귀로만 듣고 있다가 더 이상 뱅상의 말을 끊지 않았다. 그가 관심을 보인 게 자기 연인에게 경의를 보이는 것 같아 릴리앙은 기뻤다.

"그 이야기도 해줘. 지난번 나한테 해준 물고기 이야기. 바닷물의 염도에 적응한다는…… 그 이야기 맞지?" 릴리앙이 뱅상에게 말했다.

"몇몇 지역을 제외하면 바닷물의 염도는 거의 일정해." 뱅상이 이야기를 다시 시작했다. "그래서 바다 생물들은 일반적으로 염분 농도가 거의 변하지 않는 곳에서만 살 수 있지. 그런데 내가 얘기했던 그 지역에도 물고기가 없는 건 아니야. 즉 수분이 상당히 많이 증발해 염분에 비해 물의 양이 감소되는 지역이거나, 아니면 반대로 담수가 지속적으로 유입되어 염분을 희석시켜서 말하자면 바닷물을 묽게 하는 곳으로, 거대한 하천 하구나 또는 멕시코 만류 같은 거대한 해류 근처에 있는 지역들이지. 이런 지역에서 **스테노할린**이라는 물고기들은 생기를 잃고 죽어가게 되지. 그런데 이렇게 자신을 방어할 수 없게 된 그 물고기들을 **유리할린***이라는 물고기들이 잡아먹는 거야. 따라서 이 유리할린이란 놈들은 큰 해류가 만나는 곳에 즐겨 살지. 즉 염도 변화로 스테노할린들이 빈사 상태에 빠지게 되는 곳 말이야. 이해하겠지, '스테노'들이란 염도가 언제나 똑같을 때만 살 수 있다는 것 말이야. 반면 '유리'란 놈들은……"

"소금기가 빠진 놈들이지"** 로베르가 말을 받았는데, 그는 모든 사상을 아전인수식으로 받아들여 어떤 이론에서든 자신이 써먹을 수 있는 것만 중요하게 여겼다.

"대부분은 사나운 놈들이지." 뱅상이 심각하게 덧붙였다.

"그 어떤 소설보다 더 흥미있다고 말했잖아요." 릴리앙이 열에 들떠 외쳤다.

뱅상은 갑자기 사람이 변한 듯, 자기 이야기가 거둔 성공에도 무감각한 채 가만히 있었다. 그는 무척이나 심각해 있었으며, 마치 혼잣말을 하듯 더 나지막한 어조로 말을 이었다.

"최근에 발견한 것 가운데 가장 놀라운 건 — 적어도 내게 가장 큰 가르침을 준 건 — 심해 물고기들에게 발광 기관이 있다는 사실이야."

"어머! 그 이야기를 해줘." 릴리앙이 말했는데, 그녀는 자기 담뱃불이 꺼지는 것도, 또 좀 전에 나온 아이스크림이 녹는 것도 개의치 않았다.

---

* '스테노할린'은 염도 변화에 대한 적응 능력이 약한 해양 생물을 말하며 '협염성(狹鹽性)'이라고도 한다. '유리할린'은 '광염성(廣鹽性)'의 해양 생물로 협염성과는 반대로 염도 변화에도 적응력이 강하다.
** 원문의 'dessalés'란 '소금기를 뺀'이란 뜻과 함께 구어에서는 '약삭빠른 사람'을 가리키기도 한다.

"햇빛이 바닷속 깊은 곳까지는 비쳐 들지 않는다는 건 물론 잘 알고 있겠지. 바다 깊은 곳은 캄캄하고…… 거대한 심연으로, 거기선 아무것도 살지 못한다고 오랫동안 생각했던 거야. 그런데 그 지옥 같은 암흑으로부터 수많은 이상한 물고기들을 끌어 올리게 된 거야. 그 물고기들에겐 눈이 없다고 생각했지. 어둠 속에서 시각이 무슨 소용이 있겠어? 물론 그 물고기들에겐 눈이 없었어. 눈을 가질 수도 없었고 가질 필요도 없었지. 그런데 그 물고기들을 관찰해본 결과, 놀랍게도 몇몇은 눈이 있다는 걸 확인하게 된 거야. 거의 모든 물고기들이 눈을 갖고 있을 뿐 아니라 놀랄 정도로 민감한 촉수까지 있는 거야. 사람들은 여전히 의문을 품고 그저 놀라워했지. 뭣 때문에 눈이 있나? 아무것도 보지 못할 눈이? 민감한 눈이라면 도대체 무엇에 대한 민감함인가……? 마침내 발견하게 된 사실은 바로 이 물고기들 하나하나가, 처음에는 그저 어둠의 산물일 뿐이라고 여겼던 이 물고기들이, 자기 앞으로, 그리고 자기 주위로 **자기** 빛을 내고 비춘다는 점이야. 그들 제각각 빛을 내고, 빛을 발산해 환히 밝히는 거야. 캄캄한 밤, 심연 깊은 곳에서 그것들을 잡아 뱃전에 부려놓으면 어둠은 빛으로 환히 밝혀지는 거야. 그 불빛은 마구 움직이며 요동을 치고, 시시각각 빛을 바꾸며, 이리저리 움직이는 등댓불처럼, 별과 보석들이 반짝이듯, 그걸 본 사람들 얘기로는 그 어떤 것도 그 찬란함에 비길 만한 게 없다는 거야."

뱅상은 입을 다물었다. 그들은 한참 동안 말없이 가만히 있었다.

"돌아가요. 춥군요." 갑자기 릴리앙이 말했다.

릴리앙 부인은 운전사 옆자리에 앉았는데 앞 유리창이 다소 바람막이를 해주고 있었다. 두 남자는 지붕을 열어젖힌 자동차 뒤쪽에서 그들끼리 이야기를 계속했다. 식사하는 동안 거의 내내 로베르는 뱅상이 이야기하는 걸 들으며 침묵을 지켰다. 이제 그의 차례였다.

"이보게 뱅상, 우리 같은 물고기들은 잔잔한 물속에서는 죽게 되지." 그렇게 말하며 자기 친구의 어깨를 주먹으로 툭 쳤다. 그는 뱅상에게 더러 스스럼없이 대하곤 했다. 하지만 뱅상이 자기에게 그러는 건 참지 못했을 것이다. 게다가 뱅상은 그런 스타일은 아니었다.

"자네 정말 멋진데! 강연을 하면 대단할 거야! 정말이지 자넨 의학을 그만둬야 할 것 같군. 내가 보기에 설사약이나 처방하고 환자들이나 보고 있는 모습은 정말 자네하고 어울리지가 않아. 비교생물학 교수 자리나 아니면 뭔가 그런 유형의 것, 그게 자네한테 필요할 거야……"

"나도 그런 생각을 했어." 뱅상이 말했다.

"릴리앙이 그런 자리를 얻어줄 수 있을 거야. 자기 친구인 모나코 왕자에게 자네 연구에 대해 관심을 갖게 해서 말이지…… 그 왕자는 내 생각에…… 내가 릴리앙에게 그 얘기를 해야겠군."

"나한테 이미 얘기했어."

"그렇다면 나로선 자네를 도울 만한 일이 정말 없다는 건가? 마침 자네한테 부탁할 게 하나 있는 나로선 말이야." 그는 짐짓 화가 난 듯 가장하며 말했다.

"내가 자네를 도와줄 차례지. 자넨 내가 금방 잊어버리는 줄 아는가 보군."

"아니! 아직 그 5천 프랑을 생각하고 있나? 하지만 그 돈은 나한테 돌려줬잖아! 더 이상 자네가 내게 빚진 건 없지…… 약간의 우정만 제외하면 말이야." 그는 한 손을 뱅상의 팔에 얹으며 거의 다정한 어조로 다음 말을 덧붙였다. "바로 그 우정에 내가 호소하려고 하네."

"말해봐." 뱅상이 말했다.

하지만 곧 파사방은 자신의 초초함을 뱅상에게 전가하며 다시 외쳤다.

"자네 참 급하기도 하네! 여기서 파리까지 시간은 충분한 것 같은데."

파사방은 자기 자신의 기분뿐 아니라 자신이 인정하고 싶지 않은 모든 걸 타인에게 전가시키는 데 특히 능숙했다. 그러곤 별 이야기 아니라는 듯 능청맞게 말을 던졌는데, 마치 숭어 낚시꾼이 낚싯감을 놀래켜 놓칠까 봐 멀찌감치 미끼를 던지고선 서서히 끌어당기는 것 같았다.

"참, 자네 동생을 보내줘서 고마워. 자네가 잊었을까 걱정했지." 뱅상은 그저 가벼운 몸짓을 해 보였다. 로베르가 말을 계속했다.

"그 이후 동생을 봤나……? 시간이 없었나……? 그렇다면 나와 만난 그 일이 어찌 됐는지 자네가 물어보지 않은 게 이상하군. 물론 자네하곤 상관없는 일이지. 자넨 동생에 대해선 전혀 관심이 없으니. 올리비에가 무슨 생각을 하는지, 그 애가 뭘 느끼고, 요즘 어떻게 지내는지, 또 앞으로 뭐가 되고 싶은지, 자넨 전혀 신경도 쓰지 않지……"

"비난하는 건가?"

"물론이지. 난 자네의 그 무관심을 이해할 수도, 받아들일 수도 없어. 자네가 아파서 포에 가 있었을 때는 그럴 수도 있었지. 자네 생각만 해야 했으니까. 에고이즘도 치료의 일부였으니까. 하지만 지금은…… 아니, 도대체, 감수성이 예민한 그 젊은 인물을, 충고와 지지만을 기다리고 있는 막 깨어나기 시작한 전도유망한 지성을 자네 옆에 두고서도 그렇게……"

그 순간 로베르는 자기에게도 남동생이 하나 있다는 사실을 잊고 있었다.

하지만 뱅상은 어리석지 않았다. 로베르가 퍼부어대는 말이 과장되어 있다는 사실로 그 말이 그리 진실하지 않다는 것과 그가 분개하는 건 단지 딴 이야기를 끄집어내기 위한 것임을 알아차렸던 것이다. 뱅상은 그

194

이야기가 나오길 기다리며 입을 다물고 있었다. 하지만 로베르가 갑자기 말을 멈췄다. 그는 방금 뱅상이 피우던 담배 불빛에 비친 그의 입술이 야릇하게 일그러지는 걸 언뜻 엿보게 되었는데, 뭔가 빈정거림이 보이는 듯했던 것이다. 로베르는 이 세상 그 무엇보다 비웃음을 가장 두려워하고 있었다. 하지만 그로 하여금 어조를 바꾸게 한 게 바로 그거였던가? 내 생각에는 오히려, 뱅상과 그 사이에 뭔가 공모한다는 갑작스러운 직감이……따라서 그는 지극히 자연스러운 양, 그리고 '자네 앞에선 가장할 필요가 전혀 없다'는 식으로 말을 이었다.

"그래, 젊은 올리비에하고 더할 나위 없이 즐거운 대화를 나눴네. 그 친구, 내 마음에 쏙 들더군."

파사방은 뱅상의 눈치를 보고자 했다. (밤은 그리 캄캄하지 않았다.) 하지만 뱅상은 앞만 뚫어지게 쳐다보고 있었다.

"이보게, 몰리니에. 내가 자네한테 하고 싶은 작은 부탁이란……"

하지만 그는 여기서도 뜸을 들일 필요를 느꼈다. 말하자면 관객을 휘어잡고 있다고 자신만만해하는 배우가 그런 사실을 자기 자신에게, 또 관객에게도 증명해 보이고 싶어 하듯, 잠시 자기 역할에서 벗어날 필요를 느꼈다. 따라서 그는 릴리앙을 향해 앞쪽으로 몸을 기울였다. 그러고는 자기가 좀 전에 한 말과 곧이어서 할 말이 둘만의 내밀한 이야기임을 돋보이게 하려는 듯 무척 큰 소리로 말했다.

"이봐요 릴리앙, 정말 감기 걸리지 않겠소? 여기 쓰지 않는 모포가 한 장 있는데……"

그러고는 대답은 기다리지도 않고 자동차 안쪽 뱅상 옆으로 바싹 몸을 갖다 대면서 또다시 목소리를 낮춰 말했다.

"다름이 아니라, 이번 여름 난 자네 동생을 데려가고 싶어. 그래, 자네한테 단도직입적으로 말하겠네. 우리 사이에 빙 둘러 말할 필요가 어디 있나……? 난 아직 자네 부모님을 뵌 적이 없으니 자네가 적극적으로 개입해주지 않는다면 부모님으로선 올리비에가 나와 같이 떠나도록 허락해주시지 않을 건 당연해. 아마 자네라면 자네 부모님들이 내게 호의를 갖도록 만들 방도를 찾아낼 수 있을 거야. 부모님을 잘 알고 있을 테니까. 그리고 부모님을 어떻게 다룰지도 알고 있을 테고. 날 위해 그렇게 해줄 수 있겠나?"

그는 잠시 기다렸다. 뱅상이 여전히 입을 다물고 있자 다시 말을 이었다.

"이보게, 뱅상…… 난 조만간 파리를 떠나…… 아직 어디로 갈지는 모르지만. 비서를 한 명 꼭 데리고 가야 해. 내가 잡지를 창간한다는 건 자네도 알고 있지. 그 이야기를 올리비에한테 했네. 그는 필요한 자질은 다 갖고 있는 것 같던데…… 그렇다고 단지 이기적인 내 입장에서만 하는 말은 아니야. 그가 갖고 있는 모든 자질들이 이 일을 하며 제대로 발휘될 수 있을 것 같아 보인다는 말이야. 그에게 주필 자리를 제안했네…… 그 나이에 잡지 주필이라……! 대단하지 않은가?"

"그리 예사로운 일이 아니니 도리어 부모님이 겁을 내시지 않을까 싶은데." 마침내 뱅상이 로베르를 향해 시선을 돌려 뚫어지게 바라보며 말했다.

"그래. 자네 말이 맞아. 부모님께 그 이야기는 하지 않는 게 더 나을걸세. 다만 올리비에가 나와 같이하게 될 이번 여행이 얼마나 흥미롭고 유익할지 그걸 설득해줄 순 있겠지, 응? 부모님께서도 그 나이엔 견문을 넓힐 필요가 있다는 걸 이해하실 테니까. 어쨌든 부모님께 잘 말씀드려주게나, 응?"

그는 숨을 돌리고 담배에 불을 붙인 다음 어조를 바꾸지 않고 말을 이었다.

　"그리고 자네 도움에 대한 보답으로 나도 자네를 위해 뭔가 도움이 될 만한 일을 하려고 해. 무척 이례적인 사업으로 내게 제공된 특혜를 자네도 받게 해줄 수 있을 것 같은데…… 은행 고위층에 있는 내 친구 하나가 몇몇 사람들에게만 특별히 제공하는 거야. 하지만 이 얘긴 우리끼리만 아는 걸로 해주게. 릴리앙에게는 아무 말 말게. 어쨌든 나한테 할당된 것도 얼마 되지 않으니, 자네하고 릴리앙 두 사람 모두에게 신청해줄 수는 없거든…… 어제저녁 자네가 딴 5만 프랑은 있지?"

　"벌써 다 썼어." 뱅상은 다소 냉담하게 말했다. 릴리앙의 경고가 생각났던 것이다.

　"아, 그래? 잘했네." 로베르는 언짢은 듯 곧바로 응수한 다음, "자네에게 강요하는 건 아니야"라고 덧붙였다. 그러고 나선 '내가 자네를 원망할 게 뭐 있겠나' 하는 어투로 말을 이었다. "하지만 생각이 바뀌면 바로 말하게…… 내일 5시 이후엔 너무 늦을 테니까."

　파사방 백작을 더 이상 진지하게 대하지 않게 된 이후, 그에 대한 뱅상의 감탄은 점점 더 커져갈 따름이었다.

XVIII

🌢 **에두아르의 일기**

2시

트렁크를 잃었다. 잘된 셈이다. 그 안에 든 것 가운데 아까운 건 일기

장뿐이다. 그러나 나는 그 일기장에 너무 집착했었다. 실은 무척 재미있는 사건이라 여겼다. 어쨌든 일기장은 다시 찾았으면 싶다. 누가 그걸 읽게 될 것인가……? 아마도 그걸 잃어버린 뒤라 더 중요한 것처럼 과장하고 있을 게다. 그 일기장에는 내가 영국으로 떠나기 직전까지만 썼다. 그곳에 가선 다른 수첩에다 모든 걸 썼던 것이다. 프랑스로 돌아온 지금, 나는 그 수첩은 사용하지 않을 것이다. 지금 이 글을 쓰고 있는 새 수첩은 그리 빨리 내 주머니에서 떠나지 않도록 할 것이다. 이 수첩은 내가 들고 다니는 거울이다.* 내게 일어나는 일 가운데 그 어떤 것도 이 거울에 비추인 그 모습을 다시 보지 않는 한, 내겐 현실감이 없는 것들이다. 하지만 내가 돌아온 이래 나는 꿈속에서 헤매고 있는 것 같다. 올리비에와 나눴던 대화는 얼마나 고통스러웠던가! 무척이나 기쁠 거라 기대했었는데…… 그도 나만큼이나 그 대화에 만족하지 못하길 바란다. 나에 대해 불만스러운 만큼이나 그 자신에 대해서도. 그에게 말을 시킬 줄도 몰랐을 뿐 아니라, 안타깝게도! 나 자신도 제대로 이야기할 줄 몰랐던 것이다. 아! 온몸으로 느끼는 완벽한 공감을 불러일으키기 위해서는 사소한 말 한 마디 찾아내기도 이렇게 어려운 일인가! 감정이 끼어들면 곧바로 두뇌는 둔해지고 마비되고 만다.

7시

트렁크를 다시 찾았다. 적어도 그걸 가져갔던 녀석은 찾은 것이다. 그가 올리비에와 가장 친한 친구라니, 그게 우리 사이에 망을 친 셈인데,

---

* 스탕달이 그의 소설 『적과 흑』(1830)의 1부 13장 서두에 붙인 제사, '소설, 그건 길을 갈 때 들고 다니는 거울이다'에 대한 암시이다.

그 망의 그물코를 좁혀가는 건 오직 나한테 달려 있다. 위험한 건, 예상치 못한 사건을 만날 때마다 내가 너무 재미있어 하는지라 본래의 목적을 종종 잃어버리고 만다는 점이다.

로라를 다시 만났다. 남을 도와주고 싶은 나의 욕망은 뭔가 어려움에 봉착하거나, 또 상투적이고 평범한 것, 그리고 관례적인 것에 대항해 들고 일어나야 할 경우, 곧바로 고조된다.

라페루즈 영감 방문. 라페루즈 노부인이 나와서 문을 열어주었다. 노부인을 만난 지 2년도 넘었지만 그녀는 날 곧 알아보았다. (그들을 찾아오는 사람이 많지는 않다고 생각된다.) 게다가 그녀 자신은 거의 변하지 않았다. 하지만 (내가 그녀에 대해 선입견이 있었던 걸까?) 그녀 표정은 더 딱딱해 보였고, 눈빛은 더 날카롭고, 미소는 그 어느 때보다 더 꾸며낸 것 같았다.

"라페루즈 영감은 못 만나실 수도 있을 것 같은데요." 노부인은 나를 독점하고 싶은 기색을 역력히 보이며 곧바로 말했다. 그러곤 귀가 먼 걸 핑계로 내가 묻지도 않은 대답을 했다.

"아니, 천만에요. 폐가 되긴, 전혀요. 들어오세요." 노부인은 평소 라페루즈 영감이 레슨을 하는 방으로 날 들어오게 했는데, 그 방엔 안뜰로 창문이 두 개 나 있었다. 내가 방에 들어서자마자 노부인이 말했다.

"잠시나마 선생님과 단둘이 이야기를 나눌 수 있게 되어 무엇보다 다행입니다. 오래전부터 변치 않고 우리 영감에게 각별히 신경써주시는 걸 저도 익히 알고 있습니다만, 영감 상태가 무척 걱정입니다. 영감이 선생님 말씀은 들으니까 건강 좀 챙기라고 설득해주실 수는 없을까요? 난 아무리 되풀이해도 말보루 타령*인 양 귓전으로 흘릴 뿐이에요."

그리고 노부인은 끝도 없는 불평불만을 늘어놓기 시작했다. 즉 영감은 오직 그녀를 괴롭힐 목적에서 자기 몸을 돌보지 않는다. 영감은 하지 말아야 할 건 뭐든 다 하고, 해야 할 건 하나도 하지 않는다. 아무리 날씨가 추워도 목도리를 할 생각은 전혀 않고 외출한다. 또 식사 시간에는 먹으려 들지 않는데 "영감은 배가 고프지 않다"는 거다. 그래서 그녀는 그의 식욕을 돋우기 위해 뭘 만들어줘야 할지 모르겠다. 하지만 밤이면 영감은 자리에서 일어나 뭔지도 모르는 걸 만들어 먹느라 부엌을 엉망진창으로 만들어놓는다는 얘기였다.

　노부인은 분명 지어낸 이야기를 하는 건 아니었다. 나는 부인의 얘기를 통해 별 뜻 없는 그저 자질구레한 영감의 행동에 대해 단지 부인이 모욕적인 의미를 부여해 해석하고 있다는 것, 그리고 현실이 그녀의 좁은 두뇌 벽면에 얼마나 끔찍한 그림자를 드리우고 있는지 깨달았다. 하지만 스스로를 희생자라 여기는 노부인의 모든 정성과 관심을 영감은 영감 나름대로 오해하곤, 부인이 자기를 학대한다고 여기는 건 아닐까? 나는 그들을 이해하거나 판단하기를 단념한다. 그보다 오히려 언제나 그렇듯이, 내가 그들을 더 깊이 이해하면 할수록 그들에 대한 내 판단은 더 누그러지는 것이다. 결론은 평생 서로에게 묶인 이 두 존재가 끔찍하게도 서로를 괴롭히고 있다는 사실이다. 부부 사이에서는 한쪽이 지닌 가장 사소한 성격상의 돌출 부분도 상대방에게는 얼마나 견딜 수 없는 상처를 덧나게 하는지, 나는 종종 보아왔다. '동거 생활'이 그 돌출 부분을 언제나 같은 부위에 마찰시키기 때문이다. 그런데 이런 마찰이 쌍방으로 일어난다면 부부생활이란 그저 지옥일 뿐이다.

　라페루즈 노부인은 창백한 이목구비를 험상궂게 만드는 앞가르마를

---

* 유명한 프랑스의 민요.

탄 까만 가발을 뒤집어쓰고, 맹금류 발톱 같은 자그마한 손가락 끝이 밖으로 나오게 되는 검은색 긴 장갑을 끼고 있어, 마치 하르피아* 같은 모습을 하고 있었다.

"영감은 내가 자기를 염탐한다고 비난을 하죠." 노부인이 계속했다. "그는 언제나 잠을 많이 자야 했어요. 하지만 지금은 밤에 잠자리에 든 척하다가 내가 깊이 잠든 것 같으면 다시 일어나 옛날 서류들을 뒤적거린답니다. 때로는 새벽이 다 될 때까지 세상 떠난 자기 동생 편지들을 눈물을 흘려가며 되풀이해서 읽고 앉아 있어요. 그러면서 나더러는 아무 말 말고 가만히 있으라는 거예요!"

그러고 나서 노부인은 영감이 자기를 양로원에 보내려 한다고 한탄했다. 그러곤 덧붙여 말하길, 영감은 절대로 혼자 살 수 없으며 자기의 시중 없이 지낼 수 없는 만큼, 그렇게 되면 영감에겐 더욱더 고통스러울 거라는 얘기였다. 측은해하는 어조의 그 말에는 위선이 느껴졌다.

노부인이 하소연을 계속 늘어놓는 동안 거실 문이 그녀 등 뒤에서 슬그머니 열리더니, 그녀에게는 아무 소리도 들리지 않게 라페루즈 영감이 들어왔다. 자기 아내의 마지막 말에 그는 비꼬듯 미소를 지으며 나를 쳐다보고선, 그녀가 미쳤다는 뜻으로 자기 이마에 한 손을 갖다 댔다. 그러곤 참을 수 없다는 듯 불쑥, 난폭하기까지 한 태도로 말했다. 나는 그가 그런 태도를 보이리라고는 생각지도 못했기에 노부인이 늘어놓는 비난들이 정당한 게 아닌가 싶기도 했다. (하지만 그건 또한 노부인이 알아듣도록 그가 언성을 높여야 했기 때문이기도 했다.)

"자자, 부인! 부인은 공연한 장광설로 손님을 피곤하게 만든다는 사

---

* 독수리 몸에 여자 얼굴을 하고 폭풍과 죽음을 다스리는 그리스 신화에 나오는 괴물.

실을 알아야 할 것 아니오. 내 친구가 보러 온 건 당신이 아니오. 그러니 저리 가요."

그러자 노부인은 자기가 앉아 있는 안락의자는 자기 것이라며 자리를 떠나지 않겠노라 항의했다.

"그렇다면 우리가 나가지요" 하고 영감은 비웃으며 말을 이었다. 그러곤 내 쪽으로 몸을 돌리더니 무척이나 부드러운 어조로 말했다.

"자, 내버려두고 갑시다."

나는 어색하게 작별 인사를 하고 옆방으로 그를 따라갔다. 지난번에 그가 나를 맞이했던 바로 그 방이었다.

"자네가 집사람 이야기를 들을 수 있어서 다행이네." 그가 말했다. "그렇다네! 하루 종일 이런 식이라네."

그는 창문을 닫으러 갔다.

"밖에서 나는 소음 때문에 더 이상 말을 알아들을 수가 없네. 나는 종일 창문을 닫느라 바쁜데, 집사람은 그걸 다시 열어대는 거야. 집사람은 숨이 막힌다는 거야. 언제나 과장이 심하거든. 집사람은 집 안보다 바깥이 더 덥다는 사실을 인정하려 들지 않아. 하지만 내겐 작은 온도계도 있거든. 그걸 보여줘도 집사람은 숫자는 아무것도 증명하지 못한다는 거야. 집사람은 자기가 틀린 줄 뻔히 알고도 자기가 옳길 바라는 거요. 그 사람의 유일한 관심사는 날 괴롭히는 일이라오."

그가 말하고 있는 동안 그 역시 완벽한 균형을 잡지 못하고 있는 것처럼 보였다. 그는 더욱 흥분하면서 말을 이었다.

"집사람은 자신이 평생 잘못한 걸 모두 내 탓이라 비난을 해댄다오. 집사람의 판단은 모두 왜곡되어 있지. 자, 들어보게. 내 자네한테 설명해 주리다. 자네도 알다시피 외부의 영상은 우리 뇌에 거꾸로 비치는데 그걸 신경 기관이 바로 잡아주고 있지. 그런데 집사람은 말일세, 교정해주는 그 기관이 없는 거요. 그래서 집사람에겐 모든 게 거꾸로 보인다네. 그게 얼마나 괴로운지 자네도 알겠지."

그는 속내 이야기를 털어놓게 돼 확실히 속이 시원해지는 모양이었다. 그래서 나는 그의 말을 가로막지 않으려 했고, 그는 계속 말을 이었다.

"집사람은 언제나 너무 많이 먹는 편이었소. 그런데 도리어 나더러 너무 많이 먹는다는 거요. 잠시 뒤 내가 초콜릿 한 조각을 들고 있는 것을 볼라 치면(그게 내 주식이오), 중얼거릴 거요. '맨날 그렇게 먹어대는구려'라고. 집사람은 날 감시하고 있어요. 집사람은 내가 몰래 먹으려고 밤에 다시 일어난다고 날 비난하는데, 그건 언젠가 내가 부엌에서 코코아를 한 잔 타는 걸 봤기 때문이라오…… 어쩌란 말이오? 식탁 맞은편에 앉아 접시에 달려드는 집사람을 보고 있노라면 식욕이 다 사라지는 걸. 그런데도 집사람은 자기를 괴롭히고 싶어 내가 일부러 까탈을 부린다는 거요."

그는 잠시 멈췄다가 마치 감격에 사로잡힌 듯 말을 이었다.

"집사람이 내게 해대는 비난에 난 정말 감탄을 할 지경이오……! 가령 집사람이 좌골신경통으로 괴로워하는 걸 보고 내가 동정을 해요. 그러면 집사람은 내 말을 딱 자르고선 어깨를 으쓱하고는 '인정 있는 척하지 마요' 한다오. 내가 행동하거나 말하는 건 전부 다 자기를 괴롭히기 위한 거라는 거요."

우리는 의자에 앉아 있었다. 하지만 그는 거의 병적인 불안에 사로잡힌 듯 자리에서 일어났다가 곧바로 다시 앉곤 했다.

"상상이 가오? 방마다 집사람 가구와 내 가구가 구별되어 있다는 것 말이오. 좀 전에 집사람이 자기 안락의자라고 하는 것 봤지. 집사람은 가정부가 청소할 때도 그렇게 말한다네. '아니, 그건 영감 것이니 건드리지 마요.' 그런데 언젠가 내가 실수로 제본한 악보를 집사람 탁자 위에 놓은 적이 있었는데, 집사람이 그걸 땅바닥에 내팽개쳤다오. 악보 귀퉁이가 다 찢어졌고…… 아! 더 이상 이런 식으로 계속할 수는 없을 거요…… 그런데 이보게……"

그는 내 팔을 잡더니 목소리를 낮췄다.

"난 나름대로 대책을 세웠소. 집사람은 '내가 이대로 계속하면' 양로원으로 나가겠노라 계속 내게 협박을 하고 있소. 나는 집사람이 생떼린 양로원에 가서 지내기에 충분할 금액을 따로 마련해놨소. 내가 듣기로 그곳이 제일 나은 곳이라더군. 아직 몇몇에게 레슨을 하곤 있으나 수입은 거의 없는 셈이네. 조만간 내가 가진 돈은 다 떨어질 테니 그 돈을 헐어 써야 할 처지인데 난 그건 원치 않아. 그래서 결심을 했는데…… 그건 석 달 좀더 이후가 될 거야. 그래. 날짜도 정해놨지. 그러고 나니 한 시간 한 시간이 그 순간에 다가간다는 생각에 내 마음이 얼마나 홀가분한지 모른다오."

그는 내 쪽으로 몸을 숙이고 있었는데, 한층 더 몸을 숙였다.

"나는 공채 증권도 따로 떼놓았소. 아니! 뭐 대단한 건 아니지만 나로선 더 이상은 할 수도 없었소. 집사람은 모르고 있어요. 자네 이름이 쓰인 봉투에다 필요한 사항들을 적은 것과 함께 넣어 내 책상 서랍 속에 보관해뒀네. 자네가 도와주리라 믿어도 되겠지? 나는 사무적인 일은 전혀 모르지만 내가 의논해본 공증인 말에 따르면, 그렇게 하면 내 손자가 성년이 되기까지 연금이 그에게 직접 지불될 수 있을 거고, 성년이 된 다음에는 증권이 손자 소유가 될 수 있을 거라더군. 그 일이 잘되도록 돌봐달라고 부탁하는 게 자네 우정에 그리 큰 부담을 주진 않으리라 생각했네. 공증인들이란 도무지 믿을 수가 없어서 말이네……! 그런데 자네가 날 안심시켜주려면 그 봉투를 지금 당장 받아주면 어떻겠나…… 그래 해주겠지, 안 그래……? 내 곧 가져오리다."

그는 늘 하듯 종종걸음을 치며 방에서 나가더니 손에 커다란 봉투를 들고 다시 나타났다.

"봉투를 봉한 건 양해하게나. 그건 형식상 그런 거라네. 자, 받게나."

나는 봉투를 들여다보았다. 내 이름 밑에 정성 들여 쓴 필체로 '본인 사망 후에 개봉할 것'이라 적혀 있는 게 보였다.

"어서 자네 주머니 속에 넣게나. 그럼 나도 안심이 될걸세. 고맙네…… 아! 내가 자네를 얼마나 기다렸는지 아나……!"

나는 그처럼 엄숙한 순간이면 내 속에 있는 모든 인간적인 감동이 거의 신비롭다고 할 수 있는 황홀 상태로, 일종의 감격으로 변하는 걸 종종 느꼈다. 또 그런 감격으로 인해 내 존재는 한껏 고양된, 아니 더 정확히 말하자면 마치 개인성에서 완전히 벗어나 자아를 잊은 듯 이기주의적인 모든 집착에서 자유로워진 느낌이다. 그런 상태를 느껴보지 못한 자는 분명 내 심정을 이해할 수 없을 것이다. 하지만 나는 라페루즈 영감은 그걸 이해하고 있다는 걸 느꼈다. 내 쪽에서 뭔가 맹세를 한다는 게 전혀 필요하지 않고, 또 어울리지도 않는 것처럼 보였을 것이다. 그래서 나는 그가 내 손 안에 내맡기고 있던 그의 손을 힘을 주어 꼭 잡아주는 것으로 그쳤다. 그의 두 눈은 야릇한 빛을 내며 반짝이고 있었다. 좀 전에 봉투를 들고 있던 다른 손 안에 그는 또 다른 종이 한 장을 들고 있었다.

"여기 그 애 주소를 적어놨네. 이제는 그 애가 어디 있는지 아니까 말일세. '사스페'야. 자네 그곳을 아나? 스위스라네. 지도에서 찾아봤지만 찾을 수가 없더군."

"예, 세르뱅 근처에 있는 작은 마을입니다"라고 내가 말했다.

"무척 먼가?"

"제가 갈 수 없을 정도로 멀지는 않을 겁니다."

"뭐라고! 자네가 가주겠다고……? 아! 이렇게 고마울 수가!" 그가 말했다. "난 너무 늙었어. 그리고 그 애 엄마 때문에 난 갈 수가 없고…… 하지만 내 생각에……" 그는 적당한 말을 찾으며 잠시 머뭇거린 다음 말을 이었다. "단지 그 애를 만나볼 수 있으면 더 쉽게 떠날 수 있을 것 같네."

"영감님…… 손자를 데려올 수 있게 인간의 힘으로 할 수 있는 거라면 뭐든 다 하겠습니다…… 보리스 군을 만나시게 될 겁니다. 제가 약속드리죠."

"고맙네…… 고마워……"

그는 경련하듯 나를 두 팔로 껴안았다.

"하지만 약속해주십시오. 더 이상 그런 생각은……"

"아니! 그건 다른 문제야." 그는 갑작스럽게 내 말을 가로막으며 말했다. 그러곤 내 주의를 딴 데로 돌려 내가 그 이야기를 계속하지 못하게 하려는 듯 곧바로 화제를 바꿨다.

"그런데 말일세, 요전 날 내가 예전에 가르치던 한 여학생의 어머니가 날 극장에 초대해 같이 가지 않았겠나! 약 한 달 전이었네. 국립극장의 낮 공연이었어. 내가 공연장에 발을 들이지 않은 건 20년도 더 됐지. 그날은 빅토르 위고의 「에르나니」* 공연이었어. 자네도 알고 있겠지? 무척 잘된 공연이었나 봐. 모두들 경탄을 하더군. 그런데 난 말일세, 난 말

---

* 1830년 희곡 작품으로, 고전주의파들의 엄청난 야유와 방해 속에서도 공연을 성공적으로 마침으로써 낭만주의 연극의 문을 연 작품으로 평가된다. 16세기 초 스페인 궁정을 중심으로 벌어진 정념과 복수, 명예의 문제가 복잡하게 얽히며 격렬한 파국으로 끝맺는 작품으로, 내용과 형식 면에서 고전주의에 반기를 든 작품이다.

할 수 없이 괴로웠다네. 예의상 자리를 지켜야 하는 게 아니라면 도저히 앉아 있을 수가 없었을 거라네…… 우리는 칸막이가 된 특별석에 앉아 있었네. 같이 간 사람들이 날 진정시키려고 애를 썼다네. 난 관객들에게 고함을 치고 싶었어. 아! 어떻게 그럴 수가 있나? 어떻게 그럴 수가?"

나는 처음에 그가 뭣 때문에 그렇게 못마땅한지 제대로 알지 못하고선 그에게 물었다.

"배우들이 형편없던가요?"

"물론이지. 하지만 어떻게 감히 그런 파렴치한 이야기를 무대 위에 올린단 말인가……? 그런데도 관객들은 박수를 쳐대는 거야! 극장엔 아이들도 있었다네. 그 작품이 어떤 내용인지 알고도 부모들이 데리고 왔던 거지…… 끔찍한 일이야. 그것도 정부가 보조하는 극장에서 말일세!"

이 선량한 노인의 분노가 내겐 재미있게 느껴졌다. 나는 거의 웃음이 나왔다. 나는 정념의 묘사 없이는 연극 예술이 성립될 수 없다고 반박했다. 그랬더니 그 역시 반박하길, 정념의 묘사는 필연적으로 나쁜 본보기가 된다는 것이었다. 논쟁은 그렇게 얼마 동안 계속되었다. 그때 나는 그런 비장한 사건을 오케스트라에서 맹위를 떨쳤던 금관악기 같은 것과 비교하면서 말했다.

"예를 들어 트롬본의 등장과 같은 것이죠. 베토벤의 어떤 교향곡에 트롬본이 나올 때 선생님도 감탄하시죠……"

"아니, 난 전혀 감탄하지 않소. 난 말이오, 그런 트롬본의 등장 말이오." 그는 엄청나게 격렬한 어조로 외쳤다. "내 마음을 혼란스럽게 만드는 걸 자넨 뭣 때문에 나더러 감탄하라는 거지?"

그는 온몸을 부들부들 떨고 있었다. 그의 목소리에 드러나는 거의 적의에 가까운 분노의 어조에 나는 깜짝 놀랐으며, 그 자신도 놀랐던 것 같았다. 그래서 그는 좀더 차분한 어조로 말을 이었다.

"현대 음악의 모든 노력이란 처음엔 귀에 거슬린다고 여겼던 화음들을 견딜 만한 걸로, 때론 듣기 좋다고까지 느끼게 만드는 거라는 사실은 자네도 알지 않나?"

"바로 그겁니다." 나는 응수했다. "모든 것은 결국 하모니로 귀착되고 환원되어야 한다는 겁니다."

"하모니라!" 그는 어깨를 으쓱하며 반복했다. "그런데 거기서 내가 보는 거라곤 단지 악과 죄악에 익숙해지는 것뿐이라네. 감수성은 무뎌지고 순수성은 흐려지고, 반발력은 생생한 힘을 잃고 있어. 사람들은 모든 걸 용납하고 받아들이지……"

"선생님 말씀대로라면 어린애들을 감히 어미 품에서 떼어놓을 수 없을 것 같군요."

하지만 그는 내 말은 듣지도 않고 자기 말을 계속했다.

"만약 사람들이 결코 타협하지 않던 자신의 과거 젊은 시절의 기개를 되찾을 수 있다면 자신의 현재 모습에 대해 가장 분개하게 될걸세."

신학적 논쟁을 시작하기에는 시간이 너무 늦어 있었다. 그래서 나는 그를 그의 영역으로 되돌아오게 하고자 했다.

"하지만 음악을 오직 내적 평정을 표현하는 것에 국한시키신다는 주장은 아니시겠지요? 그럴 경우 단 하나의 화음이면 충분할 테니까요. 즉 연속된 완전한 하나의 화음 말입니다."

그는 내 두 손을 잡았다. 그리고 마치 황홀경에 빠진 듯, 뭔가를 경배하는 듯한 시선으로 여러 번 되풀이했다.

"연속된 완전한 화음이라. 그래, 그거라네. 연속된 완전한 화음……하지만 우리의 우주는 온통 불협화음에 사로잡혀 있네." 그는 슬픈 어조로 덧붙였다.

　　나는 그에게 작별 인사를 했다. 그는 현관문까지 따라나와 날 껴안으며 여전히 중얼거렸다.

　　"아! 얼마나 더 기다려야 화음의 해결을 볼 수 있을까!"

제2부 사스페

I

베르나르가 올리비에에게

월요일

친애하는 벗이여,

우선 네게 해야 할 말은 내가 바칼로레아 시험을 치르지 않았다는 거야. 시험장에서 날 보지 못하고 아마 너도 알아차렸겠지. 10월에 응시하려고 해. 여행을 떠날 유일한 기회가 내 앞에 나타났어. 나는 그 일에 뛰어들었는데 후회는 없어. 당장 결정을 내려야 했기에 깊이 생각해볼 시간도, 네게 떠난다고 인사할 시간도 없었어. 그런데 나와 함께 여행을 떠난 사람이 너를 보지 못하고 여행을 떠나게 되어 무척 섭섭하다는 말을 네게 전해달라고 부탁했단다. 왜냐하면, 누가 날 여행에 데려왔는지 알겠어? 벌써 짐작하겠지만……에두아르, 네가 그렇게 자랑하던 네 삼촌이야. 나는 그가 파리에 도착하는 바로 그날 저녁 상당히 놀랍고도 기막힌 상황에서 그를 만나게 됐는데, 그 이야기는 나중에 해줄게. 하지만 이번 사건은 모든 게 놀라워, 그 생각만 하면 머리가 빙빙 돌 지경이야. 지금도 그게 사실이라는 게, 또 에두아르와 함께 여기 스위스에 와서 네게 이 편지를 쓰고 있는 게 진짜 나라는 사실이 믿기지 않을 정도야. 또…… 그래, 네겐 전부 다 이야기해야겠어. 하지만 이 편지는 꼭 찢어버리고 이 이야기는 너만 알고 있어.

　너의 형 뱅상에게 버림받은 그 가련한 여자 말이야. 어느 날 밤, 네가 네 방문 가까이에서 흐느끼는 소리를 들었던 그녀가(그런데 솔직히 말해서 네가 그녀에게 문을 열어주지 않은 건 정말 바보 같은 짓이었어) 바로 에두아르의 절친한 친구이자 브델 씨의 딸로, 네 친구 아르망의 누나라는 사실을 한번 상상해봐. 너한테 이런 사실을 전부 이야기하는 게 잘못일지도 몰라. 왜냐하면 한 여성의 명예가 걸린 문제니까. 하지만 누군가에게 이 이야기를 하지 않으면 난 미칠 것 같아…… 다시 한 번 말하지만, 이 이야기는 너만 알고 있어. 그녀가 최근에 결혼한 사실은 너도 이미 알고 있지. 결혼 후 얼마 안 있어 그녀가 병에 걸려 요양하러 남프랑스에 갔다는 사실도 아마 알고 있겠지. 그녀가 뱅상을 알게 된 건 바로 그곳 포야. 넌 그 사실도 아마 알고 있겠지. 하지만 네가 모르는 건 그 만남이 그걸로 끝이 아니라는 사실이야. 그래! 어처구니없이 서툰 네 형이 그녀에게 아이를 갖게 한 거야. 그녀는 임신한 채 파리로 돌아오게 되었는데, 이젠 감히 자기 부모님 앞에 나타날 수가 없었던 거야. 자기 신혼집에 돌아가는 건 더더욱 불가능했지. 그런데 네 형이 너도 알고 있는 그런 상황 속에서 그녀를 차버렸던 거야. 자세한 설명은 하지 않겠지만, 로라 두비에는 네 형에 대해 한마디 비난이나 원한의 말도 하지 않았다는 점은 말할 수 있어. 반대로, 그녀는 그의 처신을 용서하기 위해 자기가 할 수 있는 모든 걸 다 꾸며내고 있어. 한마디로 무척 훌륭하고 지극히 아름다운 성품을 가진 여성이야. 그리고 역시 에두아르는 정말로 훌륭한 사람이더군. 그녀가 더 이상 뭘 해야 할지 또 어디로 갈지 몰라 하니까 그녀를 스위스로 데려가겠다고 한 거야. 동시에 나에게도 그들과 같이 가자고 했어. 왜냐하면 그녀에 대해 우정의 감정밖에 갖고 있지 않은 그로선 그녀와 단둘이 여행하는 게 부담스러웠으니까 말이야. 그래서 우리 세 사람이 같이 떠났던 거지. 그 일은 한순간에 결정됐어. 그가 가방을 꾸리고 내게 옷가지 몇 개를 사줄 시간밖에 없었어. (너도 알다시피 난 아무것도 없이 집을 나왔으니까.) 그런 상황에서 에두아르가 얼마나 친절했는지 너는 상상도 못할 거야. 게다가 그는 내가 자기를 도와주고 있노라고 여러 번 말했어. 그래, 이 친구야, 네가 거짓말한 게 아니었어. 네 삼촌은 정말 멋진 인물이야.

여행은 상당히 힘들었어. 로라가 무척 피곤해했고 또 그녀의 몸 상태 때문에(임신 3개월째에 접어들고 있어) 무척 신중해야 했거든. 그리고 또 (네게 말하기에는 너무 장황한 이유들 때문에) 우리가 가려고 결정한 장소는 교통이 무척 불편한 곳이거든. 게다가 로라가 몸조심을 하지 않으려고 해서 종종 일을 더 복잡하게 했어. 그래서 강제로 조심시켜야 했단다. 그녀는 자기에게 사고라도 생기면 너무나 좋겠다고 내내 되풀이하고 있었거든. 넌 우리가 그녀를 위해 얼마나 세심한 주의를 기울였는지 모를 거야. 아! 친구여, 얼마나 훌륭한 여성인지! 나는 그녀를 알기 전의 나 자신과 더 이상 같은 존재처럼 느껴지지 않아. 더 이상 감히 입 밖에 낼 수 없는 생각들이 있고, 또 내 마음의 충동들은 억누르고 있어. 왜냐하면 그녀에 걸맞은 사람이 되지 않으면 수치스러울 테니까 말이야. 그래, 정말이지, 그녀 곁에 있으면 고상하게 생각하지 않을 수 없는 것 같아. 그렇긴 하나 우리 세 사람 사이의 대화는 무척 자유로워. 로라가 얌전 빼는 사람이 전혀 아니거든. 그래서 우리는 무슨 이야기든지 다 해. 하지만 단언하건대, 그녀 앞에서는, 더 이상 농담하고 싶은 생각이 전혀 들지 않는 일들이 무척 많다는 거야. 그리고 그게 이제는 내게 무척 심각해 보인다는 사실이야.

넌 내가 로라를 사랑하게 됐다고 생각하겠지. 그래! 이 친구야, 네 생각이 틀리진 않을 거야. 미친 짓이지, 안 그래? 내가 임신한 여자를 사랑하게 된 걸 상상할 수 있겠어? 물론 내가 존경할 뿐 아니라 손가락 끝으로도 감히 건드릴 수 없는 여자를 말이야. 그러니 너도 내가 그저 바람기로 이러는 건 아니라는 걸 알겠지⋯⋯

우리가 수많은 난관을 거쳐 (이곳까지는 차가 들어오지 않아서 우리는 로라를 위해 짐꾼에게 의자를 들게 했어) 사스페에 도착했을 때,* 호텔에는 2인실 큰 방과 작은 방 하나밖에 없었어. 그런데 호텔 주인 앞에서는 내가 그 작은 방을 쓰는 걸로 했지. 왜냐하면 로라의 신분을 숨기기 위해 그녀가 에두아르의 부인인 것처럼 했거든. 하지만 매일 밤 로라가 작은 방을 쓰고 나는 에두아르의 방에 가서 그와 같이 지내는 거지. 매일 아침 보이들을 속이기 위해 돌아다니느

---

* 사스페는 고도 1,800미터의 스위스 산악 마을로, 20세기 초엽에는 마지막 구간을 말을 타고 네 시간 반을 가야 이를 수 있었다.

라 한바탕 소동을 치른단다. 다행히 두 방이 서로 연결돼 있어 일은 한결 간단했어.

우리가 여기 온 지도 벌써 엿새째야. 더 일찍 네게 편지를 쓰지 못한 건 처음엔 너무 얼떨떨했기 때문이고, 나 스스로 납득을 해야 했었어. 이제야 정신이 들기 시작하는구나.

에두아르와 나는 벌써 몇 번 간단히 등산을 했는데 무척 재미있었어. 하지만 사실 이곳은 내 마음에 별로 들지 않아. 에두아르에게도 마찬가지고. 그는 이곳 풍경이 '과장된' 것이라고 여겨. 그 말이 딱 맞아.

여기서 가장 멋진 건 이곳에서 들이마실 수 있는 공기야. 순수해서 우리 폐를 깨끗이 해주는 공기지. 그런데 우리는 로라를 너무 오랫동안 혼자 내버려두고 싶진 않거든. 그녀가 우리와 함께 갈 수 없는 건 당연한 일이니까. 이 호텔에 묵는 사람들은 상당히 재미있어. 온갖 국적의 사람들이 다 있어. 우리는 특히 한 폴란드 여의사와 가까이 지내는데, 그녀는 자기 딸, 그리고 자기가 맡고 있는 한 어린 소년과 함께 여기서 휴가를 보내고 있어. 우리가 여기까지 온 건 바로 그 아이를 찾으러 온 거야. 그 아이는 일종의 신경병을 앓고 있어서 그 여의사가 최신 요법으로 치료를 하고 있어. 하지만 그 꼬마, 사실 무척 호감이 가는 그 꼬마에게 가장 유익한 건 여의사의 딸과 사랑에 푹 빠져 있다는 사실이야. 그 딸은 그보다 몇 살 더 나이가 많은데, 내가 여태 본 사람 가운데 가장 아리따운 인물이야. 아침부터 저녁까지 그들은 한시도 서로 떨어져 있지 않아. 그들은 둘 다 어쩌나 사랑스러운지 아무도 그들을 놀릴 생각은 안 해.

나는 공부는 많이 하지 않았어. 여행을 떠난 이후 책 한 권 펴보지 않았단다. 하지만 생각은 많이 했어. 에두아르의 이야기는 엄청나게 흥미로워. 그가 날 비서로 대하는 척하긴 하지만 내게 직접적으로 말을 많이 하는 건 아니야. 하지만 나는 그가 다른 사람들, 특히 로라와 이야기하는 걸 듣고 있어. 그녀에게 자기 계획을 이야기해주는 걸 좋아해. 그게 나한테 얼마나 유익한지 넌 상상도 못할 거야. 노트를 해야 하지 않나 생각되는 날들도 있어. 하지만 전부 다 기억하고 있다고 생각해. 미칠 정도로 네가 보고 싶은 날들이 있어. 그리고 이 자리에 있어야 할 사람은 바로 너라고 생각한단다. 하지만 난 내게 일어나는 일을 후회하지 않아. 또 뭘 바꾸고 싶지도 않고. 하지만 내가 에두아르를 알게 된 게 네 덕택이고, 또 이런 행복이 바로 네 덕분이라는 걸 내가 잊지 않는다는 사실만은 알아줘. 날 다시 만나면 내가 변했다는 걸 알게 될 거야. 하지만 난 여전히, 그리고 그 어느 때 보다 더 절친한 네 친구로 남아 있을 거야.

수요일

추신: 우리는 지금 막 엄청난 등산을 하고 오는 길이야. 알라랭 산 등반이었어.* 우린 로프로 안내자들과 같이 묶여 올라갔어. 빙하와 절벽, 눈사태 등등. 온통 눈으로 뒤덮인 산장에서 다른 관광객들과 다닥다닥 붙어 누웠지. 밤새도록 한잠도 못 잤다는 건 말할 필요도 없겠지. 다음 날 아침, 동트기 전에 출발…… 그래! 이 친구야, 스위스에 대해 더 이상 악담은 않겠어. 그 높은 곳에 올랐을 때, 모든 문화, 모든 식물군들, 인간들의 인색함과 어리석음을 환

---

* 사스페에서 해발 4,034미터의 알라랭 산까지의 등반은 여덟 시간을 요한다.

기시키는 그 모든 것이 시야에서 사라지게 되니, 노래하고, 웃고 울고, 날아가고 싶고, 또 창공 속에 머리를 곤두박질치거나 무릎을 꿇고 싶은 심정이야. 그럼 안녕.

베르나르

베르나르는 마음에서 우러나는 대로, 너무나 즉흥적이고 너무 자연스럽고 너무 순수했기에, 올리비에의 심정을 전혀 모르고 있었다. 그리하여 이 편지가 올리비에의 마음속에 추악한 감정의 소용돌이를, 원한과 절망과 분노가 뒤섞인 일종의 해일을 불러일으키리라고는 상상도 못했다. 올리비에는 베르나르의 마음속에서, 또 에두아르의 마음속에서 동시에 밀려난 것 같았다. 그 둘 사이의 우정이 그의 우정을 몰아낸 것이었다. 베르나르의 편지 한 구절이 특히 그를 괴롭혔다. 올리비에가 그 말속에서 뭘 상상해볼지 예감했더라면 베르나르는 결코 그런 이야기는 쓰지 않았을 것이다. '같은 방에서'라고 올리비에는 되뇌었다. 질투의 그 가증스러운 뱀이 그의 마음속에서 똬리를 틀었다 풀었다 하며 몸을 비틀어대는 것이었다. '그들이 같은 방에서 잔다고……!' 곧이어 그가 상상치 못한 게 무엇이겠는가? 그의 머릿속은 불순한 광경으로 가득 찼으며, 그는 그 광경들을 지워버리려고 하지도 않았다. 그는 특별히 에두아르나 베르나르에 대해서가 아니라 그 둘에게 질투를 느꼈다. 그는 그 둘을 차례차례, 또는 동시에 그려보곤 하며 그 둘을 동시에 시샘했다. 그가 편지를 받은 건 정오였다. "아! 그랬구나……"라고 그는 하루 종일 속으로 되뇌었다. 그날 밤, 지옥의 악마들이 그를 사로잡았다. 다음 날 아침 그는 로베르의 집으로 서둘러 갔다. 파사방 백작이 그를 기다리고 있었다.

Ⅱ

✣ 에두아르의 일기

보리스 소년을 찾는 건 어렵지 않았다. 우리가 도착한 다음 날, 소년은 호텔 테라스로 나와 여행객들을 위해 회전대 위에 설치된 망원경으로 주위 산들을 바라보기 시작했다. 나는 곧바로 그를 알아봤다. 보리스보다 좀더 키가 큰 한 소녀가 곧이어 그에게 다가왔다. 나는 그들 바로 옆, 문이 활짝 열려 있는 살롱 안에 앉아 있어서 그들의 대화를 한마디도 놓치지 않고 들을 수 있었다. 나는 몹시도 그에게 말을 걸어보고 싶었지만 소녀의 어머니와 먼저 이야기를 나눠보는 게 더 신중하리라 생각했다. 소녀의 어머니는 폴란드 의사로 보리스를 맡아서 바로 옆에서 그를 지켜보고 있었다. 브로냐는 정말 우아한 소녀로 열다섯 살가량 되었을 것이다. 숱이 많은 금발머리를 땋아 허리까지 내려뜨리고 있었다. 그녀의 눈빛과 목소리는 인간의 것이라기보단 천사의 것 같았다. 나는 두 아이의 대화를 여기 적는다.

"보리스, 엄마는 우리가 망원경을 만지지 않기를 바라셔. 너, 산책하러 가지 않을래?"

"그래 좋아, 아니 싫어."

서로 모순되는 두 구절이 단숨에 입 밖으로 튀어나왔다. 브로냐는 두 번째 말만 받아들여 다시 말했다.

"왜?"

"너무 덥고, 너무 추워." (그는 망원경에서 물러났다.)

"이봐, 보리스, 말 좀 들어. 엄마는 우리가 같이 산책하는 걸 좋아하신다는 사실, 너도 알잖아. 네 모자 어디다 뒀니?"

"비브로스코메노파토프. 블라프, 블라프."

"그게 무슨 말이야?"

"아무 말도 아냐."

"그럼 왜 그런 말을 하니?"

"네가 알아듣지 못하게."

"그게 아무 의미도 없다면 알아듣지 못해도 난 상관없어."

"하지만 그게 뭘 의미한다 해도 어쨌든 넌 알아듣지 못할 거야."

"말을 하는 건 서로 알아듣게 하기 위한 거야."

"자, 그럼 우리 둘만 알아들을 수 있는 말짓기놀이 하자."

"우선 프랑스어를 제대로 하도록 해봐."

"우리 엄마는 프랑스어와 영어, 로마어, 러시아어, 터키어, 폴란드어, 이탈로스코프어, 스페인어, 페뤼쿠와어, 식시투어를 할 줄 알아."

이 모든 말은 너무나 빨리, 일종의 서정적 격정 속에서 튀어나왔다.

브로냐는 웃기 시작했다.

"보리스, 넌 왜 언제나 사실이 아닌 이야기들을 하지?"

"넌 왜 내가 하는 이야기는 한 번도 믿지 않아?"

"난 네가 한 말이 사실일 때는 믿어."

"그게 사실인지는 어떻게 알아? 난 언젠가 네가 천사 이야기를 했을 때, 네 말을 믿었어. 브로냐, 말해봐. 내가 간절히 기도하면 나 역시 천사를 볼 수 있을 것 같아?"

"네가 더 이상 거짓말을 하지 않고 또 하느님께서 네게 천사를 보여주시고자 하면 너도 보게 될 거야. 하지만 단지 천사를 보기 위해 기도드린다면 하느님은 보여주시지 않을 거야. 우리가 나쁜 아이가 아니라면 우린 아름다운 것들을 너무나 많이 볼 수 있을 거야."

"브로냐, 넌 나쁜 아이가 아냐. 네가 천사를 볼 수 있는 건 바로 그 때문이야. 하지만 난 언제나 나쁜 아이일 거야."

"넌 왜 더 이상 나쁜 아이가 되지 않으려고 노력하지 않니? 그럼 우리 함께 (여기서 내가 알지 못하는 장소를 지적하며) ……까지 가지 않을래? 거기서 같이 하느님과 성모 마리아에게 네가 더 이상 나쁜 아이가 되지 않도록 도와달라고 기도드리자."

"그래, 아니. 자, 막대기를 하나 집어 네가 한쪽 끝을 잡고 나는 다른 쪽 끝을 잡는 거야. 나는 눈을 감고 갈 거야. 그리고 도착할 때까지 눈을 뜨지 않겠다고 약속할게."

그들이 좀 멀어져 갔다. 그들이 테라스의 계단을 내려가고 있을 때, 보리스가 하는 말이 여전히 들려왔다.

"그래, 아니, 이쪽 끝 말고, 내가 닦아줄 테니 잠깐 기다려."

"왜?"

"내가 만졌거든."

소프로니스카 부인이 내 쪽으로 다가왔을 때 나는 혼자 아침 식사를 마치고 그녀에게 접근할 방도를 막 찾고 있던 참이었다. 그녀가 가장 최근에 나온 내 책을 들고 있는 걸 보고 나는 깜짝 놀랐다. 그녀는 지극히 상냥한 미소를 짓고는 내가 바로 그 작가인지 물으며 얘기를 나눠보고 싶다고 했다. 그러곤 곧바로 내 책에 대해 길게 감상을 늘어놓았다. 그녀의 관점이 전혀 문학적인 건 아니었으나, 찬사와 비판 등 그녀의 평가는 내가 흔히 듣는 것보다 더 현명한 것 같았다. 그녀는 심리학적인 문제, 그리고 인간 영혼을 새로운 빛으로 밝혀줄 수 있는 것에만 관심이 있다고 말했다. 하지만 완전히 틀에 박힌 기성의 심리학만으론 전혀 만족하지 못하는 시인이나 극작가, 소설가들을 보기가 얼마나 힘든지 모르겠노라 덧붙였다. (그런데 그런 심리학만이 독자들을 만족시켜준다고 내가 말했다.)

보리스는 그의 어머니가 방학 동안 그녀에게 맡겨놓은 것이었다. 나는 내가 그 아이에게 관심을 갖게 된 이유를 드러내 보이지 않으려고 조심했다. 소프로니스카 부인은 내게 말했다. "무척 민감한 아이예요. 자기 어머니와 함께 지내는 건 그 애한테 전혀 도움이 안 돼요. 그 애 어머니는 우리와 함께 사스페에 오겠다고 했어요. 하지만 난 그녀가 자기 아들을 완전히 내 손에 맡기지 않으면 그 애를 맡을 수 없다고 했죠. 그렇지 않으면 내 치료에 책임을 질 수 없을 것이라고요." 그녀는 계속 말을 이었다. "한번 생각해보세요. 그 애 어머니는 아이를 계속 흥분 상태 속에 지내게 하는데, 그건 이 아이에게 가장 심각한 신경 발작을 일으키게 만드는 것이거든요. 아이 아버지가 죽은 다음, 그 부인이 생활비를 벌어야 했던 거예요. 과거엔 피아니스트였는데, 탁월한 연주자라 해야겠지요. 하지만 그녀의 연주는 너무나 섬세해 일반 대중의 취향에는 맞지 않았어요. 그래서 콘서트나 카지노에서 노래를 부르기로, 무대에 오르기로 결심했던 거예요. 보리스를 자기 분장실에 데리고 가곤 했죠. 난 공연장의 그 부자연스러운 분위기가 아이의 마음을 뒤흔들어놓는 데 큰 영향을 미쳤다고 봐요. 어머니는 아이를 무척 사랑하고 있어요. 하지만 사실이지, 그 아인 더 이상 자기 어머니와 같이 살지 않는 게 더 나을 거예요."

"도대체 무슨 병이죠?" 내가 물었다.

그녀는 웃기 시작했다.

"그 아이의 병명을 알고 싶다고요? 아니! 뭔가 유식한 대단한 병명을 말한다 해도 전혀 모르실 텐데요."

"간단히 그가 앓고 있는 게 뭔지 말해주십시오."

"그 아인 경련과 편집증 등 수많은 소소한 장애를 겪고 있어요. 한마디로 신경증을 앓고 있는 거죠. 보통은 휴양이나 섭생으로 치료를 해요. 분명한 건 건강한 체질이라면 그런 장애가 일어나게 내버려두지 않는다는 거예요. 병약한 체질일 경우 걸리기 쉽긴 하나, 반드시 그 때문은 아니에요. 원인은 언제나 어떤 사건 때문에 겪게 된 어린 시절의 정신적 충격 속에 있다고 보는데, 그걸 찾아내야 하는 거죠. 환자가 그 원인을 깨닫기만 하면 절반은 나은 거죠. 하지만 대개의 경우 그 원인은 기억에 없습니다. 병의 그늘 속에 몸을 감추고 있다고나 할까요. 난 바로 그 피난처 뒤에서 그 원인을 찾아내 환한 데로, 다시 말해 눈으로 똑똑히 볼 수 있는 영역으로 끌어내려는 거죠. 한줄기 빛이 오염된 물을 정화시키듯 선명한 시선이 의식을 깨끗이 닦아낸다고 봅니다."

나는 소프로니스카 부인에게 내가 전날 우연히 들었던 대화 내용을 이야기했다. 그 내용으로 미루어볼 때 보리스는 나으려면 아직 먼 것 같아 보였다.

"제가 보리스의 과거에 대해 알아야 할 걸 아직 다 모르기 때문이기도 합니다. 제가 치료를 시작한 건 오래되지 않았어요."

"그 치료라는 게 어떤 거죠?"

"아! 그저 그 아이가 말을 하도록 내버려두는 겁니다. 매일 저는 그 애와 한두 시간을 같이 보내요. 질문도 하지만 아주 적어요. 중요한 건 그 아이의 신뢰를 얻는 거죠. 벌써 많은 사실들을 알게 됐어요. 또 다른 많은 사실들도 예감하고 있죠. 하지만 그 아이는 아직 마음을 터놓지 않고 수치스러워해요. 너무 성급하고 강하게 몰아대거나 너무 서둘러 그 아이의 속내 이야기를 듣고자 한다면, 제가 얻고자 하는 것, 즉 완전히 자신을 내맡기는 것과는 정반대되는 결과가 나타날 거예요. 반발하게 될 거예요. 제가 그 애 마음을 터놓게, 또 수치심을 극복하게 만들지 못하는한……"

그녀가 설명하는 그 취조 방식이 내겐 상당히 폭력적으로 보여 반박하고 싶은 마음을 간신히 억눌렀다. 내 호기심이 더 컸던 것이다.

"그 애에게서 어떤 외설스러운 자백이라도 기대하신다는 건가요?"

반박한 건 바로 그녀였다.

"외설스럽다니요? 의사의 진찰을 받는 것과 똑같아요. 외설스러운건 전혀 없어요. 저는 모든 걸 알 필요가 있어요. 특히 사람들이 무엇보다 감추고 싶어 하는 것 말입니다. 보리스가 완전히 전부 고백하도록 이끌어야 하죠. 그러기 전에는 그를 낫게 할 수 없을 거예요."

"그렇다면 부인께선 그 아이에게 고백할 무언가가 있다고 여기십니까? 실례지만 부인은, 그가 고백하길 기대하는 걸 도리어 그에게 암시하고 있진 않다고 확신하십니까?"

"그러지 않도록 주의를 늦추지 않아야 하죠. 바로 그 때문에 그토록 오랜 시간이 걸리는 겁니다. 난 서투른 예심판사들이 자신도 모르는 사이 아이에게 완전히 날조된 증언을 암시하고 있는 걸 봤어요. 심문의 중압감 속에서 아이는 더할 나위 없이 진심으로 거짓말을 하고, 저지르지도 않은 악행을 저지른 것처럼 믿게 하는 거였어요. 제 역할은 스스로 다가오도록 내버려두고, 무엇보다 아무것도 암시하지 않는 거예요. 그러기 위해선 엄청난 인내가 필요하죠."

"여기서 그 치료법의 효과란 그걸 실행하는 사람의 능력에 달린 것 같군요."

"감히 그렇다고 말씀드릴 순 없군요. 하지만 얼마 동안 실제로 해보면 상당히 능숙하게 되고, 일종의 예감이랄까 직감을 갖게 됩니다. 하지만 이따금 잘못된 길로 들어서는 경우도 있어요. 그럴 경우 중요한 건 고집을 부리지 않는 거예요. 우리 면담이 어떻게 시작하는지 아세요? 보리스는 간밤에 꿈꾼 내용을 이야기하는 것으로 시작하죠."

"그가 지어내지 않는다고 누가 장담할 수 있나요?"

"지어낼 경우 말인가요……? 병적인 상상력이 지어내는 건 전부 의미를 갖고 있어요."

그녀는 잠시 입을 다물었다가 다시 말을 이었다.

"**지어낸 이야기, 병적인 상상력**이라…… 아니! 그게 아니에요. 모든 말은 우리 자신을 드러내게 되요. 보리스는 제 앞에서 큰 소리로 꿈을 꾸는 거죠. 그는 매일 아침 한 시간 동안 그런 반수면(半睡眠) 상태 속에 잠기는 걸 기꺼이 받아들이고 있어요. 그런 상태에서 우리에게 나타나는 이미지들은 이성의 제약에서 벗어나는 것들이죠. 그 이미지들은 서로 모이고 결합하기도 하는데, 더 이상 일상의 논리를 따르는 게 아니라 전혀 예상치도 못한 연관성을 띠고 나타나는 거예요. 특히 그 이미지들은 어떤 알 수 없는 내적 요구에 답하는 것으로, 바로 그 요구를 찾아내는 게 중요한 겁니다. 어린아이의 이런 횡설수설은 의식이 지극히 명료한 사람들을 대상으로 가장 뛰어난 분석을 해본 결과 알 수 있는 것보다 훨씬 더 많은 것을 가르쳐주죠. 이성으로 알 수 없는 것들이 무수히 많아요. 삶을 이해하기 위해 이성만 적용시키는 사람은 부젓가락으로 불꽃을 잡겠다고 나서는 자와 같아요. 그 앞에 남는 것이라곤 불꽃이 금방 꺼져버리는 한 조각 숯덩이일 뿐인 거죠."

그녀는 다시 말을 멈추더니 내 책을 뒤적이기 시작했다.

"그런데 당신들은 인간의 영혼 속으로 참으로 멀리 나가지 못하더라고요!"라고 그녀가 외쳤다. 그러곤 갑자기 웃으며 덧붙였다. "아! 특별히 선생님을 가리키는 건 아니에요. 제가 당신들이라 한 건 모든 소설가들을 두고 한 말입니다. 당신들이 그리는 인물들 대부분은 그저 말뚝 위에 세워놓은 것 같아요. 그들에겐 토대도 지하실도 없죠. 정말이지 시인들에게서 더 많은 진실을 찾아볼 수 있는 것 같아요. 오직 지성만으로 창조된 건 모두 가짜예요. 하지만 저와는 관계없는 얘기를 하는군요…… 그런데 보리스의 경우 절 당황하게 만드는 게 뭔지 아세요? 그 애가 너무나 순수하다는 겁니다."

"그게 어째서 부인을 당황하게 만든다는 거죠?"

"병의 근원을 어디서 찾아야 할지 더는 알 수 없게 되기 때문이죠. 이와 유사한 정신적 혼란 근저에는 십중팔구 커다란 수치스러운 비밀이 있게 마련이죠."

"그런 건 아마 우리 모두에게 있을 겁니다. 그렇다고 우리가 전부 병에 걸리진 않잖아요, 다행히도"라고 내가 말했다.

그 순간 소프로니스카 부인은 자리에서 일어섰다. 창문 너머 브로냐가 지나가는 걸 막 보았던 것이다.

"자," 그녀가 브로냐를 가리키며 말했다. "저 애가 보리스의 진짜 의사죠. 날 찾는군요. 가봐야겠어요. 하지만 다음에 또 뵐 수 있겠지요?"

소설에선 전혀 찾아볼 수 없노라고 소프로니스카 부인이 비난하는 그것을 난 충분히 이해한다. 하지만 훌륭한 자연과학자가 반드시 훌륭한 소설가가 될 수 있는 건 아니라고 생각하게 하는 일련의 예술적 논거, 일련의 상위 논거들이 있다는 사실을 그녀는 모르고 있다.

나는 소프로니스카 부인에게 로라를 소개했다. 그 둘은 서로 잘 맞는 것 같아서 다행스럽다. 그들이 같이 수다를 떨고 있다는 걸 알 때면, 나는 별다른 걱정 없이 혼자 있을 수 있다. 베르나르가 사귈 만한 또래 친구가 이곳에 한 명도 없다는 게 유감스럽다. 하지만 적어도 하루에 몇 시간씩은 그도 나름대로 시험 준비에 바쁘다. 나는 다시 내 소설을 쓸 수 있게 되었다.

III

처음에 기대했던 것과는 달리, 그리고 각자 흔히 말하듯 '성의를 다하고' 있긴 했으나, 에두아르 삼촌과 베르나르 사이는 그저 그런 정도였다. 로라 역시 만족스러운 기분은 아니었다. 그리고 어떻게 그녀가 만족스러울 수 있겠는가? 그녀로선 어쩔 수 없는 상황 때문에 선천적으로 자기에게 어울리지 않는 역할을 받아들일 수밖에 없었던 것으로, 그런 역할을 해야 하는 자기 처지가 정직한 성품을 지닌 그녀로선 무척 불편했던 것이다. 지극히 헌신적인 아내가 될 소질이 있는 그런 사랑스럽고 온순한 여인들처럼 로라에겐 의지할 만한 체면과 예절이 필요했다. 그런데 그녀를 감싸주던 버팀목이 사라지자 완전히 무력해진 느낌이었다. 에두아르에 대한 그녀의 입장도 나날이 더 애매해 보였다. 그녀를 특히 괴롭힌 것, 조금이라도 그 생각을 하면 견딜 수 없는 것, 그건 이 보호자의 신세를 지며 살아간다는 사실, 아니 더 나아가 그에게 아무것도 보답할 수 없다는 사실이었으며, 더 정확히 말하자면, 그녀로선 그에게 뭐든 다 줄 마음의 준비가 되어 있음에도 에두아르는 아무것도 요구하지 않는다는 사실이었다. "은혜란 그 빚을 갚을 수 있는 한에서만 기분 좋은 것이다"라고 타키투스는 몽테뉴를 통해 말하지 않았던가.* 물론 그건 고상한 영혼을 가진 자에게만 진실이다. 그런데 로라는 당연하게도 그런 사람이었던 것이다. 그녀는 모든 것을 주고자 했으나 도리어 끊임없이 받는 입장이 되고 말아 그녀는 에두아르에 대해 화가 나는 것이었다. 게다가 과거를 되새겨볼 때, 에두아르는 그녀 마음속에 아직도 생생하게 느껴지는 사랑을 불러일으켜놓고서 자신은 슬그머니 몸을 빼 그 사랑을 아무짝에도 쓸모없는 것으로 내버려둠으로써 자기를 속인 게 아닌가 하는 생각이 들었다. 자신이 저지른 실수들, 즉 에두아르가 권하는 대로 체념하고 받아들였던 두비에와의 결혼, 그리고 곧이어 그 봄날의 유혹에 아무렇게나 자신을 내맡긴 사건의 은밀한 동기는 바로 그 때문이 아니었던가? 왜냐하면 뱅상의 품 안에서도 자신이 찾고 있던 건 여전히 에두아르였다는 사실을 그녀 스스로 인정하지 않을 수 없었기 때문이다. 또 자신이 사랑하던 사람이 보여주는 냉정함의 이유를 이해할 수 없었던 그녀는, 그게 자기 잘못이라 여기고, 자신이 더 아름답거나 더 대담했더라면 그를 정복할 수 있었으리라 생각했다. 그리고 그를 증오할 수도 없었기에 그녀는 스스로를 비난하고 자신을 폄하하고 자신의 모든 가치를 부정했으며, 자신의 존재 이유를 제거하고 또 자신에겐 더 이상 정절도 없다고 여겼던 것이다.

거기다가 방 배정상 어쩔 수 없긴 했으나, 이렇게 옮겨 다니는 생활은 다른 두 사람에겐 무척 재미있게 보일 수도 있지만 그녀의 정숙한 체면을 완전히 구겼다는 점을 덧붙여두자. 그런데 그녀가 보기에 이런 상황

---

* 프랑스의 사상가인 몽테뉴가 자신의 『수상록』(1580), III, 8에 인용한, 고대 로마의 역사가 타키투스(55~120)의 『연대기』 4, 8에 나오는 구절이다.

에 어떤 출구도 있을 것 같지 않았으며, 그렇다고 계속되기도 어려울 것 같았다.

로라는 단지 베르나르에 대해 대모(代母)나 누나라는 새로운 의무들을 스스로 만들어냄으로써 조금이나마 위안과 기쁨을 얻고 있었다. 그녀는 기품 어린 이 소년이 자신에게 바치는 숭배를 무척 기쁘게 받아들였다. 자신이 흠모의 대상이 되고 있다는 사실은 자기 자신에 대한 이 멸시, 지극히 우유부단한 인간들도 극단적인 결심을 하게 만들 수 있는 이 혐오감의 나락으로 떨어지지 않게 그녀를 잡아주고 있었다. 매일 아침 베르나르는, (그는 일찍 일어나는 것을 좋아했으므로) 날이 새기도 전에 등산을 하러 밖으로 나가는 날이 아니면, 그녀 옆에서 영어책을 읽으며 족히 두 시간은 보내는 것이었다. 그가 10월에 시험을 봐야 한다는 게 편리한 구실이 되었다.

사실이지 비서라는 임무 때문에 그가 시간을 많이 뺏긴다고는 말할 수 없었다. 그 임무라는 것도 제대로 정해지지 않았다. 처음 그 일을 맡았을 때 베르나르는 책상 앞에 앉아 에두아르가 구술하는 걸 받아쓰고, 또 원고를 정서하는 자기 모습을 이미 그려봤다. 하지만 에두아르는 아무것도 받아쓰게 하지 않았다. 또 원고가 있다 하더라도 그건 트렁크 속에 처박힌 채로였다. 따라서 베르나르는 하루 종일 어느 때고 자기 시간을 가질 수 있었다. 하지만 오직 불러주기만 기다리고 있는 그의 열성을 더 이용하고 말고는 단지 에두아르에게 달린 문제여서, 베르나르는 자신이 아무 일도 하지 않고 또 에두아르의 너그러움 덕택에 자기가 누리는 상당히 넉넉한 그 생활에 대해, 제대로 밥값을 못하고 있다는 사실에 대해 크게 신경 쓰지 않았다. 그는 양심의 가책에 구애받지 않으리라 단단히 결심한 터였다. 내가 감히 신의 섭리하고 말할 순 없으나 적어도 그는 자신의 별을 믿고 있었으며, 마치 호흡하는 폐에 공기가 있게 마련이듯 어떤 행복이 그에게 오게 돼 있다고 믿고 있었다. 보쉬에의 말대로, 신의 예지를 나눠주는 설교자와 똑같이, 에두아르는 그 행복의 분배자인 것이다. 게다가 베르나르는 지금 같은 이런 체제는 잠정적인 것이라 여기며, 언젠가 자기 마음속에 그 풍요로움이 손에 잡힐 듯 느껴지는 보물을 현금화하게 되면 곧바로 빚을 갚을 수 있으리라 생각했다. 오히려 그를 화나게 하는 것은 자신 속에 생생히 느껴지는, 하지만 에두아르에겐 보이지 않는 자신의 천부적 재능에 에두아르가 전혀 도움을 청하지 않는다는 점이다. '그는 날 이용할 줄 모르는군'이라고 베르나르는 생각했다. 그러곤 자존심을 꾹 삼키며 현명하게 곧바로 덧붙였다. '할 수 없지.'

그런데 에두아르와 베르나르 사이의 어색함은 도대체 어디서 나온 걸까? 내가 볼 때 베르나르는 대립 속에서 자신감을 얻는 그런 부류의 인간에 속하는 것 같다. 그는 에두아르가 자신에게 영향력을 행사하는 걸 견디지 못했으며, 영향력에 굴복하기 전에 먼저 반항하는 것이었다. 그런데 그를 복종시킬 생각은 전혀 하지도 않던 에두아르는 베르나르가 저항하며 끊임없이 자신을 방어하거나 아니면 적어도 자신을 보호하고자 하는 걸 느끼고는, 화가 나기도 하고 섭섭하기도 했다. 따라서 이 두 사람을 데려온 게 실수가 아닌가 의심하기에 이르렀다. 그 둘을 모아놓은 게 도리어 자기에게 대항하도록 그 둘을 결속시킨 결과밖에 되지 않았나 싶었던 것이다. 로라의 내밀한 감정들을 꿰뚫어볼 수 없던 그는 그녀가 말없이 뒤로 물러서는 것을 냉정함이라고 여겼다. 그가 그 감정들을 명료하게 알았더라면 무척 난감했으리라는 것, 바로 그 점을 로라는 알고 있었던 것이다. 따라서 무시당한 그녀의 사랑은 오직 그녀 자신을 숨기고 입을 다무는 데 그 힘을 사용할 뿐이었다.

차 마시는 시간이면 보통 세 사람 모두 큰 방에 모이곤 했다. 소프로니스카 부인도 초대를 받아 합류하는 경우가 종종 있었는데, 특히 보리스와 브로냐가 산책 나간 날들에 그랬다. 그 아이들이 아직 어린 나이임에도 불구하고 부인은 그들을 무척 자유롭게 내버려두고 있었다. 부인은 브로냐를 완전히 신뢰하고 있었다. 브로냐가 무척 신중하다는 걸, 특히 보리스에 대해 무척 신중하다는 걸 알고 있었는데, 보리스는 특히 브로냐 말은 잘 따르고 있었다. 그곳은 안전한 곳이었다. 왜냐하면 아이들로선 위험하게 등산을 한다거나 호텔 근처의 바위를 타는 것도 아니었기 때문이다. 언젠가 그 두 아이가 큰길에서 절대로 벗어나지 않는다는 전제하에 빙하 아래까지 가도록 허락을 받았던 날, 마침 차를 마시자고 초대받은 소프로니스카 부인이 베르나르와 로라의 말에 용기를 얻어 에두아르에게 대담하게 청한 것이란, 언짢은 일이 아니라면 그의 다음 소설에 대해 이야기해달라는 것이었다.

"전혀 그런 건 아닙니다만, 이야기해드릴 수가 없네요."

하지만 로라가 (확실히 서툰 질문이었지만) "그 책이 어떤 것과 비슷한 건가요?"라고 그에게 물었을 때, 그는 거의 화를 내는 것 같았다.

"어떤 것과도 비슷하지 않죠"라고 그는 외쳤다. 그러고 나서 곧, 마치 그런 도전을 기다리기라도 했다는 듯이 말했다. "제가 아닌 다른 사람이 이미 한 것이나 제 자신이 이미 한 것, 또는 다른 사람이 할 수 있을 걸 뭣 때문에 다시 합니까?"

에두아르는 그 말을 하자마자 그 말이 얼마나 부적절하고 과장되고, 또 사리에 맞지 않는지 금방 깨달았다. 적어도 그 말이 그에게는 부적절하고 사리에 맞지 않는 것 같았다. 아니면 적어도 베르나르 눈에 그렇게 보이지 않나 걱정되었다.

에두아르는 무척 예민한 사람이었다. 다른 사람들이 그의 작품에 대해 말하거나, 특히 그에게 자기 작품 이야기를 시키기만 하면 그는 금방 정신을 잃고 만다고 할 수 있으리라.

그는 작가들이 흔히 보이는 자만심을 극도로 경멸했다. 그는 자기 자신의 자만심을 최선을 다해 잘라버렸다. 하지만 타인의 존경 속에서 자신의 겸손에 대한 원군을 기꺼이 찾고 있었다. 따라서 그런 존경이 보이지 않을라치면 겸손은 곧바로 산산조각 나고 마는 것이었다. 베르나르로부터 존경을 받는 게 그에게는 무척이나 중요했다. 베르나르와 마주하기만 하면 에두아르는 곧장 자신의 페가수스*를 펄쩍 뛰어오르게 하는데, 그건 베르나르의 존경을 얻기 위해서였던가? 하지만 그건 도리어 그의 존경을 잃는 최상의 길인 걸 에두아르는 분명 느끼고 있었다. 그 사실을 속으로 새기고 또 되뇌었다. 하지만 아무리 결심을 해도 베르나르 앞에 서기만 하면 그는 자신이 원한 것과는 전혀 다르게 행동하고, 또 입 밖에 내자마자 곧 터무니없다고 여겨지는 식으로 (또 사실 터무니없었다) 말하는 것이었다. 그걸 보면 에두아르가 그를 사랑한다고 여길 수도 있지 않을까……? 하지만 아니, 난 그렇게 생각지 않는다. 우리로 하여금 잘난 척하게 만들기 위해서는 많은 사랑과 마찬가지로 약간의 허영심으로도 충분하다.

"모든 문학 장르 가운데," 에두아르는 일장 연설을 늘어놓기 시작했다. "소설이 가장 자유로운, 가장 lawless(규범이 없는) 장르이기에……, 아마 이 자유 자체가 두려워서(자유를 가장 염원하는 예술가들은 막상 그 자유를 얻게 되면 종종 가장 당황해하니까요) 소설은 언제나 그토록 전전긍

---

* 그리스 신화에 나오는 날개 달린 천마(天馬)로, 시적 감흥의 상징.

궁하며 현실에 매달린 건 아닐까요? 난 단지 프랑스 소설만을 두고 말하는 게 아니에요. 영국 소설과 똑같이 러시아 소설도 제약에서 벗어나긴 했으나 현실과 닮는다는 점에는 복종하죠. 소설이 추구하는 유일한 진보, 그건 좀더 자연에 다가가려는 것입니다. 소설은 니체가 말한 그 '윤곽들의 엄청난 부식'*이나 삶으로부터의 의식적인 이탈, 예를 들어 그리스 연극이나 17세기 프랑스 비극에 양식(樣式)을 제공했던 그런 이탈을 한 번도 해본 적이 없습니다. 이 작품들보다 더 완벽하고 더 심오하게 인간적인 걸 본 적이 있나요? 하지만 그 작품들이 인간적인 건 오직 심오한 차원에서 그래요. 그 작품들은 인간적으로 보이거나 아니면 적어도 진실인 것처럼 보이려고 나서지 않습니다. 하나의 예술작품으로 남는 거죠."

에두아르는 자리에서 일어났다. 그리고 마치 강의라도 하는 것처럼 보일까 봐 상당히 걱정되어 말을 계속하면서 차를 따르고, 또 왔다 갔다 하며 자기 찻잔에 레몬을 하나 짜 넣는 등 딴전을 피웠으나, 어쌨건 말을 계속했다.

"발자크가 천재이기 때문에, 또 모든 천재는 자기 예술에 어떤 결정적이고 절대적인 해결책을 제시하는 것 같기에, 사람들은 소설의 본질이 '호적부 l'état civil와 경쟁'하는 것이라 단언했습니다. 발자크는 자기 작품 세계를 구축했을 뿐, 소설을 규범화하겠다고 나선 적은 결코 없었어요.

---

* 관념주의 철학 전통에 대해 반박하고 나온 니체의 철학 사상은 19세기 말에서 20세기 초엽까지 프랑스 문학에 지대한 영향을 끼쳤다. 이 인용이 나온 『우상의 황혼』(1888)은 1905년 프랑스어로 번역되었다. 해당 구절은 '도취는 이상화로, 다시 말해 주요 특징들의 윤곽들을 엄청나게 부식시킴으로써 다른 특징들은 사라지고 만다'로 잘못 번역되어 있었다. 하지만 제대로 된 번역은 '[……] 이상화란 주요 특징들을 지나치게 부각시킴으로써 다른 특징들은 희미해지고 만다'이다. 이 경우는 번역에 의한 오류이지만, 지드는 종종 의도적으로 등장인물들로 하여금 엉터리 인용을 하게 만들기도 한다. 이는 등장인물 대부분이 위조된 거짓 인용을 하는 소위 '위폐범들'임을 드러내고자 한 의도로 볼 수 있다.

스탕달에 대한 그의 글이 그 점을 잘 보여줍니다.* 호적부와 경쟁이라! 마치 이 세상에 어중이떠중이들과 별 볼일 없는 놈들이 이미 충분치 않다는 듯 말이죠! 제가 호적부와 무슨 상관입니까! 신분L'état은 곧 저,** 예술가예요. 호적상 신분이 어떠하건 제 작품은 그 어떤 것과도 경쟁하겠다고 나서지 않습니다."

다소 일부러 그러기도 했겠지만 열을 내던 에두아르가 자리에 다시 앉았다. 그는 베르나르는 전혀 보지 않는 척했다. 하지만 그가 말한 건 베르나르를 향한 것이었다. 베르나르와 단둘이었다면 그는 한마디도 못했을 것이다. 따라서 그에게 말을 시킨 두 여성들에게 고마운 마음이었다.

"문학에서, 예를 들어 라신의 작품에서 미트리다트와 그의 아들들 사이에서 벌어지는 논쟁***만큼 날 감탄시키는 게 있을까 하는 생각이 이따금 듭니다. 그 어떤 아버지와 아들도 결코 그런 식으로 말할 수는 없으리라는 걸 우리 모두 잘 알고 있습니다. 하지만 (그런데 그렇기 때문에 더더욱 이라 말해야 할 것입니다만) 모든 아버지와 아들들은 그 논쟁 속에서 자기 자신을 알아볼 수 있어요. 구체적으로 한정시키고 특수화하면 제한하

---

* 발자크가 스탕달의 소설 『파르므의 승원』(1839)에 대해 쓴 글을 암시한다. 여기서도 에두아르의 인용은 의심스러운데, 발자크는 그 글에서 스탕달에게 '예술의 진정한 원리들'을 제시하며 그 소설을 다듬어야 한다고 평가했기 때문이다.

** 발자크는 그의 소설들을 '인간 희극La Comédie humaine'이라는 총칭으로 묶으며, 그 서문에 자신의 작품들로 한 사회의 인간 군상들을 총망라하겠다는 뜻으로 '호적부l'état civil와 경쟁'한다는 표현을 사용했다. 또 호적상의 신분을 말하기도 하는 état를 대문자로 쓸 경우, '국가'란 뜻으로, 루이 14세가 말한 '국가는 곧 나다(짐은 곧 국가다)'라는 동일한 표현과 언어 유희를 하고 있다.

*** 프랑스 17세기 비극작가인 장 라신(Jean Racine, 1639~1699)의 작품 『미트리다트』(1673)는 서기 이전, 로마 제국과 싸우던 한 왕국의 왕, 미트리다트와 그의 두 아들이 한 여인에 대한 정념에 사로잡혀 벌이는 음모의 이야기로, 여기서 언급하는 것은 3막 1장의 내용이다.

게 됩니다. 심리학적 진리란 개별적인 것밖에 없다는 건 사실이에요. 하지만 예술은 오직 보편적인 것 속에 있습니다. 모든 문제는 바로 거기 있지요. 즉 개별적인 것으로 보편적인 것을 표현하는 것이죠. 개별적인 것을 통해 보편적인 것을 표현하게 하는 것 말입니다. 담배 좀 피워도 되겠습니까?"

"그러세요. 그래요." 소프로니스카 부인이 말했다.

"그래요! 저는 사실이면서도 동시에 현실에서 멀리 떨어져 있고, 개별적인 동시에 보편적이며, 인간적인 동시에 허구적인 소설을 쓰고 싶습니다. 『아탈리』나 『타르튀프』 『신나』* 같은 작품 말입니다."

"그런데…… 그 소설의 주제는요?"

"없습니다." 에두아르는 불쑥 대꾸했다. "바로 그게 그 소설이 갖고 있는 가장 놀라운 점일 겁니다. 제 소설에는 주제가 없어요. 그래요, 제가 말한 게 어리석어 보인다는 건 저도 잘 압니다. 원하신다면 **단 하나의** 주제는 없다고 해두죠…… '인생의 단면'이라고 자연주의 학파**는 말했죠. 이 학파의 커다란 단점은 언제나 같은 방향, 즉 길이로, 시간의 축으로 그 단면을 자른다는 겁니다. 넓이나 깊이로 자르는 건 왜 안 됩니까? 그런데 저로선 전혀 자르고 싶지 않습니다. 제 말은, 그 소설 속에 모든 것을 집어넣고 싶다는 말입니다. 여기 또는 저기, 그 실체를 고정시키기 위한 가위질은 없습니다. 1년 이상 그 작업을 해오고 있습니다만, 제게 일어난 모든 것을 그 소설 속에 부어넣고 또 집어넣고 싶습니다. 제가 보

---

* 모두 17세기 고전주의 작품으로, 각각 라신의 비극, 몰리에르의 희극, 코르네유의 비극 작품들이다.
** 에밀 졸라를 수장으로 하는 19세기 말엽의 문학 사조로 현실에 대한 객관적이고 과학적인 재현을 중시했으며, '인생의 단면'이란 특히 자연주의 연극에 적용되던 개념이다.

는 것, 제가 아는 것, 다른 사람들의 인생과 저 자신의 인생이 가르쳐주는 모든 것을 말입니다……"

"그리고 그 모든 것을 양식화(樣式化)한다고요?" 소프로니스카 부인은 지극히 생생한 관심이 있다는 듯, 하지만 분명 약간의 아이러니를 담고 말했다. 로라는 웃음이 나오려는 걸 참을 수 없었다. 에두아르는 가볍게 어깨를 으쓱하고는 계속했다.

"그런데 제가 하고 싶은 건 그것도 아닙니다. 제가 하고 싶은 건, 한편으론 현실을 제시하고, 다른 한편으론 그 현실을 양식화하려는 노력을 제시하는 거죠. 제가 좀 전에 말씀드린 것 말입니다."

"이보세요, 독자들은 지루해서 죽을 지경일 거예요." 로라가 말했다. 그러곤 더 이상 웃음을 감출 수 없던 그녀는 드러내놓고 웃기로 작정했다.

"전혀 그렇지 않아요. 제 말 잘 들어보세요. 전 그런 효과를 얻기 위해 소설가인 등장인물을 만들어내 그를 중심인물로 제시할 겁니다. 굳이 말하자면, 그 책의 주제는 바로 현실이 그에게 제공하는 것과 그가 그 현실을 갖고 만들려고 하는 것 사이의 투쟁이죠."

"예, 예, 알겠어요." 소프로니스카 부인이 정중하게 말은 했으나, 로라의 웃음에 휩쓸리기 일보 직전이었다. "상당히 흥미로울 것 같군요. 하지만 아시다시피, 소설 속에 지식인들을 제시하는 건 언제나 위험하죠. 그들은 대중을 질리게 하거든요. 그들에겐 바보 같은 이야기들밖에 시킬 수 없고, 또 그들은 자신이 관계하는 것에는 전부 추상적인 기운을 불어넣고 말거든요."

"그리고 무슨 일이 일어날지 훤히 보이는데요." 로라가 외쳤다. "그 소설가 속에 당신 자신을 그리는 것 외에는 달리 할 수 있는 게 없을 거예요."

로라는 얼마 전부터 에두아르에게 말하면서 빈정거리는 어조를 띠었는데, 그녀 스스로도 그게 놀라웠다. 그런데 베르나르의 짓궂은 시선 속에 그런 어조가 반사되어 언뜻 보였던 만큼 에두아르는 더욱더 당황스러웠다. 에두아르는 반박했다.

"천만에요. 그를 무척 불쾌한 인물로 만들려고 하거든요."

로라는 내친걸음에 말을 계속했다.

"바로 그거예요. 모두들 그 인물 속에서 당신을 알아볼 거예요." 그렇게 말하며 그녀는 어찌나 거침없이 웃음을 터뜨렸는지 다른 세 사람도 덩달아 웃었다.

"그런데 그 책의 구성은 이미 되어 있나요?" 소프로니스카 부인이 진지한 태도를 되찾으려 노력하며 물었다.

"물론 아니죠."

"아니! 물론 아니라뇨?"

"이런 유형의 책일 경우 구성이란 본질적으로 받아들이기 힘들다는 걸 아셔야 할 겁니다. 제가 뭐든 미리 결정한다면 모든 게 엇나가고 말 겁니다. 저는 현실이 시키는 대로 써나갈 작정으로 기다리고 있습니다."

"하지만 전 선생님이 현실로부터 멀어지고자 한다고 생각했는데요."

"제 소설 속의 소설가는 현실에서 멀어지고자 할 겁니다. 하지만 저는 끊임없이 그를 현실로 데려오려고 할 겁니다. 사실상 그게 바로 주제가 될 겁니다. 현실에 의해 제시된 사실들, 그리고 관념적 현실 사이의 투쟁 말입니다."

그의 이야기의 비논리성은 명백했으며, 듣는 사람이 괴로울 정도로 눈에 확 띄었다. 에두아르가 머릿속에 화해시킬 수 없는 두 가지 요구를 품고 그 둘을 서로 일치시키려고 온갖 애를 쓰고 있다는 게 명백히 보였다.

238

"그래서 많이 진척이 됐나요?" 소프로니스카 부인이 정중하게 물었다.

"그 말이 무슨 의미냐에 따라 다릅니다. 사실상 그 책 자체로는 아직 한 줄도 쓰지 않았습니다. 하지만 그 책을 위한 작업은 이미 많이 했습니다. 매일, 그리고 끊임없이 그 책을 생각하고 있어요. 전 매우 독특한 방식으로 일을 하는데, 말씀드리면 다음과 같습니다. 수첩에 제 머릿속에 있는 그 소설의 상태를 매일매일 적어나갑니다. 그래요, 일종의 일기를 적는 거죠. 마치 육아일기를 적듯이 말입니다…… 다시 말해 매번 어려운 문제가 제기되면(그런데 모든 예술작품이란 계속 이어지는 수많은 소소한 난점들을 해결한 총체이거나 그 산물에 불과한 거죠), 전 그 문제를 해결하는 데 만족하지 않고 그 난점들 하나하나를 제시하고 연구합니다. 말하자면 그 수첩은 제 소설에 대해, 아니 오히려 일반적인 소설에 대해 지속적인 비평을 담고 있죠. 디킨스나 발자크가 이와 유사한 수첩을 썼다면 우리에게 얼마나 흥미로웠을지 한번 생각해보세요. 『감정 교육』이나 『카라마조프가의 형제들』*의 작품일지가, 작품에 대한, 그리고 그 제작 과정에 대한 이야기가 있다면 말이에요! 흥미진진할 거고…… 작품 그 자체보다 더 재미있을 거예요……"

에두아르는 그들이 자신의 작품 노트를 읽어달라고 청하길 막연히 기대하고 있었다. 하지만 세 사람 중 그 누구도 호기심을 조금도 보이지 않았다. 그 대신, "이보세요"라고 로라가 슬픈 어조로 말했다.

"당신은 그 소설을 결코 쓸 수 없을 것 같군요."

"그렇다면 제가 한마디 하죠." 에두아르가 격렬한 흥분에 사로잡혀 외쳤다. "상관없습니다. 그래요. 제가 그 책을 쓸 수 없게 된다면 그건 그 책

---

* 각각 플로베르의 소설, 도스토옙스키의 소설이다.

에 대한 이야기가 그 책 자체보다 제겐 더 흥미로웠기 때문입니다. 그 이야기가 책의 자리를 대신 차지했기 때문이죠. 또 그게 더 나을 수도 있죠."

"현실을 떠남으로써 극도로 추상적인 세계 속을 헤매게 될까 걱정되지 않으십니까? 또 살아 있는 인물들이 아니라 관념들로 소설을 만들지 않나 하는 걱정 말입니다." 소프로니스카 부인이 조심스레 물었다.

"그렇다 해도 상관없어요!" 에두아르는 한층 더 단호하게 외쳤다. "몇몇 서투른 소설가들이 길을 잘못 들었다고 해서 관념소설을 비난해야 합니까? 관념소설이랍시고 오늘날까지 우리에게 제시된 건 그저 형편없는 경향소설들 뿐이었어요.* 하지만 그런 게 관념소설이 아니라는 건 잘 아시겠지요. 관념이라…… 고백하는 바이지만 제겐 관념이 인간들보다 더 흥미롭습니다. 무엇보다 더 흥미롭죠. 관념은 인간과 마찬가지로 생생히 살아 숨 쉬며 투쟁하고 죽기도 합니다. 물론 우리가 관념을 파악하는 건 오직 인간을 통해서라고 말할 수도 있습니다. 우리가 바람의 존재를 알게 되는 것은 바람에 휘어지는 갈대를 통해서만 가능한 것과 마찬가지로 말입니다. 하지만 어쨌든 바람이 갈대보다 더 중요합니다."

"하지만 바람은 갈대와 무관하게 존재하지요." 베르나르가 대담하게 끼어들었다.

그가 끼어든 것은 에두아르를 펄쩍 뛰게 만들었다. 오래전부터 그걸 기다리고 있었던 것이다.

"그래, 나도 알고 있어. 관념은 오직 인간에 의해서만 존재한다는 것. 하지만 바로 그 때문에 비장하지. 관념은 인간을 희생시킨 그 대가로 살

---

* 20세기 초엽, 소설에서 정치·역사·사회학·윤리 문제를 다루던 폴 부르제, 아나톨 프랑스, 모리스 바레스 등의 '경향소설'이 유행했다.

아가거든."

베르나르는 이 모든 이야기를 무척이나 관심을 갖고 듣고 있었다. 그는 회의에 가득 찼으며, 그의 눈에는 에두아르가 거의 몽상가처럼 보였다. 하지만 마지막 부분에서 에두아르가 보여준 웅변은 그를 감동시켰다. 그 웅변의 숨결 아래 자신의 생각이 휘어지는 걸 느꼈던 것이다. 하지만 베르나르는 바람이 지나고 난 다음의 갈대처럼, 그의 생각도 곧 다시 일어서리라 속으로 생각했다. 그는 수업 시간에 배운 것을 상기했다. 즉 인간을 이끄는 건 정념이지 관념이 아니라는 것을. 하지만 에두아르는 계속 말을 이었다.

"제가 하고 싶은 건 말이죠, 바로 「푸가의 기법」* 같은 것입니다. 음악에서 가능했던 게 문학에서 불가능할 이유가 없다는 거죠……"

그 말에 소프로니스카 부인은 음악이란 하나의 수학적 예술이라는 것, 게다가 바흐는 특별히 숫자 이외에는 더 이상 어떤 것도 고려하지 않음으로써, 또 파토스와 인간성을 완전히 몰아냄으로써 그야말로 권태로운 추상적 걸작을, 일종의 천문학적 신전을, 그것도 그 비의(秘儀)를 전수받은 소수의 전문가들만 들어갈 수 있는 신전을 만드는 데 성공했다고 대꾸했다. 에두아르는 곧이어 반박하길 자신은 그 신전을 감탄스럽다고 여기노라, 또 음악가로서 바흐 전 생애의 결말과 최고봉이 바로 거기 있노라 했다.

"그 이후," 로라가 덧붙였다. "사람들은 푸가에서 완전히 벗어나게 됐죠. 더 이상 그곳에선 자기 자리를 찾지 못하던 인간의 감동이 다른 거처를 찾아 나섰던 거죠."

---

* 바흐가 작곡한 클라비어 곡 작품 모음집으로, 대위법을 집대성한 작품이다.

토론은 궤변으로 치닫고 있었다. 그때까지 침묵을 지키고 있던 베르나르는 의자 위에서 초조해하기 시작하더니 결국 더 이상 견디지 못했다. 그는 에두아르에게 말을 건넬 때마다 그러하듯 과장되기까지 한 지극히 겸손한 태도로, 하지만 그런 겸손한 태도로 도리어 유희를 하는 듯한 그런 종류의 쾌활함을 더해 말했다.

"선생님, 선생님의 책 제목을 알게 된 것을 용서해주시기 바랍니다. 다소 무례한 방법이었으니까요. 하지만 그 점에 대해 선생님께선 그냥 넘어가주셨던 걸로 압니다. 그런데 그 제목은 어떤 이야기를 예고하는 것 같던데……"

"아, 그래요! 제목을 말해봐요." 로라가 말했다.

"정 원하신다면…… 하지만 제목을 바꿀 수도 있다는 걸 미리 알려드립니다. 그게 다소 오해를 살 만하지 않나 걱정인데…… 자, 가르쳐드려요, 베르나르."

"그럴까요……? '위폐범들'입니다"라고 베르나르가 말했다. "그런데 이젠 선생님께서 말씀해주십시오. 이 위폐범들이란…… 누구죠?"

"글쎄, 나도 전혀 몰라." 에두아르가 말했다.

베르나르와 로라는 서로 마주 본 다음 소프로니스카 부인을 쳐다봤다. 긴 한숨 소리가 들렸다. 내 생각엔 로라였던 것 같다.

사실상 에두아르가 위폐범들이라 생각하며 처음에 염두에 둔 것은 그의 동료 작가들 가운데 몇몇으로, 특히 파사방 백작이었다. 하지만 그 대상은 곧이어 엄청나게 확장되었다. 마음속의 바람이 로마에서 불어오느냐 또는 다른 곳에서 불어오느냐에 따라 그의 주인공들은 사제들이 되거나 프리메이슨이 되기도 했던 것이다. 그의 두뇌는 제 기질대로 내버려두기만 하면 금방 추상적인 것 속으로 빠져들어 그 속에서 제멋대로 뒹구는 것이었다. 환 시세와 평가 절하, 인플레이션이라는 관념들이 그의 책을 서서히 잠식하고 말았는데, 이는 의복에 관한 이론들이 결국 인물들의 자리를 차지하고 말았던 칼라일의 『의상 철학』*과 같은 식이었다. 그런 이야기를 할 수 없었던 에두아르는 지극히 어색한 태도로 입을 다물고 있었는데, 그 침묵이 마치 에두아르의 사상적 빈곤을 고백하는 것처럼 보여 나머지 세 사람은 무척 거북해하기 시작했다.

"가짜 돈을 손에 넣어본 적들 있으신가요?" 마침내 그가 말했다.

"예"라고 베르나르가 말했으나 "아니오"라는 두 여성의 말이 그의 말을 덮어버렸다.

"자! 10프랑짜리 가짜 금화를 한번 상상해보세요. 실제론 단지 2수의 가치밖에 없어요. 하지만 그게 가짜라는 걸 사람들이 알아채지 못하는 한 그건 10프랑의 가치를 갖죠. 따라서 이런 관념에서 출발할 경우……"

"하지만 뭣 때문에 관념에서 출발하나요?" 초조해진 베르나르가 중간에 끼어들었다. "제대로 제시된 사실에서 출발한다면 관념은 저절로 드러나게 될 텐데요. 만약 제가 '위폐범들'을 쓴다면 전 가짜 동전을 보여주는 것으로 시작할 겁니다. 선생님께서 좀 전에 말씀하신 그 작은 동전요…… 자 여기 있습니다."

그렇게 말하며 그는 조끼 주머니에서 10프랑짜리 동전을 하나 꺼내 테이블 위에 놓았다.

"소리가 얼마나 좋은지 들어보십시오. 다른 동전들과 거의 똑같은 소리예요. 금화가 틀림없다고 할 겁니다. 오늘 아침 전 완전히 속았습니다.

---

* 영국 역사가이자 문인인 토머스 칼라일(Thomas Carlyle, 1795~1881)의 자전적 에세이로, 눈에 보이는 모든 것은 눈에 보이지 않는 것의 상징인 '의상'이라는 '의상 철학'을 제기했다.

제게 이걸 건네준 가게 주인도 속았다고 말하더군요. 이 동전은 금화와 무게가 정확히 똑같진 않은 것 같습니다. 하지만 진짜와 거의 똑같은 빛깔과 소리를 갖고 있죠. 겉에 금을 입혀놓아 2수보다는 좀더 값이 나가는 거죠. 하지만 속은 크리스털이에요. 사용하다 보면 속이 드러나 보일 겁니다. 아니, 문지르지 마세요. 도금이 벗겨질 테니까요. 벌써 속이 거의 들여다보이거든요."

에두아르는 그 동전을 집어 호기심에 가득 차 무척 유심히 들여다보았다.

"그런데 가게 주인은 누구한테서 받았다던가?"

"그도 모르겠답니다. 며칠 전부터 서랍 안에 있지 않았나 하더군요. 그는 제가 속는지 보려고 재미 삼아 제게 그 동전을 건넸던 거예요. 사실 전 그 동전을 받으려고 했거든요! 하지만 정직한 사람이라 사실을 말하더군요. 그리고 5프랑에 제게 넘겨주었어요. 그는 소위 말하는 '수집가들'에게 보이려고 그 동전을 간직하려고 했어요. 하지만 '위폐범들'의 저자보다 더 적절한 수집가는 없을 거라 생각했죠. 그래서 선생님께 보여드리려고 제가 가져온 것입니다. 하지만 이제 선생님도 잘 보셨으니까 제게 돌려주십시오. 유감스럽게도! 현실엔 흥미가 없으신 것 같으니까요."

"흥미 있지. 하지만 현실은 거북스러워." 에두아르가 말했다.

"유감입니다." 베르나르가 되받았다.

✤ 에두아르의 일기

같은 날 저녁.

소프로니스카, 베르나르와 로라가 내 소설에 대해 질문했다. 난 뭣 때문에 이야기를 하고 말았을까? 난 바보 같은 소리만 했다. 두 아이가 돌아와 다행히 중단되었다. 애들은 많이 달려온 것처럼 얼굴이 발갛게 상기되고 숨을 헐떡였다. 들어오자마자 브로냐는 자기 어머니에게 달려갔다. 난 그 애가 울음을 터뜨릴 거라 생각했다.

"엄마," 브로냐가 외쳤다. "보리스에게 야단 좀 쳐요. 발가벗은 채 눈 속에 누우려고 했어요."

소프로니스카 부인은 문지방에 서 있는 보리스를 쳐다봤는데, 그는 고개를 숙인 채 거의 증오하는 듯한 시선을 고정시키고 있었다. 부인은 그 아이의 야릇한 표정은 전혀 알아채지 못한 듯 보였다. 대신 지극히 침착하게 말했다.

"이봐 보리스, 그런 일은 저녁에 하면 안 돼. 정 하고 싶으면 우리 내일 아침 거기에 가보도록 하자. 그리고 우선 맨발로 눈 속을 걸어보도록 해봐……"

부인은 자기 딸의 이마를 부드럽게 쓰다듬었다. 그런데 갑자기 딸이 바닥으로 쓰러지더니 발작을 일으키며 뒹굴었다. 우리는 상당히 걱정이 되었다. 소프로니스카 부인은 딸을 안아 소파 위에 눕혔다. 보리스는 꼼짝도 않고 멍하니 두 눈을 크게 뜨고는 그 장면을 바라보고 있었다.

나는 소프로니스카 부인의 교육 방식이 이론상으로는 훌륭하다고 생각한다. 하지만 그녀는 이 아이들이 어떤 저항을 할지에 대해선 잘못 생각하고 있는 것 같다.

"부인은 선은 언제나 악을 이기기 마련인 것처럼 행동하시는군요." 잠시 뒤 그녀와 단둘이 있게 되었을 때 내가 말했다. (저녁 식사가 끝난 다음 식사를 하러 내려올 수 없었던 브로냐의 소식을 물으러 내가 갔었다.)

"사실 그래요"라고 그녀가 말했다. "선이 승리할 거라 저는 굳게 믿어요. 전 확신해요."

"하지만 과신하다 틀릴 수도 있을 텐데요……"

"제가 틀렸을 때는 매번 제 믿음이 충분히 강하지 못했기 때문이에요. 오늘도 그 아이들을 밖으로 내보내면서 약간 불안한 빛을 내보이고 말았어요. 아이들이 그걸 느꼈던 거죠. 그 뒤에 일어난 일은 전부 거기서 온 거예요."

그녀는 내 손을 잡았다.

"당신은 확신의 효과를 믿지 않는 것 않군요…… 제 말은 그 확신이 불러일으키는 힘 말입니다."

"사실 전 신비주의자는 아니니까요"라고 내가 웃으며 말했다.

"아니! 저는요," 그녀는 놀라운 열정을 드러내며 외쳤다. "저는 신비주의 없이는 이 지상에 위대하고 아름다운 건 하나도 일어날 수 없다고 진심으로 믿고 있어요."

호텔 숙박부에서 빅토르 스트루빌루라는 이름을 발견했다. 호텔 주인의 이야기에 따르면 그는 여기서 거의 한 달을 머문 다음 우리가 도착하기 전전날 사스페를 떠났다는 것이다. 그를 다시 만났더라면 흥미로웠을 거다. 소프로니스카 부인은 분명 그와 알고 지냈을 것이다. 그녀에게 물어봐야겠다.

IV

"로라, 물어보고 싶은 게 있어요." 베르나르가 말했다. "이 세상에 의심받지 않을 수 있는 게 하나라도 있다고 생각하나요……? 저는 의심

246

그 자체를 출발점으로 삼을 수 있지 않나 할 정도로 모든 걸 의심해요. 왜냐하면 적어도 의심만은 우리에게 없어지지 않을 거라 생각하거든요. 모든 것의 현실에 대해서는 의심할 수 있으나 제가 의심한다는 그 현실은 의심할 수 없죠.* 제가 하고 싶은 것은…… 제 말이 현학적이라면 용서하세요. 전 원래 현학적인 사람은 아니지만 막 철학반**을 마쳤거든요. 논술 연습을 자주하다 보면 그게 조만간 사고방식에 어떤 버릇을 각인시켜놓는지 당신은 상상할 수 없을 거예요. 그런 버릇은 고칠 거예요, 정말요."

"뭣 때문에 그런 여담을? 하고 싶다는 게……?"

"전 이런 사람의 이야기를 써보고 싶어요. 즉 처음에는 모든 사람들의 이야기에 귀를 기울이죠. 그게 뭐든 뭔가 결정하기 전에, 파뉘르주***가 하던 식으로 이 사람 저 사람의 의견을 묻는 거죠. 그런데 모든 문제에 대해 각자의 견해가 전부 서로 모순된다는 사실을 깨달은 다음에는 자신 이외에 그 누구의 말도 듣지 않기로 작정을 하죠. 그 결과 무척 강한 사람이 된다는 이야기 말입니다."

"그건 늙은이나 하는 계획이에요." 로라가 말했다.

"전 당신이 생각하는 것보다 더 성숙하답니다. 며칠 전부터 저도 에두아르 선생님처럼 노트를 하고 있어요. 오른쪽 페이지에 어떤 견해를 쓰면, 그 맞은편 왼쪽에는 반대되는 견해를 쓰는 거죠. 예를 들면, 요 전날 저녁 소프로니스카 부인은 창문을 활짝 열어놓고 보리스와 브로냐를 자게

---

* 데카르트의 『방법서설』(1637)에서 제시된 인식론적 기초로서의 의심의 방법론을 암시한다.
** 인문사회계열 바칼로레아 시험을 위해 고등학교 최종 학년에서 듣게 되는 수업.
*** 프랑스의 르네상스 시기 대작가인 프랑수아 라블레(François Rabelais, 1494~1553)의 작품 『팡타그뤼엘』(1532)에 나오는 등장인물.

한다고 말했어요. 그러한 치료법을 뒷받침하기 위해 부인이 한 이야기는 전부 더할 나위 없이 합리적이고 설득력 있게 보였어요, 안 그런가요? 하지만 바로 어제 호텔 흡연실에서, 최근에 여기 온 독일인 교수가 그와 반대되는 이론을 주장하는 걸 들었어요. 사실 제겐 그게 더 합리적이고 근거도 더 확실한 것처럼 보였어요. 그의 말에 따르면 잠자는 동안에는 생명 그 자체라고 볼 수 있는 신진대사와 모든 소모를, 즉 그가 탄화 작용이라 부르는 걸 최대한 억제하는 게 중요하다는 거예요. 그래야만 수면이 진정으로 원기를 회복시키게 된다는 겁니다. 그 예로 잠을 잘 때면 겨우 숨만 쉴 정도로 몸을 웅크리는 동물들과 날갯죽지 속에 머리를 박는 새들 이야기를 했어요. 그래서 자연과 가장 가까운 종족들, 문화와 가장 동떨어진 농부들은 동굴 같은 움막 속에 칩거한다는 거죠. 또 아랍인들은 야외에서 자야 할 경우 외투 두건으로 적어도 얼굴은 가린다는 겁니다. 하지만 소프로니스카 부인과 부인이 보살피는 두 애들 경우로 되돌아오면, 부인이 어쨌건 틀린 건 아니다, 그리고 다른 사람들에게 좋은 게 이 아이들에게는 해로울 거라는 생각이 듭니다. 왜냐하면, 제가 제대로 이해했다면 이 아이들은 결핵 조짐을 보이니까요. 한마디로 제 생각은…… 그런데 제 얘기 지루하시죠."

"그런 걱정은 하지 마요. 그런데 어떻게 생각한다고……?"

"더 이상 모르겠습니다."

"아니! 토라졌나 봐요. 자기 생각을 부끄러워하지 마요."

"제 생각은 그 어떤 것도 모두에게 좋은 게 아니라 몇몇에게만 좋다는 거예요. 그 어떤 것도 모두에게 진실한 게 아니라 그걸 진실이라 믿는 사람에게만 진실하다는 거죠. 또 모두에게 똑같이 적용될 수 있는 방법도 이론도 없다, 행동하기 위해 우리가 선택해야 한다면 적어도 우리는 선택의 자유가 있다는 것, 만약 우리에게 선택의 자유가 없다면 문제는 더 간단하다, 단지 내 힘을 가장 잘 사용할 수 있게 해주고 내 장점들을 발휘할 수 있게 해주는 그게 바로 (물론 절대적으로 그렇다는 건 아니고 내게 있어선) 진실이 된다고요. 왜냐하면 의심하는 제 자신을 막을 순 없으나 동시에 우유부단한 것도 끔찍이 싫어하거든요. 몽테뉴가 말한 '부드럽고 폭신한 베개'*는 제 머리를 위한 건 아니에요. 전 아직 졸리지도 않고 또 쉬고 싶지도 않거든요. 과거 나 자신이라 여겼던 것에서 아마도 현재의 나 자신일 이 모습에 이르기까지 먼 길을 온 것 같아요. 제가 너무 일찍 일어난 게 아닌가 이따금 겁이 나요."

"겁이 난다고요?"

"아뇨, 아무것도 겁나지 않아요. 하지만 제가 이미 많이 변했다는 것 아세요? 적어도 저의 내적 풍경은 제가 집을 떠났던 그날과는 더 이상 같지 않아요. 그 이후 당신을 만났던 거죠. 바로 그때부터 저는 무엇보다 먼저 제 자유를 추구하던 태도를 버렸어요. 잘 모르실지 모르지만, 전 당신을 위해서라면 뭐든 할 수 있습니다."

"그 말이 무슨 뜻이에요?"

"아니! 잘 아시잖아요. 뭣 때문에 제게 그 말을 시키려고 합니까? 제가 고백이라도 하길 기다리시나요……? 아니, 아니, 제발, 미소를 감추지 마세요. 그러면 전 완전히 얼어버릴 거예요."

"아니, 이봐요 베르나르, 설마 날 사랑하기 시작했다고 하는 건 아니겠죠."

---

* 몽테뉴의 『에세이』 Ⅲ, 13에 나오는 구절로, '오오, 무지와 호기심 없음은 잘생긴 머리를 얹어놓기에 얼마나 기분 좋고 폭신하고 또 몸에 유익한 베개인가!'이다. 원문과는 다소 다른 어휘를 사용했다.

"아! 시작한 게 아닙니다"라고 베르나르가 말했다. "그걸 느끼기 시작한 건 바로 당신이겠죠. 하지만 제 사랑을 막을 수는 없을 겁니다."

"당신에 대해선 경계해야 할 필요가 없어서 너무나 좋았어요. 그런데 이젠 마치 인화성 물질처럼 조심하지 않고선 당신에게 다가갈 수 없다면…… 하지만 생각해봐요, 조만간 난 보기 흉하게 배가 부른 그런 여자가 될 거예요. 그런 날 보기만 해도 당신 병은 나을 거예요."

"그래요, 제가 단지 당신 겉모습만 사랑했다면요. 그리고 무엇보다 전병이 난 게 아니에요. 당신을 사랑하는 게 병이 난 거라면 전 낫고 싶지 않아요."

그는 이 모든 말을 심각하게, 거의 슬픈 어조로 말했다. 그는 일찍이 에두아르나 두비에가 그랬던 것보다 더 다정하게 그녀를 쳐다보았다. 하지만 너무나 존경스럽게 바라보았기에 그녀는 거기에 대해 전혀 불안해할 필요가 없었다. 그녀 무릎 위에는 그들이 읽다 만 영어 책이 놓여 있었는데, 그녀는 그걸 멍하니 뒤적이고 있었다. 그녀는 아무 말도 듣고 있지 않는 것 같았던지라 베르나르는 그리 어색해하지 않고 말을 계속해나갔다.

"전 사랑을 화산 같은 것이라 상상했어요. 적어도 제가 겪게 될 사랑은 말입니다. 그래요, 정말이지, 전 거칠고 모든 걸 휩쓸어버리는, 바이런* 식으로만 사랑을 할 수 있으리라 생각했어요. 제 자신을 얼마나 모르고 있었는지 몰라요! 제 자신을 알게 해준 건 바로 로라, 당신이에요. 과거 제 자신이라고 생각했던 사람과는 전혀 달라요! 전 끔찍한 인물을 연기하며 그와 닮으려고 애썼죠. 제가 집을 나오기 전에 제 의붓아버지에게

---

* 바이런(G. Byron, 1788~1824)은 영국 낭만주의의 선구적 시인으로, 그가 보여준 격정적이고 퇴폐적인 정념과 반항적인 유혹자의 역할 등, 작품과 삶 모두가 낭만적 영웅을 대변한다.

쓴 편지를 생각하면 얼마나 부끄러운지 몰라요. 정말이에요. 전 제 자신을 반항아, outlaw(무법자)라 여기고 있었어요. 자기 욕망을 가로막는 건 전부 짓밟아버리는 자 말입니다. 그런데 이젠 당신 곁에서 더 이상 욕망도 느끼지 못하게 되었어요. 전 여태껏 자유를 최고의 선으로 갈망해왔어요. 그런데 자유롭게 되자마자 전 굴복하여 당신의…… 아! 위대한 작가들의 미사여구들이 무더기로 머릿속에 들어 있다는 게 얼마나 분통 터지는 일인지 아실는지. 진정 어린 감정을 표현하고 싶지만 그런 구절들이 입술에 떠오르는 걸 막을 수 없으니. 제겐 이런 감정이 너무나 새로운 거라 아직 제 자신의 언어를 만들어내지 못했던 거예요. 그게 사랑이 아니라고 해두지요. 그 말이 당신 마음에 들지 않으니까요. 헌신이라고 해두죠. 여태까지 저에겐 무한한 것으로만 보였던 그 자유에 당신의 율법이 한계를 그어놓았다고나 할까요. 제 마음속에서 소용돌이치던 거칠고 정형화되지 않은 모든 게 당신 주위로 조화로운 원무를 춘다고나 할까요. 혹시 제 생각 가운데 어떤 생각이 당신과 멀어지게 되면 저는 그 생각을 버리겠습니다…… 로라, 절 사랑해달라고 요구하는 게 아닙니다. 전 아직 학생에 불과하니까요. 당신의 관심을 받을 자격이 없어요. 하지만 제가 지금 원하는 건 단지 조금이나마 당신으로부터…… (아! 끔찍한 어휘지만……) 좋은 평가를 얻고 싶다는 겁니다."

그는 그녀 앞에 무릎을 꿇었다. 그녀가 먼저 자기 의자를 좀 뒤로 물리긴 했으나 베르나르는 흠모의 표시로 두 팔은 뒤로 젖힌 채 그녀의 치마에 이마를 갖다 댔다. 하지만 자기 이마에 로라가 손을 얹는 것을 느끼는 순간, 그 손을 잡아 거기에 자기 입술을 지그시 눌렀다.

"베르나르! 참 어린애 같군요. 나 역시 자유로운 몸이 아니에요." 그녀는 손을 빼며 말했다. "자, 이걸 읽어봐요."

그녀는 블라우스에서 구겨진 종이 한 장을 꺼내 베르나르에게 내밀었다.

베르나르는 먼저 보낸 사람의 이름을 보았다. 그가 두려워한 대로 펠릭스 두비에란 이름이었다. 잠시 그는 편지를 읽지 않고 그냥 손에 쥐고 있었다. 그는 로라를 향해 두 눈을 들었다. 그녀는 울고 있었다. 그때 베르나르는 자기 마음속에서 또 하나의 끈이 끊어지는 것을 느꼈다. 그건 우리 각자를 자기 자신에게, 자신의 이기적인 과거에 묶어놓는 그 비밀스러운 사슬 가운데 하나였다. 그러고 나서 그는 읽기 시작했다.

사랑하는 나의 로라,

곧 태어나게 될 그 아이, 내가 마치 친아버지인 것과 똑같이 사랑하리라 맹세하는 그 아이의 이름을 걸고 당신이 돌아오기를 간청하는 바요. 어떤 비난이 이곳에서 당신이 돌아오는 걸 맞이하리라고는 생각지 마오. 너무 자책하지 마오. 내가 괴로운 건 무엇보다 바로 그 점이오. 지체하지 마오. 당신을 흠모하고, 또 당신 앞에 무릎 꿇고 있는 내 온 영혼을 바쳐 당신을 기다리고 있소.

베르나르는 로라 맞은편, 바닥에 앉아 있었다. 하지만 그는 그녀를 쳐다보지 않고 다음과 같이 물었다.

"언제 이 편지를 받았어요?"

"오늘 아침."

"그분은 아무것도 모르는 줄 알았는데. 그분에게 편지를 썼나요?"

"그래요. 그에게 모든 걸 고백했어요."

"에두아르 선생님도 그 사실을 아나요?"

"그는 아무것도 몰라요."

베르나르는 머리를 숙인 채 잠시 아무 말 없이 있었다.

"그러면…… 이제 어떻게 하실 생각입니까?"

"그걸 말이라고 묻는 거예요……? 그의 곁으로 돌아가야죠. 제 자리는 바로 그이 옆이에요. 그와 함께 살아야죠. 당신도 잘 알잖아요."

"그래요"라고 베르나르가 말했다.

무척 긴 침묵이 흘렀다. 베르나르가 다시 말했다.

"다른 사람의 아이를 정말 자기 자식만큼 사랑할 수 있다고 믿습니까?"

"나 자신이 그렇게 믿는지는 나도 몰라요. 하지만 그렇길 기대해요."

"전 그러리라 믿습니다. 반대로 흔히들 어리석게 '혈육의 정'이라고 부르는 것은 믿지 않아요. 그래요, 소위 말하는 그 정이란 하나의 신화에 불과하다고 생각해요. 책에서 읽은 건데, 오세아니아 군도에 사는 몇몇 원주민 부족에서는 다른 사람의 아이를 입양하는 게 관습으로, 입양된 아이들이 종종 다른 아이들보다 더 사랑을 받는다는 거예요. 선명히 기억나는데, '더 귀염을 받는다'라고 쓰여 있었어요. 제가 지금 무슨 생각을 하는지 아십니까……? 제 아버지 역할을 해주었던 사람은 제가 그의 친아들이 아니라는 걸 의심케 하는 말이나 행동은 한 번도 한 적이 없었다는 거예요. 그에게 쓴 편지에서 전 언제나 차별을 느꼈노라 했지만 사실 전 거짓말을 했다는 것, 그리고 오히려 그는 제게 일종의 편애를 보이셨는데, 전 그 점에 무척 감동을 받았다는 사실이에요. 그러니 그에게 제가 배은망덕한 태도를 보인 건 그만큼 더 가증스러운 거죠. 결국 그에 대해 제가 잘못 행동했다는 생각이에요. 로라, 제 친구니까 물어보고 싶은데…… 제가 그에게 용서를 빌고 그의 곁으로 돌아가야 할 거라고 생각하나요?"

"아니에요"라고 로라가 말했다.

"왜죠? 당신은, 당신은 두비에 곁으로 돌아간다면서요······"

"당신이 좀 전에 그렇게 말했잖아요. 어떤 사람에게 진실인 것도 다른 사람에겐 진실이 아니라고요. 난 나 자신이 약한 사람이라고 느끼지만 당신은 강하잖아요. 프로피탕디외 씨가 당신을 사랑하는 건 가능해요. 하지만 당신이 그에 대해 말한 걸로 미루어볼 때, 당신들은 서로 이해할 수 있는 사람들이 아니에요······ 아니면 적어도 좀더 기다려봐요. 패배한 모습으론 돌아가지 마요. 내 생각을 다 말해볼까요? 당신이 집으로 돌아갈 생각을 한 건 그를 위해서가 아니라 나를 위해서죠. 즉 당신이 말한 소위 '나의 좋은 평가'를 얻기 위해서죠. 베르나르, 당신이 그걸 더 이상 추구하지 않는다고 내가 느낄 때라야 비로소, 당신은 그런 좋은 평가를 얻을 수 있을 거예요. 난 당신이 자연스러울 때에만 사랑할 수 있어요. 회한은 내게 맡겨요. 그건 당신 몫이 아니에요, 베르나르."

"당신 입에서 나오는 걸 들으니 제 이름도 거의 사랑스럽게 여겨지네요. 제가 그 집에서 가장 끔찍했던 게 뭔지 아세요? 호사예요. 상당한 안락함과 지나친 편리함들······ 제가 무정부주의자가 되어가는 느낌이었어요. 지금은 반대로 보수주의자로 돌아가는 것 같아요. 언젠가, 갑자기 그걸 깨달았어요. 국경을 통과하던 관광객이 세관을 속이고 밀수를 할 때 느끼는 쾌감에 대해 이야기하는 걸 듣는 순간, 제 자신이 분노에 사로잡혔던 걸 보고서요. 또 '국가의 재산을 훔치는 건 누구의 재산도 훔치는 게 아니다'라고 하더군요. 그런 말에 대한 반항심으로 전 갑자기 국가가 무엇인지 깨닫게 되었어요. 그리고 사람들이 국가에 피해를 입히고 있다는 그 이유만으로 국가를 사랑하기 시작했어요. 그전에는 한 번도 그 문제를

생각해본 적이 없었어요. 그 사람은 '국가는 하나의 약속에 불과하다'라고
도 하더군요. 각 개인의 선의 위에 세워지게 될 약속이라면 얼마나 멋질
까요…… 정직한 사람들만 있다면요. 누군가 지금 제게 어떤 덕목이 가
장 아름답게 보이는지 묻는다면 전 주저 없이 답할 거예요. 정직함이라
고. 아! 로라! 전 한평생을 살아가며 조그마한 자극에도 맑고 정직하며
진실한 소리를 내고 싶어요. 제가 알던 거의 대부분의 사람들은 가짜 소
리를 내요. 겉으로 보이는 것과 똑같은 가치를 갖는 것, 자신의 가치보다
더 크게 보이려고 하지 않는 것…… 사람들은 속이려 들죠. 또 외양에 너
무나 많은 신경을 써서 마침내 자신이 누구인지 더 이상 모르게 되는 거
예요…… 이런 이야기를 해서 미안해요. 간밤에 제가 생각했던 걸 알려
드리려는 거예요."

"어제 우리한테 보여줬던 그 동전을 생각하고 있었군요. 내가 떠나게
되면……"

그녀는 말을 잇지 못했다. 두 눈에 눈물이 글썽거렸다. 눈물을 참으
려고 애쓰느라 그녀의 입술이 떨리는 걸 베르나르는 보았다.

"그래서, 떠나신다는 말이군요, 로라……" 그가 슬프게 다시 말했
다. "당신이 더 이상 제 곁에 없다고 느낄 경우, 제가 더 이상 아무 값어
치도 없는 존재가 될까 두려워요. 아니면 그저 하찮은 가치밖에 없는……
그런데 하나 물어보고 싶은 게 있는데…… 그래도 당신은 떠나실 건지,
남편분께 그런 고백의 편지를 썼을지 말이에요…… 만약 에두아르 선생
님이…… 뭐라고 말해야 할지 모르겠는데…… (그때 로라의 얼굴이 붉어
졌다.) 만약 에두아르 선생님이 더 가치 있는 사람이었다 해도 말입니다.
아! 아니라고 하지 마세요. 전 당신이 에두아르 선생님을 어떻게 생각하
는지 잘 알아요."

"어제 내가 그의 이야기를 들으며 웃는 걸 보고 그렇게 말하는군요. 그래서 그에 대해 우리 둘이 똑같이 평가한다고 바로 확신했던 거군요. 하지만 아니에요. 당신이 틀렸어요. 사실, 난 나 자신도 그에 대해 어떻게 생각하는지 모르겠어요. 그는 결코 오랫동안 똑같은 인물로 머물러 있지 않아요. 그는 어떤 것에도 애착을 갖지 않죠. 하지만 끊임없이 빠져나가는 그의 도피보다 그가 더 애착을 느끼는 것도 없어요. 당신은 그를 안지 얼마 되지 않아 그를 제대로 판단할 수 없어요. 그라는 존재는 끊임없이 허물어졌다 다시 만들어지죠. 그를 잡았다고 생각하면…… 마치 프로테우스*와 같아요. 자신이 좋아하는 것의 형체를 취하죠. 그이 자체를 이해하려면 그를 사랑해야 해요."

"그를 사랑하는군요. 아! 로라, 제가 질투를 느끼는 건 두비에도 아니고 뱅상도 아니에요. 에두아르 선생님이에요."

"왜 질투를 해요? 전 누비에를 사랑해요. 에두아르도 사랑하지만 나른 방식이죠. 당신을 사랑하게 된다면 그건 또 다른 사랑일 거예요."

"로라, 로라, 당신은 두비에를 사랑하지 않아요. 그에 대한 당신 감정은 정과 연민, 존경일 뿐, 사랑은 아니에요. 당신 슬픔의 비밀은 (로라, 당신이 슬퍼하니까요) 인생이 당신을 여러 조각으로 나눠버린 데 있다고 생각해요. 그래서 사랑은 단지 불완전한 당신의 일부만 받아들였어요. 당신은 단 한 사람에게 주고 싶었을 것을 여러 사람에게 나눠주고 있는 거예요. 전 제 자신이 나뉠 수 없는 존재라고 느껴요. 전 제 자신을 송두리째 전부로만 줄 수 있어요."

---

* 그리스 신화에 나오는 바다의 신 가운데 하나로, 모습을 자유자재로 바꿀 수 있는 변신술을 가지고 있다.

"당신은 너무 젊어 아직 그렇게 말할 수는 없어요. 당신 역시, 인생이, 당신이 말하듯, 당신을 '나누지' 않을 거라곤 확신할 수 없어요. 난 당신으로부터 당신이 내게 바치는 이…… 헌신밖엔 받아들일 수 없어요. 그 외 나머지는 제각기 요구가 있을 테고, 그건 다른 데서 만족을 찾아야 할 거예요."

"정말 그럴까요? 당신은 제 자신과 인생에 대해 미리 싫증을 내게 만드는군요."

"당신은 인생에 대해 아무것도 몰라요. 당신은 인생으로부터 뭐든 기대할 수 있어요. 내 잘못이 뭐였는지 알아요? 인생으로부터 더 이상 아무것도 기대하지 않는다는 거였어요. 내가 스스로를 포기한 건 안타깝게도! 더 이상 기대할 게 하나도 없다고 믿었던 때였어요. 나는 포에서 그게 마지막 봄이라는 기분으로 그 봄을 살았던 거예요. 더 이상 어떤 것도 중요하지 않은 것처럼. 베르나르, 이제 당신에게 말할 수 있지만, 난 그것 때문에 벌을 받고 있는 거예요. 결코 인생에 대해 절망하지 마요."

열정에 가득 찬 젊은이에게 그렇게 말하는 게 무슨 소용이 있겠는가? 사실상 로라가 말한 건 베르나르를 향한 게 전혀 아니었다. 그가 보여준 호감에 힘입어, 그녀는 그 앞에서 자신도 모르는 사이 큰 소리로 자기 생각을 말했던 것이다. 그녀는 가장하는 게 서툴렀고 자신을 억제하는 게 서툴렀다. 처음에 에두아르를 생각하자마자 그에 대한 사랑이 훤히 드러나는 열광에 사로잡혀 그 속으로 빠져들었던 것처럼, 그녀는 분명 자기 아버지에게서 물려받은 뭔가 설교하고자 하는 욕구에 몸을 맡기고 말았던 것이다. 하지만 베르나르는 비록 로라의 말이라 하더라도 권고와 충고는 무척 싫었다. 그의 미소로 그걸 눈치챈 로라는 더 차분한 어조로 말을 이었다.

"파리에 돌아가서도 에두아르의 비서를 할 건가요?"

"예, 그가 절 써준다면요. 하지만 그는 일할 거리를 전혀 주지 않아요. 제가 뭘 재미있어 할지 아십니까? 그와 함께 그 책을 쓰는 일입니다. 그 혼자서는 결코 쓸 수 없을 거예요. 당신도 어제 바로 그렇게 말했죠. 그가 우리에게 제시한 그 작업 방식은 말도 안 된다고 생각해요. 훌륭한 소설이란 그보다 더 순진한 방식으로 쓰이죠. 그리고 우선 자기가 이야기하는 것을 믿어야 해요. 그렇지 않나요? 그리고 단순히 이야기해야 하죠. 전 처음에는 그를 도울 수 있으리라 믿었어요. 그에게 탐정이 필요했다면 전 그 일이 요구하는 사항들을 충분히 해냈을 거고, 제가 조사해서 밝혀냈을 사실들을 기초로 그가 작업할 수 있었을 텐데…… 하지만 관념론자와는 아무 일도 할 수 없어요. 그 곁에 있으면 제 자신이 취재기자의 자질이 있는 게 느껴져요. 그가 잘못된 자기 길을 고집하면, 전 제 나름대로 일을 할 겁니다. 제 밥벌이를 해야죠. 신문사에서 일해볼 작정입니다. 그동안은 시나 써보죠."

"취재기자 옆에 있으면 당신은 분명 시인의 자질을 느낄 테니까요."

"아니! 절 놀리지 마십시오. 제가 우스꽝스럽다는 건 저도 알고 있어요. 그걸 너무 생생하게 느끼게 만들진 마세요."

"에두아르와 같이 있도록 해요. 당신은 그를 도와줄 수 있을 거예요. 그리고 그의 도움을 받도록 해요. 좋은 사람이에요."

점심 식사를 알리는 종이 울렸다. 베르나르는 자리에서 일어났다. 로라가 그의 손을 잡았다.

"그리고 또 한 가지. 어제 당신이 보여줬던 그 동전…… 당신에 대한 추억으로, 내가 떠날 때 (그녀의 태도는 굳어졌으나 이번에는 말을 끝낼 수 있었다.) 내게 줄 수 있나요?"

"자, 여기 있습니다. 가지세요." 베르나르가 말했다.

V

✤ **에두아르의 일기**

> 그건 사람들이 이젠 나았노라 자랑하는 거의 모든 정신적 질
> 병에서 일어나는 현상이다. 흔히 의학에서 말하듯 그 질병은
> 단지 분산되었을 뿐, 그 대신 다른 병으로 대체된 것이다.
> ─── 생트 뵈브, 『월요한담』, 1권, 19쪽.

나는 내 책의 '심오한 주제'라고 부르게 될 것을 드디어 엿보게 되었
다. 그것은 현실 세계와 우리가 그 현실 세계로 만드는 재현 사이의 대결
이 될 것이다. 외양의 세계가 우리에게 제시되는 방식, 또 우리가 그 외
부 세계에 우리의 독특한 해석을 가하고자 하는 방식, 그게 바로 우리 삶
의 드라마를 이룬다. 그런데 외부 사실들이 저항을 함으로써, 우리는 우
리의 이상적 구축물을 몽상과 희망, 내세 속으로 이전시키게 되는데, 내
세에 대한 우리의 믿음은 우리가 현세에서 맛보는 모든 환멸들을 자양분
으로 삼아 자라는 것이다. 사실주의자들은 사실들에서 출발해서 그 사실
들에 자신의 관념을 결부시킨다. 베르나르는 사실주의자다. 그와 의견이
맞지 않을까 봐 걱정이다.

소프로니스카 부인이 내겐 신비주의자적 면모가 하나도 없다고 말했
을 때, 나는 무엇 때문에 동의하고 말았던가? 나 역시 그녀와 마찬가지로
인간은 신비주의 없이는 그 어떤 위대한 것도 이룰 수 없다고 인정할 판

에 말이다. 게다가 로라에게 내 책에 대해 이야기했을 때, 그녀가 비난한 게 바로 내 신비주의 아니던가……? 이 논쟁은 그들에게 맡기자.

소프로니스카 부인이 내게 또다시 보리스 이야기를 해주었다. 그의 마음속에 있는 이야기를 전부 다 고백하게 만들었노라 생각한다는 것이었다. 그 가여운 아이의 마음속엔 이젠 더 이상 그 여의사의 시선으로부터 피할 수 있는 최소한의 안전지대도, 최소한의 덤불숲도 없는 것이다. 그는 완전히 파헤쳐지고 말았다. 소프로니스카 부인은 마치 시계 수리공이 자신이 청소하려는 괘종시계의 부속품들을 분해하듯, 그의 정신 조직의 가장 내밀한 기계장치들을 전부 분해해 대명 천지에 늘어놓은 것이다. 그러고 난 다음에도 그 소년이 제 시간에 종을 울리지 않는다면 공연한 헛수고인 셈이다. 다음은 소프로니스카 부인이 내게 이야기해준 것이다.

보리스는 아홉 살경에 바르샤바에 있는 학교에 들어가 밥티스탱 크라프트라는 같은 반 동무와 친하게 되었다. 그보다 나이가 한두 살 더 많던 그가 보리스에게 은밀한 행위들을 가르쳐주었는데, 그런 행위에 경탄한 그 아이들은 순진하게도 그걸 '마술'이라 믿었다는 것이다. 그건 마술이란 자기가 원하는 걸 신비롭게 얻게 해주고, 또 마술의 능력은 무한하다는 등의 이야기를 어디선가 듣거나 읽고선, 그 아이들이 자기네들의 나쁜 버릇에 붙였던 이름이었다. 그들은 현실적 공허를 허황된 존재감으로 위로할 수 있는 비밀을 찾았다고 진심으로 믿었다. 또 제멋대로 환각에 빠져들었으며, 자기들의 상상력을 한껏 펼침으로써 쾌락이란 대대적인 원군을 통해 공허를 경이로움으로 가득 채울 수 있다는 점에 경탄해마지않았다는 것이다. 물론 소프로니스카 부인이 이런 용어를 사용한 건 아니었다. 나는 보리스가 한 말을 그녀가 정확하게 전해주길 바랐으나, 그녀는 아이

속에 숨어 있는 걸 마침내 밝혀내게 된 건 단지 아이의 가장된 말과 망설임, 부정확함으로 뒤죽박죽된 이야기를 통해서 가능했노라며, 하지만 그 정확성은 보증한다는 것이었다.

그녀는 덧붙여 말했다. "보리스가 항상 몸에 지니고 있던 양피지 조각에 대해 제가 오래전부터 찾아오던 설명을 바로 거기서 발견했죠. 보리스는 그 양피지를 따로 만든 주머니 속에 넣어 가슴 위, 그의 어머니가 언제나 지니고 있으라고 한 수호성인 메달 옆에 걸고 있었죠. 그 양피지 위에는 어린아이 필체로 공들여 쓴, 대문자로 된 네 단어가 있었는데, 그게 무슨 뜻인지 내가 물어봤지만 소용이 없었어요.

가스, 전화, 10만 루블

내가 추궁하면 언제나 '아무 말도 아니에요. 마술이에요'라고 대답했죠. 내가 얻을 수 있는 답은 그 말뿐이었어요. 이제야 알게 된 것이지만, 수수께끼 같은 그 단어는 마술의 대가요 스승인 꼬마 밥티스탱이 쓴 걸로, 아이들에게 그 네 단어는 주문과 같은 것이었죠. 쾌락을 찾아 그들이 빠져들던 수치스러운 천국의 문을 여는 '열려라 참깨'였던 거죠. 보리스는 그 양피지를 자기 **부적**이라 불렀어요. 제게 그 부적을 보여주도록 결심시키는 데도 너무 힘들었어요. 더군다나 그걸 내버리게 하는 데는 더 힘들었고요. (우리가 이곳에서 지내던 초기였어요.) 전 그가 그 이전에 이미 나쁜 버릇에서 벗어났다는 걸 알고 있었기에, 보리스가 그 부적도 내버리길 원했거든요. 그 **부적**과 함께 그가 겪는 경련과 편집증도 사라질 거라는 희망을 갖고 있었죠. 하지만 그는 그 부적에 매달렸고, 또 병도 마지막 피난처처럼 거기 매달리는 것이었어요."

"하지만 그가 나쁜 버릇에서 이미 벗어났다고 하지 않으셨나요……?"

"신경증이 생긴 건 그다음이거든요. 그 병은 분명 보리스가 그 버릇에서 벗어나려고 스스로를 억압했던 것에서 생겼을 겁니다. 보리스를 통해 알게 된 거지만, 언젠가 그 애가 이른바 '마술을 하고' 있을 때 어머니에게 들킨 적이 있다는 거예요. 그 어머니는 왜 제게 그런 이야기는 전혀 하지 않았을까요……? 수치심 때문에……?"

"그 애 버릇을 고쳤다고 생각했기 때문이겠죠."

"말도 안 돼요…… 제가 그토록 오랫동안 헤맸던 건 그것 때문이에요. 말씀드렸듯이 전 보리스가 더할 나위 없이 순수하다고 생각했거든요."

"부인을 당황스럽게 하는 게 바로 그거라고 말씀하기까지 했죠."

"제 말이 정말 옳았던 거예요!…… 그의 어머니는 제게 그 사실을 알려줬어야 했어요. 그 점을 처음부터 분명히 알 수 있었더라면 보리스는 벌써 다 나았을 거예요."

"그 병은 그 이후에야 시작됐다고 하셨는데……"

"그 병은 반발로 생겨났다는 말씀입니다. 상상컨대, 애 어머니는 그 애에게 야단을 치고 간청하고 설교를 했겠죠. 그런데 그때 갑자기 그 애 아버지가 돌아가셨어요. 보리스는 자기 어머니가 마치 죄악인 것처럼 그려 보여준 자신의 비밀스러운 짓이 벌을 받은 것이라고 확신한 거죠. 그래서 자기 아버지의 죽음이 자기 때문이라고 생각했죠. 그는 자신이 범죄자이고 저주 받았다고 생각했어요. 겁을 먹었죠. 바로 그때, 궁지에 몰린 짐승처럼, 허약한 그 애 신체는 신경병 증세라는 수많은 소소한 기만책들을 만들어낸 거예요. 그 속에 빠져들면 심적 고통이 깨끗이 정화되는 그런 기만책들은 고백이나 마찬가지죠."

"부인의 말을 제대로 이해한 것이라면, 보리스에겐 자기 '마술' 행위를 계속하도록 그대로 내버려두는 게 덜 해로웠을 거라고 생각하시는 겁니까?"

"제 생각은 나쁜 버릇을 고치려고 그 애에게 겁을 줄 필요는 없었다는 거죠. 그 애 아버지의 죽음이 가져온 생활의 변화만으로도 분명 그를 돌려놓기에 충분했으리라는 거죠. 그리고 바르샤바를 떠남으로써 그 친구의 영향에서 벗어나게 할 수도 있었을 거고요. 공포를 주는 것으론 어떤 좋은 결과도 얻을 수 없어요. 어찌 된 상황인지 알게 됐을 때, 전 과거로 돌아가 그 모든 이야기를 다시 해주며 그가 진정한 행복을 얻기보다 상상적 행복을 얻고자 했다는 것에 부끄러움을 느끼게 했죠. 그리고 진정한 행복이란 노력의 보상이라고 말해줬죠. 그 애의 나쁜 버릇을 단지 나쁘다고 하기보다는 단순히 게으름의 한 형태라는 걸 그에게 보여줬어요. 사실 전 그렇다고 생각하거든요. 가장 교묘하고 가장 해로운……"

그 말에 나는 라로슈푸코의 몇 구절이 기억나서 그녀에게 보여주고 싶었다. 그래서 그 구절을 외워 인용해 보일 수도 있었으나 여행할 때 언제나 가지고 다니는 작은 『잠언집』을 가지러 갔다. 그리고 그녀에게 읽어주었다.

"모든 정념 가운데 우리 자신에게 가장 잘 알려져 있지 않은 건 바로 게으름이다. 비록 그 폭력성이 느껴지지 않고 또 그것이 불러일으키는 모든 해악이 은밀히 감춰져 있긴 하나, 게으름은 모든 정념 가운데 가장 격렬하고 가장 유해하다…… 게으름이 주는 휴식이란 가장 강렬한 추구 행위와 가장 끈질긴 결심들을 갑자기 유보시키고 마는 것으로, 우리 영혼이 느끼는 은밀한 매력이다. 마지막으로 이 정념에 진정한 개념을 부여하자면, 게으름은 영혼의 지복(至福)과 같다고 말해야 한다. 영혼의 온갖 손실을 위로하고 모든 행복을 대신하는 그런 지복 말이다."*

그러자 소프로니스카 부인이 말했다.

"라로슈푸코가 이걸 쓰면서 우리가 말한 것을 암시하고자 했다는 겁니까?"

"그럴 수도 있으나 그렇게 생각하진 않습니다. 우리의 고전 작가들은 모든 해석의 가능성을 열어놓을 정도로 풍요롭습니다. 게다가 하나의 상황에만 국한시키지 않고 두루두루 정확히 적용된다는 점에서 더더욱 감탄스럽죠."

나는 그녀에게 보리스가 갖고 있었다는 소위 그 부적을 보여달라고 부탁했다. 그녀는 더 이상 자기가 갖고 있지 않다고, 보리스에게 관심을 갖던 누군가가 그걸 기념으로 달라고 해서 그에게 주었노라고 말했다. "스트루빌루라는 사람으로, 당신이 도착하기 얼마 전 여기서 만나게 된 사람이죠."

나는 소프로니스카 부인에게 내가 호텔 숙박부에서 그 이름을 보았는데 내가 과거에 스트루빌루란 작자를 안 적이 있노라, 그런데 그 사람이 동일인물인지 알면 무척 흥미로울 거라고 말했다. 그녀가 그려 보인 모습에 따르면 틀릴 수가 없었다. 하지만 그녀는 내 호기심을 만족시킬 만한 어떤 이야기도 해주지 못했다. 다만 그가 무척 상냥하고 싹싹했다는 것, 무척 똑똑해 보이긴 했으나 그 역시 다소 게을러 보였다고 하면서, "또다시 그 말을 사용해보자면 말입니다"라고 웃으며 덧붙였다. 나 역시 그녀에게 스트루빌루에 대해 내가 알고 있던 사실을 이야기해주었다. 그 얘기를 함에 따라 나는 자연스럽게 우리가 처음 만나게 되었던 기숙학원에 대해, 로라의 부모님들 (로라는 그녀 나름대로 부인에게 자기 속내 이야기를

---

* 라로슈푸코의 『잠언집』에서 1차 판본 이후 삭제된 잠언 54편.

했었다), 그리고 마침내 라페루즈 영감 이야기와 영감과 꼬마 보리스 사이의 친척 관계, 그리고 내가 영감과 헤어지면서 그에게 그 아이를 데려다 주겠노라 약속했다는 것을 이야기하게 되었다. 보리스가 자기 어머니와 계속 같이 사는 건 바람직하지 않다고 소프로니스카 부인이 일전에 말했던지라, "뭣 때문에 보리스를 아자이스 기숙학원에 넣지 않습니까?"라고 물었다. 부인에게 그런 제안을 하면서 나는 무엇보다 보리스를 지척에, 즉 그를 마음대로 볼 수 있을 친구네 집에 두게 된 걸 알면 그의 할아버지가 얼마나 기뻐할까 하는 생각을 했다. 또 그 아이 입장에서도 그곳이 나쁘리라고는 생각되지 않았다. 소프로니스카 부인은 그 문제를 생각해보겠노라 했다. 어쨌건 그녀는 내가 방금 이야기해준 모든 것에 무척이나 관심을 보였다.

소프로니스카 부인은 꼬마 보리스가 다 나았다고 되풀이했다. 이번 치료가 자신의 방법을 확인시켜준 모양이다. 하지만 난 그녀가 좀 앞서 나가지 않나 걱정이다. 물론 나는 그녀의 말을 반박하고 싶진 않다. 또 그 애에게서 경련과 스스로를 부정하는 태도, 언어 표현의 망설임 등은 거의 사라졌다는 걸 나도 인정한다. 하지만 내가 보기엔, 심문하는 것 같은 의사의 시선으로부터 도망치고자 병은 존재의 더 깊은 곳으로 단순히 도피한 것처럼 보였다. 그리고 이젠 영혼 그 자체가 타격을 받게 된 것 같았다. 자위행위 다음에 신경증 증세가 일어난 것과 마찬가지로 이 신경증 증세는 이제 나도 모르는 뭔가 보이지 않는 공포로 바뀐 것이다. 사실 소프로니스카 부인은 보리스가 브로냐를 따라 어린애 같은 일종의 신비주의 속으로 치닫는 것을 보고 불안해하고 있다. 부인은 무척 똑똑한 여성인지라, 현재 보리스가 추구하고 있는 이 새로운 '영혼의 지복'이 결국은 보리스가 처음에 인위적으로 유도했던 것과 크게 다르지 않다는 것, 그리고 신체적으로는 덜 소모적이고 덜 파괴적이긴 하나 이 새로운 상태는 소년을 여전히 진정한 노력과 실천으로부터 멀어지게 한다는 사실을 충분히 이해하고 있다. 하지만 내가 그런 이야기를 하면, 그녀는 보리스와 브로냐와 같은 영혼들은 공상적 자양분 없이는 살 수 없다고, 또 그런 자양분을 제거하면 브로냐의 경우 절망 속으로, 그리고 보리스의 경우 저속한 물질주의 속으로 굴러떨어지고 말 것이라고 대꾸한다. 게다가 그녀는 이 아이들의 신뢰를 유린할 권리가 자기에겐 없다고 평가하며, 또 그들의 믿음을 허황된 것이라 여기긴 하나 그 속에서 뭔가 저급한 본능의 승화를, 뭔가 더 나아지고자 하는 염원, 격려와 예방…… 등등을 보고자 한다. 그녀는 가톨릭교회의 교리는 믿지 않으나 신앙의 효력은 믿고 있다. 그녀는 그 두 아이의 깊은 신심에 대해 감동에 차서 말하는데, 둘이 같이 「요한묵시록」을 읽고 열광에 사로잡혀 천사들과 대화를 나누는가 하면, 또 자기네 영혼을 하얀 수의로 감싸기도 한다는 것이었다.* 모든 여자들처럼 그녀도 모순으로 가득 차 있다. 하지만 그녀가 옳았던 점은 나는 분명 신비주의자가 아니라는 것으로…… 게으른 자 역시 아니다. 난 보리스가 부지런한 아이가 되도록, 그리고 '공상적 행복'을 추구하던 버릇에서 마침내 벗어나도록 아자이스 기숙학원과 파리의 분위기가 많이 도와주리라 기대한다. 그에게 구원이 될 곳은 바로 거기다. 소프로니스카 부인은 내게 그를 맡길 생각을 하는 것 같다. 하지만 그녀는 파리까지 아이와 함께 갈 것이다. 아이가 아자이스 집에 제대로 정착하는지 직접 보고, 그래서 아이

---

* 「요한묵시록」 20장 서두에 나오는 이런 신비주의적 열광이란 순교자들이 나중에 천년왕국을 누린다는 것을 묘사한 것이다. 여기서 수의가 갖는 죽음 개념은 부활의 개념과 결합되어 있다.

어머니를 안심시키려는 것으로, 부인은 아이 어머니의 동의를 받아낼 수 있다고 자부하고 있다.

VI

올리비에가 베르나르에게

> 제대로 갈고 닦으면 덕성 자체보다 더 빛나는 결점들이 몇몇 있다.
> ── 라로슈푸코*

사랑하는 친구여,

우선 내가 바칼로레아 시험을 무사히 통과했다는 것을 말해야겠다. 하지만 그건 중요하지 않아. 내게도 여행을 떠날 수 있는 다시 없을 기회가 왔단다. 난 여전히 망설이고 있었어. 하지만 네 편지를 읽고 난 다음 당장 떠나기로 결심했어. 처음에는 어머니가 약간 반대하셨지. 하지만 뱅상이 나서서 나로선 기대하지 않던 친절한 모습을 보여주며 금방 그 반대를 물리쳐줬어. 네 편지가 암시하고 있는 그런 상황에서 형이 그렇게 야비하게 행동했으리라고 난 믿을 수가 없어. 우리 나이에는 사람들을 너무 엄격하게 평가하고 가차 없이 단죄하는 유감스러운 경향을 갖고 있지. 단지 우리가 그 동기

---

* 라로슈푸코의 『잠언집』 354편.

를 제대로 간파하지 못한다는 이유로 많은 행위들이 비난할 만하고
또 가증스럽기까지 한 것으로 보이는 거야. 뱅상은 그렇게 하지
않…… 하지만 그 이야기는 너무 길어질 거고, 난 네게 할 이야기
가 너무 많아.

　네게 이 편지를 쓰고 있는 사람이 바로 새로 나올 잡지 『아방가
르드』의 주필이라는 사실을 알아주기 바란다. 여러 번 숙고를 한
다음 나는 그 자리를 맡기로 했어. 로베르 드 파사방 백작이 날 그
자리의 적임자라고 판단한 거지. 잡지에 출자를 한 건 바로 그이지
만, 그는 그런 사실이 알려지는 걸 그리 원치 않아. 그래서 표지에
는 내 이름만 나오게 될 거야. 10월부터 나오기 시작할 거야. 창간
호에 실게 뭐 하나 보내줘. 첫 페이지 목차에 내 이름과 나란히 네
이름이 빛나지 않으면 섭섭할 테니까. 파사방은 창간호에 뭔가 아
주 자유롭고 자극적인 것을 싣고 싶어 해. 새로 나온 잡지에 대한
최악의 비난이란 지나치게 얌전하다는 평가라고 그는 생각하고 있
거든. 나도 대체로 같은 의견이야. 우리는 그 문제에 대해 많은 이
야기를 하고 있어. 그는 나더러 뭔가 그런 글을 하나 쓰라며 짤막한
단편으로 쓸 상당히 대담한 주제를 주었어. 그게 어머니 때문에 좀
마음에 걸리기도 하는 게, 어머니 마음을 괴롭힐 수도 있거든. 하
지만 할 수 없지. 파사방이 말하듯 젊을수록 스캔들은 별로 문제가
안 되거든.

　비자본에서 이 편지를 쓰고 있어. 비자본은 코르시카에 있는 가
장 높은 산 가운데 어느 산 중턱에 있는 자그마한 마을로, 울창한
숲 속에 파묻혀 있어. 우리가 묵고 있는 호텔은 마을에선 상당히 먼
곳이라 관광객들이 소풍을 나갈 때 출발점이 되는 곳이야. 우리가

여기 온 건 불과 며칠 전이야. 처음에 자리 잡은 곳은 사람들이 전혀 없는 멋진 포르토 만(灣)에서 멀지 않은 한 시골풍 숙소였어. 거기선 아침마다 바닷가로 내려가 수영을 하곤 했는데, 하루 종일 발가벗고 지낼 수 있는 곳이야. 정말 환상적이었어. 하지만 날씨가 너무 더워 산속으로 올라와야 했어.

파사방은 매력적인 동반자야. 귀족이라는 자기 작위는 전혀 개의치 않아. 나더러 자기를 그냥 로베르라 불러달라는 거야. 그리고 내게는 올리브라는 이름을 붙였어. 어때, 매력적이지 않나? 내가 자기 나이를 잊도록 그는 온갖 애를 다 쓰는데, 사실이지 그렇게 되고 있어. 어머니는 내가 그와 함께 떠나는 걸 보고 다소 겁을 내셨어. 그를 거의 모르셨거든. 나 역시 어머니를 슬프게 하지 않나 걱정되어 좀 망설였지. 네 편지를 받기 전에는 거의 포기한 상태였어. 뱅상이 어머니를 설득했고, 또 네 편지가 갑작스럽게 내게 용기를 주었어. 출발하기 전 우리는 며칠 동안 여기저기 상점들을 돌아다녔어. 파사방은 너무 너그러워 나한테 언제나 뭐든 다 사주려고 해서 난 계속 그를 말려야 했어. 하지만 그의 눈에는 초라한 내 옷가지들이 끔찍했던 거야. 셔츠와 넥타이, 양말 등등, 내가 갖고 있는 건 하나도 그의 마음에 들지 않았던 거지. 내가 한동안 자기와 같이 지내야 할 경우, 내가 제대로——다시 말해 그의 마음에 들게—— 차려입지 않은 모습을 보면 너무나 괴로울 거라고 계속 그러는 거야. 물론, 엄마를 불안하게 만들지 않을까 걱정되어 산 물건들은 전부 그의 집으로 보내게 했지. 그 사람 자체가 세련되고 우아하지. 하지만 특히 그의 취향이 무척 멋져. 과거 내겐 견딜 만해 보이던 많은 것들이 이젠 내 눈에도 끔찍해 보이게 되었어. 그가 상점에서 얼

마나 재미있는 사람인지 넌 상상도 못할 거야. 얼마나 재치 있는
지! 예를 하나 들어줄게. 그의 만년필을 수리하러 맡겼던 브렌타노
상점에 갔을 때였어. 그 뒤에 거대한 몸집의 영국인이 서 있었는데,
그가 새치기를 하려고 했어. 로베르가 그를 다소 거칠게 밀쳤더니
그자가 뭔지 알아들을 수도 없는 말을 그에게 해대기 시작했지. 로
베르는 뒤로 돌아서서 무척 차분하게 말했어.

"소용없습니다. 난 영어를 모릅니다."

화가 난 상대가 완벽한 프랑스어로 대꾸했지.

"아시는 게 좋을 텐데요."

그때 로베르는 무척 점잖게 미소를 지으며 말했어.

"그럴 필요 없다는 거 잘 아시잖아요."

영국인은 화가 펄펄 났으나 더 이상 무슨 말을 할지 몰랐지. 정
말 웃겼어.

또 다른 날, 우리가 올랭피아 극장*에 갔을 때야. 우린 막간에
홀 안을 서성거리고 있었는데, 거기엔 창녀들이 무척 많이 돌아다
니고 있었어. 그들 중 차라리 초라해 보인다고 할 두 명이 그에게
다가왔어.

"이봐요, 맥주 한 잔 사겠어요?"

우리는 그녀들과 같이 한 테이블에 앉았어.

"보이, 이 두 부인께 맥주 드려요."

"신사분들은요?"

"우리요……? 아! 우리는 샴페인을 들 거요"라고 그는 아무렇지

---

* 1892년 파리에 생긴 뮤직 홀.

도 않다는 듯 말했어. 그러곤 비싼 모에트 샴페인을 한 병 주문하고
선 우리 둘이 마셨던 거야. 네가 그 가련한 여자애들 얼굴을 봤더라
면……! 그는 창녀들을 끔찍해하는 것 같아. 창녀촌엔 한 번도 가
본 적이 없다고 내게 말했어. 그리고 내가 그런 곳에 가면 무척 화
를 낼 거라는 뜻을 내비쳤어. 시니컬한 말과 태도를 보일 때도 있
지. 가령 여행할 때 before lunch(점심 전)까지 같이 자고 싶은 사
람을 적어도 다섯은 만나야지 그렇지 못한 날은 '우울한 날'이라고
부른다고 말했을 때처럼 말이야. 하지만 그는 무척 반듯한 사람이
라는 걸 너도 알겠지. 덧붙여 말해두지만, 난 그 일은 다신 하지 않
았어…… 무슨 말인지 알겠지?

그가 훈계하는 방식은 지극히 재미있고 독특해. 언젠가 내게 말
하더군.

"알겠나, 자네, 인생에서 중요한 건 끌려가도록 내버려두지 않는
거야. 한 가지 일은 다른 일로 이어지고, 그 후로는 더 이상 어디로
가는지도 모르게 돼. 난 무척 건실한 한 젊은이를 안 적이 있는데,
우리 집 요리사의 딸과 결혼하게 되어 있었어. 어느 날 밤 그는 우
연히 작은 보석상에 들어가게 됐지. 그리고 그 보석상 주인을 죽였
어. 그러고 나서 도둑질을 한 거야. 그러곤 그 사실을 숨겼어. 어떻
게 되는지 알겠지. 마지막으로 그를 봤을 땐 완전히 거짓말쟁이가
되었더군. 조심해."

그는 언제나 이런 식이야. 그건 내가 따분하게 지내지 않는다는
말이야. 우리가 떠날 땐 일을 많이 할 계획을 갖고 있었어. 하지만
지금까지 수영하고 햇빛에 몸을 말리고 수다를 떠는 것 이외에 다
른 일은 거의 하지 않았어. 그는 모든 것에 대해 무척이나 독창적인

의견과 생각들을 갖고 있어. 언젠가 그가 심해의 바다 생물들, 그리고 그가 '자가 발광'이라고 부르는 것에 대해 너무나 새로운 몇몇 이론들을 내게 설명해준 적이 있는데, 나는 그것에 관한 글을 써보라고 내 능력껏 그를 부추기고 있어. 자가 발광이란 심해 생물들이 태양광선 없이도 지낼 수 있게 해주는 것으로, 그는 그걸 은총의 빛, 또 '계시'와 동일시하지. 내가 지금 하듯 몇 마디 단어로 설명하면 아무 의미도 없는 것 같지만, 정말이지 그가 직접 이야기할 때면 소설처럼 흥미진진하단다. 그가 자연사에 완전히 통달해 있다는 걸 사람들은 흔히 잘 모르고 있어. 하지만 그는 자기 지식을 감추는 걸 일종의 멋으로 삼고 있어. 그걸 자기가 가진 비장의 보석이라고 부르지. 그의 말에 따르면, 자기 장신구들, 특히나 그게 모조품일 경우, 모든 사람들 눈에 늘어놓길 좋아하는 건 떠돌이 사기꾼들밖에 없다는 거야.

그는 감탄스러울 정도로 멋들어지게 개념들과 이미지, 사람들과 사물들을 사용할 줄 알아. 다시 말해 모든 걸 유리하게 활용하지. 그의 말로는 인생의 최대 비결은 향유하기보다 이용하는 걸 배우는 거라는 거야.

몇 편의 시를 썼지만 네게 보낼 만큼 만족스럽지는 않다.

그럼, 친구여, 잘 지내. 10월에 보자. 나 역시 변한 걸 보게 될 거야. 나는 매일 조금씩 더 자신감을 얻고 있다. 네가 스위스에 있다니 기쁘구나. 하지만 보다시피 나도 널 부러워할 게 하나도 없단다.

올리비에.

베르나르는 이 편지를 에두아르에게 건넸으며, 에두아르는 그 편지가 자기 마음속에 불러일으킨 감정의 동요를 전혀 드러내지 않고 읽었다. 올리비에가 로베르에 대해 그토록 신이 나 해댄 모든 이야기가 그의 화를 돋우었으며, 마침내 로베르에 대한 증오심을 불러일으켰다. 더군다나 이 편지 속에 그는 언급조차 되지 않았다는 것에, 그리고 올리비에가 그를 잊어버린 것 같아 마음이 괴로웠다. 추신으로 쓴 다음 박박 지워놓은 석 줄을 해독해보려 했으나 소용이 없었다. 거기엔 다음과 같이 쓰여 있었던 것이다.

"그런데…… 삼촌에게 내가 언제나 삼촌을 생각하고 있다는 걸 말해 줘. 그리고 나를 버리고 간 것에 대해 삼촌을 용서할 수 없다고, 또 그 일로 내 가슴은 치명적인 상처를 입었노라고."

홧김에 쓴 과시로 가득 찬 그 편지에서 그 몇 줄만이 유일하게 솔직한 것이었다. 하지만 올리비에는 그걸 지워버렸던 것이다.

에두아르는 그 불쾌한 편지를 아무 말 없이 베르나르에게 돌려줬다. 베르나르 역시 아무 말 없이 그걸 받아들었다. 내가 이미 말했듯이 그 둘은 서로 말을 많이 나누는 사이가 아니었다. 그들 둘만 있게 되면 곧 설명할 수 없는 일종의 야릇한 거북함이 그들 위를 짓누르는 것이었다. (나는 '설명할 수 없는'이란 어휘를 좋아하진 않지만, 지금 딱히 다른 말이 생각나지 않아 여기서 쓴다.) 하지만 그날 저녁, 그들이 자기네 방으로 돌아와 잠잘 준비를 하고 있을 때, 베르나르는 한껏 용기를 내어 다소 목이 멘 듯한 목소리로 물었다.

"두비에한테서 받은 편지를 로라가 보여주던가요?"

"난 두비에가 제대로 일을 처리하리라는 걸 의심하지 않았네." 에두아르가 침대에 들면서 말했다. "그는 무척 선량한 사람이야. 아마 다소 나약하긴 하나 어쨌든 무척 선량하지. 그가 그 아이를 사랑하리라는 건 나도 확신해. 그 아이는 그가 낳았을 친자식보다 분명 훨씬 더 튼튼할 거야. 내가 보기에 그는 그리 건장해 보이진 않았거든."

베르나르는 로라를 너무 사랑했기에 에두아르의 그런 거침없는 대답에 충격을 받지 않을 수 없었다. 하지만 그는 그런 기색은 전혀 내보이지 않았다.

"어쨌든!" 에두아르가 자기 쪽 촛불을 끄며 말을 이었다. "절망 이외에 달리 출구가 없어 보이던 이 사건이 가장 바람직하게 끝나게 되어 기뻐. 잘못된 출발을 하는 건 누구에게나 일어날 수 있지. 중요한 건 고집을 부리지 않는 거지……"

"물론이죠." 논쟁을 피하기 위해 베르나르가 말했다.

"자네한테 솔직히 털어놓아야 할 게, 베르나르, 내가 자네와 그러지 않았나 걱정이라는 말이야……"

"잘못된 출발 말인가요?"

"그렇다네. 내가 자네에 대해 무척 애정을 갖고 있긴 하지만 며칠 전부터 난 우리가 서로에게 맞는 사람이 아니라는 생각이 들고, 또……(잠시 머뭇거리며 무슨 말을 할지 찾았다) 자네가 나와 더 오랫동안 지내는 게 자네 길을 망치는 거라는 생각이 드네."

에두아르가 그런 말을 하기 전까지는 베르나르 역시 내내 똑같은 생각을 하고 있었다. 하지만 베르나르의 마음을 다시 사로잡기 위해서 에두아르의 그 말보다 더 적절한 말은 없었다. 반박의 본능이 되살아나 베르나르는 항변했다.

"선생님은 절 잘 모르시고, 저 역시 저 자신을 잘 모르고 있습니다. 선생님은 절 시험해보신 적이 없습니다. 제게 별다른 불만이 없으시다면 좀더 기다려주십사고 부탁드려도 될까요? 우리에게 서로 닮은 점이 거의 없다는 건 저도 인정합니다. 하지만 사실상, 우리가 서로 그다지 닮지 않았다는 게 우리 둘 모두에겐 더 낫다고 생각했습니다. 제가 선생님을 도와드릴 수 있다면, 그건 제가 가진 차이점들을 통해, 또 제가 선생님께 가져다줄 새로운 것을 통해서라고 생각합니다. 제 생각이 틀리다면 언제든 말씀해주십시오. 전 불평을 하거나 결코 비난을 해대는 인간은 아닙니다. 하지만 제가 제안하는 걸 한번 들어보세요. 바보 같은 이야기인지 모르지만…… 제가 제대로 이해했다면 보리스는 브델-아자이스 기숙학원에 들어가게 되는 거죠. 보리스가 거기서 다소 헤매지 않을까 걱정한다고 소프로니스카 부인이 말씀하지 않았나요? 만약 제가 로라의 추천을 받아 지원을 한다면 거기서 뭔가 사감이나 자습 감독 같은 자리를 하나 얻으리라 기대해볼 수 있지 않겠어요? 전 제 밥벌이를 해야 하거든요. 거기서 일하는 대가로 제가 바라는 건 대단한 게 아니에요. 그저 먹고 자기만 하면 충분할 거예요…… 소프로니스카 부인도 저를 신뢰하고, 또 보리스하고도 전 잘 통합니다. 전 그를 보호하고 도와줄 것이며 그의 가정교사가 되고 친구가 될 겁니다. 하지만 선생님을 도와드리는 것도 계속할 겁니다. 그사이 선생님을 위해 일도 하고, 또 부르시면 언제나 달려가겠습니다. 자, 이건 어떻게 생각하십니까?"

'이건'에 좀더 무게를 주기 위한 것처럼 그는 덧붙였다. "이틀 전부터 그 생각을 했습니다."

그건 사실이 아니었다. 그가 그 멋진 계획을 바로 그 순간 생각해낸 게 아니었다면 로라에게 이미 이야기했을 것이다. 하지만 그가 입 밖에 내서 말한 건 아니지만 틀림없는 사실이기도 한 것은, 그가 제멋대로 에두아르의 일기를 읽고 난 다음부터, 또 로라를 만나고 난 다음부터, 종종 브델 기숙학원을 생각해왔다는 사실이다. 그는 아르망을, 올리비에가 자기에게 한 번도 이야기하지 않았던 올리비에의 그 친구와 사귀고 싶었으며, 그의 누이동생 사라는 한층 더 사귀고 싶었던 것이다. 하지만 자신의 호기심은 은밀한 것으로 남아 있었다. 로라에 대한 배려에서 그는 스스로도 그 호기심을 인정하지 않았던 것이다.

에두아르는 아무 말도 하지 않았다. 하지만 베르나르가 제시한 계획이 베르나르에게 거처를 마련해줄 수 있다면 자기 마음에도 들었다. 에두아르는 그를 자기 집에서 지내게 할 생각은 거의 없었던 것이다. 베르나르는 자기 촛불을 끈 다음 다시 말을 했다.

"아까 선생님 책에 관해 이야기하신 것에 대해 제가 하나도 이해하지 못했다고는 생각지 마세요. 그리고 선생님이 상상하신 그 갈등, 즉 있는 그대로의 현실과 ……"

"그건 내가 상상하는 게 아니야." 에두아르가 말을 낳었다. "실제로 존재하는 거지."

"바로 그렇습니다. 제가 몇몇 사실들을 선생님 쪽으로 몰아주어 선생님이 그것들과 대결해 싸울 수 있게 하는 게 좋지 않을까요? 제가 선생님을 위해 관찰을 하죠."

에두아르는 상대가 자기를 놀리는 게 아닌가 의심이 들었다. 사실이지 그는 베르나르에게 무시당한 느낌이었다. 베르나르는 말을 너무 잘했던 것이다……

"생각해보지." 에두아르가 말했다.

긴 시간이 흘렀다. 베르나르는 잠을 자려고 애썼으나 소용이 없었다. 올리비에의 편지가 그를 괴롭혔다. 결국 더 이상 참지 못하고, 게다가 에두아르가 침대 속에서 뒤척이는 소리가 들려 그는 중얼거렸다.

"주무시지 않는다면 한 가지 더 여쭤보고 싶은데요…… 파사방 백작에 대해 어떻게 생각하십니까?"

"물론, 자네도 잘 알지 않는가"라고 에두아르가 말했다. 그러고 나서 잠시 뒤, "자네는?"

"저는요," 베르나르가 거칠게 말했다. "죽여버리고 싶습니다."

VII

언덕 정상에 다다른 여행자는 자리에 앉아, 앞으로는 내려가게 되는 발걸음을 다시 시작하기 전에 주변을 둘러본다. 자신이 걸어온 꾸불꾸불한 그 길이 결국 자신을 어디로 데려갈지 알아보고자 한다. 그런데 그 길은 어스름 속으로, 그리고 곧 날이 저물게 되었기에 캄캄한 어둠 속으로 사라져버리는 것 같다. 이렇듯 앞을 내다보지 못하는 작가는 잠시 멈춰서서 숨을 고르고, 자기 이야기가 그를 어디로 이끌어갈지 초조하게 자문한다.

어린 보리스를 아자이스 기숙학원에 맡김으로써 에두아르가 경솔한 짓을 저지르지 않나 나는 걱정된다. 하지만 그를 어떻게 말릴 것인가? 누구나 제각기 자기 방식대로 행동한다. 그런데 에두아르의 방식은 끊임없이 실험을 하도록 부추긴다. 그가 선량한 사람이라는 건 분명하다. 하지만 다른 사람들이 편안하도록, 나는 그가 오히려 자기 이익을 위해 행동했으면 싶을 때가 종종 있다. 왜냐하면 그를 이끌어가는 관대함이란, 때때로 잔인해질 수 있는 호기심의 부산물일 뿐이기 때문이다. 그는 아자이스 기숙학원을 알고 있다. 도덕과 종교라는 숨 막히는 덮개 아래, 그곳에서 사람들이 얼마나 오염된 공기를 호흡하고 있는지 알고 있는 것이다. 그는 보리스도, 다정한 그의 성품과 그의 나약함도 알고 있다. 그렇다면 자기가 지금 보리스를 망가뜨릴 수 있는 어떤 위험에 노출시키는지 예견했어야 할 것이다. 하지만 그는 그 아이의 허약한 순수함이 아자이스 영감의 엄격함 속에서 얻을 수 있는 보호와 지원, 지지 이외 다른 것은 더이상 보려고 하지 않는다. 어떤 궤변에 귀를 기울이는 걸까? 분명 악마가 그걸 그에게 불어넣고 있을 것이, 다른 사람에게서 나왔다면 그 이야기를 듣지 않을 테니 말이다.

에두아르는 여러 번 날 화나게 했으며(가령 그가 두비에에 대해 이야기할 때), 나를 분개시키기도 했다. 그 점을 너무 드러내지 않았길 바란다. 하지만 지금은 그 사실을 당당히 말할 수 있다. 그가 로라를 대하는 태도는 때때로 관대하긴 하나, 이따금 지극히 불쾌하게 보였다.

에두아르가 내 마음에 들지 않는 것은 그가 스스로에게 변명을 해댄다는 사실이다. 뭣 때문에 그는 지금 자신이 보리스의 행복을 도모한다고 스스로를 설득시키려 하는가? 다른 사람들에게 거짓말하는 것은 그래도 좋다. 하지만 자기 자신에게! 어린아이를 익사시킬 급류가 그 아이에게 마실 물을 준다고 우기는 셈이 아닌가……? 세상 어딘가에는 고상하고 관대하며 사심이 전혀 없기도 한 행동들이 있다는 걸 나는 부인하지 않는다. 내가 단지 말하고 싶은 건, 가장 아름다운 동기 이면에도 종종 교활한 악마가 숨어 있다는 사실이다. 사람들이 그 악마에게서 빼앗아버렸다고 여기는 것에서 도리어 이득을 얻어낼 줄 아는 그런 악마 말이다.

우리의 등장인물들이 뿔뿔이 흩어지는 이 여름 휴가철을 활용해 그들을 천천히 살펴보도록 하자. 사실상 우리는 우리 이야기의 중간 지점, 즉 이야기의 속도가 느려지다가 조만간 그 흐름에 박차를 가하기 위해 새로운 도약을 하게 될 지점에 있다. 베르나르는 이야기 줄거리의 방향을 잡아 이끌고 나가기에는 확실히 아직 너무 젊다. 그는 보리스를 보호해줄 수 있다고 자부한다. 하지만 기껏해야 그를 지켜볼 수 있을 뿐이다. 우리는 이미 베르나르가 변하는 것을 보았다. 정념은 그를 한층 더 변모시키게 될 것이다. 나는 수첩 속에서 그에 대해 이전에 생각하던 바를 적어놓은 몇몇 구절을 다시 읽어본다.

《베르나르가 이야기 초반에 보여준 것과 같은 그런 과격한 행동을 나는 경계했어야 했다. 그 이후 그가 내보인 심리 상태로 미루어 보건대, 그는 무정부적인 그의 저력을 전부 다 소진한 것처럼 보인다. 만약 그가 적당히 자기 가정의 억압 속에서 그럭저럭 계속 살아갔더라면 그런 저력은 분명 유지되었을 것이다. 그 이후 그는 자기 행동에 대한 반작용으로, 또 그 행동을 반박이라도 하듯 살아왔다. 그가 가진 반항과 대항의 습관은 자신의 반항 자체에 대해서도 반항하게 만들고 있다. 내 인물들 중에 그보다 더 날 실망시킨 자는 아마 없을 것이다. 그건 그보다 더 기대를 갖게 했던 인물이 없었기 때문일 것이다. 아마도 그는 너무 일찍 자신의 성향에 스스로를 맡겨버렸던 것 같다》

하지만 이 구절은 더 이상 그리 정확한 것처럼 보이지 않는다. 나는 아직 그를 믿어봐야 한다고 생각한다. 상당히 관대한 마음이 그에게 활기를 주고 있다. 나는 그에게서 남성다운 씩씩함과 힘을 느낀다. 그는 분개할 줄도 안다. 그는 자기 자신의 말에 너무 귀를 기울인다. 하지만 그건 그가 말을 잘하기 때문이기도 하다. 나는 너무 빨리 자기표현을 찾아내는 감정들을 경계한다. 그는 매우 뛰어난 학생이다. 하지만 새로운 감정들은 기존의 습득된 형식 속으로 쉽사리 흘러들지 않는다. 새로운 표현을 만들기 위해 그는 더듬거리게 될 것이다. 그는 이미 너무 많은 것을 읽었고 너무 많은 것을 기억하고 있으며, 인생보다 책을 통해 더 많은 것을 배웠다.

나는 베르나르가 에두아르 옆, 올리비에의 자리를 대신 차지하게 만든 변덕스러운 운명에 대해 내 마음을 달랠 수가 없다. 사건들이 잘못 전개되었다. 에두아르가 사랑한 건 올리비에다. 에두아르는 얼마나 정성 들여 그를 성숙시켰을 것인가? 얼마나 사랑으로 가득 찬 존경으로 올리비에를 안내하고 지지하고, 또 에두아르 자신의 수준까지 그를 끌어올렸겠는가? 파사방이 그를 망치리라는 건 확실하다. 올리비에에겐 거리낄 것 없다는 그런 분위기에 휩싸이는 것보다 더 해로운 건 없다. 난 올리비에가 그런 것으로부터 자신을 더 잘 방어할 줄 알았으면 하고 기대했다. 하지만 그는 원래 마음이 여리고 아첨에 쉽게 넘어가는 성격이다. 그는 무슨 일에나 도취하고 만다. 게다가 베르나르에게 보낸 그의 편지에 나타난 몇몇 어조로 보아, 난 그가 다소 허영기가 있다는 걸 알게 된 것 같다. 관능적인 기질과 원한, 허영, 그런 것들이 그에게 얼마나 큰 영향력을 미치겠는가! 에두아르가 그를 다시 만나게 될 때면 너무 늦은 건 아닐까, 난 그게 걱정스럽다. 하지만 그는 아직 젊으니 여전히 희망은 가져볼 수 있다.

파사방…… 그에 대해서는 아무 말도 하지 않는 게 낫지 않을까? 그와 같은 유형의 인간들보다 더 해로운 동시에 박수갈채를 받는 인물도 없다. 물론 그리피스 부인 같은 여자들은 제외하고 말이다. 지금 고백하는 바이지만, 처음에 나는 그녀를 상당히 중요한 인물처럼 여겼다. 하지만 나는 금방 내 잘못을 깨달았다. 그런 인물들은 얄팍한 천 조각을 잘라 만든 인간들이다. 미국은 그런 인간들을 많이 수출한다. 하지만 미국만 그런 인간들을 만들어내는 나라는 아니다. 재산과 총명함, 미모, 그들은 모든 걸 다 갖고 있는 것 같으나, 단 하나, 영혼이 없다. 뱅상도 조만간 그걸 깨닫게 될 것이다. 그들은 어떤 과거, 어떤 속박의 무게도 느끼지 않는다. 그들에게는 율법도 없으며, 본받을 스승도 양심의 가책도 없다. 무한히 자유롭고 마음 내키는 대로 행동하는 그들은 소설가들을 절망시키는데, 그들로부터 얻는 것이라곤 아무 가치도 없는 반작용들밖에 없기 때문이다. 난 앞으로 오랫동안 그리피스 부인을 다시 보지 않길 바란다. 그녀가 우리에게서 뱅상을 앗아간 것이 유감스럽다. 뱅상, 그는 더 흥미로운 인물이었다. 하지만 그녀와 만나면서 평범해지고 말았다. 그녀에 의해 이리저리 휘둘리면서 그는 자신의 모난 개성을 잃고 만 것이다. 안타까운 일이다. 모는 났으나 꽤나 멋진 개성들을 갖고 있었는데.

언젠가 내가 또다시 이야기를 만들어내게 된다면, 난 강인한 성격의 인물들, 인생과 부딪쳐 그 성격이 무뎌지지 않고 도리어 날카로워지는 그런 인물들만 등장시킬 것이다. 로라, 두비에, 라페루즈, 아자이스…… 이런 사람들과 뭘 할 수 있겠는가? 내가 그들을 일부러 찾아 나선 건 결코 아니었다. 베르나르와 올리비에 뒤를 따라가다 우연히 내 길 위에서 만난 것뿐이다. 나로선 싫어도 어쩔 수 없는 일이다. 이젠 그들도 내 소관이다.

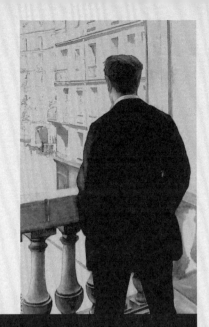

제3부 파리

우리가 각 지역에 대해 새롭고 훌륭한 연구서를 몇 개 더 갖게 될 때, 그때, 단지 그제야 비로소, 그것들이 제시한 자료들을 모아보고 비교함으로써, 또 그것들을 세심하게 서로 대조해봄으로써 우리는 전체의 문제를 다시 살펴볼 수 있으며, 또 그 문제에 대해 새롭고 결정적인 한 걸음을 내디딜 수 있을 것이다. 이와 다른 방법을 따른다는 것, 그건 단순하고 조잡한 두세 개의 개념을 갖고 일종의 간단한 소풍을 떠나는 것과 같을 것이다. 그건 대부분의 경우, 구체적인 것, 개별적인 것, 불규칙한 것, 한마디로 가장 흥미로운 것 옆을 그냥 지나치는 것과 같을 것이다.

—— 뤼시앵 페브르, 『지구와 인류의 진화』.*

---

* 뤼시앵 페브르(Lucien Fébvre, 1878~1956): 프랑스의 역사가로 마르크 블로흐와 함께 사회와 인간의 구체적 역사에 관심을 갖는 '아날 학파'를 창시했다. 지드 역시 동일한 맥락에서, 이 소설에서 지엽적인 사소한 사건들을 중심으로 '새로운 소설'을 구상했다고 볼 수 있다. 『지구와 인류의 진화』는 1922년 출판되었다.

I

파리에 돌아왔으나, 그는 조금도 기쁘지 않았다.
— 플로베르, 『감정 교육』.*

❧ 에두아르의 일기

9월 22일

무더위, 권태. 일주일이나 일찍 파리로 돌아왔다. 성급한 성격 탓에, 난 언제나 부르기도 전에 달려가게 된다. 열성이라기보다 호기심, 앞지르고자 하는 욕망이리라. 이제까지 내 갈증을 달랠 수 있었던 적은 한 번도 없었다.

보리스를 그의 할아버지 집에 데려다 주었다. 그 전날 그 사실을 미리 알리러 갔던 소프로니스카 부인이 알려주길, 라페루즈 부인이 양로원에 들어갔다는 것이었다. 휴우!

나는 초인종을 누른 다음 아이를 층계참에 두고 나왔다. 그들이 처음 대면하는 자리에 같이 끼지 않는 게 더 신중하리라 여겼고, 또 고맙다는 노인의 인사가 거북했기 때문이다. 나중에 아이에게 물어봤으나 아무 이야기도 들을 수 없었다. 다시 만난 소프로니스카 부인에 따르면, 아이가 자기에게도 더 많은 이야기는 하지 않았다는 것이다. 약속된 대로 한 시간 뒤 그녀가 아이를 데리러 다시 갔을 때, 하녀가 문을 열어줬다. 소프

---

* 『감정 교육』의 2부 6장에 나온다.

로니스카 부인은 노인 혼자 장기판 앞에 앉아 있는 것을 봤으며, 아이는 다른 한쪽 구석에서 시무룩한 표정으로 있었다는 것이다.

"참, 이상하군요." 몹시 당황한 라페루즈 영감이 말했다. "재미있다는 기색이었어요. 그러다가 갑자기 싫증을 내더군요. 참을성이 좀 모자라지 않나 걱정입니다……"

너무 오랜 시간 그들 둘만 남겨둔 게 잘못이었다.

9월 27일

오늘 아침, 오데옹 극장 앞에서 몰리니에를 만났다. 폴린과 조르주는 모레나 돼야 돌아온다. 어제부터 혼자 파리에 있던 몰리니에가 나만큼이나 심심해하고 있었다면, 나를 만나 무척 기뻐하는 것처럼 보였던 건 하나도 놀랍지 않다. 우리는 점심시간을 기다리는 동안 뤽상부르 공원에 가 앉았는데, 식사를 같이하기로 했던 것이다.

몰리니에는 나와 있을 때 때때로 외설스럽기까지 한 농담조를 띠기도 하는데, 예술가라면 그런 어투를 좋아하리라 여기는 모양이다. 자신이 아직 젊다는 걸 드러내기 위해 뭔가 신경을 쓰는 것이리라.

"이래 봬도 난 정열가야." 그가 내게 선언하듯 말했다. 난 그가 호색한을 말하고자 한 것임을 알아챘다. 나는 미소를 지었다. 그건 자기 다리가 무척 늘씬하다고 말하는 여자의 말에 주위 사람들이 짓게 될 그런 미소로, '나 역시 당연히 그러리라 생각했소'라는 의미였다. 그날까지 내가 그에게서 본 건 오직 법관이라는 모습뿐이었다. 마침내 사나이는 법복을 벗어버린 것이다.

나는 푸와요 식당에 자리를 잡고 앉을 때까지 기다렸다가 올리비에에 대한 이야기를 꺼냈다. 즉 최근에 그의 친구 중 한 명을 통해 그의 소식을 들었는데, 파사방 백작과 함께 코르시카를 여행 중이라는 걸 알았노라고 말했다.

"그래요, 뱅상의 친구인데 올리비에를 여행에 데려가겠다고 제안했다더군요. 올리비에가 상당히 우수한 성적으로 바칼로레아 시험을 통과한 뒤라 애 엄마도 그 애에게서 그런 즐거움을 빼앗을 생각은 못했지…… 파사방 백작이란 자가 문학가라던데, 자네도 분명 알고 있겠군."

나는 그의 책뿐 아니라 그의 인간 됨됨이도 그리 좋아하지 않는다는 걸 전혀 숨기지 않았다.

"동료들 사이에선 때로 서로를 다소 엄격하게 평가하지"라고 그가 대꾸했다. "그의 최근 소설을 읽어보려고 했지. 몇몇 비평가들이 무척 중요하게 다루고 있더군. 난 대단한 걸 보지 못했네만, 자네도 알다시피 내 전문 분야가 아니니……" 그러곤 내가 파사방이 올리비에에게 미칠 수 있을 영향에 대해 걱정을 드러내자,

"사실 말이지"라고 그가 다소 꺼림칙한 어조로 덧붙였다. "난 말일세, 개인적으로 이번 여행에 동의하지 않았네. 하지만 어느 나이가 되면 아이들은 우리 손에서 벗어난다는 사실을 깨달아야 한다네. 그건 통례야. 그리고 그건 어쩔 도리가 없고. 폴린은 계속 아이들을 보살피려고 하지. 모든 어머니와 같아. 이따금 내가 그녀에게 말한다네. '당신은 당신 아들들을 귀찮게 하고 있어. 가만히 좀 내버려둬요. 당신은 애들에게 온갖 질문을 해대며 도리어 이상한 생각을 하도록 자극한단 말이오……' 나로선 아이들을 너무 오랫동안 감시하는 건 아무 소용이 없다는 주장이오. 중요한 건 어릴 적 교육으로 애들에게 몇몇 좋은 원칙을 주입시키는 것이라는 말이오. 특히 중요한 건 그들이 누구를 닮았느냐 하는 것이지. 이보게, 유전이라는 걸 이기는 건 없다네. 아무리 해도 고칠 수 없는 행실 나쁜 아이

들이 있지. 그렇게 타고났다고 부르는 아이들 말일세. 그런 아이들은 단단히 휘어잡는 게 필요하지. 하지만 좋은 성품을 타고난 경우, 고삐를 좀 늦춰도 되지."

"하지만 좀 전에 말씀하시길," 나는 추궁하듯 말을 이었다. "올리비에를 데려간 것에 동의하지 않으셨다면서요."

"아! 내 동의라…… 내 동의." 그는 자기 접시에 코를 박고 말했다. "이따금 내 동의 없이도 밀고 나간다네. 분명 알아둬야 하는 건, 부부 사이에서, 내 말은 가장 사이가 좋은 부부라도 말일세, 언제나 남편에게 결정권이 있는 건 아니라는 사실이야. 자네는 결혼을 안 했으니 관심도 없겠네만……"

"그렇지만," 나는 웃으며 말했다. "전 소설가입니다."

"그러니 자네도 간파할 수 있었겠지만, 남자가 자기 아내가 하는 대로 끌려가는 게 언제나 나약한 성격 때문만은 아니라네."

"사실이지," 나는 그의 비위를 맞추려고 맞장구를 쳤다. "단호하고 또 권위적이기도 한 남자들이 부부 사이에선 어린 양처럼 온순한 경우가 있죠."

"뭣 때문에 그런지 아나?" 그가 계속했다. "남편이 아내에게 굽힐 때는 십중팔구 뭔가 잘못한 일이 있기 때문이야. 이보게, 정숙한 아내란 모든 것에서 이득을 끌어내지. 남자가 한순간 허리를 굽히면 당장 그의 어깨 위로 뛰어오른다오. 아! 이보게, 정말 동정해야 하는 불쌍한 남편들이 종종 있다네. 젊을 때는 순결한 아내를 원하지. 아내의 덕성이 우리에게 어떤 대가를 치르게 하는지도 모른 채 말이오."

나는 식탁에 팔꿈치를 괴고 두 손으로 턱을 받친 채 물끄러미 몰리니에를 쳐다봤다. 가련한 그 남자는 자신이 한탄하는 허리 굽힌 그 자세가 그의 등짝에 얼마나 잘 어울리는지 전혀 모르고 있었다. 그는 연거푸 이마의 땀을 훔쳤으며, 미식가라기보다 걸신 들린 사람처럼 많이도 먹어댔다. 우리가 주문한 오래된 부르고뉴산 포도주를 특별히 즐기는 것 같았다. 내가 자기 이야기에 귀를 기울이고, 이해하고, 분명 동의한다고 여겨 흡족해진 그는 자기 속내 이야기를 쏟아내고 있었다.

"사법관으로서," 그는 계속했다. "난 마지못해, 그저 억지로 자기 남편에게 몸을 맡기는 여자들을 보아왔다네. 그런데 그런 여자들도 자기가 매정하게 거절한 불쌍한 남편들이 다른 데서 먹잇감을 찾아 나서면 분개하거든."

사법관은 처음에는 과거 시제를 쓰며 자기 말을 시작했다. 하지만 부인할 수 없는 개인적 사실을 언급하는 가운데 남편으로서 그 말을 현재형으로 끝냈던 것이다. 연신 먹어대던 그는 한입 먹은 다음 잠시 쉬는 틈을 타 격언조로 덧붙였다.

"식욕이 없는 사람에겐 타인의 식욕이 과도하게 보이기 십상이지." 그리고 포도주를 한입 꿀꺽 마신 다음 말했다. "이보게, 바로 그게 남편이 어떻게 가정의 주도권을 잃게 되는지를 설명해주는 것이라네."

나는 충분히 알아들었다. 또 앞뒤가 맞지 않는 게 뻔히 보이는 그의 말에서, 나는 자기가 저지른 잘못에 대한 책임을 자기 아내의 덕성에 전가하려는 그의 마음을 알아챘다. 이 꼭두각시 같은 인물처럼 산산조각 난 인간들은, 낱낱이 흩어진 자기네 모습의 조각들을 서로 붙여놓기 위해선 그들의 이기주의를 전부 다 써도 모자랄 것이라고 나는 생각했다. 자신을 잠시 잊기라도 할라 치면 그들은 산산조각이 나고 말 것이다. 그는 입을 다물고 있었다. 나는 마치 한 바퀴 돈 다음 멈춰 선 기계에 기름을 부어넣듯이 몇 가지 생각들을 부어넣을 필요를 느꼈다. 그래서 그가 다시 이야기를 시작하도록 과감히 말을 꺼냈다.

"다행히, 폴린 누님은 현명하잖아요."

그는 "그렇지……"라고 했으나, 말꼬리가 길게 늘어진 게 의구심을
드러내고 있었다.

"하지만 집사람이 이해하지 못하는 것들이 있지. 여자란 아무리 현명
하다 해도 어쩔 수 없으니 말일세…… 게다가 그런 상황에서 내가 그리
능숙하지 못했다는 것도 인정하네. 내가 먼저 사소한 연애 사건 이야기를
꺼냈거든. 그때 난 그 사건이 더 이상 계속되지 않으리라 생각했고, 또 내
스스로 확신하고 있었지. 그런데 그게 계속됐단 말이야…… 그리고 폴린
의 의심도 마찬가지였고. 흔히 말하듯 애당초 그녀의 귓속을 간질여 의심
을 품게 했던 게 잘못이었어. 그래서 난 숨기고 거짓말을 해야 했지……
처음에 너무 입이 헤펐던 것의 결과가 바로 그거라네. 하지만 어떻게 하겠
나? 난 사람을 쉽게 믿는 천성이니…… 그런데 폴린의 질투심이 어찌나
끔찍한지, 내가 얼마나 속임수를 써야 했는지 자넨 상상도 못할 거네."

"오래전 일입니까?" 내가 물었다.

"글쎄, 대략 5년 전 일이지. 집사람을 완전히 안심시켰다고 생각했는
데, 모든 게 다시 시작하려는 판일세. 좀 생각해보게나. 그저께 집에 돌
아와서…… 참, 포마르 포도주 한 병 더 주문하면 어떨까?"

"저는 됐습니다."

"아마 반병짜리가 있을 거야. 그러고 나서 난 집에 들어가 한숨 자야
겠네. 더위 때문에 지치는구먼…… 아까 말했듯이, 그저께 집에 돌아와
서류를 정리하려고 내 책상 뚜껑을 열었지. 그리고…… 문제의 그 여자
편지를 숨겨놨던 서랍을 당겼단 말일세. 이보게, 내가 얼마나 놀랐는지
한번 생각해보게. 서랍이 비어 있었던 거야. 아! 그렇지. 무슨 일이 있었

는지 너무나 뻔히 보이는 거야. 2주 전, 내 동료의 딸 결혼식을 보러 폴린이 조르주와 함께 파리로 돌아왔었는데, 난 그 결혼식에 참석할 수 없었거든. 자네도 알다시피 난 그때 네덜란드에 있었지…… 그리고 그런 예식에 참석하는 건 오히려 여자들 일이니까 말일세. 아무도 없는 아파트에서 딱히 할 일도 없던 집사람은 정리를 한다는 핑계로, 그런데 여자들이 어떤지, 언제나 약간 호기심에 차 있다는 것을 자네도 알지 않나…… 집 안을 샅샅이 뒤지기 시작하지 않았겠나…… 물론 나쁜 뜻은 없이 말일세. 난 집사람을 비난하지는 않네. 하지만 폴린은 언제나 엄청난 정리벽을 갖고 있었으니…… 그러니 증거가 잡힌 지금 내가 무슨 말을 할 수 있겠나? 게다가 그 여자가 편지에 내 이름만 쓰지 않았어도 좋았을 텐데! 무척이나 사이좋은 우리 부부 아닌가! 앞으로 어떻게 해야 할지 생각하노라면……"

가엾은 남자는 속마음을 털어놓으며 갈피를 못 잡고 있었다. 그는 이마의 땀을 닦고 부채질을 했다. 나는 그보다 포도주를 훨씬 덜 마셨다. 동정심이란 원한다고 억지로 우러나게 할 수 있는 건 아니다. 나는 그에게 혐오감밖에 들지 않았다. 나는 (그가 올리비에의 아버지란 생각에 괴롭긴 했으나) 그를 가장으로서, 또 견실하고 정직하며 은퇴한 부르주아로선 받아들일 수 있다. 그러나 사랑에 빠진 그는 상상하기만 해도 우스꽝스러울 뿐이다. 특히나 서툴고 저속한 그의 이야기와 그의 표정 때문에 나는 어색했다. 그의 얼굴이나 목소리도 그가 내게 표현한 그런 감정들과는 어울려 보이지 않았던 것이다. 비올라의 효과를 내려고 애쓰는 콘트라베이스라고나 할 수 있었으리라. 그의 악기는 삐걱거리는 소리밖에 내지 못하고 있었다.

"조르주가 폴린과 같이 왔다고 말씀하셨는데……"

"그래요. 집사람은 그 아이를 혼자 내버려두고 싶지 않았거든. 그렇다고 물론 파리에서 그 애가 맨날 자기 엄마 등에 업혀 있었던 건 아니고…… 이보게, 자네에게 하는 말이지만, 26년간 부부 생활을 해오면서 집사람과 부부 싸움 한 번 없었고 사소한 언쟁도 없었는데…… 조만간 어떤 일이 벌어질지 생각하면…… 폴린이 이틀 뒤에 돌아올 거니까…… 아! 자, 다른 이야기나 합시다. 그래! 뱅상에 대해선 어떻게 생각하나? 모나코 왕자, 탐사 항해라…… 대단하지……! 아니, 몰랐다고……? 그랬다네, 아조레스 제도* 근처로 해저 측량과 어로 탐사를 감독하러 떠났다네. 아! 그녀석, 내 확신하네만, 그 녀석에 대해선 걱정할 게 없어. 혼자서도 제 길을 잘 찾아갈 거야."

"그의 건강은?"

"완전히 회복됐지. 똑똑하니만큼 출세 가도를 달릴 거라 믿어요. 파사방 백작도 뱅상을 자기가 만나본 가장 뛰어난 사람 가운데 하나로 여긴다고 내게 숨기지 않고 말하더군. 가장 뛰어나다고까지 하던데…… 물론 과장도 다소 들어 있겠지만……"

식사가 끝나가고 있었다. 그는 시가에 불을 붙였다.

"하나 물어보고 싶은 게 있는데," 그는 다시 말문을 열었다. "자네에게 올리비에 소식을 전해준 그 애 친구가 누군가? 자네한테 하는 말이지만 난 자식들의 교우 관계에 특별히 신경을 쓴다네. 아무리 주의를 해도 모자랄 판이라고 여기지. 다행히도 내 자식들은 지극히 훌륭한 친구들하고만 사귀는 소질을 타고났지. 보게나. 뱅상은 그 왕자하고, 또 올리비에

---

* 아조레스 제도는 포르투갈령의 섬이다. 포르투갈 서쪽 북대서양에 있는 화산 제도로 아홉 개의 섬으로 구성되어 있다.

는 파사방 백작하고 말일세…… 조르주, 그 애는 올가트*에서 같은 반 친구를 다시 만났는데, 아다망티 집안의 아들이라더군. 게다가 그 아이는 개학하면 조르주와 같이 브델-아자이스 학원에 들어가게 된다는구먼. 아주 믿을 만한 아이지. 그 애 부친이 코르시카 상원의원이라네. 하지만 얼마나 주의해야 하는지, 내 얘길 좀 들어보게. 올리비에에게 베르나르 프로피탕디외라는 친구가 하나 있었는데, 무척 좋은 집안처럼 보였다네. 사실 그 애 아버지 프로피탕디외 씨가 내 직장 동료라네. 지극히 뛰어난 사람이라 내가 특별히 높이 평가하던 인물이지. 하지만…… (우리끼리 이야기지만) ……최근에 난 그가 자기 성을 가진 그 애의 친부가 아니라는 사실을 알았단 말일세! 자넨 이 이야기를 어떻게 생각하나?"

"제게 올리비에 소식을 전해준 게 바로 그 베르나르 프로피탕디외입니다." 내가 말했다.

몰리니에는 시가 담배 연기를 한껏 내뿜었다. 그러고 나서 눈썹을 높이 치켜세우는 바람에 그의 이마에 주름살이 잔뜩 잡혔다.

"난 올리비에가 그 애하고 너무 친하게 지내지 않길 바라네. 그 아이에 대해 좋지 않은 이야기를 들었는데, 난 크게 놀라지도 않았다네. 그런 한심한 환경에서 태어난 아이에게서 뭔가 좋은 걸 기대할 수 없는 건 당연한 거지. 물론 사생아라고 해서 훌륭한 자질이나 여러 가지 덕목조차 가질 수 없다는 건 아닐세. 하지만 무질서와 반란의 열매는 필연적으로 그 안에 혼란의 씨앗을 품고 있다는 거지…… 그래, 이보게, 일어나고 말 일이 일어난 거야. 베르나르라는 아이가 갑자기 집을 나갔는데, 사실 자기가 들어가서는 절대로 안 되는 집이었지. 에밀 오지에**가 말했듯이 '자

---

* 프랑스 노르망디 지방의 해변 도시.

기 인생을 살러' 집을 나간 거야. 어떻게 살아갈지, 어디서 살지도 모른
채 말일세. 가엾은 프로피탕디외 씨는 아이의 그런 무분별한 짓을 내게
직접 얘기했는데, 처음에는 무척이나 상처받은 모습이었어. 난 그 일을
너무 심각하게 받아들여서는 안 된다는 걸 이해시켰지. 결국 그 애가 떠
남으로써 모든 일이 제자리로 돌아온 거지."

나는 (물론 트렁크 이야기는 하지 않도록 조심하며) 베르나르가 얼마나
정직하고 친절한지 보증을 설 정도로 그를 잘 알고 있노라고 반박했다.
하지만 몰리니에는 곧바로 펄쩍 뛰며 말했다.

"그렇다면 자네한테 좀더 자세히 얘기해줘야겠군!"

그러고 나선 앞으로 몸을 숙여 나지막한 목소리로 말했다.

"내 동료인 프로피탕디외 씨는 사건 그 자체뿐 아니라 그 사건이 불러
일으킬 수 있는 반향과 결과에 있어서도 무척이나 추잡하고 골치 아픈 사
건을 하나 떠맡게 되었다오. 있을 법하지도 않고, 또 도무지 믿고 싶지도
않은 이야기라오…… 이보게, 진짜 매춘 사업으로, 그게…… 아니, 저
속한 단어를 쓰고 싶진 않으니 그냥 찻집이라고 해두지. 그런데 특히 분
노할 건 그곳에 드나드는 패들이 대부분, 거의 전부가 아주 어린 중학생
들이라는 사실이라오. 도저히 믿을 수 없는 일이잖소. 숨기려 드는 기색
도 별로 없는 걸로 보아, 그 애들은 자기들 행동이 얼마나 심각한지 분명
깨닫지도 못하고 있어요. 학교가 파한 다음 그 짓을 하는 거요. 거기서
여자들과 같이 먹고 수다를 떨며 노는데, 홀 옆에 붙은 방에서 계속 이어
지는 거지. 물론 아무나 다 들어갈 수는 없다오. 소개를 받아 입회를 해야

** 에밀 오지에(Emile Augier, 1820~1889): 프랑스의 극작가로, 사실주의 방식으로 사회
   문제를 다루고 사회악을 고발하는 등, 교훈적 도덕을 제시하는 상식의 신봉자였다.

하지. 그런데 도대체 누가 이런 난장판의 비용을 대느냐 말인가? 그리고 그 집세는 누가 내고? 그걸 밝혀내는 건 어렵지 않아 보였다네. 하지만 조사를 계속 밀어붙이는 데는 엄청나게 신중해야 했던 게, 너무 많은 사실을 알게 될까 봐, 또 그 일에 끌려들어가 어쩔 수 없이 계속 추적을 해서 결국은 명망 있는 몇몇 집안의 평판을 위태롭게 할 위험이 있었으니까 말이오. 주요 고객들 가운데 그런 집안의 자식들이 있다는 의심이 갔거든. 난 그 일에 마치 황소처럼 뛰어들던 프로피탕디외 씨의 열성을 누그러뜨리기 위해 최선을 다했소. 그는 자기 뿔*로 가장 먼저…… (아! 용서하게, 일부러 얘기하려한 건 아닌데, 허! 허! 허! 이상하게도 말이 튀어나왔소) …… 자기 아들을 들이받으리라고는 상상도 못하고 그러니. 다행히 여름 방학으로 모두 해산하고 학생들은 뿔뿔이 흩어졌으니. 난 이번 사건이 흐지부지되어 큰 소란 없이 가벼운 경고와 처벌로 무마되길 기대하오."

"베르나르 프로피탕디외가 그 일에 연루되었다고 확신하십니까?"

"완전히 그런 건 아니지만……"

"무슨 이유로 그렇게 생각하는 거죠?"

"우선 그 아이가 사생아란 사실이오. 자네 생각도 그렇겠지만, 고만한 나이엔 웬만한 나쁜 짓을 저지르지 않고선 그렇게 집을 나가진 않지…… 그리고 프로피탕디외도 약간 눈치를 챈 것 같은 게, 그의 열성에 갑자기 제동이 걸렸거든. 그가 후퇴하고 있는 것 같다니까. 최근에 내가 그 사건은 어떻게 되어가고 있나 물었더니 당황한 듯한 태도였소. '결국 별 게 아닌 것 같습니다'라고 말하고선 금방 화제를 돌리더군. 프로피탕디외, 참 불쌍한 사람이야! 물론, 그런 욕을 먹을 사람은 아니지! 성실한 사람이

---

* 프랑스어로 '뿔 달린 남자'는 정숙치 못한 아내를 둔 사내를 말한다.

지. 게다가 더 드문 일이지만 정직한 사람일세. 아! 그래요, 최근에 딸이 좋은 집으로 시집을 갔지. 난 그때 네덜란드에 있어서 가볼 수가 없었지. 하지만 폴린하고 조르주가 결혼식을 위해 파리로 돌아왔었지. 그 얘기는 이미 했던가? 이제 집에 가서 한숨 잘 시간인데…… 아니, 정말로? 자네가 다 내겠다는 건가? 아니지! 남자 사이에, 또 친구 사이에 같이 내지그래…… 안 된다고? 자 그럼, 잘 가게. 폴린이 이틀 뒤에 돌아온다는 사실 잊지 말게. 집으로 한번 오게. 그리고 더 이상 나를 몰리니에 씨라 부르지 말고 오스카라고 간단히 이름으로 부르게……! 그 얘긴 오래전부터 하려고 했네."

오늘 저녁 로라의 언니인 라셀의 쪽지를 받았다.

긴요히 말씀드릴 게 있습니다. 그리 폐가 되지 않는다면, 내일 오후 학원에 들러주실 수 있나요? 그러면 큰 도움이 되겠습니다.

그게 로라에 관한 이야기였다면 이렇게 오래 기다리진 않았을 것이다. 그녀가 내게 편지를 쓴 건 이번이 처음이다.

II

🌿 에두아르의 일기(계속)

9월 28일
라셀은 기숙학원 아래층, 커다란 자습실 문턱에 서 있었다. 하인 둘이 바닥을 청소하고 있었다. 그녀 역시 하녀용 앞치마를 두르고 손에는 행주를 들고 있었다.

"꼭 와주실 줄 알았어요." 그녀는 내게 손을 내밀며 말했다. 그 표정엔 부드럽고도 체념한 듯, 그렇지만 미소가 담긴 슬픔이 묻어 있었는데, 그건 아름다움보다 더 감동적이었다. "그리 바쁘신 게 아니라면 먼저 할아버지와 어머니께 올라가셔서 잠깐 인사를 하고 오시는 게 더 나을 거예요. 모처럼 왔다 그냥 가신 걸 아시면 두 분 다 무척 섭섭해하실 거예요. 하지만 제게도 시간 좀 내주세요. 꼭 말씀드릴 게 있어요. 이리로 오시면 됩니다. 전 여기서 일하는 걸 지켜보고 있으니까요."

뭔가 수줍어하는 마음에서 그녀는 '내가 일한다'는 말은 절대로 하지 않는다. 라셀은 자신을 내세운 적이 한 번도 없었다. 그녀의 덕성보다 더 사려 깊고 소박한 건 없다. 그녀에게 희생정신은 너무나 자연스러워, 가족 가운데 그 누구도 끝없이 이어지는 그녀의 희생에 고마워하지 않는다. 그녀는 내가 아는 가장 아름다운 영혼을 가진 여성이다.

3층에 있는 아자이스 영감님 방으로 올라갔다. 노인은 자기 안락의자를 떠나는 일이 거의 없다. 그는 나더러 자기 옆에 앉으라 한 다음, 거의 곧바로 라페루즈에 대해 이야기를 꺼냈다.

"그가 혼자 지낸다는 걸 알고 걱정되어 이곳 기숙사에 와 지내라고 설득했으면 좋겠는데. 우리가 오랜 친구 사이라는 건 자네도 알지. 최근에 그를 보러 갔었네. 노부인이 생페린느 양로원으로 떠난 게 그에게 큰 충격이 되지 않았나 걱정이라오. 그 집 하녀 말로는 거의 먹지도 않는다고 합디다. 평소 나는 우리가 너무 많이 먹는다고 여겨요. 하지만 모든 일에는 절도가 있어야 하는 법인데, 어느 편으로나 도가 지나치는 일이 있을 수 있지. 그는 자기 혼자만을 위해 음식을 준비하는 게 불필요하다고 생각해요. 하지만 우리와 같이 식사를 하면 다른 사람들이 먹는 걸 보고 그도 먹고 싶은 생각이 나겠지요. 여기 있으면 귀여워하는 손자 곁에 있을 수도 있고 말이오. 그렇지 않으면 손자를 볼 기회도 별로 없을 거요. 이곳 바뱅가(街)에서 생토노레까지는 상당히 먼 길이니까 말이오. 게다가 난 그 애가 파리 시내를 혼자 돌아다니게 내버려두고 싶은 마음도 그다지 없으니까. 난 오래전부터 아나톨 드 라페루즈를 알고 있소. 언제나 특이했지. 비난하려는 말이 아니오. 하지만 원래 자존심이 좀 강해서 자기 몫을 다하지 않고선 내 호의를 받아들이지 않을 것이오. 그래서 그에게 자습반 감독을 맡아달라고 제안해볼 수 있지 않나 생각한 거요. 그리 피곤한 일도 아닐뿐더러 자기 자신에게서 좀 벗어나 기분 전환도 할 수 있는 좋은 효과가 있을 테니까요. 그는 뛰어난 수학자이기도 하니 필요하다면 기하와 대수 과목의 복습도 시킬 수 있을 것이오. 제자도 더 이상 없는 지금으로선 가구나 피아노도 필요 없을 테니 팔아버려야 할 거요. 여기 온다면 집세도 절약될 터, 그의 마음이 좀더 편하게 약간의 하숙비를 내도록 합의할 수도 있으니, 내 신세를 진다는 느낌도 그리 없을 거라 생각했소. 자네가 그를 좀 설득해보도록 하게. 그것도 너무 늦지 않게 말이오. 그렇게 부실하게 먹는다면 금방 몸이 약해지지 않을까 걱정이니까. 게다가 이틀 후면 개학이니 어떻게 될지 미리 알면 좋을 것 같소. 또 그가 우리에게 기대를 해볼 수 있는 것처럼 우리도 그에게 기대를 해봐도 되는지…… 말일세."

나는 당장 다음 날 라페루즈에게 가서 이야기를 하기로 약속했다. 그러자 그는 안심이 되어,

"자! 그럼 자네가 돌봐주는 베르나르라는 그 젊은이 말이오, 정직한 녀석인지 말 좀 해보게. 친절하게도 여기서 일을 돕겠다고 지원을 했더

군. 하급반 자습 감독을 하겠다고 말하던데, 나이가 다소 어려 애들이 그의 말을 잘 따르게 할 수 있을지 걱정이 되더군. 오랫동안 이야기를 나눠봤는데 무척 호감이 갔소. 그렇게 단단한 기질을 가진 애들을 단련시켜야 훌륭한 기독교인을 만들어낼 수 있지. 어린 시절 제대로 영적 지도를 받지 못한 게 자못 안타까워. 자신은 신앙이 없노라고 고백하더군. 하지만 그 말을 한 어조로 보아 희망을 가질 수 있었소. 난 그에게서 예수님의 용감한 어린 병사를 만들기 위해 필요한 모든 자질들을 보게 되기를 기대하노라, 그리고 하느님이 그에게 주신 재능을 발전시킬 생각에 몰두해야 하노라 답했지. 우리는 함께 성경의 잠언을 읽었는데, 좋은 씨앗이 나쁜 땅에 뿌려졌다고는 생각지 않네. 그 애도 내 말에 감동을 받은 모습이었는데, 내 말을 잘 생각해보겠다고 약속했다네."

베르나르는 이미 노인과의 면담에 대해 내게 이야기했었다. 그가 어떻게 생각하고 있는지 알고 있던 터라 노인과의 대화는 내게 상당히 괴로운 것이 되었다. 나는 그만 가려고 자리에서 일어났지만 그는 내가 내민 손을 두 손에 잡고 말을 계속했다.

"아 참! 나도 로라를 다시 봤다오! 난 그 아이가 멋진 산속에서 한 달 내내 자네와 같이 보냈다는 건 알고 있었네. 그 아인 거기서 몸이 많이 좋아졌던 것 같더군. 그 애가 다시 남편 곁으로 돌아가 있다니 기쁘더군. 오래 집을 비워 남편이 힘들기 시작했을 테니까 말이오. 그 사람이 일 때문에 그곳으로 당신네들을 만나러 갈 수 없었던 게 유감이오."

로라가 노인에게 도대체 무슨 이야기를 했는지 몰랐기에 점점 더 어색해진 나는 떠나려고 손을 빼려고 했다. 하지만 그는 갑작스럽고도 단호한 몸짓으로 나를 자기 쪽으로 끌어당기고는 앞으로 몸을 굽혀 내 귀에 바짝 다가와 말했다.

"로라는 곧 엄마가 된다고 내게 털어놓았다네. 하지만 쉿……! 그 애는 다른 사람들에게는 아직 비밀로 하고 싶어 한다네. 자네한테 이 말을 하는 건 자네도 알고 있다는 걸 알기 때문이지. 그리고 우리 둘 다 입이 무거우니까 말일세. 가엾게도 그 아인 내게 그 말을 하면서 마음이 혼란스러운지 얼굴을 붉히더군. 참으로 조신한 아이지. 그 애가 내 앞에서 무릎을 꿇었기에 우리는 그들 부부에게 축복을 내려주신 것에 대해 하느님께 같이 감사 기도를 드렸네."

난 그녀의 몸 상태로 보아 아직 그럴 필요가 없는 그 고백을 로라가 좀더 뒤로 미루었더라면 좋았을 것이라 생각했다. 그녀가 내게 물어봤더라면 나는 무슨 이야기를 하든 먼저 두비에를 만날 때까지 기다리라고 충고했을 것이다. 아자이스 영감은 뭐가 뭔지 도무지 모르고 있다. 하지만 그녀 가족 전부가 그렇게 고지식하진 않을 것이다.

영감은 그러고 난 다음에도 목사들의 설교 같은 다양한 주제에 대해 몇 가지 변주곡들을 더 늘어놓은 뒤, 자기 딸이 나를 보면 기뻐할 거라고 말했다. 그래서 나는 브델 가족이 사는 층으로 내려갔다.

나는 위에 쓴 걸 다시 읽어보았다. 아자이스 영감에 대해 그렇게 말함으로써 나는 바로 나 자신을 가증스럽게 만들고 있다. 그게 바로 내 생각이다. 내가 이 몇 줄을 덧붙이는 건 베르나르를 위한 것이다. 엉뚱한 그의 호기심이 그로 하여금 또다시 이 노트에 코를 박도록 부추기게 될 경우를 위해서 말이다. 그도 몇 번만 더 영감을 만나보면 내 말뜻을 알게 될 것이다. 나는 영감을 좋아한다. 영감이 늘 말하듯 '게다가' 그를 존경한다. 하지만 일단 그와 같이 있게 되면, 난 더 이상 견딜 수가 없다. 그게 바로 내가 그와 어울리는 걸 상당히 힘들게 만들고 있다.

나는 영감의 딸인 목사 부인을 무척 좋아한다. 브델 부인은 라마르틴의 엘비르*와 닮았다. 늙은 엘비르라고나 할까. 그녀의 이야기는 매력이 없지 않다. 그녀는 자기 말을 끝내지 않는 경우가 종종 있는데, 그게 그녀 생각에 일종의 시적 모호함을 부여하고 있다. 그녀는 애매함과 미완성으로 무한을 만들어낸다. 그녀는 현세에서 자기에게 부족한 모든 것을 미래의 삶에 기대하고 있다. 그게 그녀의 희망을 무한정으로 확장시켜준다. 그녀는 자신이 딛고 있는 협소한 땅 위에서 비약을 한다. 남편인 브델 씨를 가끔씩밖에 보지 못한다는 사실이 그녀로 하여금 그를 사랑하고 있다고 상상하게 해준다. 존경할 만한 그 남편은 수많은 근심 걱정거리와 설교, 회의, 가난한 사람들과 병자들을 방문하는 일에 불려 다니느라 끊임없이 집을 비우는 것이다. 그가 당신과 악수를 할 때도 단지 지나치며 할 뿐, 하지만 그런 만큼 더욱 다정하게 한다.

"얘기를 나누기엔 오늘 너무 바쁘군요."

"뭘요! 천국에서 다시 만날 텐데요"라고 내가 말하지만, 그는 내 말을 들을 시간도 없다.

"자기 시간이라곤 전혀 없어요." 브델 부인이 한숨을 짓는다. "얼마나 많은 일들을 떠맡고 있는지 아신다면…… 그가 거절하질 않는다는 걸 알고선 모든 사람들이 그에게…… 저녁에 돌아올 때면 이따금 어찌나 피곤해하는지 난 거의 말도 못 붙이는데, 걱정스러운 게 혹시나…… 다른 사람들을 위해 온 힘을 다 쓰니 자기 가족을 위해선 더 이상 기운이 없는 거예요."

---

* 19세기 프랑스 낭만주의 시인인 라마르틴(Alphonse de Lamartine, 1790~1869)이 사랑했던 여인을 대변하는 인물로, 그의 『명상 시집』(1820)은 폐병으로 죽은 그녀를 그리워하며 지은 것이다.

그녀가 말하고 있는 동안, 내가 그 기숙학원에서 살던 시절 브델 씨가 집에 돌아오던 순간들이 생각났다. 그때 난 그가 두 손으로 머리를 감싸곤 조금만 쉬었으면 좋겠다고 애타게 탄식하는 모습을 보곤 했다. 하지만 그 당시 이미 나는, 아마도 그는 휴식을 원하기보다 오히려 두려워할 거라고, 그에겐 뭔가 깊이 생각해볼 시간보다 더 고통스러운 건 없을 거라고 생각했었다.

"차 한 잔 드실 거죠?" 브델 부인이 내게 물었을 때, 마침 어린 하녀가 찻잔이 놓인 쟁반을 들고 왔다.

"마님, 설탕이 떨어졌어요."

"그런 건 라셸 아가씨한테 얘기해야 한다고 이미 말했잖아요. 빨리 가봐요. 그리고 남자분들한테는 알렸나요?"

"베르나르 선생님과 보리스 도련님은 외출하셨어요."

"그래! 그럼 아르망은……? 서둘러요."

그러곤 하녀가 밖으로 채 나가기도 전에 부인이 말했다.

"저 불쌍한 계집애는 스트라스부르 출신이에요. 얼마나 답답한지…… 뭐든지 다 일러줘야 한다니까요…… 아니! 거기서 또 뭘 기다리고 있나요?"

하녀는 마치 꼬리라도 밟힌 뱀처럼 몸을 돌려 말했다.

"아래층에 복습 교사가 와 있는데 올라오겠답니다. 돈을 받기 전에는 가지 않겠답니다."

브델 부인의 얼굴에 뭔가 비통한 당혹감이 드러났다.

"회계는 내 일이 아니라고 아직 몇 번을 더 반복해야 하나요. 그 사람한테는 아가씨에게 말하라고 전해요. 가봐요……! 한순간도 조용할 때가 없으니! 라셸은 도대체 무슨 생각을 하는지 모르겠어요."

"같이 차 마실 것 아닌가요?"

"그 애는 절대로 차를 안 마셔요…… 아! 이번 신학기에는 걱정이 많아요. 복습 교사 지원자들은 엄청난 액수를 요구해요. 웬만한 액수를 요구하는 경우엔 인물이 마땅치 않고요. 아버님은 그런 교사에 대해 잔소리를 해야 했어요. 그런데 너무 마음 약하게 대처하셨던 거예요. 그랬더니 이젠 도리어 그가 협박을 하네요. 하녀가 하는 말 들으셨죠. 그런 사람들은 그저 돈밖에 생각하질 않으니…… 마치 세상에 그보다 더 중요한건 아무것도 없다는 듯이…… 그를 대신할 사람을 어떻게 구해야 할지 모르겠어요. 남편 프로스페르는 언제나 하느님께 기도만 드리면 모든 게해결된다고 믿으니……"

하녀가 설탕을 가지고 들어왔다.

"아르망에게 기별했나요?"

"네, 마님. 금방 올 거예요."

"사라는요?" 내가 물었다.

"이틀 뒤에나 돌아와요. 지금 영국에 있는 친구 집에 있어요. 선생님도 우리 집에서 봤던 그 아가씨 부모 집에 있어요. 무척 친절하신 분들이었어요. 퍽 다행스러운 일이라고 생각해요. 사라도 좀 쉴 수…… 로라처럼 말이에요. 로라는 안색이 훨씬 더 나아졌더군요. 남부 지방에서 보낸다음 스위스에서 지낸 게 그 애한테는 무척 좋았던 거죠. 그렇게 여행 떠나게 해주셔서 정말 고마워요. 방학 내내 파리를 떠나지 못한 건 가엾은 아르망뿐이었어요."

"라셸은요?"

"그래요, 사실 그 애도 못 떠났죠. 그 애는 여러 군데서 초대를 받긴했으나 파리에 남길 원했어요. 그리고 할아버지도 그 애를 필요로 하고 있으니까요. 게다가 살면서 언제나 자기가 하고 싶은 걸 다 할 수는 없죠. 그건 제가 이따금 아이들에게 반복할 수밖에 없는 말이에요. 다른 사람들 생각도 해야죠. 사스페로 놀러 가는 게, 뭐 저라고 즐겁지 않겠어요? 그리고 프로스페르, 그 사람이 여행할 때 그게 어디 자기 재미를 위한 거겠어요? 아니 아르망, 그렇게 칼라를 달지 않고 여기 오는 걸 내가 좋아하지 않는다는 건 너도 잘 알잖니." 그녀는 자기 아들이 들어오는 걸 보고 덧붙였다.

"하지만 어머니, 어머니께선 옷차림을 중요히 여겨선 안 된다고 종교적으로 가르치셨잖아요." 그는 내게 손을 내밀며 말했다. "게다가 공교롭게도 세탁부는 화요일에나 오니까, 제게 남은 칼라는 전부 찢어진 것뿐이었어요."

올리비에가 자기 친구에 대해 말하던 게 생각났다. 사실상 그의 짓궂은 아이러니 뒤에는 깊은 고뇌의 표현이 감춰져 있는 것 같았다. 아르망의 얼굴은 섬세했다. 콧날은 날카로웠고 핏기 없는 얇은 입술 위로 구부러져 있었다. 그는 계속했다.

"그런데 고귀한 손님께는 알려드렸습니까? 겨울 학기 개학에 맞춰 평범하던 우리 집단에 놀랄 만한 몇몇 저명인사들을 새로이 끌어들였다는 사실 말입니다. 고매하신 상원의원 아드님, 고명한 작가의 남동생인 파사방 자작 말입니다. 그 외에 선생님도 이미 아시겠지만 그런 만큼 더더욱 명예로운 두 신참, 즉 보리스 공작과 프로피탕디외 후작이 있죠. 그 밖에 몇몇 다른 아이들도 있는데, 그들의 작위와 덕성은 이제 알아내야 할 것이죠."

"보시다시피 얘는 변하지가 않네요." 아들의 농담에 미소를 짓고 있던 가련한 부인이 말했다.

나는 그가 로라에 대해 말을 꺼내지 않을까 너무나 겁이 나 방문을 짧게 끝내고 라셸을 만나러 서둘러 아래층으로 내려갔다.

라셸은 자습실 정리를 돕기 위해 블라우스 소매를 걷어 올리고 있었다. 하지만 내가 다가오는 걸 보고 재빨리 소매를 내렸다.

"선생님께 도움을 청한다는 게 저로선 무척이나 힘들어요." 그녀는 옆에 있는 개인 강습에 쓰이는 작은 방으로 나를 데려가며 말을 시작했다. "처음에는 두비에에게 말을 하려고 했어요. 부탁할 게 있으면 얘기하라고 그가 말했거든요. 하지만 로라를 다시 본 후, 더 이상 그렇게 할 수 없다는 걸 깨닫고선……"

그녀는 무척 창백했다. 그리고 이 마지막 말을 했을 때 그녀의 턱과 입술이 발작적으로 떨렸기 때문에, 그녀는 한순간 말을 이을 수 없었다. 그녀를 거북하게 만들지나 않을까 걱정이 된 나는 시선을 돌렸다. 그녀는 들어오면서 닫아놓았던 문에 몸을 기댔다. 나는 그녀의 손을 잡고자 했으나 그녀는 내 손에서 자기 손을 뺐다. 그녀는 마침내, 너무나 힘을 들인 탓에 뒤틀린 듯한 목소리로 말을 이었다.

"제게 1만 프랑만 빌려주실 수 있나요? 이번 학기에는 형편이 상당히 좋을 것 같아서 곧 돌려드릴 수 있을 것 같아요."

"언제 필요한가요?"

그녀는 대답하지 않았다.

"지금 내 수중엔 1천 프랑 좀더 있는데," 내가 말을 이었다. "내일 아침이면 맞춰줄 수 있어요…… 필요하다면 오늘 저녁이라도."

"아니, 내일이면 돼요. 그런데 1천 프랑은 지금 바로 주실 수 있으면……"

나는 지갑에서 돈을 꺼내 그녀에게 건넸다.

"1천4백 프랑이 있는데, 다 드릴까요?"

그녀는 고개를 숙이고 "예"라고 했는데, 너무나 작은 목소리라 거의 들리지 않았다. 그러곤 비틀거리며 학생용 의자로 가서 털썩 주저앉아, 앞에 있는 책상 위에 두 팔꿈치를 기댄 채 두 손에 얼굴을 묻고 잠시 가만히 있었다. 나는 그녀가 울고 있으리라 생각했다. 하지만 내가 그녀 어깨에 손을 갖다 댔을 때 그녀는 얼굴을 다시 들었는데, 두 눈은 말라 있었다.

"라셀." 내가 그녀에게 말했다. "나한테 그런 부탁을 했다고 너무 창피해하지 말아요. 난 당신을 돕게 되어 기뻐요."

그녀는 심각하게 날 쳐다봤다.

"제게 괴로운 건 이 사실을 할아버지나 어머니께는 말씀드리지 말라고 선생님께 부탁드려야 한다는 점이에요. 제가 학원의 회계를 맡게 된 이후 그들에겐 어떻게 하든…… 어쨌든 그분들은 모르고 계세요. 제발 그분들께는 아무 말씀 하지 마세요. 할아버지는 연로하시고, 또 어머니는 너무나 고생하시니까요."

"라셀, 이 모든 고생을 하는 건 당신 어머니가 아니죠…… 바로 당신이지."

"어머니는 고생을 많이 하셨어요. 이젠 지치셨어요. 제 차례죠. 전 달리 할 일도 없어요."

그녀는 이 간단한 말을 너무나 단순하게 말했다. 그녀의 체념 속에는 그 어떤 원망도 없었으며, 오히려 일종의 평온함이 느껴졌다.

"하지만 상황이 매우 어렵다고 생각지는 마세요"라고 그녀가 다시 말했다. "그저 힘든 한순간인 거죠. 몇몇 채권자들이 채근을 하니까요."

"좀 전에 하녀가 하는 말을 들었어요. 한 복습 교사가 월급을 요구하고 있다고요."

"그래요. 그가 와서 할아버지께 무척 고약하게 한바탕 해댔는데, 불행히도 제가 막을 수 없었어요. 거칠고 상스러운 사람이에요. 그에게 돈을 치르러 가봐야겠어요."

"내가 대신 갈까요?"

그녀는 억지로 미소를 지으려 애쓰며 잠시 머뭇거렸다.

"고마워요. 하지만 괜찮아요. 제가 가는 게 더 나을 거예요…… 하지만 저랑 같이 가주세요. 그가 좀 겁나요. 선생님이 계시면 아무 말도 못 할 거예요."

기숙사 안뜰은 몇 계단 아래쪽으로 이어지는 정원을 굽어보고 있는데, 난간이 있어 안뜰과 정원을 갈라놓고 있었다. 복습 교사는 두 팔꿈치를 뒤로 젖힌 채 그 난간에 기대서 있었다. 커다란 펠트 모자를 쓰고 파이프 담배를 피우고 있었다. 라셸이 그와 일을 처리하고 있는 사이, 아르망이 내게 다가왔다.

"라셸이 선생님한테 돈을 꾸었군요"라고 빈정거리듯 말했다. "걱정이 이만저만이 아니었는데, 마침 선생님이 오셔서 누나를 구해줬네요. 이번에도 나쁜 놈의 형, 알렉상드르 때문이에요. 식민지에서 빚을 졌거든요. 누나는 그 사실을 부모님한테 숨기려는 거예요. 누나는 로라 누나의 지참금에 보태주려고 자기 지참금의 절반을 이미 포기했거든요. 그런데 이번 일로 나머지를 다 썼어요. 장담하건대, 누나는 그 이야기는 한마디도 하지 않았겠죠. 전 누나의 겸손함에 화가 나요. 겸손함이란 이 저급한 세상에서 가장 음산한 농담 가운데 하나죠. 즉, 누군가 다른 사람을 위해 희생을 할 때면 자기는 그 사람보다 더 훌륭하다고 확신할 수 있다는 것이니…… 라셸 누나가 로라를 위해 얼마나 많은 희생을 했는지! 그런데 로라가 그 보답으로 한 짓이란, 고약하게도……!"

"아르망," 나는 화가 나서 외쳤다. "자넨 누나를 비판할 권리가 없어."

하지만 그는 헐떡거리며 씩씩대는 목소리로 말을 이었다.

"정반대예요. 제가 로라를 비판하는 건 저도 더 나은 게 없기 때문입니다. 저도 그런 제 자신을 잘 알고 있어요. 하지만 라셀 누나는 우리를 비판하지 않죠. 누군가를 비판하는 적이 결코 없죠…… 하지만 로라는 정말 고약해요, 고약해…… 내가 로라 누나에 대해 어떻게 생각하는지 본인에게 대놓고 말했어요. 정말이에요…… 그런데 선생님은 이 모든 걸 다 덮어주고 막아줬으니! 모든 걸 알고 계시는 선생님은…… 할아버지는 뭐가 뭔지 도무지 모르시죠. 어머니는 아무것도 보지 않으려고 하고. 아버지로 말할 것 같으면, 모든 걸 하느님께 맡기죠. 그게 더 편하거든요. 어려운 일이 있을 때마다 아버지는 기도나 드리고 라셀이 해결하도록 내버려두죠. 아버지가 원하는 것이란 그저 아무것도 보지 않으려는 거죠. 아버지는 여기저기 동분서주하며 돌아다니시죠. 집에 계실 때가 거의 없어요. 집에서는 숨이 막힌다는 것, 저도 이해해요. 저도 죽을 지경이거든요. 아버지는 자신을 잊고자 해요. 당연하죠! 그동안 어머니는 시나 짓는 거예요. 아! 어머니를 놀리는 건 아니에요. 저 역시 시를 지으니까요. 하지만 적어도 전 제가 비열한 놈에 불과하다는 걸 알고 있거든요. 그리고 뭔가 그럴듯한 존재라고 거드름 피운 적은 한 번도 없거든요. 어때요, 구역질나지 않는지 한번 말씀해보세요. 복습 교사가 한 사람 필요하니까 할아버지는 라페루즈 영감님께 '자선을 베푼다'고 나서시는 거예요……" 그러다가 갑자기, "아니, 저기, 저 나쁜 놈이 누나한테 감히 뭐라고 대꾸하는 거야? 나가면서 누나에게 인사를 안 하기만 하면 내 그 낯짝에 한 대 갈겨주겠어……"

아르망은 그 보헤미안풍의 사나이를 향해 뛰어갔다. 나는 그가 때릴 거라고 생각했다. 하지만 상대는 그가 다가가자 비웃듯 과장된 태도로 모자를 높이 들어 선심 쓰듯 인사를 하곤 아치형 통로 아래로 걸어갔다. 바로 그 순간 대문이 열리더니 목사가 들어왔다. 그는 프록코트에 실크해트, 까만 장갑을 끼고 있어 세례식이나 장례식에서 돌아오는 듯했다. 그는 전직 복습 교사와 정중한 인사를 나눴다.

라셸과 아르망이 내게 다가왔다. 브델 목사가 나와 같이 서 있던 그들에게 다가왔을 때,

"일이 다 해결됐어요"라고 라셸이 자기 아버지에게 말했다.

목사는 딸의 이마에 입을 맞췄다.

"얘야, 내가 한 말이 맞았지. 하느님은 하느님을 믿는 자들을 결코 저버리시지 않아."

그러곤 내게 손을 내밀며 말했다.

"벌써 가시려고요……? 그럼 조만간, 네?"

III

❧ 에두아르의 일기(계속)

9월 29일

라페루즈 방문. 하녀는 날 들여보낼지 망설였다. "주인어른께선 아무도 만나지 않으시겠답니다." 내가 하도 고집을 피웠더니 날 거실로 들어오게 했다. 창문 덧문이 닫혀 있었다. 어둠속에서 나는 커다란 안락의자에 파묻혀 있는 옛 스승을 간신히 알아보았다. 그는 자리에서 일어나지

310

않았다. 나를 쳐다보지도 않은 채 그는 힘없는 자기 손을 옆으로 내밀었다. 내가 악수를 한 다음 그 손은 다시 아래로 축 늘어뜨려졌다. 나는 그 옆쪽으로 앉았기에 그의 옆모습밖에 보이지 않았다. 그의 얼굴 표정은 딱딱하게 굳어 있었다. 이따금 입술이 움직였으나 아무 말도 하지 않았다. 날 알아보는지 의심스럽기까지 했다. 괘종시계가 4시를 알렸다. 그러자 마치 시계의 톱니바퀴에 의해 움직이듯 그가 천천히 고개를 돌렸다. 그러곤 엄숙하고 굵직하긴 하나 마치 무덤 저편에서 들려오듯 무덤덤한 목소리로 말했다.

"뭣 때문에 자넬 들어오게 했나? 난 하녀에게 날 보러 오는 사람이 있으면 라페루즈 씨는 죽었다고 말하라 일렀는데."

나는 마음이 너무나 아팠다. 터무니없는 그 말 내용보다 그 말의 어조 때문이었다. 말할 수 없이 어색하고 과장된 그 어조는 평소 나와 함께 있을 때면 그토록 자연스럽고 솔직하던 노스승에게선 한 번도 들어보지 못하던 어조였다.

"하녀는 거짓말하고 싶지 않았던 겁니다." 마침내 내가 대답했다. "제게 문을 열어줬다고 야단치지 마세요. 전 선생님을 다시 뵙게 되어 기쁩니다."

그는 멍청하게 되풀이했다. "라페루즈 씨는 죽었습니다." 그러곤 다시 침묵 속으로 빠져들었다. 나는 한순간 불쾌한 기분이 들어 뭣 때문에 이런 서글픈 연극을 하는지 그 이유는 다음에 알아보기로 미뤄둔 채 떠날 생각으로 자리에서 일어났다. 하지만 바로 그 순간 하녀가 들어왔다. 그녀는 김이 나는 코코아 한 잔을 들고 왔다.

"좀 들어보도록 하세요. 오늘 아직까지 아무것도 안 드셨어요."

라페루즈는 짜증을 버럭 냈다. 마치 서투른 단역 배우 때문에 자신의 극적 효과를 망치고 만 배우처럼 말이다.

"나중에. 이분 가시고 난 다음에."

하지만 하녀가 문을 닫자마자 그가 말했다.

"이보게, 부탁하나 들어주게. 물 한 잔 갖다 주게. 그저 물 한 잔이면 되네. 난 목이 말라 죽겠어." 나는 식당으로 가 물병과 잔을 하나 갖고 왔다. 그는 잔을 채운 다음 단번에 비운 뒤 낡은 알파카 윗저고리 소매로 입술을 닦았다.

"혹시 열이 있는 것은 아닙니까?" 내가 그에게 물었다.

내 말을 듣자 그는 곧 자신이 연기하던 인물의 감정으로 돌아갔다.

"라페루즈 씨는 열이 없어요. 이젠 그에겐 아무것도 없어요. 지난 수요일 이래 라페루즈 씨는 더 이상 살고 있지 않습니다."

나는 그의 연극에 맞장구를 치는 게 최선이 아닌가 잠시 망설였다.

"보리스 군이 선생님을 보러 온 게 바로 수요일 아닙니까?"

그는 내 쪽으로 머리를 돌렸다. 보리스라는 이름에, 그가 예전에 짓던 미소와 닮은 희미한 미소가 그의 안색을 환하게 했다. 그리고 마침내 연기를 그만두기로 작정하고선 말했다.

"이보게, 내 자네한텐 말할 수 있네만, 그 수요일이 내겐 마지막 날이었다네." 그러곤 목소리를 더 낮춰 말을 이었다. "내가…… 끝장을 내기 전, 나 자신에게 허락했던 사실상 마지막 날이었어."

라페루즈가 그 끔찍한 이야기로 돌아가는 걸 보고 내 마음은 너무나도 고통스러웠다. 나는 그가 전에 말했던 것을 한 번도 심각하게 여긴 적이 없었다는 걸 깨달았다. 왜냐하면 그 이야기가 내 기억에서 사라져버리게 내버려뒀기 때문이다. 그래서 지금 나는 그런 나 자신을 자책했다. 이제 그 이야기가 전부 다시 기억났으나 나로선 깜짝 놀랐던 것이, 처음에 그가 내게 말했을 때는 훨씬 더 훗날의 일로 말했기 때문이었다. 내가 그 사실을 지적하자 그는 다시 자연스러워지고 약간 냉소적이기까지 한 목소리로 내게 고백했다. 날짜에 관해 나를 속였노라고, 내가 자기를 말리거나 내가 그것 때문에 서둘러 돌아올까 봐 걱정되어 날짜를 약간 미뤄 이야기했다고. 하지만 죽기 전에 보리스를 보게 해주십사고 몇 날 며칠 저녁마다 무릎을 꿇고 하느님께 간청했다는 것이었다.

"하느님과 합의를 보기까지 했지." 그가 덧붙였다. "필요하다면 내가 세상을 하직하는 걸 며칠 연기하리라고…… 자네가 그 아이를 내게 데려다 주겠노라 했던 그 약속 때문에 말일세, 기억하나?"

나는 그의 손을 잡았다. 손은 차갑게 얼어 있었다. 나는 그 손을 내 두 손으로 감싸 따뜻하게 해주었다. 그는 단조로운 목소리로 계속했다.

"그런데 자네가 휴가 기간이 끝나기도 전에 돌아와 내가 떠날 날을 연기하지 않고서도 그 아이를 볼 수 있겠구나 했을 때, 난…… 하느님이 내 기도를 받아주셨구나 하고 믿었지. 하느님이 내 뜻에 동의해주셨다고 믿었던 거야. 그래, 그렇게 믿었어. 늘 그랬듯이 하느님이 날 조롱하신다고는 금방 깨닫지 못했던 거요."

그는 내 손에서 자기 손을 빼냈다. 그리고 좀더 기운이 난 어조로 말을 이었다.

"그래서 내가 끝장을 내려고 작심한 게 바로 수요일 저녁이오. 그리고 자네가 보리스를 데려온 게 바로 수요일 낮이고. 그 애를 만난 순간, 사실이지 난 내가 기대했던 기쁨은 느끼지 못했소. 왜 그랬는지 차후에 생각을 해봤지. 물론 그 애가 날 만나 기뻐하리라 기대할 수는 없었지. 그 애 엄마가 내 이야기를 한 적은 한 번도 없으니까."

그는 말을 멈췄다. 그의 입술이 떨려 나는 그가 울 거라 생각했다.

"보리스는 단지 선생님을 사랑하고 싶을 뿐이에요. 하지만 선생님을 알아갈 수 있게 그에게 시간을 주세요." 내가 용기를 내어 말했다.

"그 애가 돌아간 다음," 라페루즈는 내 말은 듣지도 않고 다시 말을 이었다. "저녁에, 다시 혼자 있게 되었을 때(자네도 알다시피 집사람은 이제 여기 없으니까), '자! 때가 왔군'이라고 난 속으로 생각했소. 자네가 알아둬야 할 건, 죽은 내 아우가 권총 한 세트를 내게 남겨줬는데 난 그걸 케이스에 넣어 언제나 가까이, 내 침대 머리맡에 간직하고 있다는 사실이오. 그래서 난 그 케이스를 가지러 갔지. 그리고 지금처럼 여기, 이 안락의자에 앉았소. 그리고 권총 한 자루에 총알을 장전했지……"

그는 내 쪽으로 몸을 돌렸다. 그러곤 갑작스럽고도 과격한 어조로, 마치 내가 그의 말을 의심하기나 한 것처럼 되풀이했다. "그래, 장전을 했어. 아직 총알이 들어 있으니 봐도 좋아요. 그런데 무슨 일이 일어났나? 난 도저히 이해할 수가 없소. 권총을 내 이마에 갖다 댔어. 오랫동안 권총을 내 관자놀이에 대고 있었지. 그런데 난 방아쇠를 당기지 않았어. 그럴 수가 없었지…… 마지막 순간에, 말하기 수치스럽지만…… 방아쇠를 당길 용기가 없었던 거요."

그는 말을 하며 흥분했다. 그의 시선엔 한결 생기가 돌았고 그의 뺨에는 희미하게 핏기가 돌고 있었다. 그는 머리를 흔들며 나를 쳐다보았다.

"자넨 그 사실을 어떻게 설명하겠나? 내가 이미 결심했던 일이고, 몇 달 전부터 끊임없이 생각해왔던 일이…… 아마도 그 때문이겠지. 아마도 생각하느라 내 모든 용기를 미리 다 소진시켜버렸던 거야……"

"보리스가 돌아오기 전에 선생님이 그 애를 만난다는 기쁨을 다 소진시켜버렸듯이 말이죠." 내가 말했다. 하지만 그는 말을 계속했다.

"난 관자놀이에 권총을 댄 채 오랫동안 가만히 있었다네. 손가락은 방아쇠 위에 두고. 조금 당겨보긴 했지만 그리 세게 당기진 않았지. 나는 속으로 말했어. '잠시 후, 나는 더 세게 당길 거야. 그러면 총알이 나가겠지'라고. 차가운 금속의 감촉이 느껴지더군. 그리고 속으로 말했지. '잠시 후, 난 더 이상 아무것도 못 느낄 거야. 하지만 그 전에 끔찍한 소리가 들리겠지……' 한번 생각해보게나! 바로 귓전에서……! 날 가로막은 건 무엇보다 바로 그거였어. 권총 소리가 겁이 난 거야…… 터무니없는 얘기지. 왜냐, 죽어가는 마당에…… 그래, 하지만 난 죽음이 잠자는 것과 같았으면 해. 그런데 폭음이라니, 그건 잠을 재우는 게 아니지. 잠을 깨우는 거야…… 그래, 내가 두려웠던 건 분명 그거야. 내가 두려웠던 건, 잠드는 대신 갑작스럽게 깨어나는 거야."

그는 다시 차분해지는 것 같았다. 아니 오히려 마음을 다잡는 것 같았다. 그리고 잠시 동안, 또다시 헛되이 입술만 움찔거렸다.

"이 모든 건," 그가 다시 말을 이었다. "내가 나중에서야 생각한 거야. 사실 내가 자살하지 못한 건 내가 자유롭지 못했기 때문이지. 난 지금 내가 겁이 났다고 말하고 있지만, 아니, 사실은 그게 아니야. 내 의지와는 전혀 무관한, 내 의지보다 더 강력한 어떤 게 날 가로막고 있었어…… 마치 하느님이 날 떠나보내고 싶지 않았던 것처럼 말일세. 한번 상상해보게나. 연극이 끝나기 전 무대를 떠나고 싶어 하는 꼭두각시를…… 거기 서! 피날레를 위해 아직 당신이 필요해. 아! 자넨 자네가 원할 때 떠날 수 있다고 생각하나……! 우리가 우리의 의지라고 부르는 게 뭔지 깨달았다네. 사실 그건 꼭두각시를 움직이는 끈에 불과하고, 그 끈을 끌어당기는 건 하느님이라는 거야. 모르겠나? 내 다시 설명해주지. 보게나. 내가 지금 '난 오른팔을 들어 올리겠다'라고 말해. 그리고 내가 오른팔을 들어 올리지. (실제로 그는 자신의 오른팔을 들어 올렸다.) 하지만 그건 '난 오른

팔을 들어 올리고 싶다'라고 내게 생각하고 말하도록 이미 끈이 당겨졌기 때문이지…… 그리고 내가 자유롭지 못한 증거란, 내가 다른 팔을 들어 올려야 했을 경우 난 또 그렇게 '나는 왼팔을 들어 올리겠다'라고 말했을 것이기 때문이야…… 아니, 자넨 아직 날 이해하지 못하는 것 같구먼. 자넨 날 이해할 자유가 없나 보군…… 아! 난 지금 하느님이 장난을 하고 있다는 걸 잘 알고 있어. 하느님은 자신이 우리에게 시키는 걸 마치 우리 스스로 그걸 원하는 것처럼 믿게 내버려두곤 재미있어 하시지. 고약한 장난이지. 자넨 내가 미쳐가고 있다고 생각하나? 말이 나왔으니 한번 생각해보게나. 라페루즈 부인이…… 그 사람이 양로원에 들어갔다는 건 자네도 알고 있지…… 그래, 한번 생각해보게나. 집사람은 그곳이 정신병원이며, 내가 자기를 내쫓아버리기 위해 자기를 미친 여자로 몰아붙일 작정으로 그곳에다 집어넣었다고 확신하고 있다네…… 참 희한하지 않나? 길에서 마주치는 그 어떤 행인도 자기가 평생을 바친 여자보다 당신을 더 잘 이해할 거라는 사실 말일세…… 처음에는 집사람을 보러 매일 갔었네. 하지만 집사람은 날 보자마자, '아! 왔어요? 날 염탐하러 또 왔군요……' 하는 거요. 난 집사람을 화나게 할 뿐인 그 방문을 포기해야 했네. 더 이상 아무에게도 좋은 일을 할 수 없는데 어떻게 계속 인생에 애착을 가질 수 있겠나?"

감정에 북받쳐 그의 목소리는 메고 말았다. 그는 머리를 숙였다. 나는 그가 또다시 절망 속으로 빠져들고 있다고 여겼다. 하지만 갑작스레 열을 내며 말했다.

"집사람이 떠나기 전에 무슨 짓을 했는지 아나? 내 서랍을 억지로 열어 죽은 내 아우의 편지들을 다 태워버렸다네. 집사람은 내 아우를 늘상 질투했어. 특히 그가 죽은 이후에 더 심했지. 밤에 내가 아우의 편지를 되풀이해서 읽고 있노라면 갑자기 들이닥쳐 늘 시비를 걸곤 했지. '아! 당신은 내가 잠자리에 들길 기다렸군요. 나 몰래 읽으려고요'라고 소리 지르곤 했지. 그리고 또 '자러 가는 게 훨씬 더 나을 거예요. 눈이 피곤해지잖아요'라고 하지. 흔히들 관심이 많아 그랬을 거라 말할 테지만, 난 집사람을 알아요. 그건 질투심 때문이오. 내가 아우랑 단둘이 있게 내버려두고 싶지 않았던 거요."

"그건 선생님을 사랑하시기 때문이에요. 사랑 없이는 질투도 없죠."

"좋소! 하지만 사랑이 인생의 축복이 되지 못하고 도리어 그 재앙이 되고 말 때, 그게 슬픈 일인 건 분명하지 않소…… 하느님이 우리를 사랑하는 것도 분명 그런 식이겠지."

그는 말을 계속함으로써 상당히 기운을 차렸다. 그러고는 갑자기 말했다.

"배가 고프군. 내가 뭘 먹고자 하면 하녀는 언제나 코코아를 갖다 줘요. 집사람이 하녀에게 내가 다른 건 전혀 먹지 않는다고 말한 모양이오. 자네가 부엌으로 가서…… 복도로 나가 오른쪽 두번째 문인데…… 달걀이 있나 봐주면 정말 고맙겠네. 하녀가 달걀이 있다고 한 것 같소."

"달걀 프라이 하나 해달라고 할까요?"

"두 개도 먹을 것 같소. 수고 좀 해주겠소? 저 애에게 내 말귀를 알아듣게 할 수가 없어요."

"선생님," 나는 돌아와서 말했다. "잠시 후면 달걀이 준비될 겁니다. 괜찮으시다면 선생님이 잡수시는 걸 보고 가도록 하겠습니다. 그래요, 그게 제 마음에도 좋을 것 같아서요. 좀 전에 선생님께서 그 누구에게도 좋은 일을 할 수 없었노라 말씀하시는 걸 듣고 제 마음이 무척 아팠어요. 선생님은 손자를 잊고 계신 것 같습니다. 선생님 친구분인 아자이스 씨가 손자 가까이 기숙학원에 와 계시면 어떨까 하세요. 저더러 선생님께 그리 전해달라 하셨습니다. 사모님이 여기 계시지 않는 지금으로선 문제 될 건 아무것도 없으리라 생각하신 거죠."

난 다소 반발이 있으리라 예상했다. 하지만 그는 자신에게 제공된 새로운 생활 조건들에 대해 겨우 몇 가지 물어볼 뿐이었다.

"내가 죽진 못했으나, 그렇다고 산목숨도 아니오. 여기나 거기나 나한텐 상관이 없소. 날 데려가게나"라고 그가 말했다.

나는 이틀 후 그를 모시러 오겠노라 했다. 그리고 그 전에 그가 필요한 옷가지들과 꼭 가져가고 싶은 것을 챙겨 넣을 수 있게 트렁크 두 개를 가져다 놓겠노라 했다.

"게다가 계약이 끝날 때까지는 선생님이 이 아파트를 계속 쓰실 수 있으니 언제든지 다시 오셔서 필요한 것을 찾아가실 수 있죠"라고 덧붙였다.

하녀가 달걀을 가져오자 그가 단숨에 먹어치웠다. 마침내 자연스러운 태도가 되돌아오는 걸 보고 무척 안심이 된 나는, 그를 위해 저녁 식사를 준비해달라고 주문했다.

"나 때문에 자네가 수고가 많네. 고마워"라고 그가 되풀이했다.

난 그에겐 더 이상 권총이 쓸모없게 되었다고 말하며 내게 맡겨주길 원했으나 그는 내게 넘겨주려 하지 않았다.

"더 이상 걱정할 것 없네. 내가 그날 하지 못했던 일이니만큼 앞으로도 결코 할 수 없으리라는 걸 나도 아네. 하지만 그건 지금 내게 남은 유일한 내 아우의 추억일세. 뿐만 아니라 내가 하느님의 손아귀에 든 한낱 장난감에 불과하다는 사실을 그걸 보며 상기할 필요가 있거든."

IV

그날은 무척 더웠다. 활짝 열어젖힌 브델 학원의 창문 너머로 정원의 나무 꼭대기들이 보였다. 정원 위로는 아직 남아도는 풍성한 여름의 기운이 떠돌고 있었다.

신학기를 맞이한 그날은 아자이스 노인에게는 연설을 할 수 있는 기회였다. 그는 학생들과 적절하게 마주 본 채 교단 아래 서 있었다. 교단 위에는 라페루즈 노인이 앉아 있었다. 학생들이 입장했을 때 그는 자리에서 일어났으나 아자이스가 다정한 몸짓으로 다시 앉으라 했던 것이다. 그의 초조한 시선은 우선 보리스에게 보내졌다. 그런데 아자이스가 연설 도중에 새로 온 선생을 학생들에게 소개하면서 그 선생이 학생들 가운데 한 명과 친척 관계에 있다는 걸 암시해야 한다고 여겼던지라, 그 시선은 더더욱 보리스를 어색하게 만들었다. 한편 라페루즈는 보리스가 자기와 시선을 전혀 마주치지 않아 몹시 마음이 아팠다. 무관심하고 냉정하다고 생각했던 것이다.

"아!" 보리스는 생각했다. "제발 날 가만히 내버려두길! 다른 아이들이 '눈치채지' 못하게 해주길!" 그는 자기 반 아이들이 두려웠다. 수업이 끝나면 그는 그 아이들과 섞여야만 했고, 또 학교에서 '감옥 같은 학원'까지 가는 동안 그들의 이야기를 듣기도 했다. 그는 친해지고 싶은 생각이 간절해 그들과 보조를 맞추고 싶긴 했으나, 너무나 섬세한 그의 성격상 그러지도 못했다. 말이 입 밖으로 나오지 않았다. 그는 어색해하는 자신이 원망스러웠으며, 그런 모습을 드러내 보이지 않으려고 애를 썼고, 주위의 비웃음을 받지 않으려고 지레 웃어대기까지 했다. 하지만 아무 소용이 없었다. 다른 아이들 속에서 그는 마치 계집애 같은 모습이었으며, 스스로도 그렇게 느껴져 괴로웠다.

거의 곧바로 몇몇 그룹이 형성되었다. 레옹 게리다니졸이란 아이가 중심이 되었으며 이미 위세를 부리고 있었다. 다른 아이들보다 나이가 좀 더 많고, 게다가 학급도 위였는데, 갈색 피부에 까만 머리칼, 까만 눈을 한 그는 키가 그리 큰 것도 특별히 힘이 센 것도 아니었으나 소위 말하는 '배짱'을 갖고 있었다. 정말이지 대단한 배짱이었다. 조르주 몰리니에조차 게리다니졸이 자기를 '어리벙벙하게 만들었다'는 걸 인정했다. "이봐, 날 어리벙벙하게 만들다니, 진짜 대단한 거야!" 바로 오늘 아침, 조르주는 자기 눈으로 똑똑히 그가 한 젊은 여자에게 다가가는 것을 보지 않았던가. 그 여자는 아기를 안고 있었다.

"부인, 이 아기, 부인의 아이입니까? (이 말은 무척 정중하게 말해졌다.) 누지하게 못생겼군요. 하지만 걱정하지 마십시오. 오래 못 살 겁니다."

조르주는 그 이야기를 하며 여전히 웃음을 참을 수 없어 했다.

"말도 안 돼! 정말이야?" 조르주가 이 이야기를 전해준 그의 친구 필리프 아다망티가 말했다.

무례한 그 이야기가 그들에겐 재미있었다. 그보다 더 재치 있는 건 없는 것 같았다. 이미 낡아빠져 진부한 그 농담, 레옹은 그걸 그의 사촌 형인 스트루빌루에게서 얻어들은 것이지만, 조르주로선 그 사실을 알 턱이 없었다.

학원에서 몰리니에와 아다망티는 게리다니졸과 같은 줄에 앉도록 허락받았는데, 감독 선생 눈에 너무 띄지 않도록 다섯번째 줄에 앉았다. 몰리니에 왼쪽엔 아다망티가, 그리고 오른쪽엔 게리라고 불리는 게리다니졸이 앉았다. 그 줄 가장자리에 보리스가 앉았으며, 보리스 뒤에 파사방이 앉게 되었다.

공트랑 드 파사방은 자기 아버지가 돌아가신 다음 쓸쓸하게 지내고 있었다. 물론 그 전에도 그리 즐거운 생활은 아니었다. 그는 오래전부터 자기 형한테서는 어떤 호의나 지지도 기대할 수 없다는 걸 잘 알고 있었다. 그는 늙은 하녀인 충실한 세라핀을 따라 그녀 가족이 있는 브르타뉴 지방으로 여름방학을 보내러 갔었다. 그가 가진 모든 좋은 자질들은 안으로 움츠러들고 말았으며, 그저 공부만 할 뿐이었다. 은밀한 욕망이, 자기가 형보다 더 낫다는 걸 형에게 증명해 보이고자 하는 욕망이 그에게 박차를 가하고 있다. 기숙학원에 들어온 건 그 스스로 선택한 것으로, 형의 집, 즉 그에겐 슬픈 추억만 상기시키는 바빌론 거리의 그 저택에 살고 싶지 않았기 때문이다. 그를 혼자 내버려두고 싶지 않던 세라핀은 파리에 거처를 하나 마련했다. 고인이 된 백작의 유언에 명시된 조항에 따라 백작의 두 아들이 그녀에게 지불하게 된 약간의 연금으로 그게 가능했다. 공트랑은 그곳에 자기 방을 갖고 있어 외출하는 날이면 거기 머무는데, 그 방을 자기 취향대로 꾸며놓았다. 그는 일주일에 두 번씩 세라핀과 같이 식사를 한다. 그녀는 그에게 부족한 게 없도록 보살피며 그를 돌봐주고 있다. 공트랑은 비록 그녀에게 자기 속내 이야기는 거의 할 수 없으나, 그녀 곁에 있으면 이것저것 수다는 곧잘 떨게 된다. 기숙학원에서 그는 자신이 다른 아이들의 영향을 받아 휘둘리게 내버려두진 않는다. 그는 아이들이 농담하는 걸 한 귀로 흘려들을 뿐, 그들 놀이에 끼지 않는다. 그건 야외에서 하는 놀이가 아니면 책 읽는 걸 더 좋아하기 때문이기도 하다. 그는 운동을, 모든 운동을 좋아한다. 하지만 특히 혼자서 하는 운동을 좋아한다. 그건 그가 자존심이 무척 강하고 아무하고나 사귀지 않기 때문이기도 하다. 그는 계절에 따라 일요일마다 스케이트를 타거나 보트

놀이를 하고, 또는 산과 들로 길고 긴 산책에 나서기도 한다. 그에게도 자신이 싫어하는 것들이 있지만 굳이 그걸 이겨내려고 하진 않는다. 뿐만 아니라 자기 정신을 확장시키기보단 차라리 굳건히 하려고 한다. 어쩌면 그는 스스로 생각하는 것만큼, 그리고 그렇게 되려고 추구하는 것만큼 그리 단순한 인물은 아닌 것 같다. 우리는 이미 그가 자기 아버지 임종을 지키고자 침대 머리맡에 있던 걸 본 적이 있다. 하지만 그는 신비한 것들은 좋아하지 않는다. 그래서 자기가 더 이상 자기 자신 같지 않은 모습을 보이는 것을 싫어한다. 그가 반에서 수석을 유지하고 있는 건 쉽게 이룬 게 아니라 열심히 노력한 결과이다. 보리스가 원하기만 했더라면 그에게서 보호를 받을 수 있을 것이다. 하지만 보리스의 마음을 끄는 건 그의 옆자리에 앉은 조르주다. 그런데 조르주의 경우 그의 관심은 오직 게리뿐인데, 게리는 아무에게도 관심이 없다.

조르주에겐 필리프 아다망티에게 전할 중요한 소식들이 있었으나 그걸 글로 써서 알리는 건 신중치 못하다고 여겼다.

개학날인 오늘 아침, 조르주는 수업 시작 15분 전에 학교 문 앞에 도착해 아다망티를 기다렸으나 만나지 못했다. 그렇게 학교 문 앞에서 서성이고 있을 때, 레옹 게리다니졸이 한 젊은 여자에게 말을 걸어 무척이나 재치 있게 농담을 늘어놓는 걸 들었던 것이다. 그리고 그 두 장난꾸러기들은 이야기를 나누게 되었는데, 앞으로 같은 기숙학원에 다니게 된 사실을 알고 조르주는 무척 기뻐했다.

학교가 끝난 뒤 마침내 조르주와 피피는 서로 만날 수 있었다. 다른 기숙사생들과 같이, 하지만 자유롭게 말할 수 있게 그들과는 좀 떨어져서 아자이스 기숙사로 걸어가면서.

"그건 감추는 게 좋을 거야"라고, 피피가 단춧구멍에 계속 꽂고 있던 노란 리본 장식을 손가락으로 가리키며 조르주가 말을 시작했다.

"왜?" 필리프는 조르주가 그의 리본 장식을 떼버린 걸 보고 물었다.

"너 그러다 붙잡힐 위험이 있어. 이봐, 수업 전에 그 얘길 하고 싶었어. 네가 조금만 더 일찍 왔더라면 됐을 텐데. 네게 알려주려고 교문 앞에서 기다렸거든."

"하지만 난 몰랐지." 피피가 말했다.

"난 몰랐지. 난 몰랐지." 조르주가 그를 흉내 내며 되풀이했다. "내가 울가트에서 널 다시 만날 수 없었던 만큼 네게 할 말이 있을 거라 생각했어야지."

이 두 소년은 항상 서로 상대보다 우월하고자 신경을 쓴다. 피피는 부친의 지위와 재산 덕분에 일정 부분 유리한 입장에 있다. 하지만 조르주는 대담함과 빈정거리는 태도로 훨씬 우세하다. 피피는 뒤처지지 않으려면 좀더 노력을 해야 한다. 나쁜 아이는 아니나 다소 나약하다.

"그럼 말해봐, 네 얘기." 그가 말했다.

레옹 게리다니졸이 다가와 그들의 이야기를 듣고 있었다. 조르주는 그가 귀를 기울이고 있는 게 기분 나쁘지 않았다. 좀 전에 그가 조르주를 놀라게 했다면 이젠 자기도 뭔가 그를 놀라게 해줄 걸 갖고 있다는 식이었다. 따라서 그는 아주 담담한 어조로 피피에게 다음과 같이 말했다.

"프랄린이 잡혀갔어."

"프랄린이!"라고 피피가 외쳤는데, 그에겐 조르주의 냉정함이 더더욱 놀라웠다. 레옹이 관심을 갖는 눈치였으므로 피피는 조르주에게 물었다.

"말해도 될까?"

"물론이지!" 조르주는 어깨를 으쓱하며 대답했다. 그러자 피피는 조르주를 가리키며 게리에게 말했다.

"이 친구 애인이야." 그러곤 조르주에게,

"그걸 어떻게 알았어?"

"우연히 제르멘을 만났는데 그렇게 말하더군."

그리고 피피에게 이야기하기를, 열이틀 전, 그가 파리에 들르게 되었을 때, 몰리니에 검사가 앞에서 '방탕의 무대'라고 가리켰던 그 아파트에 다시 가보고 싶어 갔더니 문이 닫혀 있었더라는 것, 또 주변을 서성이다가 얼마 안 있어 피피의 애인인 제르멘을 만나게 되었는데, 그녀가 가르쳐준 바에 따르면 방학이 시작하고 난 다음 경찰이 급습했다는 것이었다. 그런데 그 여자들과 아이들이 모르고 있던 것은, 프로피탕디외가 이번 작전을 수행하기 전에 미성년 범죄자들이 일제 단속에 걸려들지 않도록, 그래서 그들 부모들이 이번 추문을 피할 수 있도록 무척 세심한 주의를 기울여 아이들이 뿔뿔이 흩어지게 될 시기를 기다렸다는 사실이다.

"아니! 이봐…… 아니! 이봐……!" 피피는 아무 말도 못하고 그 말만 되풀이했는데, 조르주와 자신이 아슬아슬하게 사건을 모면했다고 여기고 있었다.

"어때, 등골이 오싹하지?" 조르주는 비아냥거리며 말했다. 더군다나 게리다니졸 앞에서 자기도 간담이 서늘했다는 걸 굳이 밝힐 필요는 전혀 없다고 여겼다.

이런 대화로 이 아이들이 실제보다 훨씬 더 타락한 아이라고 생각할 수도 있을 것이다. 하지만 그들이 그렇게 말하는 건 무엇보다 잘난 척하기 위해서라고 나는 확신한다. 그들의 경우엔 허풍이 들어 있다. 하지만 허풍이라도 상관없는 게, 게리다니졸이 그들 이야기를 듣고 있는 것이다. 그들 이야기에 귀를 기울이고 또 그들에게 이야기를 시키는 것이다. 그가 오늘 저녁 이 이야기를 그의 사촌형 스트루빌루에게 전해주면 무척 재미

있어 할 것이다.

그날 저녁, 베르나르는 에두아르와 다시 만났다.

"개학은 잘 했나?"

"그런대로요." 그러고 나서 입을 다물기에 에두아르가 말했다.

"베르나르 군, 자네가 말하고 싶지 않다면 내가 자네에게 억지로 말을 시키리라고는 생각지 말게. 난 심문은 질색이니까. 하지만 생각해보게나. 자네가 날 위해 일을 하겠다고 자청했으니 나로선 자네가 뭔가 이야기를 해주리라 기대할 수 있지 않나……?"

"뭘 알고 싶으십니까?" 베르나르는 마지못해 대답했다. "아자이스 영감님이 엄숙한 일장 연설을 늘어놓으며 아이들에게 '다 함께 청춘의 열기를 갖고 도약하자'고 했던 것 말입니까? 제가 그 말을 기억하는 건, 세 번이나 나왔거든요. 아르망의 주장에 의하면 노인은 일장 연설을 할 때마다 그 말을 쓴다는군요. 아르망과 저는 교실 안쪽 맨 뒷자리에 나란히 앉아, 마치 노아가 방주 안으로 들어오는 동물들을 쳐다보듯 아이들이 들어오는 걸 보고 있었어요. 별의별 종류들이 다 있더군요. 되새김질하는 동물들과 가죽이 두꺼운 동물들, 연체동물들과 무척추동물 등등. 일장 연설이 끝난 다음 아이들이 서로 떠들어대기 시작했을 때, 저와 아르망은 알아차렸죠. 그들이 하는 열 마디 가운데 네 마디는 '정말이지, 넌 도저히 못할 게……'라고 시작하죠."

"나머지 여섯은?"

"'나는 말이야'예요."

"나쁘지 않은 관찰인데, 걱정스럽구먼. 또 다른 건?"

"몇몇은 작위적인 성격을 가진 것 같더군요."

"그게 무슨 의미인가?" 에두아르가 물었다.

"그들 가운데 특히 파사방 소년 옆에 앉아 있던 한 녀석이 생각나네요. 그런데 파사방은 그저 얌전한 아이 같더군요. 그 옆의 녀석은 제가 오랫동안 관찰해봤는데, 옛날 사람들이 하듯 Ne quid nimis*를 자기 생활 신조로 삼은 것 같더군요. 그 나이의 좌우명치곤 맹랑하다고 생각되지 않으세요? 옷도 꼭 끼고, 넥타이도 딱 맞아떨어지고, 구두끈까지 매듭을 맨 다음 남는 부분이 없는 거예요. 나와 잠시 이야기를 나눴을 뿐이지만 그 사이 한다는 소리가, 도처에 힘이 낭비되고 있는 게 눈에 띈다는 거예요. 그러곤 마치 후렴구처럼 '공연한 노력은 말아야지'라고 되풀이하더군요."

"빌어먹을 절약가들이지." 에두아르가 말했다. "그게 예술에선 장광설을 만들지."

"왜요?"

"그들은 하나라도 잃을까 봐 벌벌 떨지. 또 다른 건? 그런데 아르망에 대해선 아무 말도 없군."

"괴상한 녀석이에요. 사실 제 마음엔 별로 들지 않아요. 전 가식적인 사람은 싫거든요. 물론 멍청하진 않아요. 하지만 그 녀석은 파괴하는 데만 정신을 쏟아요. 게다가 가장 집요하게 공격하는 건 자기 자신이에요. 자신이 갖고 있는 모든 선량한 것, 관대하고 고상하거나 또는 다정한 것에 대해 수치심을 갖고 있어요. 운동을 좀 하고 바람을 쐬어야 할 거예요. 하루 종일 처박혀 지내서 성격이 까다로워졌어요. 나와 같이 있고 싶어 하는 것 같았어요. 굳이 피하는 건 아니지만 그 녀석의 기질에 익숙해질

---

* 라틴어로 '결코 지나치지 말라'라는 뜻의 관용어. 고대 그리스인들의 무모함에 반대해 절도를 촉구하는 말로 호라티우스의 글 등에 나온다. '모든 지나침은 하나의 결점이다'라는 뜻이다.

수가 없더군요."

"그의 빈정거림과 아이러니 뒤에는 지나치게 예민한 감수성이 숨겨져 있다고 생각되지 않나? 어떤 심각한 고뇌가? 올리비에는 그렇게 생각하던데."

"그럴 수도 있죠. 저도 그렇게 생각했어요. 아직은 그 녀석을 잘 모르겠어요. 아직 깊이 생각해보지도 못했고요. 더 생각해볼 필요가 있을 겁니다. 선생님께 알려드리도록 하죠. 하지만 나중에요. 오늘 저녁엔 이만 가봐도 되겠죠. 이틀 후면 시험이거든요. 또 솔직하게 말씀드리자면…… 좀 슬픈 마음이 들어서요."

V

> 내 생각이 틀리지 않다면 개개의 사물에선 단지 그 꽃만 취해야 하느니……
> — 페늘롱

그 전날 저녁 파리에 돌아온 올리비에는 충분히 휴식을 취한 다음 잠자리에서 일어났다. 대기는 훈훈하고 하늘은 청명했다. 갓 면도를 하고 샤워를 한 다음 우아한 옷차림으로 자신의 힘과 젊음, 멋진 모습을 의식하며 밖으로 나왔을 때, 파사방은 아직 자고 있었다.

올리비에는 소르본을 향해 발걸음을 재촉하고 있다. 베르나르가 필기 시험을 치르게 된 날이 바로 오늘 아침이다. 어떻게 올리비에가 그 사실을 알고 있을까? 아마 모르고 있을지도 모른다. 알아보러 가는 것이다. 그는 발길을 서두른다. 베르나르가 하룻밤 잠자리를 찾아 그의 방에 왔던 그날 저녁 이후 그 친구를 다시 보지 못했다. 그 이후 얼마나 많이 변했는 가! 베르나르를 다시 보고 싶다기보다 그에게 자기 모습을 보여주고 싶은 마음에서 더 서두르는 게 아니라고 누가 말할 수 있겠는가? 베르나르가 우아한 외모에 그토록 무심한 게 유감스럽다. 하지만 우아한 걸 찾는 것 은 때때로 안락함에서 나오는 취향이다. 파사방 백작 덕택에 올리비에는 그런 사실을 실제로 겪어본 것이다.

베르나르는 오늘 아침 필기시험을 치른다. 정오나 되어서야 나올 것 이다. 올리비에는 교정에서 베르나르를 기다리고 있다. 그는 몇몇 친구들 을 알아보고 악수를 하고 헤어진다. 그는 자기 옷차림 때문에 약간 어색 하다. 마침내 시험장에서 나온 베르나르가 교정으로 와 그에게 손을 내밀 며 다음과 같이 말했을 때는 더욱더 어색해진다.

"아주 멋진데!"

앞으론 결코 얼굴을 붉히지 않으리라 생각했던 올리비에는 또다시 얼 굴을 붉힌다. 무척 다정한 어조이긴 했으나 어찌 그 말속에 든 아이러니 를 느끼지 못하겠는가? 베르나르, 그는 집을 나가던 날 밤에 입었던 바로 그 옷을 그대로 입고 있다. 그는 올리비에를 만나리라 기대하진 않았다. 그는 올리비에에게 이것저것 물어보면서 그를 끌고 간다. 올리비에를 다 시 보게 되어 뜻밖의 기쁨을 느낀 것이다. 올리비에의 세련된 옷차림을 보고 처음에 약간 웃긴 했으나 조롱하려는 의도는 전혀 없다. 그는 착한 마음씨를 갖고 있으며 악의는 없었다.

"나랑 같이 점심 먹을 거지, 응? 그래, 1시 반에는 라틴어 시험을 보 러 다시 들어가야 돼. 아침에는 프랑스어 시험이었어."

"잘 봤어?"

"물론이지. 하지만 내가 써낸 게 시험관들의 취향에 맞을지는 나도 모르지. 라퐁텐의 시구 네 줄에 대해 자기 생각을 적어내는 거였어.

　　파르나스의 나비로서, 저 위대한 플라톤이

　　이 세상의 경이로운 것들에 비교하던 꿀벌처럼,

　　가벼운 존재인 나는 온갖 것 위로 날며,

　　이 꽃에서 저 꽃으로, 이 사물에서 저 사물로 돌아다니네.*

　너라면 뭐라고 썼을지 한번 얘기해봐."

　올리비에는 두각을 드러내고 싶은 마음을 억누를 수가 없다.

　"나라면 라퐁텐이 자기 자신을 묘사하면서 예술가의 모습, 즉 이 세상에서 외적인 것만, 표면만, 꽃만 취하고자 하는 자의 모습을 그렸다고 했을 거야. 그러고는 그것과 대조적으로 학자의 모습, 탐구자로 파고드는 자의 모습을 제시한 다음, 마지막으로 학자가 탐구하는 동안 예술가는 발견한다는 점을 부각시켰을 거야. 즉 파고드는 자는 빠져들고, 또 빠져드는 자는 눈이 멀고 만다고. 반면에 진리란 외양이며 신비란 바로 형식이고, 또 인간이 지닌 가장 심오한 건 바로 그의 피부라고 말이야."

　이 마지막 구절은 올리비에가 파사방에게서 얻어들은 것으로, 파사방 자신도 언젠가 폴 앙브루아즈가 문학 살롱에서 이야기했을 때 그의 입에서 따온 것이었다.** 인쇄되지 않은 것이라면 뭐든지 파사방에게는 정당

---

* 라퐁텐(Jean de La Fontaine, 1621~1695)이 자신의 후원자였던 라사블리에르 부인에게 보낸 서간문에서 자신을 '파르나스의 나비'로 규정한 구절로, 1684년 아카데미 프랑세즈 회원이 되었을 때 입회 연설에서 덧붙여 읽었다.

** 프랑스 시인 폴 발레리(Paul Valéry, 1871~1945)의 첫 이름이 폴 앙브루아즈로, '가장 심오한 건 피부'라고 한 말은 발레리가 어느 문학 살롱에서 한 표현이다.

한 노획물이었다. 그가 '공중에 떠도는 사상들'이라고 부르던 것, 다시 말해 타인의 사상들이었다.

올리비에의 어조 속에 들어 있는 뭔지 모르는 것 때문에 베르나르는 그 말이 올리비에의 것이 아니라는 걸 알아챘다. 그 말을 하는 올리비에의 목소리가 어색했던 것이다. 베르나르의 입에선 '누구 말이지?'라는 말이 튀어나오려는 순간이었다. 하지만 자기 친구의 기분을 상하게 하고 싶지 않기도 했지만 상대가 지금까지 입 밖에 내지 않으려고 조심하던 파사방이라는 이름을 듣게 될까 두려웠다. 베르나르는 자기 친구를 야릇하게 빤히 쳐다보는 것으로 그쳤다. 그러자 올리비에는 두번째로 얼굴을 붉혔다.

베르나르는 감상적인 올리비에가 평소 자신이 알던 그의 생각과는 전혀 다른 생각들을 표현하는 것을 듣고 깜짝 놀랐는데, 그 놀라움은 거의 곧바로 격렬한 분노로 바뀌었다. 그것은 태풍처럼 돌발적이고 놀랍고도 불가항력적인 것이었다. 올리비에의 생각이 맹랑한 것처럼 보이긴 했으나, 그가 분노한 건 바로 그런 생각 때문은 아니었다. 게다가 그 생각은 어쩌면 그리 맹랑한 것이 아닐 수도 있었다. 상반되는 견해들을 적어놓는 그의 노트에 자신의 견해와 대조해서 나란히 적어놓을 수도 있는 것이었다. 그게 진정으로 올리비에의 생각이었다면 올리비에에 대해서도, 그 생각에 대해서도 화를 내진 않았을 것이다. 하지만 그는 그 뒤에 숨은 누군가가 느껴졌던 것이다. 그가 화를 낸 것은 바로 파사방에 대해서다.

"그런 생각들이 프랑스를 망치는 거야." 베르나르는 나직하긴 하나 격한 목소리로 외쳤다. 그는 파사방을 뛰어넘고 싶어 무척 거창한 입장을 들고 나왔다. 그러곤 말이 자기 생각을 앞질러 나온 것처럼 자기가 한 말에 스스로 놀랐다. 하지만 그가 그날 아침 답안에 전개시켰던 것도 바로 그런 생각이었다. 그러나 일종의 결벽증 때문에 자신의 언어로, 특히나

330

올리비에와 수다를 떨면서 자기가 '위대한 감정들'이라 부른 것을 과시한다는 게 그에게는 꺼림칙했다. 게다가 말을 해놓고 보니 그 감정들의 진정성이 떨어지는 것처럼 보였다. 또한 올리비에로선 자기 친구가 '프랑스'의 이익에 대해 말하는 걸 한 번도 들어본 적이 없었기에 이번엔 그가 놀랐다. 그는 두 눈을 휘둥그레 뜬 채 미소를 띨 생각조차 나지 않았다. 더 이상 그가 알던 베르나르가 아니었다. 그는 멍청하게 되풀이했다.

"프랑스……?" 그리고 나선 베르나르가 농담을 하는 게 아니라는 걸 알아차리고 자기가 한 말의 책임을 떠넘기며 말했다. "이봐, 내가 그렇게 생각한다는 게 아니라 라퐁텐이 그렇다는 거야."

베르나르는 거의 공격적이 되었다.

"물론이지!" 그가 외쳤다. "네가 그렇게 생각하지 않는다는 건 나도 잘 알아. 하지만 이봐, 라퐁텐도 아니야. 그가 단지 그런 가벼움만 가졌다면, 게다가 말년에 이르러 그가 후회하고 변명을 구했던 그런 가벼움만 가졌다면, 그는 우리가 높이 평가하는 그런 예술가는 결코 될 수 없었을 거야. 내가 오늘 아침 논술에서 부각시키려 한 건 바로 그 점이었어. 다양한 인용을 들면서 말이야. 너도 알다시피 내 기억력은 상당히 좋거든. 하지만 난 곧 라퐁텐에게서 벗어나 몇몇 경박한 인간들이 마치 허락이라도 받은 듯 그의 시구를 제멋대로 해석해대는 것을 반박하며, 태평스럽게 농담이나 해대는 아이러니컬한 정신에 반대하는 일장 논설을 펼쳤던 거야. 소위 '프랑스 정신'이라 불리는 바로 그런 정신 때문에 우리가 때때로 외국인들로부터 무척이나 유감스러운 평판을 듣게 되는 것 아니겠어. 나는 그 속에서 프랑스의 미소가 아니라 찌푸린 얼굴을 봐야 한다고 했지. 프랑스의 진정한 정신이란 검토의 정신, 논리와 사랑과 끈질긴 통찰의 정신이라고, 또 라퐁텐을 움직인 게 바로 이런 정신이 아니었다면 콩트 같은 건 쓸 수 있었겠지만 그의 우화나 그 멋진 서간문, 시험문제에 제시된 시구가 실린 그 서간문(내가 그 서간문을 알고 있음을 보여줬지) 같은 건 결코 쓸 수 없었을 것이라고 말이야. 그래, 철저한 공격이었어. 그 때문에 떨어질 수도 있을 거야. 하지만 상관없어. 그 이야기를 해야 했어."

올리비에는 좀 전에 자기가 표현한 생각을 특별히 고집하는 건 아니었다. 두각을 드러내고 싶은 욕구에, 그리고 자기 친구를 놀라게 하리라 생각했던 문장을 아무렇지도 않다는 듯 슬쩍 인용하고 싶은 욕구에 지고 말았던 것이다. 지금 베르나르가 이런 어조로 그에게 대든다면 그로선 후퇴를 할 수밖에 없었다. 그의 커다란 약점은 베르나르가 그의 우정을 필요로 하는 것보다 그가 베르나르의 우정을 훨씬 더 필요로 한다는 사실에서 기인했다. 베르나르의 선언에 그는 자존심이 상하고 몹시 괴로웠다. 너무 빨리 이야기를 꺼낸 게 후회스러웠다. 지금으로선 뱉은 말을 주워 담기에는 너무 늦었고, 또 베르나르에게 먼저 말을 하게 내버려뒀더라면 분명히 그랬을 것처럼 그의 말에 동조하기에도 너무 늦었다. 하지만 베르나르가, 과거엔 그토록 반항적이었던 그가, 파사방으로부터 오직 비웃으며 다루어야 된다고 배웠던 그런 감정들과 생각들을 옹호하고 나설 줄 어찌 예상할 수 있었겠는가? 비웃다니, 정말이지 자기로선 더 이상 그러고 싶은 생각이 없었고, 도리어 수치스러웠다. 베르나르가 보여준 진정한 감동에 압도된 그는 뒷걸음질 칠 수도, 베르나르에 대항해 반격을 펼 수도 없었기에 그저 자신을 변명하고 회피할 궁리만 찾았다.

"결국 네가 답안에 쓴 게 그런 거라면, 네가 그렇게 말하는 건 나한테 반대하려는 건 아니지…… 나도 그러길 바라."

그는 마치 화가 난 사람처럼, 자신이 의도했던 것과는 전혀 다른 어조로 말했다.

"하지만 난 지금 바로 너한테 그 이야기를 하는 거야." 베르나르가
다시 말을 받았다.

이 말은 올리비에의 가슴을 정통으로 때렸다. 베르나르가 적의를 갖
고 그 말을 한 것은 아니었을 게다. 하지만 그 말을 어찌 달리 받아들일
수 있겠는가? 올리비에는 입을 다물었다. 베르나르와 그 사이에 깊은 심
연이 패었다. 그는 그 심연의 한쪽 기슭에서 다른 기슭까지 접촉을 재개
해줄 어떤 질문들을 던져볼 수 있나 찾아보았다. 찾고는 있었으나 희망이
보이지 않았다. '도대체 이 친구는 내가 괴로워하는 걸 모른단 말인가?'
그가 속으로 생각했다. 그러자 그의 괴로움은 점점 더 깊어져갔다. 눈물
을 억누를 필요까지는 없었을 것이나 충분히 울 만한 일이라고 생각했다.
그것 역시 그의 잘못이었다. 그가 이번 재회에 기대를 덜 했더라면 이 상
황이 덜 슬퍼 보였을 것이리라. 두 달 전, 그가 에두아르를 마중하러 서
둘러 나갔을 때도 마찬가지였다. 그는 언제나 이 모양일 거야, 라고 속으
로 생각했다. 그는 베르나르를 내팽개치고 아무 곳으로나 가버리고 싶었
다. 파사방도 잊고 에두아르도…… 그런데 뜻밖의 갑작스러운 만남으로
슬프게 흘러가던 그의 생각이 중단되었다.

그들이 거슬러 올라가고 있던 생미셸 거리에서 올리비에는 그들 앞쪽
으로 몇 걸음 떨어진 곳에 있는 동생 조르주를 막 알아보았던 것이다. 그는
베르나르의 팔을 움켜잡고 곧바로 발걸음을 돌려 재빨리 그를 끌고 갔다.

"내 동생이 우리를 본 것 같니……? 집에선 내가 돌아온 걸 아직 모
르고 있어."

조르주는 혼자가 아니었다. 레옹 게리다니졸과 필리프 아다망티가 같
이 있었다. 그들 셋은 한창 열을 내며 이야기하는 중이었다. 하지만 조르

주는 자기네 이야기에 관심을 갖긴 했으나, 그가 늘 말하듯 '경계를 하는 것' 역시 게을리하지 않았다. 그들 이야기를 듣기 위해 잠시 올리비에와 베르나르를 내버려두자. 게다가 식당에 들어간 우리의 두 친구는 올리비에로선 무척 다행스럽게도 한동안 이야기보다 먹는 데 더 몰두하고 있으니 말이다.

"자, 그럼 네가 해봐." 피피가 조르주에게 말했다.

"아니! 이 녀석 겁먹었구나! 겁먹었어!" 조르주가 대꾸했는데, 그 목소리에는 필리프를 자극할 만한 빈정거리는 멸시를 잔뜩 담고 있었다. 그러자 게리다니졸이 거만하게 말했다.

"양 새끼 같은 친구들, 원치 않으면 말만 해. 너희들보다 더 대담한 녀석들을 구하는 건 전혀 문제가 안 돼. 자, 그것 돌려줘."

그는 조르주 쪽으로 몸을 돌렸는데, 조르주는 손에 작은 동전을 하나 쥐고 있다.

"좋아, 내가 하지! 같이 가자." 갑작스러운 충동에 사로잡혀 조르주가 외친다. (그들은 담배 가게 앞에 있다.)

"아니," 레옹이 말한다. "길모퉁이에서 기다릴게. 피피, 이리 와."

잠시 뒤 조르주가 가게에서 다시 나온다. 그러곤 손에 들고 있는 소위 '최고급' 담배 한 갑을 친구들에게 내민다.

"어때?" 피피가 걱정스러운 듯 묻는다.

"뭐가 어때?" 조르주가 대꾸하는데, 방금 자기가 한 일이 갑자기 너무나 자연스러워 말할 가치도 없다는 듯 무관심을 가장한 어조였다. 하지만 피피는 계속 물어댄다.

"그걸 낸 거야?"

"물론이지!"

"아무 말도 안 해?"

조르주는 어깨를 으쓱한다.

"뭐라고 말하길 바라?"

"그럼 거스름돈을 내준 거야?"

조르주는 이번에는 대답조차 하지 않는다. 하지만 여전히 믿질 못하고 겁에 질린 상대방이 "보여줘"라며 계속 채근하자 조르주는 주머니에서 돈을 꺼내 보인다. 필리프가 세어보니 7프랑이다. 그는 "이 동전들은 진짜가 확실해?"라고 묻고 싶으나 그만둔다.

조르주는 1프랑을 주고 가짜 금화를 샀던 것이다. 거스름돈은 나눠 갖기로 합의가 되어 있었다. 그는 게리다니졸에게 3프랑을 준다. 피피에게는 한 푼도 없을 것이다. 기껏해야 담배 한 대뿐이다. 그에겐 교훈이 될 것이다.

이 첫번째 성공에 용기를 얻은 피피는 이제 자기도 해보고자 한다. 그는 레옹에게 두번째 금화를 팔라고 한다. 하지만 레옹은 피피가 우유부단하다고 여길 뿐 아니라 그를 완전히 달아오르게 하기 위해, 그가 좀 전에 보여줬던 비겁한 태도를 다소 멸시하는 듯 가장해 보이며 불평을 늘어놓는 척한다. '좀더 빨리 결단을 내렸더라면 좋았을 텐데. 앞으로 너는 끼워주지 않을 거야'라는 식이었다. 게다가 레옹은 처음 실험을 해본 곳 바로 옆에서 또다시 시도하는 건 신중치 못하다고 생각했다. 그리고 지금 시간이 너무 늦었다. 그의 사촌형 스트루빌루가 점심을 같이하기 위해 그를 기다리고 있다.

게리다니졸 그 자신도 위폐를 어떻게 유통시켜야 할지 모를 정도로 그렇게 우둔하진 않다. 하지만 사촌 형의 지침에 따라 그는 공범자들을 확보하려고 한다. 그는 제대로 완수한 자기 임무를 보고할 것이다.

"명망 있는 집안 애들, 알겠니? 우리에게 필요한 건 바로 그런 애들이야. 나중에 사건이 터지더라도 그 부모들이 무마하려 들 테니까."(그들이 점심을 먹는 동안 이렇게 말하는 건 바로 게리다니졸의 중간 대리인인 사촌형 스트루빌루다.) "문제는 이렇게 동전을 하나씩 파는 시스템으로는 유통시키는 데 시간이 너무 많이 든다는 거야. 팔아치워야 할 게 스무 개씩 든 상자가 쉰두 개나 있어. 20프랑 받고 한 상자씩 팔아야 해. 하지만 아무에게나 팔아선 안 되지. 가장 좋은 방법은 단체를 결성하는 것으로, 담보물을 가져오지 않으면 낄 수 없도록 하는 거야. 애들이 이 일에 연루되도록 해야 하고, 또 각자 자기 부모의 발목을 잡을 뭔가를 내놓도록 해야 해. 동전을 내주기 전에 애들한테 그 점을 이해시키도록 해. 하지만 겁주지는 말고. 애들에게 겁을 줘서는 절대 안 돼. 몰리니에 아버지가 사법관이라고 했지? 좋아. 그럼 아다망티 아버지는?"

"상원의원."

"더 좋군. 너도 이젠 철이 들었으니 한두 가지 비밀 없는 집안은 없다는 걸 알고 있겠지. 세상에 드러날까 봐 당사자들이 벌벌 떠는 그런 비밀 말이야. 애들이 그걸 찾아오도록 만들어야 해. 신이 나서 열심히 할 거야. 흔히 애들은 집 안에서 무척 따분해하니까! 그게 또 애들한테 뭔가를 관찰하고 찾아보는 방법을 가르칠 수도 있지. 아주 간단해. 아무것도 가져오지 못하는 녀석은 아무것도 못 얻는 거야. 우리가 자기네 비밀을 갖고 있다는 걸 깨닫게 될 때, 몇몇 부모들은 침묵의 대가로 비싼 값을 치를 거야. 물론 그들을 협박할 의도는 없어. 우린 정직한 사람들이거든. 단지 그들 발목을 잡고 있자는 거지. 우리가 침묵을 지키는 대가로 그들도 침묵을 지키라는 거지. 그들도 입을 다물고, 또 입을 다물게 시키라는 거야. 그러면 우리도 입을 다문다는 거야. 그들을 위해 건배하자."

스트루빌루는 잔 두개를 채웠고 그들은 건배를 했다.

"좋은 일이야." 그는 다시 말을 이었다. "시민들 사이에 상호 관계를 맺는 건 필수불가결한 일이기도 하지. 이렇게 해서 탄탄한 사회가 형성되는 거야. 뭐랄까, 서로의 발목을 잡는 거지! 우리는 애들 발목을, 그들은 자기 부모 발목을, 그리고 그들은 우리 발목을 잡고 있는 거야. 완벽해. 알아듣지?"

레옹은 더할 나위 없이 잘 알아들었다. 그는 히죽거렸다.

"조르주 녀석은······" 그가 말을 시작했다.

"그래 뭔데? 조르주 녀석이 뭘······"

"몰리니에 말이야. 그 녀석은 제법인 것 같아. 자기 아버지 편지를 훔쳤는데, 올랭피아 극장에 있는 한 아가씨한테서 받은 거야."

"그 편지 봤어?"

"내게 보여주더군. 그가 아다망티와 이야기하는 걸 들었지. 내가 자기네 이야기를 듣고 있어 기분이 우쭐했던 것 같아. 어쨌든 걔네들은 나한테 감추려고 하질 않아. 날 믿도록 나 나름대로 조치를 취했고, 또 형이 하던 식으로 요리를 해놨거든. 조르주가 피피에게 말하더군. (피피를 깜짝 놀라게 해줄 심산이었겠지.) '우리 아버지에겐 정부가 있어.' 그 말에 피피는 지지 않으려고 대꾸를 하더군. '우리 아버지는 둘이나 있어.' 호들갑을 떨 거리도 못 되는 멍청한 이야기지. 하지만 다가가서 조르주에게 '네가 어떻게 알아?' 했더니, '편지를 봤어'라고 하더군. 난 미심쩍어하는 척하며 말했지. '참 농담도······' 그를 결국 끝까지 밀어붙인 거지. 그랬더니 그 편지를 자기가 갖고 있다며 커다란 지갑에서 꺼내 내게 보여주더군."

"읽어봤어?"

"시간이 없었어. 내가 본 건 단지 똑같은 필체였다는 것, 그리고 한 편지에 '사랑하는 나의 큰 아기에게'라고 쓰여 있다는 것이었어."

"보낸 사람은?"

"'당신의 하얀 생쥐.' 그래서 조르주에게 물어봤지. '너 이걸 어떻게 훔쳐냈어?' 그랬더니 씩 웃으며 바지 주머니에서 커다란 열쇠 꾸러미를 끄집어내며 '모든 서랍 열쇠가 다 있지'라는 거야."

"피피 군은 뭐라던가?"

"아무 말 없었어. 질투가 났던 것 같아."

"조르주가 그 편지들을 네게 넘겨줄까?"

"필요하다면 그렇게 밀어붙일 수 있을 거야. 하지만 뺏어오고 싶진 않아. 피피 일이 잘되면 그도 내놓을 거야. 둘 다 서로를 부추기니까."

"그게 소위 경쟁심이라는 거야. 기숙사에 쓸 만한 다른 애들은 없어?"

"찾아보지."

"또 한 가지 말할 건…… 기숙사생 가운데 보리스라는 아이가 있을 거야. 그 애는 내버려둬." 그는 잠시 뜸을 들인 다음 더 낮은 목소리로 덧붙였다. "지금으로선."

올리비에와 베르나르는 지금 대로변에 있는 한 식당에 앉아 있다. 올리비에의 괴로움은 친구의 따뜻한 미소 앞에서 마치 햇빛을 받은 서리처럼 녹아내리고 있다. 베르나르는 파사방이라는 이름을 입 밖에 내길 피하고 있다. 올리비에도 그걸 느낀다. 또 은밀한 본능이 그에게 주의를 주고 있다. 하지만 올리비에는 그 이름을 입에 올리고 만다. 어떤 일이 일어나더라도 그로선 말을 해야 하는 것이다.

"그래, 우린 내가 집에다 말한 것보다 더 일찍 돌아왔어. 오늘 저녁

『아르고노트』 잡지사에서 주최하는 만찬회가 있는데 파사방이 꼭 참석하고 싶어 해. 그는 우리가 낼 새 잡지가 기존 잡지들과 좋은 관계를 갖기를 바라고 있어. 라이벌 관계가 아니라…… 너도 왔으면 좋겠어. 그리고 말이지…… 에두아르 삼촌도 데리고 왔으면 하는데…… 만찬회에는 초대를 받아야 하니 그때는 말고, 만찬회 끝난 다음 말이야. 모두들 타베른 뒤 팡테옹 레스토랑 2층 홀에 있을 거야. 『아르고노트』의 주요 편집자들과 『아방가르드』 잡지에 참여할 사람 가운데 여럿이 올 거야. 우리 잡지 창간호는 거의 다 준비되었어. 그런데…… 왜 나한테 아무것도 안 보내 줬니?"

"준비된 게 하나도 없어서." 베르나르는 다소 무뚝뚝하게 대답한다.

올리비에의 목소리는 거의 애원하는 투가 된다.

"목차에 내 이름과 나란히 네 이름을 적어 넣었는데…… 필요하다면 좀더 기다릴 수도 있을 거야…… 뭐든지 좋아, 하지만 뭔가 하나…… 쓰기로 거의 약속도 했잖아……"

올리비에를 괴롭히는 게 베르나르로서도 가슴 아픈 일이다. 하지만 그는 물러서지 않는다.

"이봐 친구, 너한테 바로 말해두는 게 더 낫겠는데, 난 파사방과 뜻이 맞지 않을까 걱정이란 말이야."

"하지만 잡지를 운영하는 건 바로 나라니까! 그는 내게 완전히 일임하고 있어."

"또 네게 아무거나 보낸다는 게 내 마음에 안 들어. 난 '아무거나' 쓰고 싶진 않아."

"내가 '아무거나'라고 말한 건, 네가 쓴 건 '아무거나'라도 언제나 멋질 거라는 걸 잘 알기 때문이지…… 그게 결코 '아무거나'가 아닐 거라는 것 말이야……"

그는 무슨 말을 해야 할지 몰라 더듬거리며 말을 한다. 이 친구와 함께하는 게 아니라면 그 잡지도 그에겐 더 이상 흥미 없는 일이다. 함께 등단한다는 그 꿈은 참 멋진 것이었다.

"그리고 말이지, 난 내가 하고 싶지 않은 일이 뭔지 이제 제대로 알기 시작했어. 하지만 내가 앞으로 무슨 일을 하게 될지는 아직 잘 몰라. 내가 글을 쓰게 될지 그것도 모르겠어."

이 선언은 올리비에를 당황스럽게 만든다. 하지만 베르나르가 다시 말을 잇는다.

"손쉽게 쓸 수 있는 건 하나도 흥미 없어. 내가 문장들을 잘 만들어내기 때문에 난 잘 만들어진 문장들이라면 질색이야. 그건 내가 어려움 자체를 좋아하기 때문은 아니야. 하지만 정말이지, 요즘 문학자들은 노력을 거의 하지 않는 것 같아. 소설을 쓰기에는 난 아직 다른 사람들의 인생에 대해 잘 몰라. 그리고 나 자신도 아직 충분히 살았다고는 말할 수 없고. 시는 내게 지루해 보여. 알렉상드랭*은 낡아빠졌고, 자유시**는 형식미가 없어. 오늘날 내 마음에 드는 유일한 시인은 랭보***뿐이야."

"내가 선언문에서 말한 게 바로 그 얘기야."

"그럼 내가 반복할 필요가 없겠네. 아니, 이봐, 아니야. 난 내가 글을 쓰게 될지 어떨지 모르겠어. 때로는 글을 쓰는 게 살아가는 걸 방해하지

---

* 17세기 이래 널리 쓰인 전통적 12음절 시를 가리키는 것으로 '전통적 프랑스 시'를 지칭한다.
** 19세기 말엽에서 20세기 초까지 프랑스에서는 '자유시' 논의가 활발했다.
*** 랭보(Arthur Rimbaud, 1854~1891): 프랑스의 상징주의 및 초현실주의 시에 지대한 영향을 끼친 조숙한 천재시인으로, 20대 초반, 시의 세계를 떠나 아프리카 대륙으로 건너가 모험적 삶을 살다 다리 절단 수술을 받은 후 그 후유증으로 죽었다.

않나, 또 말보다 행동으로 자신을 더 잘 표현할 수 있지 않나 싶어."

"예술작품이란 오래 지속하는 행동이지." 올리비에가 조심스럽게 용기를 내어 말했다. 하지만 베르나르는 그의 말을 듣고 있지 않았다.

"내가 랭보에게서 가장 감탄하는 건 바로 삶을 더 사랑했다는 거야."

"그는 자기 삶을 망쳤지."

"네가 그걸 어떻게 알아?"

"아니! 이봐, 그건……"

"다른 사람들의 삶을 겉으로 드러난 걸로 평가할 순 없어. 하지만 그래, 그가 실패했다고 치자. 그는 불운했고, 비참했고 병마에 시달렸지…… 하지만 있는 그대로의 그의 삶이 난 부러워. 그래, 말년이 참담하긴 했으나 그의 삶이 더 부러워. 차라리……"

베르나르는 말을 끝맺지 못했다. 유명한 당대 작가 한 사람 이름을 들려고 하는 순간 너무나 많은 이름들이 떠올라 망설였던 것이다. 그는 어깨를 으쓱한 다음 다시 말을 이었다.

"난 내 마음속에 놀라운 열망들, 밀물처럼 밀려오는 거대한 파도 같은 것들, 이해할 수 없는 움직임과 동요들이 혼돈스럽게 요동치는 게 느껴져. 그런데 난 그것들이 생겨나는 걸 방해할까 겁이 나서 그것들을 이해하고 싶지도 관찰하고 싶지도 않아. 얼마 전까지만 하더라도 난 끊임없이 나 스스로를 분석하곤 했어. 줄곧 나 자신에게 말을 거는 버릇을 갖고 있었단 말이야. 그런데 지금, 난 그렇게 하고 싶어도 더 이상 그럴 수가 없어. 내가 알아차리지도 못한 사이에 그 괴벽이 갑자기 사라진 거야. 그 독백이라는 것, 우리 학교 선생님이 말하듯 그 '내적 대화'는 일종의 내적 분열에 의한 것이라 생각돼. 그런데 나 자신이 아닌 누군가를 나 자신보다 더 사랑하기 시작한 날부터 난 더 이상 그런 분열을 일으킬 수가 없었어."

"로라 이야기야?" 올리비에가 물었다. "여전히 그렇게 사랑해?"

"아니." 베르나르가 말했다. "점점 더 사랑해. 똑같은 상태에 머무를 수 없다는 것, 나중엔 줄어들더라도 계속 증가할 수밖에 없다는 게 바로 사랑의 속성이라고 생각해. 또 바로 그 점이 우정과는 다르다고 생각해."

"하지만 우정도 약해질 수 있지." 올리비에가 슬픈 어조로 말했다.

"내 생각에 우정엔 그리 큰 여지가 없는 것 같아."

"그런데…… 뭐 하나 물어봐도 너 화내지 않을 거야?"

"말해봐."

"널 화나게 하고 싶진 않거든."

"물어보려다가 말면 훨씬 더 화낼 거야."

"내가 알고 싶은 건 네가 로라에 대해…… 정욕을 느끼는가 하는 거야."

베르나르는 갑자기 부척이나 심각해졌다.

"너니까 하는 이야기지만……" 그가 말을 시작했다. "그래! 내 마음 속에 야릇한 일이 일어나고 있어. 그건 로라를 알게 된 이후 내가 더 이상 정욕을 전혀 느낄 수 없다는 점이야. 너도 기억하겠지만 한때는 길에서 마주치던 스무 명이나 되는 여자들을 향해 동시에 흥분해대던 내가(바로 그 때문에 난 그중에서 아무도 선택할 수 없었지), 지금은 그녀의 아름다움과 다른 어떤 아름다움에도 더 이상, 정말이지 더 이상 마음이 끌리지 않는 것 같아. 그녀의 이마와 다른 어떤 이마도, 그녀의 입술, 그녀의 시선 외엔 어떤 것도 결코 사랑할 수 없을 것 같아. 그녀에 대한 내 감정은 흠모의 감정이야. 그녀 곁에 있으면 육체적인 모든 생각이 불경스럽게 느껴져. 나 자신에 대해 내가 오해를 하고 있었던 것 같아. 내 본성은 무척이나 순결한 것 같아. 로라 덕분에 내 본능이 승화되었어. 난 내 마음속에 아직 사용되지 않은 거대한 힘들이 있는 게 느껴져. 난 그 힘들을 쓸모 있게 만들고 싶어. 나는 자신의 오만함을 규율에 복종시키는 샤르트르 수도사*가 부러워. 사람들로부터 '난 너를 믿어'라는 말을 듣는 사람이 부러워. 군인도 부럽고…… 아니, 차라리 아무도 부럽지 않아. 하지만 내 마음속의 동요 때문에 숨이 막힐 것 같아. 난 그걸 단련시키고 싶어. 마치 내 속에 수증기가 가득 찬 것 같아. 그건 쉭쉭 소리를 내며 빠져나갈 수도 있고(그게 바로 시야), 피스톤을, 바퀴를 움직이게 할 수도 있어. 또 기계를 완전히 폭발시킬 수도 있지. 이따금 나 자신을 가장 잘 표현할 수 있을 것처럼 보이는 행위가 뭔지 아니? 그건…… 아! 물론 내가 자살하지 않을 거라는 건 나도 잘 알아. 하지만 드미트리 카라마조프가 자기 동생에게 물었던 것, 즉 사람들이 환희에 의해, 그저 단순한 삶의 과잉 때문에…… 내적 폭발 때문에 자살할 수도 있다는 걸 이해할 수 있는지 물었을 때**의 그 심정을 나는 너무나도 잘 알아."

놀라운 광채가 그의 온 존재에서 뿜어져 나오고 있었다. 그는 얼마나 멋지게 자신을 표현하는가! 올리비에는 넋이 빠져 그를 물끄러미 쳐다봤다.

"나도," 올리비에가 조심스럽게 중얼거렸다. "자살하는 사람의 마음을 이해해. 하지만 그건 어떤 환희, 너무나 강렬해서 그 뒤에 올 삶 전체가 빛을 잃게 될 그런 환희를 맛본 다음이 될 거야. '충분해, 이젠 만족스러워, 결코 더 이상은……'이라고 생각할 수 있는 그런 환희 말이야."

하지만 베르나르는 그의 말을 듣고 있지 않았다. 올리비에는 입을 다

---

* 샤르트르 수도원은 11세기 성 브뤼노가 창건한 가톨릭 계파의 수도원이다.
** 도스토옙스키의 『카라마조프가의 형제들』 1부 3장에서 드미트리가 동생 알료샤에게 묻는 말이다.

물었다. 허공 속에서 말해본들 무슨 소용인가? 그의 하늘은 또다시 온통 캄캄해지고 말았다. 베르나르는 시계를 꺼냈다.

"이제 가봐야 할 시간이야. 그럼, 오늘 저녁…… 몇 시야?"

"참! 10시면 충분할 것 같은데. 너 올 거지?"

"그래. 에두아르 삼촌을 데려가도록 해볼게. 하지만 너도 알다시피 그는 파사방을 좋아하지 않아. 그리고 문학 모임도 지겨워하고. 간다면 단지 널 보기 위해서일 거야. 그런데 라틴어 시험 보고 난 다음 너랑 다시 볼 수 있을까?"

올리비에는 바로 대답하지 않았다. 그는 4시에 『아방가르드』를 찍어내게 될 인쇄소에서 파사방과 다시 만나기로 약속했던 사실을 절망스럽게 떠올렸다. 얽매인 처지에서 벗어날 수 있다면 무슨 대가인들 못 치르겠는가!

"그러고 싶지만 선약이 있어."

그의 괴로움은 전혀 드러나 보이지 않았다. 베르나르는 대답했다.

"할 수 없지."

그러고 난 다음 두 친구는 헤어졌다.

올리비에는 베르나르에게 말하리라 작정했던 건 하나도 말하지 못했다. 그는 베르나르의 기분을 상하게 하지 않았나 걱정되었다. 그는 자기 자신이 싫어졌다. 오늘 아침만 하더라도 그토록 발랄했던 그는 지금 고개를 푹 숙이고 걷고 있었다. 처음에는 자랑스러웠던 파사방의 우정이 거북스럽게 느껴졌다. 그 우정에 대해 베르나르의 비난이 짓누르는 것을 느꼈던 것이다. 오늘 저녁 만찬회장에서 베르나르를 다시 만난다 하더라도 모든 사람들이 보는 앞에서는 그에게 말을 할 수 없을 것 같았다. 그 전에 미리 두 사람이 서로서로의 기분을 되돌려놓지 않는다면 그 만찬회도 재미있을 수 없을 것이다. 그런데 허영심에 이끌려, 어쩌자고 거기에 에두아르 삼촌까지 데리고 오라는 그런 해괴한 생각을 했단 말인가! 파사방 곁에서, 그리고 문단의 선배들과 동료들, 또 앞으로 『아방가르드』에 참여하게 될 사람들에 둘러싸여 에두아르 삼촌 앞에서 으스대야 할 판이었다. 그러면 에두아르 삼촌은 그를 더욱더 오해하게 될 것이다. 아마도 영원히 오해하게 되리라…… 만찬회 전에 삼촌을 다시 볼 수만 있다면! 그러면 삼촌 품에 달려들 것이다. 아마도 눈물을 흘리며 속마음을 털어놓으리라…… 4시까지는 아직 시간이 있다. 빨리, 자동차를.

그는 운전사에게 주소를 댄다. 그는 두근거리는 가슴으로 문 앞에 도착한다. 초인종을 누르는데…… 에두아르 삼촌은 외출하고 집에 없다.

가련한 올리비에! 부모님 눈을 피해 숨지 말고 왜 그냥 집으로 돌아가지 않았는가? 그랬더라면 어머니 곁에서 에두아르 삼촌을 만날 수 있었을 텐데.

VI

✤ 에두아르의 일기

소설가들이 주위 환경이라는 압박을 고려하지 않고 한 개인의 이야기만 전개시킬 때 그들은 우리를 속이는 셈이다. 숲이 나무를 만드는 것이다. 나무 하나하나에는 얼마나 좁은 공간밖에 주어지지 않는가! 얼마나 많은 싹들이 시들고 마는가! 나무는 제각기 뻗을 수 있는 곳으로 가지를 뻗는다. 신비스럽게 쭉 뻗은 가지란 대개의 경우 억압을 뚫고 나온 것이다. 높은 곳으로밖에는 빠져나올 길이 없는 것이다. 나는 폴린 누님이 그런 신비스러운 가지를 뻗치지 않기 위해 도대체 어떻게 하는지, 또 무슨 억압을 더 기대하는지 모르겠다. 누님은 과거 그 어느 때보다 더 내밀한 이야기를 했다. 솔직히 말해서 나는 누님이 겉으로 보이는 행복 이면에 얼마나 많은 환멸과 체념을 숨기고 있는지 짐작하지 못했다. 하지만 몰리니에 같은 인물에 대해 실망감을 느끼지 않으려면 누님 역시 저속한 사람이어야 하리라 인정하는 바다. 그저께 몰리니에와 얘기를 나누면서 나는 그라는 인물의 한계를 파악할 수 있었다. 도대체 어떻게 누님은 그와 결혼할 수 있었을까……? 안타까운 일이지만 가장 비참한 결함인 성격상의 결함이란 처음에는 보이지 않고 시간이 지나야만 드러나는 법이다.

누님은 남편 오스카의 결점과 과실이 모든 사람들 눈에, 특히 애들 눈에 띄지 않도록 얼버무리고 감추기 위해 온갖 노력을 다 기울인다. 누님은 자식들이 아버지를 존경할 수 있게 애를 쓰는데, 사실이지 그건 매우 어려운 일이다. 하지만 어찌나 잘해내고 있는지 나 자신도 속았던 것이다. 남편 이야기를 할 때면 멸시하는 말투가 아니라 일종의 너그러움을 갖고 말하기에 사실상 더 의미심장한 것이다. 누님은 남편이 아이들에 대해 좀더 권위 있게 대처하지 못하는 것을 한탄한다. 내가 올리비에가 파사방과 어울리게 되어 유감스럽다고 말했을 때, 누님 혼자 결정할 수 있었더라면 코르시카 여행은 성사되지 못했을 것임을 나는 알아차렸다.

"난 그 사람과 함께 떠나는 것에 동의하지 않았어요." 누님이 내게 말했다. "사실 파사방이라는 그 사람이 마음에 들지 않았어요. 하지만 어쩌겠어요? 내가 막을 수 없는 게 뻔한 거라면 차라리 기꺼이 들어주는 편이 더 나아요. 오스카, 그는 언제나 지고 말아요. 나한테도 지는걸요. 하지만 아이들 계획에 반대해야 한다고, 즉 아이들에 맞서 단호히 대처해야 한다고 생각될 때면, 그이는 전혀 도움이 되지 못해요. 이번에는 뱅상도 같이 올리비에 편을 거들었어요. 그러니 내가 어떻게 올리비에에게 반대를 할 수 있었겠어요? 오히려 그 애의 신뢰를 잃기 십상이죠. 내가 특히 소중하게 여기는 게 바로 신뢰니까요."

누님은 헌 양말들을 깁고 있었는데, 내 생각에 올리비에는 그걸 더 이상 탐탁하게 여기지 않을 것이다. 누님은 바늘에 실을 꿰기 위해 잠시 말을 멈춘 다음 한결 더 낮은 어조로, 더 내밀하고 더 서글픈 어조로 말을 이었다.

"그 애의 신뢰라…… 아직 그 애의 신뢰를 얻고 있다고 확신할 수만 있다면 얼마나 좋겠어요! 하지만 아니에요. 난 그것도 잃어버린 거예요……"

그리 확신이 드는 건 아니나 그건 아닐 거라며 내가 반박하려 하자 누님은 미소를 지었다. 그러곤 일감을 내려놓고 말을 이었다.

"이봐요. 난 그 애가 파리에 돌아온 걸 알고 있어요. 조르주가 오늘 아침에 자기 형을 우연히 봤다는 얘기를 무심코 하게 됐는데, 난 못 들은 척했지요. 자기 형을 고자질하는 것처럼 만들고 싶지 않더군요. 어쨌든 내가 알게 된 거예요. 올리비에는 내 눈을 피해 숨어 있어요. 다시 만나면 그 애로선 내게 거짓말을 해야 할 거고, 난 또 그 애 말을 믿는 척해야 하고. 그 애 아버지가 내 눈을 피해 딴짓을 할 때마다 그이를 믿는 척하는 것과 똑같아요."

"누님을 힘들게 할까 봐 그러는 거죠."

"그게 날 더 힘들게 해요. 난 속이 좁은 사람은 아니거든요. 사소한 과오가 많이 있지만 참고 눈을 감아줘요."

"지금 누구 이야깁니까?"

"사실이지 아버지나 아들들이나 마찬가지예요."

"모른 척함으로써 누님도 그들에게 거짓말을 하는 셈입니다."

"하지만 내가 어떻게 하겠어요? 불평하지 않는 것만 해도 어려운 일이에요. 그렇다고 그걸 인정해줄 수는 없는 것 아니에요? 그래요, 난 조만간 전부 다 내 손에서 빠져나갈 거라고, 아무리 애틋한 애정도 소용없으리라고 생각해요. 아니 도리어 그 애정이 거북스럽고 귀찮아지죠. 그래서 결국 그 애정조차 감추게 돼요."

"지금 말하는 건 아들들 얘기군요."

"뭣 때문에 그런 말을 하나요? 내가 더 이상 남편을 사랑하지 않는다고 보는 건가요? 이따금 나도 그런 생각을 해요. 하지만 내가 남편을 더 사랑하지 않는 건 너무 괴로울까 겁이 나서 그렇다는 생각도 해요. 또…… 그래요. 분명 동생 생각이 맞을 거예요. 올리비에 경우라면 난 차라리 괴로워하는 게 더 낫겠어요."

"뱅상은요?"

"지금 올리비에에 대해 한 말을 몇 년 전 뱅상에 대해서도 똑같이 했을 거예요."

"참, 누님도…… 조만간 조르주에 대해서도 똑같이 말할 거예요."

"하지만 서서히 체념하게 되죠. 그렇다고 예전에 인생에 대해 많은 걸 요구했다는 건 아니에요. 점점 더 적게…… 언제나 더 적게 요구하는 걸 배우는 거죠." 그리고 누님은 부드럽게 덧붙였다. "그런데 자기 자신에 대해서는 언제나 더 많은 걸 요구하게 돼요."

"그런 생각을 갖고 있으면 거의 기독교인이 다 된 겁니다." 나 역시 미소를 지으며 대답했다.

"나도 가끔 그런 생각을 해요. 하지만 그런 생각을 갖는다고 다 기독교인이 될 수 있는 건 아니죠."

"마찬가지로 기독교인이라고 해서 다 그런 생각을 갖는 것도 아니죠."

"내가 하고 싶은 얘기는, 애들 아버지 대신 동생이 애들한테 말을 좀 해줄 수 있으면 좋겠다고 종종 생각했어요."

"뱅상은 멀리 있잖아요."

"그 애는 이미 너무 늦었어요. 내가 말하는 건 올리비에예요. 난 그 애가 동생과 함께 여행을 갔으면 하고 바랐어요."

그 말을 듣고, 내가 경솔하게 베르나르와 떠났던 그런 모험을 감행하지 않았더라면 무슨 일이 있었을까 갑작스럽게 상상하며 나는 격렬한 감동에 사로잡혔다. 그리하여 처음에는 무슨 말을 해야 할지 몰랐다. 그리고 두 눈에 눈물이 왈칵 솟아올랐으므로 혼란스러워하는 내 모습에 뭔가 적당한 이유를 대기 위해,

"그 애 역시 너무 늦은 게 아닌가 걱정입니다"라고 한숨을 쉬었다.

그때 폴린이 내 손을 잡고 외치듯 말했다.

"정말 고마워요."

누님이 오해하는 걸 보고 거북해진 데다가 사실대로 말할 수도 없던 나는, 나로선 너무나 불편한 그런 이야기에서 화제를 돌리고 싶었다.

"조르주는요?" 내가 물었다.

"두 형보다 더 걱정거리예요." 누님이 다시 말을 이었다. "그 애의 경우 내 손에서 빠져나간다고 말할 수도 없어요. 한 번도 날 신뢰하거나 내 말을 들은 적도 없으니까요."

누님은 잠시 망설였다. 분명 다음 이야기를 하는 게 힘들었던 모양이다.

"이번 여름휴가 때 심각한 일이 있었어요." 누님은 마침내 말을 꺼냈

다. "나로선 동생에게 말하기 무척 고통스러운 일인 데다가, 아직 확실한 것도 아니고…… 내가 늘 돈을 넣어두던 장롱에서 백 프랑짜리 지폐 한 장이 없어졌어요. 누군가를 잘못 의심하지 않을까 하는 걱정에서 아무도 문책하진 않았어요. 그 호텔에서 우리 시중을 들던 하녀는 무척 젊은 아가씨로 정직해 보였어요. 난 조르주 앞에서 그 돈을 잃어버렸다고 말을 했죠. 솔직히 말하자면 그 애를 의심하고 있었거든요. 하지만 그 애는 당황하기는커녕 얼굴색도 변하지 않는 거예요…… 난 의심했던 게 부끄러웠어요. 그래서 난 내가 잘못 생각한 거라고 믿고 싶어서 다시 계산을 해봤어요. 하지만 안타깝게도! 의심의 여지가 없었어요. 여전히 백 프랑이 모자라는 거예요. 나는 그 애에게 물어볼까 망설였지만 결국 하지 못했어요. 그 애가 도둑질에다가 거짓말까지 보태는 걸 보게 될까 봐 두려워 그만두고 말았죠. 내가 잘못한 걸까요……? 그래요, 그때 좀더 집요하게 몰아대지 못했던 게 지금은 후회가 돼요. 또 내가 너무 가혹해져야 할까 봐, 아니면 충분히 그러지 못할까 봐 겁이 났을 수도 있고요. 또다시 나는 아무것도 모르는 척했지만 사실 마음은 무척 괴로웠어요. 그러면서 시간이 흘러가게 내버려뒀기에 이젠 너무 늦어 잘못한 것에 대해 벌을 줄수도 없지 않나 생각했어요. 그리고 어떻게 벌을 주겠어요? 그래서 그냥 가만히 있었는데, 그게 후회가 돼요…… 하지만 도대체 내가 뭘 할 수 있었겠어요?

난 그 애를 영국으로 보내볼까도 생각했어요. 그리고 그 문제에 대해 동생 충고를 듣고 싶기도 했어요. 하지만 동생이 어디 있는지도 몰랐고…… 어쨌든 그 애에게 고통스럽고 불안한 내 마음은 숨기지 않았어요. 그 애도 그걸 느꼈으리라 생각해요. 동생도 알다시피 착한 애니까요. 진짜 그 아이 짓이라면, 내가 야단치는 것보다 자기 스스로 반성할 수 있다면 그게 더 나을 거라 생각해요. 다시는 그런 짓을 하지 않을 거라고 확신해요. 그곳에서 무척 부유한 친구와 어울리곤 했는데, 그 친구가 그렇게 돈을 쓰게 만들었을 거예요. 아마도 내가 장롱 문을 열어놨을지도 모르고…… 그리고 다시 한 번 말하지만 그게 그 애 짓인지 확실한 건 아니에요. 호텔에는 손님들이 많이 드나드니까요……"

나는 누님이 얼마나 능숙하게 아들에 대한 변명거리를 늘어놓는지 감탄했다.

"조르주가 훔친 돈을 제자리에 갖다놨더라면 좋았을 텐데요." 내가 말했다.

"나도 그렇게 생각했어요. 하지만 그렇게 하지 않았으니 그게 바로 그 애가 한 짓이 아니라는 증거가 아닌가 싶었어요. 감히 그럴 용기가 없었나 하는 생각도 들고요."

"그 얘기를 애아버지에게는 했나요?"

누님은 잠시 머뭇거리다 결국 말을 꺼냈다.

"아니. 그이에겐 알리고 싶지 않아요."

누님은 옆방에서 무슨 소리가 나는 걸로 여겼던 것 같다. 아무도 없다는 걸 확인하러 갔다 온 다음 내 곁에 다시 앉았다.

"오스카가 지난번에 동생과 같이 점심 식사를 했다고 하더군요. 어찌나 동생 칭찬을 해대는지, 무엇보다 동생이 그이 말을 잘 들어줬구나 생각했지요. (누님은 이 말을 하면서 서글프다는 듯이 미소를 지었다.) 그이가 동생에게 자기 속내 이야기를 했다 해도 굳이 알려고 하지 않겠어요…… 난 그이 사생활에 대해 그이가 생각하는 것보다 훨씬 더 많이 알고 있긴 하지만 말이에요…… 그런데 내가 파리로 돌아온 이후에 그이 태도는 도무지 알 수가 없어요. 아주 다정한 모습을 보이는 거예요. 비굴하다고 할 정도로…… 내가 거북할 지경이에요. 그이가 날 두려워한다고나 할까? 그런데 그건 그이가 잘못 짚은 거예요. 오래전부터 나는 그 사람이 바람을 피운다는 사실을 알고 있었어요. 상대가 누군지도 알죠. 그이는 내가 모르는 줄 알고 그걸 숨기느라 무척이나 조심하고 있어요. 하지만 조심한다는 게 너무 드러나 그이가 감추면 감출수록 더 드러나는 거예요. 집을 나서려는 순간, 뭔가 바쁜 듯 난처해하며 걱정스러운 듯한 기색을 가장할 때면, 난 그이가 재미를 보러 가는구나 알게 되죠. 난 그이에게 말하고 싶어요. '이보세요, 난 당신을 붙잡지 않아요. 내가 질투할까 봐 겁나는 거예요?' 내가 그럴 기분이라도 든다면 웃어주기라도 하겠어요. 단 한 가지 걱정은 아이들이 뭔가 눈치채지나 않을까 하는 거예요. 그이는 얼마나 정신이 없고 서투른지 몰라요! 이따금 그이도 모르게 내가 도와줘야 한다니까요. 마치 그 사람의 놀음에 장단을 맞추듯 말이에요. 정말이지, 그러다가 나도 그런 내 행동을 거의 즐기는 꼴이 되고 말았어요. 그이를 위한 변명거리를 만들어내고, 또 흘리고 다니는 편지를 외투 주머니에 집어넣어주기도 하죠."

"바로 그겁니다," 내가 말했다. "그는 누님에게 편지를 들키지 않았나 걱정하던데요."

"동생한테 그런 얘기를 했어요?"

"바로 그 때문에 그렇게 겁을 먹고 있는 겁니다."

"동생은 내가 그 편지들을 읽고 싶어 할 거라 생각하나요?"

자존심에 상처를 받은 누님은 다시 의연한 태도를 보였다. 나는 다음과 같이 덧붙여야 했다.

"부주의로 잃어버리게 된 편지 얘기가 아니라 서랍 속에 넣어두었던 편지들이 사라졌다고 하던데요. 그는 누님이 그걸 가져갔다고 생각해요."

그 말에 폴린 누님의 얼굴은 창백해졌다. 누님의 머리를 스치고 지나간 끔찍한 의심이 갑자기 내 마음을 사로잡았다. 나는 그 말을 한 게 후회됐지만, 이미 너무 늦었다. 누님은 시선을 돌린 채 중얼거렸다.

"그게 차라리 나였으면 얼마나 좋을까요!"

누님은 침통해 보였다.

"어떻게 해야 하나, 어떻게 해야 하나?" 누님은 되풀이했다. 그러곤 나를 향해 다시 두 눈을 들며 말했다. "동생이, 동생이 말 좀 해줄 수 있겠어요?"

나와 마찬가지로 누님 역시 조르주라는 이름을 입 밖에 내기를 피했으나 조르주를 두고 하는 말임은 틀림없었다.

"해보죠. 좀 생각해보겠어요." 나는 자리에서 일어나며 말했다. 그런데 누님은 현관까지 날 배웅하며 말했다.

"제발 오스카에게는 아무 얘기도 하지 말아요. 계속 날 의심하도록, 자기 생각대로 믿게…… 그게 낫죠. 그럼 또 와요."

VII

에두아르 삼촌을 만나지 못해 마음이 울적한 터에 혼자 있기도 괴로웠던 올리비에는 우정을 찾아 헤매는 자기 마음을 아르망에게 돌려보고자 했다. 그는 브델 기숙학원을 향해 발길을 옮겼다.

아르망은 그를 자기 방으로 들어오게 했다. 그의 방은 하인들을 위한 계단으로 올라가게 되어 있었다. 좁다란 작은 방으로 창문은 안뜰을 향해 나 있었는데, 옆 건물의 화장실과 부엌들도 그쪽으로 나 있었다. 아연으로 된 뒤틀린 반사 장치가 위쪽에서 햇빛을 받아 무척이나 희끄무레한 빛을 내보내고 있었다. 방은 환기가 잘 되지 않아 고약한 냄새가 감돌고 있었다.

"하지만 익숙하게 돼." 아르망이 말했다. "너도 알다시피 우리 부모님은 돈을 내는 기숙생들에게 가장 좋은 방들은 내주시거든. 당연한 일이지. 작년에 내가 쓰던 방은 한 자작 나리에게 내줬는데, 고명하신 네 친구 파사방의 동생이야. 그 방은 호사스럽지. 하지만 라셀 방에서 감시를 받게 돼. 여긴 방들이 많아. 하지만 독립된 방은 하나도 없어. 그래서 오늘 아침 영국에서 돌아온 가여운 사라가 새로 쓰게 된 초라한 방은 부모님 방을 거치거나 (그녀로선 달갑지 않은 일이지) 이 방을 거쳐 가야 해. 그런데 이 방은 사실 처음엔 화장실이거나 창고였던 걸 개조한 거야. 하지만 적어도 이 방은 누구의 감시도 받지 않고 마음대로 들락날락할 수 있다는 이점이 있지. 난 하인들이 거처하는 지붕 밑 방보다 여기가 더 좋았어. 사실이지 난 옹색한 이곳이 상당히 마음에 들어. 우리 아버지 말을 빌리자면 고행의 취향이지. 육체에 힘든 것이 영적으로는 구원을 준비하고 있노라고 설명하실 거야. 게다가 아버지는 여기에 한 번도 들어오신 적이 없어. 너도 알다시피 자기 아들의 거처를 걱정하는 것 외에도 다른 걱정거리가 많거든. 우리 아버지는 아주 근사한 분이셔. 인생의 주요 사건마다 위로가 되는 수많은 구절들을 줄줄이 외고 계시지. 듣고 있으면 그럴듯하지. 한 번도 같이 이야기를 나눌 시간이 없다는 게 유감이야…… 너, 내 그림들을 보고 있구나. 아침나절에 보면 더 멋지지. 이건 파올로 우첼로*의 어느 제자가 그린 채색 판화로 수의사용이지. 이 화가는 종합

---

* 우첼로(Paolo Uccello, 1397~1475) : 이탈리아의 화가.

하는 데에 놀라운 노력을 기울여 단 한 마리 말에다가 모든 질병들을 다 그려놓았는데, 하느님은 그 질병들을 통해 말의 영혼을 순화시킨다는 거야. 너도 저 눈초리 속의 영성을 알아볼 수 있겠지…… 그리고 이건 요람에서 무덤까지, 인생의 각 단계를 상징하는 그림이야. 그림으로서는 별 볼일 없지만 특히 그 의도가 흥미롭지. 그리고 더 뒤로는 티치아노*가 그린 한 화류계 여성의 초상화를 찍은 사진인데 멋지지 않나? 음탕한 생각들이 나게 하려고 침대 위에다 붙여놓았지. 이 문은 바로 사라의 방으로 통하는 문이야."

거의 불결하다고도 할 수 있는 그 방 모습에 올리비에는 너무나 괴로운 마음이 들었다. 침대는 정돈되지 않았고 세면대 위의 대야에는 물이 그대로 있었다.

"그래, 내 방 청소는 내가 직접 해." 불안한 올리비에의 시선에 답하듯 아르망이 말했다. "이건 내가 공부하는 책상이야. 이 방 분위기가 내게 어떤 영감을 불러일으키는지 넌 전혀 모를 거야.

'정다운 골방의 분위기는……'**

최근에 내가 쓴 「요강 단지」***의 착상을 얻은 것도 바로 이 분위기야."

올리비에가 아르망을 보러 온 것은 자기 잡지에 대해 이야기를 하고, 또 그가 기고를 하게 하려는 의도였다. 하지만 더 이상 말을 꺼낼 수가 없

---

* 티치아노(Vecellio Tiziano, 1488~1576): 이탈리아 화가.
** 보들레르의 시집 『악의 꽃』에 수록된 「찬가」의 구절.
*** 마르셀 뒤샹이 「샘」(1917)이란 제목을 붙여 뉴욕에서 전시한 화장실 변기를 환기시킨다.

었다. 하지만 아르망 자신이 먼저 말을 꺼냈다.

"「요강 단지」, 어때! 멋진 제목이지……! 보들레르의 다음 시구를 서두에 붙이는 거야.

'그대는 몇 줄기 눈물을 기다리는 유골 단지인가?'*

창조자가 인간을 만들어낼 때 제각기 무엇인가를 담게 될 단지로 만들어낸다는 그러한 '옹기장이 창조자'라는 오래된 (하지만 언제나 생생한) 비유를 다시 든 거야. 그리고 서정적 격정에 사로잡혀 나 자신을 위에서 언급한 그 단지에 비유한 거야. 이미 말했듯이 그 착상은 이 방 냄새를 맡으면서 자연스럽게 떠올랐지. 특히나 첫 부분이 마음에 들어.

'누구건 마흔에 치질이 없는 자는……'

처음에는 독자들을 안심시키기 위해 '누구건 쉰에……'라고 했으나, 그러자니 두운법이 맞지 않았어.** '치질'이란 말은 확실히 프랑스어에서 가장 아름다운 단어야…… 그 의미는 차치하고서라도 말이지." 그는 냉소적으로 덧붙였다.

올리비에는 가슴이 메어 입을 다물었다. 아르망이 다시 말을 이었다.

"요강 단지는 너처럼 향료로 가득 찬 항아리의 방문을 받을 때면 특히 우쭐해진다는 걸 굳이 네게 말할 필요는 없겠지."

---

* 보들레르의 시집 『악의 꽃』에 수록된 「거짓에의 사랑」의 구절.
** 프랑스어에서 '누구건quiconque'과 '마흔quarante'은 같은 'q' 자로 시작한다.

"그것 말고 다른 거 쓴 건 없어?" 마침내 올리비에는 절망적으로 물었다.

"영광스러운 네 잡지에 내 「요강 단지」를 내볼까 했는데, 네가 방금 말한 '그것'이란 말의 어조로 보건데 네 마음에 썩 들지는 않는 모양이군. 이럴 경우 시인은 '나는 누구 마음에 들려고 쓰는 건 아니다'라고 주장하며 자신은 걸작을 낳았노라 확신할 방법들을 언제나 갖고 있지. 하지만 내 시가 내게도 형편없어 보인다는 걸 너한테 숨길 필요는 없지. 게다가 난 첫 줄밖에 쓰지 않았거든. 그리고 '썼다'라고 말하지만, 그건 그냥 해 본 소리야. 네게 경의를 표하기 위해 내가 방금 지어낸 거니까…… 그런데 정말 내가 쓴 걸 잡지에 내려고 생각한 거야? 나도 잡지에 참여하길 원한 거야? 그렇다면 넌 내가 뭔가 제대로 된 걸 쓸 능력이 없다고는 생각지 않았다는 거야? 창백한 내 이마 위에서 천재를 나타내는 표식이라도 봤다는 말이야? 이 방에선 거울 속을 들여다봐도 잘 보이지 않는다는 걸 알아. 하지만 나르시스처럼 거울 속의 나 자신을 한참 들여다보고 있노라면 낙오자의 얼굴밖에 보이지 않아. 결국 제대로 들어오지 않는 빛 때문이기도 하겠지만…… 그래, 이봐 올리비에, 난 이번 여름에 아무것도 못 썼어. 네 잡지를 위해 날 기대했다면 포기하는 게 나을 거야. 하지만 내 이야기는 그만하고…… 그래, 코르시카에선 잘 보냈어? 여행은 즐거웠고? 유익했어? 시험 보느라 힘들었는데 휴식은 충분히 취했고? 그리고 잘……"

올리비에는 더 이상 참을 수 없었다.

"이봐, 그런 말 하지 마. 농담 그만해. 내가 그런 걸 재미있다고 여길 거라 생각한다면……"

"뭐, 내가 어떻다고!" 아르망이 외쳤다. "아니! 물론 아니지! 어쨌건 난 그 정도로 바보는 아니야. 난 내가 방금 말한 게 멍청한 이야기라는 건 알 정도로, 아직은 충분히 똑똑해."

"그렇다면 좀 진지하게 이야기할 순 없니?"

"네 마음에 드는 게 진지한 장르니까 진지하게 이야기하지. 우리 누나 라셀이 장님이 되어가. 최근에 시력이 많이 약해졌어. 2년 전부터 안경 없이는 더 이상 책을 읽을 수 없었어. 난 처음엔 안경알만 바꾸면 되리라 생각했지. 그런데 그걸로는 소용이 없었어. 내가 사정해서 누나는 안과의사의 진찰을 받으러 갔었지. 망막 감도(感度)가 약해진 것 같아. 거기엔 전혀 다른 두 가지 현상이 있다는 건 너도 알고 있지. 하나는 수정체가 제대로 조절되는 않는 경우로 안경알로 교정이 되지. 하지만 안경알로 시각 이미지를 멀리하거나 가까이한 다음에도 그 이미지가 망막에 충분히 비치지 않는 경우가 있어. 그래서 그 이미지는 더 이상 선명한 상태로 뇌에 전달될 수 없는 거지. 내 말 알아듣겠어? 닌 라셀 누나를 거의 모르지. 그러니 내가 누나 처지에 대해 네 동정을 불러일으키려 한다고 여기지는 마. 그렇다면 뭣 때문에 내가 이 이야기를 하는가……? 그건 누나의 경우를 곰곰이 생각하면서 시각 이미지와 마찬가지로 개념이란 것도 그 선명도를 달리하며 뇌에 제시될 수 있을 거라는 생각이 들었기 때문이야. 정신이 우둔한 인간은 혼돈스러운 지각밖에 받아들일 수가 없어. 하지만 바로 그 때문에 그는 자신이 우둔하다는 걸 선명히 깨닫지는 못하지. 자신의 멍청함을 깨닫고서야 비로소 그 멍청함을 괴로워하기 시작할 거라는 말이야. 그리고 자신의 멍청함을 깨닫기 위해선 똑똑해져야 할 거라는 거지. 그런데 다음과 같은 괴물을 한번 상상해봐. 자신이 멍청하다는 걸 선명히 이해할 정도로 충분히 똑똑한 그런 바보 말이야."

"그렇다면, 그건 더 이상 바보가 아니겠지."

"아니야. 내 말이 맞아. 게다가 난 그런 바보가 있다는 걸 알고 있거든. 그 바보가 바로 나니까."

올리비에는 어깨를 으쓱했다. 아르망이 말을 이었다.

"진짜 바보는 자기 생각 저편에 있는 생각을 의식하지 못하지. 그런데 나는 '저편'을 의식한단 말이야. 그렇지만 난 어쨌든 바보인 게, 내가 '저편'에 결코 도달할 수 없으리라는 사실을 알고 있거든……"

"하지만 이봐," 올리비에가 한순간 동정심에 사로잡혀 말했다. "우리는 모두 더 나은 존재가 될 수 있도록 그렇게 태어났어. 그리고 난 가장 뛰어난 자는 바로 자신의 한계를 가장 괴로워하는 자라고 생각해."

아르망은 자기 팔 위에 다정하게 얹은 올리비에의 손을 밀쳐냈다. 그리고 말했다.

"다른 사람들은 자기네들이 갖고 있는 것에 대해 자각하지. 그런데 나는 내게 없는 것에 대한 자각밖에 없어. 돈도 없고, 힘도 없고, 재치도 사랑도 없어. 언제나 결핍뿐이야. 난 언제나 이편에 머물게 될 거야."

그는 세면대로 다가가 대야에 담긴 더러운 물에 머리빗을 담근 다음, 머리카락을 이마 위에 보기 흉하게 착 갖다 붙였다.

"이미 말했듯이 난 아무것도 쓴 게 없어. 하지만 최근 논문 한 편을 써볼까 싶었는데, '부족론'이라 이름 붙일 수 있을 거야. 하지만 당연히 난 그 논문을 쓰기에도 부족한 거야. 내가 거기에 쓰고 싶은 것은…… 하지만 네겐 따분한 이야기야."

"계속해봐. 네가 농담이나 하고 있으면 따분해. 하지만 지금은 무척 흥미로운데."

"난 그 논문에서 자연계를 통틀어, 그 너머에는 아무것도 존재하지 않는 그런 한계점을 찾아보고 싶었어. 예를 하나 들면 이해하기 쉽겠지.

최근에 감전되어 죽은 한 노동자의 이야기가 신문에 난 적이 있었어. 그는 아무 생각 없이 전깃줄을 만지고 있었어. 전압은 그리 센 게 아니었어. 하지만 그의 몸은 땀으로 축축이 젖어 있었던 모양이야. 그래서 그가 죽은 건 바로 그 축축한 수분층이 그의 몸에 전기를 통하게 만들었기 때문이라는 거지. 몸이 조금만 더 건조했더라면 그 사고는 일어나지 않았을 거야. 하지만 땀을 한 방울 한 방울 더해보는 거야. 그러다가 한 방울 더 더했을 때, 일이 터지는 거야."

"무슨 말인지 잘 모르겠는데……" 올리비에가 말했다.

"예를 잘못 든 탓이야. 난 예를 들 때 언제나 잘못 들어. 다른 예를 하나 들지. 난파당한 사람 여섯 명이 어떤 배에 구조됐어. 열흘 전부터 폭풍우에 휩싸여 길을 잃었던 거야. 셋은 이미 죽었고 둘은 생명을 건졌어. 그런데 나머지 한 명이 죽어가고 있어. 사람들은 아직 그를 되살릴 수 있기를 기대하고 있지만 그의 신체 조직은 한계섬에 도달한 거야."

"그래, 알겠어." 올리비에가 말했다. "한 시간만 더 빨랐더라면 그를 구할 수도 있었을 거라는 말이지."

"한 시간이라니, 무슨 얘기야! 난 최후의 순간을 말하는 거야. 아직은 살릴 수 있어, 아직은…… 그러나 더 이상은 불가능한 그 순간! 그건 좁다란 능선으로, 내 정신은 그 위를 거닐고 있어. 존재와 비(非)존재를 나누는 그 선을 나는 도처에서 그어보고 있어. 그래, 예를 들어…… 우리 아버지라면 유혹이라 부르게 될 것에 대한 저항의 한계랄까…… 아직은 참고 있는 거야. 악마가 잡아당기고 있는 그 줄은 끊어지기 직전까지는 팽팽히 당겨져 있어. 그러다가 아주 조금만 더 잡아당겼을 때 줄은 끊어지고 말아. 그럼 지옥에 떨어지는 거야. 이제 알겠어? 조금만 덜 잡아당겼을 경우에는 아무것도 없는 거지. 하느님도 이 세상을 창조하지 않았을 거야. 아무 일도 없었을 테지…… '이 세계의 모습은 달라졌을 것이다'라고 파스칼이 말했지. 하지만 '클레오파트라의 코가 조금 더 낮았더라면'*이라고 생각하는 것으론 충분치 않아. 나는 한 걸음 더 나아가 묻는 거야, 더 낮다면…… 얼마나 더? 결국 아주 조금 더 낮출 수는 있었을 테니까, 안 그래……? 점점 더, 점점 더, 그러다가 갑작스러운 비약…… Natura non fecit saltus**라는 말, 농담이겠지! 난 말이지, 사막을 가로질러 가며 목이 말라 죽어가는 아랍인 같아. 난 바로 그 지점에 도달한 거야. 이해하겠어? 한 방울의 물이 아직 살릴 수 있을…… 아니면 한 방울의 눈물이……"

그의 목소리는 메어왔으며 비장한 어조를 띠고 있었다. 올리비에는 깜짝 놀라 당황했다.

"너도 기억하지. '너를 위해 내 그토록 눈물을 흘렸거늘……' "

물론 올리비에도 파스칼의 그 구절을 기억하고 있었다.*** 뿐만 아니라 그의 친구가 그 구절을 정확히 인용하지 않은 것에 어색함까지 느껴 고치지 않고는 못 배겼다. '내 그토록 피를 흘렸거늘……'

아르망의 흥분은 금방 가라앉았다. 그는 어깨를 으쓱했다.

"그렇다고 우리가 뭘 어쩌겠어? 쉽게 뛰어넘는 사람들도 있는걸…… 언제나 '한계 위에' 서 있는 느낌이 어떤 건지 너도 이제 이해하겠어? 내 겐 언제나 1점이 모자랄 거야."

---

* 프랑스의 철학자이자 종교사상가인 파스칼(Blaise Pascal, 1623~1662)의 『팡세』에 나오는 구절로, 이 인용은 원문의 어순과 다소 틀리다.
** 라이프니츠(Gottfried Leibniz, 1646~1716)가 인용한 라틴 격언으로 '자연은 비약하지 않는다'라는 뜻이다. 'fecit'가 아니라 'facit'로, 철자가 틀리게 인용되었다.
*** 파스칼의 『팡세』「예수의 신비」편에 나오는 예수에게 드리는 기도 구절로, 곧이어 지적되듯 원문에는 '눈물'이 아니라 '피'다.

그는 다시 웃기 시작했다. 올리비에 생각에 그건 울음이 나올까 겁이 나 웃는 것 같았다. 올리비에는 자신도 이야기하고 싶었다. 아르망의 말이 그에게 얼마나 감동적이었는지, 또 그런 격렬한 아이러니 속에 생생히 느껴지는 감춰진 모든 고뇌에 대해 말하고 싶었다. 그러나 파사방과의 약속 시간이 그를 서두르게 했다. 그는 시계를 꺼내 보았다.

"이제 가봐야겠어. 너 오늘 저녁 시간 있어?"

"왜?"

"타베른 뒤 팡테옹으로 날 보러 오라고. 『아르고노트』 잡지사에서 만찬회를 열어. 넌 만찬이 끝날 즈음 오면 되는데. 제법 유명한 인사들이 상당수 올 거야. 그리고 술도 거나하게 취해 있을 거고. 베르나르 프로피탕디외도 온다고 했어. 재미있을 거야."

"난 면도도 하지 않았는데." 아르망이 침울한 어조로 말했다. "그리고 그 유명 인사들 사이에서 뭘 하라고 나더러 오라는 거야? 그렇다면 사라한테 물어봐. 바로 오늘 아침 영국에서 왔거든. 그 애는 분명 무척 재미있어 할 거야. 네가 초대한다고 내가 말해줄까? 그럼 베르나르가 데려가줄 거야."

"그래, 좋아." 올리비에가 말했다.

VIII

그리하여 베르나르와 에두아르는 같이 저녁 식사를 한 다음, 10시 좀 전에 사라를 데리러 오기로 되어 있었다. 아르망한테서 이야기를 전해 들은 그녀는 유쾌하게 제안을 받아들였다. 9시 반경 그녀는 자기 방으로 돌아갔는데, 그녀 어머니도 같이 따라왔다. 그녀의 방으로 가자면 부모님 방을 통과하게 되어 있었다. 하지만 막힌 걸로 되어 있는 또 다른 문 하나가 사라의 방에서 아르망의 방으로 통하고 있었는데, 아르망의 방은 우리가 앞서 말했듯이 하인들이 드나드는 계단을 통해 밖으로 나갈 수 있었다.

사라는 자기 어머니 앞에서 잠자리에 드는 시늉을 하면서 잠을 자도록 혼자 있게 해달라고 했다. 하지만 혼자 있게 되자마자 그녀는 화장대로 다가가 입술과 뺨에 생기를 돋우었다. 화장대는 막아놓은 문을 가리고 있었는데 그리 무겁지 않았기에 사라는 소리 없이 화장대를 옮길 수 있었다. 그녀는 비밀 문을 열었다.

사라는 자기 오빠와 마주칠까 걱정했다. 그의 조롱이 두려웠던 것이다. 그런데 아르망은 사실상 그녀의 가장 대담한 모험들을 두둔해주는 편이었다. 그렇게 하는 걸 즐긴다고도 여길 만했다. 하지만 그건 일종의 잠정적인 관용에 의한 것일 뿐인 게, 나중에, 또 그런 만큼 더더욱 가혹하게 비판하기 위한 것이기 때문이다. 그리하여 사라는 그의 호의 자체가 결국은 검열자의 유희가 아닌지 도무지 종잡을 수 없을 지경이었다.

아르망의 방은 비어 있었다. 사라는 나지막한 작은 의자에 앉아 잠시 기다리는 동안 생각에 잠겼다. 뭔가를 지레 나서서 항의한다는 식으로, 그녀는 가정에서 흔히 요구하는 모든 가치들을 대놓고 무시하는 성향을 키우고 있었다. 가정의 구속이 그녀의 에너지를 긴장시키고 그녀의 반항적 본능들을 자극시켰다. 영국에서 지내는 동안 그녀는 혹독하게 용기를 단련시킬 수 있었다. 이곳 기숙사에 와 있는 영국 여학생 미스 아버딘과 마찬가지로 그녀는 자신의 자유를 획득하기로, 제멋대로 행동하기로, 뭐든 다 감행하기로 결심했던 것이다. 그녀는 어떤 경멸이나 비난도 다 맞서나갈 준비가 된 것 같고, 어떤 도전도 다 할 수 있을 것 같았다. 일전에 그녀가 먼저 올리비에에게 접근을 시도한 것으로 이미 그녀는 본래의 겸손함과 타고난 수줍음을 극복했던 것이다. 또 두 언니들의 예를 통해 배웠던 것이다. 즉 그녀가 보기에 라셀의 경건한 체념이란 하나의 기만이며, 로라의 결혼이란 노예 상태로 귀결되는 음산한 상거래에 불과하다는 것이었다. 그녀가 얻은 가르침, 그녀가 스스로에게 부과하고 취한 가르침에 따라, 자기 자신은 소위 부부 사이의 헌신이라 부르는 것과는 전혀 어울리지 않는다고 여겼다. 그녀는 앞으로 자신이 결혼하게 될 남자가 어떤 점에서든 자기보다 뛰어나다고는 전혀 생각지 않았다. 그녀 역시 여느 남자와 똑같이 수많은 시험을 통과하지 않았던가? 그리고 어떤 주제에 관해서건 그녀 역시 자신의 의견과 생각들을 갖지 않았던가? 특히나 남녀평등에 관해서 말이다. 게다가 인생사를 이끌어감에 있어서, 즉 사업이나 때에 따라서는 정치 문제에 있어서도 종종 여성이 수많은 남성들보다 더 양식 있는 모습을 보여주는 것처럼 여겨졌다……

층계에서 발소리가 들려왔다. 그녀는 귀를 기울인 다음 조용히 문을 열었다.

베르나르와 사라는 아직 서로 모르는 사이였다. 복도에는 불이 꺼져 있었다. 그들은 어둠 속에서 서로를 겨우 분간해볼 뿐이었다.

"사라 브델 양?" 베르나르가 속삭였다.

그녀는 아무렇지도 않게 그의 팔을 잡았다.

"에두아르 선생님은 길모퉁이에 있는 차 안에서 우리를 기다리고 있어요. 당신 부모님과 부딪히게 될까 봐 차에서 내리지 않기로 했어요. 난 전혀 문제될 게 없거든요. 내가 여기 사는 건 알죠."

베르나르는 문지기의 주의를 끌지 않도록 좀 전에 신경을 써서 대문을 살짝 열어놓고 올라왔었다. 잠시 뒤, 자동차는 그들 셋을 타베른 뒤 팡테옹 앞에 내려놓았다. 에두아르가 운전사에게 계산을 하고 있을 때 10시를 알리는 종소리가 들렸다.

만찬회는 끝나 있었다. 식기들은 치워졌으나 테이블 위에는 커피 잔과 술병, 유리잔이 잔뜩 널려 있었다. 모두들 담배를 피우고 있어서 실내 공기는 숨을 쉴 수가 없을 지경이었다. 『아르고노트』 잡지사 편집장의 부인인 데 부르스 부인은 환기를 해달라고 요구했다. 날카로운 그녀의 목소리가 제각기 무리를 지어 이야기를 나누는 사람들 사이를 뚫고 들려왔다. 누군가가 창문을 열었다. 하지만 일장 연설을 하려던 쥐스티니앙이 자기 말이 '잘 들리도록' 곧바로 다시 닫게 했다. 그는 자리에서 일어나 티스푼으로 자기 유리잔을 두드려댔으나 주의를 끌지 못했다. 사람들이 데 부르스 사장이라 부르는 『아르고노트』 편집장이 나서자 마침내 다소 조용해졌다. 그러자 쥐스티니앙의 목소리가 두툼한 권태의 층을 형성하며 퍼져 나갔다. 현란한 이미지의 물결 아래 그의 진부한 사고가 숨겨져 있었다. 그는 부족한 재치 대신 과장으로 일관했으며, 뜻도 모를 애매한 찬사를 아무에게나 퍼부어대는 식이었다. 처음으로 잠시 이야기를 멈춘 건 에두아르와 베르나르, 사라가 막 들어온 순간으로, 의례적인 박수갈채가 터져 나왔다. 몇몇은 계속 박수를 쳐댔는데, 분명 빈정거림이 다소 들어간 것으로 연설을 빨리 끝내게 하려는 기대에서 나온 듯했다. 하지만 소용이 없었다. 쥐스티니앙은 다시 계속했다. 아무것도 그의 웅변을 저지할 수 없었다. 지금 그가 미사여구의 꽃으로 치장하는 인물은 바로 파사방 백작이었다. 그는 『철봉』에 대해, 마치 새로운 『일리아드』나 되는 듯 말하고 있었다. 또 파사방의 건강을 위해 축배를 들었다. 에두아르는 베르나르나 사라와 마찬가지로 잔이 없었기에 그들은 건배를 하지 않아도 되었다.

쥐스티니앙의 연설은 새로운 잡지를 위한 축원과 그 잡지의 주필이 될 '뮤즈의 총아요, 순수하고 고귀한 그 이마에 조만간 월계관이 씌워질 젊고 재능 있는 몰리니에'에 대한 몇 마디 찬사로 끝이 났다.

올리비에는 그의 친구들을 바로 맞이할 수 있게 출입문 가까이 서 있었다. 쥐스티니앙의 과도한 찬사는 그를 불편하게 하는 게 분명했다. 하지만 그는 이어지는 갈채를 피할 도리가 없었다.

새로 도착한 세 사람은 너무 소박하게 저녁 식사를 했던지라 흥청거리는 좌중의 분위기에 장단을 맞추기는 어려웠다. 이런 유형의 모임에서 뒤늦게 오는 사람들은 다른 사람들의 흥분을 제대로 이해하지 못하거나 아니면 너무 잘 이해하게 된다. 그들로선 판단을 내릴 수 없음에도 판단을 내리고, 또 의도적이진 않다 하더라도 가혹한 비판을 행사하게 된다. 적어도 에두아르와 베르나르의 경우는 그랬다. 하지만 이런 자리가 너무나 새로웠던 사라의 경우, 그녀는 뭔가 새로 배운다는 생각밖에 없었으며 그 분위기에 보조를 맞추기에 여념이 없었다.

베르나르는 아는 사람이 한 사람도 없었다. 올리비에는 그의 팔을 잡고선 그를 파사방과 데 브루스에게 소개하고자 했다. 그는 거절했다. 하지만 파사방이 그 상황을 밀어붙여 앞으로 나서며 그에게 손을 내밀었기에 베르나르로선 예의상 거절할 수가 없었다.

"하도 오래전부터 이야기를 들어 당신을 벌써 알고 있는 것 같군요."

"저도 마찬가집니다." 베르나르가 어찌나 쌀쌀한 어조로 말했는지 파사방의 상냥한 태도가 얼어붙었다. 곧이어 파사방은 에두아르에게 다가갔다.

종종 여행을 하거나 또 파리에 있다 하더라도 무척 거리를 두고 사는데도 에두아르는 초대객들 중 몇몇을 알고 있었으며, 전혀 어색해하지 않았다. 동료 작가들로부터 그리 사랑은 받지 못해도 존경을 받고 있던 그는, 단지 냉담할 뿐이었으나 오만하다는 평판을 기꺼이 받아들이고 있었다. 그는 자신이 이야기를 하는 것보다 다른 사람들 이야기를 듣는 걸 더 즐겨 했다.

"당신 조카의 얘기로 오실 거라 기대했습니다." 파사방이 부드럽고도 거의 나지막한 목소리로 시작했다. "그래서 무척 기뻐하고 있었습니다. 왜냐하면 마침……"

비웃는 듯한 에두아르의 시선이 그의 말허리를 잘라버렸다. 다른 사람을 유혹하는 데 능숙하고 또 호감을 사는 데 익숙한 파사방은 자신의 재능을 십분 발휘하기 위해서는 자기 앞에 아첨꾼 같은 거울의 존재가 필요했다. 하지만 오랫동안 자신감을 잃어버리고 또 당황한 채 멀뚱히 있는 그런 유형은 아니기에 그는 곧 정신을 가다듬었다. 그는 이마를 다시 들고 두 눈에는 오만한 빛을 띠었다. 파사방으로선 에두아르가 기꺼이 자기 말을 받아주지 않을 경우 그를 궁지에 몰아넣을 만한 방법이 없는 것도 아니었다.

"실은 물어보고 싶은 게 있었는데……" 파사방은 계속 생각하고 있던 것처럼 다시 말을 꺼냈다. "또 다른 조카인 제 친구 뱅상의 소식은 아십니까? 전 특히 그 친구와 친하게 지냈죠."

"아뇨." 에두아르가 퉁명스럽게 말했다.

'아뇨'라는 그 말은 또다시 파사방을 어리벙벙하게 했다. 그 말을 하나의 도전적인 부인으로 받아들여야 할지 아니면 자기 물음에 대한 단순한 답변으로 받아들여야 할지 도무지 알 수가 없었다. 하지만 그가 당황한 건 잠시 뿐이었다. 순진하게도 에두아르가 곧바로 다음과 같이 말함으로써 그를 제자리로 복귀시켜줬기 때문이다.

"그 사람 아버지로부터 모나코 왕자와 여행 중이라는 얘기만 들었소."

"사실, 제가 아는 한 여자 친구에게 그를 왕자에게 소개해주라고 부탁했었죠. 그런 기분 전환거리를 만들어내게 되어 기뻤어요. 두비에 부인…… 올리비에 말로는 당신도 그 부인을 알고 계신다던데, 그 부인과의 불행한 사건에서 좀 벗어날 수 있게 말입니다…… 뱅상으로선 자칫자기 인생을 망칠 뻔했죠."

파사방은 경멸과 멸시와 거만함을 교묘하게 다룰 줄 알았다. 하지만 그로선 이번 한판 게임을 이겨 에두아르를 제압하는 걸로 충분했다. 에두아르는 뭔가 가혹한 반격을 가하고자 했다. 하지만 그는 이상하게도 임기응변에는 능하지 못했다. 그가 사교계를 별로 좋아하지 않는 건 바로 그 때문이었을 것이다. 그에겐 사교계에서 두각을 드러내기 위해 필요한 것이 하나도 없었다. 하지만 그의 눈썹이 찌푸려졌다. 파사방은 예민한 감각을 갖고 있었다. 상대방이 뭔가 기분 나쁜 이야기를 할라치면 그는 그걸 감지하고 태도를 돌변하는 것이었다. 숨을 돌릴 틈도 없이 파사방은 갑작스럽게 어조를 바꾸며 말했다.

"그런데 당신과 같이 온 이 아리따운 아가씨는 누굽니까?" 그는 미소를 지으며 물었다.

"사라 브델 양입니다." 에두아르가 말했다. "제 친구인 바로 그 두비에 부인의 여동생이지요."

달리 더 나은 반격을 찾지 못한 그는 '제 친구'라는 말을 화살처럼 날카롭게 날렸다. 하지만 그 화살은 과녁을 맞히지 못했으며, 파사방은 그걸 바닥에 떨어지게 내버려둔 채 말했다.

"제게 소개해주시면 고맙겠습니다."

그는 이 말과 좀 전의 말을 사라가 들을 수 있도록 상당히 크게 말했다. 따라서 그녀가 그들을 향해 돌아봤기에 에두아르로서도 피할 도리가 없었다.

"사라, 파사방 백작이 당신과 인사를 하고 싶어 하는군요." 그는 억지로 미소를 지으며 말했다.

파사방은 새로운 잔을 세 개 갖고 오게 한 다음 퀴멜 주를 가득 채웠다. 네 사람은 모두 올리비에를 위해 건배했다. 술병은 거의 비어 있었다. 그런데 병 바닥에 결정체가 남아 있는 걸 보고 사라가 놀랐으므로 파사방은 빨대로 그걸 걷어내려고 애를 썼다. 그때 얼굴에는 온통 분칠을 했으며, 눈은 새까맣고 머리카락은 마치 인조 가죽으로 된 빵모자처럼 착 달라붙게 빗은 괴상한 모습의 얼간이 같은 사나이가 다가와서는 또박또박 힘을 줘 한 마디 한 마디 씹어대듯 말을 했다.

"안 될 겁니다. 병을 주세요. 내가 깨버리게."

그는 병을 집어선 창문가에 대고 단번에 부순 다음 사라에게 병 밑바닥을 보여주며 말했다.

"이 날카로운 조각들만 있으면 예쁜 아가씨 창자*에도 문제없이 구멍이 날 겁니다."

"이 어릿광대는 누구예요?" 그녀가 파사방에게 물었다. 파사방은 그녀를 앉게 한 다음 자기도 그 곁에 나란히 앉았다.

"『위비 왕』의 작가 알프레드 자리**입니다. 『아르고노트』 사람들은 그를 천재라고 보죠. 최근에 그의 희곡 작품이 관객들로부터 휘파람 야유

를 받았거든요. 어쨌건 그 작품은 오래전부터 연극 장르에선 드물게 보는 무척 독특한 것이었죠."

"전 『위비 왕』을 무척 좋아해요." 사라가 말했다. "자리를 만나게 되어 무척 기뻐요. 언제나 술에 취해 있다고들 하던데요."

"오늘 저녁에도 취했을 겁니다. 저녁 식사 때 물을 전혀 타지 않은 압생트를 두 잔 가득 마시는 걸 봤거든요. 그러고도 아무렇지도 않은 모양입니다. 담배 피우겠어요? 다른 사람들 담배 연기에 숨이 막히지 않으려면 자기도 피워야 해요."

그는 그녀 쪽으로 몸을 기울여 담뱃불을 붙여주었다. 그녀는 결정체를 몇 개 깨물어보았다.

"아니, 그저 얼음사탕이군요." 다소 실망한 그녀가 말했다. "무척 독하리라 기대했는데요."

파사방과 계속 이야기를 나누면서 그녀는 자기 곁에 있는 베르나르에게 미소를 지어 보였다. 재미있다는 듯한 그녀의 두 눈은 놀라운 빛을 발하고 있었다. 좀 전 어두운 복도에선 그녀를 제대로 볼 수 없었던 베르나르는 그녀가 로라와 무척이나 닮은 것에 놀랐다. 똑같은 이마에 똑같은 입술이었고…… 하지만 그녀의 이목구비에서 풍겨나는 우아함은 사실이지 로라만큼 천사 같은 것은 아니었으며, 그녀의 시선은 베르나르 가슴속에 뭔지 모르는 혼란을 불러일으켰다. 다소 어색해진 그는 올리비에를 향해 몸을 돌렸다.

"네 친구 베르카이에게 날 소개시켜줘."

그는 뤽상부르 공원에서 베르카이를 만난 적이 있었으나 한 번도 이야기를 나눠보진 않았다. 베르카이는 올리비에에 이끌려 오긴 했으나 수줍음 때문에 마음이 그리 편치 못하던 그곳 분위기에 다소 낯설어하며,

자기 친구가 자신을 마치 『아방가르드』의 핵심 필자 가운데 한 사람인 양 소개할 때마다 얼굴을 붉히곤 했다. 사실은 우리 이야기의 앞부분에서 그가 올리비에에게 말한 그 우화적 시가 새로 창간될 잡지 권두에, 즉 선언문 바로 다음에 실리게 된 것이다.

"네 글을 실으려고 마련했던 지면이지." 올리비에가 베르나르에게 말했다. "분명 네 마음에도 들 거야! 이번 호에 실린 것 가운데서 가장 잘된 거야. 너무나 독창적이야!"

올리비에는 자신이 칭찬받는 걸 듣기보다 자기 친구들을 칭찬하는 걸 더 좋아했다. 베르나르가 다가오자 베르카이는 자리에서 일어섰다. 그는 커피 잔을 들고 있었는데 어찌나 어정쩡한 자세였는지, 감정이 격해지는 바람에 커피를 절반이나 자기 조끼에 쏟고 말았다. 바로 그때, 그 옆에서 자리의 기계적인 목소리가 들려왔다.

"베르카이 군은 이제 곧 독을 마시게 됩니다. 내가 그의 잔에 독약을 탔거든요."

자리는 베르카이가 수줍어하는 걸 재미있어 하며 그를 당황하게 하는 걸 즐기고 있었다. 하지만 베르카이는 자리를 겁내지 않았다. 그는 어깨를 으쓱하고는 태연히 자기 커피를 마저 마셨다.

"도대체 누구야?" 베르나르가 물었다.

"뭐? 『위비 왕』의 작가를 몰라?"

"정말이야? 자리라고! 난 하인인 줄 알았지."

"아니, 아무리 그래도 그건 아니지." 올리비에는 다소 화를 내며 말했는데, 그건 자기가 유명 인사들을 알고 있다는 걸 자랑으로 여겼기 때문이었다. "잘 봐. 비범한 사람 같지 않아?"

"그렇게 보이도록 갖은 애를 쓰는 거지." 베르나르가 말했다. 자연스러운 것 외엔 높이 평가하지 않는 베르나르였지만 『위비 왕』에 대해선 깊은 경의를 품고 있었다.

전통적인 경마장 어릿광대처럼 차려입은 자리에게서는 모든 게 꾸며낸 듯한 느낌이 들었다. 특히 말투가 그랬다. 『아르고노트』의 인사들 여럿은 앞다투어 그의 말투를 흉내 냈는데, 음절을 하나씩 끊어 또박또박 말하거나 괴상한 단어들을 만들어내기도 하고, 또 몇몇 단어들은 괴상하게 비틀어버리는 식이었다. 하지만 울림도 열기도 없고, 억양도 강약도 없는 그런 목소리를 낼 수 있는 사람은 사실 자리밖에 없었다.

"분명히 말하지만 그도 알고 보면 매력적인 사람이야." 올리비에가 말했다.

"그를 모르고 지내는 편이 더 낫겠어. 사나워 보여."

"그렇게 보이려고 하지. 하지만 실제로는 무척 부드러운 사람이라고 파사방도 생각해. 하지만 오늘 저녁엔 엄청나게 많이 마셨어. 물은 한 모금도 안 마시고, 정말이야. 포도주도 아니야. 압생트 술과 독한 양주밖에 안 마셨어. 뭔가 엉뚱한 짓을 저지르지 않을까 파사방은 걱정하고 있어."

자신도 모르게, 그리고 피하고 싶었던 만큼 더더욱 집요하게 파사방이란 이름이 그의 입에서 튀어나오고 있었다.

그렇게도 자신을 통제하지 못하는 걸 보고 화가 난 올리비에는 마치 스스로에게 쫓기듯 화제를 바꾸었다.

"가서 뒤르메르와 얘기 좀 나눠봐. 『아방가르드』의 주필 자리를 가로챘다고 날 끔찍이 원망하지 않나 걱정돼. 하지만 그건 내 잘못이 아니야. 난 받아들일 수밖에 달리 도리가 없었어. 그런 사실을 그에게 이해시키고 진정시키도록 해봐. 파사…… 내게 무척 화가 나 있다고 그러더군."

또 한 번 그 이름이 튀어나올 듯 비틀거렸으나, 이번엔 넘어지지 않왔다.

"난 저 친구가 자기 원고를 가져갔으면 해. 그가 쓰는 건 마음에 안 들어." 베르카이가 말했다. 그러고 나서 프로피탕디외를 향해 몸을 돌리더니, "하지만 프로피탕디외 씨, 당신은, 제 생각에……"

"아니! 날 그렇게 부르지 마요. 난 내가 거추장스럽고 우스꽝스러운 이름을 가진 걸 잘 압니다…… 난 글을 쓰게 되면 필명을 사용할 생각입니다."

"왜 우리한테 아무 글도 주지 않았나요?"

"준비된 게 하나도 없어서요."

올리비에는 두 친구가 이야기를 나누게 내버려둔 채 에두아르에게 다가갔다.

"와주셔서 너무 고마워요! 삼촌을 다시 만나길 얼마나 기다렸는지 몰라요. 하지만 어디든지 이곳이 아닌 다른 곳에서 만나고 싶었는데…… 오늘 오후에 삼촌을 보러 갔었어요. 얘기 안 하던가요? 만나지 못해 무척 섭섭했어요. 어디 가면 볼 수 있는지 알았더라면……"

그는 에두아르와 같이 있을 때면 당황해 아무 말도 못하던 시절을 기억하며 이렇게 쉽게 말이 나오는 것이 무척 기뻤다. 하지만 안타깝게도! 이런 마음의 여유는 평범한 이야기 내용과 술기운 덕택이었던 것이다. 에두아르는 그런 사실을 서글프게 확인했다.

"당신 어머니한테 가 있었어요."

"저도 삼촌 집에서 돌아오며 그 사실을 알았어요." 올리비에가 말했는데, 그는 에두아르가 '당신'이라 높여 부르는 소리에 깜짝 놀랐다. 그는 그 점에 대해 말할까 잠시 망설였다.

"앞으로 이런 환경 속에서 살아갈 건가?" 에두아르는 그를 뚫어져라 바라보며 물었다.

"하지만 영향을 받진 않을 겁니다."

"그럴 자신이 있나?"

그 말의 어조는 너무나 심각하고 너무나 다정했으며, 또 너무나 우정 어린 것으로…… 올리비에는 자신감이 흔들리는 걸 느꼈다.

"제가 이 사람들과 교제하는 게 잘못이라 생각하십니까?"

"전부는 아니겠지. 하지만 이들 가운데 몇몇은 확실하지."

올리비에는 복수로 지칭된 걸 단수로 받아들였다. 에두아르가 특히 파사방을 지목하고 있다고 생각했다. 그건 아침부터 그의 마음속에서 짙어져가던 먹구름을 가로지르는 눈갯시고도 고통스러운 하나의 번갯불처럼, 그의 내면의 하늘 속을 뚫고 지나가는 것이었다. 그는 베르나르와 에두아르를 너무나 좋아했기에 그들의 경멸을 견디기가 너무 힘들었던 것이다. 에두아르 곁에 있으면 그 내부에 있는 가장 좋은 점들이 고양되었다. 그런데 파사방 곁에서는 최악의 것이 강화되었다. 그는 지금 그 사실을 인정했다. 뿐만 아니라 언제나 그걸 알고 있지 않았던가? 파사방 옆에서 그가 눈이 멀었던 건 의도적이었던 게 아니었나? 백작이 그를 위해 해줬던 모든 것에 대한 고마움은 원한으로 변해갔다. 그는 백작을 완전히 버렸다. 더군다나 눈앞의 광경은 올리비에로 하여금 그를 증오하게끔 만들고 말았다.

파사방은 사라 쪽으로 몸을 기울여 그녀의 허리에 팔을 두르고 점점 더 집요한 태도를 보이고 있었다. 그와 올리비에 사이의 관계에 대해 떠도는 불쾌한 소문에 조심해야겠다고 생각한 그는 사람들 눈을 속일 심산이었다. 그리고 사람들 눈에 더 띄도록 사라를 자기 무릎에 앉히기로 작정했다. 사라는 그때까지만 해도 그가 하는 대로 내버려두고 있었다. 하지만 이젠 베르나르의 시선을 좇으며 그와 시선이 마주쳤을 때 미소를 지었는데, 마치 '나한테 도대체 무슨 짓을 하는지 좀 봐요'라고 말하는 것 같았다.

하지만 파사방도 너무 앞서 가지 않나 걱정하고 있었다. 경험이 없었던 것이다.

파사방은 속으로 '그녀에게 술을 좀더 마시게만 한다면 나도 한번 해보는 거야'라고 생각하며 퀴라소 술병을 향해 남은 한 손을 내밀었다.

그를 지켜보고 있던 올리비에가 선수를 쳤다. 그가 술병을 가로챈 건 단지 파사방에게서 뺏기 위해서였다. 하지만 곧이어 술을 마시면 용기가 좀 날 것 같다는 생각이 들었다. 점점 사라져가는 게 느껴지는 용기, 목구멍까지 올라온 하소연, 즉 '삼촌만 원하셨더라면······'이라는 말을 에두아르에게 쏟아내기 위해 필요했던 그 용기를.

올리비에는 자기 잔을 가득 채운 다음 단숨에 마셨다. 그 순간 그는 자리의 목소리를 들었다. 자리는 여러 무리들 사이를 돌아다니다가, 베르카이 뒤를 지나면서 나지막한 목소리로 다음과 같이 말하는 것이었다.

"자 이제, 베르카이 군을 쥑여*버립시다."

베르카이는 불쑥 몸을 뒤로 돌렸다.

"큰 소리로 다시 말해보세요."

자리는 벌써 멀어져갔다. 그는 테이블을 한 바퀴 돈 다음 지어낸 목소리로 반복했다.

"자 이제, 베르카이 군을 쥑여버립시다." 그러곤 주머니에서 커다란

---

* 원문에는 '죽이다tuer' 대신 자리가 만든 신조어 'tuder'로 되어 있다.

권총을 한 자루 꺼냈는데, 『아르고노트』 사람들은 그가 종종 그것을 가지고 노는 것을 봤었다. 그는 총을 겨눴다.

자리는 명사수라는 평판을 받고 있었다. 그만두라는 말이 여기저기서 올라왔다. 취한 상태에서 그가 그저 흉내만 내고 말지 도무지 알 수가 없었다. 하지만 베르카이 군은 자신이 겁내지 않는다는 걸 보여주고 싶었다. 그래서 의자 위에 올라가 두 팔을 등 뒤로 깍지 긴 채 나폴레옹 같은 포즈를 취했다. 다소 우스꽝스러운 그의 태도에 더러 웃음이 터져 나왔으나 곧 박수갈채에 묻히고 말았다.

파사방은 재빨리 사라에게 말했다.

"일이 잘못될 수도 있어요. 자리는 완전히 취했어요. 테이블 아래로 숨어요."

데 브루스는 자리를 말리려고 했으나 자리는 그를 뿌리치고 자기도 의자 위로 올라갔다. (그때 베르나르는 그가 소니마한 무도화를 신고 있는 것을 보았다.) 베르카이와 정면으로 마주 선 그는 겨냥을 하기 위해 팔을 뻗었다.

"불을 꺼요. 불을 꺼." 데 브루스가 외쳤다.

문 가까이 있던 에두아르가 스위치를 내렸다.

사라는 파사방의 명령에 따라 자리에서 일어나 있었다. 그리고 캄캄해진 순간, 그녀는 베르나르에게 바짝 다가가 테이블 아래로 같이 끌고 들어갔다.

총성이 울렸다. 하지만 권총에는 공포탄이 들어 있었을 뿐이었다. 그러나 고통의 비명 소리가 들려왔다. 눈에 총구 마개용 솜뭉치를 맞은 쥐스티니앙의 비명이었다.

그리고 다시 불을 켰을 때, 의자 위에 그대로 서 있는 베르카이를 보고 모두들 감탄했다. 그는 약간 더 창백해졌을 뿐 꼼짝도 않고 그 자세 그대로 있었다.

하지만 사장 부인은 신경 발작을 일으켰다. 모두들 부랴부랴 몰려들었다.

"이렇게 사람을 놀래키다니, 이 무슨 짓인가!"

테이블 위에는 물이 없었기에 자리는 자기 의자에서 내려와 손수건에 양주를 적셔 사과한다는 식으로 그녀의 관자놀이를 문질렀다.

베르나르가 테이블 아래에 머문 건 한순간뿐이었다. 하지만 바로 그 사이, 그는 사라의 타는 듯한 두 입술이 육감적으로 그의 입술 위를 짓누르는 걸 느꼈다. 올리비에도 그들을 따라 같이 들어갔다. 우정에 의해, 또 질투심에 의해…… 취기는 그의 마음속에 끔찍한 감정을, 그가 무척이나 잘 알고 있는, 혼자 버려져 있다는 그 감정을 격화시켰다. 그 역시 테이블 아래에서 나왔을 때 머리가 핑 돌며 현기증이 약간 났다. 그때 뒤르메르가 외치는 소리가 들렸다.

"몰리니에 좀 보세요! 계집애처럼 겁쟁이군요."

그건 너무 심했다. 올리비에는 자신이 뭘 하는지도 모른 채 손을 치켜 들고 뒤르메르를 향해 달려들었다. 마치 꿈속에서 버둥대는 것 같았다. 뒤르메르는 몸을 피했다. 마치 꿈속처럼, 올리비에의 손은 허공을 쳤을 뿐이었다.

홀 전체가 야단법석이었다. 몇몇은 사장 부인 곁에서 분주히 움직이고 있는데, 그녀는 날카로운 비명 소리를 내며 계속 몸부림을 치고 있었다. 다른 몇몇은 '날 맞히지 못했어! 맞히지 못했어!'라고 외치는 뒤르메르를 둘러싸고 있었고 또 몇몇은 올리비에를 둘러싸고 있었는데, 벌겋게 상기된 얼굴로 또다시 달려들려고 하는 그를 진정시키느라 무척 애를 쓰고 있었다.

맞혔건 아니건, 뒤르메르는 뺨을 맞은 것으로 봐야 했다. 그게 바로 쥐스티니앙이 자기 눈을 줄곧 문지르면서 뒤르메르에게 이해시키려고 한 점이었다. 체면의 문제라는 거였다. 하지만 뒤르메르는 체면이라는 쥐스티니앙의 가르침에는 별로 신경도 쓰지 않았다. 집요하게 다음과 같이 반복하는 소리만 들렸다.

"맞히지 못했어…… 맞히지 못했다고."

"그를 가만히 내버려둬요." 데 브루스가 말했다. "서로 싸우게 일부러 부추길 순 없죠."

하지만 올리비에는 큰 소리로 선언을 했다. 뒤르메르가 만족하지 않는다면 다시 그의 따귀를 때릴 용의가 있노라는 것이었다. 그러곤 상대방에게 결투를 신청하기로 결심하고 베르나르와 베르카이에게 자기 증인이 되어달라고 부탁했다.* 그 둘 누구도 소위 말하는 '결투'에 대해선 아무것도 몰랐다. 하지만 올리비에는 에두아르에게는 감히 부탁할 용기가 없었다. 그의 넥타이는 풀리고 땀으로 흥건한 이마 위로 머리카락이 내려와 있었으며, 두 손은 발작하듯 떨리고 있었다.

에두아르가 그의 팔을 잡았다.

"얼굴에 물 좀 적시게 이리 와. 넌 마치 미친 사람 같아."

그는 올리비에를 세면대 쪽으로 데려갔다.

홀에서 나오자마자 올리비에는 자신이 얼마나 취했는지 깨달았다. 에두아르의 손이 그의 팔 위에 얹히는 걸 느꼈을 때, 그는 기절할 것만 같아서 에두아르가 이끄는 대로 그냥 몸을 맡겼다. 에두아르가 그에게 한 말

---

* 20세기 초에는 결투가 금지되어 있었으나 실제로는 행해지기도 했다.

가운데서 그가 이해한 것은 '너'라고 친근하게 말을 낮춘 것뿐이었다. 거대한 소나기구름이 비가 되어 쏟아지듯, 그의 가슴은 갑자기 눈물이 되어 녹아내리는 것 같았다. 에두아르가 그의 이마에 대준 축축한 수건으로 마침내 그는 술이 깼다. 무슨 일이 벌어졌던가? 자신이 어린애처럼, 망나니처럼 굴었다는 막연한 생각밖에 나지 않았다. 그는 자신이 우스꽝스럽고 천박하게 느껴졌다…… 그리하여 그는 서글픔과 애정으로 온몸을 떨며 에두아르를 향해 몸을 던져 그에게 바싹 붙어 울음을 터뜨렸다.

"절 데려다 줘요."

에두아르 역시 극도로 흥분한 상태였다.

"집으로?" 그가 물었다.

"집에선 제가 돌아온 줄 모르세요."

밖으로 나오기 위해 카페를 가로질러 갔을 때 올리비에는 편지 쓸 게 있다고 에두아르에게 말했다.

"오늘 밤에 붙이면 내일 첫 시간에 들어갈 거예요."

카페 테이블에 앉아 그는 편지를 썼다.

조르주에게,

그래, 나야. 네게 부탁할 일이 있어 한 자 적는다. 내가 파리에 돌아왔다고 말한다 해도 네겐 하나도 새로울 게 없겠지. 오늘 아침 소르본 근처에서 네가 날 봤을 줄 안다. 난 파사방 백작의 집으로 갔단다. (그는 주소를 적었다.) 내 짐은 아직 그의 집에 있어. 네게 설명하기에는 너무 길고 또 네겐 별로 관심도 없을 이유로, 난 그의 집에 다시 가고 싶은 마음이 없어. 앞서 말한 그 짐을 갖다 달라고 부탁할 사람이 너밖에 없구나. 내 부탁 들어줄 거지, 안 그래? 나도 네 부탁 들어줄게. 열쇠로 잠근 트렁크가 하나 있어. 방 안에 있는 다른 물건들은 네가 직접 내 가방에 넣어서 전부 다 에두아르 삼촌 집으로 가져다줘. 택시 값은 내가 낼게. 다행히 내일은 일요일이야. 이 편지 받는 즉시 그렇게 해줄 수 있겠지? 너만 믿는다. 알겠지?

너의 형, 올리비에.

추신: 넌 요령이 있으니까 문제없이 잘하리라 생각한다. 하지만 파사방과 직접 만나게 될 경우 쌀쌀하게 대하도록 해. 그럼 내일 아침에 보자.

뒤르메르의 모욕적인 말을 듣지 못한 사람들은 뭣 때문에 올리비에가 갑자기 날려들었는지 잘 이해하시지 못했나. 정신 나간 사람 같았던 것이다. 올리비에가 침착함을 유지할 줄 알았더라면 베르나르도 그의 행동을 인정했을 것이다. 그도 뒤르메르를 좋아하지 않았다. 하지만 베르나르는 올리비에가 실성한 사람처럼 행동했으며, 모든 잘못을 뒤집어쓴 꼴이 된 걸 인정하지 않을 수 없었다. 베르나르는 올리비에를 가혹하게 비난하는 다른 사람들 소리를 듣고선 마음이 괴로웠다. 그는 베르카이에게 다가가 약속을 잡았다. 결투라는 일이 아무리 터무니없다 하더라도 그 둘로선 제대로 처신해야 했던 것이다. 그들은 다음 날 아침 9시에 자기네 의뢰인을 다시 보러 가기로 했다.

두 사람이 떠난 다음 베르나르는 더 이상 거기 남아 있을 이유도, 그러고 싶은 마음도 없었다. 그는 사라를 찾아 둘러보다가 파사방 무릎 위에 앉아 있는 그녀를 보았을 때 일종의 분노가 가슴에 치밀어 올랐다. 둘 다

취한 것 같았다. 하지만 사라는 베르나르가 다가오는 걸 보고 일어섰다.

"가요." 그녀는 베르나르의 팔을 잡고 말했다.

그녀는 걸어서 돌아가길 원했다. 거리는 멀지 않았다. 그들은 아무 말 없이 걸었다. 기숙사에는 모든 불이 다 꺼져 있었다. 주의를 끌까 봐 겁이 나서 그들은 일하는 사람들이 사용하는 계단으로 더듬거리며 올라간 다음 성냥을 그었다. 아르망은 깨어 있었다. 그들이 올라오는 소리가 들리자 그는 손에 램프를 들고 층계참으로 나왔다.

"램프를 들어." 아르망은 베르나르에게 말했다. (그들은 지난밤 이후 서로 말을 놓고 있었다.) "사라에게 불을 비춰줘. 사라 방에는 초가 없으니까…… 그리고 성냥을 내게 줘. 내 방 초를 켤게."

베르나르는 두번째 방까지 사라를 따라갔다. 그들이 방에 들어서자마자 아르망은 그들 뒤로 몸을 기울여 램프 불을 훅 불어 껐다. 그러곤 빈정거리듯 말했다.

"잘 자. 하지만 소란은 피우지 마. 옆방에 부모님들이 주무시니까."

그러곤 갑자기 뒤로 물러서서 그들 뒤로 문을 닫고 빗장을 질렀다.

IX

아르망은 옷을 입은 채 자리에 누웠다. 그는 잠들 수 없으리라는 것을 알고 있다. 그는 밤이 끝나기를 기다린다. 생각에 잠긴다. 귀를 기울인다. 집과 도시, 온 세상이 쉬고 있으며, 아무 소리도 들리지 않는다.

반사기가 좁다란 하늘 위로부터 방 안으로 끌어들이는 희미한 빛으로 자기 방의 흉한 모습을 또다시 분간하게 되자 그는 침대에서 일어난다.

지난밤 잠가놓았던 문 쪽으로 가 살그머니 여는데……

사라 방의 커튼은 걷혀 있었다. 서서히 밝아오는 여명이 유리창을 하얗게 만든다. 아르망은 그의 누이와 베르나르가 누워 있는 침대로 다가간다. 뒤엉킨 그들의 사지를 홑이불이 절반쯤 덮고 있다. 얼마나 아름다운가! 아르망은 그들을 오랫동안 바라본다. 그는 그들의 잠이, 그들의 입맞춤이 되고 싶었다. 그는 먼저 미소를 지은 다음 침대 발치, 내던져진 이불 사이로 갑자기 무릎을 꿇는다. 두 손을 합장하고 도대체 어떤 신에게 이렇듯 기도를 드리는 걸까? 말할 수 없는 감동이 그의 가슴을 사로잡는다. 그의 입술이 떨려오는데…… 베개 밑에 있는 피 묻은 손수건을 본 것이다. 그는 일어나서 그걸 집어 들더니 작은 호박색 핏자국 위에 입술을 갖다 대며 울음을 터뜨린다.

문지방에서 그는 다시 한 번 돌아본다. 베르나르를 깨우고 싶었다. 베르나르는 기숙사의 다른 사람들이 일어나기 전에 자기 방으로 가야 한다. 아르망이 내는 가벼운 소리에 베르나르는 눈을 뜬다. 아르망은 문을 열어둔 채 몸을 피한다. 그는 자기 방을 나와 계단을 내려간다. 어디든지 몸을 숨길 것이다. 자기가 있으면 베르나르가 어색해할 것이다. 베르나르와 마주치고 싶지 않다.

잠시 뒤 아르망은 자습실 창문으로 도둑처럼 벽을 스치고 지나가는 베르나르를 보게 될 것이다……

베르나르는 잠을 많이 잔 건 아니었다. 하지만 지난밤, 그는 잠보다 더 깊은 휴식을 주는 망각을, 그의 전 존재가 한껏 고양되는 동시에 무화되는 느낌을 맛보았다. 그는 자기 자신에게도 생소한 느낌으로, 어수선하고 가벼우며, 새롭고, 평온한 동시에 마치 신이라도 된 듯 전율하는 기분으로 새로운 하루 속으로 미끄러져 들어간다. 그는 아직 자고 있는 사라를 내버려둔 채 그녀의 품속에서 살짝 빠져나왔다. 아니 뭐라고? 다시 한 번의 입맞춤도 없이, 마지막 시선도 없이, 마지막 사랑의 포옹도 없이? 그녀를 이렇게 떠나는 건 무감각 때문인가? 난 모르겠다. 그 역시 알지 못한다. 전례 없는 그날 밤을 지금까지의 자기 과거 속에 편입시켜야 한다는 사실에 어색해진 그는 아무것도 생각하지 않으려고 한다. 아니, 그건 책의 본문 속에 자리를 찾을 수 없는 하나의 추가사항이요 부록일 뿐 그의 인생을 이야기하는 그 책은 아무 일도 없었다는 듯 계속될 것이며, 그렇지 않은가, 다시 이어질 것이다.

그는 보리스와 같이 쓰는 방으로 다시 올라갔다. 보리스는 깊은 잠에 빠져 있다. 얼마나 어린아이인가! 베르나르는 사람들 눈을 속이기 위해 자기 침대 시트를 들추고 홑이불을 구겨놓는다. 그는 물을 흠뻑 써가며 몸을 씻는다. 그러나 보리스를 보니 사스페 시절이 되살아난다. 그는 당시 로라가 그에게 했던 말이 기억난다. "난 당신으로부터 당신이 내게 바치는 이…… 헌신밖엔 받아들일 수 없어요. 그 외 나머지는 제각기 요구가 있을 테고, 그건 다른 데서 만족을 찾아야 할 거예요." 그 말에 그는 화가 났다. 그 말이 아직 들리는 것 같다. 그때 이후 더 이상 그 말을 생각한 적이 없었으나 오늘 아침 그의 기억은 놀라울 정도로 뚜렷하고 생생하다. 그의 두뇌는 자신도 모르는 사이에 놀랍도록 경쾌하게 작동하고 있다. 베르나르는 로라의 모습을 떨쳐버리고 자신의 기억들을 지우고자 한다. 더 이상 그 생각을 하지 않기 위해 그는 교과서를 한 권 들고 시험 준비에 몰두하고자 한다. 하지만 방 안에서는 숨이 막힐 것 같다. 그는 정원에서 공부하기 위해 아래로 내려간다. 그는 길거리로 나가 걷고, 뛰고, 넓은 곳으로 가 맘껏 바람을 쐬고 싶은 마음뿐이다. 그는 대문을 지켜보다가 문지기가 열자마자 밖으로 뛰어나간다.

그는 책을 들고 뤽상부르 공원으로 가서 벤치에 앉는다. 그의 생각은 비단실처럼 부드럽게 풀려나간다. 하지만 너무나 약해 조금만 당기면 실은 끊어진다. 책을 읽으려고 하면 곧 책과 그 사이에 점잖지 못한 기억들이 왔다 갔다 한다. 그건 짜릿했던 희열의 순간들이 아니라 망측스럽고 치사한 소소한 세부들에 대한 기억으로, 그의 자존심은 그 기억에 매달리며 상처받고 괴로워하고 있다. 앞으론 더 이상 그렇게 풋내기처럼 굴진 않을 것이다.

9시경, 그는 자리에서 일어나 뤼시앵 베르카이를 만나러 간다. 둘이 함께 에두아르의 집으로 간다.

에두아르는 파시*에 있는 한 건물 꼭대기 층에 살고 있었다. 그의 침실은 널따란 아틀리에와 면해 있었다. 이른 아침 올리비에가 일어났을 때 에두아르는 처음에는 아무 걱정도 하지 않았었다.

"소파 위에서 잠시 쉴게요"라고 올리비에가 말했던 것이다. 그래서 그가 감기에 걸릴까 걱정이 된 에두아르는 담요를 가져가라고 말했었다. 잠시 뒤, 이번에는 에두아르가 잠자리에서 일어났다. 분명 자신도 모르는 사이에 다시 잠이 들었던 모양인 게, 날이 훤하게 밝은 걸 보고 놀랐기 때문이었다. 그는 올리비에가 제대로 누워 있는지 알고 싶었다. 또 그를 다시 보고 싶었다. 아마도 어떤 막연한 예감이 그를 이끌었는지도……

아틀리에는 비어 있었다. 담요는 펼쳐지지도 않은 채 소파 발치에 있었다. 역한 가스 냄새에 그는 뭔가 사고가 났음을 직감했다. 아틀리에를 향해 나 있는 작은 방은 욕실로 사용되고 있었다. 냄새는 분명 거기서 나

* 파리의 16구에 위치한 동네 이름으로 부유한 저택이 많은 곳이다.

오고 있었다. 그는 욕실로 달려갔다. 하지만 처음에는 문을 열 수가 없었다. 뭔가가 가로막고 있었다. 욕조에 기대 쓰러져 있던 올리비에의 몸이 옷을 벗은 채, 토사물을 온통 뒤집어쓴 채 창백하게 얼어 있었다.

에두아르는 곧장 가스가 새어 나오는 보일러 가스 밸브를 잠갔다. 도대체 무슨 일이 일어났나? 사고인가? 충혈(充血)인가……? 그는 도저히 믿을 수가 없었다. 욕조는 비어 있었다. 그는 빈사 상태의 올리비에를 안아 아틀리에로 옮긴 다음 활짝 연 창문 앞쪽 양탄자 위에 눕혔다. 그러곤 무릎을 꿇은 채 다정하게 몸을 기울여 올리비에를 살펴보았다. 아직 숨을 쉬고 있었으나 무척 약했다. 에두아르는 거의 꺼져가는 얼마 남지 않은 생명을 되살리려고 미친 듯이 온갖 방법을 다 썼다. 축 처진 두 팔을 리듬에 맞추어 들어 올렸다 내렸다 하고 양 옆구리를 누르고 가슴을 마사지하는 등, 질식했을 경우 해야 하는 것 가운데 기억나는 걸 전부 다 시도하면서 그 모든 걸 동시에 할 수 없음에 안타까워했다. 올리비에의 두 눈은 여전히 감겨 있었다. 에두아르는 손가락으로 눈꺼풀을 들어 올려봤으나 생기 없는 시선만 내보일 뿐 다시 축 처지고 말았다. 하지만 심장은 뛰고 있었다. 그는 코냑과 각성제를 찾아봤으나 찾을 수가 없었다. 그는 물을 데워 상반신과 얼굴을 씻겼다. 그리고 축 늘어진 몸을 소파 위에 눕힌 다음 담요를 덮어주었다. 그는 의사를 부르고 싶었으나 감히 그 곁을 떠날 수가 없었다. 가정부가 매일 아침 집안일을 하러 온다. 하지만 9시나 돼야 오는 것이다. 그녀가 오자 그는 동네의 돌팔이 의사를 찾으러 보냈다. 하지만 조사를 받게 될까 걱정되어 가정부를 곧바로 불러들였다.

그동안 올리비에는 서서히 되살아나고 있었다. 에두아르는 소파 옆 그의 머리맡에 앉았다. 그는 표정 없는 그 얼굴을 바라보았으나 그 속에 담긴 수수께끼를 풀 수가 없었다. 왜? 왜? 밤이면 취해서 무분별하게 행동할 수도 있다. 하지만 이른 아침의 결단은 온전한 그 의미를 다 지니는 것이다. 그는 그 어떤 것도 이해하고자 하지 않고, 올리비에가 마침내 그에게 말해줄 수 있을 순간만 기다렸다. 그때까지 더는 올리비에 곁을 떠나지 않을 것이다. 그는 올리비에의 한쪽 손을 잡은 다음 그 접촉 속에 자신의 의문과 자신의 생각, 자신의 온 삶을 집중시켰다. 마침내 올리비에의 손이 자신의 손을 꼭 잡고 있던 그의 손에 희미하게 답해오는 게 느껴지는 것 같았…… 그래서 그는 몸을 굽혀 신비롭고도 한없는 고통으로 주름 잡힌 올리비에의 이마 위에 두 입술을 갖다 댔다.

초인종 소리가 났다. 에두아르는 일어나 문을 열러 갔다. 베르나르와 뤼시앵 베르카이였다. 에두아르는 그들을 현관에서 기다리게 하고 사태를 알렸다. 그리고 베르나르를 따로 불러 올리비에가 종종 현기증이나 발작 증세를 일으키는지 물어보았다. 베르나르는 갑자기 전날 저녁 그와 나눈 대화가, 특히 올리비에가 했던 몇몇 말이 기억났다. 그때는 제대로 귀담아듣지 않았으나 지금은 선명하게 다시 들려왔다.

"그에게 자살 이야기를 꺼낸 건 접니다." 그는 에두아르에게 말했다. "전 사람들이 단순한 생명력 과잉으로, 드미트리 카라마조프가 말했듯이 '감격에 의해' 자살할 수 있다는 사실을 이해할 수 있느냐고 물었어요. 전 제 생각에 완전히 빠져 있어서 제 이야기에만 주의하고 있었어요. 하지만 지금은 그가 뭐라 대답했는지 기억나는군요."

"뭐라고 대답했지?" 에두아르가 다그쳐 물었다. 베르나르가 말을 멈추고, 더 이상 말을 하고 싶지 않은 것 같았기 때문이었다.

"자살하는 심정을 이해할 수 있다고요. 하지만 환희의 절정, 그 이후에는 그저 내려올 수밖에 없는 그런 환희의 절정에 도달한 다음에 자살하는 경우만 이해한다고요."

둘 다 더 이상 아무 말 없이 서로 바라보았다. 그들 머릿속에선 의문이 풀렸다. 에두아르는 마침내 눈길을 돌렸고, 베르나르는 그런 말을 한 게 후회되었다. 그들은 베르카이에게 다가갔다.

"곤란한 건," 그때 베르카이가 말했다. "사람들은 그가 결투를 하지 않기 위해 자살하려 했다고 생각할 수 있다는 겁니다."

에두아르는 그 결투 문제는 더 이상 생각지도 않았다.

"아무 일도 없었던 것처럼 해요." 그가 말했다. "뒤르메르를 찾아가 그의 증인들과 만나게 해달라고 해요. 어리석은 이 사건이 저절로 해결되지 않을 경우 자네들은 그 증인들에게 해명하도록 해요. 뒤르메르도 결투를 받아들일 생각이 별로 없던 눈치였으니까."

"그에게는 한마디도 하지 않을 겁니다." 뤼시앵이 말했다. "뒷걸음질 쳤다는 불명예를 혼자 다 뒤집어쓰게 말입니다. 분명 그는 도망칠 테니까요."

베르나르는 올리비에를 잠깐 볼 수 없는지 물었다. 하지만 에두아르는 그가 조용히 쉬게 내버려두고 싶었다.

베르나르와 뤼시앵이 막 나가려는 순간 조르주가 왔다. 파사방의 집에서 오는 길이었으나 형의 짐을 가져오지는 못했다.

'백작님은 외출하셨습니다. 아무 분부도 내리지 않으셨습니다'라는 답을 들었다는 것이다.

그리고 하인이 면전에서 문을 닫았다는 것이다.

에두아르의 어조와 다른 두 사람의 태도에서 뭔가 심각한 기운을 느낀 조르주는 불안한 마음이 들었다. 그는 이상한 낌새를 채고는 무슨 일인지 물었다. 에두아르는 그에게 모든 걸 이야기해야 했다.

"하지만 부모님께는 아무 말 하지 마."

조르주는 비밀에 한몫 끼게 되어 무척 기뻤다.

"비밀은 지킬 줄 알아요." 그가 말했다. 그러곤 그날 아침에는 달리 할 일이 없으므로 베르나르와 뤼시앵을 따라 뒤르메르의 집까지 가겠노라 자청했다.

그 세 명의 방문객이 떠난 다음 에두아르는 가정부를 불렀다. 그의 침실 옆방은 손님방이었는데, 올리비에를 그곳에 눕히기 위한 준비를 해달라고 일렀다. 그리고 소리 없이 아틀리에로 돌아갔다. 올리비에는 자고 있었다. 에두아르는 그 곁에 다시 앉았다. 그는 책을 한 권 집어 들었으나 펴보지도 않고 금방 내려놓고선 자기 친구가 자는 모습을 바라봤다.

X

영혼에 나타나는 것 가운데 단순한 것은 하나도 없으며, 영혼은 어떤 대상에 대해서도 단순하게 대하지 않는다.
— 파스칼*

"자네를 만나면 무척 기뻐할 거야." 에두아르는 다음 날 베르나르에게 말했다. "오늘 아침 나한테 묻더군. 자네가 어제 오지 않았느냐고 말이지. 의식이 없는 줄 알았는데 자네 목소리를 들었던 모양이야…… 눈

---

* 파스칼의 『팡세』(브륀슈빅판) 112편/(라퓌마판) 102편의 구절로, 대상에 따라 다양한 태도를 보이는 '변덕'을 이야기한다.

을 감고 있긴 하나 잠을 자는 건 아니야. 말은 한마디도 하지 않고, 괴롭다는 표시로 종종 자기 이마에 손을 갖다 대곤 하지. 내가 말을 걸기만 하면 그의 이마에 주름이 져. 하지만 내가 나가면 날 다시 부르곤 자기 옆에 다시 앉으라는 거야…… 아니, 이젠 아틀리에가 아니고 내 침실 옆방에서 지내게 했어. 손님들이 와도 그에게 방해가 되지 않게 말이야."

그들은 방으로 들어갔다.

"네 소식을 들으러 왔어." 베르나르가 무척 다정하게 말했다.

친구 목소리를 듣자 올리비에의 얼굴엔 생기가 돌았다. 거의 미소라고도 볼 수 있었다.

"널 기다리고 있었어."

"내가 있어 피곤하다면 갈게."

"있어줘."

하지만 그 말을 하면서 올리비에는 자기 입술에 손가락을 갖다 댔다. 자기에게 아무 말도 하지 말라는 것이었다. 베르나르는 사흘 뒤 구두시험을 치러야 하기 때문에 어디를 가건 시험 과목에 나올 만한 온갖 어려운 문제들의 정수만 뽑아놓은 참고서 하나를 갖고 다녔다. 그는 친구 머리맡에 앉아 책 읽기에 빠져들었다. 올리비에는 벽 쪽으로 얼굴을 돌리고 있어 자는 것 같았다. 에두아르는 자기 방으로 돌아갔다. 하지만 열어놓은 사잇문에 이따금 나타나는 게 보였다. 두 시간마다 그는 올리비에에게 우유를 한 잔씩 마시게 했으나 그나마도 오늘 아침부터였다. 전날 하루 종일 환자의 위는 아무것도 받아들이지 못했다.

오랜 시간이 흘렀다. 베르나르는 돌아가기 위해 자리에서 일어섰다. 올리비에는 몸을 돌려 손을 내밀더니 미소를 지으려 애쓰며 말했다.

"내일 다시 올 거지?"

마지막 순간 다시 베르나르를 부른 다음 자기 목소리가 들리지 않을까 걱정이라도 된 듯 그에게 몸을 기울이라는 시늉을 하고선, 무척이나 낮은 목소리로 말했다.

"정말이지, 내가 얼마나 어리석었는지!"

그러고는 아니라는 베르나르의 말을 저지하려는 듯, 또다시 자기 입술에 손가락을 대고 말했다.

"아니, 아니, 나중에 내가 설명할게."

다음 날 에두아르는 로라의 편지를 받았다. 베르나르가 다시 왔을 때, 그에게 편지를 읽어보라고 주었다.

친애하는 친구에게,

터무니없는 불행을 막아보고자 이렇게 황급히 편지를 씁니다. 이 편지가 제때 도착하기만 한다면 절 도와주실 거라 확신합니다.

펠릭스가 당신을 만나러 지금 막 파리로 떠났습니다. 제가 한사코 밝히려 하지 않는 해명을 당신을 만나 듣겠다는 겁니다. 결투를 하겠으니 상대방의 이름을 당신을 통해 알겠다는 거죠. 그를 말리기 위해 저로선 최선을 다했으나 그의 결심은 요지부동이고, 제가하는 말은 전부 그 결심을 더욱 부채질할 뿐입니다. 아마도 당신만이 그를 말릴 수 있을 겁니다. 그는 당신을 신뢰하니까 당신 말은 들을 거라고 기대해요. 그가 권총이나 검을 한 번도 잡아본 적이 없다는 걸 생각해보세요. 저 때문에 그의 목숨이 위태로울 수 있다는 생각에 전 견딜 수가 없습니다. 하지만 특히 걱정되는 건, 감히 말

쓰드리는 바이지만, 그가 웃음거리가 되지 않을까 하는 겁니다.

제가 돌아온 이후 펠릭스는 무척이나 다정하고 친절하게 절 위해 주고 있습니다. 하지만 저는 실제보다 그를 더 사랑하는 척 가장해 보일 수가 없습니다. 그는 그 점을 괴로워하고 있어요. 그가 이런 결정을 하게 된 건 제 존경과 감탄을 얻어내고 싶은 마음에서 그런 게 아닌가 싶어요. 당신은 경솔하다고 보겠지만 그는 매일 그 생각만 하고, 내가 돌아온 이후에는 완전히 고정관념처럼 됐어요. 물론 그는 저를 용서했지만, 상대방은 끔찍이 원망하고 있어요.

절 맞아주시는 것과 똑같이 다정하게 그를 맞아주시길 간절히 부탁드려요. 제겐 그보다 더 고마운 우정의 증거는 없을 것 같군요. 스위스에 머무는 동안 당신이 베풀어주신 헌신과 정성에 대해 제가 얼마나 고마워하는지 다시 한 번 말씀드리고자 좀더 일찍 편지를 쓰지 못한 걸 용서해주기 바라요. 그때의 추억이 제 마음을 따뜻이 해주고 제가 살아갈 수 있게 도와줍니다.

언제나 초조해하고 언제나 당신을 믿는 친구, 로라.

"어떻게 하실 작정입니까?" 편지를 돌려주며 베르나르가 물었다.

"도대체 내가 어떻게 하길 원하나?" 베르나르의 질문 때문이라기보다 자기 자신도 똑같은 질문을 제기해봤기에 다소 짜증이 난 에두아르가 대답했다. "그가 오면 최선을 다해 맞아줄 걸세. 그가 내 의견을 물어보면 최선을 다해 충고를 하겠네. 그리고 가만히 있는 게 최상의 방책이라고 설득할 걸세. 가엾은 두비에 같은 사람들은 나서려고 하는 게 언제나 탈이지. 그가 어떤 사람인지 알면 자네도 분명 똑같이 생각할 걸세. 로라,

그녀는 주인공으로 태어난 인물이야. 우리 모두는 자기 수준에 걸맞은 드라마를 하나 맡아, 그 속에서 비극적인 자기 몫을 할당받게 되지. 우리가 거기다가 뭘 어쩌겠어? 로라의 비극은 말단 배역과 결혼했다는 점이야. 달리 도리가 없지."

"그리고 두비에의 비극은, 그가 뭘 하건 언제나 그보다 한 수 위인 누군가와 결혼했다는 거고요." 베르나르가 말했다.

"그가 뭘 하건……" 에두아르가 메아리처럼 반복했다. "그리고 그녀가 아무리 애를 써도 그렇다는 거야. 놀라운 건, 로라가 자기 잘못을 후회하고 뉘우치기 위해 그 사람 앞에서 자기 몸을 낮추고자 했다는 사실이야. 하지만 그는 곧바로 그녀보다 더 낮게 엎드렸어. 그 둘이 한 행동은 전부 다 그는 더 왜소하게, 그리고 그녀는 더 크게 만드는 결과만 낳았어."

"그 사람이 무척 딱하군요." 베르나르가 말했다. "하지만 그렇게 엎드리는 가운데 그 사람 역시 커질 수 있다는 걸 왜 선생님은 인정하시 않으십니까?"

"서정적 정신이 없으니까." 에두아르는 단호하게 말했다.

"무슨 뜻입니까?"

"그는 뭘 느끼든 그 속에서 결코 자신을 잊어버리지 않기 때문에, 결코 위대한 걸 느낄 수 없다는 뜻이야. 그 문제에 대해 날 너무 밀어붙이지 말게. 나 나름대로 생각이 있긴 하나 그건 척도로 재볼 수 없는 거고, 나 역시 별로 재보고 싶지 않으니까. 폴 앙브루아즈는 수치화될 수 없는 건 전혀 셈에 넣지 않겠노라 늘 말해왔지. 그건 그가 '셈에 넣다'라는 말을 갖고 유희를 하고 있다고 난 봐. 흔히들 말하듯, '그런 셈이라면' 신(神)은 제외시켜야 되니까 말이지. 그가 의도하고 바라는 것도 바로 그거겠지…… 그런데 내가 서정적 정신이라 부르는 건 신에 의해 정복당하는 걸 기꺼이 받아들이는 인간의 상태라고 생각해."

"그게 바로 감격이란 말이 뜻하는 것 아닙니까?"

"아마도 영감이란 말도 그렇겠지. 맞아, 내가 말하고자 한 게 바로 그거야. 두비에는 영감을 가질 수 없는 사람일세. 영감이란 예술에 가장 해로운 것이라고 폴 앙브루아즈가 말했을 때, 난 그가 옳았다고 생각해. 서정적 상태를 극복할 줄 알아야 비로소 예술가가 될 수 있다고 나 역시 생각해. 하지만 극복하기 위해선 우선 그런 상태를 느껴야 한다는 게 중요하지."

"신이 내방하는 그런 상태를 생리학적으로 설명할 수 있다고 생각지 않으세요? 말하자면……"

"그게 무슨 소용인가!" 에두아르가 말을 끊었다. "그런 의견은 비록 정확할지는 모르지만 그저 멍청한 인간들을 괴롭히기에만 좋은 거지. 물론 물질적 근거가 없는 신비한 운동은 없지. 그래서 그다음에는? 정신은 스스로를 증명하기 위해 끊임없이 물질을 필요로 하게 된 거야. 거기서 화신(化身)이라는 신비가 나오는 거지."

"반면에 물질은 정신 없이도 잘만 있죠."

"그건 우리로선 알 수 없지." 에두아르가 웃으며 말했다.

베르나르는 그가 이렇게 말하는 걸 듣는 게 무척 재미있었다. 평소 에두아르는 속마음을 별로 털어놓지 않았던 것이다. 오늘 그가 이렇듯 흥분한 모습을 보이는 것은 올리비에가 곁에 있었기 때문이었다. 베르나르는 그 사실을 깨달았다.

'이 사람은 일찌감치 올리비에를 상대로 말하고 싶었던 걸 내게 말하는군.' 그가 생각했다. '이 사람이 자기 비서로 써야 했던 건 바로 올리비에야. 올리비에가 낫는 대로 난 물러나야지. 내 자리는 다른 곳에 있어.'

그는 아무런 원망도 없이 그런 생각을 하고 있었다. 이제 그의 마음엔 어젯밤에 다시 만났으며 오늘 밤에도 만나려는 사라 생각으로 가득 차 있었다.

"두비에 이야기에서 한참 멀리 왔군요." 베르나르 역시 웃으며 다시 말했다. "뱅상에 대해 말할 겁니까?"

"천만에. 무슨 소용이 있겠나?"

"두비에로선 누구를 의심해야 할지 모른다는 게 괴로울 거라 생각되지 않습니까?"

"자네 말이 맞을 거야. 하지만 그건 로라가 할 얘기야. 내가 말한다는 건 그녀를 배신하는 거고…… 게다가 난 그가 어디 있는지도 몰라."

"뱅상이라…… 파사방은 분명 알 겁니다."

초인종 소리에 그들은 이야기를 멈추었다. 몰리니에 부인이 자기 아들 소식을 들으러 온 것이다. 에두아르는 그녀를 맞으러 아들리에로 샀다.

✿ 에두아르의 일기

폴린의 방문. 난 누님에게 어떻게 알려야 할지 몰라 당황스러웠다. 하지만 아들이 아프다는 걸 비밀로 할 수는 없었다. 이해할 수 없는 자살 시도에 대해 굳이 말할 필요는 없다고 판단하여 심한 간장 발작을 일으켰다는 것만 말했는데, 사실상 그게 이번 사고의 가장 뚜렷한 증상인 셈이다.

"올리비에가 동생 집에 있다는 걸 알고 벌써 안심이 되더군요." 폴린이 말했다. "나도 동생보다 간호를 더 잘하지는 못할 거예요. 동생도 나만큼 그 애를 사랑한다는 걸 잘 알고 있으니까요."

이 마지막 말을 하면서 누님은 야릇하게도 한참 동안 날 쳐다보았다.

누님이 그 시선 속에 무슨 의도를 넣은 것처럼 보인 건 내 상상이었을까? 나는 풀린 누님 앞에서 흔히들 '양심의 가책'이라 부르는 것을 느끼며 나도 모르는 뭔가 불분명한 말을 더듬거리고 말았다. 이틀 전부터 감격에 사로잡혀 나 자신에 대한 통제력을 완전히 상실했다고 말해야 하리라. 누님이 다음과 같이 덧붙인 걸로 보아, 내가 당황한 모습이 역력히 드러나 보였던 모양이다.

"동생이 얼굴을 붉히는 게 웅변적이군요…… 이봐요, 내가 비난하리라 생각지 마요. 동생이 그 애를 사랑하지 않는다면야 비난을 하겠지만…… 애를 볼 수 있나요?"

나는 누님을 올리비에 곁으로 데려갔다. 우리가 오는 소리를 듣고 베르나르는 자리를 피했다.

"참 잘생겼죠!" 누님은 침대 위로 몸을 기울이며 속삭였다. 그리고 나를 향해 돌아서며 말했다.

"나 대신 뺨에 키스해줘요. 지금은 깨우고 싶지 않으니까요."

폴린은 정말이지 대단한 여자다. 그렇게 생각한 건 비단 오늘의 일이 아니다. 하지만 난 누님이 이렇게까지 이해의 폭이 넓으리라고는 기대하지 못했다. 그렇긴 하나 다정한 누님의 말과 어조에 나타나는 이런 유형의 쾌활함으로 미루어 볼 때, (아마 나 스스로 거북함을 감추기 위해 노력했기 때문인지) 누님도 약간 어색해하는 것처럼 보였다. 나는 우리가 지난번 나눴던 대화의 한 구절이 기억났다. '내가 막을 수 없는 게 뻔한 거라면 차라리 기꺼이 들어주는 편이 더 나아요'라는 그 말은 그 당시 나로선 그렇게 생각할 이유가 전혀 없었지만, 그때 이미 가장 현명해 보였던 것이다. 분명히 누님은 기꺼운 마음을 가지려 노력하고 있었다. 그리고 비밀스러운 내 생각에 대답이라도 하듯 우리가 다시 아틀리에로 왔을 때 누님이 다시 말했다.

"좀 전에 내가 충격받지 않는 모습을 보여 도리어 동생에게 충격을 준 건 아닌지 걱정되는군요. 세상에는 남자들이 자기네들만 독점하고자 하는 정신적 자유가 몇몇 있죠. 하지만 난 내가 실제로 느낀 것보다 더 심하게 질책하는 것처럼 동생 앞에서 가장해 보일 수는 없어요. 인생을 살며 배운 게 많아요. 사내 녀석들의 순수함이란 가장 잘 지켜지고 있는 듯 보일 때조차 얼마나 덧없는 것인지 깨달았어요. 게다가 가장 순결한 청소년이 훗날 가장 훌륭한 남편이 된다고는 생각지 않아요. 안타깝게도 가장 충실한 남편이 되는 것도 아니지요." 누님은 서글프게 미소를 지으며 덧붙였다. "결국 애들 아버지의 예를 보고 내 아들들에겐 다른 덕성을 갖게 하고 싶었죠. 하지만 그 애들이 방탕이나 저속한 관계에 빠지는 건 겁이 나요. 올리비에는 쉽게 유혹에 빠지는 성격이에요. 진심으로 그 애를 지켜줄 거죠? 동생은 그 애에게 좋은 영향을 주리라 믿어요. 동생만이……"

그런 말들은 날 혼란으로 가득 채웠다.

"절 과대평가하시는군요."

그게 지극히 평범하고도 어색한 방식으로 내가 찾아낸 유일한 말이었다. 누님은 지극히 섬세한 뉘앙스를 풍기며 다시 말했다.

"올리비에가 동생을 더 훌륭하게 만들어줄 거예요. 애정만 있다면 못할 게 뭐가 있겠어요?"

"오스카는 올리비에가 저의 집에 있다는 걸 아나요?" 나는 우리 사이에 숨을 좀 트기 위해 물었다.

"애가 파리에 돌아온 줄도 몰라요. 지난번에도 말했지만 자기 아들들에 대해 별 관심이 없어요. 그 때문에 조르주에게 이야기 좀 해달라고 동생한테 부탁한 거예요. 이야기해봤어요?"

"아직 못했어요."

폴린 누님의 이마가 갑자기 어두워졌다.

"점점 더 걱정이 돼요. 그 애는 아무렇지도 않다는 태도인데, 난 그게 무심하고 냉소적이고 뻔뻔스러운 것으로밖에 보이지 않아요. 공부는 잘해요. 그 애 선생님들도 만족해하고요. 나로선 무슨 수를 써야 할지 몰라 걱정인데……"

갑자기 누님은 평소의 침착함을 잃고 나로선 거의 보지 못하던 흥분에 휩싸여 말했다.

"내 인생이 어떻게 됐는지 알아요? 난 내 행복을 줄여왔어요. 한 해한 해 낮춰가야 했어요. 내 기대를 하나하나 접었죠. 양보하고 참았어요. 모르는 척, 보이지 않는 척했지요…… 하지만 마지막엔 뭔가에 매달리게되는 거예요. 그런데 그 나머지마저 손에서 빠져나갈 때면……! 저녁이면 그 애는 램프불 아래 내 곁으로 공부를 하러 오죠. 이따금 그 애가 책위로 고개를 들 때면, 그 애 시선에서 보이는 건 애정이 아니라 반항이에요. 내가 그런 대접을 받을 일이 전혀 없었는데도…… 이따금 갑자기 그애에 대한 모든 사랑이 증오로 바뀌는 것 같아요. 그래서 자식이 하나도없었더라면 하죠."

누님의 목소리는 떨리고 있었다. 나는 누님의 손을 잡았다.

"올리비에가 보답해드릴 겁니다. 제가 약속하죠."

누님은 마음을 가다듬으려고 애를 썼다.

"그래요, 이렇게 말하다니 내가 정신이 나갔죠. 아들이 셋이나 있는데 말이죠. 하나를 생각하면 그 애밖에 보이지 않는 거예요…… 동생 눈에는 내가 분별이 별로 없는 사람처럼 보이겠지만…… 그런데 정말이지이따금, 분별만으론 되지 않는 경우가 있어요."

"하지만 제가 누님에게서 가장 감탄하는 게 바로 그 분별력인걸요."
나는 누님을 진정시키고자 담담하게 말했다. 그리고 누님이 가만히 있었기에 다음과 같이 덧붙였다.

"지난번 오스카에 대해 누님은 무척이나 현명하게 이야기했잖아요……"

갑자기 풀린 누님은 몸을 치켜세우더니 나를 쳐다보고선 어깨를 으쓱했다.

"여자가 가장 분별 있게 보이는 건 언제나 가장 체념한 모습을 보일 때죠." 누님은 공격하듯 외쳤다.

그 말이 옳은 말이라는 바로 그 이유로 난 화가 났다. 그런 사실을 드러내지 않기 위해 나는 곧바로 말을 이었다.

"편지 건에 대해 새로운 건 없나요?"

"새로운 거라고? 새로운 거……! 오스카와 나 사이에 무슨 새로운 일이 있으리라 기대하나요?"

"그는 해명을 기다리는 눈치던데요."

"나도 해명을 기다리고 있어요. 평생 모두들 해명을 기다리지요."

"어쨌든," 다소 짜증이 난 나는 다시 말했다. "오스카는 자신이 애매한 상황에 처했다고 느끼더군요."

"이봐요, 동생, 잘 알다시피 애매한 상황보다 더 질질 끄는 건 없잖아요. 그걸 해결하려 하는 게 바로 당신네 소설가들의 일이죠. 인생에선 어떤 것도 해결되지 않아요. 모든 게 계속될 뿐이죠. 그저 불확실한 가운데 사는 거예요. 뭘로 만족해야 할지도 모른 채 끝까지 가겠죠. 뭔가를 기다리며 마치 아무 일도 없었다는 듯 인생은 계속되죠. 그런데 그것도 감수하게 돼요. 다른 것이나 마찬가지로…… 모든 것에 그렇듯이. 자,

잘 있어요."

난 누님의 목소리에서 새로운 음색, 즉 일종의 공격성이 울려 퍼지는 걸 간파하고 무척이나 괴로웠다. 그 사실로 나는 (아마 그 당시에는 아니었으나 우리 대화를 다시 되새겨보았을 때) 폴린 누님으로선 올리비에와 나 사이의 관계를 받아들이는 게 자기 스스로 말했던 것보다 훨씬 더 어려울 뿐 아니라, 다른 무엇보다 더 어렵다는 생각을 하게 되었다. 난 누님이 엄밀히 우리 관계를 비난하는 것은 아니라고, 또 누님이 내비친 것처럼 어떤 의미에서는 그걸 기뻐하고 있다고 생각하고 싶다. 하지만 아마 누님 스스로 인정하고 싶진 않겠으나 질투심을 느끼는 게 분명하다.

그런 게 아니라면 곧이어 보여준, 그리고 어쨌든 누님으로선 크게 신경 쓰는 것도 아닌 문제에 그렇게 갑작스럽게 대들듯 하던 그 태도를 달리 설명할 수 없기 때문이다. 누님에게 더 소중한 것을 처음에 허락함으로써 누님에게 남아 있던 모든 관용을 소진해버려 갑자기 관용이 바닥나 버리고 말았다고나 할 수 있으리라. 바로 거기서 과격하고 거의 터무니없는 누님의 말들이 나왔는데, 다시 생각해보면 누님 스스로도 놀랄 게 틀림없는 그 말속에는 누님의 질투심이 드러나고 있었다.

사실이지, 체념하지 않는 여자란 도대체 어떤 여자를 말하는지 자문해봤다. '정숙한 여자'라는 말이 있다…… 여자들에게 있어서 흔히 '정숙'이라 불리는 것이 언제나 체념을 내포하지 않는다는 듯이 말이다!

저녁 무렵, 올리비에는 눈에 띄게 회복되기 시작했다. 하지만 생명이 되살아날 땐 불안감도 같이 온다. 나는 그를 안심시키려고 애를 쓴다.

결투는? 뒤르메르는 시골로 도망갔어. 그를 찾아다닐 수는 없잖아.

잡지는? 베르카이가 맡고 있어.

파사방 집에 남겨놓은 짐은? 그게 가장 난처한 문제다. 난 조르주가 짐을 가져오지 못했다는 걸 얘기해야 했다. 하지만 내일 당장 내가 직접 찾으러 가겠노라 약속했다. 내가 보기에 그는 파사방이 그 짐을 볼모로 붙들고 있지 않나 걱정하는 눈치였다. 그건 나로선 한순간도 받아들일 수 없는 일이다.

어제 여기까지 쓰느라 늦게까지 아틀리에에 있었을 때 올리비에가 나를 부르는 소리가 들렸다. 난 단숨에 그에게 달려갔다.

"몸이 너무 힘들지 않다면 제가 갈 텐데요." 그가 말했다. "자리에서 일어나려고 했어요. 하지만 일어서니까 머리가 빙빙 돌고 넘어질 것 같았어요. 아니, 아니에요. 더 이상 아프지는 않아요. 반대로…… 하지만 말씀드릴 게 있어요. 약속을 하나 해주셔야 해요. 그저께 제가 왜 자살하려고 했는지 절대 묻지 않겠다고요. 더 이상 저 자신도 모르겠어요. 왜 그랬는지 말하고 싶지만 정말이지! 저도 모를 것 같아요…… 하지만 뭔가 제 삶의 비밀스러운 것 때문에, 삼촌은 알지 못하는 어떤 것 때문이라고 생각하지는 마세요." 그러고 나서 더 나지막한 목소리로 말했다. "수치심 때문이라고 생각지도 마세요……"

어둠 속이긴 했으나 그는 내 어깨에 자기 이마를 파묻었다.

"혹 제가 수치스럽다고 여긴다면, 그건 그날 저녁 그 연회에 대해서예요. 취하고 흥분한 것, 눈물 흘린 것, 그리고 이번 여름날들…… 그리고 삼촌을 제대로 기다리지 못한 것요."

그리고 그 모든 걸 저지른 게 자기 자신이라고 인정하고 싶지 않노라고, 자기는 바로 그 모든 것을 말살하고 싶었고 또 말살했으며, 자기 인생에서 지워버렸노라 항변했다.

나는 바로 그 흥분하는 모습에서 그의 나약함을 느꼈다. 나는 마치 어린아이를 달래듯 아무 말 없이 그를 다독거렸다. 그는 휴식이 필요했으리라. 아무 말이 없기에 난 그가 잠이 들지 않았나 생각했다. 하지만 잠시 후 속삭이는 그의 목소리가 들렸다.

"삼촌 곁에 있으니 너무 행복해 잠이 안 와요."

그는 아침까지 나를 떠나지 못하게 했다.

XI

그날 아침 베르나르는 일찍 왔다. 올리비에는 아직 자고 있었다. 베르나르는 그전 며칠 동안 그랬듯이 책을 한 권 들고 친구 머리맡에 자리를 잡고 앉았다. 그래서 에두아르는 올리비에를 지켜보는 일을 그만두고 약속한 대로 파사방 백작의 집으로 갈 수 있었다. 이런 이른 아침 시간이면 그가 집에 있을 게 확실했다.

태양은 빛나고 있었다. 매서운 바람이 나뭇가지에 남아 있는 마지막 이파리들을 떨쳐내고 있었다. 모든 게 투명하고 파랬다. 에두아르는 사흘 동안 밖으로 나오지 않았었다. 그의 가슴은 무한한 기쁨으로 부풀어 올랐다. 그의 전 존재가 속이 텅 빈 채 뚜껑이 열려 있는 봉투같이 느껴지며, 끝없는 바다 위로, 성스러운 선의의 태양 위로 두둥실 떠다니는 것 같기도 했다. 사랑과 멋진 날씨는 이렇듯 우리의 외형을 무한히 넓혀준다.

에두아르는 올리비에의 짐을 가져오려면 차가 한 대 필요하리라는 걸 알고 있었다. 하지만 그는 서둘러 차를 탈 생각이 없었다. 걷는 게 즐거웠다. 온 자연에 대해 느껴지는 호감으로 파사방과 대결하고 싶은 생각도

나지 않았다. 그를 혐오해야 한다고 생각해 머릿속으로 온갖 불만을 다시
떠올려보았으나 더 이상 어떤 아픔도 느낄 수 없었다. 어제까지만 해도
자기가 미워하던 그 경쟁자를 이젠 몰아냈을 뿐 아니라, 너무나 완벽하게
몰아내어 더 이상 오래 그를 증오할 수도 없었다. 적어도 그날 아침에는
더 이상 그럴 수 없었다. 그리고 또 한편, 자칫 자신의 행복을 드러낼 위
험이 있는 이런 역전된 상황을 파사방에게 조금이라도 눈치채게 해서는
안 될 것 같아 이렇듯 무장 해제된 자기 모습을 보이는 것보다 차라리 만
나는 걸 피하고 싶을 정도였다. 사실이지, 도대체 뭣 때문에 그가, 바로
그가, 에두아르가 거기 간단 말인가? 무슨 명목으로 그가 바빌론가에 나
타나 올리비에의 짐을 내놓으라 할 것인가? 그는 계속 걸어가면서 자기가
그 일을 맡은 건 정말 무분별한 짓일 뿐 아니라, 또 올리비에가 자기 집에
묵고 있다는 걸 내비치는 일이라고 생각했다. 게다가 그건 바로 자기가
숨기고 싶었던 게 아닌가…… 물러서기에는 너무 늦었다. 이미 올리비에
에게 약속했던 것이다. 그렇다면 파사방에게 무척 차가운 태도를 보여주
는 게 중요했다. 택시가 지나가기에 불러 세웠다.

　에두아르는 파사방이란 인물을 잘 알지 못했다. 그의 성격상의 특징
가운데 하나를 모르고 있었다. 결코 남으로부터 뒤통수를 맞는 법이 없는
파사방은 속는 것을 참지 못했다. 자신의 패배를 인정하지 않기 위해 그
는 언제나 마치 그렇게 되길 원했던 척하는 것이었다. 그래서 무슨 일이
일어나도 그게 바로 자신이 바라는 바였노라 내세웠다. 올리비에가 그의
손에서 빠져나간 사실을 깨닫자마자 그는 자기 분노를 감출 생각밖에 없
었다. 올리비에의 뒤를 쫓아 나서다가 자칫 웃음거리가 되기보다는 완강
한 태도를 보이며 어깨를 으쓱해 보이려고 애썼다. 그는 자신이 제어하지
못할 정도로 강렬한 감동은 결코 느끼지 못했다. 어떤 사람들은 이런 사

실에 만족해하면서 이런 자기 통제가 종종 자기네들의 강인한 성격보다는 어떤 기질상의 결함에서 나온다는 사실을 인정하려 들지 않는다. 나는 일반화시킬 생각은 없다. 다만 내가 말한 게 파사방에게는 그대로 적용된다고 해두자. 따라서 파사방은 마침 올리비에에게 싫증이 나던 참이라고 스스로 합리화시키기에 큰 어려움이 없었다. 이번 여름 두 달 동안 자기 인생에 자칫 방해가 될지도 모르는 모험 가운데서 그 단맛은 전부 다 맛보았노라고, 요컨대 그 애의 미모와 우아함, 그리고 그의 정신적 자질에 대해 자신이 과대평가했노라고, 또 그토록 어리고 경험도 없는 누군가에게 잡지 편집을 맡긴다는 문제점에 대해 때마침 눈을 뜨게 되었노라 합리화시켰던 것이다. 모든 걸 고려해볼 때 스트루빌루가 그 일을 훨씬 더 잘 해낼 것이다. 물론 잡지 주필로서 말이다. 파사방은 그에게 이미 편지를 보낸 상태로, 바로 오늘 아침에 오라고 그를 호출했던 것이다.

한 가지 덧붙일 말은, 파사방은 올리비에가 자기를 떠난 이유를 오해하고 있었다는 사실이다. 자기가 사라에게 너무 친절한 모습을 보여 올리비에의 질투심을 자극했다고 그는 생각했다. 그는 타고난 자신의 자만심을 부추기는 이런 생각에 만족해 있었던지라 분한 생각은 곧 진정되었다.

따라서 그는 스트루빌루를 기다리고 있었다. 누군가 오면 즉시 들여보내라고 일러놨기에, 에두아르는 그 지시 덕택에 자기가 왔다는 말을 알리지도 않고 파사방과 마주하게 됐다.

파사방은 놀라는 기색을 전혀 드러내지 않았다. 그로선 다행스럽게, 그가 맡게 된 배역은 그의 천성에 잘 들어맞아서 그를 당황스럽게 만들진 않았다. 에두아르가 자신이 온 이유를 말하자마자 그가 대꾸했다.

"그렇게 말씀하시니 얼마나 다행인지 모르겠군요. 그렇다면 정말로 당신이 그 아이를 맡겠다는 겁니까? 너무 성가신 일은 아닐까요……?

올리비에는 사랑스러운 소년이긴 하나 그가 여기 있는 게 제겐 무척 부담스럽기 시작했습니다. 그 말을 그에게 내비칠 수는 없었죠. 참 착한 아이여서…… 그런데 그 애가 자기 부모님 집으로 돌아가고 싶어 하진 않는다는 걸 알았기에…… 부모란, 그렇지 않습니까? 일단 한 번 떠나면…… 참, 생각나는군요. 그 애 어머니가 당신의 이복누님…… 아니면 뭔가 그런 사이 아닌가요? 올리비에가 예전에 그런 얘기를 한 것 같습니다. 그렇다면 그 애가 당신 집에 가 있는 것보다 더 자연스러운 건 없죠. 아무도 그게 우습다고 여기진 않을 테니까요. (하지만 그는 이 말을 하면서 거리낌 없이 웃어 보였다.) 이해하시겠지만 그 애가 제 집에 있는 건 더 위험스러운 일이었죠. 또한 그게 바로 그가 떠나주었으면 했던 이유 중 하나이기도 하죠…… 평소 제가 세상 사람들 말에 그리 신경 쓰는 건 아니지만 말이죠. 아니, 오히려…… 그건 그 애를 위해서였죠."

대화는 나쁘게 시작하진 않았다. 하지만 파사방은 에두아르의 행복에다 음흉하게 몇 방울 독약을 떨어뜨리고 싶은 쾌감을 물리칠 수 없었다. 그는 언제나 그런 독약을 마련해두고 있었다. 언제 무슨 일이 일어날지 모르니까 말이다……

에두아르는 인내심이 서서히 바닥나는 걸 느꼈다. 그때 갑자기 뱅상 생각이 떠올랐다. 분명 파사방은 그의 소식을 알고 있을 터였다. 물론 그는 두비에가 자기에게 물으러 오면 뱅상 이야기는 하지 않겠다고 결심했었다. 하지만 그의 질문을 더 잘 피하기 위해선 자기는 제대로 알고 있는 게 좋을 것 같았다. 그래야 더 강하게 버틸 수 있을 것이다. 그는 그걸 구실 삼아 화제를 바꿨다.

"뱅상에게선 편지가 없습니다." 파사방이 말했다. "하지만 그리피스 부인한테서는 편지를 한 통 받았죠. 아시겠지만 뱅상의 새 애인 말입니다. 편지에다 그에 관해 자세히 얘기하더군요. 자, 편지 여기 있어요……
무엇보다 당신이 읽어서 안 될 이유가 없군요."

그가 편지를 내밀었다. 에두아르가 읽었다.

My Dear

왕자의 요트는 우리를 다카르에 내려놓고 다시 떠날 거예요. 요
트가 가져갈 이 편지가 당신에게 도착할 때면 우리가 어디 있을지
누가 알겠어요? 아마도 카자망스 강가에 있을 거예요. 거기서 뱅상
은 식물 채집을 하고 저는 사냥을 하려고 해요. 내가 그를 이끄는지
아니면 그가 나를 이끄는지, 아니면 우리 둘 모두를 이렇게 몰아대
는 게 모험의 악마는 아닌지 더 이상 모르겠군요. 우리에게 이 악마
를 소개해준 건 우리가 선상에 있을 때 알게 된 권태의 악마였어
요…… 아! Dear, 권태를 제대로 알려면 요트 생활을 해봐야 돼
요. 폭풍이 몰아칠 때면 그래도 살 만하답니다. 배가 요동치는 대
로 같이 움직이거든요. 하지만 테네리페 섬*을 지난 다음부턴 바람
한 점 없어요. 바다 위엔 물결 하나 없죠.

……내 절망의
거대한 거울**

---

* 다카르는 세네갈의 수도이며, 카자망스는 세네갈 남부에 있는 강이다. 테네리페 섬은 아
  프리카 북서 해안 맞은편 대서양에 위치한 스페인령 섬이다.
** 보들레르의 시집 『악의 꽃』에 수록된 시 「음악」의 한 구절이다.

그때부터 내가 뭘로 시간을 보내는 줄 알아요? 뱅상을 증오하는 일요. 그래요, 사랑은 너무나 무미건조해 보여 우리는 서로 증오하기로 결정했죠. 사실 그건 훨씬 더 이전에 시작됐죠. 그래요, 배를 탈 때부터죠. 처음엔 그저 신경질을 부리는 막연한 적의 같은 것으로, 물론 티격태격하기도 했죠. 좋은 날씨가 이어지며 격렬해졌어요. 아! 이젠 누군가를 향해 정념을 느낀다는 게 어떤 건지 알겠어요……

편지는 계속되었다.

"더 읽어볼 필요는 없군요." 에두아르는 편지를 파사방에게 돌려주며 말했다. "그는 언제 돌아오죠?"

"그리피스 부인이 귀국 얘기는 않더군요."

파사방은 에두아르가 그 편지에 대해 더 이상 흥미를 보이지 않자 자존심이 상했다. 상대방에게 편지를 읽게 해준 이상 이런 무관심은 하나의 모욕으로 받아들일 수밖에 없었다. 파사방은 자기는 다른 사람들의 제의를 기꺼이 거절했으나 자기 제의가 무시당하는 건 참지 못했다. 그 편지를 받고 그는 무척 만족스러웠다. 그는 릴리앙과 뱅상에 대해 일종의 애정을 품고 있었으며, 자기 자신이 그들에게 호의적이고 도움을 줄 수 있을 것이라 여기기까지 했던 것이다. 하지만 그들이 자기네끼리 잘 지내는 걸 보자 곧바로 그의 애정은 시들해졌다. 그 두 친구가 자기 곁을 떠나 행복을 향해 나아가지 못했다는 사실을 보고 그는 '잘됐군'이라고 생각하게 된 것이다.

에두아르로서는 아침나절 너무나 진지한 행복감을 맛보았기에 편지에 적힌 그런 광란적인 감정의 묘사 앞에서 거북한 느낌을 받지 않을 수 없었다. 그가 그렇게 편지를 돌려준 데는 가식적인 건 전혀 없었다.

파사방으로선 곧바로 선수를 칠 필요가 있었다.

"참! 또 한 가지 얘기할 게 있었는데, 제가 잡지 편집을 올리비에에게 맡길 생각이었다는 건 아시죠? 당연한 거지만 이젠 그럴 수 없게 됐습니다."

"물론이죠." 에두아르가 대꾸했다. 파사방은 자신도 모르게 에두아르의 큰 짐을 덜어준 셈이었다. 에두아르의 어조로 파사방은 자기가 그의 수에 넘어갔음을 깨달았다. 그리하여 입술을 깨물며 후회할 틈도 없이 말했다.

"올리비에가 두고 간 짐들은 그가 쓰던 방에 있습니다. 물론 택시를 타고 오셨겠죠. 거기까지 내가도록 시키죠. 그런데, 그는 잘 지냅니까?"

"아주 잘 지내죠."

파사방은 자리에서 일어섰다. 에두아르도 마찬가지로 일어섰다. 둘 다 지극히 쌀쌀한 인사를 나누고 헤어졌다.

파사방 백작은 에두아르의 방문에 너무나도 기분이 언짢았다.

그는 스트루빌루가 들어오는 것을 보고 "휴우!" 하고 한숨을 내쉬었다.

스트루빌루는 그 앞에서 당당한 태도로 맞서긴 했으나 파사방은 그와 있으면 편안함을 느꼈다. 아니 더 정확하게는 그를 무람없이 편하게 대했다. 물론 그의 상대가 강적이라는 사실은 알고 있었으나 파사방으로선 자기 힘을 믿고 그걸 증명해 보일 수 있다고 자부하던 터였다.

"스트루빌루 씨, 앉으시죠." 파사방은 그를 향해 안락의자를 밀며 말했다. "다시 만나게 되어 무척 기쁘군요."

"백작님이 부르셔서 이렇게 대령했습니다."

스트루빌루는 그 앞에서 건방진 하인 시늉을 기꺼이 해 보였다. 하지만 파사방은 그의 태도에 익숙해 있었다.

"본론으로 들어가자면, 흔히들 말하듯, 이젠 장롱 밑에서 나올 시간이지요. 당신은 이미 이런저런 많은 일을 해봤잖아요…… 난 오늘 당신에게 진정한 독재자의 자리를 제안하고자 해요. 물론 문학에 국한된 것이긴 합니다만."

"거참, 안됐군요!" 그러곤 파사방이 그에게 담배 케이스를 내밀자 말을 이었다. "괜찮으시다면 전 차라리……"

"전혀 괜찮지 않아요. 그 고약한 밀수 시가를 피우면 온 방에 악취를 풍길 것 아니요. 그게 뭐가 그리 좋다고 피우는지 도대체 난 알 수가 없네요."

"오! 맛이 좋아 내가 열광하는 건 아닙니다. 다만 옆에 있는 사람이 질색을 하니까요."

"여전히 불평분자인가요?"

"그렇다고 날 얼간이로 취급해선 안 될 겁니다."

스트루빌루는 파사방의 제안에 직접 답하지는 않은 채 자기 생각을 밝히고 자기 입장을 확고히 하는 게 좋겠다고 생각했다. 그다음은 두고 보리라는 것이었다. 그는 계속했다.

"박애주의는 나한테 맞지 않죠."*

"알고 있어요. 알고 있어." 파사방이 말했다.

"이기주의도 마찬가지죠. 그런데 그건 당신도 잘 모르는 걸로…… 사람들은 인간에게 이기주의에 대해선 이타주의밖엔 달리 출구가 없다고들 믿게 하려는데, 사실 이타주의란 더 추악하죠! 내가 볼 때 인간보다

---

* 박애주의는 19세기에 하나의 세속 종교처럼 간주되었다.

더 경멸스럽고 또 더 천박한 무언가가 있다면 그건 인간들 떼거리라는 겁니다. 어떤 논리로도 비천한 개체들을 합해서 탁월한 총체를 만들 수 있다고 날 설득할 수는 없을 겁니다. 전차를 타거나 기차를 탈 때마다 살아있는 이 오물덩어리 전부를 갈기갈기 찢어버릴 멋진 사고가 터지길 기대하지 않은 적이 한 번도 없습니다. 물론 나도 포함해서 말입니다. 또 공연장에 들어갈 때마다 샹들리에가 떨어져 내리거나 폭탄이 터지길 바라지 않은 적도 없고요. 더 나은 뭔가를 기다리지만 않는다면 내가 같이 박살이 난다 하더라도 기꺼이 윗저고리 속에 폭탄을 숨겨갈 겁니다. 뭐라 하셨습니까……?"

"아무것도 아니에요. 계속해요. 듣고 있어요. 당신은 반박하는 누군가의 채찍을 맞아야 말문을 여는 그런 웅변가는 아니잖소."

"난 당신의 그 기막힌 포르토 술을 한 잔 권하는 줄 알았잖아요."

파사방은 미소를 지었다.

"술병을 아예 당신 곁에 두구려." 파사방은 술병을 그에게 건네며 말했다. "원하신다면 다 마셔요. 하지만 얘기를 계속해요."

스트루빌루는 자기 잔을 가득 채운 다음 깊은 안락의자에 편안히 자리를 잡고서 이야기를 시작했다.

"내가 흔히 메마른 가슴이라 부르는 걸 가졌는지 모르겠습니다. 하지만 그렇게 믿기엔 난 너무 많은 분노와 혐오감을 갖고 있어요. 그렇지만 그건 별로 중요하지 않아요. 사실이지 난 오래전부터, 마음을 누그러뜨릴 만한 건 전부 마음이란 그 기관에서 억눌러버렸어요. 하지만 내가 감탄이나 터무니없는 헌신 같은 걸 하지 못하는 건 아닙니다. 왜냐하면 인간으로서, 나는 타인들뿐 아니라 나 자신도 경멸하고 증오하니까요. 언제 어디서나 들려오는 소리라고는 문학과 예술, 과학이 결국은 인류의 안녕을 위해 이바지하고 있다는 겁니다. 그런데 난 그 말만 들어도 그것들에 대해 구토가 날 지경입니다. 하지만 그런 주장은 간단히 뒤집어볼 수도 있어요. 그때서야 내 숨통은 트입니다. 그래요, 내가 즐겨 상상하는 건 그것과는 정반대로, 뭔가 잔인한 기념비적인 것을 위해 맹목적으로 복종하는 인류라는 겁니다. 아름다운 접시의 유약을 얻기 위해 자기 아내와 아이들, 그리고 자기 자신까지 불태워버린 베르나르 팔리시* 같은 사람 말입니다.(우린 그 얘기를 지겹게 들었죠!) 난 문제들을 뒤집어보는 걸 좋아해요. 내 정신이 그렇게 생겨 먹었으니, 내겐 모든 문제들이 머리를 아래로 박아야 최상의 균형을 유지하니 어쩌겠어요? 난 내가 팔꿈치를 맞대고 사는 이 모든 끔찍한 인간들의 배은망덕한 구원을 위해 그리스도라는 인물이 스스로 희생한다는 생각은 참을 수 없지만, 그리스도라는 인물을 만들어내기 위해 썩어나는 이 떼거리들을 상상해볼 때면 뭔가 만족감이, 일종의 평온함이 느껴지죠…… 물론 그리스도가 아닌 다른 걸 만들어냈더라면 더 좋았겠지만 말입니다. 왜냐하면 그리스도라는 인물이 준 모든 가르침은 인류를 진창 속으로 좀더 깊이 처박기만 했으니까요. 불행은 잔인한 인간들의 이기심에서 나옵니다. 그러나 헌신적인 잔인함, 그게 바로 위대한 것을 만들어내게 될 것이죠. 불행한 인간들, 나약한 인간들, 곱사등이들과 상처받은 인간들을 보호함으로써 우리는 잘못된 길로 접어들고 있어요. 바로 그 때문에 나는 그렇게 하라고 가르치는 종교를 증오하죠. 박애주의자들 스스로가 대자연과 동물계, 식물계를 관조하며 얻노라 자처하는 그 대단한 평화라는 것도 사실은, 야생 상태에서는 가장 강인한 존

---

* 베르나르 팔리시(Bernard Palissy, 1510~1589): 프랑스의 도예가로 1548년경부터 파충류·곤충 등을 높은 부조로 사실적으로 장식한 대형 도기를 생산했다. 납 유약을 입혀 장식이 마치 살아 있는 것처럼 보였다.

재들만 번창한다는 사실에서 나오는 거거든요. 그 외 모든 나머지 쓰레기들은 비료로나 쓰이죠. 하지만 사람들은 그 사실을 볼 줄 모르고, 또 인정하고 싶어 하지도 않죠."

"좋아요, 좋아. 난 기꺼이 인정하지. 계속해요."

"그런데 수치스럽고 한심한 건 말입니다…… 말이나 가축들, 가금류들, 곡식과 꽃 따위에선 멋진 품종을 얻기 위해 그토록 노력하는 인간이 자기 자신을 위해서는 아직까지도 의학에서 자기 고통에 대한 완화제나 찾고, 자비에서 그저 단순한 미봉책을, 종교에서는 위안을 찾고, 취기 속에서 망각이나 찾고 있으니 말입니다. 힘써야 하는 건 인종 개량입니다. 하지만 모든 선별에는 열등한 존재들을 제거하기 마련이죠. 그런데 우리의 기독교 사회가 그걸 해내지 못한다는 겁니다. 퇴화된 존재를 거세하는 일도 떠맡지 못하죠. 그런데 그런 존재들이 가장 번식력이 뛰어나요. 필요한 건 병원이 아니라 종마 사육장이죠."

"물론이오. 스트루빌루, 마음에 듭니다."

"백작님, 이제까지 나에 대해 오해를 하지 않았나 걱정이군요. 당신은 날 회의주의자로 봤는데, 난 사실 이상주의자요 신비주의자예요. 회의주의는 훌륭한 걸 전혀 만들어내지 못했어요. 게다가 그 결과 나오는 것이란 알다시피…… 관용일 뿐이죠! 난 회의주의자들이란 이상도 없고 상상력도 없는 인간들이라고 생각합니다. 멍청이라고 말입니다…… 물론 이런 강인한 인류를 만들어내기 위해서는 온갖 세련되고 섬세한 것들을 제거하게 된다는 걸 나도 모르는 건 아닙니다. 하지만 그런 섬세한 것들을 안타까워할 사람들은 더 이상 없을 겁니다. 섬세한 인간들도 같이 제거됐을 테니까요. 오해는 하지 마십시오. 나도 소위 말하는 교양이란 걸 갖고 있습니다. 게다가 내가 이상으로 삼고 있는 것은 이미 몇몇 고대 그리스인들이 엿보았던 것이라는 사실도 잘 알고 있죠. 적어도 난 그 이상을 그려보며 즐거워하죠. 또 데메테르의 딸인 페르세포네가 처음엔 망령들에 대한 연민에 가득 차 지옥으로 내려갔으나, 하데스와 결혼해 왕비가 되었을 땐* 호메로스가 그녀를 오직 '냉혹한 페르세포네'라고만 불렀다는 걸 상기하고는 즐거워하죠. 『오디세우스』 제6장에 나오죠.** '냉혹하다'란 건, 덕성스럽다고 자처하는 인간이라면 반드시 그리 되어야 하는 덕목이죠."

"이야기가 문학으로 돌아와 다행이군요…… 우리가 한 번이라도 문학에서 벗어났다고 한다면 말이오. 그렇다면 내 하나 물어보고 싶은데, 덕성스러운 스트루빌루 씨, 당신은 냉혹한 잡지 주필 자리를 받아들이겠소?"

"사실상 내가 고백해야 하는 건, 백작님, 인간들이 발산하는 모든 구역질나는 것들 가운데, 문학이 내겐 가장 혐오스러운 것 중 하나라는 점입니다. 난 그 속에 자기만족과 아첨거리밖에 없다고 봐요. 적어도 과거를 쓸어버리지 않는 한 문학이 뭔가 다른 게 될 수 있다고는 생각지 않습니다. 우리는 이미 용인된 감정들 위에서 살고 있어요. 그런데 독자는 그 감정들을 스스로 느끼고 있다고 상상하죠. 독자들은 인쇄된 것이라면 뭐든 믿으니까요. 또 작가는 자기 예술의 근간을 이루고 있는 규범이기라도 하듯이 그 위에서 사고하죠. 그런 감정들은 마치 토큰처럼 거짓된 소리를 내지만 통용되고 있어요. 그런데 익히 알려진 '악화는 양화를 구축한다'***는 말처럼, 대중에게 진짜 동전을 제시할 사람은 도리어 빈말만 하는

---

* 그리스 신화에 나오는 신들로, 원문에선 로마식 이름으로, 즉 곡식의 여신 데메테르는 세레스, 지옥의 신 하데스는 플루톤으로 표기되어 있다.
** 잘못된 인용이다. 언급된 내용은 사실 제11장에 나온다.
*** 영국 경제학자 그레셤(Thomas Gresham, 1519~1579)의 법칙이라 불리는 것으로, 이 이론은 앙드레 지드의 숙부인 유명한 정치경제학자 샤를 지드에 의해 프랑스에 도입되었다.

것 같아 보일 겁니다. 모두가 속이는 세상에서 사기꾼 모습을 하는 건 바로 참된 인간이죠. 미리 일러두지만 내가 잡지를 맡는다면, 그건 낡은 가죽 부대를 터뜨리기 위해서, 또 온갖 아름다운 감정들, 그리고 말이라는 이 약속어음을 다 유통 폐지시키기 위해서 맡을 거요."

"좋아요. 당신이 어떻게 할지 보고 싶군요."

"두고 보면 알 겁니다. 종종 그 문제를 생각했으니까요."

"아무도 당신을 이해하지 못하고 따라가지 못할 거요."

"무슨 말씀을! 게다가 가장 약삭빠른 젊은이들은 오늘날 시적 인플레이션에 대해 반감을 갖고 있어요. 그들은 현학적인 운율과 과장된 서정적 상투어 뒤에 어떤 허황된 게 숨어 있는지 알고 있죠. 파괴하려고만 들면 일꾼은 언제나 구할 수 있을 겁니다. 모든 걸 허물어버리는 것 외에 다른 목적은 없는 그런 유파를 하나 만들어볼까요……? 어째 겁이 나나요?"

"아니…… 내 정원만 망치지 않는다면야."

"그 정원 아니라 다른 곳에서도…… 그동안 할 만한 일이 많아요. 시기가 적절해요. 모이라는 신호만 기다리고 있는 이들을 여럿 알고 있죠. 무척 젊은 친구들 말이에요…… 그래요, 그게 당신 마음에 들리라는 건 알고 있어요. 하지만 미리 알려드리지만 그들은 속아 넘어가지 않을 겁니다…… 내가 종종 생각해본 문제는, 도대체 무슨 기적으로 미술은 그렇게 앞섰고, 또 어째서 문학은 이렇게 뒤떨어지게 됐는가 말입니다. 미술에서 '모티프'라 간주되던 것이 오늘날 도대체 얼마나 신용이 떨어졌는가 말입니까! 멋진 주제라는 건 이젠 웃음거리밖에 안 되죠. 화가들은 전혀 닮지 않게 그린다는 조건이 아니라면 더 이상 초상화는 감히 그릴 생각도 못하죠. 우리가 제대로 해나갈 경우, 그런데 그 점에 대해선 날 믿으셔도 됩니다만, 2년 후면 시인은 자기가 말하고자 하는 걸 독자가 이해할 경우

도리어 불명예스럽게 생각할 시절이 옵니다. 그렇습니다. 백작님, 내기할
까요? 모든 뜻이나 모든 의미 작용은 반(反)시적인 걸로 간주될 겁니다.
비논리성을 위해 작업해나갈 걸 제안합니다. '청소부', 잡지 제목으로 얼
마나 멋진가요!"

파사방은 잠자코 듣고 있었다.

"당신 패거리 중에," 잠시 가만히 있다가 말을 이었다. "당신 조카*
도 넣을 생각이오?"

"레옹은 순수한 녀석이죠. 잡지 일이라면 모르는 게 없습니다. 사실이
지 그를 가르치는 건 즐거운 일이죠. 방학 전, 그 녀석은 자기 반의 우등
생들을 전부 제치고 모든 상을 다 휩쓸면 재미있을 거라 하더군요. 개학한
다음에는 더 이상 꿈쩍을 안 해요. 도대체 무슨 일을 꾸미는지 모르겠군
요. 하지만 난 그 녀석을 믿고 있으니 특별히 간섭하고 싶진 않네요."

"나한테 한번 데려와보겠어요?"

"농담이시겠죠, 백작님…… 그런데 그 잡지는?"

"나중에 다시 봅시다. 당신 계획을 좀 숙고해볼 요량이오. 그사이 비
서를 하나 구해주시오. 내가 데리고 있던 자가 더 이상 마음에 들지 않아
서요."

"내일 당장 콥-라플뢰르를 보내죠. 잠시 후 나와 만나기로 했으니까
요. 당신 마음에 들 겁니다."

"'청소부' 타입인가?"

"다소."

---

* 파사방과 아르망(3부 16장)은 게리다니졸을 스트루빌루의 조카라 하나, 이 소설의 화자는
그들이 사촌 간이라 한다.

"Ex uno……"*

"아니죠. 그를 보고 전부 다를 평가하진 마십시오. 그 친구는 온건파죠. 당신을 위해 특별히 선택한."

스트루빌루는 자리에서 일어났다.

"그런데," 파사방이 말을 이었다. "당신한테는 내 책을 주지 않았던 것 같은데. 더 이상 초판본이 없어 유감이지만……"

"그걸 되팔 생각은 없으니 상관없습니다."

"단지 인쇄가 더 나아서."

"아니! 그걸 읽을 생각도 없으니…… 그럼 이만. 마음 내키면 언제든 분부만 내리십시오. 이만 물러가겠습니다."

XII

⚜ 에두아르의 일기

올리비에에게 짐을 갖다 줬다. 파사방의 집에서 돌아오자마자 일을 했다. 차분하고도 명료한 흥분. 지금까지 전혀 느껴보지 못한 기쁨. 단숨에, 전혀 고치지도 않고 『위폐범들』을 30페이지나 썼다. 갑작스러운 번갯불 불빛 아래 드러난 밤 풍경처럼 드라마 전체가 어둠 속에서 드러났는데, 내가 공연히 지어내려고 애쓰던 것과는 무척 다른 모습이었다. 지금

* 로마의 시인 베르길리우스의 시구 'Ex uno disce omnes'의 시작 부분으로 '한 사람으로 만인을 알아볼 수 있다'는 뜻이다.

까지 내가 썼던 책들은 공원에 있는 연못과 비슷한 것 같았다. 뚜렷한 윤
곽에다, 아마 완벽할진 모르나, 그 속에 고인 물은 생명이 없는 것이다.
지금 나는 그 물이 제 경사를 따라 때로는 빠르게, 또 때로는 느리게, 나
로선 전혀 예측하고 싶지 않은 그물처럼 서로 얽히는 가운데 흘러가게 내
버려두고 싶다.

X…는 훌륭한 소설가란 자기 책을 시작하기 전에 그 책이 어떻게 끝
날지 알고 있어야 한다고 주장한다. 하지만 내 책이 모험을 따라 나아가
게 내버려두는 나로선, 인생이 우리에게 제시하는 것 가운데, 모든 귀결
이 그러하듯 새로운 출발점처럼 간주되지 않는 건 하나도 없다고 본다.
그래서 '이야기는 계속될 수 있을 것이다……'라는 말로 내 『위폐범들』을
끝내고 싶다.

두비에의 방문. 확실히 무척 착실한 청년이다.

그에 내한 동정심을 과상해 표현했기에 나는 그가 쏟아놓는 상당히
거북한 심정의 토로를 듣고 있어야 했다. 그에게 이야기를 계속하면서도
나는 라로슈푸코가 한 말을 속으로 되뇌었다. '나는 연민은 별로 느끼지
못한다. 그런데 전혀 느끼지 않길 바란다…… 연민은 드러내는 것으로
그치고 그런 마음은 품지 않도록 조심해야 한다고 생각한다.'* 하지만 내
동정심은 부인할 수 없는 사실이었으며, 나는 눈물이 나올 정도로 마음이
흔들렸다. 사실상 내 눈물이 내 말보다 훨씬 더 그를 위로해주는 것 같았
다. 뿐만 아니라 내가 우는 것을 보자 그는 자기 슬픔을 도리어 포기한 것
같아 보이기까지 했다.

나는 그에게 결코 그 유혹자의 이름을 밝히지 않으리라 단단히 결심

---

* 라로슈푸코의 『잠언집』에 수록된 「라로슈푸코의 자화상」에 나오는 구절.

했었다. 하지만 놀랍게도 그는 그 이름을 묻지 않았다. 그가 더 이상 로라의 시선을 받지 않는다고 느끼자마자 그의 질투심은 다시 약해지지 않았나 생각된다. 어쨌든 나와 만남으로써 그의 질투심의 기세도 좀 사그라졌던 것이다.

그의 경우엔 비논리적인 측면이 다소 있다. 그는 상대방이 로라를 버렸다고 분개했다. 나는 그 사람이 그렇게 버리지 않았더라면 로라는 그에게 다시 돌아오지 않았을 거라고 주장했다. 그는 그 아이를 자기 자식처럼 사랑할 거라고 다짐했다. 누가 알겠는가. 그 유혹자가 없었더라면 그가 한 번이라도 아버지가 되는 기쁨을 맛볼 수나 있었을지? 하지만 그런 말은 하지 않으려고 조심했다. 그가 자기의 부족한 점들을 되살려보다가 질투심이 다시 심해질까 싶어서다. 그렇게 되면 질투는 자존심의 영역에 속하게 되고, 나로선 더 이상 흥미가 없다.

오셀로* 같은 인물이 질투하면 그건 이해가 된다. 자기 아내가 타인과 쾌락에 빠진 모습이 그의 뇌리에서 떠나지 않는 것이다. 하지만 두비에 같은 인물은 질투를 느끼기 위해서 자신이 질투를 느껴야 한다고 머릿속에서 그려보아야 한다.

아마도 그는 다소 빈약한 자기 인품에 박력을 주고자 하는 은밀한 욕구로 인해 그런 정념을 품고 있을 것이다. 그에게는 행복이 자연스러울 것이다. 하지만 그는 자기 자신에 대해 감탄하기를 원한다. 그래서 그는 자연스러운 것보다 노력해서 얻은 걸 더 높이 평가한다. 그리하여 나는 단순한 행복이란 게 고통보다 오히려 더 칭송할 만한 것이며, 도달하기에도 무척 어려운 것이라는 점을 그에게 그려 보이려고 애썼다. 나는 그의

---

* 셰익스피어의 동명 희곡의 주인공으로 질투를 참지 못하는 남편의 전형이다.

마음을 다시 가라앉힌 다음에야 그를 돌려보냈다.

성격의 일관성 없음. 소설이나 연극에서 처음부터 끝까지 사람들이 예상할 수 있는 것과 똑같이 행동하는 인물들…… 사람들은 이런 일관성을 제시하며 우리에게 감탄하라고 한다. 하지만 나는 정반대로, 바로 그런 일관성 속에서 도리어 그 인물들이 작위적이고 만들어진 존재임을 알아본다.

하지만 일관성 없는 게 자연스러움의 표시라고 주장하진 않는다. 특히 여성들 가운데는 일부러 일관성 없이 행동하는 경우를 무수히 보기 때문이다. 다른 한편, 몇몇 극소수의 사람들에게서 나타나는 '시종일관된 정신'이라 불리는 것에 대해선 감탄할 수도 있다. 하지만 대개의 경우 이러한 인간 존재의 일관성은 허영에 의한 집착, 그리고 자연스러움을 저버린 대가로서만 얻어지는 것이다. 개개인은 천성이 너그럽고 가능성이 더 풍부할수록 변화에 더 민감하게 반응하며, 또 자신의 과거가 자기 미래를 결정하도록 쉽게 내버려두지 않는다. 우리에게 모범으로 제시되는 justum et tenacem propositi virum*은 대개의 경우 경작하기 어려운 돌투성이의 토양만 제공할 뿐이다.

나는 또 다른 인간 유형들을 알고 있다. 뭔가 독창적이고자 하는 욕망을 의식적으로 끈질기게 마음속에 품고 있는 그런 인간들의 주된 관심사란, 일단 몇 가지 관행을 선택한 다음에는 결코 그것들을 단념하려 들지 않는 것이다. 언제나 경계 태세를 지으며 포기할 줄 모르는 사람들이

---

* 고대 로마 시인인 호라티우스의 『송가』 중 한 구절로 '결단력에서 의지가 올바르고 확고한 사람'이란 뜻이다.

다. (나는 X…를 생각하고 있다. 그는 내가 1904년산 몽라셰 포도주를 권했을 때, '난 보르도산 포도주만 좋아해'라고 말하며 거절했었다. 하지만 그게 보르도산이라고 하자마자 그 몽라셰가 무척 맛있다는 것이었다.)

젊었을 때 나는 많은 결심들을 했는데, 내가 보기에 무척 덕성스러운 결심들이었다. 나는 그 당시 실제의 나 자신보다 나 자신이 이러하노라 자처하던 그런 인물이 되고자 더 고심했던 것이다. 지금은 아무것도 결심하지 않는 게 늙지 않는 비결이 아닌가 생각될 지경이다.

올리비에가 나에게 요즘 무슨 일을 하는지 물었다. 그 물음에 이끌려 내 책에 대해 이야기해주었을 뿐 아니라, 그가 무척 관심을 보였기에 최근에 쓴 몇 페이지들을 읽어주기까지 했다. 젊은이들의 비타협성, 그리고 그들이 자기와 다른 관점은 쉽게 인정하지 않는다는 것을 알기에 난 그의 평가가 두려웠다. 하지만 그가 용기를 내어 조심스럽게 제기한 몇몇 지적은 지극히 정확한 것 같아서 당장 그걸 활용했다.

내가 지금 느끼고 또 숨을 쉬는 건 바로 그에 의해, 그를 통해서다.

그는 자신이 편집해야 했던 잡지에 대해, 특히 자기 생각과는 달리 파사방의 요구에 따라 쓴 콩트에 대해 걱정하고 있다. 파사방이 새로운 결정을 내림으로써 목차가 변경될 것이며 그의 원고도 다시 찾아올 수 있을 거라고 말해줬다.

전혀 예상치도 못하게 예심판사 프로피탕디외 씨의 방문을 받았다. 그는 이마의 땀을 훔쳐대며 심하게 숨을 몰아쉬었는데, 내가 사는 7층까지 올라오느라 숨이 막혔다기보다 어색했던 탓이라 여겨졌다. 손에 모자를 들고 있었는데, 내가 권한 다음에야 자리에 앉았다. 몸 맵시가 좋고

풍채가 당당한 잘생긴 남자였다.

"몰리니에 부장판사님의 처남 되시죠?" 그가 말했다. "제가 이렇게 실례를 무릅쓰고 선생님을 만나러 온 건 그의 아들 조르주 때문입니다. 언뜻 무례하다고 여기실 수도 있는 행동이긴 합니다만, 동료에 대한 저의 애정과 존경으로 충분히 이해해주실 거라 기대하며 이렇게 양해를 구합니다."

그는 잠시 뜸을 들였다. 난 자리에서 일어나 칸막이 커튼을 내렸다. 입이 무척 가벼운 가정부가 옆방에 있다는 걸 알고 있어 그녀가 들을 수도 있다는 걱정 때문이었다. 프로피탕디외 씨도 그게 좋겠다는 듯 미소를 지어 보였다.

"예심판사로서," 그가 계속했다. "저로선 무척 곤란한 사건을 맡게 되었습니다. 선생님의 어린 조카는 전에도 이미 어떤 사건에 연루된 적이 있었습니다 ― 우리들끼리 얘깁니다만 ― 상당히 파렴치한 사건이었는데, 무척 어린 나이이기에 그 일은 그의 선의와 순진함이 악용당한 것이라고 믿고 싶습니다. 하지만 그때, 솔직히 말씀드리자면…… 사법 정의를 해치지 않는 한도 내에서 사건을 축소시키기 위해 저로선 요령을 부려야 했습니다. 하지만 재범의 경우엔…… 물론 전혀 다른 성격의 사건임을 먼저 말씀드립니다만…… 조르주가 그렇게 쉽사리 빠져나올 수 있으리라고 장담할 수가 없습니다. 선생님 매부에게 이런 추문을 피하게 하고 싶은 우정 어린 간절한 마음에도 불구하고, 그 아이를 봐주는 게 진정 그 아이를 위하는 일인가 의심이 들기까지 합니다. 어쨌든 애는 쓸 겁니다. 하지만 아시다시피 제 밑에는 열성적으로 일하는 경찰들이 있어 늘 그들을 통제한다는 게 저로서도 불가능합니다. 달리 말하자면 아직은 그럴 수 있습니다만, 내일이면 더 이상 불가능하다는 얘깁니다. 바로 그 때문에 선생님이 조카에게 이야기를 좀 해주셔야…… 그가 어떤 처지에 있는지 말씀해주셔야 할 거라고 생각했습니다."

프로피탕디외가 왔을 때 나는 처음에는, 사실 고백하지 못할 이유도 없지만, 너무나 불안했다. 하지만 그가 적이나 판사로서 온 게 아니라는 걸 깨달은 다음부터 난 오히려 재미있다고 느꼈다. 그가 다음과 같이 말했을 때는 더더욱 그러했다.

"얼마 전부터 가짜 금화가 나돌고 있습니다. 보고를 받았어요. 아직까지 그 출처는 밝혀내지 못했습니다. 하지만 어린 조르주가 — 아주 순진한 마음으로 그랬다고 믿고 싶습니다만 — 그걸 사용하고 또 유통시키는 무리 중에 하나라는 건 알고 있습니다. 이 수치스러운 거래에 동참하는 자가 몇몇 되는데, 선생님 조카 또래들입니다. 저는 그들의 순진함이 악용당하고 있다는 걸, 또 철없는 그 아이들이 그들보다 나이 많은 몇몇 나쁜 놈들의 손아귀에서 허수아비 역할을 하고 있다는 걸 의심치 않습니다. 우리는 범행을 저지른 미성년자들을 일찌감치 잡아다가 어렵지 않게 그 가짜 금화의 출처를 자백시킬 수도 있었을 겁니다. 하지만 일정한 선을 넘으면 우리로서도 어쩔 수 없다는 사실을 전 너무나 잘 알고 있거든요. 말하자면…… 예심이란 건 뒤로 되돌릴 수가 없는 것이어서 우리가 이따금 모르고 지나가길 원하는 것도 알지 않으면 안 되는 처지가 된다는 말입니다. 특별히 이 사건의 경우 미성년자들의 증언 없이도 진짜 범인들을 잡아낼 수 있다고 자부합니다. 그래서 미성년자들은 건드리지 말라는 명령을 내렸습니다. 하지만 그 명령은 잠정적일 뿐입니다. 선생님 조카가 그런 명령을 철회하게 만들지 않았으면 합니다. 감시를 받고 있다는 걸 알려주는 게 좋을 것 같습니다. 그에게 약간 겁을 주셔도 나쁘지 않다고 봅니다. 지금 나쁜 길로 빠져들고 있거든요……"

나는 최선을 다해 그에게 주의를 주겠노라 약속했으나 프로피탕디의 귀에는 내 말이 들리지 않는 것 같았다. 그의 시선은 흐릿해졌다. 그는 두 번씩이나 반복해 '흔히들 말하는 나쁜 길로 빠져들고 있거든요'라고 한 다음, 입을 다물었다.

그의 침묵이 얼마 동안이나 계속됐는지 모르겠다. 그가 자기 생각을 말로 표현하진 않았지만 내겐 그의 생각이 마음속에서 저절로 전개되는 것처럼 보였으며, 그가 말하기도 전에 내 귀에 들려오고 있었다.

"저 역시 자식이 있는 아비로서……"

그러자 그가 먼저 말했던 건 전부 다 사라졌으며, 우리 사이에는 오직 베르나르뿐이었다. 나머지는 핑계에 불과했던 것이다. 그가 온 건 바로 내게 베르나르에 대해 이야기하기 위해서였다.

감격에 겨운 토로가 내게 거북스럽고 또 과장된 감정이 거추장스럽다면, 반대로 이런 억제된 감정보다 더 내 마음을 감농시키기에 적합한 건 아무것도 없었다. 그는 최선을 다해 자기감정을 억누르고 있었지만, 너무나 애를 쓴 나머지 그의 입술과 두 손이 떨렸다. 그는 더 이상 이야기를 계속할 수가 없었다. 갑자기 그는 두 손으로 얼굴을 가렸으며, 그의 상반신은 터져 나오는 울음으로 온통 들썩거렸다.

"보시다시피," 그는 말을 더듬었다. "보시다시피 자식이란 건 우릴 정말 비참하게 만들 수 있지요."

돌려 말할 필요가 어디 있겠는가? 나 역시 극도로 감동되어 외쳤다.

"베르나르가 이런 당신 모습을 보면 그의 가슴도 뭉클해질 겁니다. 정말입니다."

하지만 나로선 무척 당황하지 않을 수 없었다. 베르나르는 자기 아버지에 대해선 거의 한 번도 이야기한 적이 없었다. 그가 그렇게 자기 가족을 떠난 걸 난 이내 당연하게 여기고, 또 그건 아이로선 가장 큰 이득이라고 간주하고자 하는 마음이 있었기에 나는 그의 가출을 그냥 받아들였던 것이다. 더군다나 베르나르의 경우에는 사생아라는 점까지 덧붙여졌으니까…… 하지만 지금 그의 의붓아버지에게서는 누가 요구한 것도 아닌 만큼 분명 더욱더 강렬하고, 또 강요된 것이 아닌 만큼 더욱더 진실한 감정이 드러나고 있었다. 그 사랑과 그 슬픔 앞에서, 나는 베르나르가 집을 떠난 게 과연 옳은 일이었는지 자문하지 않을 수 없었다. 나는 더 이상 그의 가출을 인정하고 싶은 마음이 아니었다.

"제가 도움이 될 수 있다고 여기시면, 제가 그에게 얘기를 하는 게 좋겠다고 여기시면, 저를 이용해주십시오. 그는 착한 마음을 가졌어요"라고 그에게 말했다.

"저도 압니다. 알아요…… 그래요. 선생님은 많은 걸 도와주실 수 있습니다. 그 애가 이번 여름에 선생님과 같이 지냈다는 것도 알고 있습니다. 저희 경찰은 아주 잘 조직되어 있거든요…… 바로 오늘 그 애가 구두시험을 치른다는 것도 알고 있습니다. 제가 알기로 그 애가 소르본에 있을 게 분명한 시간을 일부러 택해 선생님을 보러 온 겁니다. 그 애와 마주치는 게 겁이 났거든요."

조금 전부터 내 감동은 시들해졌다. '안다'라는 동사가 그가 말하는 거의 모든 문장에 나오는 걸 방금 깨달았기 때문이다. 곧이어 나는 그가 말하는 내용보다, 필시 직업적이라고 볼 수 있는 그 습관을 관찰하는 데 더 신경이 쓰였다.

그는 베르나르가 필기시험을 무척 우수한 성적으로 통과했다는 것 역시 '알고 있다'고 말했다. 시험관 중에 우연히 자기의 친구 중 한 사람이 있어 그의 배려로 아들의 프랑스어 작문 시험 내용까지 알게 되었다는 것인데, 지극히 뛰어났던 모양이다. 베르나르에 대해 억제되긴 했으나 어찌나 감탄스러워하며 이야기를 하는지, 그 자신이 친아버지라고 생각하는 건 아닌지 의심이 들 지경이었다.

"오, 맙소사!" 그가 덧붙였다. "그 애에게 이런 얘기는 제발 하지 마십시오! 본래 무척 자부심이 강하고 무척 까다로운 아이니까요……! 그 애가 떠난 이후 내가 계속 자기를 생각하고 자기 뒤를 캐고 있다고 생각이라도 한다면…… 하지만 어쨌든 선생님이 저를 만났다는 사실은 얘기해도 좋습니다. (그는 한마디가 끝날 때마다 숨을 몰아댔다.) 그리고 오직 선생님만이 할 수 있는 말은, 제가 그 애를 원망하지 않는다는 것, (그리고 약해진 목소리로) 그 애를 계속…… 친아들처럼 사랑하고 있다는 겁니다. 그래요, 선생님도 알고 계시다는 걸 잘 압니다…… 또 그 애에게 말씀하실 건…… (그러곤 날 쳐다보지도 않고 극도의 혼돈 상태에서 무척 힘들어하며) 그 애의 어머니가 절 떠났다는 것…… 그래요, 이번 여름에, 완전히, 그리고 그 애가 돌아오고 싶다면 나는……"

그는 말을 끝맺지 못했다.

건장하고 실리적이며, 생활이 안정되고 또 자기 직업에 확고하게 자리를 잡은 듬직한 사나이가 갑자기 모든 격식을 다 버리고, 나라는 낯선 사람 앞에 자기 속마음을 열어 보이며 모든 걸 털어놓는 모습은 나로서는 놀라운 광경이다. 이번 기회를 통해 다시 한 번 더 확인할 수 있었던 사실은, 나는 친근한 사람보다 모르는 사람이 내뱉는 감정의 토로에 더 쉽게 감동을 받는다는 것이다. 그 점에 대해선 나중에 밝혀보도록 하리라.

프로피탕디외는 베르나르가 나한테 오기 위해 집을 나갔다는 사실을 도무지 이해할 수 없었을 뿐 아니라 아직도 제대로 이해할 수 없는지라, 처음에는 나에 대해 선입견을 가졌노라 숨기지 않고 말했다. 그게 바로 나를 만나러 오는 걸 가로막았던 점이었다. 나는 트렁크 이야기는 감히 할 수 없어서 그의 아들과 올리비에 사이의 우정에 대해서만 이야기를 하며 그 우정 덕분에 우리가 빨리 가까워졌노라고 말했다.

"이 젊은이들은," 그가 말을 이었다. "자기네 앞에 어떤 위험이 도사리고 있는지도 모른 채 인생 속으로 달려갑니다. 위험을 모른다는 게 바로 그들에겐 힘을 주죠. 하지만 인생이 어떤 건지 아는 우리는, 자식을 가진 우리는 그들 때문에 겁이 납니다. 우리가 걱정하면 그들은 화를 내죠. 그러니 걱정하는 걸 너무 드러내 보이지 않는 게 최선입니다. 때때로 걱정하는 게 도리어 어설프고 성가신 결과를 낳을 수도 있다는 걸 알거든요. 불장난이 위험하다고 아이에게 누누이 되풀이하는 것보다 차라리 불에 약간 데게 하는 게 낫습니다. 경험이 충고보다 더 확실히 가르쳐주죠. 전 언제나 베르나르에게 가능한 한 많은 자유를 줘왔습니다. 안타깝게도! 제가 그 애 걱정은 별로 하지 않는다고 믿게 할 정도로 말입니다. 그가 오해하지 않았나, 그래서 집을 나간 건 아닌지 걱정됩니다. 집을 나갔을 때에도 그가 하는 대로 내버려두는 게 좋겠다고 생각했습니다. 그가 눈치채지 못하게 멀리서 그를 지켜보면서 말입니다. 다행히도 저에겐 그렇게 할 수 있는 방도가 있으니까요. (분명 프로피탕디외는 거기에 자기 자존심을 걸고 있었으며, 특별히 그의 경찰 조직을 자랑스러워하는 모습을 보이고 있었다. 그 이야기를 한 게 벌써 세번째이다.) 전 그 애가 하려는 일이 얼마나 위험한지 그 애가 과소평가하도록 해서는 안 된다고 생각했습니다. 반항적인 그 애의 행위가 비록 내 마음을 아프게 했지만, 그건 그 애에 대한 애정을 더욱더 키웠을 뿐이었다는 걸 고백해야 할까요? 전 거기서 용기와 능력의 증거를 보았으니까요……"

마침내 내게 신뢰감을 느끼게 된 그 선량한 사람은 그칠 줄 모르고 이야기를 늘어놓고 있었다. 나는 내게 더 흥미가 있는 문제로 화제를 돌리려고 애썼다. 그리하여 그의 말을 자르며 좀 전에 말한 그 가짜 동전들을 본 적이 있는지 물었다. 나는 그게 베르나르가 우리에게 보여줬던 크리스털 동전과 유사한지 알고 싶었다. 그 동전에 대해 이야기를 꺼내자마자 프로피탕디외 씨의 표정이 변했다. 눈꺼풀이 반쯤 감기면서 두 눈 속에서는 야릇한 불길이 타올랐다. 또 관자놀이에는 오리 발자국 같은 주름이 생겼으며 두 입술은 꼭 다물어졌다. 주의를 집중해서인지 이목구비가 온통 위쪽으로 당겨진 듯했다. 앞서 했던 이야기들은 더 이상 문제도 되지 않았다. 사법관이 아버지의 모습을 완전히 지워버렸으며, 그에겐 직업의식밖에 남지 않았다. 그는 내게 질문을 퍼부었으며, 몇 가지 사항을 적은 다음 사스페로 경찰을 보내 그곳 호텔들의 숙박부에 적힌 투숙객들의 이름을 조사해오게 하겠다고 말했다.

"보아하선대, 어떤 떠돌이 사기꾼이 그서 지나가는 길에 낭신이 말한 가게 주인에게 그 가짜 동전을 건넸던 게 분명하다 하더라도 말입니다." 그가 덧붙였다.

그 말에 나는 사스페는 막다른 오지여서 당일로 그곳에 다녀오는 건 쉽지 않다고 대꾸했다. 그는 그 마지막 정보에 특히 만족해하며 내게 열렬히 감사를 표한 다음, 뭣에 홀린 듯 골똘히 생각에 잠긴 기색으로 조르주나 베르나르에 대해서는 더 이상 전혀 언급도 하지 않고 떠났다.

XIII

베르나르는 그날 아침, 자기처럼 너그러운 천성을 지닌 사람에게는 다른 사람을 즐겁게 하는 것보다 더 큰 기쁨은 없다는 사실을 느꼈을 것이다. 그런데 그는 그런 기쁨을 맛볼 수가 없었다. 방금 구두시험에서 우등이란 평가를 받고 합격했으나, 주위에 그 기쁜 소식을 알릴 사람이 한 사람도 없자 그 소식은 도리어 그의 마음을 짓눌렀다. 그 소식에 가장 기뻐했을 사람은 바로 자기 아버지라는 사실을 베르나르는 잘 알고 있었다. 한순간 아버지에게 알려주러 곧바로 가볼까 망설이기까지 했다. 하지만 자존심이 그를 가로막았다. 에두아르? 올리비에? 하지만 그건 사실상 합격증 하나를 너무 중요하게 여기는 일이었다. 그는 이제 대학 입시 합격자였다. 하지만 그게 무슨 소용인가! 난관이 시작되는 건 바로 지금이다.

소르본 대학 교정에서 그는 자기와 마찬가지로 시험에 합격한 한 친구를 보았는데, 그는 다른 사람들과 떨어져 울고 있었다. 그 친구는 상복을 입고 있었다. 베르나르는 그가 최근에 어머니를 여의었다는 걸 알고 있었다. 울컥 솟아난 동정심에 이끌려 그는 그 고아 친구 쪽으로 다가갔다. 그런데 터무니없는 수줍음 때문에 그냥 지나쳐버리고 말았다. 베르나르가 다가오다가 지나가버린 걸 본 상대방은 자신의 눈물이 수치스러웠다. 그는 베르나르를 높이 평가하고 있었기에 그가 자기를 멸시한 것이라 여겨져 괴로웠다.

베르나르는 뤽상부르 공원으로 들어갔다. 예전에 하룻밤 묵을 곳을 찾던 그날 저녁, 올리비에를 만나러 왔던 바로 그 부근의 벤치에 앉았다. 대기는 거의 포근했으며, 이파리가 벌써 떨어진 커다란 나무의 가지들 사이로 푸른 하늘이 그에게 웃음을 지어 보이고 있었다. 겨울을 향해 가고 있는 게 맞는지 의심이 들 지경이었다. 정답게 지저귀는 새들도 날씨에 속고 있었다. 하지만 베르나르는 정원을 바라보고 있지 않았다. 그의 눈

앞에는 거대한 인생의 대양이 펼쳐지는 게 보였다. 바다 위에도 길이 있다고들 한다. 하지만 그 길은 선이 그어진 게 아니라서 베르나르는 어느 게 자기 길인지 알 수가 없었다.

얼마 전부터 생각에 잠겨 있던 그에게 갑자기 천사가 다가오는 게 보였다. 미끄러지듯 어찌나 가벼운 발걸음으로 다가오는지 물 위를 걷는 것처럼 느껴지는 것이었다. 베르나르는 한 번도 천사를 본 적은 없었지만 한순간도 의심하지 않았다. 그리고 천사가 '이리 와'라고 말했을 때, 그는 순순히 자리에서 일어나 천사를 따라갔다. 꿈속에서처럼 그는 별로 놀라지도 않았다. 그는 천사가 자기 팔을 잡았는지 나중에 기억을 더듬어보려 했다. 하지만 사실상 그들은 손끝 하나 만진 적이 없었으며, 그들 사이엔 약간 거리가 있기까지 했다. 그들은 그 고아 친구에게 말을 걸기로 작정하고 베르나르가 그를 내버려두고 온 교정으로 같이 돌아갔다. 하지만 그곳은 이미 텅 비어 있었다.

베르나르는 천사와 함께 소르본 성당 쪽으로 걸음을 옮겼다. 천사가 먼저 성당으로 들어갔는데, 베르나르는 아직 한 번도 들어가본 적이 없었다. 그곳엔 다른 천사들도 돌아다니고 있었으나 베르나르에겐 그들을 볼 수 있는 눈이 없었다. 일찍이 느껴보지 못한 평화가 그를 감쌌다. 천사가 중앙 제단으로 다가가 무릎을 꿇는 것을 보고 베르나르도 그 옆에 나란히 무릎을 꿇었다. 그는 어떤 신도 믿지 않았기에 기도를 드릴 수는 없었다. 하지만 그의 가슴엔 헌신하고 희생하고자 하는 사랑으로 가득 찬 욕구로 넘쳐흐르고 있었다. 그는 자신을 바쳤다. 감격에 겨운 그의 마음이 어찌나 혼란스러웠는지, 어떤 말로도 표현할 수 없을 지경이었다. 갑자기 풍금 소리가 울려 퍼졌다.

"넌 로라에게도 똑같이 너 자신을 바쳤지." 천사가 말했다. 베르나르는 두 뺨에 눈물이 흘러내리는 걸 느꼈다. "자, 날 따라와."

천사에게 이끌려 가고 있을 때, 베르나르는 나란히 구두시험에 합격한 옛 급우 하나와 거의 부딪칠 뻔했다. 그를 공부도 못하는 게으름뱅이로 알고 있던 베르나르는 그가 합격한 걸 보고 놀랐다. 그 녀석은 베르나르를 알아보지 못했으나 베르나르는 그가 성당지기 손 안에 초 값으로 돈을 쥐여주는 걸 보았다. 베르나르는 어깨를 으쓱하고는 밖으로 나왔다.

다시 길가로 나왔을 때, 베르나르는 천사가 자기를 두고 가버린 것을 알아차렸다. 그는 담배 가게로 들어갔다. 바로 일주일 전 조르주가 과감히 가짜 금화를 써먹었던 곳이었다. 그 이후 조르주는 여러 개의 위폐를 유통시키고 있었다. 베르나르는 담배를 한 갑을 사서 피웠다. 천사는 왜 떠났을까? 그렇다면 베르나르와 그 사이에는 할 말이 하나도 없다는 걸까……? 정오를 알리는 종이 울렸다. 베르나르는 배가 고팠다. 기숙사로 돌아갈 것인가? 올리비에에게 가서 에두아르의 점심을 같이 나눠 먹을 것인가……? 그는 주머니 안에 돈이 넉넉하다는 걸 확인한 다음 식당으로 들어갔다. 그가 식사를 끝냈을 때, 부드러운 목소리가 속삭였다.

"이제 너 자신을 결산할 때가 왔다."

베르나르가 고개를 돌렸다. 천사가 다시 그 옆에 와 있었다.

"결심을 해야 할 거야." 천사가 말을 이었다. "넌 그저 아무렇게나 살아왔어. 앞으로도 우연에 너 자신을 맡길 거니? 넌 뭔가를 섬기길 원하지. 그런데 그게 뭔지 아는 게 중요해."

"내게 가르쳐줘. 날 이끌어줘." 베르나르가 말했다.

천사는 사람들로 가득 찬 어떤 홀로 베르나르를 데려갔다. 홀 안쪽에는 연단이 있었으며 그 연단 위에는 석류빛 양탄자가 덮인 테이블이 하나 있었다. 테이블 뒤에 앉은 아직 젊어 보이는 한 남자가 말을 하고 있었다.*

　"뭔가를 발견한다고 자처하는 건 그야말로 정신 나간 짓입니다. 우리에겐 받은 것 외에는 아무것도 없습니다. 아직 젊긴 하나 우리 모두가 깨달아야 하는 건, 우리 인생은 과거에 달려 있다는 것, 그리고 그 과거 덕분에 우리가 살고 있다는 사실입니다. 우리의 모든 미래는 과거에 의해 결정됩니다."

　그가 그런 주장을 전개하고 내려가자 다른 연사가 나와 자리에 앉더니 그를 두둔하기 시작했다. 그러곤 아무 주의(主義)도 없이 산다고 자처하거나 또는 자기 자신의 빛으로 스스로를 이끌어간다고 자처하는 주제넘은 인간들에 대해 반박하고 나섰다.

　"우린 하나의 주의를 물려받았습니다." 그가 말했다. "그건 이미 여러 세기를 지나온 겁니다. 그건 분명 최고의 주의이며 또 유일한 주의입니다. 우리는 각자 그 점을 증명해야 합니다. 우리의 스승들이 우리에게 전해준 게 바로 그것입니다. 그건 바로 우리 조국의 주의로, 조국이 그걸 부인할 때마다 조국은 그 오류의 대가를 비싸게 치러야 하는 것입니다. 그 주의를 모르고서는 훌륭한 프랑스인이 될 수 없으며, 그 주의를 따르지 않고는 그 어떤 훌륭한 일도 해낼 수 없습니다."

　두번째 연사 다음으로 세번째 연사가 나와 앞의 두 연사들이 소위 자기네들 강령의 이론이란 것을 무척이나 잘 제시했노라며 치하했다. 그리고 그 강령이 주장하는 것이란 프랑스의 쇄신 이외에 아무것도 아니라며, 이는 자기네 당원들 각자의 노력 덕분에 가능하노라 공언했다. 그는 스스로를 행동인이라 자처하며, 모든 이론은 실천을 통해 그 목적과 근거를

---

* '악시옹 프랑세즈' 회합이다.

얻게 되고 모든 선량한 프랑스인은 전투원이 되어야 할 의무가 있다고 주장했다.

"하지만 유감스럽게도!" 그가 덧붙였다. "얼마나 많은 힘들이 서로 격리된 채 소모되고 맙니까! 이 힘들이 조직되고 수많은 과업이 규율을 따르고 또 각자가 연대하여 동참한다면, 우리 조국은 그 얼마나 위대할 것이고 그 과업은 얼마나 빛날 것이며, 또 각자는 얼마나 진가를 발휘하게 될 것입니까!"

그가 계속 말하는 동안 젊은이들이 청중석을 돌아다니며 가입 신청서를 나눠주기 시작했는데, 거기에는 서명만 하면 되게 되어 있었다.

"넌 너 자신을 바치고 싶어 했잖아"라고 천사가 말했다. "뭘 기다리니?"

베르나르는 자기 앞에 내밀어진 종이 한 장을 집어 들었는데, '본인은 엄숙히 가입하고자……'라는 문구로 시작되고 있었다. 그는 내용을 읽은 다음 천사를 바라봤는데, 천사는 미소를 짓고 있었다. 그리고 나서 청중을 둘러보다가 젊은이들 가운데서 좀 전에 소르본 성당에서 시험 합격에 대한 감사로 촛불에 불을 붙이던 신참 대입 합격자를 알아보았다. 그때 갑자기 좀더 뒤쪽으로, 그가 집을 떠난 이후 한 번도 보지 못했던 자기 형이 언뜻 보였다. 베르나르는 형을 좋아하지 않았으며 아버지가 형에게 특별히 보여주는 배려에 질투심을 느끼고 있었다. 그는 신경질적으로 신청서를 구겨버렸다.

"넌 내가 서명해야 한다고 생각해?"

"물론이지, 네가 네 자신을 의심한다면." 천사가 말했다.

"더 이상 의심하지 않아." 그렇게 말하고 베르나르는 종이를 멀리 던져버렸다.

하지만 연사는 계속하고 있었다. 베르나르가 다시 연사의 말에 귀를 기울이기 시작했을 때, 연사는 절대로 착오를 저지르지 않는 확실한 방법이라는 걸 가르치고 있었다. 스스로 판단하기를 단연코 거부하고 언제나 윗사람들의 판단에 일임하라는 말이었다.

"그 윗사람들이란 도대체 누구죠?" 베르나르가 물었다. 그런데 그때 갑자기 엄청난 분노가 그를 사로잡았다.

"네가 연단에 올라간다면." 베르나르가 천사에게 말했다. "그리고 저 사람과 맞붙어 싸운다면 분명 그를 쓰러뜨릴 텐데……"

그러나 천사는 미소를 지으며 말했다.

"내가 맞서 싸울 건 바로 너야. 오늘 저녁, 어때……?"

"좋아." 베르나르가 말했다.

그들은 밖으로 나갔다. 그들은 대로로 접어들었다. 그 길에 오가는 군중들은 오직 부유한 사람들만 있는 것 같았다. 각자 자신에 차 있으면서 다른 사람들에게는 무심한 모습을 보였으나 제각기 근심에 차 있는 것 같았다.

"저게 행복의 모습이야?" 베르나르가 물었는데, 가슴엔 울음이 밀려올 것 같았다.

그리고 나서 천사는 베르나르를 빈민굴로 데려갔다. 베르나르는 그곳이 그렇게 비참하리라고는 예전에는 생각지도 못했다. 어둠이 내리고 있었다. 그들은 질병과 매춘, 치욕과 범죄 그리고 굶주림이 살고 있는 누추하고 높다란 집들 사이를 오랫동안 헤매었다. 바로 그때서야 베르나르는 천사의 손을 잡았는데, 천사는 그에게서 몸을 돌린 채 눈물을 흘렸다.

베르나르는 그날 저녁 식사를 하지 않았다. 그리고 기숙사로 돌아갔을 때, 다른 날 저녁처럼 사라를 만나러 가지 않고 보리스와 함께 쓰던 방으로 곧장 올라갔다.

보리스는 이미 잠자리에 들어 있었으나 아직 잠이 든 건 아니었다. 그는 바로 그날 아침 브로냐에게서 온 편지를 촛불 아래서 되풀이해 읽고 있었던 것이다.

편지 속에 그의 여자 친구는 다음과 같이 쓰고 있었다. "더 이상 너를 보지 못할까 봐 걱정이야. 폴란드로 돌아왔을 때 감기에 걸려 기침이 많이 났어. 의사는 숨기지만 더 이상 오래 살 수 없을 것 같은 느낌이야."

보리스는 베르나르가 다가오는 소리를 듣고 편지를 베개 밑에 숨기곤 황급히 촛불을 껐다.

베르나르는 어두운 방 안으로 들어섰고, 천사도 그와 함께 들어왔다. 방 안이 그리 캄캄한 건 아니었지만 보리스의 눈에는 베르나르밖에 보이지 않았다.

"자니?" 베르나르가 나지막한 목소리로 물었다. 보리스가 대답하지 않자 베르나르는 그가 잠자고 있다고 결론지었다.

"자, 이제 우리 둘의 대결이야."* 베르나르가 천사에게 말했다.

그리고 새벽녘까지 밤이 새도록 그들은 서로 맞서 싸웠다.**

보리스는 베르나르가 움직여대는 걸 어렴풋이 보았다. 그는 그게 베르나르가 기도하는 방식이라 생각하곤 그를 방해하지 않으려고 했다. 하지만 베르나르에게 말을 걸고 싶었다. 엄청난 슬픔을 느끼고 있었기 때문이다. 보리스는 침대에서 일어나 침대 발치에 무릎을 꿇었다. 기도를 드

---

* 앞에서도(1부 10장) 동일한 표현이 나왔다. 108쪽의 주 참조.
** 창세기 32장 24~30절에서 야곱이 자기 고향으로 돌아가기 전, 천사와 밤새도록 싸워 이긴 대목과 연결시킬 수 있다. 이 대결에서 이긴 야곱은 이스라엘, '즉 하느님과 싸운 자'라는 이름을 얻게 된다. 베르나르의 성은 프로피탕디외Profitendieu, 즉 '신 안에서en-dieu/성장하다, 이익을 얻다profiter'라는 의미이다.

리고 싶었으나 흐느낌밖에 나오지 않았다.

"아아! 브로냐, 천사를 볼 수 있는 네가, 내 두 눈을 뜨게 해줘야 하는 네가, 네가 날 떠난다니! 너 없이, 브로냐, 난 어떻게 될까? 난 도대체 어떻게 될까?"

베르나르와 천사는 너무나 골몰해 있어 보리스의 말을 듣지 못했다. 둘 다 새벽까지 싸웠다. 둘 중 누가 이긴 것도 없이 천사는 물러갔다.

나중에 베르나르 역시 방에서 나왔을 때, 그는 복도에서 라셀과 마주쳤다.

"얘기할 게 있어요." 그녀가 말했다. 그녀의 목소리가 너무나 슬펐기에 베르나르는 그녀가 무슨 말을 하려는 건지 금방 깨달았다. 그는 아무 대답 없이 머리를 숙였다. 그리고 라셀에 대한 깊은 연민에 의해 갑자기 사라가 증오스러워졌으며, 그녀와 같이 맛보았던 쾌락이 혐오스러웠다.

XIV

6시경, 베르나르는 손가방 하나를 들고 에두아르의 집으로 갔다. 그 손가방은 그가 가진 얼마 되지 않는 옷과 내의, 책 등을 넣기에 충분했다. 그는 아자이스 영감과 브델 부인에게는 인사를 드렸으나 사라는 다시 보려고 하지 않았다.

베르나르는 엄숙한 표정이었다. 천사와의 대결이 그를 성숙시켰던 것이다. 이 세상에서는 뭐든 대담하게 해나가기만 하면 된다고 믿으며 태평스럽게 가방이나 도둑질하던 그런 모습은 이미 찾아볼 수 없었다. 그는 대담함이 종종 타인의 행복에 해를 입힌다는 사실을 깨닫기 시작했다.

"선생님 댁에 거처를 구하러 왔습니다." 그가 에두아르에게 말했다. "또다시 묵을 곳이 없게 됐습니다."

"브델 댁에선 왜 나왔나?"

"은밀한 이유로…… 자세한 건 묻지 말아주십시오."

에두아르는 연회가 있던 날 저녁, 베르나르와 사라를 유심히 관찰했기에 그 침묵의 의미를 대충 짐작할 수 있었다.

"됐네." 에두아르는 미소를 지으며 말했다. "잘 때는 내 아틀리에의 소파를 쓰게나. 하지만 먼저 자네에게 일러둘 건, 자네 아버님이 어제 날 보러 오셨다는 얘기네." 그리고 그는 베르나르를 감동시키기에 적절하다고 생각한 그들 대화의 한 부분을 전해주었다. "오늘 저녁 자네가 자야 할 곳은 내 집이 아니라 자네 아버님 집일세. 자네를 기다리고 계셔."

하지만 베르나르는 입을 다물고 있었다.

"생각해보겠습니다." 마침내 그가 말했다. "하지만 그때까지 제 짐은 여기 두도록 해주십시오. 올리비에는 좀 볼 수 있나요?" "날씨가 하도 좋아서 바람을 좀 쐬라고 권했네. 아직 무척 허약한 상태라 내가 같이 가려고 했지. 하지만 혼자 나가고 싶어 하더군. 그런데 나간 지 한 시간이나 됐으니 곧 돌아올 걸세. 기다리게…… 그런데 나도 생각하고 있네만…… 자네 시험은?"

"합격했습니다만 그건 중요한 것도 아닙니다. 중요한 건 앞으로 뭘할 거냐죠. 제가 아버지 집으로 돌아가지 않으려는 이유가 특히 뭔지 아십니까? 아버지 돈을 받고 싶지 않다는 겁니다. 그런 기회를 무시해버린다는 게 분명 터무니없어 보이실 겁니다. 하지만 저는 그런 도움을 받지 않기로 제 스스로에게 약속을 했습니다. 제가 약속을 지키는 사람이며, 또 믿을 수 있는 누군가라는 걸 스스로에게 증명해 보이는 게 제겐 중요합니다."

"거기엔 무엇보다 교만이 보이는데."

"그걸 교만, 오만, 자만 등등…… 무슨 이름으로 부르셔도 좋습니다. 하지만 선생님께선 제 마음속에 불타오르는 이 감정을 저로 하여금 가치 없는 것이라 여기도록 만들진 못하실 겁니다. 하지만 지금 제가 알고 싶은 게 있습니다. 인생을 헤쳐 나가기 위해서는 어떤 한 가지 목표에 주의를 집중하는 게 과연 필요한 겁니까?"

"무슨 말인가?"

"전 그 문제를 갖고 밤새도록 고심했어요. 제 속에 느껴지는 이 힘을 무엇에 쓸 것인가? 어떻게 하면 나 자신으로부터 최선의 결과를 끌어낼 수 있나? 그건 하나의 목표를 향해 나아감으로써 가능한가? 하지만 그 목표라는 건 어떻게 선택하는가? 그 목표에 도달하지 않는 한 어떻게 그 목표를 알아볼 수 있는가? 등등 말입니다."

"목표 없이 산다는 건 모험에 자신을 내맡긴다는 거지."

"제 애길 잘 이해하지 못하시는 게 아닌가 싶습니다. 콜럼버스가 아메리카를 발견했을 때, 그는 자신이 뭘 향해 나아가는지 알았을까요? 그의 목표는 앞으로 계속 나아가는 것이었죠. 그의 목표는 그 자신이었어요. 그 목표를 자기 자신 앞으로 계속 제시하는 그 자신 말입니다……"

"내가 종종 생각한 바로는," 에두아르가 말을 끊었다. "예술, 특히 문학에서 미지를 향해 과감하게 뛰어드는 사람만이 의미 있다는 사실이야. 우선, 그리고 오랫동안 모든 해안에서 완전히 벗어날 각오를 하지 않고서는 새로운 땅을 발견할 수 없지. 하지만 우리나라 작가들은 망망대해를 두려워해. 그저 해안가만 왔다 갔다 하는 사람들이지."

"어제 시험을 치르고 나오면서," 그의 말은 듣지도 않고 베르나르가 계속했다. "무슨 귀신에 홀렸는지 대중 집회가 열리고 있는 강당 안으로 들어갔어요. 국가의 명예와 조국에 대한 헌신 등, 제 가슴을 뛰게 하던 수많은 것들이 얘기되고 있었어요. 자칫 어떤 서류에 서명할 뻔했어요. 제 눈에도 분명히 멋있고 고귀해 보였던 어떤 대의명분을 위해 행동해나 갈 것을 명예를 걸고 서약하는 가입 신청서였어요."

"자네가 서명하지 않았다니 기쁘네. 하지만 자네를 가로막은 것은?"

"아마도 무슨 은밀한 본능이……" 베르나르는 잠시 생각에 잠긴 다음 웃으며 덧붙였다. "무엇보다 가입자들의 면면이라고 생각해요. 청중 속에 제 형 얼굴이 끼어 있는 걸 본 것을 위시해서 말입니다. 그때 이런 생각이 들었어요. 이 젊은이들은 모두 세상에서 가장 훌륭한 감정들에 불 타고 있다, 하지만 그들이 주도적으로 해나가려는 행동을 단념해도 무척 바람직할 것이다, 그래 봤자 멀리 가지 못할 테니까, 또 그들의 판단력이 란 불충분하니까 그 판단력도 버리고, 그들의 자주적 정신이란 것도 금방 궁지에 몰리고 말 테니까 그것도 버리는 게 무척 바람직할 것이라고 말입니다. 또 국민들 가운데 이런 하인처럼 무조건 따르려는 선의를 가진 사람들이 많다는 건 나라로서는 좋은 일이나 나의 의지는 결코 그런 선의를 가질 수 없을 것이라고 속으로 생각했어요. 바로 그때 전 자문했죠. 전 규율 없이 사는 건 받아들일 수 없고, 또 다른 사람이 주는 규율은 제가 받아들일 수 없으니, 그렇다면 어떻게 규율을 확립할 것인가 말입니다."

"답은 간단해 보이는걸. 즉 자기 자신 속에서 그 규율을 찾는 거지. 자아의 발전을 목표로 삼는 것 말일세."

"그렇죠…… 저도 바로 그렇게 생각했어요. 하지만 그렇다고 해서 더 진전을 본 건 아니었어요. 제 속에 있는 가장 훌륭한 걸 제대로 선택할 수 있다는 확신만 선다면 저는 다른 것보다 그걸 더 우선시할 거예요. 하지만 전 제 속에 있는 가장 훌륭한 게 뭔지 알아보지도 못하거든요……
밤새도록 고심했다고 말씀드렸죠. 아침이 됐을 때는 너무 피곤해 징집을
앞당겨 입대할까 하는 생각이 들 정도였어요."

"문제를 회피하는 건 해결하는 게 아니지."

"저도 그렇게 생각했어요. 그리고 그 문제는 단지 미뤄졌을 뿐이기
때문에 군 복무를 마치고 나왔을 때는 더 심각하게 제기될 거라고요. 그
래서 선생님의 충고를 듣고자 이렇게 찾아온 겁니다."

"자네한테 해줄 충고가 없네. 그 충고는 자네 속에서만 찾을 수 있고,
또 자네가 어떻게 살아가야 하는지도 오직 살아가면서만 배울 수 있지."

"어떻게 살 것인가 결정하기를 기다리면서 잘못 살면요?"

"그것조차 자네에겐 교훈이 될 걸세. 그게 결국 올라가는 것이기만
하다면 자기 성향을 따라 내려가도 좋아."

"농담하십니까……? 아니, 선생님 말씀을 이해할 것 같군요. 그리고
지금 하신 그 표현을 받아들이겠습니다. 하지만 말씀하신 대로 제 자신을
발전시키면서 제 밥벌이는 해야 할 것 같습니다. 신문에 '장래가 촉망되
는 젊은이, 무슨 일이든 할 수 있음'이라고 번지르르하게 광고를 내는 건
어떻게 생각하세요?"

에두아르는 웃음을 터뜨렸다.

"**무슨 일이든**이라는 것보다 더 얻기 힘든 건 없지. 구체적으로 밝히는
게 나을걸세."

"큰 신문사 조직 속에서 수많은 작은 톱니바퀴 역할을 하는 건 어떤가
생각해봤어요. 물론 하급직이라도 좋아요. 교정을 보거나 인쇄공 등……
또 뭐가 있을까요? 크게 바라는 건 없어요!"

베르나르는 망설이며 이야기했다. 사실상 그가 바라는 건 비서 자리

다. 하지만 그걸 에두아르에게 말하는 게 두려웠던 건, 그들이 서로 실망했던 적이 있었기 때문이다. 그렇긴 하나 비서 역할의 시도가 그렇게 가련하게 실패했던 건 베르나르, 그의 잘못은 아니었다.

"어쩌면 자네를 『그랑 주르날』 신문사에 넣어줄 수도 있을 것 같네" 에두아르가 말했다. "그 편집장을 내가 아니까."

베르나르와 에두아르가 이런 이야기를 나누고 있는 동안 사라와 라셀 사이에는 지극히 고통스러운 언쟁이 오가고 있었다. 베르나르가 갑작스럽게 떠난 원인이 라셀의 질책이었다는 사실을 사라가 갑자기 깨닫게 된 것이었다. 사라는 언니에게 주위에 있는 모든 기쁨을 방해한다면서 화를 냈다. 언니가 보여주는 것만으로도 충분히 지긋지긋한 그 덕성을 다른 사람에게 강요할 권리가 언니에게는 없다는 것이었다.

언제나 자신을 희생해왔기에 그런 비난에 너무나 당황한 라셀은 창백해진 얼굴로 입술을 떨면서 이의를 제기했다.

"난 네가 타락하는 걸 두고 볼 수가 없어."

하지만 사라는 흐느끼며 외쳤다.

"난 언니의 천국을 믿을 수 없어. 난 구원받고 싶지 않다고."

사라는 곧장 자기 친구가 맞이해줄 영국으로 돌아가기로 결심했다. '결국 그녀는 자유로운 존재로, 자기 마음에 드는 대로 살아갈 작정이었기' 때문이다.* 그 서글픈 말싸움으로 라셀의 가슴은 완전히 무너지고 말았다.

---

* 20세기 초엽 영국은 페미니즘 운동이 한창이던 시기였다. 지드는 1918년 케임브리지에 체류하는 동안 그런 사실을 체험했다. 프랑스에서는 1차대전이 끝난 다음에야 페미니즘이 움트기 시작했다.

XV

　에두아르는 학생들이 돌아오기 전에 기숙학원에 도착하도록 신경을 썼다. 그는 개학 이후 라페루즈를 다시 보지 못했다. 그래서 우선 그와 이야기를 나눠보고 싶었다. 이 늙은 피아노 교사는 자습 감독이라는 새로운 직책을 그가 할 수 있는 만큼, 다시 말해 무척 서툴게 수행하고 있었다. 처음에는 학생들의 호감을 사도록 애써보았으나 그에겐 위엄이 없었고 아이들은 그 점을 이용했다. 아이들은 그의 너그러움을 나약함이라 보고 놀랄 만큼 제멋대로들 행동했다. 그러자 라페루즈는 엄한 모습을 보이려고 했으나 이미 너무 늦었던 것이다. 훈계와 위협, 질책 들은 학생들로 하여금 그에게 반감을 갖게 하고 말았다. 그가 목소리를 높이면 학생들은 비웃고, 그가 주먹으로 탁자 위를 탕 치면 학생들은 겁을 먹은 척 소리를 내지르곤 했다. 또 그의 흉내를 내며 그를 '르 페르 라페르'*라 부르곤 했다. 손에서 손으로 그를 풍자하는 만화가 돌아다니고 있었다. 거기엔 그토록 사람 좋은 그가 거대한 권총으로 무장한 채 (그 권총은 게리다니졸과 조르주, 피피가 그의 방을 마구 뒤지는 도중에 발견하게 된 것이다) 학생들을 마구 학살하는 잔인한 모습으로 그려져 있었다. 또는 그가 처음에 와서 '제발 좀 조용히 해요'라고 했을 때처럼 두 손을 모으고 학생들 앞에 엎드린 채 애원하는 모습이 그려져 있기도 했다. 야만스러운 사냥개 무리 가운데서 궁지에 몰린 한 마리 가련한 늙은 사슴 같다고도 할 수 있으리라. 그런데 에두아르는 이 모든 사실을 모르고 있다.

---

* '라페르 영감'이란 뜻이다.

❧ 에두아르의 일기

라페루즈는 1층에 있는 작은 방으로 날 맞아들였는데, 그 방은 내가 익히 알기론 기숙사에서 가장 불편한 방이다. 가구라고는 칠판과 마주하여 책상이 달린 걸상 네 개와 밀짚 방석이 깔린 의자 하나가 고작이었는데 라페루즈는 굳이 그 의자에 나를 앉혔다. 그리고 자기는 걸상 하나에 자리를 잡고 책상 아래로 너무나 긴 두 다리를 밀어 넣으려 애를 쓰다가, 결국 옆으로 비스듬히 다리를 굽히고 앉았다.

"아니, 아니, 난 괜찮아요. 정말이오."

그런데 그의 어조와 얼굴 표정은 이렇게 말하고 있었다.

'난 끔찍이도 괴로워. 그리고 그게 눈에 띄기를 바라. 하지만 이렇게 지내는 게 난 좋아. 괴로울수록 내 불평 소리는 줄어들 걸세.'

난 농담을 해보았으나 그에게 미소를 짓게 할 수는 없었다. 그는 마치 점잔을 빼듯 정중한 태도를 보였는데, 그건 우리 사이에 거리감을 두게 할 뿐 아니라 '내가 여기 있게 된 건 자네 덕택이지'라는 뉘앙스를 풍기고 있었다.

하지만 말로는 모든 것에 무척 만족하노라 했다. 더군다나 내 질문을 피했으며, 내가 계속 물어대니 화를 내기도 했다. 하지만 그의 방이 어디냐고 묻자,

"부엌에서 좀 너무 멀어"라고 불쑥 말했다. 내가 놀라는 표정을 짓자, "이따금, 밤에 뭘 좀 먹어야 하거든…… 잠이 안 올 때 말일세"라고 했다.

나는 그 옆에 앉아 있었다. 나는 그에게 좀더 다가가 그의 팔 위로 가만히 내 손을 얹었다. 그는 좀더 자연스러운 어조로 말을 이었다.

"사실은 잠을 제대로 이룰 수가 없다네. 잠들었을 때도 '내가 자고 있구나' 라는 느낌은 없어지질 않아. 그건 진짜로 자는 건 아니지, 안 그런가? 진짜로 잠자는 사람은 그가 자고 있다는 걸 느끼지 못해. 단지 잠에서 깼을 때 잠을 잤다는 걸 알게 되지."

그러곤 내게로 몸을 기울여 하나하나 따져가며 집요하게 늘어놓았다.

"이따금 나는 생각해보려고도 했어. 내가 잠을 자고 있다는 생각은 들지 않지만 그건 내 착각이다, 어쨌든 나는 진짜 자고 있다, 라고 말일세. 하지만 내가 진짜 자고 있는 게 아니라는 증거는, 내가 눈을 뜨고 싶으면 언제든지 눈을 뜰 수 있다는 사실이야. 물론 눈을 뜨고 싶어 한다는 얘기는 아니야. 그렇게 해서 내게 이로울 게 뭐가 있겠나, 안 그런가? 자고 있지 않다는 걸 나 자신에게 증명해 보인다고 해서 내게 무슨 소용이 있겠나? 그래서 언제나, 난 벌써 잠이 들었다, 라고 스스로를 설득하며 잠들기를 바라지……"

그는 몸을 더 숙이더니 더 나지막한 목소리로 말했다.

"그리고 또 내 신경을 거스르는 게 있네. 이 얘긴 아무에게도 하지 말게…… 도리가 없는 일이기에 불평하지도 않았네. 안 그런가? 바꿀 수 없는 것이라면 불평한들 무슨 소용이 있겠나…… 그런데 이보게, 내 침대와 면해 있는 벽 속에, 정확히 내 머리 높이에 뭔가 소리를 내는 게 있다네."

말을 하면서 그는 활기를 띠기 시작했다. 난 그의 방으로 함께 가보자고 했다.

"그래, 맞아!" 갑작스럽게 자리에서 일어나며 그가 말했다. "그게 도대체 뭔지 자네가 말해줄 수도 있겠군…… 난 도무지 알 수가 없다네. 나랑 같이 가세."

우리는 두 층을 올라간 다음 상당히 긴 복도로 접어들었다. 나는 건물 이쪽으로는 한 번도 와본 적이 없었다.

라페루즈의 방은 길 쪽으로 나 있었다. 작긴 했으나 깔끔한 방이었다. 나는 침대 옆 탁자 위에 기도서와 나란히 그가 고집스럽게 갖고 갔던 권총 케이스가 있는 걸 봤다. 그는 내 팔을 잡았다. 그러곤 침대를 약간 밀면서 말했다.

"자, 저기…… 벽에 기대보게…… 소리가 들리나?"

나는 귀를 갖다 대고 오랫동안 주의를 집중해보았다. 하지만 최선을 다해 귀를 기울였으나 아무 소리도 들리지 않았다. 라페루즈는 짜증을 냈다. 마침 트럭 한 대가 지나가며 집을 뒤흔들고 유리창을 덜컹거리게 했다.

"이 시간에는" 난 그를 진정시키고자 말했다. "선생님 신경을 거스르는 그런 작은 소리는 길에서 나는 소음에 뒤덮여버리고 말죠……"

"다른 소리와 구별할 줄 모르는 자네한텐 뒤덮였겠지." 그는 격렬하게 외쳤다. "하지만 나한텐 말일세, 어쨌든 그 소리가 들려. 아무튼 나한텐 계속 들린다네. 이따금 너무 짜증이 날 때면 아자이스나 건물 주인에게 말하리라 결심을 하지…… 물론 그 소리를 그치게 하겠다는 건 아닐세…… 하지만 적어도 그게 뭔지는 알고 싶다는 거야."

그는 잠시 생각에 잠긴 듯하다가 다시 말을 이었다.

"뭔가 갉아먹는 소리 같아. 더 이상 그 소리가 안 들리게 온갖 짓을 다 했네. 침대를 벽에서 떼놓기도 했고 귀에다 솜을 틀어막기도 했지. 내 생각엔 무슨 관이 지나가는 것 같은 바로 그 자리에 내 시계를 걸어보기도 했어. (작은 못을 하나 박아놓은 게 보이지.) 똑딱거리는 시계 소리가 그 소리를 지워버리도록 말일세…… 하지만 그건 내게 더 피곤한 일이었어. 그 소리를 알아들으려고 애를 써야 하거든. 정말 웃기는 일 아닌가?

그 소리가 어쨌든 거기 있다는 걸 아는 만큼 차라리 드러내놓고 듣는 게 낫더라고…… 참! 이런 얘기는 자네한테 하지 말았어야 하는데. 보다시피 난 이젠 늙은이에 불과해."

그는 침대 가장자리에 앉아 얼빠진 듯 우두커니 있었다. 나이를 먹어 감에 따라 생긴 처참한 폐해는 라페루즈의 경우, 지성보다 오히려 가장 내밀한 성격적 측면을 좀먹어 들어가고 있었다. 예전엔 그토록 꼿꼿하고 그토록 자신감 넘치던 그가 어린애 같은 절망에 빠져 헤매는 것을 보며 나는 벌레가 과일 깊숙이 파먹어 들어갔구나, 라는 생각이 들었다. 나는 보리스 이야기를 함으로써 그를 그 절망에서 끌어내고자 했다.

"그래요, 그 애 방은 내 방 옆에 있어요." 이마를 들며 그가 말했다. "자네에게 보여주지. 따라오게."

그는 앞장서서 복도로 나가 옆방 문을 열었다.

"저기 보이는 저 침대는 베르나르 프로피탕디외라는 청년의 침대라오. (난 베르나르가 바로 오늘 밤부터는 거기서 자지 않을 거라는 사실을 그에게 알려줄 필요는 없다고 여겼다. 그는 계속 말을 이었다.) 보리스는 그와 함께 친구처럼 지내는 걸 좋아해요. 그와 뜻이 잘 맞는 것 같아요. 하지만 내게는 말을 많이 하지 않아요. 무척 내성적이라…… 난 그 애가 다소 인정이 없지 않나 걱정이오."

그가 너무나 쓸쓸하게 그 말을 했기에 나는 그렇지 않노라, 그의 손 자는 정이 무척 많노라 보증하겠다고 나섰다.

"그렇다면 그런 모습을 좀더 보여줄 수도 있을 텐데 말이오." 라페루 즈는 말을 이었다. "가령 아침에 다른 애들이랑 같이 학교로 갈 때면 난 그 애가 지나가는 걸 보려고 창밖으로 몸을 내밀지. 그 애도 그걸 알고 있어요…… 그런데! 그 애는 돌아보지도 않는다오!"

난 보리스가 아마도 자기 친구들에게 구경거리가 될까 두려워, 또 그들이 놀릴까 봐 겁이 나 그럴 거라고 그를 설득하고자 했다. 그런데 바로 그때, 안뜰에서 시끄럽게 떠드는 소리가 올라왔다.

라페루즈는 내 팔을 잡더니 완전히 바뀐 목소리로 말했다.

"자, 들어봐요, 들어봐! 애들이 돌아와요."

나는 그를 쳐다봤다. 그는 온몸을 떨기 시작했다.

"저 장난꾸러기들이 무섭습니까?" 내가 물었다.

"천만에, 그게 아니야." 그는 두서없이 말했다. "자네, 어떻게 그런 생각을……" 그러곤 황급히 말했다. "난 내려가봐야 하네. 쉬는 시간은 몇 분 안 돼. 알다시피 난 자습 감독을 해야 해. 잘 가게, 잘 가."

그는 내게 악수도 하지 않은 채 복도로 달려나갔다. 잠시 후 그가 계단에서 비틀거리는 소리가 들렸다. 난 학생들 앞을 지나가고 싶지 않아 잠시 귀를 기울이고 가만히 있었다. 고함을 지르고 웃고 노래하는 소리가 들려왔다. 그리고 종소리가 나자 갑자기 조용해졌다.

나는 아자이스를 보러 갔다. 그리고 내가 조르주와 이야기를 나눌 수 있게 그가 자습을 쉬어도 좋다는 허락을 받았다. 좀 전에 라페루즈가 나를 맞이했던 바로 그 작은 방으로 조르주가 나를 만나러 왔다.

나를 마주하자마자 조르주는 빈정대는 듯한 태도를 취해야겠다고 생각했던 것 같다. 그 나름대로 어색함을 숨기는 방식이었다. 하지만 우리 둘 중 그가 더 어색했다고 단정 지을 수는 없으리라. 그는 방어 태세를 취했다. 아마도 훈계를 들으리라 예상했을 것이기 때문이다. 그는 재빨리 내게 대항할 수 있는 무기들을 모으려는 것 같았다. 그건 내가 입을 열기도 전에 그가 먼저 올리비에 소식을 물었기 때문인데, 어찌나 빈정거리는 듯한 어조였는지 따귀라도 때리고 싶을 정도였다. 그는 나보다 우세한 입장에 서 있었다. 비꼬는 듯한 눈초리며 조롱하는 듯한 입가의 주름, 또 그의 어조는 '그런데 말이죠, 전 당신이 겁나지 않아요'라고 말하는 것 같았다. 금방 당황하고 만 나는 그런 모습을 드러내지 않으려는 생각밖에 없었다. 내가 준비한 일장연설은 갑자기 더 이상 적절해 보이지 않았다. 내겐 검열자 역할에 필요한 위엄이 없었다. 사실상 그러기에는 조르주가 너무나 흥미로웠던 것이다.

"난 널 야단치러 온 게 아니야." 마침내 내가 말했다. "단지 네게 경고를 해주고 싶어."(그리고 나도 모르게 내 얼굴은 환히 웃고 있었다.)

"엄마 부탁으로 오신 건지 그걸 먼저 말씀해주세요."

"그렇기도 하고 아니기도 해. 네 어머니와 네 이야기를 했지. 하지만 그건 며칠 전 얘기야. 그런데 어제 무척 중요한 사람과 네 문제로 무척 중요한 대화를 했어. 네가 알지 못하는 그 사람이 네 얘기를 하러 날 찾아왔더구나. 예심판사야. 내가 온 건 바로 그의 부탁이지…… 예심판사가 뭔지 너 아니?"

조르주는 갑자기 얼굴이 창백해졌다. 아마도 한순간 그의 심장은 멎었을 것이다. 그가 어깨를 으쓱한 것은 사실이나, 그의 목소리는 약간 떨려왔다.

"그럼, 프로피탕디외 영감, 그가 말한 걸 한번 꺼내보시죠."

이 꼬마의 냉정함은 날 당황하게 만들었다. 아마 단도직입적으로 말했더라면 훨씬 더 간단했을 것이다. 하지만 바로 나라는 인물은 가장 단순한 걸 싫어해서 어쩔 수 없이 우회적인 방법을 택하고 마는 것이다. 그런 행동이란 하고 난 직후엔 터무니없어 보였으나 처음엔 자연스러웠던 것으로, 그런 내 행동을 해명하기 위해선 최근에 폴린과 나눈 대화가 내게 엄청나게 큰 영향을 미쳤다고 말할 수 있으리라. 나는 그 대화를 하고 난 다음 생각해본 것들을 곧장 내 소설 속에다, 몇몇 등장인물들에게 정확하게 들어맞는 대화의 형태로 집어넣었었다. 실제 삶이 내게 가져다준 것을 그대로 끌어다 쓰는 일은 드물다. 하지만 이번만은 조르주의 사건이 도움이 되었다. 마치 내 책이 그 사건을 기다렸다고 할 수 있을 정도로 안성맞춤이었다. 단지 몇몇 세부를 고치기만 하면 되었던 것이다. 하지만 그 사건을 (조르주가 도둑질을 한 사건을 말한다) 직접 제시하지는 않았다. 단지 대화를 통해 그 사건과 그 결과를 엿볼 수 있게 할 뿐이었다. 난 그 대화를 때마침 주머니 속에 갖고 있던 수첩에 그대로 옮겨 적어놓았었다. 반대로 프로피탕디외 씨가 전해준 위폐 이야기는 내게 아무 소용이 없을 것 같았다. 아마 바로 그 때문에 난 조르주를 만나러 온 주요 목적이었던 그 문제에 대해 곧바로 이야기하는 대신 돌려서 말했을 것이다.

"우선 네가 이 글을 읽어봤으면 해." 내가 말했다. "그럼 이유를 알게 될 거야." 그러곤 그의 흥미를 끌 만한 페이지를 펼쳐서 수첩을 건네줬다.

되풀이하지만, 지금으로선 그런 내 행동이 터무니없어 보인다. 하지만 난 내 소설 속에서 가장 어린 등장인물에게 바로 이렇게 쓴 걸 읽게 함으로써 그 아이에게 경고해야 하리라 생각했던 것이다. 나로선 조르주의 반응을 아는 게 중요했다. 그 반응을 통해 내가 한 수 배우길 원했던 것이다…… 뿐만 아니라 내가 쓴 글이 제대로 된 것인지도.

문제의 그 구절을 여기 옮겨놓는다.

《그 아이 내부에는 음험한 지대가 있어, 오디베르는 애정 어린 호기심으로 그걸 관심 있게 지켜보고 있었다. 그로선 꼬마 외돌프가 도둑질을 했다는 사실을 아는 것으론 충분치 않았다. 그는 외돌프가 어쩌다가 그런 짓을 하게 됐는지, 또 처음으로 도둑질을 했을 때 어떤 느낌을 받았는지, 그 이야기를 듣고 싶었던 것이다. 하지만 아이로서는 오디베르를 신뢰한다 하더라도 아마 그걸 제대로 말할 줄 몰랐을 것이다. 또 오디베르도 아이가 거짓말을 해대며 항의하게 만들까 봐 아이에겐 감히 물어보지도 못했다.

어느 날 저녁 오디베르가 일드브랑과 같이 식사를 했을 때, 오디베르는 그에게 외돌프 이야기를 했다. 하지만 이름도 밝히지 않고 또 그가 누군지 상대방이 알아채지 못하게 사실들을 적당히 꾸며댔다. 그때 일드브랑이 말했다.

"우리 삶에서 가장 결정적인, 내 말은 우리의 미래 전체를 정하는 데 가장 결정적인 역할을 하게 될 수도 있는 행동들이란 대개의 경우 아무 생각 없이 저지른 행동들이라는 걸 주목해보셨나요?"

"나도 그렇다고 생각합니다." 오디베르가 답했다. "전혀 생각해보지도 않고, 또 어디로 가는지도 헤아려보지 않고 올라탄 기차와도 같죠. 게다가 대개의 경우 내리기에는 너무 늦은 다음에야 그 기차가 자기를 싣고 가고 있다는 걸 깨닫게 되죠."

"하지만 문제의 그 아이는 기차에서 내리고 싶은 생각이 전혀 없는 건 아닐까요?"

"아직 내리고 싶은 생각이 없을 겁니다. 당분간은 실려 가는 대로 내버려두겠죠. 주위 풍경도 재미있고 하니 그에겐 어디로 가는지는 별로 중요하지 않죠."

"그에게 훈계를 하실 겁니까?"

"물론 아니죠! 아무 소용이 없을 겁니다. 그 앤 훈계라면 구역질이 날 정도로 실컷 들었으니까요."

"뭣 때문에 도둑질을 했을까요?"

"나도 정확히는 모릅니다. 실제로 돈이 필요해서 그런 건 분명 아닐 겁니다. 하지만 뭔가 이로운 걸 얻기 위해서, 아니면 더 유복한 친구들에게 뒤처지지 않으려고…… 어떻게 알겠습니까? 타고난 도벽 때문인지 아니면 훔치는 게 단순히 재미있어 그랬는지."

"그게 가장 나쁜 거죠."

"물론이죠! 그렇다면 또 할 테니까요."

"영리합니까?"

"오랫동안 그의 형들보다 못하다고 생각했어요. 하지만 지금은 내가 잘못 생각한 게 아닌가, 또 내가 그런 유감스러운 인상을 받은 건 그 아이가 자기 자신으로부터 무엇을 얻을 수 있는지 아직 깨닫지 못하고 있었기 때문이 아니었나 싶습니다. 그 아이의 호기심은 지금까지 길을 잘못 들었던 겁니다. 아니면 차라리 맹아(萌芽) 상태나 무분별한 수준에 머문 것이라 볼 수 있죠."

"그 아이에게 이야기를 할 겁니까?"

"난 그 아이 스스로 저울질하게 만들 생각입니다. 도둑질로 얻은 사소한 이득과 반대로 정직하지 않음으로써 그가 잃게 된 것들, 즉 주변 사람들의 신뢰와 그들의 호의적인 평가, 무엇보다 나의 평가 등…… 수치로 환산되지는 않으나 나중에 그것들을 되찾기 위해 얼마나 막대한 노력을 기울여야 하는지, 바로 그 막대한 노력에 비추어볼 때 비로소 그 가치를 제대로 평가할 수 있는 모든 것들 말입니다. 몇몇 사람들은 그걸 되찾는 데 평생이 걸렸죠. 그가 아직 너무 어려 깨닫지 못하는 것, 즉 이제부턴 그 주변에서 무엇이든 의심스럽고 수상한 일이 벌어지면 모든 의혹은 그에게 향하리라는 걸 말해줄 겁니다. 심각한 사건의 혐의를 부당하게 뒤집어쓰게 될지도 모르는데 그때도 변명을 할 수 없게 되겠죠. 과거에 저지른 일 때문에 지목을 받게 되는 거죠. 소위 '신용불량자'가 되는 겁니다. 결국 그에게 말하고 싶은 것은…… 하지만 자기가 훔친 게 아니라고 나설까 봐 걱정입니다."

"그 아이에게 말하고 싶으신 것은……?"

"자기가 한 짓이 하나의 선례를 만든다는 것, 또 처음 도둑질할 때는 뭔가 단호한 결심이 필요하지만 그다음부터는 그저 끌리는 충동에 따르기만 하면 된다는 얘기요. 그 이후 이어지는 모든 건 그저 흘러가는 대로 내버려둔 것에 불과하죠…… 그 아이에게 말해주고 싶은 것은, 별 생각 없이 저지른 첫 행동이 종종 돌이킬 수 없을 정도로 우리의 모습을 그려놓아 그 이후에는 아무리 노력해도 결코 지울 수 없을 어떤 특징을 만들기 시작한다는 사실입니다. 내가 하고 싶은 건…… 그런데 아무래도 말할 수 없을 것 같습니다."

"오늘 저녁 우리가 나눈 이야기를 글로 써보지 그래요? 그 아이에게 읽으라고 주면 좋을 텐데."

"좋은 생각입니다." 오디베르가 말했다. "해보죠."》

나는 조르주가 읽고 있는 동안 그에게서 눈을 떼지 않았다. 하지만 그의 얼굴은 자기가 지금 무슨 생각을 하는지 전혀 드러내 보이지 않았다.

"계속 읽을까요?" 그는 페이지를 넘길 태세로 물었다.

"그럴 필요 없어. 대화는 그게 끝이야."

"유감이군요."

그는 수첩을 돌려주곤 거의 쾌활한 어조로 말했다.

"전 외돌프가 그 수첩을 읽고 뭐라 답할지, 그게 알고 싶었는데요."

"나도 바로 그걸 알고 싶거든."

"외돌프라는 이름은 우스꽝스러워요. 다른 이름을 붙일 수는 없었나요?"

"그건 중요하지 않아."

"그가 뭐라 대답하든 그것도 마찬가지죠. 그런데 그 아이는 나중에 어떻게 되나요?"

"아직 난 몰라. 그건 너한테 달렸어. 두고 보면 알겠지."

"제가 제대로 이해한거라면, 삼촌이 책을 계속 쓰도록 도와드려야 하는 건 바로 저라는 말이군요. 아니, 하지만, 그렇다면……" 그는 자기 생각을 어떻게 표현해야 할지 잘 모르겠다는 듯 말을 멈췄다.

"그렇다면 뭐?" 그가 말을 하도록 부추기려고 내가 되물었다.

"삼촌은 실망하게 될 거잖아요." 마침내 그가 말을 시작했다. "만약 외돌프가……"

그는 다시 말을 멈췄다. 나는 그가 무슨 말을 하려는지 알 것 같아서 그 대신 말을 이었다.

"만약 그가 정직한 소년이 된다면……? 아니, 이봐, 난 실망하지 않아." 갑자기 내 눈에 눈물이 고였다. 나는 그의 어깨에 손을 얹었다. 하지만 그는 몸을 빼며 말했다.

"그가 도둑질을 하지 않았더라면 결국 삼촌은 이 모든 걸 쓰지 못했을 테니까요."

난 단지 그제야 내가 잘못 생각했음을 깨달았다. 사실상 조르주는 그토록 오랫동안 내 마음을 사로잡았다는 데에 우쭐했던 것이다. 그는 자신이 흥미로운 존재라고 느끼고 있었다. 난 프로피탕디외 씨 일은 잊고 있었는데 그걸 되새겨준 건 바로 조르주였다.

"그런데 삼촌이 말한 그 예심판사가 했다는 얘기는 뭔가요?"

"네가 위폐를 유통시키고 있다는 사실을 알고 있다고 네게 경고해주라더군."

조르주의 안색이 또다시 변했다. 그는 부인해봤자 아무 소용이 없으리라는 걸 깨달았으나 두서없이 변명을 해댔다.

"저 혼자 한 게 아니에요."

"또…… 너희들이 그 암거래를 당장 그만두지 않으면," 내가 계속했다. "너와 네 패거리들을 잡아넣을 수밖에 없을 거라고."

조르주는 처음엔 아주 창백해졌다가 이제는 양쪽 볼이 벌겋게 달아올랐다. 그는 뚫어져라 앞을 쳐다보고 있었는데 눈썹을 찌푸린 탓에 이마 아래쪽으로 두개의 주름이 패었다.

"잘 있어." 나는 그에게 손을 내밀며 말했다. "네 친구들에게도 경고하기 바란다. 너도 잘 새겨듣기 바라."

그는 묵묵히 내 손을 잡고 악수를 한 다음 뒤도 돌아보지 않고 자습실로 돌아갔다.

조르주에게 보여줬던 『위폐범들』의 그 부분을 다시 읽으며 나는 별로 신통치 않다고 생각했다. 나는 조르주가 읽은 부분을 그대로 여기에 옮겨 적었다. 하지만 이 장(章)은 전부 다시 써야겠다. 아이에게 단호하게 말하는 게 나을 것이다. 어떻게 하면 그 아이의 마음을 움직일 수 있을지를 찾아내야 한다. 외돌프가 (이 이름은 바꿀 것이다. 조르주 말이 옳다) 처한 상황에서 그를 정직하게 만든다는 건 확실히 어려운 일이다. 하지만 나는 그를 그렇게 만들 작정이다. 조르주가 어떻게 생각하든 그게 가장 흥미로운 일이다. 그건 가장 어려운 일이기 때문이다. (드디어 나도 두비에처럼

452

생각하기 시작했군!) 되는대로 흘러가는 이야기는 사실주의 소설가들에게
나 맡기자.

　자습실로 돌아오자마자 조르주는 두 친구에게 에두아르의 경고를 전
했다. 그가 저지른 좀도둑질에 대해 에두아르가 말한 것은 그의 마음을
움직이지 못하고 아무 영향도 끼치지 못했다. 하지만 그들이 큰 봉변을
당하게 만들지도 모르는 위폐의 경우, 가능한 한 빨리 처치해버려야 했
다. 그들 각자 다음 외출 때 써먹으려던 위폐들을 몇 개씩 갖고 있었다.
게리다니졸이 그것들을 모아 서둘러 하수구 속에 던져버렸다. 바로 그날
저녁 그는 스트루빌루에게 알렸으며, 스트루빌루는 즉각 조처를 취했다.

XVI

　그날 저녁, 에두아르가 그의 조카 조르주와 이야기를 나누던 동안 올
리비에는 베르나르가 간 뒤 아르망의 방문을 받았다.

　아르망 브델은 알아보기 힘들 정도로 변해 있었다. 방금 면도를 한
얼굴엔 미소가 가득했고 이마를 번쩍 쳐들고 있었다. 몸에 너무 꼭 맞는
새 양복을 입고 있어 다소 우스꽝스럽게 보이기도 했다. 그도 그렇게 느
끼고 있었으며, 자신이 그렇게 느낀다는 걸 드러내 보이고 있었다.

　"널 보러 좀더 일찍 오려고 했는데 어찌나 할 일이 많은지……! 내
가 파사방의 비서가 된 걸 알고 있니? 아니면 그가 운영하는 잡지의 주필
이라고 해도 좋지. 너더러 기고를 하라고 하지는 않을게. 파사방이 네게
상당히 화가 나 있는 모양이니까. 게다가 이 잡지는 과감하게 좌파로 기

울고 있어. 바로 그 때문에 베르카이와 온순한 그의 양 떼들을 몰아내기 시작했지……"

"잡지를 위해선 안됐군." 올리비에가 말했다.

"반면에, 바로 그 때문에 내 「요강 단지」가 실리게 됐지. 말이 났으니 말이지만, 너만 좋다면 그 시를 네게 바치려는데."

"사양하겠어."

"파사방은 천재적인 내 시를 창간호 권두에 실으려고까지 했어. 타고난 내 겸손이 그의 찬사 앞에서 유혹을 물리치느라 고된 시련을 겪긴 했지만 그 제안을 거절했지. 회복기에 접어든 네 귀를 피곤하게 하는 게 아니라면 이제까지 너를 통해서만 들었던 그 고명하신 『철봉』의 작가와 가졌던 첫 대면 장면을 이야기해주련만."

"네 얘기 듣는 것 외에 달리 더 나은 일이 없을 것 같은데."

"나 담배 피워도 괜찮겠어?"

"널 안심시키게 나도 같이 피우지."

"사실은," 아르망은 담배에 불을 붙이면서 이야기를 시작했다. "네가 가버려서 친애하는 우리 백작님이 무척 당황했다는 점이야. 너 좋으라고 하는 소리는 아니지만 대신할 사람을 찾는 게 쉬운 일은 아니지. 너처럼 재능과 덕성과 자질을 모두 겸비한, 그리하여 너를 하나의……"

"요컨대……" 상대방의 부담스러운 아이러니가 짜증나던 올리비에가 말을 잘랐다.

"요컨대 파사방에겐 비서가 필요했던 거야. 그는 스트루빌루라는 인물을 알고 있었는데, 기숙사에 있는 한 녀석의 삼촌이자 보증인이어서 나도 알고 있던 인물이지. 그런데 바로 그자가 장 콥-라플뢰르를 알고 있었던 거야. 너도 아는 녀석이잖아."

"난 모르는데." 올리비에가 말했다.

"그래? 너도 그와 알고 지내면 좋을 거야. 독특하고도 굉장한 녀석이야. 일찍 시들어버려 주름투성이에다 화장을 한 아기 같은 친구야. 아페리티프만 마시고 사는데, 술에 취하면 멋진 시를 쓰지. 창간호에서 읽어보게 될 거야. 따라서 스트루빌루는 네 자리를 대신 맡도록 그 친구를 파사방에게 보낼 생각을 해냈지. 그 친구가 바빌론 거리의 저택으로 들어가는 장면을 한번 상상해봐. 말해둘 건 콥-라플뢰르는 얼룩투성이의 옷을 걸치고 퇴색한 금발 머리채를 어깨 위로 늘어뜨린 채 일주일이나 씻지 않은 듯한 행색을 하고 있다는 사실이야. 언제나 상황을 좌지우지 한다고 자처하는 파사방은 콥-라플뢰르가 무척 마음에 든다고 단언한 거야. 콥-라플뢰르가 부드럽고 상냥하고 수줍은 척했던 거지. 원하기만 하면 그 친구는 방빌의 그랭구아르* 시늉도 할 수 있으니까. 요컨대 파사방은 마음에 든다는 기색을 보이며 막 그 친구에게 일을 맡길 태세였어. 말해줘야 할 건 라플뢰르는 돈이 한 푼도 없다는 사실이야…… 그런데 작별 인사를 하려고 그 친구가 막 자리에서 일어나려는 참이야. '떠나기 전에 알려드리는 게 좋을 것 같군요, 백작님. 제겐 몇 가지 결점이 있습니다.' '결점 없는 사람이 어디 있나요.' '그리고 몇몇 나쁜 습관도요. 전 아편을 피웁니다.' 사소한 것에는 꿈쩍도 않는 파사방이 말하지. '그것쯤이야. 내게도 좋은 게 있으니 자네에게 좀 주지.' '그러시죠. 하지만 아편을 피울 때면,' 라플뢰르가 말을 받아서 계속했어. '철자법 개념을 완전히 잃어버린답니다.' 파사방은 농담이라 생각하고 억지로 웃음을 터뜨리며 그 친구에

---

* 테오도르 드 방빌(Théodore de Banville, 1823~1891): 프랑스의 시인이자 극작가. 그가 쓴 희곡 『그랭구아르』(1866)는 시인이자 극작가인 실제 인물 피에르 그랭구아르(1475~1539)를 모델로 삼아 쓴 희곡으로, 서민적 시인의 모습을 그리고 있다.

게 손을 내미는 거야. 라플뢰르는 이어서 '그리고 해시시도 피웁니다.' '나도 몇 번 피워봤지.' 파사방이 말해. '그래요, 하지만 해시시에 빠지면 전 도벽을 가눌 수가 없습니다.' 파사방은 상대방이 자기를 우롱하고 있다는 걸 깨닫기 시작한 거야. 발동이 걸린 라플뢰르는 맹렬히 계속하는 거야. '그리고 에테르도 마십니다. 그때는 뭐든 다 찢고 다 깨버리죠.' 그러곤 크리스털 꽃병을 하나 집어 들고선 벽난로에 던지는 시늉을 한 거야. 파사방은 그의 손에서 꽃병을 빼앗아 들곤 '미리 알려줘서 고맙네' 했다는 거지."

"그를 쫓아냈다는 건가?"

"그리고 라플뢰르가 돌아가면서 자기 집 지하실에 폭탄이라도 하나 던지지 않나 창문으로 감시를 했다는군."

"그런데 라플뢰르는 왜 그런 짓을 했을까?" 잠시 침묵을 지킨 뒤 올리비에가 물었다. "네가 말한 대로라면 그로선 그 자리가 무척 필요했을 텐데."

"이봐, 어쨌든 세상엔 자기 자신의 이득을 거스르며 행동하고 싶은 욕구를 느끼는 사람들도 있다는 건 인정해야지. 그리고 말하자면 라플뢰르로서는…… 사치스러운 파사방의 생활이 혐오스러웠던 거야. 그의 우아함이나 상냥한 태도, 아랫사람들에게 관대한 척, 또 우월한 척하는 것 말이야. 그래, 그게 그의 속을 뒤집어놓은 거야. 나도 그 심정 이해해…… 사실이지 구역질나게 하는 작자야, 너의 파사방 말이야."

"'너의 파사방'이라니 도대체 무슨 말이야? 내가 더 이상 그를 만나지 않는다는 건 너도 알잖아. 또 그가 그렇게 혐오스럽다면 넌 뭣 때문에 그 자리를 맡았어?"

"그건 바로 난 내게 혐오감을 주는 걸 좋아하거든…… 나 자신, 그래, 나라는 이 추악한 놈을 위시해서. 그런데 사실상 콥-라플뢰르는 소심한 친구야. 거북한 느낌이 들지 않았더라면 그런 말은 한마디도 못했을 거야."

"아! 그 말은, 예를 들면……"

"분명하지. 그는 거북했던 거야. 또 사실상 자기가 멸시하는 누군가 때문에 거북함을 느낀다는 게 끔찍하게 싫었던 거야. 그가 허세를 부린 건 거북함을 감추기 위한 거지."

"멍청한 짓 같군."

"이봐, 모든 사람들이 다 너처럼 영리한 건 아니야."

"넌 지난번에도 그렇게 말했어."

"대단한 기억력인데!"

올리비에는 맞서기로 단단히 작정을 한 모습을 보이고는 말을 이었다.

"난 네 농담은 보통 잊어버리려고 하지. 하지만 지난번엔 결국 너도 심각하게 얘기를 했어. 네가 한 말을 난 잊을 수가 없어."

아르망의 시선이 흔들렸다. 그는 억지웃음을 터뜨렸다.

"아니, 이봐! 지난번에 난 네가 바라던 식으로 얘기했을 뿐이야. 넌 단조로 된 가락을 하나 요구했지. 그래서 네 마음에 들게 비비 꼬인 심정으로 파스칼풍의 번뇌*를 흉내 내어 내 하소연을 읊었던 거야…… 어쩌겠어? 농담을 할 때만 내 진심이 나오는걸."

"지난번에 그렇게 말하고선 그게 진심이 아니었다고 나보고 믿으라는 거야? 네가 연기를 하는 건 바로 지금이야."

"오, 순진함으로 가득 찬 존재여, 넌 참으로 천사 같은 영혼을 가졌구

---

* 파스칼은 『팡세』에서 우주의 무한함과 대면한 인간 존재의 비참함을 이야기하고 있다.

나! 마치 누구나 다소간 진심으로, 또 의식적으로 연기를 하지 않는다는
듯이 말이야. 인생이란, 이봐…… 하나의 코미디에 불과해. 하지만 너와
나 사이의 차이점은 난 내가 연기를 한다는 걸 알고 있어. 반면에……"

"반면에……" 올리비에가 대들듯 되풀이했다.

"반면에, 네 얘기는 그만두고 우리 아버지 예를 들어보자면, 아버지
는 목사 연기를 할 때면 그 속에 완전히 속아 넘어가버리지. 하지만 나는
무슨 말을 하건 무슨 행동을 하건, 언제나 내 일부는 뒤에 남아서 나머지
반쪽이 무슨 짓을 하는지 바라보고 그를 관찰하면서, 그를 우롱하고 그에
게 야유를 보내거나 또는 박수를 쳐대고 있지. 이렇게 분열되어 있는데
어떻게 진심을 운운할 수 있겠니? 난 진심이라는 말이 무슨 뜻인지 더 이
상 이해할 수도 없게 됐어. 어쩌겠어. 난 내가 슬픈 땐 자신이 우스꽝스
럽게 여겨져 웃음이 나와. 그런데 기분이 좋을 때면 너무나 어처구니없는
농담들을 해대 도리어 울고 싶어지지."

"이봐, 그런 얘길 들으니 나까지 울고 싶어져. 난 네가 이렇게 병이
깊은지는 몰랐어."

아르망은 어깨를 으쓱하고는 전혀 다른 어조로 말했다.

"널 위로하기 위해 우리 잡지 창간호에 뭐가 실리는지 얘기해줄까?
그러니까 내 「요강 단지」와 콥-라플뢰르의 시 네 편, 자리의 대담, 우리
기숙사에 있는 꼬마 게리다니졸의 산문시 몇 편, 그리고 전반적 비평을
다룬 방대한 에세이 「다리미」*가 있는데, 그 속에서 잡지의 방향이 구체
적으로 언급될 거야. 이 걸작을 낳기 위해 여럿이 달려들었지."

---

* 화가이자 사진작가였던 만 레이(Man Ray, 1890~1976)의 사진 작품 가운데 「선물」이란
  표제의 바닥에 못이 박힌 다리미 사진이 있다. 그는 1920년 파리로 와서 활동하며 당시 파
  리의 아방가르드 예술가들, 특히 마르셀 뒤샹과 많은 교류를 가졌다.

올리비에는 무슨 말을 해야 할지 몰라 서투르게 트집을 잡았다.

"합작에선 걸작이 나올 수 없지."

아르망은 웃음을 터뜨렸다.

"아니, 걸작이라 한 건 그냥 농담이었어. 엄밀히 말하자면 작품이라 할 수도 없지. 그리고 먼저 '걸작'의 의미부터 제대로 아는 게 중요하겠지. 「다리미」는 바로 그 문제를 분명히 밝히고자 해. 모든 사람들이 찬사를 보내고, 또 지금까지 아무도 그게 엉터리라고 말할 생각을 못했거나 아니면 감히 그러지 못했기 때문에 그저 그러려니 믿고 찬사를 보내는 작품들이 무수히 많지. 일례로 우린 권두에 콧수염을 붙인 「모나리자」 복제 그림을 제시하려고 해.* 두고 봐. 엄청난 반향이 있을 거야."

"그 말은 「모나리자」가 엉터리라는 거야?"

"아니, 그건 전혀 아니야. (물론 그 작품이 그렇게 기막히다고 여기는 건 아니지만.) 내 말을 못 알아듣는구나. 엉터리라는 건 사람들이 그 작품에 바치는 찬사가 그렇다는 거야. 소위 '걸작'이라 불리는 것에 대해선 무조건 모자를 벗고 말하는 그 습관 말이야. 「다리미」(게다가 이걸 잡지의 이름으로 내걸 생각이야)가 의도하는 건 바로 그런 숭배를 웃음거리로 만들고 신용을 떨어뜨리자는 거지…… 또 하나 좋은 방법은 완전히 몰상식한 어떤 작가의 엉터리 같은 작품(예를 들면 내 「요강 단지」)을 독자들이 감탄하도록 내세우는 거지."

"파사방도 그 모든 것에 찬성해?"

"무척 재미있어 해."

---

* 프랑스의 아방가르드 예술가 마르셀 뒤샹(Marcel Duchamp, 1887~1968)의 작품. 1919년 레오나르도 다빈치 사후 400주년 기념엽서로 제작한 「모나리자」 그림에 수염을 그려 넣은 작품이다. 패러디를 통해 예술작품에 대한 근원적 문제를 제기했다.

"내가 물러나길 잘했네."

"물러난다…… 이봐, 누구나 조만간에, 그리고 원하건 원치 않건 언제나 그렇게 되기 마련이지. 그런 현명한 생각이 자연스럽게 너와 작별 인사를 하게 만드는군."

"조금 더 있다 가, 이 익살꾸러기 친구야…… 그런데 뭣 때문에 네 아버지가 목사 연기를 한다고 생각한 거야? 그럼 신념에 차서 하시는 일이 아니라고 생각하는 거야?

"우리 아버지는 신념을 갖지 않을 수 있는 권리도 방법도 없을 지경으로 자기 인생을 완전히 꾸며놓았어. 그래, 직업적 신념가지. 신념을 가르치는 교사. 아버지는 신앙을 주입시켜. 그게 바로 그의 존재 이유요, 그가 맡아 끝까지 끌고 가야 하는 역할이지. 하지만 아버지가 흔히 말하는 '그의 내면'에선 무슨 일이 벌어지는지 볼 것 같으면……? 아버지에게 그런 걸 물어본다는 건 무례한 일이지 않겠어? 난 아버지가 한 번도 스스로 그런 물음을 제기한 적이 없다고 생각해. 그런 생각을 할 틈이 조금도 없게 해놓는 거야. 자기 인생을 수많은 의무들로 가득 채워놓았어. 그런데 그 의무들이란 신념이 약해지면 모든 의미를 다 잃게 될 것들이지. 그러니 그 신념이란 강요되고, 또 그 의무들에 의해 유지될 수밖에 없는 거야. 아버지는 신앙을 갖고 있는 것처럼 계속 행동하니까 자기가 진짜 신앙을 갖고 있다고 생각하지. 이젠 신앙을 가지지 않을 자유도 없어. 아버지의 신앙이 약해지면, 이봐, 그건 대재앙이야! 완전한 붕괴야! 게다가 당장 우리 가족은 먹고살 길이 없어지는 거지. 그건 생각해볼 문제야. 아빠의 신앙, 그건 우리 밥벌이야. 우리 모두는 아빠의 신앙으로 먹고살아. 그러니 우리 아빠에게 진짜 신앙이 있는지 내게 묻는다는 건 너로선 그리 우아한 일은 아니지 않겠어?"

"난 너희 집이 주로 기숙학원에서 나오는 수입으로 사는 줄 알았어."

"그건 어느 정도 사실이야. 하지만 네가 내 서정적 흐름을 끊어놓는 것도 그리 우아한 건 아니지."

"그렇다면 넌 더 이상 아무것도 믿지 않니?" 올리비에가 서글프게 물었다. 그는 아르망을 좋아했기에 그가 이렇게 함부로 내뱉는 소리가 괴로웠다.

"Jubes renovare dolorem……* 이봐, 넌 우리 부모님이 날 목사로 만들려고 한 걸 잊은 모양이구나. 그래서 그들은 날 부추켜며 온갖 경건한 가르침으로 날 포식시켜, 감히 말하자면 신앙심을 부풀리려고 하셨지…… 하지만 아버지도 내겐 소명의식이 없다는 걸 인정하셔야 했지. 유감이야. 기막힌 설교자가 될 수도 있었을 텐데 말이야. 내 소명은 바로 「요강 단지」를 쓰는 거야."

"이봐, 내가 너를 얼마나 아끼는 줄 안다면……"

"언제나 넌 우리 아버지가 '황금 같은 마음'이라 부르는 걸 갖고 있었지…… 그걸 더 이상 오래 붙들어 남용하고 싶지 않군."

그는 모자를 집어 들었다. 거의 나가려는 순간, 갑자기 뒤를 돌아보며 말했다.

"사라 소식은 묻지 않는 거야?"

"베르나르를 통해 내가 이미 알고 있는 것 이상은 너도 알려줄 수 없을 것 같아서."

"그 친구가 기숙사를 나갔다고 말하던가?"

---

* 베르길리우스의 『아이네이드』 제2장 첫 부분, 아이네아스가 디도 여왕에게 트로이의 패망과 자신의 고통을 이야기하는 부분으로, (여왕이여,) '당신은 내게 잔인한 슬픔을 다시 되살리라 하십니다'라는 뜻이다.

"너의 누나 라셀이 떠나달라고 했다더군."

아르망은 한 손으론 문의 손잡이를 잡고 다른 손으론 지팡이로 문에 쳐진 휘장을 쳐들고 있었다. 휘장에 난 구멍 속으로 지팡이가 들어가 구멍을 더 크게 만들었다.

"네 마음대로 해석해." 아르망이 말했는데 그의 얼굴은 무척 심각한 표정을 띠었다. "라셀 누나는 정말이지 내가 이 세상에서 사랑하고 존경하는 유일한 사람이야. 난 누나가 덕성스럽기 때문에 존경해. 그런데 난 언제나 누나의 덕성을 모욕하는 식으로 행동해. 베르나르와 사라 문제도 누나는 아무것도 몰랐어. 내가 누나에게 모든 걸 일러바쳤지…… 안과 의사가 누나에게 울면 안 좋다고 한 이 마당에! 익살스럽지."

"지금 네 말을 진심이라고 믿어야 하는 거야?"

"그래, 그게 내 속에 있는 가장 진실한 마음이라고 생각해. 소위 덕성이라 불리는 모든 것에 대한 혐오감과 증오 말이야. 이해하려 들지 마. 넌 알지 못할 거야. 어릴 때 받은 청교도 교육이 우리를 어떻게 만드는지. 가슴 깊이 원한을 남겨놓는데, 결코 벗어날 수 없는 원한이지…… 내 경우로 미루어볼 때 말이야." 그는 빈정거리며 말을 마쳤다. "말이 났으니 이게 뭔지 한번 봐줘."

그는 모자를 내려놓고 창문가로 다가갔다.

"자, 잘 봐. 입술 가장자리, 안쪽에."

그는 올리비에 쪽으로 몸을 기울인 다음 손가락으로 자기 입술을 들어 올렸다.

"안 보이는데."

"보이잖아, 거기, 구석에."

올리비에는 입 아귀 옆으로 희끄무레한 반점이 하나 있는 걸 보았다.

다소 걱정이 된 그는

"아구창이군"이라 말하며 아르망을 안심시키려 했다.

아르망은 어깨를 으쓱했다.

"그런 바보 같은 소리 하지 마, 너처럼 진지한 친구가. 우선 '아구창'은 남성명사야.* 또 아구창은 말랑말랑한 걸로 곧 없어져. 하지만 이건 딱딱하고 시간이 갈수록 더 커져. 게다가 입안에 뭔가 나쁜 냄새를 풍겨."

"생긴 지 오래됐어?"

"내가 안 지 한 달 더 됐어. 하지만 '걸작'에 나오듯이 '내 불행은 더 멀리서 오는 것이니……'**"

"아니! 이봐, 걱정이 되면 진찰을 받아봐야지."

"내가 네 충고를 기다렸을 것 같아!"

"그래, 의사가 뭐래?"

"진찰을 받아야겠다는 생각이 들게 네 충고를 기다리진 않았다는 말이야. 하지만 어쨌든 진찰은 안 받았어. 내가 생각하는 바로 그거라면 모르는 편이 나으니까."

"바보짓이야."

"바보짓이겠지? 게다가 무척 인간적이지, 무척 인간적……"

"바보짓인 건, 치료를 받지 않는다는 거야."

"그리고 치료를 받기 시작하고 보니 '너무 늦었다!'라고 생각하는 것도 바보짓이지. 그건 너도 읽게 될 콥-라플뢰르의 시 속에서 너무나 잘

---

* '아구창un aphte'은 프랑스어로 남성명사이다. 하지만 올리비에는 위에서 여성명사에 붙이는 une를 붙여 말했다.
** 프랑스 17세기 비극작가 라신의 작품 『페드르』(1677), 1막 3장에 나오는 구절로, 페드르가 의붓아들 이폴리트에 대한 사랑의 고백을 시작하는 부분이다.

표현된 거야.

　자명한 건 인정해야 해.
　이 세상에선 종종 춤이
　노래에 앞서기에."
　"뭐든 문학이 될 수 있군."
　"넌 '뭐든'이라 했지. 하지만 이봐, 그것도 그리 쉬운 건 아니야. 그럼, 잘 있어…… 참! 또 할 말이 있었지. 알렉상드르로부터 소식이 왔는데…… 그래, 너도 알잖아, 아프리카로 가버린 우리 형 말이야. 처음엔 사업이 잘 안되어 라셀 누나가 보내준 돈을 다 까먹었지. 지금은 카자망스 강가에 자리를 잡았어. 장사가 잘되어 조만간 모든 빚을 다 갚을 수도 있게 됐다고 편지가 왔어."
　"무슨 장산데?"
　"알게 뭐야? 고무나 상아, 아니면 흑인 노예인지도 모르지…… 온갖 자질구레한 것들이겠지. 그리로 날 오라는 거야."
　"떠날 거야?"
　"조만간 군대 갈 일만 없다면 내일 당장. 알렉상드르는 나와 같은 유형의 바보야. 그와 뜻이 잘 맞을 것 같아…… 자 읽어볼래? 여기 편지가 있어."
　그는 주머니에서 봉투를 하나 꺼내 거기서 여러 장의 편지지를 꺼냈다. 그중 한 장을 골라 올리비에에게 건넸다.
　"다 읽어볼 필요는 없어. 여기부터 봐."
　올리비에가 읽었다.

보름 전부터 난 괴상한 녀석과 함께 지내고 있는데, 내가 우리 집에 맞아들여줬지. 이 지방의 태양이 그의 머리를 돌게 했던 것 같다. 그가 완전히 미쳐버린 것도 모르고 난 처음엔 그저 헛소리라고만 여겼지. 이 이상한 청년은 ─ 서른 살가량으로 키가 크고 힘도 세며 상당히 잘생겼는데, 그의 태도와 그가 쓰는 말, 또 한 번도 막일을 해보지 못했을 가냘픈 손으로 미루어보아 흔히 말하듯 '좋은 집안' 출신의 인물이 분명한데 ─ 자기가 마귀에 홀렸다고 여기고 있어. 그것보다 내가 그의 말을 잘못 알아들은 게 아니라면 오히려 자기 자신을 마귀라고 생각하고 있어. 뭔가 엄청난 사건이 있었던 모양이야. 꿈을 꾸거나 그가 종종 빠지곤 하는 반수면 상태에서(그럴 때면 그는 마치 혼자 있는 것처럼 자기 자신과 대화를 해), 잘린 손 이야기를 줄곧 해대는 거야. 그럴 때면 무척 흥분해서 무시무시하게 두 눈을 굴려대기에 난 무기가 될 만한 것을 전부 치워놓았어. 그렇지 않을 때면 선량한 청년으로, 같이 지내기 좋은 동반자가 되어 ─ 몇 달간 외롭게 지낸 다음에는 그게 여간 고맙지 않다는 걸 너도 잘 알 수 있겠지만 ─ 내 무역 일을 많이 도와주기도 한단다. 그는 자기 과거에 대해선 한마디도 하지 않아서 그가 어떤 인물인지 도무지 알 수가 없어. 특히 곤충과 식물에 관심을 보이는데, 그가 하는 몇몇 얘기들로 훌륭한 교육을 받았다는 걸 짐작할 수 있어. 나와 지내는 게 좋은지 떠난다는 말을 안 하는구나. 난 그가 원하는 만큼 여기서 지내게 할 생각이야. 사실 조수가 하나 필요했거든. 요컨대 그가 때마침 온 셈이지.

　그와 함께 카자망스 강을 거슬러 올라왔다는 흉측하게 생긴 한 흑인과 잠시 이야기를 나눠봤는데, 내가 제대로 이해했다면 어느 날 보트가 뒤집혀져 그와 동행한 한 여자가 강에서 익사를 했다는 거였어. 나와 같이 지내는 이 친구가 익사를 도왔다 해도 난 놀라지 않을 거야. 이 지방에선 누군가를 처치해버리고 싶을 때면 방법은 얼마든지 있고, 또 아무도 거기에 대해 개의치 않아. 언젠가 자세한 내용을 알게 된다면 또 편지할게. 혹 네가 날 보러 이곳에 온다면 직접 얘기해주지. 그래, 나도 알고 있어…… 네 병역 문제 말이야…… 할 수 없지! 내가 기다려야지. 날 다시 보고 싶다면 네가 이리로 와야 할 테니까. 난 말이지 돌아가고 싶은 생각이 점점 더 없어져. 이곳 생활이 내 마음에 들고, 맞춰 입은 양복처럼 내겐 안성맞춤이야. 장사도 아주 잘되고, 문명 세계가 요구하는 와이셔츠 칼라가 하나의 굴레 같아 이젠 더 이상 견딜 수 없을 것 같구나.

여기 새로 우편환을 한 장 동봉하니 네 마음대로 쓰기 바란다. 전에 보낸 건 라셸을 위한 거였어. 이건 네가 쓰도록 해……

"그다음은 별로 흥미 없어." 아르망이 말했다.

올리비에는 아무 말 없이 편지를 돌려줬다. 편지 속에 언급된 그 살인자가 자기 형이라는 생각은 조금도 떠오르지 않았다. 뱅상에게선 오래전부터 더 이상 소식이 없었다. 부모님은 그가 아메리카에 있다고 생각하고 있었다. 사실 올리비에는 형에 대해 크게 신경을 쓰지 않았다.

XVII

보리스는 브로냐가 죽고 한 달이 지난 다음 소프로니스카 부인이 기숙사를 방문했을 때에야 비로소 그녀가 죽은 걸 알았다. 지난번 그녀가 보낸 슬픈 편지 이후 보리스는 아무 소식도 듣지 못했었다. 그는 늘 해오던 대로 쉬는 시간에 브델 부인의 살롱에 있었는데, 그곳으로 소프로니스카 부인이 들어오는 것을 보았다. 그녀가 정식 상복을 입고 있었기에* 그녀가 말을 하기도 전에 그는 모든 걸 깨달았다. 살롱에는 두 사람밖에 없었다. 소프로니스카 부인이 보리스를 껴안고 둘이 한참 동안 눈물을 흘렸다. 그녀는 보리스가 그 누구보다 가장 가엾다는 듯, 그 아이의 한없는 슬픔 앞에서 어머니로서 자신의 슬픔은 잊은 듯, '불쌍한 것…… 불쌍한 것……'이라 되풀이하기만 했다.

기별을 받고 브델 부인이 들어왔기에 흐느낌으로 아직 온몸을 뒤흔들고 있던 보리스는 두 부인이 서로 이야기를 나눌 수 있게 옆으로 비켜섰다. 그는 브로냐 이야기를 하지 말았으면 하고 바랐다. 브로냐를 전혀 모르는 브델 부인은 마치 보통 아이에 대해 말하듯 브로냐 이야기를 했다. 그녀가 묻는 질문조차 보리스에게는 그 평범함으로 인해 상스러워 보였다. 그는 소프로니스카 부인이 브델 부인의 질문에 대답하지 말았으면 했다. 그런데 그녀가 자기 슬픔을 늘어놓는 걸 보고 마음이 괴로웠다. 그는 자기 슬픔을 고이 접어 마치 보물처럼 감췄다.

브로냐가 죽기 며칠 전 다음과 같이 물었을 때 브로냐가 생각한 건 분명 보리스, 그였다.

"엄마, 정말 알고 싶어요…… 이딜**이라 부르는 게 정확히 뭔가요?"

폐부를 찌르는 이 말, 보리스는 그걸 자기 혼자만 듣고 싶었던 것이다.

---

* 당시에는 아이가 죽었을 때, 그 어머니는 그 후 1년 동안 상복을 입어야 했다.

** '이딜idylle'은 전원을 배경으로 한 사랑 노래인 목가(牧歌), 또는 청순한 사랑 등을 뜻한다.

브델 부인은 차를 내왔다. 보리스 것도 한 잔 있었는데 쉬는 시간이 막 끝나가고 있었기에 그는 재빨리 마셨다. 그러고 나서 소프로니스카 부인에게 작별 인사를 했다. 그녀는 볼일이 있어 다음 날 폴란드로 돌아간다는 것이었다.

보리스에겐 온 세상이 사막 같았다. 그의 어머니는 너무 멀리 있어 언제나 자기 옆에 없었다. 할아버지는 너무 늙었으며, 그에게 자신감을 주던 베르나르조차 더 이상 옆에 없었다. 그처럼 다정한 영혼의 소유자는 자신이 가진 고귀함과 순수함을 바칠 누군가가 필요하다. 자신의 고귀함과 순수함에 자족할 만큼 그는 오만하지 않았다. 그는 브로냐를 너무나 사랑했기에 그녀와 함께 잃어버린 사랑의 존재 이유를 언젠가는 되찾으리라 기대할 순 없었다. 그가 보고자 원했던 천사들, 이제 그녀 없이 어떻게 그걸 믿을 수 있을까? 이제 그의 천국까지 텅 비어버렸다.

보리스는 마치 지옥으로 빠져들 듯 자습실로 돌아갔다. 아마도 공트랑 드 파사방과 친구가 될 수도 있었을 것이다. 공트랑은 선량한 소년으로 둘 다 똑같은 나이였다. 하지만 공트랑은 공부에 푹 빠져 있었다. 필리프 아다망티 역시 나쁜 아이는 아니었다. 보리스와 친해지는 걸 무척 좋아했을 것이다. 하지만 완전히 게리다니졸의 손아귀에 들어 있어 감히 개인적인 감정은 더 이상 하나도 느끼지도 못할 지경이었다. 그는 게리다니졸의 꽁무니를 따라다니는데, 게리다니졸은 언제나 재촉해대는 것이다. 그런데 게리다니졸은 보리스를 참을 수 없어 했다. 노래하는 듯한 그의 목소리와 우아한 모습, 계집애 같은 태도 등, 보리스의 모든 게 게리다니졸을 화나게 하고 짜증나게 한다. 그를 보기만 해도 뭔가 본능적인 반감이, 가축 무리 속에서 강한 놈으로 하여금 약한 놈을 향해 덤벼들게 만드는 그런 반감이 느껴지는 것 같다. 아마도 자기 사촌 형의 가르침을 따랐는지 그의 증오에는 다소 이론적인 근거가 있는 것 같다. 왜냐하면 그의 증오는 뭔가 비난하는 듯한 모습을 띠기 때문이다. 그에겐 증오하는 걸 자랑스럽게 여길 만한 이유들이 있는 것이다. 자기가 보여주는 멸시에 보리스가 얼마나 상처를 받는지 그는 너무나도 잘 알았다. 그래서 그런 상황을 즐기며, 보리스의 시선 속에 초조한 의문이 떠오르는 걸 보는 오직 그 재미로 조르주와 피피와 함께 음모를 꾸미는 척한다.

그럴 때면 조르주가 말한다. "참! 어쨌든 저 녀석 호기심도 많네. 말해줘야 할까?"

"그럴 필요 없어. 알지도 못할 거야."

'알지도 못할 거야', '용기도 없을 거야', '할 줄도 모를 거야'. 보리스의 면전에는 끊임없이 이런 말들이 퍼부어졌다. 그는 혼자 따돌림을 받게 된 걸 끔찍하게 괴로워했다. 사실상 그는 뭣 때문에 자기가 '모자란 놈'이란 모욕적인 별명을 듣는지 제대로 알 수가 없으며, 혹 그걸 알고선 분개하는 것이다. 그들이 생각하듯 자신이 겁쟁이가 아니라는 걸 증명할 수 있다면 뭔들 못하겠는가!

"보리스를 견딜 수가 없어." 게리다니졸이 스트루빌루에게 말했다. "뭣 때문에 그 녀석을 가만히 내버려두라고 했어? 그 녀석은 자기를 가만히 내버려두는 걸 그다지 원하지도 않아. 언제나 내 쪽을 쳐다보거든. 언젠가 '벌거벗은 여자'라는 말을 '수염 달린 여자'라고 알고 있어서* 우릴 웃긴 적이 있었지. 조르주가 그 녀석을 놀려댔지. 자기가 틀린 걸 알았을 때, 그 녀석이 막 울어댈 것 같았어."

그러곤 게리다니졸은 사촌 형에게 질문을 퍼부었다. 사촌 형은 결국

---

* '벌거벗은 여자une femme à poil'에서 'poil'은 '털', 또는 '체모'란 뜻이 있다.

그에게 보리스의 **부적**을 건네주며 그걸 사용하는 방법을 일러줬다.

그 후 며칠 지나지 않아 보리스는 자습실로 들어오다가 자기 책상 위에서 거의 잊고 있던 그 종이를 발견했다. 그는 지금은 수치스럽게 생각되는 유년 시절의 그 '마법'과 관련된 모든 것과 함께 그 부적도 기억에서 몰아냈던 것이다. 그는 처음에는 그걸 알아보지 못했다. 게리다니졸이 **가스······ 전화······ 10만 루블**이라는 주문 주위로 빨갛고 까만 테두리를 친 다음, 거기다가 사실 제법 잘 그려진 음탕한 꼬마 악마들로 장식을 해놓았기 때문이었다. 그렇게 해놓으니 그 종이는 뭔가 환상적인, 게리다니졸 생각으로는 '지옥 같은' 모습이었는데, 그의 판단으로는 보리스의 마음을 완전히 뒤흔들 수 있을 것 같은 그런 모습이었다.

그건 단지 장난에 불과했을 것이다. 하지만 그 장난은 모든 기대를 뛰어넘는 성공작이었다. 보리스는 얼굴을 붉히며 아무 말도 하지 않고 좌우를 둘러보았다. 하지만 문 뒤에 숨어 그를 지켜보던 게리다니졸은 보지 못했다. 보리스는 그게 그의 짓이라곤 생각도 못했으며, 어떻게 그 부적이 거기 있는지 도무지 알 수가 없었다. 부적은 마치 하늘에서 떨어진 것처럼, 아니, 차라리 지옥에서 솟은 것 같았다. 물론 보리스는 초등학생 같은 그런 짓궂은 장난 앞에선 어깨를 으쓱할 나이였다. 하지만 그건 혼돈스러운 과거를 들쑤셔놓았다. 보리스는 **부적**을 집어 상의 속에 집어넣었다. 그리고 난 다음 하루 종일, 과거 자신이 '마법'을 행했던 기억에 사로잡혔다. 저녁때까지 음흉한 유혹에 대항해 싸웠으나 더 이상 그 싸움에서 그를 지지해주는 게 없었으므로 자기 방에 돌아오자마자 그는 바로 무너졌다.

그는 자신이 파멸하는 것 같았으며 하늘로부터 아주 멀리 나락으로 떨어지는 것 같았다. 하지만 파멸하는 것에서 즐거움을 맛보며 그 파멸 자체를 자신의 쾌락으로 삼았다.

하지만 그런 비참함에도 불구하고, 그토록 절망스러운 고독의 구렁텅이 속에서도 그는 가슴속 깊이 엄청난 애정을 간직하고 있었으며, 그의 친구들이 자기에게 보내는 멸시 때문에 너무나 생생한 고통을 느꼈던지라 그들로부터 조금이라도 존경을 받을 수 있다면 그 어떤 위험한 짓이나 터무니없는 짓도 무릅쓸 것 같았다.

그럴 기회가 조만간 다가왔다.

위폐 암거래를 포기해야 했던 이후 게리다니졸과 조르주, 피피는 오랫동안 아무 짓도 하지 않고 한가하게 있지만은 않았다. 그들이 초기에 행하던 괴상망측하고 소소한 장난들은 막간극에 불과했다. 게리다니졸의 상상력은 조만간 뭔가 더 자극적인 걸 생각해냈다.

강자 연맹의 존재 이유는 처음에는 단지 그 속에 보리스를 끼워주지 않는 재미에 있었다. 하지만 곧이어 게리다니졸은 반대로 그를 끼워주는 게 훨씬 더 짓궂은 장난이 될 거라고 생각했다. 그건 보리스로 하여금 이런저런 서약을 하게 만든 다음 뭔가 끔찍한 행동을 하게끔 유도할 수 있을 것이다. 그때부터 게리다니졸은 그 생각에 사로잡혔다. 뭔가 일을 꾸밀 때 종종 그러하듯 게리다니졸은 일 자체보다 그 일을 성공시킬 수단에 대해 더 많이 생각했다. 이 말은 아무 의미도 없어 보이지만 세상의 많은 범죄를 설명해준다. 요컨대 게리다니졸은 잔혹했다. 하지만 자신의 잔혹함을 적어도 피피의 눈에는 감출 필요를 느끼고 있었다. 피피에겐 잔인한 구석이라곤 전혀 없었다. 그는 마지막 순간까지 그건 단지 장난에 불과하다고 믿고 있었다.

모든 연맹에는 강령이 필요하다. 나름대로 생각이 있던 게리다니졸은 '강자는 죽음을 두려워하지 않는다'를 제안했다. 그 강령이 채택되었는데, 키케로*의 말이라고 한다. 조르주는 가입 표시로 오른팔에 문신을 하자고 제안했다. 하지만 아플까 봐 겁이 난 피피는 항구도시 외에는 문신 전문가가 없다고 주장했다. 게다가 게리다니졸은 문신 자국은 지워지지 않아 나중에 곤란해질 수도 있다고 반대했다. 결국 표시가 가장 필요한 건 아니었다. 가입자들은 엄숙한 선서로 만족할 것이다.

위폐 거래 때에는 담보물이 필요했고, 조르주가 자기 아버지의 편지를 보여준 건 바로 그 때문이었다. 하지만 이제 더 이상 그런 생각은 하지 않았다. 무척 다행스럽게도 이 아이들에겐 끈질김이 별로 없다. 결국 그들은 '필요한 자질'뿐 아니라 '가입 조건'에 관해서도 거의 아무것도 정한 게 없었다. 그게 무슨 소용이 있겠는가? 셋 다 '그 안에 있고' 보리스만 '그 밖에 있는' 게 확실한 이 마당에 말이다. 반면 그들은 '꽁무니를 빼는 자는 배신자로 간주해 영구히 연맹에서 축출될 것'이라고 규정했다. 연맹에 보리스를 들일 생각을 염두에 두고 있던 게리다니졸은 그 점을 특히 강조했다.

보리스가 없다면 그 장난은 김이 빠질 것이며 연맹의 위력은 아무 쓸모 없다는 걸 인정해야 했다. 보리스를 꼬드기기 위해서는 게리다니졸보다 조르주가 더 적임자였다. 게리다니졸은 보리스의 경계심을 일깨울 위험이 있었다. 피피의 경우 그리 교활하지 못했으며 그런 위험한 일에는 전혀 나서고 싶어 하지 않았다.

그런데 이 가증스러운 이야기에서 내게 가장 끔찍해 보이는 건 바로 조르주가 자청하고 나선, 우정을 연기하는 코미디일 것이다. 그는 보리스

---

* 키케로(B.C.106~B.C.43)는 로마의 정치가이자 웅변가로 라틴 문학에 그리스 철학, 특히 스토아주의를 도입했다.

에게 갑자기 애정을 품게 된 것처럼 가장했는데, 그때까지는 사실 보리스를 거들떠보지도 않았다고 할 수 있으리라. 난 조르주가 자기 장난에 속아넘어간 건 아닌가, 그가 거짓으로 가장한 감정들이 거의 진짜가 된 게 아닌가, 또 보리스가 자기 우정에 화답하는 순간부터 그의 감정이 진짜 그리된 건 아닌가 하는 생각까지 든다. 조르주는 다정한 모습을 보이며 보리스에게 다가갔으며, 게리다니졸의 지시에 따라 그에게 말을 걸었다…… 조금이나마 존중과 애정을 받고자 애타게 갈구하던 보리스는 처음 몇 마디에 완전히 정복당했다.

그때 게리다니졸은 자기가 구상한 계획을 조르주와 피피에게 밝혔다. 일종의 '시험'을 정해놓고, 가입자 가운데 제비뽑기로 지명된 자가 그 시험을 치른다는 것이었다. 그리고 피피를 안심시키기 위해 제비뽑기에는 보리스만 지명되게 일을 꾸밀 것이라고 암시했다. 시험은 보리스의 용기를 확인해보는 게 목적이 될 것이다.

그 시험이 정확히 어떤 것인지 게리다니졸은 아직 드러내 보이지 않았다. 피피가 반대하리라 짐작하고 있었다.

"아, 그건 안 돼! 난 싫어." 잠시 뒤 게리다니졸이 이 일에 '르 페르라페르'의 권총이 사용될 거라고 넌지시 말하자, 사실 피피는 반대하고 나왔다.

"바보 같기는! 그냥 장난인데 뭐." 벌써 그 계획에 마음이 동한 조르주가 대꾸했다.

"이봐," 게리가 덧붙였다. "멍청한 소리 하려면 그렇다고 말만 해, 너 같은 애는 필요 없으니까."

게리다니졸은 그런 식의 논리가 언제나 피피에게 먹혀든다는 걸 잘 알고 있었다. 또 연맹 구성원 각자가 자기 이름을 쓰게 되어 있는 가입서를 준비했던지라 다음과 같이 말했다.

"그럼 지금 당장 말을 해야지. 서명을 하고 난 다음에는 이미 늦으니까."

"이봐! 화내지 마." 피피가 말했다. "그 종이 이리 줘." 그러곤 서명을 했다.

"이봐, 난 말이지 네가 들어오는 게 좋아." 보리스의 어깨에 다정하게 팔을 두른 채 조르주가 말했다. "널 원치 않는 건 게리다니졸이야."

"왜?"

"믿질 못한다는 거지. 네가 꽁무니를 뺄 거라고 하더군."

"그가 그걸 어떻게 알아?"

"네가 처음부터 발뺌을 할 거라는 거야."

"두고 보면 알잖아."

"정말 너 제비뽑기 할 수 있어?"

"물론이지!"

"하지만 무슨 일을 해야 하는지 알아?"

보리스는 뭔지 몰랐으나 알고 싶었고, 조르주가 설명해주었다. '강자는 죽음을 두려워하지 않는다.' 그걸 본다는 것이었다.

보리스는 머릿속이 완전히 뒤집히는 것 같았다. 하지만 꼿꼿하게 버티며 동요하는 마음을 숨기고 말했다.

"너희들은 정말로 서명했어?"

"자, 봐." 조르주가 종이를 내밀자 보리스는 거기 적힌 세 명의 이름을 읽을 수 있었다.

"그런데……" 보리스가 조심스럽게 말문을 열었다.

"그런데 뭐……?" 조르주가 어찌나 퉁명스럽게 끼어드는지 보리스는 감히 말을 계속할 수 없었다. 그가 뭘 묻고 싶었을지 조르주는 잘 알고 있었다. 즉 다른 아이들도 모두 똑같이 가입했는지, 그리고 그들도 꽁무니를 빼지 않을 게 확실한가였다.

"아니, 아무것도 아니야." 보리스가 말했다. 하지만 그 순간부터 그는 다른 애들을 의심하기 시작했다. 다른 애들은 뒤에서 구경만 하고 페어플레이를 하지 않을 거란 생각이 들기 시작했다. 할 수 없지. 그는 곧바로 생각했다. 그들이 꽁무니를 빼도 무슨 상관이람. 내가 그들보다 더 용감하다는 걸 보여줄 테야. 그러고 나서 조르주의 두 눈을 똑바로 바라보며 말했다.

"날 믿어도 좋다고 게리에게 말해."

"그럼 서명할 거야?"

아! 그건 더 이상 필요치 않았다. 그가 약속을 한 것이다. 그는 간단히 말했다.

"정 원하면." 그러고는 그 저주스러운 종이 위, 세 명의 **강자들**의 서명 아래에, 커다란 글씨로 정성 들여 자기 이름을 적었다.

의기양양한 조르주가 다른 두 명에게 종이를 가져왔다. 그들은 보리스가 무척 용감하게 행동했음을 인정했다. 셋이 함께 의논하기 시작했다.

"물론이지! 권총에 장전을 하지는 않을 거야." 게다가 실탄도 없었다. 피피가 겁을 내는 건, 때로 너무 격한 흥분만으로도 죽음을 불러올 수 있다는 얘기를 들었기 때문이었다. 그의 아버지로부터 들은 얘기라며 그가 주장한 바에 따르면 사형집행 흉내만 냈는데도…… 하지만 조르주가 그의 말을 잘라버렸다.

"너의 아버진 다혈질인 남부 출신이잖아."

그렇다. 게리다니졸은 권총에 장전을 하지 않을 것이다. 그럴 필요가 없었다. 언젠가 재어놓았던 실탄을 라페루즈 영감은 다시 빼놓지 않았던 것이다. 게리다니졸은 그 사실을 확인했으나 다른 두 명에게는 말하지 않았다.

모자 속에다 이름을 적어 똑같이 접은 비슷하게 생긴 종이쪽지 네 개를 넣었다. 제비를 '뽑기'로 한 게리다니졸은 용의주도하게 다섯번째 쪽지에 보리스의 이름을 이중으로 써서 손에 쥐고 있었다. 마치 우연인 것처럼 그 쪽지가 나오는 것이었다. 보리스는 속임수를 쓰지 않나 의심이 들었다. 하지만 입을 다물었다. 문제를 제기해봤자 무슨 소용이겠는가? 자기가 졌다는 걸 알고 있었다. 자신을 방어하기 위해선 손끝 하나 들지 않았으리라. 혹 다른 아이가 제비뽑기에 걸린다 하더라도 자기가 대신하겠다고 나섰을 것이다. 그만큼 그의 절망은 컸던 것이다.

"안됐네. 네가 운이 없군." 조르주는 그렇게라도 위로를 해야겠다고 생각했다. 하지만 그의 어조에는 너무나 거짓이 드러나 보리스는 서글프게 그를 바라봤다.

"뻔한 거였지." 보리스가 말했다.

그런 다음 그들은 실제 연습을 해보기로 결정했다. 하지만 들킬 위험이 있었으므로 당장은 권총을 사용하지 않기로 했다. 권총은 마지막 순간, '진짜로' 할 때 케이스에서 꺼낸다는 것이었다. 조금도 눈치채게 해서는 안 될 것이다.

그래서 그날은 시간과 장소를 정하는 걸로 만족했는데, 그 위치는 마룻바닥에 분필로 동그랗게 그려놓았다. 그곳은 자습실 안 교단 오른쪽으로, 예전에는 현관 홀로 통하도록 열렸으나 지금은 막아놓은 문 쪽으로 난 구석진 자리였다. 시간은 자습 시간으로 모든 학생들이 보는 가운데 일을 벌이게 되어 있었다. 그들을 어리벙벙하게 만들 것이다.

자습실이 비어 있을 때 세 명의 가담자만 지켜보는 가운데 연습을 했다. 하지만 사실상, 연습이란 건 별 의미가 없었다. 다만 보리스가 앉는 자리에서 분필로 그려진 자리까지 정확히 열두 발짝밖에 안 된다는 사실만 확인했을 뿐이었다.

"겁나는 게 아니라면 한 발짝도 더 나가선 안 돼."

"겁나지 않을 거야." 보리스는 말했는데, 좀체 가시지 않는 아이들의 의심이 모욕적으로 느껴졌다. 보리스의 단호함에 다른 세 명은 깊은 인상을 받기 시작했다. 피피는 그 정도로 그치는 게 좋을 거라 생각했다. 하지만 게리다니졸은 그 장난을 끝까지 밀고 나갈 결심을 단단히 하고 있었다.

"자 그럼, 내일 보자." 한쪽 입술 끝에만 야릇한 미소를 띠며 게리다니졸이 말했다.

"포옹해주는 게 어때?" 피피는 감격에 겨워 외쳤다. 그는 용감한 중세 기사들의 포옹을 생각하고 있었다. 그는 보리스를 꽉 껴안았다. 피피가 어린애들이 하듯 자기 뺨에 소리를 내어 뽀뽀를 두 번 했을 때 보리스는 눈물이 나오는 걸 간신히 참았다. 조르주도 게리도 피피를 따라하진 않았다. 조르주에겐 피피의 태도가 그리 점잖아 보이지 않았다. 게리로 말하자면 그런 건 아무 의미도 없었다……!

XVIII

다음 날 저녁, 종소리에 기숙학원의 모든 학생들이 집합했다. 보리스와 게리다니졸, 조르주 그리고 필리프는 긴 걸상 위에 함께 앉아 있었다. 게리다니졸이 손목시계를 꺼내 보리스와 자기 사이에 놓았다. 시계는 5시 35분을 가리키고 있었다. 자습은 5시에 시작되어 6시까지 하도록 되어 있었다. 보리스는 학생들이 흩어지기 직전인 6시 5분 전에 그 일을 끝내도록 되어 있었다. 그렇게 하는 게 더 나은 건 일이 끝난 다음 재빨리 도망칠 수 있기 때문일 것이다. 잠시 후 게리다니졸은 보리스를 쳐다보지도 않은 채 목소리를 좀 높여 말했는데, 그렇게 하는 게 자기 말에 더 숙명적인 느낌을 주리라 여겼던 것이다.

"이봐, 15분밖에 안 남았어."

보리스는 예전에 읽은 소설이 기억났다. 산적들이 한 여인을 죽이려는 순간 그녀에게 죽을 준비를 해야 한다며 마지막 기도를 하라고 하던 이야기였다. 곧 떠나게 될 어떤 나라의 국경에서 서류를 준비하는 이방인처럼 보리스는 그의 마음과 머릿속에서 기도문을 찾아봤으나 하나도 떠오르지 않았다. 하지만 그는 너무나 피곤하고 또 동시에 너무나 긴장되어 그게 그다지 걱정되지도 않았다. 그는 생각하려고 애를 썼으나 아무것도 생각할 수가 없었다. 권총이 주머니 속에서 묵직하게 느껴졌다. 권총이 있다는 걸 느끼기 위해 만져볼 필요도 없었다.

"10분 남았어."

게리다니졸의 왼쪽에 있던 조르주는 곁눈질로 그 장면을 따라가고 있었으나 보지 않는 척했다. 그는 몹시 흥분한 채 공부하고 있었다. 자습실이 이토록 조용한 적이 없었다. 라페루즈는 녀석들이 이렇게 얌전한 걸 본 적이 없었기에 처음으로 안도의 한숨을 내쉬고 있었다. 하지만 피피는 마음이 편치 못했다. 게리다니졸이 겁났다. 이 장난이 불행하게 끝나지 않으리라는 확신이 도무지 서지 않았다. 터질 것처럼 부푼 가슴이 조여왔으며, 이따금 내쉬는 거친 한숨 소리가 자기 귀에도 들려왔다. 결국 더 이상 참을 수 없던 그는 앞에 있던 역사 노트를 — 시험 준비를 해야 했기 때문이다. 하지만 그의 눈앞에서는 글자가, 머릿속에는 사건과 연대들이 오락가락하고 있었다 — 반쯤 찢은 다음 종이 아래쪽에 황급히 다음과 같이 썼다. '적어도 권총에 총알이 들어 있지 않은 건 확실해?' 그런 다음 그 쪽지를 조르주에게 주었고, 조르주는 그걸 게리에게 건넸다. 하지만 게리는 그걸 읽은 다음 피피를 쳐다보지도 않고 어깨를 으쓱한 다음, 그 쪽지를 동그랗게 말아 분필로 표시해놓은 바로 그 자리까지 굴러가게 손가락으로 튕겼다. 그런 다음 자기 겨냥이 제대로 맞은 것에 만족해 미소를 지었다. 처음에는 저절로 떠오른 그 미소가 그 장면이 끝날 때까지 계속 남아 있었다. 마치 그의 얼굴에 새겨지기라도 한 것 같았다.

"앞으로 5분."

꽤 큰 소리였다. 필리프의 귀에도 들렸다. 견딜 수 없는 불안에 사로잡힌 그는 자습 시간이 거의 끝나갈 때였지만 급히 나가봐야 한다는 듯, 아니면 진짜 복통이라도 났는지 모르지만, 학생들이 교사에게 무슨 허락을 받을 때 그러듯이 손을 들어 손가락으로 딱딱 소리를 냈다. 그러곤 라페루즈의 대답을 기다리지도 않고 자리에서 뛰어나갔다. 문까지 가려면 교단 앞을 지나가야 했다. 거의 뛰다시피 했으나 휘청거리고 있었다.

피피가 나간 후 거의 곧이어, 이번엔 보리스가 자리에서 일어섰다. 그 뒷자리에서 열심히 공부하던 어린 파사방은 눈을 들었다. 나중에 세라핀에게 얘기한 바로는 보리스가 '끔찍할 정도로 창백했다'는 거였다. 하지만 그건 그런 경우 늘 하는 이야기다. 파사방은 거의 금방 시선을 돌려 자기 공부에 다시 몰두했다. 그는 뒷날 그 점에 대해 많이 자책했다. 무슨 일이 벌어지고 있는지 알았더라면 분명 막을 수 있었을 거라고 나중에 울면서 말했던 것이다. 하지만 그 당시로는 아무것도 눈치채지 못했다.

보리스는 표시된 장소까지 앞으로 나갔다. 마치 자동인형처럼 시선은 한곳에 못 박은 채 느린 걸음으로 걸어갔다. 차라리 몽유병자 같았다. 권총은 상의 주머니 속에 감춘 채 오른손으로 쥐고 있었다. 권총을 꺼낸 건 마지막 순간이었다. 숙명적 장소는 내가 이미 말했듯이 교단 오른쪽 막아놓은 문 앞쪽으로 쑥 들어간 구석진 곳이어서 교사는 교단에서 몸을 숙여야 볼 수 있는 장소였다.

라페루즈는 몸을 숙였다. 야릇하고도 엄숙한 손자의 태도에 뭔가 불안을 느끼긴 했으나 그는 자기 손자가 무슨 일을 하는지 처음에는 이해하지 못했다. 위엄 있어 보이려고 큰 소리로 그가 말문을 열었다.

"보리스 군, 즉시 자네 자리로 돌아가도록……"

하지만 갑자기 권총을 보게 되었다. 보리스가 막 관자놀이에 갖다 댔던 것이다. 라페루즈는 상황을 깨달았다. 피가 혈관 속에서 얼어붙는 듯 금방 오한을 느꼈다. 그는 자리에서 일어나 보리스에게 달려가 그를 저지하며 외치고 싶었다…… 하지만 그의 입술에서는 거칠게 헐떡거리는 소리만 흘러나왔다. 그는 마비된 듯 꼼짝도 못한 채 온몸을 부들부들 떨고 있었다.

총성이 났다. 보리스는 금방 쓰러지진 않았다. 구석진 곳에 걸린 것처럼 그의 몸은 잠시 그대로 서 있었다. 그러다가 머리가 어깨 위로 축 처지더니, 그 무게로 곧 온몸이 완전히 무너지고 말았다.

잠시 뒤 경찰이 와 조사를 했을 때, 보리스 옆에 — 내 말은 그가 넘어진 장소 옆을 말하는데, 그 작은 시신은 거의 곧바로 들것에 실려 옮겨졌기 때문이었다 — 권총이 없다는 걸 알고 모두들 깜짝 놀랐다. 사건 직후의 혼란 속에서 게리다니졸이 자기 자리에 그대로 앉아 있는 동안 조르주가 자기 걸상 위를 뛰어 넘어 아무에게도 들키지 않고 그 무기를 감추는 데 성공했다. 다른 사람들이 보리스를 향해 몸을 굽히고 있는 동안 권총을 우선 발로 차 뒤쪽으로 밀쳐놓은 다음, 재빠르게 그걸 집어 윗옷 밑에 숨긴 뒤 은밀히 게리다니졸에게 건넸다. 모든 사람들의 주의가 온통 한곳을 향해 있던 상황에서 아무도 게리다니졸을 주목하지 않았기에 그는 들키지 않고 라페루즈의 방까지 뛰어가 그 무기를 꺼냈던 곳에 다시 갖다 놓을 수 있었다. 나중에 가택 수색을 하는 과정에서 경찰이 케이스 안에 든 권총을 찾아냈을 때, 게리다니졸이 탄피를 제거할 생각만 했더라면 그 권총이 거기서 나와 보리스가 사용했다고는 아무도 의심하지 못했을 것이다. 분명 그도 정신을 좀 잃었던 모양이다. 그 후에 그는 자신의 범죄를 뉘우치기보다도, 그 일시적인 장애, 안타깝게도 그걸 더 자책했던 것이다! 하지만 그를 구해준 건 바로 그런 심적 장애였다. 다른 사람들 무리에 섞이기 위해 그가 다시 내려왔을 때 실려 가는 보리스의 시신을 보고 그는 눈에 띄게 부르르 떨며 일종의 신경 발작을 일으켰는데, 막 달려온 브델 부인과 라셀은 그걸 과도한 충격의 표시로 보고자 했다. 그토록 어린 사람이 그렇게 잔인할 수 있다고 생각하기보다는 뭔가 다른 추측을 하게 마련이다. 그래서 게리다니졸이 자신의 무죄를 주장했을 때 사람들은 그 말을 믿었다. 조르주가 그에게 건네줘 그가 손가락으로 튕겨버린 피피의 작은 쪽지가 나중에 걸상 밑에서 발견됐는데, 구겨진 그 쪽지가 그에게 도움이 되었다. 물론 그는 조르주나 피피와 마찬가지로 그런 잔인한 장난에 가담했다는 죄는 있었다. 하지만 권총에 총알이 들어 있었다는 걸 알았더라면 그런 일은 하지 않았을 거라고 주장했다. 자신에게 전적인 책임이 있다고 확신하고 있는 아이는 조르주뿐이었다.

조르주는 그토록 나쁜 아이는 아니어서 게리다니졸에 대한 그의 감탄은 결국 증오로 바뀌었다. 그날 저녁 집으로 돌아갔을 때, 그는 어머니 품 안으로 뛰어들었다. 폴린은 그 끔찍한 비극을 통해 아들을 돌려주신 하느님께 감사하는 마음이 흘러넘쳤다.

❧ 에두아르의 일기

딱히 뭔가를 설명하겠다는 건 아니지만 충분한 동기가 없는 사실은 하나도 제시하고 싶지 않다. 바로 그런 이유로 난 내 『위폐범들』에 보리스의 자살 사건은 사용하지 않겠다. 그 사건은 이해하기도 너무 어렵다. 게다가 나는 '삼면기사' 따위는 좋아하지 않는다. 그런 사건에는 뭔가 결정적이고 부인할 수 없는 것, 노골적이고 또 지나치게 현실적인 것이 있다…… 현실이 하나의 증거처럼 내 생각에 버팀목이 돼준다는 건 나도 인정한다. 하지만 현실이 내 생각을 앞지르는 건 받아들일 수 없다. 난 기습당하는 건 좋아하지 않는다. 보리스의 자살은 내가 전혀 예상치 못했기 때문에 내게는 **말도 안 되는 짓**처럼 보였다.

아마도 자기 손자가 자신보다 더 용감했다고 생각할 라페루즈가 그것에 대해 어떻게 생각하든, 모든 자살에는 다소간의 비겁함이 들어 있다. 그 아이가 끔찍한 자신의 행동이 브델 가족에게 어떤 재앙을 가져올지 예견할 수 있었더라면 그 아이는 도저히 용서받을 수 없을 것이다. 아자이스는 ─ 잠정적이라곤 했지만 ─ 기숙학원의 문을 닫아야 했는데, 라셀은 파산을 걱정했다. 자기네 아이들을 데려간 집안이 벌써 넷이나 됐다. 나는 폴린이 조르주를 자기 곁으로 데려오겠다는 걸 말릴 수 없었다. 더군다나 자기 친구의 죽음으로 깊은 충격을 받은 조르주가 행실을 고칠 마음이 든 것 같기 때문이다. 이 죽음이 어떤 여파들을 몰고 오는가! 올리비에까지 충격을 받은 것 같다. 아르망도 평소의 냉소적인 태도에도 불구하고 자기 집 식구들이 파산할지도 모르는 그 상황이 걱정되어 파사방이 기꺼이 내준 시간을 기숙학원을 위해 바치겠다고 나섰다. 왜냐하면 라페루즈 노인은 더 이상 그가 맡은 역할을 도저히 할 수 없게 되었기 때문이다.

난 그를 다시 보는 게 두려웠다. 그가 날 맞아준 건 기숙사 3층에 있는 그의 작은 방이었다. 그는 곧장 내 팔을 잡았는데, 거의 미소를 띠기까지 한 신비스러운 태도여서 나는 많이 놀랐다. 눈물을 흘릴 거라고 예상했기 때문이다.

"그런데 그 소리…… 지난번 내가 말했던 그 소리 말이오……"

"그래서요?"

"멈췄소. 끝났다고. 더 이상 들리지 않소. 아무리 주의를 해도 들리지가 않소……"

마치 어린애 장난에 맞장구치듯 내가 말했다.

"이젠 그 소리가 안 들려 섭섭하신 거군요."

"아니, 그게 아니오…… 얼마나 편안한지! 이 침묵을 얼마나 바랐는지 몰라요…… 내가 무슨 생각을 했는지 아오? 우리가 사는 동안은 침묵이 진짜 뭔지 알 수 없다는 거요. 우리 피 자체가 우리 몸속에 뭔가 소리를 계속 내고 있어요. 그런데 우린 어릴 때부터 그 소리에 익숙해 있어 그걸 알아채지 못하는 거지…… 하지만 우리가 살아 있는 동안은 들을 수 없는 뭔가가 있다고 생각해요, 하모니 말이오…… 그 피 소리가 덮어버리니까. 그래요, 우리가 그걸 진정으로 들을 수 있는 건 오직 죽은 다음이라는 생각이오."

"제게 말씀하시기로는 선생님은 믿지 않으신다고……"

"영혼 불멸 말이오? 내가 그렇게 말했던가? 그래요, 자네 말이 맞겠지. 하지만 그 반대도 믿진 않는다오. 알겠소?"

내가 입을 다물고 있자 그는 머리를 흔들며 장중한 어조로 말했다.

"이 세상에서 하느님은 언제나 입을 다물고 있다는 사실을 알아챘나요? 말하는 건 악마뿐이지. 아니면 적어도…… 적어도……," 그는 말을 이었다. "우리가 아무리 주의를 기울여도 우리가 듣게 되는 건 악마뿐이라오. 하느님의 목소리를 들을 수 있는 귀가 우리에겐 없소. 하느님의 말씀이라! 그게 도대체 뭘까 이따금 생각해봤소? 아! 난 인간의 언어로 옷을 입힌 그런 걸 말하는 게 아니오…… 자네, 복음서 첫 부분 생각나나? '태초에 말씀이 있었으니.' 난 종종 하느님의 말씀, 그건 창조 전부를 말한다고 생각했소. 하지만 악마가 그걸 가로챈 거지. 이젠 악마의 소리가 하느님의 목소리를 완전히 덮어버렸소. 그래, 한번 말해봐요. 어쨌든 마지막 말을 하게 되는 건 하느님이라고 생각지 않소……? 죽은 다음 더 이상 시간이 존재하지 않고 우리가 곧장 영원 속으로 들어가게 된다면, 그때 우리는 하느님의 목소리를…… 직접 들을 수 있으리라 생각하지 않소?"

뭔가 격정에 사로잡혀 온몸을 뒤흔들기 시작했는데, 마치 간질 발작이라도 일으켜 쓰러지려는 것 같았다. 그러다가 갑자기 발작적으로 흐느껴 울었다.

"아니야, 아니야!" 그는 혼돈스럽게 울부짖었다. "악마와 하느님은 단지 하나일 뿐이야. 그 둘은 서로 죽이 맞아. 우린 이 세상에서 나쁜 건 전부 악마에게서 나오는 거라고 믿으려 하지. 하지만 그건, 그렇지 않고서는 도저히 우리가 하느님을 용서해줄 힘을 얻을 수 없기 때문이야. 하느님은 우리를 갖고 노는 거야. 마치 고양이가 생쥐를 갖고 놀면서 괴롭히듯…… 그러고 나서도 하느님은 우리더러 여전히 감사하라고 요구하는 거지. 뭘 감사하라는 거지? 뭘……?"

그러곤 나를 향해 몸을 숙이더니 말했다.

"하느님이 한 일 중에 가장 끔직한 게 뭔지 아나……? 우리를 구원한다고 자기 아들을 희생한 거요. 자기 아들 말이야! 자기 아들……! 잔인함, 그게 바로 하느님의 첫번째 속성이지."

그는 침대 위로 몸을 던진 다음 벽 쪽으로 돌아누웠다. 잠시 동안 여전히 경련하듯 몸을 떨고 나더니 잠이 드는 것 같아 나는 그를 두고 나왔다.

그는 보리스에 대해선 한마디도 하지 않았다. 하지만 신비스러운 그 절망 속에서, 그의 고통, 마주 보기에는 너무나 끔직한 그 고통의 간접적인 표현을 봐야 하지 않나 생각했다.

올리비에를 통해 베르나르가 자기 집으로 돌아갔다는 소식을 들었다. 사실 그건 그가 해야 했던 최선의 선택이었다. 우연히 마주친 동생 칼루브로부터 판사 양반의 건강이 좋지 않다는 얘기를 듣고 베르나르는 그저 자기 마음이 시키는 대로 했던 것이다. 우리는 내일 저녁 다시 보게 될 것이다. 프로피탕디외 씨가 몰리니에, 폴린 누님 그리고 두 아이들과 함께 같이 식사하자고 나를 초대했기 때문이다. 나는 칼루브*에 대해 무척이나 알고 싶다.

---

* 후대의 많은 연구자들은 이 소설의 프랑스어 원문의 마지막 단어 '칼루브Caloub'에서, '잠갔다, 완결했다boucla'란 단어의 철자 순서를 바꾼 언어 유희를 보았다.

『위폐범들』, 앙드레 지드의 삶과 예술의 결산

　　앙드레 지드(1869~1951)는 발레리, 클로델, 프루스트와 함께 20세기 프랑스 문학을 대표하는 4대 작가 가운데 하나로 꼽힌다. 뿐만 아니라 1908년에 몇몇 문인들과 공동으로 창간한 순수 문학 잡지『누벨 르뷔 프랑세즈(N.R.F.)』를 통해 새로운 작가들을 발굴하는 등, 당시 프랑스 문단의 대부 역할을 하며 프랑스 문학, 특히 소설 장르를 쇄신하려는 노력을 열정적으로 주도했던 작가다. 19세기 말 상징주의의 세례를 받으며 시작된 그의 작품 세계는 시·소설·희곡뿐만 아니라, 지드 개인과 그 시대에 대한 하나의 증언이라고도 볼 수 있는 60여년이 넘는 기간 동안의 일기(1887~1950)와 자서전, 그리고 도스토옙스키 등 많은 외국 작가들에 대한 소개와 번역, 그리고 비평적인 글 등으로 무척 다양하고 풍요롭다.

　　그런데 '어떤 작품도 내 작품보다 더 내적인 문제에서 기인된 것은 없다'라고 스스로 말했듯이, 그의 첫 작품『앙드레 왈테르의 수기』부터 그의 전 작품은 삶의 순간순간 가장 시급한 그의 내적 갈등의 한 요소를 따로 떼어내어 그것을 극단적으로 밀고 나가 소설화한 것들이다. 따라서 양면

적 요소들로 심한 갈등을 겪던 지드의 대표작『좁은 문』과『배덕자』는 서로 상반된 가치관을 보여주며 독자를 혼동케 했다. 뿐만 아니라 신비주의적 사랑을 그린『좁은 문』에서는 그런 사랑에 대한 회의를, 또 육체적 욕망의 탄생을 그리는『배덕자』에서는 그런 욕망에 대한 죄의식을 보여줌으로써 각각의 작품에 모호함을 남겨놓았다. 이는 이 작품들이 프랑스에서 출간될 당시 일반 독자들뿐 아니라 비평가들 역시 헤매게 했는데, 지드는 이를 재미있어 하며 비평가들이 각 작품에 내재된 비판적 시각을 금방 알아보지 못한 것도 놀라운 일이 아니라고 했다.

50세가 넘도록 자신이 어떤 인간인지 알지 못한다고 말했던 지드에게 있어서 그의 유일한 관심사는 자신을 '재발견하는 것'이었다. 그리고 그의 작품 세계는 바로 이 자아의 진정한, 그리고 총체적인 이미지를 구축하는 작업이었다. 전기적인 성격을 강하게 띠고 있는 그의 작품 세계를 이해하기 위해 지드의 삶을 간단하게 살펴보도록 하자.

앙드레 지드의 생애

지드는 뛰어난 법학교수였던 남 프랑스 출신의 아버지와 북부 노르망디의 부유한 사업가 집안의 어머니 사이에서 태어나, 첫 작품을 출판한 22세 이후 초기 작품들은 대부분 자비로 출판하면서 평생을 상류 부르주아로서 오직 문학에 자신을 바쳤다. 자서전『한 알의 밀알이 죽지 않으면』의 서두에서 도발적으로 밝히듯이 어린 시절의 자위행위로 인해 초등학교에 입학한 뒤 얼마 안 있어 정학처분을 받았으며, 그 이후 지드의 교육은 무척 불규칙적으로 진행되었다. 허약한 체질로 각종 병치레를 하는 가운데 노르망디에 있는 외가와 파리를 오가며 가정교사에게, 또 몇몇 기숙학원에서 개인교습을 받으며 학업을 이어갔다. 11살 때 갑작스럽게 찾아온 아버지의 죽음 이후 숙부가 있는 남 프랑스 몽펠리에 체류하며 다녔던 그곳 공립학교에서는 학급 동무들로부터 고통스런 박해를 받았으며, 이어 신경증이 발병해 온천 요양을 받게 되었다. 이 신경증은 50세가 넘을 때까지 주기적으로 재발하며 지드를 괴롭혔다.

1882년 겨울 열세 살이 되었을 때, 지드는 루앙 외갓집에서 그의 인생의 결정적 순간을 맞게 되었다. 두 살 위인 외사촌 누나 마들렌 롱도가 그녀 어머니의 외도 사실에 괴로워하는 것을 보고 그녀를 위해 평생을 바치기로 결심하게 된 것이다. 이 사건은 지드에겐 '겉으로 보기엔 한없이 사소하나 마치 제국에서 일어나는 혁명만큼이나 중요한 사건'으로, 그때까지 정처 없이 헤매고 있던 그에게 갑자기 인생의 방향을 제시해준 새로운 서광이었다. 그 이후 외사촌 누나와 서신 왕래를 하며 그녀에 대한 신비주의적 사랑을 키워가는 동시에, 어머니의 영향 아래 본격적인 종교교육을 받으며 엄격한 청교도적인 태도를 강화하게 되었다.

바칼로레아를 간신히 통과한 그는 소르본 대학에 등록하지만 학업은 중단한 채 문학 창작에 전념했으며 말라르메와 에레디아의 문학 모임에 나가기 시작했다. 그가 처음으로 출간한 책은 육체와 정신의 갈등으로 괴로워하는 자신의 내면을 토로하며 외사촌 누나에 대한 사랑과 청혼을 호소한 『앙드레 왈테르의 수기』였다. 그러나 그 청혼은 거절당했으며 그는 1893년, 친구인 화가 로랑스와 함께 북아프리카 튀니지와 알제리로 여행을 떠났다. 이 여행은 어머니에게 지배당한 어린 시절의 숨 막히는 청교도적 교육에 대한 비판적 시각에서 시작된 것으로, 자아와 육체를 되찾는 여정이었다. 여행 초기에 감기에서 시작된 폐결핵이 악화되어 지드는 죽음의 위험을 겪었으며, 서서히 회복되는 과정 속에서 그는 육체의 존재로 다시 태어나는 기쁨을 맛보며 첫 성적 경험을 했다. 이탈리아와 스위스를 거쳐 파리로 돌아온 지드는 1895년 1월 다시 알제리로 갔으며, 그때 우연히 만나게 된 오스카 와일드를 통해 알제리 소년과 첫 동성애 경험을 했다.

앞서 언급된 외사촌 누나에 대한 신비주의적 사랑, 그리고 북아프리카 여행에서 맛보게 된 대지와 육체의 세계, 동성애적 성향의 발견은 그의 인생에서 두 가지 핵심 사건이 된다. 북아프리카 여행 이후 지드는 자신의 삶을 천국과 지옥의 결합이요, 천사와 악마의 결합과도 같다고 평가했다. 그런데 그것들이 각각 절대적 선과 악이 아니라는 의문에서 지드 작품들의 모든 모호함이 발생한다. 외사촌 누나에 대한 신비주의적 사랑을 통해 지드의 '두 눈이 갑자기 뜨였으며', '새로운 서광을 발견'하게 된 것은 하나의 진실이었다. 하지만 북아프리카에서 돌아왔을 때 지드가 '소생한 자의 비밀'을 갖고 왔다고 느낀 것 역시 그의 진실이었다. 서로 양립될 수 없는 이 두 진실이 그의 삶의 드라마를 이끌어갈 두 축인 것이다.

지드의 친구이자 주치의였던 뛰어난 신경정신의학자로 지드의 젊은 시절에 대한 방대한 연구서적을 낸 장 들레Jean Delay에 의하면, 지드의 경우 25세에 그의 삶의 근원적 갈등구조가 이미 완성되었다는 것이다. 물론 그 이후의 삶과 작품 활동의 전개에 따라 변화와 변주가 있긴 했으나 그 갈등구조의 성격은 이미 그때 결정되었으며, 지드의 젊은 시절은 훗날 작품으로 표현될 그의 내적 드라마의 모든 상황과 인물들을 담고 있다는 것이다.

두 차례의 북아프리카 여행에서 돌아온 직후 지드는 갑작스럽게 어머니의 죽음을 맞게 되었다. 그런데 그 즈음 지드는 이제까지 자신과 외사촌 누나 마들렌의 결혼을 반대하던 친척들과 어머니, 마들렌 본인의 허락을 얻었으며, 어머니의 장례식이 끝나고 보름 후에 예정되었던 약혼식을 치르고 몇 달 뒤 결혼식을 올렸다. 그러나 그 사랑은 어떤 육체적 관계도 상상할 수 없는 거의 신비주의적 사랑이기에 그녀와의 결혼은 평생 부부 관계가 없었던 백색결혼이었다. 아내에 대한 사랑은 육체가 배제될 때 더욱 공고해지며, 육체적 쾌락은 정신적·심리적 사랑이 배제될 때 더욱 순수하다는 믿음으로 그는 아내 마들렌과의 정신적 사랑과 동시에 수차례 북아프리카를 여행하며 본능과 육체의 해방을 추구했다.

첫 북아프리카 여행을 기점으로 세상 물정에 어둡고 소심하던 청교도적 청년에서 과감하고도 부도덕한 인물로 돌변하게 되었다고 종종 평가받는 지드는 서로 상반되는 내적 요구를 나름대로 분리시키며 살고 있었으나, 점점 더 심한 갈등을 겪게 되었다. 기독교의 억압적 율법에 대항하여 인간의 완전한 해방을 추구하던 그는 클로델 등 당시의 수많은 가톨릭 문인들의 개종 권유와 수차례에 걸친 종교적 위기를 겪기도 했다. 그리고 평생 '외양과 실상'의 완벽한 일치를 꿈꾸어왔던 지드로서는 자신의 성적 정체성에 대한 오해를 더 이상 방치할 수 없다는 결의에서 자기 고백의 작업을 시작했다. 그리하여 자서전의 전초 작업이라고도 평가받는 동성애에 대한 생물학적 관점의 연구를 담은 『코리동』을 펴냈는데, 1911, 1920년, 각각 10~20부씩만 인쇄해 지인들에게만 공개하다가 1924년에 가서야 현재의 판본으로 나오게 되었다. 여러 가톨릭 문인들의 반대에도 불구하고 출판된 『코리동』은 객관적 연구라는 성격으로 인해 큰 시선은 끌지 못했다. 이와 동시에 지드는 1916년 자서전 집필을 시작하여 가까운 지인들에게만 읽게 했으며, 이 역시 주위의 반대와 우려를 무릅쓰고 1926년에 발표했다. 자신의 동성애 경험을 적나라하게 보여준 이 자서전은 그야

말로 당대의 스캔들이었다. 클로델이 말하듯 '지드라는 이름은 남색(男色)과 반(反)가톨릭 정신을 의미'하는 것이었다.

그런데 지드가 『코리동』과 이 자서전을 생전에 발표할 수 있게 된 것에는 또 하나의 결정적인 사건이 있었다. 즉 쉰 살이 다 된 그가 열일곱 살의 청년 마르크와 만난 사건, 그리고 이로 인한 지드 부부 사이의 핵심적 불화 사건인 '편지 소각사건'이 그것이다. 그때까지 사랑과 쾌락을 분리시키고 살던 지드는 1917년, 오랫동안 절친하게 지내오던 알레그레 목사의 아들인 마르크 알레그레와 사랑과 쾌락을 결합시킨 경험을 하게 되고, 1918년에는 마르크와 함께 영국 여행을 떠났다. 지드가 주장하는 바로는 그런 관계는 쾌락과 함께 자신에겐 부재했던 아버지의 역할을 할 수 있는, 즉 인생의 안내자가 될 수 있는 그리스식 고전적 사랑과 우정의 형태라는 것이다. 지드가 영국 여행을 떠난 뒤 지드 친구의 편지를 통해 우연히 남편의 동성애 사실을 구체적으로 알게 된 부인은 지드가 30년이 넘는 기간 동안 그녀에게 보낸 모든 편지들을 불태워버렸다. 1918년 11월 여행에서 돌아온 지드가 자신의 편지를 찾았을 때 부인은 그 사실을 고백했다. 그 편지들은 부인에겐 그녀가 '세상에서 갖고 있는 가장 고귀한 것'이었으며, 지드에게 역시 그의 '최악을 상쇄해줄 수 있는 최선의 것'이었다. 그 사건 이후 마치 죽음에 이를 것 같은 충격을 받은 지드는 『코리동』과 당시 집필하고 있던 자서전을 생전에 발표하지 못할 이유가 없어졌노라 일기에 적고 있다. 그 사건 이후 집필된 자서전에서 동성애 표현이 적나라했던 것은 아내를 배려해야 했던 장애물이 제거되었을 뿐 아니라 편지를 불태운 아내에 대한 보복 심리도 들어 있었던 것으로, 과거 그가 추종했던 가치들을 파괴하는 과감함이 드러나고 있다. 혹자는 이 편지 사건이 없었더라면 그의 자서전은 달라졌을 것이라고 이야기하기도 한다.

하지만 1938년 그의 아내가 죽은 다음에 쓴『이제 그녀는 그대 안에 있네』에서 지드는 자신이 그토록 사랑했던 아내를 불행하게 만들었던 것에 대한 회환을 절절히 적고 있다. 또한 지드는 54세에 자신의 절친한 친구의 딸인 엘리자베스 판 뤼셀베르게와의 사이에서 딸을 얻게 되었는데, 딸은 아내가 죽은 다음에 호적에 넣었다.

1925년, 소설『위폐범들』의 집필을 끝낸 다음 그는 자아의 문제에 집중되었던 본격적인 문학 활동은 접고 사회로 눈을 돌리게 되었다. 콩고와 차드를 여행한 뒤 당시 프랑스 식민 정책의 착취 형태와 원주민들의 고통을 고발하는 글을 썼으며, 이 여행기는 큰 반향을 불러 일으켜 국회에서 제도 개선을 하게끔 유도했다. 또 1932년부터 시작된 공산주의에 대한 호감으로 1936년 소련 정부의 초청을 받아 소련을 방문하지만 도리어 그 실상을 고발하는 글을 씀으로써 공산당과 결별하게 되는 등 사회참여에 나서게 되었다. 오직 진실만 추구하고자 했으며, 온갖 허위와 억압으로부터 인간을 해방하고 자유를 회복시키고자 했던 그의 노력의 당연한 귀결이었다. 그러나 그러한 사회참여 속에도 문제와 한계가 있음을 느낀 지드는 종교적 신앙 문제나 정치적 이데올로기, 사회적 제도와 조직의 문제 저 너머, 문학은 인간이 진정한 인간이 되기 위한 노력의 생생한 표명으로서 살아남으리란 확신을 갖게 된다.

『지상의 양식』과『배덕자』『교황청의 지하실』등에서 보여주는 도발적인 윤리관과 기독교에 대한 비판 등으로 지드는 당시의 보수적 인사들에게 젊은이들을 타락시키는 악마적 존재로까지 비판받았다. 그리고 바티칸은 지드의 전 작품을 지드가 죽은 지 1년 후 금서목록에 넣기도 했다. 하지만『한 알의 밀알이 죽지 않으면』이라는 자서전의 제목이 말하듯, 자기 헌신을 통해서만 진정한 자기 긍정에 이를 수 있을 것이라 믿고는 있으나 끝끝내 자아의 끈을 놓을 수 없었던 지드는 고뇌하는 인간의 한 표본이며, 한 시대의 증인이자 '당대의 대표자'였다. 또 문학계의 대부로서 한 시대 속에서 자신의 전부를, 자신의 내부에 공존하고 있는 모든 잠재태들을 실현하고자 했던 지드의 작품세계는, 자신의 삶을 통해 인간을 이해하고자 했으며 이를 문학이라는 예술 형식을 통해 어떻게 표현할 수 있는지 치열하게 탐구해나간 하나의 진지한 정신적 궤적을 드러내고 있다.

지드의 '유일한 소설' 『위폐범들』

소설이란 장르

1926년 출간된 『위폐범들』은 지드가 스스로 자신의 '유일한 소설'이라 분류한 작품이다. 이 작품에 대한 전반적인 평가는 '지드의 삶과 예술의 결산'으로, 그의 삶뿐만 아니라 소설 장르 혁신을 위한 작가의 노력의 결실이라는 것이다.

작가의 내면 탐구로서의 문학 창작이라는 측면과 함께 지드에게 중요한 것은 예술가로서의 미학이었다. 자신의 작품에 대한 유일한 접근 방식을 미학적 관점이라고 판단했듯이, 그에게 문학의 형식적 탐구는 중요했다. 그의 작품들 『배덕자』 『좁은문』 『전원교향곡』 『이자벨』 등은 발표 당시 '소설'이라는 명칭을 부여받았으나, 지드는 나중에 이를 '레시récit'로 분류했다. '레시'란 압축의 미학을 바탕으로 두 세 명의 제한된 인물들의 내적 갈등을 주로 다루는 비교적 짧은 단선적인 이야기를 말한다. 또한 열 명 남짓한 인물들이 갖가지 모험을 펼치는 『교황청의 지하실』역시 '소설'이 아니라 '소티sotie'로 규정되었는데, '소티'란 중세의 풍자적 전통을 이어받는 유희적 글쓰기의 형식을 말한다. 이러한 새로운 장르 규정은, 지드가 볼 때 이 작품들이 자신이 생각하는 '소설' 개념에 적합하지 않다고, 즉 인생과 닮은 복잡한 현실을 진지하게 담아낼 수 있는 열린 구조를 갖지 못했다고 평가했던 결과로, 소설이라는 장르에 대한 그의 고민을 드러내준다.

19세기 말엽부터 시작된 자연주의 소설의 파산 이후, 또 상징주의와 초현실주의에서 배척당한 소설의 위기를 겪으며 1920년 경 프랑스의 소설은 지지부진함을 면치 못하고 있었다. 프랑스 문학계의 대부로서 새로운 문학인들을 발굴해오던 지드로서는 자신이 담당한다고 자부하던 소설 장르에 대해 나름대로 책임감도 있었으며, 자신이 아직 진정한 소설을 쓰지 못했다는 의식을 강하게 갖고 있었다. 특히 영국문학에 대해 깊은 이해를 갖고 있던 지드는 당시 프랑스 소설에는 영국 소설이 보여주는 다양한 기법적 실험들과 풍부한 서사적 상상력이 부족하다고 생각했다. 또 지드가 가장 위대하다고 존경하는 작가, 그리하여 여섯 차례의 강연을 통해 프랑스에 본격적으로 소개한 도스토옙스키의 작품에서 볼 수 있는 인간에 대한 통찰과 형이상학적 깊이를 담고 있는 작품도 없다고 생각했다. 삶의 복잡성을 드러낼 수 있는 진정한 소설을 제시해야 한다는 요구에 직면하고 있었던 것이다. 프랑스 소설이 프랑스 고전주의 미학의 근거인 이성과 절제에 과도하게 치우쳐 총체적인 인간의 삶을 드러내기 위한 다양한 관점을 소홀히 하고 있다는 비판 위에, 새로운 소설 미학은 전통적 '레시'의 단순하고 합리적이며 명료한 표현들에 대한 거부로 나타났다. 시간적 순서와 논리적 일관성에서 벗어나야 하며, 또한 획일적인 심리주의 원칙에서 벗어나 인간 내면에 불확실성의 원리를 도입해야 한다는 것이다. 이렇게 소설 장르에 대한 오랫동안의 고민 끝에 마침내 지드는 인생의 모습과 닮은 진정한 소설을 쓰기로 작정한다. 이는 당시의 문학적·문화적·개인적 여정의 총체로서의 작업이었다. 이제까지 그의 작품이 다루던 자신의 한 단면을 부각시키는 단선적인 짧은 이야기에서 벗어나 한 사회의 총체적 모습을 객관적으로 다루겠다는 시도였다.

총체 소설

지드는 작품보다는 작품이 탄생하는 과정, 즉 예술가의 의식이 더 흥미롭다. 지드는 이 소설을 쓰며 이 소설의 창작 과정을 그대로 담는 『'위폐범들' 작품일지』(1927)를 병행하여 쓴다. 그 일지 첫 장에서 그는 '인생이 제시해주는 모든 것, 인생이 가르쳐주는 모든 것을 한 소설 속에 묶어놓으려'는 의도를 밝힌다. 이러한 '총체소설'에 대한 지드의 구상은 수많은 인물들이 펼치는 온갖 주제를 담는 다양한 소설 유형을 제시하게 만든다. 지드는 이 소설에서 여섯 개의 가정과 다섯 세대에 걸친 40여 명이 넘는 인물들을 등장시켜, 한 비평가의 해석에 따르면 쉰다섯 개의 주제를 찾아냈다고 할 정도로 삶 전체를 아우르길 원했다. 제목이 말하듯 가짜 돈을 유통시키는 집단에 관한 탐정 소설적 측면, 바칼로레아를 준비하는 청소년들이 방황을 거쳐 자기 삶에 대한 방향을 찾게 되는 성장소설, 여러 쌍의 인물들이 동시에 보여주는 이성애 및 동성애적 연애소설, 사회 풍속을 드러내는 풍속 소설적 측면, 당시 프랑스의 식민지였던 아프리카로 일확천금을 찾아 떠나는 모험소설의 면모 등, 다양한 소설 유형들이 총망라되고 있다. 하지만 기존의 소설 유형을 총망라하겠다는 의도에는 그것들을 아이러니컬하게 패러디한다는 의도가 깔려있다. 소설 첫 구절부터 출생의 비밀이 적힌 편지를 몰래 읽는 결정적 순간에 누군가의 발자국 소리가 들리지 않나 귀를 기울이는 태도, 또는 오래 묵은 연애편지를 분홍색 리본으로 묶어 숨겨놓은 것 등을 묘사하며, 독자의 머릿속에 굳어 있는 전통 소설의 상투적 표현과 기법에 대한 패러디적 유희를 펼치는 것이다. 또한 기성세대의 가치관과 청소년들의 반항이라는 세대간의 갈등, 부부간의 문제, 종교적인 문제, 부르주아의 허위의식, 문학의 이론적 논쟁, 그리고 종국에는 예술과 삶이라는 문제 등 모든 문제를 다루고자 했다.

다양한 서술 기법

"새 책을 쓰도록 날 유인하는 것은 새로운 인물 유형들이 아니라 그들을 제시하는 새로운 방식이다"라고 말하는 지드는 시점의 다양성을 보여주기 위해 이 책에서 가능한 한 최대의 서술적 유연성을 실행하고 있다. 지드가 사용하는 방식은 등장인물들의 내적독백, 자유간접화법, 대화 등을 통한 '등장인물에 의한 서술'과 함께 '화자에 의한 서술'이라는 전통적인 서술 방식, 그리고 '등장인물인 소설가 에두아르의 수첩과 일기', '인물들이 서로 주고받는 13통의 편지', 뿐만 아니라 '본 소설을 쓰고 있는 작가라고 자칭하는 자의 해설'까지 다양한 글쓰기의 기법들이 총동원된다.

그리하여 1부에서 길게 다뤄지고 있는 '뱅상과 로라의 연애사건'은 화자와 여러 인물들의 시점에 따라 무려 여섯 개의 다른 이야기로 반복되며 화려한 변주를 제시하고 있다. 하지만 각각의 인물들은 사건의 전모를 알 수 없고 오직 독자만이 사건에 대해 가장 많은 정보를 갖게 된다. 그런데 이러한 제시 방식은 시점의 다양성뿐만 아니라 전통 소설에서 보여주었던 줄거리의 선조성(線條性)도 파괴하고 있다. 본 소설의 1부는 전체 분량의 40퍼센트가 넘으나 이야기가 진행된 시간은 단 이틀에 불과하며, 이 모든 사건의 이야기는 거의 같은 시간에 장소를 달리하여, 또는 과거 속의 편지를 현재에 읽는 방식으로 동시에 진행되고 있다. 사건과 사물들을 다양한 시점으로 제시하며 제각기 다른 의미를 부여하는 이러한 서술 방식은 하나의 객관적 현실을 제시한다는 사실주의 소설 미학에 대한 문제 제기로, 각 인물들이 제시하는 해석이란 현실에 대한 상대적이고 주관적인 관점의 제시일 뿐이라는 새로운 현실 인식을 드러낸다. 뿐만 아니라 서로 다른 해석의 차이는 곧바로 각 인물들이 처한 심리적·도덕적 입장 차이를 드러내기까지 한다. 그런데 인물 자체도 하나의 안정된 서술이나 인식의 지주가 아니다. 모든 인물들은 흔들리는 존재로 제시된다. 성장 소설적 측면을 보여주는 두 청소년 베르나르와 올리비에, 그리고 연애 및 결별 과정을 통해 변모를 거듭하는 로라와 뱅상의 경우는 물론 당연하다. 그런데 무엇보다 심각한 것은 주인공인 에두아르로, 그는 변신의 재능을 가진 그리스 신화의 '프로테우스'같은 인물이다. 그리하여 삶과 인간에 대해 관찰자라 할 수 있는 소설가인 에두아르를 위시하여 모든 인간은 진리를 판단할 수 없지 않나 하는 작가의 의문이 드러난다.

또 '화자에 의한 이야기' 역시 화자의 용법이 쓸 수 있는 다양한 면모를 보여준다. 화자는 때로는 스스로를 언급하며, 또는 모습을 감춘 채, 전지적 시점과 제한적 시점을 유희하듯 오가며 화자와 시점이 제기하는 모든 가능성을 보여주고 있다. 뿐만 아니라 1부 16장 초반에는 화자가 직접 나서 "독자의 이해를 돕기 위한다"고 밝히면서 한 페이지에 걸쳐 뱅상이란 인물의 내적 변모과정을 마치 작가 노트처럼 번호를 달아 제시하고 있다. 그런데 본 소설에서는 화자뿐만 아니라 스스로 이 책을 쓰고 있다는 자, 즉 '작가'의 목소리도 있다. 이 소설의 2부 7장에서 '앞을 예견하지 못하는 작가'라고 스스로를 규정하는 한 목소리가 나타나 본 소설의 모든 등장인물에 대한 평결을 내린다. 등장인물 하나하나에 대해 여태껏 작가가 오해를 하거나 착각을 했노라는 식으로 그들에 대한 인간적·윤리적 평가를 내림으로써, 인물들의 운명이 '작가'와 무관하게 독자적으로 전개됨을 강조한다.

이렇듯 인물을 통한 다양한 관점 제시, 화자의 다양한 용법을 통한 유희, '작가'의 해설 등은 본 소설에 하나의 '만화경 같은 관점'을 제시하며, 어떤 인물이나 사건, 또 사물의 해석이나 정보도 안정적이지 못하다는 현실의 상대성과 주관성을 강조하는 동시에, 소설 서술의 허구성을 드러낸다. 게다가 '앞을 예견하지 못'한다고 너스레를 떨던 작가가 자기 이야기가 '중반에 도달했다'는 식으로 앞을 예견함으로써 '작가'의 허위를 드러내고 있다. 즉 소설 서술 전체가 허위이며 가짜라는 이야기다.

여기서 이 작품을 어떻게 읽어내야 하는가라는 독자의 역할이 나오게 된다. 지드와 에두아르는 "일반적으로 소설가는 독자의 상상력을 충분히 신뢰하지 않는다"며, 독자들에게 모든 것을 설명해주는 것은 도리어 '독자를 모독하는 것'이라고 했다. 뿐만 아니라 이야기의 재구성은 독자의 몫이라는 것이다. 따라서 책이 끝나고 나면 그 책을 해석하는 것은 고스란히 독자에게 남겨진다. 독자는 작가가 제기한 '보편적' 문제들을 자기 나름대로 고민하며 '개별적이고도 개인적인' 문제 해결을 할 수 있어야 하며, 작가는 단지 독자를 충동질하고 '불안하게 하는 것'뿐이라는 결론이다.

그런데 이 소설에서 가장 두드러지는 기법은 '미자나빔mise en abyme'이다. 이는 '한 예술 작품 속에서 그 작품의 주제 자체가 인물의 차원에서 전이되어 나타나는 것'으로 "문장(紋章) 속에 그 문장과 동일한 것을 '집어넣는' 방식"이다. 지드는 본 소설에 자신의 분신이기도 한 소설가 에두아르를 등장시켜 자신이 이 소설을 쓰게 된 모든 과정을 그대로 투사시킨다. 지드 자신의 과거 작품이 갖는 주제와 기법적인 측면에서의 한계를 스스로 고백하면서, 이 작품을 통해 평생의 과업, 즉 소설 장르의 혁신을 통해 진정한 소설을 한 편 쓰겠다는 야망을 펼치는 것이다. 이 작품에서 지드는 전통적 소설의 근간이었던 발자크 스타일의 '호적부와 경쟁'하는 사실주의, 그리고 졸라가 대표하는 '인생의 단면'을 그리는 자연주의를 부정하고, 총체적 삶을 그리되 일상적인 삶의 모사가 아니라 삶의 본질을 추출한다는 자신의 '순수소설roman pur' 이론을 그대로 제시한다. 지드가 『'위폐범들' 작품일지』를 통해 창작과정을 노트하는 방식까지 그대로 전수해, 소설 속 에두아르 역시 소설 구상을 적어가는 '작품일지'를 쓰고 있다. 이 기법을 통해 지드는 에두아르의 입을 빌려 '소설 속에서 소설 창작의 모든 문제와 소설론 자체'를 펼 수 있게 된 것이다.

지드 삶의 결산

『위폐범들』은 '지드의 삶과 예술의 결산'이라 평가되듯, 지드의 소설 미학뿐만 아니라 그의 삶의 표현으로서의 문학 창작에서도 종결편이라고 볼 수 있다. 지드가 이 소설을 쓰게 된 배경에도 전기적 사실이 크게 작용했다. 외사촌 누나에게 보내는 청혼의 글이었던 첫 작품 이후 지드에게 소설 창작이란 바로 아내를 위한 글들이었다. 정신적 사랑과 육체적 쾌락을 위태롭게 분리시키면서 살아온 지드는 자신의 상반된 진실에 대한 변명이자 고발로서 서로 극단적인 내용인 『좁은 문』과 『배덕자』를 쓰지 않을 수 없었으며, 또한 이런 변명이 내포하고 있는 자기기만에 대한 고발로서 『전원교향곡』을 썼던 것이다.

하지만 앞서 언급했듯이 지드는 마르크를 통해 사랑과 쾌락이 결합된 새로운 관계를 체험하게 되고, 그 결과 생긴 '편지 소각사건'으로 아내와는 정신적으로 결별하게 된다. 지드는 이 편지의 소각으로 자신이 거의 정신적 죽음 상태에 빠졌다고 하지만, 이는 또 하나의 해방이요 아내에 대한 과거 빚의 청산이었다. 이제 그는 더 이상 아내와의 관계에 대한 고백과 변명의 글이 아닌 새로 만난 사랑의 이야기를 할 수 있게 된 것이다. 『위폐범들』은 다양한 소설 유형으로 읽힐 수 있으나 주인공 에두아르와 미소년 올리비에의 동성애적 사랑의 이야기가 또 하나의 중심 이야기이다. "내가 『위폐범들』을 쓴 것은 그(마르크)를 위해, 그의 관심과 존경을 받기 위해서다. 이는 과거의 모든 내 책들이 Em(아내)의 영향 아래, 또는 그녀를 설득하고자 하는 헛된 희망 속에서 썼던 것과 같다"라고 일기에서 밝히듯, 지드는 이제 더 이상 아내를 위한 글이 아니라 마르크를 위한 소설을 쓰고자 한 것이다. 소설 속 에두아르 역시 과거의 사랑인 '로라 때문에 썼던' 과거의 책들을 모두 청산하고 새로운 소설을, 올리비에를 위한 사랑의 이야기를 새로운 형식 속에서 담아내고자 한다.

지드는 이 작품에서 한 사회의 총체적 모습을 객관적으로 그려 보이겠다고 했으나, 다양한 세대의 여러 인물들을 통해 자기 삶의 각 단계별 모습을 보여줌으로써 도리어 지드 삶의 모든 문제들이 총망라된 가장 주관적인 작품을 쓰고 말았다. '지드는 이 소설로 거대한 자화상을 그렸다'는 평가가 있듯이, 어린 보리스를 통해 자신의 어린 시절의 문제들, 자위 행위, 아버지의 죽음, 신경증 발발에 얽힌 스스로의 해석을 제시하고 있다. 또한 로라에 대한 베르나르의 정신적 사랑에는 외사촌 누나에 대한 젊은 시절의 지드 자신의 사랑이 드러나며, 로라와 에두아르의 관계에서는 사랑의 '결정 해체 작용'을 겪는 중년의 지드 부부의 관계를 볼 수 있다. 또 자서전에도 동일한 이름으로 등장하는 아르망이란 인물은 부차적 인물임에도 불구하고 그 내면이 가장 자세히 그려지고 있는데, 이는 이 인물에 대한 에두아르, 즉 지드의 관심을 드러내는 부분이다. 역시 자서

전에서 동일 이름으로 등장하는 라페루즈 영감의 경우 소설에서 언급된 에피소드 전부가 자서전 및 일기의 내용과 거의 동일한 것으로, 이는 아마도 나이가 든 지드가 삶에 대해 갖는 아이러니컬한 비판을 비관적 색채로 그려놓았다고 볼 수 있을 것이다. 또한 동식물의 생태에 대한 지드의 관심은 뱅상에게, 상징주의에 대한 지드 자신의 평가는 그를 대변하는 에두아르의 적수인 파사방에게 부여하고 있다. 이렇듯 지드는 자기 삶의 모든 상황들과 주변 인물들, 뿐만 아니라 자기 자신의 다양한 삶의 과정과 요소들을 본 소설에 전부, 그것도 자신을 대변하는 에두아르뿐만 아니라 지엽적 인물에 이르기까지 수많은 등장인물 속에 하나씩 분산시켜, 때론 선명하게, 때론 암시적으로 그려내고 있다. 그러므로 이 소설은 그의 자서전과 함께 읽을 때, 소설 속의 다양한 인물과 상황에 분산시켰던 지드의 삶과 예술에 대한 수많은 에피소드와 개념들을 총체적으로 파악할 수 있다. 그리하여 이 소설은 20세기 초 새로운 소설 장르의 혁신이라는 형식적 탐구의 측면에서 지드의 소설 미학의 결론일 뿐만 아니라, 인간 지드의 내면 탐구라는 측면에서도 종결편이 되었다.

소설 미학과 소설가의 윤리

'자신을 재발견하는 것', 그리고 '단 하나의 통합된 조화의 존재'로서의 자아 추구가 평생의 과제였던 지드는 일기 속에 "외양과 실상은 구별되어서는 안 된다. 실상은 외양 속에서 확인되고 외양은 실상의 즉각적 표명이어야 한다"고 수없이 반복했다. 하지만 외양과 실상의 차이, 그리고 내적 모순의 갈등에서 오는 통합에의 열망은 지드에겐 예술 창작의 근원이었다. "내 내부에 최상의 것과 최악의 것을 동시에 간직함으로써, 사실 둘 사이에서 찢겨진 상태에서 살아온 것이다. [……] 이 대화의 상태는 나의 창작을 고갈시키기는커녕 나를 예술작품으로, 창조로 이끌었으며, 결국 균형과 하모니에 도달하게 했다'라고 일기에서 쓰듯이 지드에게 예술이란 분열된 두 자아의 대화에서 나왔으며 그 둘의 투쟁의 결과였다. 그런데 지드 자신이 겪는 삶과 예술의 모순을 그대로 투영시킨 인물 베르나르는 '말이란 하자마자 곧바로 덜 진정한' 것처럼 보인다며, '어떤 때는 글을 쓴다는 것이 사는 것을 방해한다'고 생각한다. 지드에게도 역시 언어로 표현된 것은 말해지는 순간 현실 그 자체와 유리되어 '덜 진정한' 것처럼 보이지 않았던가. '아마도 예술작품에 대한 나의 믿음과 그것에 대한 이 숭배가 내가 나 자신으로부터 얻고자 하는 이 완벽한 진정성을 가로막고 있을 것'이라고, 언어는 끝끝내 삶의 진정성 자체에는 이르지 못할 것이라고, 지드 역시 예술 그 자체에 대한 의문을 제기한다. 즉 자연과 대립되는 예술 행위 그 자체에 뭔가 근본적 결함이 있지 않나, 예술 창작의 인위적 행위는 자연적 사물 속으로 함몰하지 못하게 가로막는 '비판 정신'으로 인해 악의 근원이 아닐까 고민한다.

이 소설에서 가짜 돈이라는 구체적 사물은 '가짜'라는 관념을 낳으며 모든 영역으로, 문학과 예술 영역의 가짜뿐 아니라 스스로에게 거짓말하는 '가짜 정신'으로까지 확대되었다. 평생을 '실상과 외양의 일치'를 꿈꾸었던 지드가 자신의 유일한 소설로 『위폐범들』을 쓴 것은, 끝끝내 '삶의 직접성'에 도달할 수 없는, 표현하자마자 삶과 유리되어 '덜 진정한 것'이 될 수밖에 없는 '문학을 하는 지드' 자신에 대한 최후의 고발이 아니었을까? 『위폐범들』의 또 하나의 중심주제가 될 것이라며 지드가 지적한 악마의 문제, 즉 "악마는 우리가 그를 부정하는 곳에 도리어 그 모습을 드러낸다"라는 말처럼, 최고의 악은 악한과 악행 속에 있는 것이 아니라 그가 공감했던 도스토옙스키의 말처럼 지성의 행위에 있다는 것이다. "도스토옙스키는 사랑과 대립되는 것은 증오가 아니라 두뇌의 반추라는 사실을 암시하고 있다. 〔……〕 도스토옙스키는 악마를 인간의 저급한 영역에 두지 않고 〔……〕 가장 높은 영역에, 지성과 두뇌의 영역 속에 살게 한다. 악마가 우리에게 제시하는 최고의 유혹이란, 도스토옙스키에 따르면, 지적인 유혹이요 질문들이다."

평생 자기 자신의 진정한 모습을 찾고자 했으며 이를 예술 창작을 통해 도달하려 했던 지드에게, 예술 창작 자체는 그것이 '자연'에 대한 '인위적' 메타 담론이란 의미에서, 즉 '악마의 목소리'와 같은 호기심에 의해 삶을 '바라본다'는 의미에서 그가 추구했던 '완벽한 진정성'을 도리어 가로막는 게 아닌가 하는 의문이 든 것이다. "소설이란 자기 기만의 작품으로 소설가의 입장에서도 자기 기만이며 〔……〕 독자의 자기 기만"이기도 하다는 모리스 블랑쇼의 말이 지적하는 점이기도 하다. 뿐만 아니라 진정한 자기 모습을 되찾는다는 것도 예순을 바라보는 그에겐 이제 더 이상 부질없는 일이라고 느껴졌을 것이다. "지나치게 자신의 삶을 바라볼 때 삶은 보이지 않는다"고 확인하게 된 지드는 "사물 속에 들어가는 것은 오직 사랑이며, 바로 이것이 중요한 사실"이라 일찍이 예견했던 그 '사물에 대한 사랑' 속으로 내려가는 것만이 남았을 것이다. 상징주의가 미학만 가져왔을 뿐 삶의 윤리가 없다고 거부했던 지드로서 이제는 소설 미학의 문제를 떠나 삶의 윤리로 돌아가야 할 시점이 아니었을까? 그래서 그는 문학 창작을 마무리 짓고 삶으로, 아프리카로 다시 떠난 것이다.

대중적 의미에서 소설적 임무라고 하는 '환상의 창조'는 실패했다는 점에서, 하지만 기법적 실험을 성공적으로 해냈다는 점에서 이 작품은 '실패한 성공작'이란 평가를 받아왔다. 지드 스스로 "많은 사람들이 『위폐범들』을 실패한 소설로 보려고 한다. 20년이 지나기 전에 오늘날 내 책이 비난받는 점들이 바로 이 책의 장점이라는 사실을 깨닫게 될 것이다. 난 그걸 확신한다"라고 했듯이, 이 소설은 30년 뒤 누보로망에서 본격적으로 논의될 문제들을 예고했던 문제작이었다. 뿐만 아니라, 모순 속에서 헤매는 지드의 삶의 표현으로서의 『위폐범들』은 모든 문학이 인간 존재의 흔들림과 고통의 표현이기도 하다는 점에서 치열했던 한 삶에 대한 웅변적인 표현이었다. '소설은 자기 기만의 작품'이라고 했던 블랑쇼가 이어서 언급한 것, 즉 그럼에도 불구하고 소설은 "존재를 유리시키는 그 마법 속에서 (독자는) 그 존재의 의미를 체험하는 가능성을 되찾는다"고 했듯이, 그의 삶과 예술의 결산인 이 소설은 삶과 예술에 대해 진지한 질문을 하도록, 각자 자기 존재의 의미를 체험하도록 미래의 독자에게 던지는 하나의 문제 제기였다.

작가 연보

1869년   파리에서 남 프랑스 위제스 출신의 개신교도이자 파리 대학의 법학 교
        수인 아버지 폴 지드와 루앙에서 방직 사업을 하던 부유한 부르주아
        집안 출신인 어머니 쥘리에트 롱도 사이에서 태어남.

1876년   피아노 교습 시작. 지드가 평생 연주하게 될 피아노는 문학과 나란히
        그의 강력한 예술적 열정의 대상이 됨.

1877년   부르주아 개신교도 자녀들이 다니던 알자스 학원에 입학. 교사에게
        그의 '나쁜 버릇'의 현장이 목격되어 3개월 동안 정학처분을 받게 됨.
        그 '나쁜 버릇'을 고치도록 의사로부터 협박을, 어머니로부터 애원과
        간청을 받음. 홍역에 걸려 노르망디에 있는 외가 쪽 소유지인 라로크
        로 감. 그 이후 가정교사와 개인교습에 의한 불규칙한 교육이 이어짐.

1880년   아버지가 결핵으로 사망.

1881년   숙부 샤를 지드가 사는 몽펠리에의 공립학교에 입학, 학급 동료들로
        부터 박해를 받음.

1882년   학급 친구들의 박해를 받게 되리라는 불안으로 인해 현기증과 다소 위

장된 신경발작 증세를 일으켜 요양을 떠남. 그 후 알자스 학원에 6학년으로 들어갔으나 보름 후 새로운 신경발작으로 다시 학교를 중퇴. 11~12월, 루앙에서 지냄. 외사촌 누나 마들렌 롱도가 그녀의 어머니 마틸드의 부정으로 인해 괴로워하는 사실을 발견하게 됨.

1883년 파리 외곽에 있는 앙리 보에르 선생 집에 기숙생으로 들어감.

1884년 보에르 선생은 파리 시내로 이사를 하고 지드는 반(半) 기숙생으로 그 집에서 지내게 됨.

1885년 라로크에서 외사촌 누나 마들렌과 종교서적을 열광적으로 읽음. 마들렌과 서신 교환 시작.

1886년 마르크 드 라 뉙스(일기와 작품에선 라페루즈란 이름으로 나옴)에게 피아노 레슨 시작. 지드는 4년 동안 그의 제자로 있었음.

1887년 10월 4일, 현재 남아 있는 『일기』의 첫 페이지를 씀.

1888년 1부 바칼로레아에 합격함.

라로크 체류. 마들렌에 대한 신비주의적 사랑에 열광.

1889년 잡지에 시 몇 작품을 발표했으며, 그의 첫 작품 『앙드레 왈테르의 수기』를 위해 노트를 작성하기 시작.

6월, 2부 바칼로레아에서 떨어진 다음, 10월의 2차 시험에서 합격해 소르본 대학에 등록. 그러나 지드는 글을 쓰기 위해 학업을 접기로 결정하고 외사촌 누나 마들렌에게 청혼하고자 함.

1890년 12월, 페랭 사에서 자비로 『앙드레 왈테르의 수기』를 출판함. 폴 발레리와 만남. 이 둘은 서로 깊은 호감을 느껴 향후 50년 이상 지속될 우정이 시작됨.

1891년 1월, 마들렌이 지드의 청혼을 거절함.

2월 2일, 말라르메를 만나 '화요회'의 단골 가운데 하나가 됨.

여름, 『나르시스론』 탈고. 이 글은 1892년 1월에 발표됨.

1892년	『앙드레 왈테르의 수기』 출간.

11월, 군대 생활을 시작하나 '결핵'으로 면제받음.

1893년　『위리앵의 여행』『사랑의 시도』 출간.

10월, 젊은 화가 폴-알베르 로랑스와 함께 북아프리카 튀니지 여행.

1894년　병이 난 지드는 로랑스와 함께 알제리 비스크라에 체류. 몰타, 이탈
리아, 스위스를 거쳐 봄에 프랑스로 귀국.

가을에 『팔뤼드』를 쓰기 위해 스위스의 라브레빈으로 떠남.

1895년　1월, 지드는 오랜 기간 체류할 생각으로 알제로 떠남. 거기서 오스카
와일드와 만나 알제리 소년과 동성애 경험을 함.

5월, 『팔뤼드』 출간. 31일에 어머니 쥘리에트 롱도 사망.

6월 17일, 외사촌 누나인 마들렌 롱도와 약혼.

10월 8일, 퀴베르빌에서 마들렌과 결혼. 스위스, 이탈리아, 북아프리
카로 신혼여행.

1896년　5월, 신혼여행에서 돌아옴. 라로크의 시장으로 선출됨.

1897년　『지상의 양식』 출간.

1898년　1월, 마들렌과 함께 프랑스 남부에 체류하는 동안 드레퓌스 사건에
대해 졸라를 지지하는 탄원서에 서명을 함.

9월 9일, 말라르메가 사망하자 지드는 『레르미타주』 10월호에 그를
기리는 글을 씀.

1899년　3월, 마들렌과 알제리 여행.

7월, 마리아 판 뤼셀베르게와 교유. 그녀는 화가 테오 판 뤼셀베르게
의 아내로 지드의 가장 절친한 친구 가운데 하나가 되며, 지드의 유
일한 자식인 딸 카트린의 할머니가 됨. 『필록텍트』 출간. 1895년 4월

에 만났던 (당시 중국에서 영사로 있던) 클로델과 서간 시작.

1900년	11~12월, 마들렌과 또 다시 알제리로 여행.
1901년	희곡『캉돌 왕』을 출간하고 공연했으나 공연은 실패함.
	신경증 발작으로 또 다시 온천요법을 함. 『배덕자』 집필.
1902년	『배덕자』 출간.
1903년	다양한 글 모음집인『프레텍스트』, 희곡『사울』 출간.
	10월, 여섯 번째로 북아프리카를 여행함(알제리와 튀니지).
1904년	레미 드 구르몽과 함께『레르미타주』잡지 운영을 맡게 됨.
1905년	처음엔 '좁은 길'이라 제목 붙인『좁은 문』을 쓰기 시작함.
1906년	북아프리카 여행 기록들을 모은『아민타스』 출간.
1907년	『탕아 돌아오다』 출간.
1908년	5월, 도스토옙스키에 대한 지드의 첫 글, 「서간문에 나타난 도스토옙스키」 발표.
	11월 15일, 외젠 몽포르의 주관 아래『누벨 르뷔 프랑세즈(N.R.F)』창간.
1909년	『좁은 문』 발표.
1910년	『N.R.F』는 가스통 갈리마르의 주관으로 출판사를 설립.
1911년	『이자벨』 출간. 동성애에 대한 변호를 다루는『코리동』의 초판을 비밀리에 12부 발간.
1912년	루앙 중죄재판소의 배심원이 됨. 자크 리비에르가 공식적으로『N.R.F.』의 주필로, 자크 코포는 발행인으로 임명됨.
1914년	『중죄 재판소 회고록』『교황청의 지하실』 출간. 이를 계기로 폴 클로델과 결별.
	1차 대전이 발발하자 1915년 9월까지 점령 지역의 피난민들을 위한

구호단체인 프랑스-벨기에 구호소에서 일을 함.

1915년 대부분의 시간을 구호소 일로 보냄. 1914년 11월에서 1915년 9월까지 자신의 『일기』를 중단하고, 구호소에서의 경험을 이야기하는 『프랑스-벨기에 구호소 일기』 집필.

1916년 1월, 시인이자 극작가인 친구 앙리 게옹이 가톨릭으로 개종한 후 오랜 종교적 위기가 시작됨. 이때 쓴 『너 역시…?』는 1922년 발표되었다가 1939년 『일기』에 수록됨. 『악시옹 프랑세즈』의 입장에 대해 신중히 공감하며 동시에 평론가이자 정치가인 모라스를 비판함.

    3월, 회고록 『한 알의 밀알이 죽지 않으면』 집필 시작.

    5월, 지드 앞으로 온 앙리 게옹의 편지를 뜯어 본 아내 마들렌은 지드의 과거와 그의 성적 경향에 대해 많은 것을 알게 됨. 20년 간의 행복했던 결혼 생활 이후 처음으로 부부 관계가 악화됨.

1917년 지드 집안과 오랜 친구였던 알레그레 목사의 아들인 17세의 마르크 알레그레와 동성애 관계 시작.

1918년 『코리동』 집필 재개.

    6월, 마르크 알레그레와 영국으로 떠나 3개월 체류. 귀국 후 11월에 마들렌이 그가 보낸 모든 편지를 불태운 것을 알게 됨. 심각한 정신적 위기를 겪고 신경발작 일으킴.

1919년 4월, 마르크 알레그레와 뢱상부르 체류.

    12월, 『전원교향곡』 발표. 『위폐범들』 집필 시작.

1920년 2월, 『N.R.F』지에 『한 알의 밀알이 죽지 않으면』의 발췌본 발표.

    5월, 『코리동』의 수정본 출간(21부). 『한 알의 밀알이 죽지 않으면』의 1부 출간(12부).

1921년 프로이트를 읽음. 그 속에서 동성애에 관한 자기 이론에 대해 확인할 수는 없었으나, 『코리동』을 출간하는데 좀 더 용기를 얻게 됨. 극우파 지식인들이 처음으로 앙드레 지드를 비난하는 운동을 벌임.

12월, 『한 알의 밀알이 죽지 않으면』의 2부를 제한적으로 출간(13부).

1922년　2~3월, 자크 코포가 운영하던 비외-콜옹비에 극장에서 도스토옙스키에 관해 연속으로 강연.

폴란드 정신분석가인 외제니아 소콜니카의 강연을 들음.

8월, 친구의 딸인 엘리자베스 판 뤼셀베르게가 지드의 아이 임신.

1923년　지드와 엘리자베스 판 뤼셀베르게 사이의 딸 카트린 출생. 지드가 아버지라는 사실은 마들렌에게 숨김(지드는 아내 사후인 1938년에 이 딸을 호적에 입적).

『도스토옙스키』 출간.

가톨릭 철학자 자크 마리탱이 지드를 방문하여 『코리동』의 출간을 만류.

1924년　『코리동』 보급판 출간. 지드에 대한 공격이 재개됨.

1925년　6월 8일, 『위폐범들』 집필 완료.

7월, 프랑스 정부로부터 콩고의 삼림 개발 현황에 대한 조사를 의뢰받아 콩고로 떠남. 마르크 알레그레가 동반함. 출발하기 전, 지드는 상당 부분의 소장 도서를 팔아버림.

1926년　1~2월, 지드와 마르크는 프랑스령 적도 아프리카로 여행을 계속함.

『위폐범들』 출간.

10월, 『한 알의 밀알이 죽지 않으면』의 첫 보급판, 『 '위폐범들' 작품일지』 초판본 출간.

1927년　4~5월, 스위스와 독일 여행.

6월, N.R.F. 출판사에서 『콩고 기행』 출간.

10월 15일, 『르뷔 드 파리』에 「우리 적도 아프리카의 고통」을 발표. 지드는 거대 개발업자들과 부당한 식민지 체제에 의해 자행되는 약탈상을 고발함.

1928년 1월, 카피톨 출판사에서 앙드레 지드 특집호를 발간.

3월, N.R.F. 출판사에서 『차드 기행』 출간.

1929년 『여자들의 학교』『몽테뉴에 대한 에세이』 출간.

샤를 뒤 보스의 『앙드레 지드와의 대화』가 출간됨.

1930년 지드가 갈리마르 출간사에서 시작한 '판단하지 마라' 총서 시리즈로 『푸아티에의 유폐자들』과 『르뒤로 사건 및 잡보기사』 출간.

1932년 『N.R.F.』에 「일기 발췌본」을 발표. 그 속에서 공산주의에 대한 기대를 표명함.

N.R.F. 출판사에서 지드의 『전집』을 출간하기 시작하나 1939년 15권으로 중단됨. 지드는 혁명 작가 예술가 협회에 대한 호감을 표시하나 가입은 거부함.

1933년 6월, 공산당 기관지인 『뤼마니테』지에 『교황청의 지하실』 연재. 비텔에서 요양.

1934년 베를린에서 앙드레 말로와 함께 독일 당국에 디미트로프와 공산주의자들의 석방을 요구함.

『페르세포네』 출간. 『일기 단편(1929~1932)』 출간.

1935년 6월, 지드 전집의 첫 권이 레닌그라드에서 출간. 21일에서 25일까지 지드는 '문화 수호를 위한 제1차 국제작가회의'를 주재. 『새로운 양식』 출간.

1936년 2~4월, 프랑스령 서부 아프리카의 총독으로 임명된 마르셀 드 코페와 함께 여행.

6월, 『새로운 일기 단편(1932~1935)』 출간.

6월 16일~8월 23일, 소련 방문. 피에르 에르바르와 함께 모스크바에 가서 붉은 광장에서 열린 고리키의 장례식에서 연설.

10~11월, 『주느비에브』와 『소련 기행』 출간.

1937년   7월, 『소련 기행에 대한 수정판』 출간으로 공산주의와 결별.

1938년   식민지 조사위원회로부터 프랑스령 서부 아프리카에서의 교육에 관한 보고서를 의뢰받은 지드는 피에르 에르바르와 함께 세네갈, 수단, 기니를 여행.

4월 17일, 부인 마들렌 지드, 퀴베르빌에서 사망.

1939년   이집트, 그리스 여행

5월, 『일기(1889~1939)』출간.

1940년   자유구역이던 남 프랑스에서 1년 이상 체류.

12월, 드리유 라로셀의 주관하에 다시 나오게 된 『N.R.F.』에 지드는 그의 일기의 '단편들'을 발표.

1941년   대독 협력자들이 운영하는 『N.R.F.』와 결별함.

1942년   마르세유에서 튀니지로 떠남.

1943~1944년   알제, 모로코, 수단 등 아프리카 지역에 체류.

1945년   7월, 폴 발레리 사망. 지드는 그의 임종을 보러 갔으며, 『피가로』와 『방주』에 그를 기리는 글을 씀.

1946년   『테세우스』 출간.

1947년   4월, 『이제 그녀는 그대 안에 있네』를 13부 한정본으로 출간.

6월, 옥스퍼드 대학교에서 명예 박사학위를 받음.

11월 13일, 노벨 문학상 수상.

1948년   『프랑시스 잠므-앙드레 지드 서간문(1893~1938)』 출간.

1949년	『폴 클로델-앙드레 지드 서간집(1899~1926)』출간.
	지드의 80세를 기념하여 자크-두세 문학도서관에서 그의 특집을 다 룬 전시회 개최.
1950년	2월, 『일기(1942~1949)』출간.
	6월, 마르크 알레그레가 앙드레 지드의 삶을 담은 영화 『앙드레 지드 와 함께』제작 시작.
	12월 13일, 당시 프랑스 대통령인 뱅상 오리올이 참석한 가운데 『교황 청의 지하실』이 코메디-프랑세즈 극장에서 첫 공연. 대성공을 거둠.
1951년	2월 19일, 지병인 폐충열로 지드 사망.
	2월 22일, 친구들의 반대에도 불구하고 마들렌 지드 가족의 요청에 따라 퀴베르빌에서 교회장을 치름.
1952년	1월, 『아멘 또는 내기는 끝났다』사후 출간.
	5월 24일, 지드의 전 작품이 바티칸에 의해 금서목록에 오름.
1955년	『앙드레 지드-폴 발레리 서한집』출간.
1963년	『앙드레 지드-앙드레 쉬아레스 서한집』출간.
1968년	『앙드레 지드-로제 마르탱뒤가르 서한집』출간.

'대산세계문학총서'를 펴내며

2010년 12월 대산세계문학총서는 100권의 발간 권수를 기록하게 되었습니다. 대산세계문학총서의 발간은 앞으로도 계속될 것이고, 따라서 100이라는 숫자는 완결이 아니라 연결의 의미를 지니는 것이지만, 그 상징성을 깊이 음미하면서 발전적 전환을 모색해야 하는 계기가 된 것은 분명합니다.

대산세계문학총서를 처음 시작할 때의 기본적인 정신과 목표는 종래의 세계문학전집의 낡은 틀을 깨고 우리의 주체적인 관점과 능력을 바탕으로 세계문학의 외연을 넓힌다는 것, 이를 통해 세계문학을 바라보는 우리의 시각을 전환하고 이해를 깊이 해나갈 수 있도록 한다는 것이었다고 간추려 말할 수 있습니다. 그리고 궁극적으로는 우리의 인문학을 지속적으로 발전시켜나갈 수 있는 동력이 될 수 있기를 희망하는 것이었습니다. 이러한 기본 정신은 앞으로도 조금도 흐트러지 않고 지켜나갈 것입니다.

이 같은 정신을 토대로 대산세계문학총서는 새로운 변화의 물결 또한 외면하지 않고 적극 대응하고자 합니다. 세계화라는 바깥으로부터의 충격과 대한민국의 성장에 힘입은 주체적 위상 강화는 문화나 문학의 분야에서도 많은 성찰과 이를 바탕으로 한 발상의 전환을 요구하고 있습니다. 이제 세계문학이란 더 이상 일방적인 학습과 수용의 대상이 아니라 동등한 대화와 교류의 상대입니다. 이런 점에서 대산세계문학총서가 새롭게 표방하고자 하는 개방성과 대화성은 수동적 수용이 아니라 보다 높은 수준의 문화적 주체성 수립을 지향하는 것이며, 이것이 궁극적으로 한국문학과 문화의 세계화에 이바지하게 되리라고 믿습니다.

또한 안팎에서 밀려오는 변화의 물결에 감춰진 위험에 대해서도 우리는 주의를 게을리하지 말아야 할 것입니다. 표면적인 풍요와 번영의 이면에는 여전히, 아니 이제까지보다 더 위협적인 인간 정신의 황폐화라는 그늘이 짙게 드리워져 있는 것이 사실입니다. 대산세계문학총서는 이에 대항하는 정신의 마르지 않는 샘이 되고자 합니다.

'대산세계문학총서' 기획위원회